Sandra Brown

Sein eisiges Herz

Sandra Brown

Sein eisiges Herz

Thriller

Aus dem Amerikanischen
von Christoph Göhler

blanvalet

Die Originalausgabe erschien 2018 unter dem Titel »Tailspin« bei Grand Central Publishing, a division of Hachette Books Group Inc., New York.

MIX
Papier aus verantwortungsvollen Quellen
FSC® C014496

Verlagsgruppe Random House FSC® N001967

1. Auflage

Umschlaggestaltung: www.buerosued.de
Umschlagmotiv: Getty Images (Ji-fang Zhang/Moment Open;
Michael Shake/500Px Plus); www.buerosued.de
JB · Herstellung: sam
Satz: Uhl + Massopust, Aalen
Druck und Bindung: GGP Media GmbH, Pößneck
Printed in Germany
ISBN 978-3-7645-0739-8

www.blanvalet.de

Kapitel 1

»Nein. Kommt nicht infrage.«

»Als ich angerufen habe, waren Sie noch zu jeder Schandtat bereit.«

»Da wusste ich das mit dem Wetter noch nicht. Das ist wie eine Wand, Dash.«

»Nebel ist keine Wand. Man kann hindurchfliegen, wussten Sie das? Genau wie durch Wolken. Oder hat man Ihnen das in Ihrer Online-Flugschule nicht beigebracht?«

Der junge Pilot verdrehte die Augen. »Atlanta wurde geschlossen. *Geschlossen.* Wie oft kommt so was vor? Es muss schlimm sein, sonst schließt man keinen Flughafen am Abend vor Thanksgiving. Seien Sie vernünftig.«

Dash presste die fleischige Hand auf sein Herz. »Ich bin vernünftig. Aus mir spricht nichts als die reine Vernunft. Mein Kunde andererseits ... Dem ist es egal, ob der Flughafen geschlossen ist. Er will, dass dieses Ding *hier*« – er schlug mit der Hand auf die schwarze Eisenschatulle, die zwischen ihnen auf der Theke stand – »noch heute Nacht *dort*« – er deutete mehr oder weniger nach Süden – »ankommt. Und ich habe ihm pünktliche Lieferung garantiert.«

»Dann haben Sie eindeutig ein Problem mit Ihrer *Customer Relationship*.«

Er wurde Dash genannt, weil erstens die wenigen Menschen, die seinen wahren Namen gekannt hatten, ihn längst vergessen hatten und zweitens die ihm gehörende Charter- und Luftfrachtgesellschaft *Dash-It-All* hieß. Und bisher hatte er noch immer alles und jeden blitzschnell ans Ziel gebracht.

Dash war älter, als er je zugegeben hätte, und trug einen Bierbauch vor sich her, der dieselben Dienste leistete wie ein Kuhfänger an einem Auto: Er räumte so gut wie alles beiseite, was ihm im Weg war. Der Termindruck hatte Dashs Gesicht in einer dunklen Gewitterwolke erstarren lassen.

Doch so finster dieses Grollen auch aussah, bislang hatte es den Piloten nicht einschüchtern können, der auf keinen Fall von Columbus, Ohio, nach Atlanta fliegen wollte, wo vor den Feiertagen das Wetter den Reisenden einen Strich durch die Rechnung machte und ihre knapp bemessenen Termine und sorgsam ausgetüftelten Flugpläne torpedierte.

Und wenn man im Luftfrachtgeschäft war, *mit Liefergarantie,* torpedierte es auch das eigene Einkommen.

Frustriert kaute Dash auf seiner kalten Zigarre und schob sie zwischen den gelben Zähnen hin und her. Rauchen war auf dem Gelände des Flugplatzes nicht erlaubt. Seine Regeln. Aber auch seine Zigarren. Darum kaute er auf einer, wann immer ihm jemand unnötigen Ärger machte. So wie jetzt.

»Ein echter Flieger würde sich wegen dem bisschen Nebel nicht in die Hose machen«, sagte er.

Der Blick des Piloten sprach Bände.

Okay. Im Stillen musste Dash zugeben, dass es mehr als ein bisschen Nebel war. Es war ein Nebel, wie ihn kein lebendes Wesen je gesehen hatte. In den Städten und Dörfern entlang der Atlantikküste waren die Menschen unter einer dichten grauen Decke aufgewacht. Der Nebel hatte die Straßen unbefahrbar gemacht und das östliche Drittel der Vereinigten Staaten ins Chaos gestürzt. Bis jetzt machte er keine Anstalten, sich wieder zu verziehen.

Der Wetterkanal hatte Einschaltquoten wie noch nie. Meteorologen begeisterten sich über das Phänomen, das die einen als »biblisch« und die anderen als »epochal« beschrieben. Dash wusste nicht recht, was das bedeuten sollte, aber es klang übel. Für ihn persönlich bedeutete dieser verflixte Nebel vor allem einen Verdienstausfall.

Am Flughafen Hartsfield-Jackson und an anderen größeren Flughäfen in einer zweistelligen Anzahl von Bundesstaaten saßen Passagiermaschinen wie Frachtflugzeuge fest, und das ausgerechnet am Abend vor Thanksgiving, an dem praktisch jeder im Land von seinem gegenwärtigen Aufenthaltsort woandershin wollte. Dash hatte sich schon ausgerechnet, dass die Fluglinien bis Weihnachten brauchen würden, um das Chaos zu beheben, aber das sollte nicht seine Sorge sein.

Er hatte genug damit zu tun, seine eigenen Flugzeuge in der Luft zu halten und Sachen zu transportieren, die seine Kunden für gutes Geld in schnellstmöglicher Zeit transportiert haben wollten. Ein im Hangar nistender Vogel brachte ihm keinen Profit. Diesem Piloten mussten endlich ein Paar Eier wachsen, und zwar *pronto*, damit Dash die Zusage, die er seinem Kunden Dr. Lambert gegeben hatte, halten konnte und diese Kiste vor morgen früh nach Atlanta gelangte.

In der Hoffnung, den jungen Flieger so zu beschämen, dass er seine Meinung änderte, musterte Dash ihn mit unverhohlener Verachtung. »Sie würden das locker schaffen, wenn Sie nur wollten. Haben Sie Angst vor dem Nebel oder eher vor Ihrer Mama, weil Sie morgen vielleicht nicht rechtzeitig zu Truthahn und Kürbiskuchen zurück sind?«

»Ich warte, bis sich der Nebel legt, Dash. Ende der Diskussion.«

Der Pilot war knapp dreißig. Selbst mitten in der Nacht war er glatt rasiert und trug ein gebügeltes weißes Hemd mit schwarzer Hose. So klar, wie seine Augen waren, hatte er garantiert nicht gegen die Bestimmungen zum Alkoholgenuss der Flugaufsicht verstoßen, die vor jedem Flug acht Stunden Abstinenz vorschrieb, und obendrein reichlich Schlaf gehabt.

Dash konnte aufgrund seiner jahrelangen Erfahrung Flieger jedes Kalibers einschätzen, von ehemaligen Kampfpiloten bis zu den Bauerntölpeln in ihren Sprühflugzeugen. Der hier fiel seiner Einschätzung nach unter die verklemmten Pedanten, die streng nach Vorschrift flogen und nicht mal Fluginstinkt entwickelten, wenn er sie in den Hintern biss. Dieser Mann befolgte strikt die Regeln. Alle Regeln. Immerzu. Ohne Ausnahme.

Dash hatte gute Lust, ihn zu erwürgen.

Doch er unterdrückte den Impuls und setzte neu an. »Sie dürfen die Beechcraft fliegen. Wurde frisch überholt, das gute Stück. Allerneueste Technik. Neue Sitze. Butterweich.«

Der Pilot ließ sich nicht erweichen. »Wenn das Wetter in Atlanta aufklart und der Flughafen wieder öffnet …«

»Bis dahin können noch Jahre vergehen!«, fiel ihm Dash erbost ins Wort. »Selbst wenn sie ihn in diesem Moment wieder öffnen würden, dauert es noch Stunden, bis sie den Rückstau abgearbeitet haben. Bis dahin sind Ihre Thunfischsandwiches durchgeweicht.« Der Kunde hatte sich bereit erklärt, eine Lunchbox für die »Crew« bereitzustellen. Sie war in einem hübschen weißen Pappkarton geliefert worden. Auch der Karton stand zwischen ihnen auf der Theke. Mit einem düsteren Unterton fügte Dash hinzu: »Sie sind durchgeweicht oder weg.«

Er blickte vielsagend auf die Couch am anderen Ende der Lobby. Der bloße Anblick des Sofas schmerzte in den Augen. Die türkis-beige karierten Polster waren klumpig, fadenscheinig, stellenweise speckig und übersät mit Flecken, deren Ursprung nicht einmal der liebe Gott kannte.

Aber all das war offenbar kein Thema für den Mann, der es sich darauf bequem gemacht hatte. Er lag auf dem Rücken, die Hände über dem Bauch gefaltet, hatte ein mehrere Jahre altes Flugmagazin über das Gesicht ausgebreitet und schlief.

Dash sah wieder den Piloten an. Immer noch halblaut erklärte er: »Hier kommen alle möglichen Gestalten durch, klar?«

»Ich werde meine Proviantbox nicht aus den Augen lassen, bis ich fliegen kann.«

Dash schnaufte ärgerlich. »Immerhin müssen Sie keinen Rodeobullen transportieren.«

Tatsächlich hatte er einst selbst so ein schnaubendes, fieses Vieh in einer DC-3 von Cheyenne nach Abilene geflogen. Das verfluchte Ding hatte den ganzen Flug über gebockt. Der Bulle, nicht das Flugzeug, das war zahm wie ein Lämmchen gewesen. 1985 war das gewesen, wenn er sich richtig erinnerte. Damals, als er noch jung und wild und dünn gewesen war. Na schön … *dünner.*

Der Gedanke an die guten alten Zeiten ließ ihn nostalgisch seufzen, bevor er sich wieder ins Wortgefecht stürzte. »Sie transportieren heute Nacht nichts als diese aufgemotzte Köderbox.«

»Der Flughafen ist geschlossen, Dash.«

»Der große schon. Aber…«

»Und jeder andere Flugplatz im Umkreis von zweihundert Meilen um Atlanta genauso.«

Dash verlegte die Zigarre von einem Mundwinkel in den anderen und hob dann kapitulierend die Hände. »Okay. Sie haben gewonnen. Ich lege was auf Ihren Anteil drauf.«

»Davon habe ich auch nichts, wenn ich tot bin.«

Dash biss das durchweichte Zigarrenende ab und spuckte den Brei in den Abfalleimer. »Sie werden schon nicht draufgehen.«

»Ganz recht. Weil ich nicht fliegen werde, bis sich der Nebel gelichtet hat und der Flughafen wieder geöffnet wurde. Das Flugzeug ist aufgetankt und wartet startbereit auf die Freigabe. Okay? Können wir es dabei lassen?« Er richtete sich auf. »Jetzt zur entscheidenden Frage. Ist der Popcornautomat immer noch kaputt?« Damit drehte ihm der Pilot den Rücken zu und folgte dem Geruch von verbrannten Maiskörnern in den Korridor, der zur Pilotenlounge führte.

Dashs Handy läutete. »Moment noch. Vielleicht ist das Ihre Freigabe.«

Der Pilot blieb stehen und drehte sich wieder um. Dash nahm den Anruf an. »Ja?« Der Anrufer nannte seinen Namen, und Dash deutete mit erhobenem Zeigefinger an, dass dies der erhoffte Anruf war. Es war sein Geschäftspartner, der den Transportflug über einen privaten Charterdienst auf dem Flughafen Hartsfield-Jackson ausgehandelt hatte.

»Ja, ja, er ist bereit. In den Startlöchern. Scharrt schon mit den Hufen«, ergänzte er und spießte dabei den Piloten mit seinem Blick auf. »Hä? Wohin umleiten?« Er lauschte eine halbe Minute, wobei die Falten auf seiner Stirn immer tiefer wurden. »Nein, ich glaube nicht, dass das Probleme bereitet.« Noch während er das sagte, war ihm klar, dass er log.

»Kein PCL? Aber es ist bestimmt jemand da, der die Lichter einschaltet?«

Der Pilot zuckte zusammen. Ein PCL – ein vom Piloten kontrolliertes Befeuerungssystem – hätte es ihm ermöglicht, vom Cockpit aus die Lichter der Landebahn einzuschalten.

»Okay«, sagte Dash. »Schicken Sie mir die Einzelheiten per Mail. Alles klar.« Er legte auf und sagte zu dem Piloten: »Wir haben Glück. Es gibt einen Flugplatz in der Nähe einer Kleinstadt im Norden von Georgia. Dort wird der Kunde auf Sie warten. Er fährt jetzt mit dem Wagen aus Atlanta los. Es sind zwei, zweieinhalb Stunden Fahrt, aber er ist bereit…«

»Im Norden von Georgia? Im Gebirge?«

Dash wedelte wegwerfend mit der Hand. »Das ist kein Gebirge, höchstens ein Vorgebirge.«

»Gibt es einen Tower?«

»Nein. Aber die Landebahn ist absolut für den Flieger geeignet, wenn Sie, ähm, genau am Ende aufsetzen und es keine allzu starken Scherwinde gibt.« Er interpretierte die zweifelnde Miene seines Piloten richtig und schnippte mit den Fingern. »Ich habe eine bessere Idee.«

»Ich warte, bis Atlanta wieder öffnet.«

»Sie nehmen die 182.«

Der Pilot lachte laut los. »Diese Klapperkiste? Wohl kaum.«

Dash erdolchte ihn mit einem Blick. »Dieser Vogel ist schon geflogen, bevor Ihr Papa geboren wurde.«

Was definitiv das falsche Argument war, denn der Pilot lachte gleich wieder. »Meine Rede«, fügte er hinzu.

»Okay, sie ist nicht so jung und schick wie die Beechcraft, und sie hat schon einiges mitgemacht, aber sie ist zuverlässig, und sie ist hier, und Sie fliegen damit. Ich tanke sie auf, während Sie Ihren Flugplan einreichen. Der Ort heißt…«

»Moment noch, Dash. Ich habe zugesagt, die Beechcraft an einen Flughafen mit bemanntem Tower zu fliegen, und ich werde nicht auf gut Glück in dieser Nebelsuppe auf einem menschenleeren Flugplatz im Gebirge landen, wo ich mit starken Scherwinden rechnen kann. Und wo ich darauf hoffen muss, dass jemand da ist und die Landebahnbefeuerung einschaltet.« Er schüttelte den Kopf. »Das können Sie vergessen.«

»Ich zahle Ihnen das Dreifache.«

»Ich bin doch nicht verrückt. Tut mir leid, Sie werden Ihren Kunden vertrösten und ihm klarmachen müssen, dass kein Mensch diese Box noch heute Nacht zustellen kann, ganz gleich, was sich darin befindet. Er wird die Lieferung bekommen, sobald das Wetter besser wird. Ich habe ein Auge darauf und mache mich auf den Weg, sobald ich kann.«

»Wenn Sie mich jetzt hängen lassen, sind Sie bei mir Geschichte.«

»Glaube ich kaum. Dafür brauchen Sie zu dringend Piloten.« Er griff nach dem Karton mit den Sandwiches und durchquerte damit die Lobby in Richtung Korridor.

Dash fluchte halblaut. Er hatte es mit einer leeren Drohung probiert, und dieser aalglatte Hurensohn hatte ihn durchschaut. Er brauchte ständig Piloten für die verschiedensten Flugzeugkategorien, -klassen und -typen, die zu jeder Zeit in ein Cockpit klettern und losfliegen konnten.

Der hier war ein Arschloch, aber er war Junggeselle und darum flexibler als jemand mit Familie im Hintergrund. Und er war scharf darauf, Flugstunden zu sammeln, damit er irgendwann bei einer Passagierfluglinie anheuern konnte.

Um die Wahrheit zu sagen, hätte er vollkommen verrückt sein müssen, um unter diesen mehr als heiklen Bedingungen einen Provinzflugplatz anzusteuern. Und das war er nicht. Er war ein kühl kalkulierender Pilot, der kein unnötiges Risiko einging.

Dash brauchte ein ganz anderes Kaliber von Flieger.

Er sah auf das Sofa am anderen Ende der Lobby, wechselte die Zigarre wieder in den anderen Mundwinkel, zog die Hose unter den mächtigen Schmerbauch und holte tief Luft. »Ähm, Rye?«

Der Mann auf dem Sofa reagierte nicht.

»Rye«, wiederholte Dash lauter. »Bist du wach?« Die daliegende Gestalt regte sich nicht, aber Dash ließ sich davon nicht irritieren: »Ich habe einen Notfall. Total vermasselter Start in die Feiertagssaison, und du weißt, dass ich da mein halbes Jahresgeschäft mache. Dieses Weichei hat mich stehen lassen und …«

Dash hielt mitten im Satz inne, als Rye Mallett die alte Zeitschrift von seinem Gesicht hob. Er wälzte sich zur Seite und stellte die Füße auf den Boden. »Ich hab alles gehört.« Er stand auf, warf die Zeitschrift aufs Sofa und griff nach seiner Bomberjacke sowie der Pilotentasche. »Wohin soll's gehen?«

22:21 Uhr

Aus den Gründen, die der andere Pilot angeführt hatte, hatte Rye sich dafür entschieden, nicht die Beechcraft zu nehmen. Während Dash mit der Checkliste die Cessna 182 vor dem Abflug geprüft hatte, war Rye zu einem Computer in einem der Wartebereiche gegangen und hatte eine Website mit Luftbildern von vielen Flugplätzen aufgerufen.

Aufmerksam hatte er das Luftbild des Howardville County Airfields studiert, sich dabei Notizen über die Geländebeschaffenheit und die Lage des Flugplatzes im Tal gemacht und zuletzt ein Foto ausgedruckt.

Er hatte bei der Flugsicherung, der Federal Aviation Administration, angerufen und einen Flugplan nach Instrumentenflugregeln durchgegeben. Er würde sich vom Start bis zur Landung auf seine Instrumente verlassen müssen. Das war an sich nicht außergewöhnlich, nur der Nebel war es.

Um Genaueres über die Wetterlage zu erfahren, und nicht von jemandem mit aufpoliertem Gebiss und betoniertem Haar in einem Fernsehstudio, hatte er sich in mehrere Flugblogs eingeloggt und nachgelesen, was die Kollegen so berichteten. Wie nicht anders zu erwarten, ging es an diesem Tag in fast allen geposteten Nachrichten um den Nebel und dessen Ausmaße. Die Piloten, die darin geflogen waren, warnten vor weiten Bereichen mit Sichtweite gleich null.

Auf einer dieser Seiten hatte Rye sich eingeloggt und nach Howardville gefragt, sodann gleich mehrere Reaktionen erhalten wie: *Wenn du da heute Abend landen willst, dann sag uns gleich, was für Blumen du auf deinem Sarg haben willst.* Oder: *Nimm dich in Acht vor den Stromleitungen dort. Und falls du es bis zur Landebahn schaffst, dann mach dich auf was gefasst. Ein Waschbrett ist ein Dreck dagegen.*

Ähnliche Posts folgten, Warnungen, gespickt mit Galgenhumor und den respektlosen Witzen, die weltweit von Fliegern ohne Uniform gemacht wurden. Letztendlich lief alles darauf hinaus, dass es nicht klug wäre, heute Abend Howardville anzufliegen.

Aber Rye bekam oft solche Warnungen, und er flog trotzdem.

Selbst Dash hatte untypisch besorgt gewirkt. Nur einmal hatte Rye den älteren Mann so sentimental erlebt, damals, als eines Tages ein dreibeiniges Kätzchen in den Hangar gehumpelt war. Das Tier war völlig ausgezehrt und flohgepeinigt gewesen. Es hatte fauchend jeden angefallen, der in seine Nähe kam. Aber Dash hatte es in sein Herz geschlossen und durchgefüttert, bis es schließlich kräftig genug gewesen war, um wieder von dannen zu humpeln. Was es eines Abends tat, ohne jemals wieder aufzutauchen. Als Rye sich danach erkundigt hatte, hatte Dash ihm bemerkenswert schroff beschieden: »Das undankbare Mistvieh ist abgehauen.«

Damals hatte Rye einen Blick auf Dashs weiche Seite erhascht, die er ansonsten gut verborgen hielt, so wie jetzt auch wieder, als Dash ihn auf das Rollfeld begleitete, wo die Cessna bereitstand wie ein treuer Ackergaul.

Dash bückte sich grunzend, entfernte die Bremsklötze und sagte, nachdem er kurz etwas über sein »verdammtes Knie« gebrummelt hatte: »Die Box habe ich dir auf den Co-Pilotensitz geschnallt.«

Rye nickte und wollte schon ins Cockpit klettern, als Dash mit einem Räuspern anzeigte, dass er noch nicht fertig war. Er nahm die Zigarre aus dem Mund und betrachtete die kalte Spitze. »Weißt du, Rye, ich würde dich ja nicht bitten, heute Nacht zu fliegen, aber die Feiertage stehen an und …«

»Das hast du schon gesagt.«

»Schön. Und außerdem bist du der beste Pilot für so einen Flug.«

»Wie wär's mit einem Bonus statt der warmen Worte?«

»Außerdem«, fuhr Dash fort, ohne auf das Thema Bonus

einzugehen, »bezweifle ich, dass es so schlimm ist, wie sie alle tun.«

»Das bezweifle ich auch. Wahrscheinlich ist es viel schlimmer.«

Dash nickte, als fürchtete er, dass Rye recht haben könnte. »Du brauchst nicht sofort zurückzufliegen, nachdem du die Lieferung zugestellt hast.«

»Du bist eine wahrhaft großherzige Seele, Dash.«

»Aber wenn du sie bis morgen Mittag zurückbringen könntest …«

»Sicher.«

»Ich weiß, das ist ziemlich knapp, aber du brauchst nicht viel Schlaf.«

Rye hatte sich darauf konditioniert, mit so wenig Schlaf wie möglich auszukommen, nicht nur weil er dadurch gegenüber den Flugregularien *flexibler* war – und Frachtfluglinien wussten Flexibilität bei ihren freien Piloten zu schätzen –, sondern auch weil ihm weniger Zeit zum Träumen blieb, je weniger er schlief.

Dash sagte gerade etwas über das Proviantpaket, das sich der Kollege unter den Nagel gerissen hatte. »Ich könnte diesem Geizkragen ein Sandwich abschwatzen, wenn du eins mitnehmen willst.«

»Ich kann Thunfisch nicht ausstehen.«

»Ich auch nicht. Vielleicht haben wir noch ein paar alte Donuts von heute Morgen übrig.«

Rye schüttelte den Kopf.

Dash klemmte die Zigarre wieder in seinen Mund. »Hör mal, Rye, bist du sicher, dass du …«

»Was soll das Händchenhalten, Dash? Willst du mir noch einen Abschiedskuss geben?«

Dash reagierte mit einer obszönen Bemerkung. Dann drehte er sich um und wackelte ins Gebäude zurück. Rye kletterte ins Cockpit, rief noch einmal bei der Flugsicherung an, die ihm die Freigabe erteilte, und hob nach einer kurzen Fahrt zur Startbahn ab.

01:39 Uhr

Als er nur noch ein paar Flugmeilen von seinem Ziel entfernt war, erteilte ihm die FAA in Atlanta die Erlaubnis für den instrumentengelenkten Anflug. Rye erklärte dem Controller, dass er den Flugplan schließen würde, sobald er sicher am Boden war.

»Viel Glück dabei.« Der Mann meinte es ernst.

Rye meldete sich ab und stellte die Frequenz des Flugplatzes ein. »Hier ist November neun sieben fünf drei sieben. Jemand zu Hause?«

In Ryes Ohren knisterte es, dann hörte er: »Ich bin hier. Brady White. Sind Sie Mallett?«

»Kommt sonst noch jemand rein?«

»Niemand ist so irre, das zu versuchen. Ich hoffe, Sie kriegen das hin, und sei es nur, damit ich Ihnen die Hand schütteln kann. Vielleicht treibe ich sogar ein Bier für Sie auf.«

»Das lasse ich mir nicht zweimal sagen. Ich bin im Instrumentenanflug, Entfernung zehn Meilen, Höhe viertausend Fuß, und gehe gleich das erste Mal in den Sinkflug. Schalten Sie schon mal die Lichter an.«

»Lichter sind an.«

»Sinke auf dreitausendzweihundert Fuß. Kann immer noch keinen Furz erkennen. Wie tief ist die Wolkendecke?«

»Sichtweite null bis zum Boden«, erklärte ihm Brady White.

»Noch mehr gute Nachrichten?«

Der Mann lachte. »Passen Sie auf, dass Sie beim letzten Sinkflug nicht bescheißen, ungefähr eine Viertelmeile vor der Startbahn stehen Strommasten.«

»Ja, die sind auf der Karte. Wie sieht es mit Seitenwind aus?«

Brady nannte Windrichtung und -geschwindigkeit. »Für unsere Verhältnisse eine leichte Brise, aber das hat auch Nachteile. Wenn der Wind stärker wäre, würde er den Nebel wegblasen.«

»Man kann nicht alles haben.« Rye behielt den Höhenmesser im Auge. Dann rief er sich den Namen auf den Frachtpapieren in Erinnerung und fragte: »Ist Dr. Lambert schon da?«

»Noch nicht, aber er soll bald eintreffen. Was transportieren Sie?«

Rye warf einen Blick auf die schwarze Kiste. »Keine Ahnung, hab nicht gefragt.«

»Bei dieser Eile muss es ein Herz sein oder so was.«

»Keine Ahnung, hab nicht gefragt. Ist mir auch egal.«

»Und wieso machen Sie das dann?«

»Weil ich davon lebe.«

Nach einer Sekunde sagte Brady: »Ich kann Ihren Motor hören. Sehen Sie die Landebahn schon?«

»Ich halte danach Ausschau.«

»Nervös?«

»Weswegen?«

Brady lachte leise. »Machen Sie zwei Bier draus.«

Auf der Frontscheibe sammelten sich die Wassertropfen zu zappeligen Rinnsalen. Dahinter war nichts zu erkennen als dichter Nebel. Wenn die Bedingungen so waren, wie Brady sie beschrieb, würde Rye die Befeuerung der Landebahn wohl erst wenige Meter darüber sehen können. Weshalb er froh war, dass er das kleinere Flugzeug gewählt hatte und sich keine Sorgen machen musste, dass die schwerere Beechcraft über die Landebahn hinausschoss und den Erdboden dahinter umpflügte. Außerdem hatte er ein geringeres Landegewicht, weil seine Treibstofftanks so gut wie leer waren.

Nein, nervös war er nicht. Er vertraute den Instrumenten und war zuversichtlich, dass er sicher aufsetzen würde. Die Bedingungen waren zwar übel, aber er hatte schon Schlimmeres erlebt.

Dennoch war er froh, dass der Flug zu Ende war, und hoffte, dass dieser Dr. Lambert möglichst bald auftauchen würde. Sobald der Doktor seine Lieferung abgezeichnet hatte, konnte Rye den Verkaufsautomaten plündern – vorausgesetzt, es gab einen auf Bradys Flugplatz –, und dann zum Schlafen hinten in sein Flugzeug krabbeln.

Dash hatte die beiden Passagiersitze ausbauen lassen, um Frachtraum zu gewinnen. Außerdem hatte er, um bei Übernachtflügen Hotelkosten zu sparen, einen Schlafsack ins Flugzeug gelegt. Er stank nach Schweiß und Männern. Niemand wusste, wie viele Piloten schon in den Schlafsack gefurzt hatten, aber heute Nacht würde Rye das nicht stören.

Das Nickerchen bei *Dash-It-All* hielt inzwischen nicht mehr vor. Schlafen war zwar nicht seine liebste Beschäftigung, aber er brauchte noch ein paar Stunden, bevor er morgen früh zurückflog.

Er nahm sich fest vor, darauf zu achten, dass Brady ihn

nicht aus dem Gebäude ausschloss, wenn er nach Hause fuhr. Ansonsten konnte Rye nicht mehr auf die Toilette. Vorausgesetzt, es gab eine Toilette. Er war schon an Orten gelandet, wo…

Er sah etwas durch den Nebel flackern. »Okay, Brady. Ich glaube, ich kann die Befeuerung sehen. Ist das Bier schon kalt?«

Keine Antwort.

»Sind Sie eingenickt, Brady?«

Im nächsten Moment bohrte sich ein Laserstrahl durch die Frontscheibe und traf Rye genau in die Augen.

»Verfluchter Dreck!«

Instinktiv schirmte er die Augen mit der linken Hand ab. Mehrere Sekunden später erlosch das bohrende Licht. Aber der Schaden war schon angerichtet: Rye war in der kritischsten Phase des Landevorgangs geblendet worden.

All das schoss ihm während eines einzigen Herzschlags durch den Kopf.

Der Boden kam rasend schnell näher. Eine Bruchlandung war praktisch unausweichlich, genau wie der Tod.

Sein letzter Gedanke lautete: *Wurde verflucht noch mal Zeit.*

Kapitel 2

01:46 Uhr

Pilotentraining, Reflexe und Überlebensinstinkt setzten ein. Obwohl Rye sich scheinbar gleichgültig mit dem fast sicheren Tod abgefunden hatte, spielte er automatisch nüchtern diverse Optionen durch und reagierte dann so, dass seine Chancen, die Bruchlandung unbeschadet zu überleben, möglichst gut standen.

Wofür ihm nur wenige Millisekunden Zeit blieben.

Instinktiv zog er den Steuerhebel zurück und damit die Nase des Flugzeugs nach oben, gleichzeitig nahm er das Gas zurück, um die Geschwindigkeit zu drosseln, allerdings nicht so stark, dass die Maschine absacken würde.

Wenn er nach einem kurzen Aufsetzen auf der Landebahn durchstarten und danach in der Luft bleiben konnte, bis sein Blickfeld wieder aufgeklart war, konnte er mit etwas Glück noch eine Schleife fliegen und dann einen neuen Landeversuch wagen.

Und das wollte er um jeden Preis schaffen, nur damit er Brady White erwürgen konnte.

Aber unter ihm war keine weite Fläche. Falls er über die Landebahn hinausschoss und die Maschine nicht rechtzeitig hochziehen konnte, würde er die Baumwipfel streifen. Falls er hoch genug war und die Bäume überflog, musste er immer noch den Hügeln dahinter ausweichen, und er traute sich nicht länger zu, abschätzen zu können, wie weit entfernt sie waren. Er flog ausschließlich nach Gefühl durch den Nebel und die vor seinen Augen explodierenden lila und gelben Flecken.

Der wahrscheinlichste Ausgang: Er hatte nicht den Hauch einer Chance. Die Armaturen konnte er hinter den vor seinen Augen tanzenden Lichtpunkten nicht ablesen. Ohne Instrumente war seine räumliche Orientierung nichts mehr wert. Vielleicht flog er die Kiste geradewegs in den Busen von Mutter Erde.

Und dann erblickte er voraus und leicht backbord einen helleren Nebelfleck, der sich zu einem Leuchten intensivierte und sich dann in zwei eng nebeneinanderstehende Lichtkegel aufteilte. Sah nach Scheinwerfern aus. Ein Parkplatz? Nein, die Straße. Die Straße, die ihm auf dem Luftbild des Flugplatzes aufgefallen war. Auf jeden Fall lieferten ihm die Scheinwerfer einen Anhaltspunkt dafür, wie nah der Boden war.

Keine Zeit, sich jetzt darüber den Kopf zu zerbrechen. Er setzte zu einer ganz leichten Linkskurve an und richtete die Maschine auf die beiden Lichtstrahlen aus.

Steig hoch genug, dass du über die Scheinwerfer wegfliegst.

Immer locker, nicht nervös werden.

Die Maschine segelte über die Scheinwerfer hinweg, blieb noch ein, zwei Sekunden in der Luft und krachte dann auf den Boden. Im nächsten Moment sprang sie wieder auf. Als sie zum zweiten Mal aufsetzte, kam sie nur auf dem linken Hinter- sowie dem Vorderrad auf. Dann knickte das rechte Fahrgestell ein. Das Flugzeug kippte nach Steuerbord ab, der rechte Flügel neigte sich nach unten, touchierte den Boden und riss das Flugzeug rechtsrum, ohne dass Rye irgendetwas dagegen unternehmen konnte.

Instinktiv wollte er mit aller Kraft auf die Bremse steigen, doch wenn die Räder abgerissen oder auch nur schwer beschädigt worden waren, war mit Sicherheit auch die Hydraulik defekt und die Bremse damit nutzlos.

Das Flugzeug schlitterte von der Straße in den Wald hinein. Ein Ast prallte gegen die Frontscheibe. Das Plexiglas splitterte nicht, zersprang aber in ein Spinnennetz von Rissen, das ihm endgültig die Sicht nahm.

Dann der Aufprall.

Die Cessna traf so heftig auf ein Hindernis, dass die Nase eingedrückt wurde und das Heck mit einem Ruck vom Boden abhob, ehe es wieder aufsetzte. Ryes Zähne knallten aufeinander, und er biss sich auf die Zunge.

Seine Nerven lagen blank, aber er war immer noch klar genug im Kopf, um zu begreifen, dass er sich auf *terra firma* befand, so unglaublich das auch schien. Das Flugzeug stand nicht in Flammen. Er war noch am Leben. Noch während er diesen Gedanken fasste, tastete er nach dem Hauptschalter für die Flugzeugelektrik und legte alle elektronischen Systeme still, bevor er den Tankwahlschalter am Boden zwischen den Sitzen schloss.

Danach ließ er sich ein paar Sekunden Zeit, bis er wieder zu Atem gekommen war, sein Herz halbwegs normal schlug und er im Geist eine Checkliste von wahrscheinlichen Verletzungen durchgegangen war. Allmählich verblassten auch die lila und gelben Punkte vor seinen Augen. Er konnte wieder etwas erkennen. Er hatte keine schlimmen Schmerzen, nur das Steuerhorn drückte ihm auf den Brustkorb, weil es bei dem Aufprall mitsamt der Instrumententafel nach hinten geschoben worden war.

Das Flugzeug war so alt, dass es nicht über einen Schulter-, sondern nur über einen Bauchgurt verfügte. Er löste umständlich den Verschluss und konnte sich schließlich befreien. Die Tür links von ihm schien unbeschädigt. Er entriegelte sie und drückte sie auf. Kalte, feuchte Luft drang ins Cockpit, und er nahm einen tiefen Atemzug.

Er musste mehrmals ansetzen und mit zusammengebissenen Zähnen alle Kräfte mobilisieren, doch irgendwann hatte er sich unter dem Steuerhorn hervor- und aus seinem Sitz gezwängt und es ins Freie geschafft. Die Pilotentasche lag, unter der Instrumententafel eingeklemmt, vor dem Co-Pilotensitz auf dem Boden. Nach einiger Anstrengung bekam er den Ledergurt zu fassen und konnte die Tasche herauszerren. Er holte sie aus dem Cockpit und ließ sie auf den Boden fallen.

Damit blieb nur noch die schwarze Box übrig.

Laut den Vorschriften der FAA durfte ein Pilot nach einer Bruchlandung lediglich seine Pilotentasche aus dem Flugzeug nehmen. Alles andere musste an Ort und Stelle bleiben, bis der Unfallbericht bei der FAA eingegangen war und entschieden war, ob der Vorfall vor Ort untersucht werden musste.

Aber weil er wusste, wie dringend seine Fracht erwartet wurde, löste er den Gurt, mit dem die Box auf dem Sitz gehalten wurde, und zog sie zu sich her. Er richtete sich wieder auf, schloss von außen die Tür und sprang auf den Boden, wie er es im Lauf vieler Jahre schon zehntausendmal getan hatte.

Nur dass diesmal seine Knie nachgaben. Er kippte um,

landete im Dreck und war gottfroh, dass niemand in der Nähe war, der seine Lumpenpuppen-Darbietung mitbekommen hatte. Offenbar nahm ihn die Bruchlandung stärker mit, als er gedacht hatte.

Er setzte sich auf, senkte den Kopf zwischen die angezogenen Knie und konzentrierte sich darauf, langsam und gleichmäßig zu atmen. So blieb er sitzen, bis die Feuchtigkeit aus dem Boden in seine Jeans sickerte.

Schließlich hob er den Kopf und schlug die Augen auf. Er war in Nebel und Dunkelheit gehüllt, aber sein Blick war frei. Keine tanzenden Punkte mehr. Er konnte die beiden Finger erkennen, die er vor seine Augen hielt.

Erst in diesem Moment begriff er, dass er bei dem Aufprall nach vorn geschleudert worden war und sich den Kopf angeschlagen hatte. Behutsam erkundete er mit den Fingerspitzen seinen Kopf und ertastete dabei unter seinem Haaransatz eine Beule, die aber nicht allzu schlimm sein konnte. Sein Blick war zwar verschwommen, doch ihm war nicht übel, und ohnmächtig war er auch nicht geworden, darum war ihm wohl eine Gehirnerschütterung erspart geblieben. Er baute nur langsam das eingeschossene Adrenalin ab, das war alles.

Er ließ den Hinterkopf gegen den Flugzeugrumpf sinken und wischte mit dem Handrücken über seine Stirn. Seine Hand war schweißnass, als er sie wieder wegnahm, gleichzeitig bibberte er in seiner Bomberjacke.

Aber auch das machte ihm nicht allzu viele Sorgen. Das Zittern ließ sich bestimmt mit einer Handbreit Bourbon kurieren.

Nachdem er zu diesem Schluss gekommen war, zog er die Pilotentasche zu sich her und öffnete den Reißverschluss.

Nach kurzem Suchen hatte er die Taschenlampe entdeckt und schaltete sie ein. Die schwarze Box immer noch in der Armbeuge, den Gurt der Tasche über der anderen Schulter, zog er sich am Flugzeugrumpf hoch und richtete sich auf, um sein Gleichgewichtsgefühl zu testen.

Er war nicht in Topform, aber er war okay. Er duckte sich unter der Tragfläche durch und arbeitete sich zur Nase des Flugzeugs vor. Der dämliche Baum, in den er gerauscht war, war mit Sicherheit der größte in ganz Georgia. Mit der Taschenlampe nahm er die Beschädigungen am Flugzeug in Augenschein.

Er konnte genug erkennen, um sicher zu sein, dass Dash stinksauer sein würde.

Er setzte sich wieder auf den Boden, lehnte sich mit dem Rücken an den Baumstamm und zog sein Mobiltelefon aus der Jackentasche. Als er erkannte, dass das Display zersplittert war und das Handy nicht ansprang, durchwühlte er seine Pilotentasche nach dem Ersatzhandy. Er konnte sich nicht entsinnen, wann er es zuletzt benutzt oder aufgeladen hatte, und tatsächlich muckste es nicht einmal. Er musste Atlanta Center informieren, dass er nicht mehr in der Luft war, aber er konnte dort erst Bescheid geben, wenn er ein funktionierendes Telefon hatte.

Unter einer Litanei von Flüchen schaute er sich um, sah aber nichts als Nebel und noch mehr Nebel. Der Taschenlampenstrahl war stark, aber statt die Nebelschwaden zu durchschneiden, reflektierte er ihn und ließ ihn nur noch undurchdringlicher erscheinen. Rye schaltete die Lampe aus, um Batterie zu sparen. Im Dunkeln sitzend, überdachte er seine Lage.

Am klügsten war es, sitzen zu bleiben, vielleicht ein Nickerchen zu machen und abzuwarten, bis sich der Nebel lichtete.

Aber die Wut war stärker als jede Klugheit. Er wollte Brady White an den Kragen und ihm die Seele aus dem Leib prügeln. Er hatte so viel damit zu tun gehabt, die Katastrophe abzuwenden, dass er erst jetzt Zeit fand, sich darüber zu wundern, warum ihn dieser Idiot erst ganz freundlich zur Landebahn lotste, um ihn dann mit einem gottverdammten Laserstrahl zu blenden. Und es brauchte einen mächtigen Laserstrahl, um den Nebel zu durchdringen und ihm derart die Sicht zu nehmen.

Brady White hatte einen sympathischen Eindruck gemacht und so gewirkt, als hätte er Hochachtung vor Rye. Nicht wie jemand, der es auf ihn abgesehen hatte. Und wieso sollte er es auf ihn abgesehen haben, wenn sie sich noch nie begegnet waren?

Aber wer außer Brady White hatte überhaupt gewusst, dass Rye hier landen würde? Dr. Lambert. Der war aber noch nicht eingetroffen, und selbst wenn – warum sollte er teures Geld zahlen, damit seine Fracht noch heute Nacht hierher geliefert wurde, und dann das Flugzeug sabotieren? Das ergab keinen Sinn.

Dass Brady White ihn geblendet hatte, ergab genauso wenig Sinn, aber das würde Rye schon klären, und dann würde er Brady eine Lektion in Flugsicherheit erteilen, die er bis an sein Lebensende nicht vergessen sollte. Schmerz und Reue würden sich bei Brady White die Waage halten.

In Gedanken schon bei seiner Strafaktion, sah er sich um und versuchte sich zu orientieren. Wenn er erst wieder auf der Straße war, würde er bestimmt zum Flugplatz finden. Er hoffte nur, dass er sich nicht die Knochen brach oder einen

Abhang hinunterrutschte, während er sich durchs Unterholz schlug. Trotzdem war es am besten, wenn er sich auf den Weg machte.

Er schulterte seine Tasche und wollte gerade aufstehen, als er aus dem Augenwinkel ein diffuses Licht bemerkte, das durch den Wald schwenkte.

Er brauchte Bradyboy also gar nicht zu suchen. Brady kam zu ihm. Wie ein Brandstifter, der das angezündete Haus in Flammen aufgehen sehen will, wollte dieser kranke Trottel sich an seinem Zerstörungswerk erfreuen, das er angerichtet hatte.

Tja, Brady White hatte keine Ahnung, worauf er sich da eingelassen hatte.

Schnell und möglichst leise duckte sich Rye hinter den Baumstamm, wo man ihn nicht sah. Ohne den Blick von dem verschwommenen Lichtkreis zu nehmen, der durch den Nebel tanzte, schob er eine Hand in seine Pilotentasche und öffnete den Reißverschluss des Innenfachs, in dem er seine kleine Glock aufbewahrte. Er schob eine Kugel in die Kammer und deckte dabei den Schlitten mit der flachen Hand ab, um das Klicken zu dämpfen.

Hinter dem Baum kauernd, beobachtete er, wie sich eine dunkle Gestalt aus dem Nebel schälte. Whites Taschenlampe brachte nicht viel. Tatsächlich sah der Strahl eher gelb und kränklich aus, aber bei einem Schwenk erfasste er das Flugzeugheck, schwenkte dann kurz zurück und kam auf der Flugzeugkennung zu liegen. Die Gestalt erstarrte mitten in der Bewegung, einen Fuß noch in der Luft.

Rye rührte sich ebenso wenig und wagte kaum zu atmen. Er hörte den Sekundenzeiger seiner Armbanduhr ticken. Nach zehn Sekunden senkte der Typ den Fuß wieder und näherte sich dem Flugzeug weiter, nun aber viel zögerlicher. Er ließ den Lichtstrahl über den Flugzeugrumpf gleiten und richtete ihn schließlich auf den eingedrückten Propeller und die Schnauze der Maschine.

Immer noch vorsichtig wagte er sich weiter vor. Im Nebel war die Gestalt nur schwer auszumachen, doch Rye erkannte immerhin, dass Brady von Kopf bis Fuß in dunkle Sachen gekleidet war und sich eine Kapuze über den Kopf gezogen hatte.

Ryes erster Impuls war, sich auf ihn zu stürzen, aber irgendwie genoss er das zögerliche Vorgehen des Mannes. Wer setzte schon absichtlich aus sicherer Entfernung und vom Boden aus einen Piloten am Steuer außer Gefecht? Nur ein absoluter Feigling. Ryes Blut kochte. Seine Hand schloss sich fester um den Griff der kleinen Glock, aber er wollte erst noch abwarten und beobachten, was der hintertriebene Hurensohn als Nächstes unternehmen würde.

Die Gestalt erreichte die Tragfläche, ging mit eingezogenem Kopf darunter durch und leuchtete als Nächstes mit der Taschenlampe in das Fenster auf der Pilotenseite. Der Lichtstrahl war zu schwach und traf zu schräg auf die Scheibe, als dass der Mann etwas im Cockpit erkennen konnte. Sekundenlang schien er mit sich zu ringen, dann kletterte er am Flugzeug hoch, bis er die Verriegelung zu fassen bekam und die Tür aufziehen konnte.

So wie Rye es sah, hatte er einen leblosen Körper hinter dem Steuerhorn erwartet, denn er reagierte offenkundig erschrocken und leuchtete mit der Taschenlampe im Cockpit herum. Rye sah den Strahl hinter der gesprungenen Frontscheibe herumzucken.

Der Mann richtete sich wieder auf, sah sich flüchtig um

und kletterte schließlich wieder herunter, bevor er in die Richtung ging, aus der er gekommen war. Diesmal schlug er ein ganz und gar nicht zögerliches Tempo an, tatsächlich schien er es verflucht eilig zu haben.

»Da hast du dich geschnitten.« Rye sprang hinter dem Baum hervor und griff an.

Der Aufprall war so hart, dass ihm selbst kurz die Luft wegblieb, doch er wusste, dass sein Gegner noch viel härter getroffen worden war, und das war ungeheuer befriedigend.

Die Taschenlampe fiel zu Boden und landete ein paar Schritte von ihnen entfernt. White streckte die Hand danach aus, doch Rye schlang seine Arme fest um den unter ihm liegenden Widersacher, klemmte dabei die Arme des Mannes fest, indem er sich rittlings auf ihn kniete und mehr oder weniger auf dessen Hintern zu sitzen kam.

»Was hast du denn, du blöder Wichser? Hast du erwartet, meine blutige Leiche im Pilotensitz hängen zu sehen? Tja, *Überraschung.*«

Er drehte seinen Gegner auf den Rücken und packte dessen Hände, ohne dass seine Rechte dabei die Neun-Millimeter losgelassen hätte. Wieder zwang er die Arme des Mannes an dessen Körper und presste sie rücksichtslos auf den felsigen Untergrund.

So wütend wie noch nie in seinem Leben knurrte er: »Ich will bloß wissen, was diese Scheiße …«

Er verstummte, als er erkannte, dass die Augen, die ihn von unten anfunkelten, zu einem weichen, glatten Gesicht und einem dichten Kranz dunkler, welliger Haare gehörten. »Wer zum Teufel sind Sie?«

»Ihre Kundin.«

Rye zuckte überrascht zurück und senkte den Blick auf

den Brustkorb dicht unter seinem Gesicht, der sich unruhig hob und senkte… und zweifelsfrei weiblich war. »Dr. Lambert? Ich hätte einen Mann erwartet.«

»Tja, *Überraschung.*«

Dann rammte sie ihm ihr Knie in die Eier.

Kapitel 3

»Verflucht!« Sie hatte ihn verfehlt. Er hatte im letzten Moment scharf eingeatmet und die Hüften gerade weit genug zur Seite gedreht, um einen Volltreffer zu vermeiden. Die Zähne zusammengebissen, zischte sie: »Gehen Sie runter von mir.«

Er tat nichts dergleichen. Stattdessen fixierte er ihre Beine, indem er sie erneut zwischen seinen festklemmte. »Sie sollten mich am Flugplatz erwarten. Was tun Sie hier draußen?«

»Haben Sie die Lieferung? Wieso sind Sie bewaffnet?«

»Ich habe zuerst gefragt.«

Sie lieferten sich ein Duell von Blicken, aber er war wütend, groß, stark und saß obendrein auf ihr, weshalb er eindeutig im Vorteil war. »Ich habe im Nebel die Abzweigung verpasst. Plötzlich endete die Straße an einem Stacheldrahtzaun. Ich wollte gerade wenden, als aus dem Nichts Ihr Flugzeug auf mich zukam.«

»Ach. Dann waren das Ihre Scheinwerfer. Ich bin darauf zugeflogen.«

»*Darauf zu?*«

»Damit ich auf der Straße landen konnte.«

»Das sind Sie aber nicht. Sie haben eine Bruchlandung hingelegt.«

»War nicht meine Schuld.«

»Nicht?« Sobald sie das Wort ausgesprochen hatte, hörte

sie, wie schnöselig sie klang, und das machte ihn noch wütender.

»Nein, Frau Doktor. Tatsächlich habe ich alles dafür getan, dass das Flugzeug nicht komplett zerschellt, was garantiert passiert wäre, wenn ich nicht so ein verflucht guter Pilot wäre. Und es hat mich höllische Mühe gekostet, Ihnen nicht den Kopf abzurasieren. Sie sollten mir dankbar sein.«

»Dankbarkeit ist nicht gerade das, was ich im Moment Ihnen gegenüber empfinde. Wurde der Behälter beschädigt? Wieso konnten Sie nicht auf der Landebahn landen?«

»Jemand …« Er verstummte, änderte dann aber seine Meinung und verkündete statt seiner ursprünglichen Antwort knapp: »Stromausfall.«

»In Ihrem Flugzeug?«

»Die Instrumente flackerten nur noch. Und bei diesem Wetter kann es den Unterschied zwischen Leben und Tod bedeuten, dass man alle Instrumente erkennen kann. Immerhin habe ich überlebt.« Er fixierte sie weiter misstrauisch. Sie zwang sich, seinen Blick stoisch zu erwidern, obwohl er nicht so aussah, als hätte er irgendwelche Skrupel. Außerdem musste sie ständig an die Waffe in seiner rechten Hand denken.

»Wie lange wollen Sie mich so festhalten?«, fragte sie. »Mir tun die Hände weh, und ein Stein drückt gegen meine linke Niere.«

Rye reagierte nicht gleich, kam dann aber wohl zu dem Schluss, dass dieses Kräftemessen mit Blicken zu nichts führen würde. Er gab ihre Handgelenke frei, löste sich von ihr und stand auf. Dann hob er die Taschenlampe auf, die sie fallen gelassen hatte, und leuchtete ihr damit ins Gesicht, bis sie ihn knapp und höflich bat, sie nicht länger zu blenden. Er schaltete das Licht nicht aus, schwenkte den Strahl aber von ihr weg. Die Lampe schenkte ihnen damit ein mattes Licht.

Sie setzte sich auf und massierte die schmerzende Stelle an ihrem Rücken. »Wie heißen Sie eigentlich?«

»Rye Mallett.«

»Mr. Mallett«, murmelte sie und wollte sich aufrichten. Er umgriff ihren Ellbogen, um sie hochzuziehen. Sobald sie stand, befreite sie ihren Arm aus seinem Griff und wischte danach Dreck und Zweige von ihren Handrücken. Beide Hände waren verkratzt und aufgerissen. Auf einer war ein blutiger Streifen. Sie strafte ihn mit einem anklagenden Blick.

»Tut mir leid«, sagte er. »Ich dachte, Sie wären ein Kerl.«

»Wäre nett, wenn Sie genauer hingesehen hätten, bevor Sie sich auf mich stürzten. Mit einer Waffe. War das wirklich notwendig?«

»Nein, aber es hätte notwendig sein können.«

»Sind heutzutage alle Piloten bewaffnet?«

»Was andere Piloten tun, ist deren Sache.«

Sie sah auf das Flugzeug, das schwer beschädigt war. Er hatte Glück gehabt, dass er unbeschadet aus dem Wrack gestiegen war, und noch mehr Glück, dass er noch kräftig genug gewesen war, sie zu überwältigen und am Boden festzuhalten. »Sie scheinen nicht verwundet zu sein, Mr. Mallett. Haben Sie Schmerzen?«

»Es geht mir gut.«

»Ganz bestimmt?«

»Es geht mir *gut.*«

»Da bin ich aber froh.« Nachdem das geklärt war, fragte sie: »Was ist mit dem Behälter?«

»Kennen Sie Brady White?«

»Den Mann, der den Flugplatz leitet? Ich habe heute Abend mit ihm telefoniert. Er hat mir versichert, dass er hier sein würde, wenn Sie landen, obwohl er meinem Eindruck nach nicht glauben wollte, dass tatsächlich heute Abend jemand diesen Platz anfliegen würde. Er sagte …« Sie brach mitten im Satz ab, weil ihr ein Gedanke gekommen war. »Er war doch da, oder? Er hat die Lichter eingeschaltet?«

»Allerdings. Er hat die Lichter eingeschaltet.«

»Gut. Er hat also getan, was er sollte.«

»Ganz so, wie Sie es angeordnet haben.« Sein Kiefer spannte sich unter etwas wie kaltem Zorn an. Seine Augen wurden wieder schmal. »Was ist in dieser Box?«

Sie hatte nicht die Absicht, diese Frage zu beantworten, und schon gar nicht, nachdem sie mit solchem Misstrauen gestellt worden war. »Ich habe sie im Cockpit nicht entdeckt«, erwiderte sie stattdessen.

»Das ist keine Antwort auf meine Frage.«

»Sie sollen die Box nur abliefern, sonst nichts. An Ihre Kundin. Die zufällig ich bin. Ist sie im Frachtraum gesichert? Bitte sagen Sie mir, ob sie beschädigt wurde oder nicht.«

»Wurde sie nicht.«

»Ich würde mich gern davon überzeugen.«

»Trauen Sie mir nicht?«

»Sie haben die Frechheit, das zu fragen, nachdem Sie mit einer Pistole herumgewedelt haben?«

»Ich habe nicht damit herumgewedelt. Aber der entscheidende Punkt ist, dass das Misstrauen auf Gegenseitigkeit beruht. Was ist so verflucht Wichtiges in dieser Box, dass es noch heute Nacht hier ankommen musste – Wetter hin, Wetter her?«

Sie blieb stumm.

»Hmm? Nicht mal eine Andeutung? Kommen Sie. Was könnte so wichtig sein, dass es so behütet und unbedingt noch heute Nacht zugestellt werden muss? Die geheime Zutat in Omas kandiertem Süßkartoffelauflauf?«

»Das ist nicht witzig, Mr. Mallett.«

»Das ist es nicht, da haben Sie verdammt recht.« Er war dabei lauter geworden und einen Schritt auf sie zugekommen. »Wieso haben Sie sich so an das Flugzeug rangeschlichen?«

»Ich habe mich nicht *rangeschlichen.*«

»Für mich sah das nach Schleichen aus. Die Kapuze, die …«

»Die Kapuze habe ich gegen den Nieselregen aufgesetzt.«

Er streckte die offene Hand aus, hielt sie vor ihr Gesicht, wartete ein paar Sekunden und stellte dann fest: »Staubtrocken. Kein Nieselregen.«

»Als ich ausgestiegen bin, war es feucht.«

Er wartete kurz ab und fragte dann: »Sie sind Doktor?« Sie nickte. »Ärztin?« Sie nickte wieder. »Haben Sie nicht einen Eid geschworen, alles zu tun, um den Tod abzuwenden?«

»Ja.«

»Haben Sie das damals ernst gemeint?«

Sie würdigte diese Frage keiner Antwort.

»Ich frage nur«, fuhr er fort, »weil Sie nicht sofort losgerannt sind, als Sie das havarierte Flugzeug gesehen haben. Wieso nicht? Sie konnten doch nicht wissen, ob ich nicht jede Sekunde den Löffel abgebe.«

»Ich habe Vorsicht walten lassen.«

»Sie sind geschlichen.«

»Weil ich nicht wusste, ob nicht Gefahr drohte!«, fuhr sie

ihn an. »Flugzeuge können nach einer Bruchlandung Feuer fangen oder explodieren.«

»Ich weiß, ja.«

Seine Stimme hallte wie eine Totenglocke, so als wollte er sie warnen, dieses Thema lieber nicht zu vertiefen. Dennoch ließ sie sich nicht einschüchtern. »Geben Sie mir die Box.«

»Wie wär's mit einem Tauschhandel?«

Sie lachte schnaubend. »Wie bitte? Einem Tauschhandel?«

»Ich brauche jemanden, der mich zum Flugplatz bringt.«

Sie wollte ihm das schon abschlagen, erkannte dann aber, dass er tatsächlich hier festsaß. »Natürlich.«

»Danke.«

Sie hatte sich so darauf konzentriert, das zu bekommen, weswegen sie gekommen war, dass sie sich keine Gedanken über die weiteren Folgen der Bruchlandung gemacht hatte. »Der arme Mr. White«, meinte sie. »Sie hatten gerade zur Landung angesetzt. Bestimmt ist er in Panik, weil er nicht weiß, was passiert ist.«

»Oh, der arme Mr. White weiß nur zu gut, was passiert ist. Er weiß ganz bestimmt, dass ich unten angekommen bin, so oder so.«

»Sie hätten ihn benachrichtigen sollen, dass Ihnen nichts passiert ist.«

»Ging nicht. Mein Handy ist kaputtgegangen, und das Ersatzhandy ist nicht aufgeladen. Also ist er entweder schon unterwegs und sucht nach mir, oder er hat der Flugsicherung gemeldet, dass das Flugzeug und ich vom Radar verschwunden sind. In diesem Fall wird schon bald eine Horde von Hillbillys mit Polizeimarken durchs Gestrüpp brechen und Fragen stellen, und irgendwie …« Er ging leicht in die

Knie, bis er auf Augenhöhe mit ihr war, »... habe ich das unbestimmte Gefühl, dass Ihnen das genauso wenig passen würde wie mir. *Doc.*«

Die Betonung ihres Titels entging ihr nicht. Genauso wenig wie die Pause, in der er stumm abwartete, ob sie seine »unbestimmte Ahnung« bestätigen, einschränken oder dementieren würde. Als sie nichts sagte, hob sich sein Mundwinkel geringfügig und selbstzufrieden. »Dachte ich mir.«

Er drückte die Knie durch und richtete sich wieder zu voller Größe auf. »Es interessiert mich einen feuchten Dreck, was Sie hier treiben. Aber ich kann es kaum erwarten, Brady White persönlich gegenüberzutreten und ihm zu demonstrieren, wie lebendig und wie gut in Form ich bin.«

»Ich wollte ihn anrufen, als Sie über mein Auto weggeflogen sind, aber ich habe hier kein Netz.« Sie zog ihr Handy aus der Manteltasche und drehte es zu ihm hin, damit er sich überzeugen konnte, dass sie hier keinen Empfang hatte. »Hier oben ist der Handyempfang Glückssache, ganz besonders bei schlechtem Wetter.«

»Sie kennen sich hier aus?«

»Ich bin eine von den Hillbillys.« Sie sah ihn vielsagend an. »Ich bin hier aufgewachsen. Darum kannte ich diesen Flugplatz.« Sie sah an ihm vorbei auf das Flugzeug. »Wollen Sie das einfach hierlassen?«

»Es wird kaum jemand damit wegfliegen.«

»Ist das Ihr Flugzeug? Gehört es Ihnen?«

Er schüttelte den Kopf. »Mich kann man mieten.«

»Ich verstehe.«

»Nein, tun Sie nicht, aber das tut nichts zur Sache.« Er ließ ihr keine Zeit für einen Kommentar. »Sobald sich morgen der Nebel lichtet, lasse ich mich von jemandem herbringen. Ich muss noch Fotos machen, bevor ich meinen Bericht einreiche.«

»Bei wem?«

»Der nächsten Zweigstelle der FAA. Falls der Fall nicht zufällig einem Korinthenkacker zugeteilt wird, werden wahrscheinlich keine weiteren Ermittlungen vorgenommen. Keine Toten, keine Verletzten. Kaum etwas zu berichten, richtig?«

Wieder hatte sie das Gefühl, dass er einen Köder ausgeworfen hatte und neugierig abwartete, wie sie reagieren würde. Sie fummelte an ihrem Handy herum, um ihn nicht direkt ansehen zu müssen. »Ich weiß nichts über irgendwelche FAA-Vorschriften.«

»Ich weiß alles darüber.«

Sie ließ das Handy wieder in ihre Tasche gleiten und musterte ihn langsam und ausgiebig, vom ungekämmten Haar abwärts bis zu den abgenutzten Stiefeln. Sein Kinn war mit Stoppeln überzogen. Er trug keine Uniform, nur Jeans und eine abgewetzte Bomberjacke. Das Hemd darunter sah aus, als hätte er darin geschlafen.

Es gab eine Bezeichnung für diese Art von Frachtpiloten, aber ihr fiel sie gerade nicht ein.

Wieder stellte sie sich seinem kühlen Blick. »Ich kann mir gut vorstellen, dass Sie auch wissen, wie man all diese Vorschriften umgehen kann, Mr. Mallett.«

»Zum Glück für Sie. Sonst hätte niemand es riskiert, heute Abend hierherzufliegen.«

»Und wieso Sie?«

Er sah sie stumm an, sein Gesicht war eine blanke Maske. »Nehmen Sie mich jetzt mit?«

»Ja. Falls wir zu meinem Auto zurückfinden.«

»Ich habe mir vorsorglich die Umgebung des Flugplatzes eingeprägt.«

Damit drehte er ihr den Rücken zu und ging zum Flugzeug zurück. Er verschwand hinter dem Baum, in den es gekracht war, und tauchte mit einer ledernen Reisetasche über der Schulter und einer mit einem Vorhängeschloss gesicherten Metallbox wieder auf. Er reichte ihr erst die Taschenlampe, dann die Kiste. »Ausgeliefert.«

Sie drückte die Kiste gegen ihre Brust. »Ich danke Ihnen. Von Herzen.«

»Wir erledigen den Papierkram, sobald wir im Flugplatzbüro sind. Und ja, ich würde einen Bonus akzeptieren. Von Herzen gern.«

Er steckte die Pistole wieder in das Reißverschlussfach in seiner Tasche, holte stattdessen seine Taschenlampe heraus und schaltete sie an. Mit einem Nicken deutete er die Richtung an. »Von dort sind Sie gekommen.« Im selben Moment ging er an ihr vorbei und erklärte ihr über die Schulter hinweg: »Bleiben Sie dicht hinter mir. Falls Sie zurückfallen und sich im Nebel verirren, sind Sie auf sich allein gestellt. Ich drehe bestimmt nicht um und suche nach Ihnen.«

Sie glaubte ihm aufs Wort.

2:16 Uhr

Die beiden Männer kauerten unweit des Flugzeugwracks im Unterholz und warteten ab, bis der Nebel den Piloten und die Ärztin verschluckt hatte. Der kalte, undurchsichtige Schleier hatte sie verborgen, doch er verkomplizierte eine ohnehin schon schwierige Situation noch zusätzlich.

Wo alles eigentlich so einfach gewesen wäre.

Genau das würde ihnen der Boss erklären, wenn Goliad ihn anrief, um ihm diese kolossale Bauchlandung zu beichten.

»Was jetzt?«, flüsterte sein Partner.

»Plan B.«

»Wie lautet Plan B?«

»Ich habe jedenfalls einen. Komm mit.« Goliad erhob sich und sah mit tiefer Verachtung auf den Mann an seiner Seite, den er am liebsten auf der Stelle erwürgt hätte. Der Boss hatte ihm befohlen, jemanden mitzunehmen, der im Notfall entbehrlich war. Ihm konnte man alles in die Schuhe schieben, falls irgendwas schieflief. Man hatte ihm Timmy vorgeschlagen.

Schlechte Idee. Timmy hatte Mist gebaut, und nun würde er teuer dafür bezahlen müssen. Aber erst wenn der richtige Moment gekommen war. Vorerst ließ Goliad ihn am Leben, denn er konnte sich immer noch als nützlich erweisen.

Goliad war in Texas geboren worden, in der Stadt gleichen Namens. Sein Name stand auch auf seinem Taufschein. Er war haften geblieben, die Taufe nicht. Seine tiefreligiöse Mutter hatte noch im Sterben ihren Rosenkranz umklammert und sich weinend darüber beklagt, welchen Lebensweg er eingeschlagen hatte. Es war nicht der schmale, steinige Pfad gewesen, für den sie so innig und vergeblich gebetet hatte.

Sein Begleiter Timmy war im reifen Alter von elf Jahren in seiner ersten Gang aufgenommen worden, nachdem er seinem prügelnden Vater die Kehle aufgeschlitzt und danach Zuflucht in den rauen Straßen Philadelphias gesucht hatte, wo er bald in die blühende kriminelle Szene eingetaucht war.

Inzwischen war er Anfang zwanzig, doch die blutrünstige Mentalität der Straßengangs hatte er nicht abgelegt.

Sie gaben ein eigenwilliges Paar ab. Goliad trug eine Pistole, die er aber nur selten einsetzen musste. Dank seiner Größe und Breite wirkte er so überzeugend, dass nur wenige Menschen auf den Gedanken kamen, sich mit ihm anzulegen.

Timmys Scheitel reichte nicht einmal bis zu Goliads Schulter. Er war klein, drahtig und hinterhältig. Er provozierte gern und ließ sich genauso gern provozieren. Er bevorzugte Klingen und trug nie weniger als drei gut versteckte Messer bei sich.

Während sie zu ihrem abgestellten Wagen zurückgingen, fragte Timmy: »Wirst du dem Boss das mit dem Laser erzählen?«

»Hab mich noch nicht entschieden«, erwiderte Goliad, weil er keine Lust hatte, Timmy von seinen Sorgen zu erlösen. Aber weil er auch kein Messer in seinem Rücken haben wollte, gab er ihm ein Zeichen, die Führung zu übernehmen.

»In dieser Mistbrühe finde ich nie zum Auto zurück.«

»Dann wirst du wohl hier im Wald bleiben müssen, wo du vielleicht nie gefunden wirst.«

Offenbar hatte Timmy die kaum verhohlene Warnung verstanden. Unter leisem Grummeln, wie sehr er die Natur hasste und das Stadtleben vermisste, pflügte er voran, doch tatsächlich wurde das Tempo von Goliad vorgegeben, der dicht hinter Timmy ging und ihm immer wieder einen Schubs versetzte, wenn Timmy über etwas stolperte oder kurz abbremste, um nicht auf einen Schössling oder Felsbrocken zu prallen, der sich vor ihm aus dem Nebel schälte – oft nur eine Handbreit vor seinen Augen.

»Ich will nur eines wissen«, sagte Goliad. »Was hast du dir dabei gedacht, verfluchte Scheiße?«

»Ich bin eben von Natur aus neugierig«, erklärte Timmy jammernd. »Ich hab das im Fernsehen gesehen. Da haben sie erzählt, wie gefährlich Laser für Piloten sind. Kommt immer öfter vor, dass einer geblendet wird.«

»Und da hast du dir gedacht, das probierst du am besten bei diesem Piloten aus, mal sehen, ob du ihn nicht zum Abstürzen bringen kannst.«

»Ich wollte ihn bloß ärgern.«

Goliad schüttelte den Kopf angesichts dieser Dummheit. »Wo hast du das verdammte Ding überhaupt her?«

»Hab gesehen, wie UPS ein Päckchen vor einem Haus abgeliefert hat. Hab's von der Veranda geklaut, sobald der Laster verschwunden war. Wusste gar nicht, was in dem Karton war, bis ich ihn aufgemacht hab. Bonanza!«

»Und wann war das?«

»Vor ein paar Wochen.«

»Dir ist schon klar, dass viele Diebe erwischt werden, weil sie von Überwachungskameras aufgenommen wurden.«

Timmy schnaubte abfällig. »Ich weiß, wie man die austricksen kann.«

»Das solltest du lieber hoffen. Hast du das Ding irgendwem gezeigt?«

»Nein. Hab's heute Abend zum ersten Mal ausprobiert.«

»Du hättest keinen schlechteren Zeitpunkt zum Experimentieren wählen können.«

»Ich wollte bloß sehen, ob es auch im Nebel funktioniert. Jesus, ist das wirklich so eine Riesensache?«

»Die Riesensache ist, dass die Leute, die dich bezahlen, auf die Lieferung aus diesem Flugzeug warten.«

»Ich konnte doch nicht wissen, dass er abstürzt«, beschwerte er sich.

»Ist er aber. Sei bloß froh, dass die Kiste dabei nicht kaputtgegangen ist.«

»Siehst du? Gar kein Problem. Es wird so aussehen, als hätte dieser windige Pilot Mist gebaut und im Nebel die Landebahn verfehlt.«

Goliad fürchtete, dass es damit nicht getan war. Er fürchtete, dass es ernste Konsequenzen für die Menschen haben könnte, für deren Schutz er bezahlt wurde.

Sie mussten nur einmal umkehren, dann hatten sie ihren Wagen wiedergefunden. Goliad war der Fahrer, Timmy nahm auf dem Beifahrersitz Platz.

Während Goliad nach seinem Handy griff, entschied er blitzschnell, so wenig ins Detail zu gehen wie nur möglich. Wenn er und Timmy erst mit der schwarzen Kiste nach Atlanta zurückgekehrt waren, würde es keine Rolle mehr spielen, welche Hindernisse sie während dieses Unternehmens überwinden mussten.

Er schaltete auf Lautsprecher, damit Timmy mithören konnte, und wählte die Nummer an. Nach nur einem halben Läuten wurde das Gespräch angenommen, nicht vom Boss, sondern von seiner Missus, die wesentlich reizbarer war als er.

Mit einer Stimme, mit der man Granit meißeln konnte, fragte sie: »Haben Sie es?«

»Noch nicht, Madam.«

»Das Flugzeug ist noch nicht gelandet?«

»Es ist vor einer halben Stunde aufgetaucht.«

»Was gibt es dann für ein Problem?«

»Es ist abgestürzt.«

Sie schnappte nach Luft.

»Der Pilot wollte landen, hat die Landebahn verpasst und ist in den Wald gekracht«, führte Goliad aus.

Er warf Timmy einen Seitenblick zu, der ihm sagte, dass er ihm später noch danken konnte. Timmy hob erleichtert den Daumen.

»Ist das Flugzeug ausgebrannt, zerstört oder was?«, fragte sie. *»Was?«*

»Nein, es wurde nicht zerstört. Die Kiste ist noch heil.«

Es blieb kurz still, dann waren ein Ausatmen zu hören und ein raues »Dem Himmel sei Dank«.

»Aber die Ärztin war vor uns an der Absturzstelle.« Er beschrieb die Szene, die er und Timmy heimlich beobachtet hatten. »Sie und der Pilot haben geredet.«

»Er hat überlebt?«

»Unverletzt, soweit wir das feststellen konnten.«

»Wieso war *sie* an der Absturzstelle? Sie hätte am Flugplatz auf die Lieferung warten sollen.«

»Das verstehe ich auch nicht«, gab er zu. »Ich weiß nur, dass sie dort war. Der Pilot hat ihr die Kiste übergeben. Sie ist, wie beschrieben, mit einem Vorhängeschloss gesichert. Die beiden haben sich zu Fuß auf den Weg gemacht. Zu ihrem Auto. Sie wollte ihn zum Flugplatz bringen.«

»Warum haben Sie ihnen nicht nachgesetzt? Das wird Richard wissen wollen. Wie erkläre ich ihm das?«

»Sie haben nicht mitbekommen, dass wir da waren, Madam. Wir hätten uns vielleicht verraten, wenn wir ihnen zu Fuß gefolgt wären. Das wäre nicht klug gewesen.«

Weil er wusste, wie dünn ihr Geduldsfaden war, beschrieb er so wortarm wie möglich die Verhältnisse hier unten. »Sie denken wahrscheinlich, in Atlanta wäre es übel, aber hier oben ist es noch viel schlimmer. Wenn wir ihnen im Nebel zufällig über den Weg gelaufen wären und es zu … einer Begegnung … gekommen wäre, dann hätte alles den Bach runtergehen können.«

»Es hätte schmutzig werden können«, mischte Timmy sich erstmals ins Gespräch. »Er war geladen.«

»Was redet er da, Goliad?«

»Der Pilot war bewaffnet. Weder Sie noch wir haben ihn in unsere Rechnung einbezogen. Er hätte überhaupt nicht auftauchen sollen.«

»Wieso hätten wir ihn einbeziehen sollen? Wir konnten doch nicht ahnen, dass er abstürzen würde!«

»Stimmt. Das war nicht vorherzusehen.« Goliad schoss einen wütenden Blick auf Timmy ab, der verlegen auf seinem Sitz herumrutschte.

»Er war bewaffnet, sagen Sie?«, fragte sie.

»Mit einer kleinen Pistole. Neun-Millimeter. Er ist kein normaler Berufspilot. Sah ziemlich heruntergekommen aus, und nicht wegen des Absturzes.«

Eine Weile sagte sie nichts, sondern versuchte, die Situation zu analysieren, wie Goliad mutmaßte.

»Dass der Flieger abgestürzt ist, war ein Rückschlag, aber die Kiste ist noch heil, und jetzt hat die Ärztin sie. Wir haben geringfügig Zeit verloren. Das ist alles. Am Flugplatz fangen wir sie ab.«

Timmy öffnete den Mund, doch Goliad schüttelte energisch den Kopf und brachte ihn so zum Schweigen, ehe er etwas sagen konnte.

»Muss ich Sie daran erinnern, dass jede Minute zählt?«, fragte sie.

»Das wissen wir, Madam.«

»Wenn Sie das nächste Mal anrufen, will ich hören, dass Sie auf dem Rückweg nach Atlanta sind, und zwar mit der Ärztin im Schlepptau und der Kiste dazu. Haben wir uns verstanden?«

»Klar und deutlich.«

»Gut. Ich lege jetzt auf. Ich würde vorschlagen, dass Sie die verlorene Zeit einzuholen versuchen. Ich muss los und meinem Ehemann erklären, dass Sie im Verzug sind. Das wird ihn nicht freuen. Ganz bestimmt nicht. Ich würde Ihnen beiden raten, uns nicht zu enttäuschen.« Damit war das Gespräch zu Ende.

Timmy pfiff durch die Zähne. »Die hat ganz schön Feuer unterm Arsch, wie? Ich wette, sie fickt wie…«

Goliads Arm schoss über die Mittelkonsole. Er drückte ihn wie eine Messerklinge gegen Timmys Adamsapfel. »Vergiss nicht, über wen du da sprichst.« Er presste den Arm so fest auf Timmys Kehle, dass sein Kompagnon zu röcheln begann. »Mit deinem neuen Laser zu spielen«, knurrte er. »Das hier ist kein Spiel, du Idiot.«

Ganz langsam lockerte er den Druck auf Timmys Hals und sank in den Fahrersitz zurück. Aus dem Augenwinkel kontrollierte er, was Timmy mit seinen Händen anstellte. Mit der rechten massierte er die Kehle. Goliad rechnete halb damit, dass er mit der linken eines der vielen Messer hervorzaubern würde.

Doch Timmy schnappte nur nach Atem und schluckte laut. Als er wieder Luft bekam, krächzte er: »Das war ein Witz.«

»War aber nicht komisch. Du arbeitest für die beiden. Erweis ihnen Respekt, sonst war das dein letzter Einsatz.«

»Okay, okay«, murrte Timmy. »Also, was jetzt?«

Goliad ließ den Wagen an. »Wir fahren zum Flugplatz und warten dort auf sie.«

»Das ist Plan B?«

»Das ist Plan B.«

»Du glaubst, die gute Frau Doktor macht mit, wenn wir sie in die Zange nehmen?«

»Das wird sie, wenn wir ihr erst erklärt haben, dass wir von Mrs. Hunt persönlich geschickt wurden. Wir werden ihr erklären, dass sich Mrs. Hunt Sorgen um sie gemacht hätte, immerhin musste sie allein durch den Nebel hier hochfahren. Mrs. Hunt hat uns hinterhergeschickt, um sicherzustellen, dass sie gut nach Hause kommt.«

»Und das soll sie uns abkaufen?«

»Wahrscheinlich wird sie anrufen und es sich bestätigen lassen.«

»Und wenn es ihr immer noch nicht gefällt?«

»Warten wir ab und sehen, was passiert.«

»Was ist mit dem Piloten?«

»Du wirst schon sehen.« Er sah den jüngeren Mann an. »Wir stecken bis zum Hals in der Scheiße. Wieso grinst du so dämlich?«

Timmy kicherte. »›Du wirst schon sehen‹ heißt, dass ich doch noch jemanden kaltmachen darf.«

Kapitel 4

»Frachtkerle. So nennt man Leute wie Sie.«

»Das ist einer von den netteren Ausdrücken«, sagte Rye.

Sie hatten das Flugzeug zurückgelassen und sich durch den dichten Wald geschlagen, was im Nebel noch schwerer war als ohnehin. Trotzdem hatten sie ohne weitere Missgeschicke oder große Umwege den schlichten Wagen der Ärztin erreicht… nur um sich dort vor ein weiteres Problem gestellt zu sehen.

Rye hatte gerade auf der Beifahrerseite einsteigen wollen, als ihm auffiel, dass der Wagen mit der Stoßstange vorn rechts auf einen einbetonierten Zaunpfahl geprallt war. Die Motorhaube war an der Seite eingedellt, aber das war nicht so schlimm wie das unter der Karosserie eingeklemmte Vorderrad. Er fluchte.

»Was ist denn los?«

Er sah sie über das Autodach hinweg an. »Sie brauchen gar nicht erst einzusteigen. Damit kommen wir nirgendwohin.«

Sie war um das Heck des Autos herumgegangen, hatte sich neben ihn gestellt und nahm nun bestürzt den Schaden in Augenschein. »Ich habe gar nicht gemerkt, dass ich gegen den Pfosten geprallt bin.«

»Wie konnten Sie das nicht merken?«, fragte er verärgert.

Sie feuerte genauso verärgert zurück. »Da muss mich

wohl irgendwas furchtbar erschreckt haben. So was wie ein Propeller auf meiner Windschutzscheibe.«

Unter leisen Flüchen war er an ihr vorbeigegangen und hatte sich zu Fuß auf den Weg gemacht. Sie war ihm nachgelaufen, ehe er im Nebel verschwinden konnte.

Nach wenigen Minuten hatten sie die Abzweigung erreicht, die sie zuvor übersehen hatte. Ein Schild wies den Weg zum Howardville County Airfield. Die Zufahrt war holprig, schmal und lag unter einer dichten Nebeldecke. Sie hielten sich in der Mitte der Fahrbahn, um nicht versehentlich links oder rechts im Straßengraben zu landen.

Er hatte ein straffes Tempo angeschlagen. Seine Begleiterin konnte nur mühsam mithalten und stieß den Atem in dichten Dampfwolken aus. Doch kein einziges Mal beklagte sie sich oder fiel zurück. Er nahm an, dass sie mit ihrer Bemerkung über die Frachtkerle Konversation machen wollte, doch er ließ sich nicht darauf ein. Seine Gedanken kreisten darum, was er mit Brady White anstellen würde.

Wieso bot ihm dieses Arschloch erst an, ein, zwei Bier für ihn aufzutreiben, um ihn dann mit einem Laserstrahl zu blenden?

Genau wie ferngesteuerte Drohnen wurden auch Laserpointer immer ausgefeilter, leistungsfähiger, leichter und billiger und im selben Ausmaß immer gefährlicher für Piloten und damit für die ganze Luftfahrt. Er hatte besorgniserregende Berichte von Hobby- und Berufspiloten gelesen, die nur knapp einem Absturz entgangen waren, weil irgend so ein Verrückter sie mit einem Laserpointer geblendet hatte. Viele Experten fürchteten, dass es nur eine Frage der Zeit war, bis jemand – ob Terrorist oder unreifer Teenager – mit so einem Gerät eine Flugzeugkatastrophe auslöste.

Rye war sich der Bedrohung durchaus bewusst. Er hätte nur nie damit gerechnet, dass sie ihn treffen könnte. Und doch war es passiert. Er hätte um ein Haar die Ärztin getötet und, wenn er mit etwas höherem Tempo in den Baum gekracht wäre, beim Aufprall sterben können.

Aber er würde nie beweisen können, dass es dieses Ding überhaupt gab, wenn er diesen Hurensohn nicht damit erwischte. Falls er die Bullen rief und eine offizielle Beschwerde einreichte, würde sein Wort gegen das von White stehen. Ein klassisches Patt. Und Zeitverschwendung. Ein Ärger, der ihn mindestens ein paar Tage vom Fliegen abhalten würde.

Außerdem wollte er die Behörden lieber nicht in die Sache hineinziehen und Whites Bestrafung stattdessen persönlich vornehmen.

Er würde das mit dem Laserstrahl in den Unfallbericht an die FAA schreiben müssen, alles andere wäre unverantwortlich. Allerdings würde er das nur widerwillig tun. Die Behörde würde ihm im Nacken sitzen, Fragen stellen und ihn zwingen, zahllose und zeitraubende Formulare auszufüllen.

Auf der Plusseite: Die Umgebung war praktisch unbeschädigt geblieben, selbst der Baum stand noch. Niemand war verletzt worden. Niemand war gestorben. Da es keine Opfer gab, würden sich die Formalitäten in Grenzen halten.

Auf der Minusseite: Solange er den Laserpointer nicht als Beweis in der Hand hielt, würde man seine Behauptung möglicherweise als gesichtswahrende Lüge abtun. In diesem Fall würde er damit leben müssen, dass der Unfall als Pilotenfehler eingestuft wurde.

Das war das Ärgerlichste an der ganzen verfluchten Geschichte und Grund genug, Brady White grün und blau zu prügeln.

»Der Begriff wollte mir vorhin nicht einfallen.«

Der Kommentar riss Rye aus seinen giftigen Gedanken. »Verzeihung?«

»Frachtkerl. Mir ist eben wieder eingefallen, wo ich ihn zum ersten Mal gehört habe.«

Die Ärztin musste sich so anstrengen, dass sie die Kapuze ihrer Jacke zurückgeschlagen hatte. Er fragte sich, wie er sie für einen Mann hatte halten können, selbst aus der Ferne, im Dunklen und im Nebel. Vielleicht hatte der Laser seinen Blick mehr getrübt, als er gedacht hatte. Denn an ihr war rein gar nichts männlich. Sie war durch und durch weiblich.

Er hatte sie zwar nicht ermutigt, das Thema zu vertiefen, doch sie tat es. »Vor ein paar Jahren habe ich mit ein paar Freundinnen Urlaub in der Karibik gemacht. Eines Nachmittags regnete es so stark, dass wir vom Strand in die Bar flüchten mussten.«

»Taugt als Grund so gut wie jeder andere.« Seine ironische Bemerkung ließ sie lächeln. Ihre Lippen waren so verflucht gar nicht maskulin.

»Da saßen diese Kerle um einen Tisch«, fuhr sie fort. »Fünf oder sechs, die sich betranken und wild über das Fliegen und ihre Maschinen durcheinanderredeten.«

»Welche Insel?«

Sie nannte die Insel, und Rye nannte ihr den Namen der Bar.

»Sie kennen sie?«

»So eine Bar gibt es in der Nähe von jedem Flugplatz der Welt.«

»Einen Treffpunkt für Piloten?«

»Irgendwo müssen sie sich die Zeit zwischen ihren Flügen vertreiben.«

»Na ja, sie bemerkten uns und…« Sie machte eine rollende Bewegung mit der rechten Hand.

Er nickte, weil er genau wusste, was sie mit der Geste ausdrücken wollte. »Die Männer haben eine Runde springen lassen und sich dann an Ihren Tisch eingeladen, und Sie haben sie nicht weggeschickt.«

»Das wäre unhöflich gewesen.«

Er warf ihr einen Seitenblick zu, und sie lachte leise.

»Ein paar waren richtig süß. Jedenfalls trug einer von ihnen ein T-Shirt mit dem aufgedruckten Logo einer Frachtfirma. Meine Freundin fragte, was es bedeuten sollte, und sie erklärten uns, dass sie Frachtkerle wären. Je länger der Nachmittag wurde, desto verwegener und fantastischer wurden ihre Geschichten, lauter Heldensagen, gespickt mit Fliegerlatein. Wahrscheinlich wollten sie uns beeindrucken.«

»Sie wollten Sie flachlegen.«

Sie sah ihn kurz an und kam prompt aus dem Tritt.

Automatisch griff Rye ihren Arm, um sie zu stützen, und fragte, ehe er sich beherrschen konnte: »Hat es geklappt?«

Sie entwand ihren Arm aus seinem Griff, sah wieder auf den Boden und marschierte los. »Bei mir nicht.«

Er schnaufte. »Überrascht mich nicht. Sie kommen mir nicht so vor, als wären Sie leicht zu beeindrucken.«

»Stimmt, aber wie kommen Sie darauf?«

»Nichts Bestimmtes. Ich denke mir nur, dass Sie zu schlau sind, um so einen Bullshit zu glauben.«

»War es Bullshit? Fliegen Piloten wie Sie nicht in alten Klapperkisten, bei jedem Wetter oder Unwetter, Tag und Nacht, stets auf Zuruf, ohne oder nach nur ein paar Minuten Schlaf?«

»Die Flugzeuge sind nicht durchwegs Klapperkisten, und

manchmal ist das Wetter perfekt. Aber alles in allem ist es eine treffende Jobbeschreibung.«

»Jedenfalls eine treffende Beschreibung, was heute Nacht angeht.«

»Die Bedingungen waren wirklich schlecht heute Nacht. Aber ich hätte es problemlos geschafft, wenn nicht …«

»Wenn nicht was?«

Er schob das Kinn unter den hochgeschlagenen Jackenkragen. »… dieser verfluchte Nebel gewesen wäre.«

Sie sah ihn scharf und bohrend an. »Eigentlich wollten Sie etwas anderes sagen.« Als er nicht widersprach, fragte sie: »Sie vertrauen mir noch nicht wirklich?«

Absolut nicht, dachte er, antwortete aber stattdessen: »Ich frage mich bloß, was Sie so umtreibt.«

»Mich treibt gar nichts um.«

»Ach so, Sie spazieren also jede Nacht um diese Zeit ganz allein durch den Wald.«

»Nein.« Sie dehnte das Wort sarkastisch in die Länge. »Nur wenn ich ein Flugzeug abstürzen sehe.«

»Hätten Sie nach der Absturzstelle gesucht, wenn Sie nicht hinter der Box her gewesen wären?«

»Natürlich.«

Sein abfälliges Lachen zeigte, wie wenig er ihr glaubte. »Was ist darin?«

»Wieso fragen Sie das ständig?«

»Wieso wollen Sie darauf nicht antworten?«

»Nehmen Sie alle Ihre Kunden so ins Gebet, Mr. Mallett?«

»Nur die, die sich suspekt verhalten.«

»An mir ist nichts suspekt.«

»Nur alles.«

Als sie so kurz nach der Bruchlandung am Unfallort

aufgetaucht war, hatte er im ersten Moment geglaubt, sie könnte irgendwie mit dem Absturz zu tun haben. Mittlerweile hatte er seine Meinung geändert, dafür war sie zu sehr hinter dieser verdammten Kiste her. Seit er ihr den Metallbehälter übergeben hatte, hielt sie ihn fest umklammert.

Aber irgendwas passte nicht zusammen. Sie konnte es leugnen, bis keine Luft mehr in diesem ansehnlichen Oberkörper war, aber sie hatte sich eindeutig an die Lichtung und die Maschine angeschlichen, und das nicht, weil sie Angst gehabt hatte, das Wrack könnte in die Luft fliegen.

Natürlich interessierte es ihn nicht wirklich, was in der Kiste war. Das Geheimnis konnte sie ruhig für sich behalten. Seinetwegen hätte es der Hope-Diamant sein können, den jemand geraubt hatte, und sie die Hehlerin. Sein Auftritt in diesem Stück war zu Ende, sobald die Papiere unterzeichnet waren und er mit Brady White quitt war. Danach war für ihn die Sache *fini*, und er war weg.

»Ist Rye eine Abkürzung?«, fragte sie.

»Nein. Ich heiße einfach Rye.«

»Mir ist noch nie jemand begegnet, der so heißt.« Nach kurzer Pause fügte sie hinzu: »Nicht dass Sie gefragt hätten, aber ich heiße Brynn.«

»Mir ist auch noch nie jemand begegnet, der so heißt.«

»Sehr suspekter Name.« Sie schenkte ihm wieder dieses Lächeln, und er musste sich eingestehen, dass er ihr definitiv einen Drink ausgegeben hätte, wenn er an einem verregneten Nachmittag in einer Bar die Zeit totgeschlagen hätte. Und dass er sich dabei durchaus gewünscht hätte, ihr näherzukommen. Hautnah.

»Ich vermute, dass Sie über Nacht hierbleiben.«

Er verbannte die verlockende Vorstellung ihres nackten

Körpers zwischen schweißfeuchten Laken aus seinen Gedanken. »Ursprünglich wollte ich in der Maschine schlafen und morgen früh zurückfliegen.«

»Im Flugzeug?«

»Manchmal gibt es keine andere Möglichkeit, und ich bin daran gewöhnt. Aber jetzt?« Er zog eine Schulter hoch.

»Was machen Sie morgen?«

»Kommt darauf an, was der Agent von der FAA sagt. Wenn er eine Untersuchung vor Ort anordnet, dann wird Dash, das ist der Typ, der mich beauftragt hat …«

»Von *Dash-It-All*.«

»Genau. Ihm wird es wohl am liebsten sein, wenn ich hierbleibe und seine Maschine bewache, bis er einen Gutachter von der Versicherung herschaffen kann. Aber ich bezweifle, dass er mich hier warten lässt, bis es dazu kommt.«

»Warum?«

»Er will mich wieder in der Luft haben. Höchstwahrscheinlich wird er mich losschicken, die nächste Lieferung abzuholen.«

»Wo?«

»Weiß der Himmel. Tulsa. Trinidad.«

»Und dann … fliegen Sie einfach dorthin?«

»Dann fliege ich einfach dorthin.«

Sie dachte darüber nach. »Wie lange arbeiten Sie schon für ihn?«

»Ich arbeite gar nicht für ihn, ich arbeite auf eigene Rechnung. Aber Dash gibt mir oft Aufträge.«

»Sie müssen sich mögen.«

Er schnaubte. »Absolut nicht. Wir haben uns nur aneinander gewöhnt.«

»Leben Sie in Columbus?«

Er schüttelte den Kopf. »Das war nur mein letzter Zielflughafen.«

»Und wo sind Sie zu Hause?«

»Immer an meinem letzten Zielflughafen.«

Offenbar war das nicht die Antwort, mit der sie gerechnet hatte, und ein, zwei Minuten blieb sie stumm. »Es ist Thanksgiving«, sagte sie schließlich.

»Habe ich gehört.«

»Sie haben keine Pläne?«

Er drehte den Kopf weg und schaute durch den Nebel über seiner rechten Schulter. Man hatte Pläne für ihn gemacht. Er hatte abgelehnt. »Nein.«

»Sie verbringen den Tag allein?«

»Höchstwahrscheinlich.«

»Vielleicht holt Ihr Freund Dash Sie zurück nach Columbus, und Sie können gemeinsam …«

»Hören Sie.« Er blieb abrupt stehen und drehte sich zu ihr um. Sie hielt ebenfalls an und sah zu ihm auf. »Dash ist nicht mein Freund, und es interessiert ihn einen Dreck, wie ich Thanksgiving verbringe, so wie es auch mir schnurzegal ist, was er macht. Mir ist klar, dass Sie nur Small Talk machen möchten, damit es nicht zu einer peinlichen Stille zwischen zwei Fremden kommt, aber ich bin nicht gut im Small Talk, und ich finde Stille nicht peinlich. Tatsächlich mag ich die Stille und brauche keine neuen Bekannten. Also hören Sie auf, mir persönliche Fragen zu stellen, in Ordnung? In ein paar Minuten werden sich unsere Wege trennen, und danach werden wir uns nie wiedersehen. Sie haben Ihr Dingsda bekommen.« Er deutete auf die Box unter ihrem Arm, die sie gegen ihre Rippen drückte. »Ich werde für die Lieferung bezahlt, und Sie bekommen eine Quittung von mir. Damit ist unser Geschäft abgeschlossen. Beendet. Ich brauche also nichts über Sie oder Ihr Leben zu wissen, und Sie brauchen verdammt noch mal nichts über meins zu erfahren.«

Er spürte noch ihren brodelnden Zorn, während sie sich wieder abwandte und weiter auf das sich im Nebel herausschälende Flugplatzgebäude zuging – oder eher -marschierte. Das Gebäude war ein kleiner, gedrungener Backsteinquader, der wenig einladend aussah. Es verfügte nur über zwei Fenster, durch die man von der Gebäudefront auf die Landebahn sehen konnte, sowie eine Windhose und zwei antiquierte Treibstoffpumpen. Im Nebel konnte Rye außerdem das Runddach eines Wellblechhangars ausmachen.

Die Landebahnbefeuerung blinkte durch das Halbdunkel. Aus den Fenstern des Gebäudes drang ein schwacher heller Schein, so als würde sich die Lichtquelle in einem Hinterzimmer befinden. Ein zwischen Gebäude und Hangar parkender Pick-up ließ darauf schließen, dass der Manager noch vor Ort war.

Brynn näherte sich dem Bau mit einer wütenden Energie, die beinahe Ryes entsprach. Dann blieb sie unvermittelt stehen und drehte sich zu ihm um. »Schon als ich heute Abend in Atlanta losfuhr, war mir klar, dass es eine anstrengende Fahrt werden würde, aber dank *Ihnen* war sie abenteuerlicher, als mir lieb sein konnte. Ich hätte ums Leben kommen können. Außerdem hat sich Ihretwegen meine Rückfahrt verzögert, dabei kommt es auf jede Minute an. Sie haben sich nicht einmal dafür entschuldigt, dass Sie mit Ihrem Flugzeug beinahe mein Auto gerammt hätten, genauso wenig wie für all die anderen abscheulichen Dinge, die Sie gesagt oder getan haben. Ihr Privatleben interessiert mich einen feuchten Dreck, Mr. Mallett. Sobald ich die Papiere unterschrieben habe – den Bonus können Sie übrigens vergessen! –, sind Sie mich los, und ich bin *Sie* endlich los. Ich kann es kaum erwarten, Sie nie wiederzusehen.«

Sie drehte auf dem Absatz um und hielt weiter auf das Gebäude zu.

Die Standpauke hatte er sich verdient. Er konnte nicht genau sagen, wieso sie ihn so aus der Fassung brachte, aber das tat sie. Es war wie ein Jucken, gegen das er ankratzen musste. Darum hatte er Schranken gesetzt und Grenzen gezogen, indem er sich wie ein Arsch aufführte.

Er hatte sie erfolgreich abgewehrt. Sie lächelte nicht mehr, zog seinen Blick nicht mehr auf ihre Schmolllippe, löste keine weiteren Fantasien von schwitzigem Sex im Tropengewitter aus.

Viel zu verlockend. Er musste sie so schnell wie möglich loswerden.

Bis sie die Tür erreicht und aufgestoßen hatte, hatte er sie eingeholt, sodass er von hinten auf sie prallte, als sie plötzlich abrupt stehen blieb.

Ein Mann saß zusammengesunken an einem Schreibtisch, den Kopf auf der Tischplatte.

Erschrocken blieben er und Brynn stehen, aber nur eine Sekunde. Dann stieß Rye sie beiseite und eilte an den Schreibtisch. Brynn zögerte nur einen winzigen Moment, dann hatte sie die schwarze Kiste auf einem Stuhl abgestellt und die Neonröhren an der Decke eingeschaltet.

Rye beugte sich über den Mann. Falls das Brady White war, war er zwei Jahrzehnte älter, als Rye anhand seiner jugendlichen Stimme geschätzt hatte. Auf dem Schreibtisch hatte sich Blut gesammelt, das aus einer Wunde hinter seinem Ohr floss. Rye bohrte zwei Finger unter den Kragen seines karierten Flanellhemds und tastete nach der Schlagader.

»Er hat noch Puls. Schauen Sie ihn sich an.« Er trat beiseite, um Brynn an den Verletzten zu lassen, ließ dabei die Pilotentasche von seiner Schulter gleiten und zog den Reißverschluss auf.

Sie hob das Lid des Verletzten an, kontrollierte seine Pupillenreaktion und drehte die auf dem Schreibtisch liegende Hand nach oben, damit sie den Puls messen konnte. Während sie danach tastete, sah sie zu Rye auf. »Wie hat er …«

»Er hat gar nichts. Das war jemand anders.« Er zog die Pistole aus der Tasche. »Rühren Sie nichts außer ihm an. Halten Sie die Augen offen. Schreien Sie, falls Sie irgendwas hören. Ich werde mich umsehen.«

»Ist die Waffe wirklich nötig?«

»Das wird sich bald zeigen.«

Rye ging vorsichtig um zwei schlammige Schuhabdrücke auf dem Vinylboden herum, die ihm aufgefallen waren, und wagte sich in einen kurzen Korridor vor. Er brauchte nicht einmal eine Minute, um die drei Hinterzimmer abzugehen.

Eines war eher ein Lagerraum voller Putz- und Büroartikel. Es gab eine winzige Toilette mit einem Handwaschbecken. In einer Art Empfangsraum standen ein Sofa, zwei dazu passende Sessel und eine Kaffeetheke. Nichts davon war schick oder neu, aber alles aufgeräumt und sauber.

Er sah sich nach einer Hintertür um, doch er fand keine.

Als er ins Büro zurückkam, hatte Brynn den Hörer des Schreibtischtelefons am Ohr, wobei sie den Ärmel ihres Pullovers über ihre Fingerspitzen gezogen hatte.

»Wir nehmen an, dass es Mr. White ist. Er hat eine Kopfverletzung. Nein, wir glauben, dass sie ihm zugefügt wurde.«

Rye klopfte die Hosentaschen des Mannes ab und stieß dabei auf seine Brieftasche. Brady Whites Führerschein steckte darin. Er zeigte ihn Brynn, und sie bestätigte der Notrufzentrale, dass es sich um White handelte. »Er ist bewusstlos, aber seine Pupillen reagieren auf Lichtreiz.«

Während Brynn knapp die Situation und Bradys körperliche Verfassung beschrieb, soweit sie die hatte erfassen können, schaute Rye auf die kahle Stelle oben auf Bradys Scheitel, die ihn irgendwie noch verwundbarer wirken ließ als die blutende Wunde.

Rye hatte die Vorstellung genossen, diesen Mann selbst zu vermöbeln. Jetzt schämte er sich dafür, dass er voreilig falsche Schlüsse gezogen hatte. Auf dem Schreibtisch stand neben dem Funkgerät, über das Brady White mit Rye kommuniziert hatte, ein gerahmtes Foto, auf dem er mit einer Frau in ähnlichem Alter und einem Mädchen mit Zahnlücke zu sehen war. Alle trugen die typische Urlauberkleidung sowie Schirmmützen und waren mit Kameras bewaffnet. Im Hintergrund war das Smithsonian Museum für Luft- und Raumfahrt zu sehen.

Auf dem Schreibtisch stand außerdem als Stiftbehälter ein Kaffeebecher mit einem Bild des Flugzeugs der Gebrüder Wright, das sich am Strand von Kitty Hawk in die Lüfte erhob. Auf einem Regalfach auf Augenhöhe über dem Schreibtisch sah Rye eine Ansammlung von Büchern über das Fliegen, ein Foto von Chuck Yeager mit Autogramm und ein Modell der *Spirit of St. Louis*.

Brady White lebte für die Fliegerei. Für diesen Mann war es mit Sicherheit eine Todsünde, mit einem Laserstrahl in eine Cockpitkanzel zu zielen.

»Puls bei zweiundsechzig, aber schwach«, sagte Brynn

eben ins Telefon. »Ja, natürlich, aber Sie müssen sich beeilen. Danke.« Sie legte auf und sagte zu Rye: »Der Rettungswagen könnte zehn Minuten brauchen, weil wir so weit draußen sind. Und wegen des Nebels.« Sie sah kurz zu den Hinterzimmern. »Irgendwelche Hinweise auf … irgendwas?«

Er schüttelte den Kopf. »Soweit ich sehen konnte, wurde da hinten nichts durchsucht. Geld und Kreditkarten stecken noch in seiner Brieftasche, es war also kein Raubüberfall. Keine Hinterausgänge.« Er lenkte ihren Blick auf die Schuhabdrücke. »Sie sind auf dem gleichen Weg hereingekommen wie wir, haben sich von hinten angeschlichen. Es muss passiert sein, während er über Funk mit mir gesprochen hat. Die haben ihren Auftrag ausgeführt, das Funkgerät abgeschaltet und sind wieder verschwunden.«

»Das Sheriff's Office schickt ein paar Deputys, die den Vorfall untersuchen sollen.«

Er sah auf seine Uhr. »Zehn Minuten? Wird er so lange durchhalten?«

»Das Blut macht mir weniger Sorgen, weil Kopfwunden immer stark bluten, selbst wenn sie nicht schlimm sind. Außerdem gerinnt das Blut schon. Aber wahrscheinlich hat er eine Gehirnerschütterung, möglicherweise sogar einen Schädelbruch. Er muss geröntgt werden und in die Computertomografie.«

Rye fuhr sich mit der Hand über den Mund und murmelte Verwünschungen gegen die Unbekannten, die das getan hatten.

Brynn betrachtete die Schuhabdrücke, von denen ein Paar deutlich größer war als das andere. »Keine Anzeichen für einen Kampf. Nichts gestohlen. Was könnte jemanden dazu treiben, hier hereinzuspazieren und so etwas zu tun?«

Rye antwortete nicht, aber an einer Sache zweifelte er nicht. Wer ihm den Streich mit dem Laser gespielt hatte, war auch hierfür verantwortlich. Dass zwei derartige Vorfälle innerhalb weniger Minuten und nur eine Meile voneinander entfernt nichts miteinander zu tun hatten, war in einem verschlafenen Bergnest wie diesem ausgeschlossen.

»Die Frau vom Notruf kennt die Familie«, sagte Brynn. »Sie wird Mrs. White persönlich anrufen. Und sie schickt zwei Deputys zu ihrem Haus.«

Ryes Blick lag immer noch auf dem Familienfoto auf dem Schreibtisch. Tief in seinem Herzen begann Zorn zu brodeln, befeuert von dem Wunsch nach Rache für Brady White und seine Familie. Außerdem wollte er Rache für Dash. Dash liebte die alte, geschundene Cessna, genau wie er diese alte kratzbürstige Klapperkiste geliebt hatte.

Aber sobald diese rachedurstigen Gedanken in Ryes Gedanken einzudringen begannen, erkannte er, dass sie sich dort nicht festsetzen durften. Es war nicht seine Aufgabe, Vergeltung für das zu üben, was den Whites oder Dash oder irgendwem sonst angetan worden war. Er war nur vor und für sich selbst verantwortlich, ermahnte er sich.

Doch genau da lag der Haken. Dank dieser Schweine war auch er zum Opfer geworden. Sie mussten dafür zur Verantwortung gezogen werden, dass sie ihn zum Absturz bringen wollten. Er steckte mit drin, ob er verflucht noch mal wollte oder nicht.

Er spürte, wie die Last der moralischen Verpflichtung auf seine Schultern zu drücken begann, fuhr sich mit den Fingern durchs Haar und massierte dann seinen Nacken, wo sich jetzt schon die Anspannung bemerkbar machte.

»Einer der Deputys wird bei den Kindern der Whites bleiben.« Brynn hatte nichts davon mitbekommen, was für turbulente Gedanken sich ins Ryes Kopf abspielten, und sprach immer noch. »Seine Kollegin wird Mrs. White ins Krankenhaus fahren.«

Rye hörte sie nur halb und murmelte: »Mein schlimmster Albtraum.«

Sie sah ihn überrascht an. »Krankenhäuser?«

Er schüttelte gedankenverloren den Kopf. »In etwas reingezogen zu werden.«

Kapitel 5

2:41 Uhr

Delores Parker Hunt betrat das Schlafzimmer und sah ihren Ehemann zwar ohne Schuhe, aber ansonsten in voller Montur auf dem Bett liegen, was ihr gar nicht gefiel. Er hatte ein Kissen unter seinen Kopf geschoben, aber er war hellwach.

»Beneidenswert, wie du dich entspannen kannst«, sagte sie im Näherkommen.

»Entspannen? Kaum. Aber ich denke, es genügt, wenn einer von uns nervös auf und ab marschiert. Du bist genug für uns beide gelaufen; bestimmt hast du eine Furche in den Teppich gezogen, während ich schon vom Zuschauen eine in der Stirn bekommen habe.«

Sie ließ sich auf der Bettkante nieder. »Das sollte dir Auftrieb geben. Goliad hat eben angerufen.«

»Warum dich und nicht mich?«

»Er hat dich angerufen, aber du hast dein Telefon im Wohnzimmer liegen gelassen. Ich war so frei, mit ihm zu telefonieren, weil ich wusste, dass du die letzten Neuigkeiten so schnell wie möglich erfahren möchtest.«

»Und?«

Sie nahm seine Hand und drückte zu. »Das Päckchen ist angekommen. Nebel oder kein Nebel, wir werden es mehr als rechtzeitig erhalten.«

Seine Miene blieb unverändert, aber wie er durch die Nase ausatmete, verriet, wie erleichtert er war. Niemand außer ihr hätte das verräterische Zeichen bemerkt.

»Die Ärztin hat die Lieferung entgegengenommen«, fuhr sie fort. »Goliad ist dort und stellt sicher, dass sie unverzüglich damit nach Atlanta zurückkehrt.«

Trotz ihrer Abschiedsbemerkung Goliad gegenüber würde sie Richard keinesfalls von dem Flugzeugabsturz, dem Piloten und allem anderen erzählen. Diese unerwarteten Komplikationen würden ihn nur ärgern, und sie ärgerte sich schon genug für sie beide. Sie sah, dass er etwas sagen oder fragen wollte, und legte den Finger auf seine Lippen. »Mach dir keine Sorgen.«

»Warum sollte ich mir Sorgen machen? Was könnte schon schiefgehen?«

»Ich werde deinen Sarkasmus ignorieren, wenn du mir zutraust, alles so zu erledigen, wie du es mir aufgetragen hast.« Sie legte die Hand auf seine Brust und beugte sich vor, bis ihr Gesicht dicht über seinem war. »Du weißt, dass ich das kann. Ich würde Himmel und Erde in Bewegung setzen.«

»Das bezweifle ich keine Sekunde. Du hast meinetwegen schon einen Pakt mit dem Teufel geschlossen.«

»Nein«, sagte sie und dehnte das Wort. »Ich habe Gott nur einen freien Abend geschenkt.«

Er bedachte sie mit einem ironischen Blick. »Del, nur du würdest so ungeniert über den Allmächtigen sprechen.«

»Nur ich. Und *du.*«

»Wie wahr«, bestätigte er und musste lachen. Richard hob die Hand und wühlte seine Finger in ihr gepflegtes, blond gesträhntes Haar. »Meine Löwin.«

»Allerdings, Mister.« Sie zog seine Hand an ihren Mund,

knurrte gegen seine Handfläche und knabberte dann mit den Zähnen an seiner Haut. »Mitsamt Klauen und Fangzähnen.«

Als sie damals bei einer Wohltätigkeitsgala dem gut aussehenden, charmanten und frisch geschiedenen Richard Hunt vorgestellt worden war, hatte Delores nach nicht einmal fünf Minuten beschlossen, die zweite Mrs. Hunt zu werden. Bis zum Ende des Abends hatte sie es geschafft, ihren Begleiter loszuwerden, und sich stattdessen mit Richard zu einer heißen schnellen Nummer im Hotelaufzug abgesetzt.

Sechs Monate nach diesem denkwürdigen Ereignis waren sie in die Flitterwochen auf die Seychellen geflogen. Seit jenem Tag war Delores mit Leib und Seele seine energischste Fürsprecherin, bewundernde Ehefrau und glühendste Liebhaberin. Er liebte sie und vertraute ihr mehr als jedem anderen Menschen, und sie tat alles, damit das so blieb.

»Ich könnte meine Krallen vorübergehend einziehen und dir den Rücken massieren.«

»Nicht jetzt.«

Sie legte die Hände auf seine Schultern. »Du bist angespannt. Ich kann es spüren.«

»Natürlich bin ich angespannt. Hier steht viel auf dem Spiel. Für uns beide, aber vor allem für mich.«

»Das bestreite ich nicht, Richard.«

Eine senkrechte Falte erschien zwischen seinen dichten, grau melierten Brauen. Sie strich sie mit der Fingerspitze glatt, aber sie bezweifelte, dass er das überhaupt spürte. Er war mit den Gedanken woanders. »Sobald Goliad weiß, wann er ankommt, will ich Bescheid bekommen.«

»Natürlich.«

»Wie heißt der Neue?«

»Tommy? Timmy? Irgendwas in der Richtung.«

»Er ist für diese Art von Arbeit qualifiziert?«

»Goliad behauptet, er sei *überqualifiziert.*«

»Das könnte gut oder schlecht sein. Ich habe nicht gern jemanden auf meiner Gehaltsliste, den ich nicht selbst überprüft habe.« Er wollte schon aufstehen, doch sie stemmte die Hand gegen seine Brust und drückte ihn in die Kissen zurück.

»Du hast es mir überlassen, auf und ab zu marschieren, vergiss das nicht.«

Er leistete kurz Widerstand, bevor er sich geschlagen gab und liegen blieb.

»Die Ruhe wird dir guttun«, sagte sie.

»Ich finde erst wieder Ruhe, wenn alles überstanden ist.« Nachdenklich zupfte er an seiner Unterlippe. »Goliad hätte bei einem so wichtigen Auftrag keinen Neuling mitnehmen dürfen. Er hätte jemanden nehmen sollen, auf den er sich verlassen kann.«

»Tatsächlich war Timmy eine kluge Wahl.«

Richard sah sie scharf an.

»Wir beschäftigen ihn erst seit Kurzem. Auch wenn ich nicht erkennen kann, dass irgendwas schieflaufen könnte, schieben wir im schlimmsten Fall alles dem Neuen in die Schuhe, der ganz offensichtlich unseren strengen Maßstäben nicht gerecht wurde oder werden wollte.«

Nach kurzer Überlegung reagierte Richard mit einem verschmitzten Lächeln. »Damit wären wir vom Haken.« Sie schenkte ihm einen spröden, zufriedenen Blick, der sein Lächeln noch breiter werden ließ. »Manchmal habe ich das Gefühl, dass du genauso denkst wie ich, Del.«

»In den letzten fünfzehn Jahren hast du ziemlich auf mich abgefärbt.«

»Sechzehn seit letztem Monat, hast du das vergessen? Das glaube ich nicht.« Er schob einen Finger unter die Platinkette um ihren Hals. »Schließlich trägst du dein Hochzeitstagsgeschenk.«

Ein zehnkarätiger Diamant glitzerte auf seinem Finger. Die Tränen, die ihr in die Augen traten, funkelten nicht weniger. »*Du* bist mein Geschenk, Richard. Du.« Sie küsste ihn zärtlich auf die Lippen, stand dann auf und ging zur Tür.

»Bring mir bitte mein Handy.«

»Mache ich, sobald Goliad anruft. Bis dahin nutz die Ruhezeit. Ich mache mich währenddessen für uns beide verrückt.«

Sobald sie aus der Tür war und sie sanft ins Schloss gezogen hatte, blinzelte sie die Tränen aus den Augen und machte ihrem rasenden Zorn Luft. Sie blickte auf die Cartier-Uhr an ihrem Arm und fluchte leise.

Wieso rief Goliad nicht an?

Er hatte schon für Richard gearbeitet, bevor Delores auf der Bildfläche erschienen war. Man erzählte, dass Richard einen Mann gebraucht hatte, der für ihn die schmutzigen Jobs erledigte, während er seine Hände in Unschuld wusch. Nach ausgiebigen Nachforschungen hatte Richard den jungen, aufbrausenden Goliad aus einem gerichtlich angeordneten Drogenentzug geholt und ihm ein Angebot unterbreitet: Falls er clean wurde und clean blieb, würde er in Saus und Braus leben und großzügig dafür entlohnt, dass er im Grunde das Gleiche tat wie zuvor, und das war: Verbrechen begehen.

Seit ihrer Hochzeit schloss die Loyalität, die Goliad Richard entgegenbrachte, auch sie ein. Er hatte bisher ausnahmslos alles getan, was man ihm aufgetragen hatte, wie unappetitlich oder illegal es auch gewesen sein mochte. Aber er war ein Mensch und daher fehlbar, und wie Richard schon angedeutet hatte, gab es bei diesem Unterfangen reichlich Möglichkeiten, Fehler zu machen.

Für eine zwanghafte Planerin wie Delores war selbst das winzigste Ausmaß an Unsicherheit unerträglich. Sobald eine Entscheidung gefällt war, handelte sie danach. Dann wurde kein Hinterfragen mehr geduldet, sondern unnachgiebig durchgegriffen.

Aber Menschen waren unvorhersehbar. Das Schicksal war wankelmütig. Manchmal spielte einem die Natur Streiche. Nebel – Herrgott, *Nebel* – hatte an diesem Abend den Start ihres Privatjets und den nächtlichen Flug nach Columbus verhindert. Sie hatten auf ein fremdes Flugzeug und einen fremden Piloten zurückgreifen müssen, und der war prompt abgestürzt! Unvorhergesehene Zwischenfälle wie dieser trieben sie zum Wahnsinn. Selbst der simpelste Plan konnte vereitelt werden, kam erst mal eine Kettenreaktion in Gang. Sie musste sich darauf verlassen, dass die Situation geklärt wurde, aber es fiel ihr schwer, sich auf andere zu verlassen.

Auf dem Couchtisch begann Richards Handy zu vibrieren. *Goliad.* Sie nahm das Gespräch an. »Sagen Sie mir, dass Sie auf dem Rückweg sind.«

»Leider nicht, Madam.«

»Was?« Ihr Blutdruck schoss nach oben. »Warum nicht? Sie sollten die Ärztin abfangen, sobald sie den Flugplatz verlässt.«

»Wir kommen nicht an sie ran. Hier wimmelt es von Bullen.«

Kapitel 6

2:57 Uhr

Rye hatte über das Telefon auf Brady Whites Schreibtisch die Flugsicherung in Atlanta angerufen und mitgeteilt, dass er gelandet war. Wie die Landung ausgesehen hatte, hatte er verschwiegen. Das würde er sich für den Bericht an die FAA aufsparen.

Jetzt stand er in der offenen Tür des Büros und blickte zum Ende der Startbahn, wo er hätte landen sollen. Wer den Laser auch auf ihn gerichtet hatte, musste wahrscheinlich genau dort gestanden haben. Der Winkel passte perfekt.

Während sie auf den Krankenwagen warteten, hatte Brynn den verletzten Brady White im Auge behalten.

Alle paar Minuten hatte sie seinen Puls genommen und in regelmäßigen Abständen die Pupillenreaktion kontrolliert. Als sie vorsichtig sein schütteres Haar geteilt und die Platzwunde untersucht hatte, hatte er ein Stöhnen von sich gegeben, was sie offenbar als gutes Zeichen interpretierte, weil sie ihm daraufhin leise lächelnd auf die Schulter geklopft hatte.

Rye hatte ihr für die Versorgung des Verletzten den nötigen Platz überlassen, indem er sich an der Wand gegenüber unter ein kitschiges Gemälde von einem brüllenden Bären gelehnt hatte. Von dort aus hatte er zugesehen, wie Brynn ihren Mantel ausgezogen und ihn neben Bradys an die Garderobe hinter der Tür gehängt hatte.

Sie trug einen schwarzen Pulli über engen dunklen Jeans, die in hohen schwarzen Wildlederstiefeln mit flachen Absätzen steckten. Alles sah verdammt gut an ihr aus. Rye konnte nicht anders, als zu bemerken und wohlgefällig zu begutachten, wie die Kleidungsstücke hier etwas umspielten und dort etwas hervorhoben.

Wenn sie mit ihrer Armbanduhr Bradys Puls maß, erschien jedes Mal eine betörende senkrechte Falte zwischen den schmalen Brauen, die genauso dunkel waren wie ihr Haar. Im Gegensatz dazu leuchteten die Augen hell. Soweit er das aus sicherer Entfernung feststellen konnte, waren sie eher grau als blau.

Das Haar hing ihr über die Schultern, und es war verflucht viel Haar. Immer wieder hakte sie eine Strähne hinter ihr Ohr, doch sie fiel immer wieder herab. Zu schwer, dachte er. Wahrscheinlich würde er nicht einmal mit beiden Händen ihr gesamtes Haar fassen können. Trotzdem hätte er es gern versucht.

Kaum war dieser Gedanke in seinem Kopf aufgetaucht, da fragte er sich schon, woher er wohl gekommen war. Er sollte sie keinesfalls so aufmerksam studieren, dass ihm ihre Augenfarbe auffiel. Und darüber zu spekulieren, wie schwer ihre Haare waren und wie sich zwei Handvoll davon anfühlten?

Jesus.

Und während er ihren Körper begutachtet und ihre Vorzüge gewürdigt hatte, ignorierte sie ihn, als wäre er komplett unsichtbar.

Trotzdem hatte sie seine Anwesenheit gespürt, das stand fest. Warum hätte sie sonst so angestrengt *nicht* in seine

Richtung geblickt? War er so übel anzusehen? Der Gedanke ärgerte ihn dermaßen, dass er beschloss, sie aus dem Konzept zu bringen.

»Hey.«

Sie schaute auf.

»Habe ich Sie irgendwie beleidigt?«

Sie klappte den Mund auf und wollte gerade etwas sagen, als draußen Sirenen aufheulten. An der Abzweigung zum Flugplatz bogen rot, blau und weiß blitzende Lichter von der schmalen Landstraße auf die von Kratern zerfurchte Zufahrt, die er und sie vorhin entlanggegangen waren.

Die Lichter schufen kaleidoskopische Muster im wirbelnden Nebel. Je näher die Fahrzeuge kamen, desto deutlicher waren sie zu erkennen: ein Rettungswagen und zwei Streifenwagen.

Plötzlich wirbelte Brynns Kopf zu ihm herum. Falls er ihre Miene in Worte übersetzt hätte, hätte es »O Scheiße« wohl am besten getroffen.

Sein Magen krampfte sich in einer unangenehmen Vorahnung zusammen. Er stieß sich von der Wand ab und machte einen Schritt auf sie zu. *»Was?«* Das »S« kam so scharf, dass die Frage zu einer Drohung mutierte.

Sie fuhr sich mit der Zunge über die Lippen, was ihn zu jedem anderen Zeitpunkt aus der Fassung gebracht hätte. Jetzt allerdings wirkte die nervöse Geste so, als würde sie eine unangenehme Wahrheit ankündigen, die er nicht hören wollte.

»Bevor die Polizei kommt…«, sie stoppte, schluckte, »… sollte ich ein Missverständnis aufklären.«

»Und was habe ich missverstanden?«

»Sie haben angenommen, ich sei Dr. Lambert.«

Er warf einen kurzen Blick auf die schwarze Kiste, stemmte dann die Hände in die Hüften und sah sie finster an. »Ich hab's doch gewusst, dass Sie nicht sauber sind. Sie sind keine Ärztin? Wer zum Teufel sind Sie dann?«

Sie warf einen schnellen Blick über die Schulter. Die Einsatzwagen stoppten mit quietschenden Bremsen vor dem Gebäude. »Doch, ich bin Ärztin. Dr. Brynn *O'Neal.* Ich bin an Dr. Lamberts Stelle gekommen.«

»Warum?«

»Das kann ich Ihnen nicht so schnell erklären.«

Sein Kopf explodierte fast vor Zorn. »In was haben Sie mich da reingezogen, Lady?«

3:02 Uhr

Rye hatte seinen Platz an der Wand wieder eingenommen, beobachtete mit dem Kiefer mahlend die Szene vor ihm und dachte insgeheim, dass die Gesetzeshüter heute Abend definitiv unterbeschäftigt waren.

Dem ersten Eindruck nach hatte jeder Officer im County auf den Notruf reagiert. Nachdem die ersten beiden Streifenwagen eingetroffen waren, hatten sich in kurzen Abständen immer mehr Polizisten eingefunden. Man hätte meinen sollen, dass am nebligen Vorabend eines Feiertags die Polizei alle Hände voll mit Auffahrunfällen, Trunkenheitsfahrten und häuslichen Streitigkeiten bei der Wiedervereinigung dysfunktionaler Familien zu tun gehabt hätte. Stattdessen drängten sich uniformierte Männer und Frauen – nach dem ersten Dutzend hatte Rye zu zählen aufgehört – in dem engen Büro des Howardville County Airfields. Es schien fast so, als wäre hier heute Abend das Verbrechen des Jahrhunderts begangen worden. Gut, dass dem nicht so war, denn die Polizisten waren rücksichtslos über die Schuhabdrücke auf dem Boden hinweggetrampelt.

In einem kurzen Bericht, der hauptsächlich aus medizinischem Fachchinesisch bestand, hatte Dr. O'Neal den Sanitätern in aller Kürze Bradys Zustand beschrieben und ihn dann ihrer Fürsorge überlassen. Kurz darauf war der Rettungswagen mit dem immer noch bewusstlosen Brady abgefahren.

Jetzt unterhielt sich Brynn mit zwei Männern in grauer Uniform, die sie als Deputys auswiesen. In dem Wortgewirr der vielen Menschen im Raum, von denen keiner etwas Konstruktives zu tun schien, konnte Rye nicht verstehen, was sie den beiden erzählte, aber nach einem längeren Monolog deutete sie mit einer knappen Handbewegung in seine Richtung. Alle drei schauten wie auf Kommando zu ihm. Rye blieb unbewegt stehen, die Beine übereinandergeschlagen, die Arme verschränkt, so als wären ihm die scharfen Blicke gleichgültig. Einer der Deputys löste sich nach ein paar Worten von Brynn und seinem Kollegen und schlenderte, den Notizblock in der Hand, auf ihn zu.

»Rye Mallett?«

»Genau.«

»Wie buchstabiert man das?«

Rye buchstabierte seinen Namen, und der Officer stellte sich, während er ihn niederschrieb, als Deputy Don Rawlins vor. »Was hat sich heute Abend hier abgespielt, Mr. Mallett?«

»Dr. O'Neal und ich kamen hier an und sahen den Mann bewusstlos und blutend auf seinem Schreibtisch liegen.«

»Sind Sie mit ihm befreundet?«

»Ich bin ihm noch nie begegnet, sondern habe nur über Funk mit ihm gesprochen.«

»Können Sie das genauer erläutern?«

»Ich war auf dem Anflug von Columbus, Ohio, und setzte gerade zur Landung an, als …«

»Lausige Nacht für einen Flug.«

Als Rye nichts darauf sagte, sah ihn der Deputy unter der Hutkrempe hervor an. Rye erwiderte seinen Blick und hob die Brauen in einer stummen Frage, ob der Deputy seine Geschichte hören wollte oder nicht. Der Deputy forderte Rye mit einem knappen Kopfnicken auf fortzufahren.

Weil ihm die barsche Art des Deputys nicht gefiel, beschloss er, bei der Lüge zu bleiben, die er Brynn an der Absturzstelle erzählt hatte. »Ich war kurz vor dem Aufsetzen, als meine Armaturenbeleuchtung aussetzte. Einfach so.« Er schnippte mit den Fingern. »Nur ganz kurz, aber zum ungünstigsten Zeitpunkt. Keine Instrumente, keine Sicht wegen des Nebels. Ich war im Blindflug.«

»Sie haben eine Bruchlandung hingelegt.«

Er beschrieb den Absturz kurz und in allgemein verständlichen Worten. »Ich habe knapp das Auto von Dr. O'Neal verfehlt. Um Haaresbreite. Wir hatten beide Glück. Es hätte deutlich schlimmer kommen können. Ich bin mit nichts als einer dicken Beule davongekommen.« Er hob seine Haare an, um dem Deputy die Schwellung zu zeigen.

Der Officer betrachtete sie ohne erkennbares Mitgefühl. »Die Ärztin hat uns erzählt, dass Ihr Flugzeug ziemlich hinüber ist und vorerst nirgendwohin fliegen wird.«

»Ein bisschen Ausbeulen wird nicht reichen, stimmt.«

»Sie hat uns ungefähr erklärt, wo die Maschine steht. Wir haben Beamte hingeschickt, damit sie sie sich ansehen.«

Rye verzog das Gesicht. »Ich muss noch die FAA anrufen und einen Unfallbericht einreichen. Mein Telefon ist bei der Landung kaputtgegangen, und seit wir White entdeckt haben, hatte ich keine Gelegenheit dazu. Außerdem brauche ich aktuelle Bilder des Flugzeugs, also sagen Sie Ihren Leuten bitte, dass sie nichts verändern sollen.«

»Werde ich ihnen sagen«, versprach Rawlins, aber er schien es damit nicht eilig zu haben. »Wieso haben Ihre Instrumente ausgesetzt?«

»Wegen irgendeiner Störung. Es ist eine alte Maschine.«

Rawlins sah ihn zweifelnd an. »Ich bin kein Pilot, aber ich weiß, dass der Platz hier schwer anzufliegen ist. Letztes Jahr wollte ein Typ hier landen. Sonntagsflieger. Kam zu tief rein und kappte die Stromleitungen, als er …«

»Ich gehöre nicht zu dieser Sorte Typ.«

Ryes knapper Einwurf erwischte den Deputy offenkundig auf dem falschen Fuß. »Ach nein?«

»Nein.«

Rawlins fasste ihn kurz ins Auge, schnaubte dann skeptisch und notierte etwas in seinem Block. »Was war so ungeheuer wichtig, dass Sie heute Nacht hierherfliegen mussten?«

»Ich bin Frachtpilot.« Rye nahm nicht an, dass er damit durchkommen würde, und das tat er auch nicht.

»Für wen?«

»Für jeden, der mich bezahlt.«

»Welche Art von Fracht?«

»Jede. Groß, klein, tot oder lebendig. Sie können es sich aussuchen.«

»Ich will mir nichts aussuchen, ich will es von Ihnen hören. Was haben Sie heute Nacht transportiert?«

»Das da.« Rawlins' Blick folgte Ryes ausgestrecktem Zeigefinger zu der Box, die immer noch auf dem Stuhl neben der Tür stand.

»Und was ist das?«

»Genau das, wonach es aussieht.«

Sichtbar ungeduldig, verlagerte der Deputy sein Gewicht auf den anderen Fuß. »Was befindet sich darin, Mr. Mallett?«

»Weiß ich nicht. Habe ich nicht gefragt.«

Der erste Satz war wahr, der zweite gelogen, und der argwöhnischen Miene des Deputys nach zu schließen wusste er das. »Die Ärztin hat es Ihnen nicht gesagt?«

»Nein.«

»Ist so was üblich?«

»In meinem Geschäft ist gar nichts üblich.«

»Wer hat Sie beauftragt?«

»Die Firma heißt *Dash-It-All.*« Rye nannte ihm die Kontaktdaten, und der Deputy schrieb sie nieder. »Wenn es Ihnen nichts ausmacht«, sagte Rye, »würde ich den Besitzer lieber selbst anrufen und ihm das mit seinem Flugzeug beibringen.«

»Es macht mir aber was aus.«

Er schenkte Rye ein Lächeln, das Rye liebend gern in Trümmer geschlagen hätte. Doch stattdessen zuckte er scheinbar gleichgültig die Achseln und nickte zu dem Notizblock hin. »Wie Sie meinen. Seine Nummer haben Sie ja jetzt.«

Rawlins rief einen weiteren Deputy herbei, der zwar älter war, aber in der Hackordnung offenbar unter ihm stand. Rawlins riss das Blatt mit Dashs Telefonnummer von seinem Block und gab es seinem Kollegen. Er murmelte ihm Anweisungen zu, die Rye nicht verstehen konnte und mit gespieltem Desinteresse behandelte.

Ehe der andere Deputy losging, sagte er halblaut zu Rawlins: »Du weißt, wer sie ist?« Er nickte kurz zu Brynn hin.

Rawlins lehnte sich leicht zurück und sah an dem anderen Deputy vorbei auf Brynn, die immer noch befragt wurde. »Sollte ich?«

»Wes O'Neals Tochter.«

Rawlins' Augen wurden schmal. »Was du nicht sagst.«

»Erst war ich nicht sicher, aber dann habe ich ihren Namen gehört. Ich hab sie öfter bei uns im Department gesehen, als sie noch klein war. Ging ständig aus und ein.« Damit trollte sich der andere Deputy, vermutlich um Dash anzurufen.

Rye konnte seine Neugier nicht bremsen. »Wer ist Wes O'Neal?«

»Sie sind nicht von hier, sonst würden Sie das wissen. Woher kommen Sie eigentlich, Mr. Mallett?«

»Nicht von hier.« Rawlins sah ihn drohend an, und Rye beschloss, dass es ihn zu viel Zeit kosten würde, den Deputy noch weiter zu ärgern. »Von überall und nirgends. Mein alter Herr war bei der Air Force. Wir sind alle paar Jahre umgezogen, darum habe ich eigentlich keinen Heimatort oder auch nur einen Heimatstaat.«

»Und wo wohnen Sie jetzt?«

Er hatte ein Apartment in Oklahoma City gemietet, nur um eine Postadresse zu haben. Er fühlte sich der Stadt nicht verbunden. Er hatte sich für Oklahoma City entschieden, weil es so praktisch lag. In der Mitte des Landes, sodass er leicht von überall dorthin gelangte und leicht überall hinkam.

Er hatte Brynn nicht unbedingt angelogen, als sie gefragt hatte, wo er lebte. Die Mietwohnung war weniger ein festes Zuhause als ein Lagerraum für seine wenigen Besitztümer. Meist war er woanders und schlief in billigen Motels oder im Hinterzimmer eines Flugplatzes, bis jemand auf die Schnelle einen Piloten brauchte.

So wie heute Abend.

Wieder wanderte sein Blick zu Brynn. Sie redete und untermalte ihre Worte dabei mit kleinen Gesten. Wieder hob sie die Hand und hakte eine Strähne hinter ihr Ohr. Während sie der nächsten Frage des Deputys lauschte, nagten ihre Zähne an der Unterlippe, so als wäre sie nervös. Als würde sie lügen.

»Adresse?«

Rawlins' Frage riss ihn aus seinen Gedanken. Er gab Rawlins die Adresse seines Apartments. Der Deputy hielt sie auf seinem Notizblock fest. »Und was passierte nach der Kollision?«

Rye erklärte, wie er sich aus dem Flugzeug befreit hatte. »Ich war gerade am Überlegen, wie ich zur Straße zurückkomme, als Dr. O'Neal auftauchte.« Er schilderte, was sich danach zugetragen hatte, verschwieg aber, wie merkwürdig sie sich verhalten hatte.

»Wir kamen zu ihrem Auto, bemerkten den Schaden und hatten keine Wahl, als zu Fuß herzukommen. Wo wir Brady White fanden. Das ist alles. Genau wie ich von Anfang an erklärt habe. Mehr weiß ich nicht. Können wir also Schluss machen?«

Aber Rawlins war noch nicht fertig. »Sie sagten, Sie hätten über Funk mit Brady gesprochen. Was hat er zuletzt gesagt?«

»Er fragte, ob ich nervös wäre.«

»Weswegen?«

Rye lächelte.

»Was ist so komisch?«

»Genau das war meine Antwort. Genau das Gleiche habe ich Brady auch gefragt. Er fragte, ob ich vor der Landung nervös sei. Ich sagte, das wäre ich nicht. Er meinte, ich hätte mir ein paar Bier verdient. Das war das Letzte, was ich von ihm hörte. Ich habe noch durchgegeben, dass ich die Lichter der Landebahn sehen würde, aber er hat nicht mehr darauf reagiert.«

»Weshalb, meinen Sie?«

»Weil man ihm eins über den Schädel gezogen hatte, würde ich meinen. Das Funkgerät war ausgeschaltet, als Dr. O'Neal und ich hier auftauchten. Ich habe es überprüft.«

»Okay«, meinte Rawlins, aber so wie er es sagte, klang es gar nicht okay.

Danach folgte eine Reihe von Routinefragen: Ob Rye andere Menschen oder Fahrzeuge bemerkt hätte; ob er etwas berührt oder bewegt hätte; ob es für ihn so aussah, als wäre etwas bewegt worden; ob Brady White irgendetwas gesagt hätte. Er verneinte alles.

Der ältere Deputy kehrte zurück und erstattete Rawlins Bericht. »Mallett hier ist so weit sauber. Dieser Dash ist ausgetickt, als ich ihm das von seinem Flugzeug gesagt habe, aber ich konnte ihn beruhigen. Er schickt dir den Flugplan, den Mallett eingereicht hatte, und dazu die Frachtpapiere.«

Rawlins zog sein Handy heraus. Während er sein Mailprogramm aufrief, sagte er zu Rye: »Warum habe ich die Unterlagen nicht schon von Ihnen bekommen?«

»Sie haben nicht danach gefragt.«

Rawlins scrollte durch die Dokumente und stoppte bei der Rechnung. »Unter Empfänger steht hier Dr. Lambert.«

»Ich hielt Dr. O'Neal für Dr. Lambert, bis sie das richtigstellte.«

»Sie kam als Ersatz für Dr. Lambert?«

Brynn hatte ihm erklärt, sie sei anstelle von Dr. Lambert gekommen. Es gab einen feinen Unterschied zwischen *als Ersatz für* und *anstelle von*. Aber Rye beantwortete die Frage des Deputys mit einem Nicken, denn eine nonverbale Antwort war am sichersten, wenn man keine Ahnung hatte, wie man antworten sollte.

»Schwarze Metallkiste«, zitierte der Deputy aus dem Frachtschein, der der Mail angefügt war. »Steht nicht darauf, was darin ist.«

Wieder zuckte Rye mit den Achseln. »Meine Rede.«

Der Deputy schloss das Mailprogramm und ließ das Handy wieder in die Tasche seiner Daunenjacke gleiten. »Sind Sie Dr. O'Neal vor heute Abend schon einmal begegnet?«

»Nein.«

Rawlins senkte in offenkundigem Zweifel das Kinn.

»Nein«, bekräftigte Rye. »Ich habe noch nie von ihr gehört. Ich habe sie noch nie gesehen, bis sie im Wald aus dem Nebel trat. Ich wusste nicht mal, dass sie eine Frau ist. Als ich gesagt bekam, das Paket sei für Dr. Lambert, ging ich automatisch von einem Mann aus.«

»Dafür würden Ihnen die Feministinnen an die Gurgel gehen.«

»Ich bin nicht stolz darauf. Ich sage nur, wie es war.«

Der Deputy sah ihn eisig an, als wollte er ihn einer Lüge überführen, aber ironischerweise war diese Antwort die lautere Wahrheit, darum erwiderte Rye seinen Blick, ohne mit der Wimper zu zucken. Rawlins gab sich geschlagen. Er stupste mit der Stiefelspitze die lederne Reisetasche zu Ryes Füßen an. »Was ist in der Tasche?«

»Das ist meine Pilotentasche.«

»Das ist keine Antwort auf meine Frage.«

»Bedienen Sie sich. Aber es liegt eine Neun-Millimeter darin. Ich habe eine Lizenz.«

Rawlins streckte die Hand aus. Rye zog die Brieftasche aus seiner hinteren Hosentasche und nahm die Lizenz zum Tragen einer verborgenen Waffe heraus. Der Deputy inspizierte sie, als stünde Rye auf einer Fahndungsliste für Terroristen, verglich dabei mehrmals das Foto auf der Lizenz mit Ryes Gesicht und gab schließlich die Brieftasche zurück, ehe er in die Hocke ging und den Reißverschluss der Reisetasche aufzog.

Er murmelte etwas davon, dass der Inhalt aussehe wie ein in Leder gepackter Werkzeugladen, doch die Reißverschlusstasche mit der Glock hatte er sofort entdeckt. Er nahm sie heraus, stand wieder auf und inspizierte sie. »Da ist eine Kugel in der Kammer.«

Nachdem er damit nur eine offenkundige Tatsache ausgesprochen hatte, blieb Rye eine Reaktion schuldig.

»Wie kommt's?«, fragte der Deputy.

»Bären.«

»Bären?«

Rye deutete mit dem Daumen auf das Gemälde an der Wand in seinem Rücken. »Bevor ich Dr. O'Neals Taschenlampe sah, hörte ich im Unterholz Zweige knacken, als würde irgendwas auf mich zukommen. Ich wollte nicht unbewaffnet einem Bären oder einem anderen Raubtier gegenüberstehen. Also habe ich sicherheitshalber eine Kugel in die Kammer geschoben.«

Es war eine Erklärung, sie klang logisch, was aber nicht hieß, dass Rawlins auch nur ein Wort davon glaubte. Doch ehe er die Wahrhaftigkeit von Ryes Antwort mit einer weiteren Frage ausloten konnte, rief der Deputy, der Brynn befragt hatte: »Rawlins? Hätten Sie eine Sekunde?«

»Bleiben Sie hier«, sagte er zu Rye und ging zu seinem Partner.

Die Menge der Polizisten hatte sich ausgedünnt. Offenbar waren die meisten zu dem Schluss gekommen, dass sich hier doch nicht das Verbrechen des Jahrhunderts ereignet hatte. Von den noch Anwesenden blätterte einer in Whites Papieren, als wollte er feststellen, ob irgendwas davon relevant war und ein Licht darauf werfen könnte, wer hier hereinspaziert war und ihn scheinbar grundlos ausgeknockt hatte.

Ein weiterer Polizist nahm Fingerabdrücke vom Schreibtisch ab. Als er sich den Sammlerstücken auf dem Regalbrett darüber zuwandte und gerade nach dem Modellflugzeug greifen wollte, löste sich Rye von der Wand. »Hey! Lassen Sie das stehen.«

Alle erstarrten in der Bewegung und drehten sich zu ihm um. Rye sah Rawlins an, der neben dem zweiten Deputy über den Schreibtisch gebeugt dastand und mit ihm seine Notizen abglich. »Wer ihn auch niedergeschlagen hat, hatte keine Zeit, um mit den Sachen rumzuspielen«, erklärte Rye. »Lassen Sie das stehen.«

Rawlins ließ den Blick über die Artikel auf dem Regalbrett wandern, überlegte kurz und schüttelte dann in Richtung des Fingerabdruckmannes den Kopf. Dann machten alle mit dem weiter, was sie davor getan hatten.

Rye lehnte sich wieder an die Wand und sah zu Brynn. Genau wie alle anderen hatte auch sie sich umgedreht, als er den Polizisten mit dem Fingerabdruckset gebremst hatte. Nun betrachtete sie ihn mit offener Neugier.

3:21 Uhr

Rye Malletts Blick blieb starr und undurchdringlich und kostete sie den letzten Nerv.

Sie hätte alles gegeben, um zu erfahren, was er dem Deputy erzählt hatte. Ihre Schilderungen, wie sie Brady White entdeckt hatten, mussten sich ähneln oder gar Wort für Wort gleichen. Allerdings fragte sie sich, wie er ihre Begegnung an der Absturzstelle dargestellt hatte. Wie viel hatte er erzählt, wie nahe an der Wahrheit war er geblieben, was hatte er verschwiegen?

Immerhin kam ihr jetzt zugute, dass der Mann von Natur aus angespannt und wortkarg war. Außerdem wollte er, wie er selbst erklärt hatte, keinesfalls in etwas hineingezogen werden. Er wollte, dass alles so schnell wie möglich erledigt und vorbei war, genau wie sie, darum würde er die Deputys kaum mit ausschweifenden Schilderungen beglücken, sondern nur knapp auf direkte Fragen antworten.

Sie selbst hatte sich zwar möglichst bedeckt gehalten, wenn sie die Fragen des Deputys beantwortet hatte, aber dabei nicht so verschlossen reagiert, dass es Verdacht erregt hätte.

Er hatte sie nach den Kratzern an ihren Händen gefragt. Sie hatte erklärt, sie sei in ein Dickicht gestolpert, während sie auf der Suche nach dem Flugzeug durch den Wald geirrt war. »Als ich es endlich fand, war ich unglaublich erleichtert, dass der Pilot am Leben und unverletzt war.«

»Sie und Mallett kennen sich?«

»Nein. Er saß dort draußen fest, genau wie ich. Also haben wir uns gemeinsam hierher durchgeschlagen.«

Der Deputy – er hieß Wilson Soundso oder Soundso Wilson – hatte zu Rye hinübergesehen, der zur selben Zeit befragt wurde. Dann hatte er sich wieder an sie gewandt. »Ein ziemliches Raubein.«

Sie hatte ihm beipflichten müssen. Ryes Haltung wirkte arrogant, sein Auftreten pampig. Er sah immer schlecht gelaunt aus, hatte die Reflexe einer Klapperschlange und strahlte etwas Bedrohliches aus, was alles in allem nur Ärger bringen konnte, wenn man an einem Tatort von Polizisten befragt wurde. Eine offenere Körperhaltung und freundlichere Miene hätten ihnen beiden geholfen, aber dafür war es inzwischen zu spät.

»Wie gesagt, ich bin ihm heute Abend das erste Mal begegnet«, hatte sie Wilson erklärt. »Aber ich war ehrlich froh, dass ich ihn an meiner Seite hatte. In diesem Nebel und so weiter.«

So war es länger hin und her gegangen, ohne dass sie etwas von Belang erzählt hatte. Sie war erleichtert, als sie von ihrer ersten Begegnung mit Rye Mallett dazu übergegangen waren, wie sie Brady White gefunden hatten.

»Die Angreifer hatten Schuhabdrücke hinterlassen. Leider …« Sie deutete auf den Boden.

Wilsons Ohren hatten vor Verlegenheit rot aufgeleuchtet, als er erkannte, dass alle Abdrücke verschmiert waren und die Eindringlinge dadurch unmöglich identifiziert werden konnten.

Er hatte noch weiter gefragt und dann die eine Frage gestellt, die sie am meisten gefürchtet hatte: »Und was hat er Ihnen zugestellt?«

»Das darf ich Ihnen nicht sagen.«

»Verzeihung?«

»Damit würde ich gegen das Arztgeheimnis verstoßen.«

Wilson hatte sie ein paar Sekunden eindringlich angesehen und dann leiser angefügt: »Ich kenne Ihren Daddy, Dr. O'Neal.«

Ihr Herz war kurz ins Stolpern gekommen, aber ihre Stimme war fest geblieben. »Wirklich?«

»Feiern Sie zusammen Thanksgiving?«

»Nein. Ich muss morgen arbeiten. Tatsächlich …« Sie hatte mit großer Geste auf ihre Uhr gesehen und beunruhigt aufgeseufzt, nachdem sie die Zeit abgelesen hatte. »Ich muss so schnell wie möglich nach Atlanta zurück, und da mein Wagen nicht mehr fahrtüchtig ist, muss ich Arrangements für meine Rückfahrt treffen. Wie lange wird das hier noch dauern?«

Ihre Zeitnot hatte ihn nicht beeindruckt, stattdessen war er noch einmal auf ihren Vater zu sprechen gekommen. »Wann haben Sie Wes zuletzt gesehen?«

»Wir haben schon länger keinen Kontakt mehr. Seit Jahren.«

Er hatte die Zunge in die Wange gebohrt und ihr unangenehm lange schweigend in die Augen gesehen, bevor er sich abgewandt und seinen Kollegen gerufen hatte. »Rawlins? Auf ein Wort?«

Und jetzt musste sie, während sich die beiden Deputys flüsternd berieten, höchst bestürzt feststellen, dass sie Wilsons schneidendem Blick leichter widerstanden hatte als Rye Malletts.

Im hellen Licht wirkte er kein bisschen achtbarer als in jener Sekunde, in der er sie auf den Waldboden geworfen hatte. Er sah zwar schlaksig aus, war aber, wie sie aus erster Hand wusste, stärker, als es seine hagere Gestalt vermuten ließ.

Sein dunkelblondes Haar war dicht und struppig und reichte über den Kragen seiner Bomberjacke. Kein Gramm Fett polsterte den kantigen, definierten Kiefer, und die Bartstoppeln darauf waren nur leicht dunkler als sein Haar. Seine Augenfarbe konnte sie von hier nicht erkennen, weil die Augen zu tief in den Höhlen lagen. Aber sie spürte die Feindseligkeit, die daraus leuchtete. Wenn Blicke töten könnten …

Am meisten verunsicherte es sie, wie gut ihm seine schroffe und abweisende Art stand.

Wilson kam zurück und erlöste sie von Ryes düsterem Blick.

»Ich hatte einen Kollegen losgeschickt, der sich den Schaden an Ihrem Wagen anschauen sollte«, sagte der Deputy. »Er hat bestätigt, dass er nicht mehr fahrtauglich ist. Ich habe einen Abschleppwagen hinbestellt, aber der wird erst morgen früh ausrücken. Sie können mit mir zum Department fahren, Mr. Mallett dann mit Deputy Rawlins, okay?«

Sie spürte, dass es eher eine Höflichkeitsfrage war und dass ihre Meinung dazu nicht wirklich gefragt war. »Zum Department?«

»Dem Sheriff's Office. Wir müssen noch Ihre Aussagen aufnehmen. Und wir könnten alle einen Kaffee brauchen. Dort haben Sie es viel bequemer.«

Rye hatte mitgehört und zischte einen Fluch. So obszön er auch war, Brynn hätte ihn am liebsten noch verstärkt. »Und wie lange wird das dauern?«

»Kann ich nicht sagen«, erwiderte Wilson.

»Ich habe schon alles gesagt, was ich zu sagen habe.«

Wilson schenkte ihr ein leutseliges Lächeln. »Vielleicht fällt Ihnen noch was ein, wenn wir alles noch mal durchgehen.«

»Bestimmt nicht.«

»Und außerdem«, fuhr er fort, als hätte sie nichts gesagt, »würden wir gern einen Blick in diese Kiste werfen.«

Kapitel 7

4:02 Uhr

Die beiden Streifenwagen trafen gleichzeitig vor dem Sheriff's Office ein, doch Rawlins und Wilson führten Rye und Brynn getrennt voneinander zum Gebäude. Sie sollten ihre Aussagen nicht abgleichen können.

Eine Routineprozedur. Rye verstand das. Trotzdem gefiel es ihm nicht. Er wurde wie ein Verdächtiger und nicht wie ein wichtiger Zeuge behandelt. Das machte ihn wütend und nervös.

Was zum Teufel wurde hier eigentlich gespielt? Die Antwort konnte nur Brynn geben. Vielleicht hatte sie diesen Laserstrahl nicht eigenhändig auf ihn gerichtet, aber waren sie und diese gottverfluchte Box vielleicht der Grund dafür, dass jemand anderes es getan hatte? Aus irgendeinem Grund sagte sie nicht die Wahrheit, und das nicht nur ihm gegenüber. Auch die Deputys rochen, dass etwas faul war.

Zu viert schritten sie durch eine Tür mit der Aufschrift *Zutritt nur für Berechtigte*. Kaum waren sie durchgegangen, erklang eine schroffe Stimme: »Brynn! Bist du das, Schatz?«

Durch den Korridor kam eine Frau auf sie zugewatschelt, deren Deputy-Uniform nur mit Mühe ihren fülligen Körper umspannte. Mit den grauen Haaren und den strichdünnen, praktisch nicht existenten Lippen schätzte Rye sie auf gut sechzig Jahre. Doch das breite Lächeln, mit dem sie sich Brynn näherte, strafte ihren energischen Auftritt Lügen.

»Ich habe über Funk deinen Namen gehört und dass du reinkommen würdest. Ich konnte es nicht erwarten, dich wiederzusehen!«

Brynn begrüßte sie mit einem offenen, warmherzigen Lächeln. »Hallo, Myra.«

Myra presste Brynn an ihre Brust, als wollte sie ihr alle Knochen brechen, löste sich dann wieder von ihr und hielt sie auf Armeslänge von sich weg. »Sieh dich an! Ich bin so stolz auf dich, Mädchen.«

»Danke.«

»Immer noch in Atlanta? Immer noch Ärztin?«

»Ja und ja.«

»Allmächtiger«, sagte die Frau. »Wie wunderbar! Und so hübsch wie eh und je.«

Brynns Lächeln begann leicht zu bröckeln, als würde die Schmeichelei sie nervös machen. »Ich hätte gedacht, du wärst längst in Pension, Myra.«

»Was soll ich da? Im Schaukelstuhl sitzen? Stricken oder Rosen züchten? Da erschieße ich mich lieber. Außerdem würde dieses Department im Chaos versinken, wenn ich es nicht zusammenhalten würde.«

Brynn lachte. »Daran habe ich keinen Zweifel.«

Myra strahlte immer noch, bis ihr wieder einzufallen schien, dass Brynn nicht vorbeigekommen war, um Hallo zu sagen. »Was war da draußen am Flugplatz los? Brady White liegt in der Notaufnahme. Was ist passiert?« Beide Fragen hatte sie schon fast vorwurfsvoll an Rawlins gerichtet.

»Genau das versuchen wir gerade festzustellen«, erwiderte er. »Entschuldige uns.«

Halb geschoben von ihm und Wilson, wurden Rye und Brynn in Richtung Treppe gelotst. Brynn rief noch über ihre Schulter: »War schön, dich wiederzusehen, Myra. Frohes Thanksgiving!«

Als sie im Treppenhaus waren, ließ Rye die Fliegerjacke von seinen Schultern gleiten und faltete sie über seinen Arm. Auf dem Treppenabsatz stieß Brynns Ellbogen zufällig gegen seinen. Als sie den Kopf drehte und sich entschuldigen wollte, fiel ihr Blick auf das Innenfutter der Jacke.

Abrupt blieb sie auf der Stufe über ihm stehen. Ihr Blick zuckte wütend nach oben.

Mit übertriebener Sorgfalt faltete er die Jacke neu zusammen, bis das gut ausgestattete Pin-up-Girl, das jemand von Hand auf das Seidenfutter aufgemalt hatte, nicht mehr zu sehen war. »Entschuldigung«, erklärte er aalglatt. »Auf der anderen Seite ist eine Weltkarte aufgedruckt.«

»Wie praktisch.«

»Ist es tatsächlich. Über fremdem Territorium navigiert es sich oft recht schwer.«

In ihrem Rücken beschwerte sich Wilson: »Bitte gehen Sie weiter.«

Brynn drehte sich wieder um und ging Rye voran die Treppe hinauf. Am liebsten hätte er eine Strähne ihres welligen Haares gepackt, sie mit einem festen Ruck zum Stehen gebracht und ihr erklärt, dass sie ganz schön Nerven hatte, sauer auf ihn zu sein, wo er doch jedes Recht hatte, wütend auf *sie* zu sein. Er, der immer nur friedlich seinen Geschäften nachgehen wollte, fand sich jetzt in einem Riesenschlamassel wieder, den sie angerichtet hatte. Und zu allem Übel wusste er noch nicht einmal, was für ein Schlamassel das überhaupt war.

Er war in die Scheiße geraten, nachdem sich dieser Laserstrahl in seine Augäpfel gespießt hatte. Und seither hatte sich nichts gebessert. Im Gegenteil, es wurde mit jeder Minute schlimmer.

Es war nie gut, sich kurz vor Tagesanbruch in einem Sheriff's Office wiederzufinden. Er hatte das unangenehme Gefühl, in einer Schlangengrube gelandet zu sein, und er merkte, dass er sich insgeheim auf die nächste hässliche Überraschung gefasst machte.

Außer Wilson, Rawlins und Myra schoben nur eine Handvoll Menschen Dienst, doch als sie im ersten Stock ankamen, blieb ein älterer Beamter auf dem Weg ins Erdgeschoss kurz stehen, als er Brynn sah, und lächelte sie freundlich an.

»Also, das gibt's doch nicht«, sagte er mit der kiesrauen Stimme eines langjährigen Rauchers. Doch nachdem er ihr nur den Ansatz eines Lächelns und ein gemurmeltes »Hallo« entlocken konnte, verkniff er sich die Bemerkung, die ihm offenkundig auf der Zunge lag, tippte sich an eine imaginäre Hutkrempe und setzte seinen Weg nach unten fort.

Aus dem Treppenhaus traten sie in ein Großraumbüro mit einem Labyrinth von Schreibtischen, von denen nur ein einziger besetzt war, und zwar von einem übermüdet aussehenden Mann in Zivil, der in einen Computermonitor starrte.

»Wir beide gehen in Raum drei«, sagte Wilson zu Brynn. Rye fiel auf, dass sie auf einen abgelegenen Korridor zusteuerte, ohne dass Wilson ihr noch mehr Anweisungen gegeben hätte.

Rawlins folgte den beiden und meinte zu Rye: »Noch ein Stück weiter.« Er ging an der Tür vorbei, durch die Brynn und Wilson verschwanden. Ein paar Schritte dahinter öffnete er eine Tür zu einem vollgestellten Büro. Er hängte Hut und Jacke an einen Wandhaken und winkte Rye hinein. »Setzen Sie sich. Bin gleich wieder da.«

»Könnte ich mir vielleicht ein Ladegerät für mein Handy ausleihen?«, fragte Rye.

»Sicher.« Rye zog die Tür zu und war verschwunden.

Es gab keine Frage, wer bei Rawlins und Wilson den »bad cop« spielte. Rye fragte sich, wie es wohl kam, dass ausgerechnet der böse Bulle bei ihm gelandet war.

Er setzte sich vor einen Schreibtisch, der aussah, als hätte er einen Sturm überstanden. Auch das übrige Büro sah chaotisch aus, alle Wände waren mit abgelaufenen Kalendern, alten Fahndungsplakaten und Notizen verschiedenster Art tapeziert.

In den drei Fächern des kleinen Regals klemmten zwischen Büchern und Akten mehrere kitschige Golftrophäen. Außerdem stand dort ein Wackelkopftiger, das Maskottchen der *Clemson Tigers*, und das Foto eines jüngeren Rawlins im Trikot des Footballteams der Universität. In einem Plexiglaswürfel lag ein signierter Baseball.

Was ein Mann sammelte, verriet viel über ihn und seine Vorlieben.

Rawlins war leicht zu kategorisieren. Einst eine Sportskanone, klammerte er sich immer noch an ruhmreichere Tage.

Brady White liebte seine Familie und das Fliegen.

Rye Mallett?

Er sah auf die braune Bomberjacke, die in seinem Schoß lag.

Sie war uralt und stammte aus dem Zweiten Weltkrieg. Er hatte sie in einem Koffer in einem verstaubten, auf alte Fliegersachen spezialisierten Trödelladen entdeckt. Es war Liebe auf den ersten Blick gewesen, und er hatte den Ladenbesitzer gebeten, sie für ihn zurückzulegen, bis er genug Geld dafür zusammengekratzt hatte. Er hatte zehn Dollar angezahlt und immer wenn er etwas Geld übrig hatte, etwas vom Preis abgestottert. Als er mit sechzehn seinen Pilotenschein bekommen hatte, war er in den Laden gegangen, hatte den Restbetrag beglichen und war mit der Jacke nach Hause gegangen.

Der Ladenbesitzer wusste nicht mehr, woher oder von wem er den Koffer hatte, darum hatte Rye nie erfahren, wie der Flieger hieß, der die Jacke im Krieg getragen hatte, oder was aus ihm geworden war. Zwar hatte die Jacke Aufnäher, die für das Geschwader und verschiedene Luftstützpunkte standen, aber Rye war diesen Hinweisen nie nachgegangen. Er war nicht sicher, ob er wirklich wissen wollte, was aus dem Piloten geworden war, denn es war nicht unwahrscheinlich, dass er mittlerweile verstorben war. Andernfalls hätte er sich auf keinen Fall von seiner Bomberjacke getrennt.

Rye strich über das faltige, narbige Leder und wünschte, er wüsste, wie die vielen Risse und Kerben dorthin gekommen waren. Alle waren untrennbar mit dem Leder verbunden und standen für verschiedene Kapitel in der Geschichte des Jackenträgers. Er selbst hatte weitere Kratzer und Flecken hinzugefügt und sich damit selbst zu einem untrennbaren Bestandteil dieses Kleidungsstücks gemacht, trotzdem betrachtete er sich nicht als dessen Eigentümer. Er hatte die Jacke nur in seiner Obhut, er war der Pilot, dem sie vorübergehend anvertraut worden war, bis sie irgendwann an einen Nachfolger übergehen würde.

Er musste daran denken, wie prüde und missbilligend Dr. O'Neal das Innenfutter betrachtet hatte, und lachte leise in sich hinein. Er streckte die Beine aus, legte den Kopf in den Nacken und schloss die Augen. Abgesehen von dem kurzen Nickerchen auf Dashs Sofa hatte er seit vierundzwanzig Stunden nicht mehr geschlafen. Er war am Ende.

Als er die Augen wieder aufschlug, war Rawlins zurück. Rye setzte sich auf, schrubbte mit beiden Händen über sein Gesicht und sah auf die Uhr. Er war fast fünfzehn Minuten weggedöst.

Währenddessen war der Deputy fleißig gewesen. Er hielt so viel in beiden Händen, dass er die Tür mit dem Absatz schließen musste. Er reichte Rye ein Ladegerät und deutete auf die nächste Steckdose.

»Danke.« Rye holte sein Ersatzhandy aus der Pilotentasche und hängte es ans Ladegerät.

Rye stellte einen Styroporbecher mit Kaffee vor ihn hin. »Die Milch ist gestockt, und der Kaffeeweißer ist aus. Aber ich hätte was zum Süßen.« Er ließ ein paar unterschiedliche Päckchen auf den Schreibtisch fallen und setzte sich.

»Danke, nicht nötig.« Rye hob den Plastikdeckel ab und nahm einen Schluck. Der Kaffee war brühend heiß, stark und kräftig.

Rawlins legte sein Handy in Reichweite auf dem überhäuften Schreibtisch ab, nahm ebenfalls einen Schluck Kaffee und zog dann mühsam eine überdimensionale Büroklammer aus dem Papierstapel, den er beim Hereinkommen unter den Arm geklemmt hatte. Rye sah, dass es lauter Ausdrucke von offiziell aussehenden Formularen und Dokumenten waren.

Fuck.

»Sie überraschen mich, Mr. Mallett«, begann Rawlins.

Ryes Miene blieb ausdruckslos. »Wieso?«

»Sie sehen aus wie ein Landstreicher und zeigen sich ausgesprochen widerborstig, dabei haben Sie mit Bravour die Air Force Academy abgeschlossen, sind in Afghanistan viele gefährliche Missionen geflogen und als ausgezeichneter Held von Ihrem zweiten Einsatz zurückgekehrt.« Rawlins sah ihn über den Schreibtisch an. »Was ist passiert?«

»Ich habe Gott gefunden.«

Der Deputy seufzte schwer und lehnte sich zurück. »Sie sollten am Timing Ihrer Pointen arbeiten.«

»Wo wir schon von Timing sprechen, wann kann ich wieder gehen?«

»Ich wäre auch lieber woanders, glauben Sie mir«, ließ Rawlins sein Temperament aufblitzen. »Gleich geht die Sonne auf, heute ist Thanksgiving, und meine Frau ist stinksauer, weil mittags ein Heer von Verwandten bei uns eintrudelt und ich gestern Abend vergessen habe, Schlagsahne mitzubringen. Oder Kondensmilch. Egal was, sie kann ihren Kuchen nicht fertig backen, und das ist jetzt meine Schuld.« Er schoss in seinem Stuhl nach vorn, als wollte er gleich aufspringen. »Alles Ihretwegen.«

»Ich habe nichts getan.«

»Nein?«

»*Nein.* Außer mein Flugzeug ein paar Sekunden länger in der Luft zu halten und damit Dr. O'Neal das Leben zu retten, aber so was scheint hier nicht hoch im Kurs zu stehen.«

»Wurden Sie jemals verhaftet?«

Rye nickte zu dem Papierstapel hin. »Was steht denn da drin?«

Rawlins blätterte ein paar Seiten durch. »Hier steht etwas von Ruhestörung.«

»Wann und wo genau?«

»Genau das ist der Punkt«, erwiderte Rawlins trocken. »Praktisch überall.« Er blätterte weiter. »Hier steht auch was von Trunkenheit.«

»Schuldig. San Diego. Eine schlechte Flasche Tequila. Ich habe die Nacht in der Ausnüchterungszelle verbracht, die wesentlich luxuriöser war als das Motel, das mein knickeriger Auftraggeber bezahlen wollte. Immerhin wusste ich dort, wer auf den Boden gepisst hatte.«

»Reno, Nevada. Tätlichkeit in einem Hotelzimmer.«

»Sie müssen genauer hinschauen. Die Anzeige habe ich erstattet. Er hat mich angegriffen.«

»*Er?*«

»Sie hatte mir verschwiegen, dass sie verheiratet war.«

Rawlins schniefte und schüttelte den Kopf. »Mann, wenn Sie unten aufschlagen, dann aber gründlich, wie?«

»Ich bin in allem gründlich.«

Der Deputy fand das nicht komisch. »Wer hat gewonnen? Sie oder der Ehemann?«

»Ich habe ihm gedroht, dass ich ihn aus dem Fenster im zehnten Stock werfen würde, wenn er keine Ruhe gibt.«

»War das ein Bluff?«

»Das werden wir nie erfahren. Er hat rechtzeitig Ruhe gegeben.«

Rawlins nahm noch einen Schluck Kaffee, studierte Rye dabei über den Becher hinweg und erklärte dann: »Sie lügen.«

»Es war der zehnte Stock, das würde ich unter Eid beschwören.«

»Sie lügen, wenn Sie behaupten, Sie würden nicht wissen, was in dieser Kiste für Dr. O'Neal ist.«

»Ich weiß es aber nicht.«

»Oder warum Brady White niedergeschlagen wurde.«

»Keine Ahnung.«

»Das ist ein Haufen Scheiße, Mr. Mallett.«

Rye gähnte ausgiebig.

Rawlins blätterte weiter in seinen Papieren. »Sie haben viele Flüge in Mittel- und Südamerika absolviert.«

»Da kommen ein paar Tausend Stunden zusammen.«

»Gibt es irgendeinen besonderen Grund dafür?«

»Es ist ein großer Kontinent. Mit riesigen Plantagen. Vielen abgelegenen Flecken, die nur aus der Luft zu erreichen sind. Allein in Peru gibt es …«

»Haben Sie je Waffen transportiert?«

»Nur für die US-Air-Force.«

»Drogen?«

»Ja.«

Er sah Rawlins an, dass ihn dieses Geständnis unvorbereitet erwischt hatte.

»Ein einziges Mal«, schränkte Rye ein und hob dabei den Zeigefinger. »Ohne dass ich es wusste. Die Fracht waren imitierte Designertaschen, die für einen Billigsupermarkt im Süden von Texas bestimmt waren. Als ich gelandet war und die Fracht auslud, merkte ich, dass die verdammten Handtaschen mit Heroin gefüttert waren. Ich war stinksauer. Gab der DEA und dem Zoll einen anonymen Tipp, aber erst nachdem ich den Typ, der mir das eingebrockt hatte, dafür büßen ließ, dass er je geboren worden war.«

»Wollen Sie etwa behaupten, dass niemand je versucht hätte, Sie …?«

»Das behaupte ich keineswegs. Solche Anfragen bekomme ich dauernd. Von Drogenbaronen, kleinen Dealern, korrupten Regierungsbeamten. Und immer mit dem Versprechen auf ein fettes Honorar, weil jeder weiß, dass ich überallhin fliege. Aber«, fuhr er fort, »der Gedanke an ein paar Jahre im Bundesgefängnis gefällt mir gar nicht, und auf keinen verfickten Fall bin ich ein verfluchter Drogenkurier.« Er stand auf und zog seine Jacke über. »Sie haben das nicht richtig durchdacht, Rawlins.«

»Setzen Sie sich.«

Rye blieb stehen und war noch nicht fertig. »Ich bin da oben, überfliege Bergkämme und Stromleitungen. Kann durch den bescheuerten Nebel nicht die Hand vor Augen sehen, sondern muss mich auf meine Instrumente und Brady White verlassen, der alles dafür tut, dass ich sicher aufsetze. Also, warum zum Teufel sollte ich, nachdem ich einen möglicherweise tödlichen Aufprall mit nichts als einer Beule überstanden habe, dem armen Mann den Schädel einschlagen wollen?« Rawlins brauchte nicht zu wissen, dass er ursprünglich gute Lust gehabt hatte, genau das zu tun.

»Ganz einfach«, antwortete der Deputy. »Sie geben ihm die Schuld daran, dass Sie die Landebahn verfehlt haben.«

»Nein, tue ich nicht.«

»Ihre Instrumente haben ausgesetzt? Kommen Sie, Mallett. Geben Sie es zu. Sie haben Mist gebaut, und Brady war Ihr Sündenbock.«

Nur mit Mühe konnte er das mit dem Laser für sich behalten. Er hatte keinen einzigen Beweis dafür, dass er geblendet worden war, da würde es so aussehen, als würde er die Bruchlandung auf keinen Fall auf seine eigene Kappe nehmen wollen. Rawlins glaubte ihm jetzt schon kaum. Wahrscheinlich würde er ihn laut auslachen.

Rye hatte auch nichts in der Hand, was irgendwie untermauert hätte, dass es Brady Whites Angreifer gewesen waren, die ihn mit dem Laser geblendet hatten. Aber als gewissenhafter Polizist würde Rawlins widerwillig der Sache nachgehen, und dieses Nachgehen würde Zeit brauchen, während Rye so schnell wie möglich weg von hier wollte. Sollte dieser fett gewordene Exsportler doch über seine Bruchlandung denken, was er wollte.

Rye blieb bei der Wahrheit. »Ich habe Brady nicht angegriffen und weiß auch nicht, wer es getan hat.« Er hob seine Pilotentasche auf. »Falls Sie das als unterschriebene Aussage von mir haben wollen, meinetwegen. Tippen Sie das ab, dann können wir beide von hier verschwinden. Und Sie können auf dem Heimweg noch Schlagsahne oder Kondensmilch kaufen, um Ihre Frau zu besänftigen. Oder aber: Falls Sie mich als Verdächtigen hierbehalten wollen, werde ich keinen Ton mehr sagen und mir so schnell einen Anwalt nehmen, dass Sie nicht mehr wissen, wo Ihnen der Kopf steht. Selbst wenn Sie mich in Arrest nehmen lassen, werden Ihre Heerscharen von Verwandten ohne Sie Thanksgiving feiern, weil Sie hier sitzen und Formulare ausfüllen werden, um Ihre Fehlentscheidung zu rechtfertigen und um Ihr schönes Sheriff's Department vor einer Klage zu bewahren, nachdem Sie mich ohne jeden Anlass festgenommen haben.«

Die letzten Worte hallten immer noch nach, als Rawlins' Handy läutete. Er griff danach und meldete sich mit Namen. Nach ein paar Sekunden griff er nach einem Notizblock.

»Wie buchstabiert man das? Und wann war das?« Minutenlang schrieb er eifrig mit, während der Anrufer redete. »Hast du eine Adresse? Okay, überprüf, ob er zu Hause ist. Finde heraus, wo er gegen zwei Uhr früh heute Morgen war. Und gib mir schnellstmöglich Bescheid.«

Er legte auf, sah Rye kurz an und drückte dann eine Kurzwahlnummer. »Ich bin's, Wilson. Schon irgendwas aus Dr. O'Neal rausgekitzelt?«

Offenbar verneinte Wilson.

»Hier auch nichts. Nicht viel jedenfalls«, sagte Rawlins. »Hör mal, gerade hat Thatcher aus dem Krankenhaus angerufen. So wie es aussieht, hatte Brady White vorgestern einen hitzigen Streit mit jemandem aus der Gegend, der sein Flugzeug bei ihm im Hangar stehen hat. Er schuldet Brady Geld für Treibstoff und Miete. Als Brady es eintreiben wollte, hat ihn der Typ als Wucherer beschimpft und wollte nicht zahlen. Brady hat die Schlüssel zum Flugzeug einbehalten, bis alles bezahlt ist.« Er hustete hinter vorgehaltener Faust. »Thatcher wird dem nachgehen.«

Wilson stellte noch ein paar Fragen, auf die Rawlins nur einsilbig antwortete.

Durch Ryes Kopf schlitterten diverse ironische und beleidigende Kommentare, aber in seinen Augen musste Rawlins schon genug Kreide fressen. Außerdem war es eine gute Nachricht, dass Brady White wieder bei Bewusstsein war. Darum fragte er, als Rawlins das Gespräch beendet hatte: »Brady ist wieder zu sich gekommen?«

Rawlins schüttelte den Kopf. »Er ist immer noch bewusstlos. Das mit dem Streit weiß unser Deputy von seiner Frau. Sie hält am Krankenbett Wache, zusammen mit einem Haufen von Freunden. Die Whites sind beliebt in der Gegend.«

»Kann ich mir vorstellen.« Dass Brady noch nicht wieder zu Bewusstsein gekommen war, war deprimierend. Rye wartete kurz ab und fragte dann: »Können Sie jetzt meine Aussage aufnehmen, damit ich verschwinden kann?«

»Gleich. Beantworten Sie mir noch eine Frage: Wieso wollten Sie das mit den Fingerabdrücken nicht?«

Rye zuckte mit den Achseln. »Weiß ich auch nicht. Es war ein Impuls. Kam mir dumm und unnötig vor bei solchen Sammlerstücken.«

»Hm.« Rawlins betrachtete ihn nachdenklich. »Und wieso reagieren Sie und Dr. O'Neal so kribbelig, wenn es um diese Box geht? Was ist darin?«

»Das weiß ich nicht, wie ich Ihnen schon dutzendfach erklärt habe. Das müssen Sie schon sie fragen.«

»Gute Idee.«

Der Deputy stand auf und winkte Rye zur Tür.

4:42 Uhr

Gezwungenermaßen gab Brynn Wilson die Handynummer ihres Kollegen Dr. Nathan Lambert heraus.

Sie und Nathan – Nate – Lambert hatten in den letzten Jahren mehrmals zusammengearbeitet. Sie waren beide Spezialisten auf ihrem Gebiet, doch Nate hatte zehn Jahre mehr Erfahrung und gab gern damit an. Er hatte eine PR-Agentin, die ihn für Vorträge buchte, und einen Verleger, der auf ein neues Buch wartete.

Er hatte sich einen Namen gemacht und war inzwischen so berühmt, dass er sich seine Patienten aussuchen konnte, was er auch tat. Die meisten davon gehörten zu den Reichen und Schönen und checkten unter falschem Namen in seinem Krankenhaus ein. Paradoxerweise neigte Nate dazu, genau mit ebenjenen prominenten Namen anzugeben.

Wilson rief an. Auch mitten in der Nacht war Nate sofort am Apparat, so als hätte er das Handy direkt am Ohr. Wilson nannte seinen Namen und Rang, und Nates erste Worte waren: »O Gott, nein. Ist Dr. O'Neal etwas zugestoßen?«

»Ich bin hier.« Sie sagte das so laut, dass er es durch das Telefon hören konnte.

»Ist alles in Ordnung, Brynn?«

»Mit *mir* ist alles in Ordnung. Aber die Situation ist es nicht. Es war eine ereignisreiche Nacht, milde ausgedrückt.«

»Konnte das Flugzeug landen?«

»Ja.«

»Gott sei Dank.«

Brynn hörte die tiefe Erleichterung in seiner Stimme und malte sich aus, wie er mit der Hand über seinen marmorglatten Schädel strich, den er gewissenhaft und regelmäßig rasierte.

»Als ich nichts von dir hörte, habe ich mir Sorgen gemacht und unseren Kontaktmann in Columbus angerufen«, fuhr Nate fort. »Dash, wenn ich mich nicht irre? Er versicherte mir, dass das Flugzeug unterwegs wäre.«

»Offenbar hast du mit ihm gesprochen, bevor man ihm von dem Absturz erzählt hat.«

»Das Flugzeug ist *abgestürzt*?«

Wilson erlaubte ihr mit einer Handbewegung, Nate zu schildern, was sich seit ihrer Abfahrt aus Atlanta zugetragen hatte. Nate reagierte auf jede neue katastrophale Wendung mit schockiertem Schweigen oder hektischem Luftschnappen, aber er hörte ihr zu, ohne sie zu unterbrechen. Sie erläuterte knapp, aber umfassend die augenblickliche Situation. Als sie zum Ende kam, versicherte sie ihm noch einmal, dass die schwarze Box in ihrem Besitz und intakt war.

»Immer noch ungeöffnet?«, fragte er.

»Und mit Schloss gesichert.«

»Wunderbar.« Nach einer kurzen Pause fragte er mit der für ihn typischen Knappheit: »Und wo liegt das Problem?«

Wilson kam ihr zuvor. »Das Problem, Dr. Lambert, liegt in der Gleichzeitigkeit der beiden Ereignisse. Wir untersuchen den Überfall auf Mr. White und müssen überprüfen, ob er in irgendeiner Weise mit dem Inhalt dieser Box in Zusammenhang stehen könnte.«

»Wie das?«

»Ganz genau.« Brynn sah Wilson vielsagend an. »Ich habe bisher nichts preisgegeben, was einen Verstoß gegen das Arztgeheimnis darstellen könnte. Aber das erschwert natürlich meine Position den Ermittlern gegenüber.«

Die Tür wurde aufgestoßen, und Rawlins kam herein. Im Raum war es so eng, dass Rye Mallett nicht ganz eintreten konnte, sondern auf der Schwelle stehen bleiben musste. Während des kurzen Blickkontakts auf der Treppe hatte sie erkannt, dass seine Augen grün waren. Jetzt richtete er sie sofort auf Brynn.

Er sah gleichzeitig ungehalten und selbstzufrieden aus. Wahrscheinlich ärgerte er sich, weil er immer noch aufgehalten wurde, und war selbstzufrieden, weil der Verdacht gegen ihn ausgeräumt war, nachdem Brady Whites Auseinandersetzung mit seinem Kunden ans Licht gekommen war. Als sie Wilsons Telefonat mit Rawlins mit anhören durfte, hatte sie auch etwas wie Selbstzufriedenheit empfunden.

Bis Wilson erneut darauf beharrt hatte, dass sie die Kiste öffnen sollte.

»Wir haben Dr. Lambert am Telefon«, erklärte Wilson den Neuankömmlingen.

Damit ihr Kollege im Bild war, erklärte Brynn: »Nate, eben sind Deputy Rawlins und der Flugzeugpilot, Mr. Mallett, zu uns gestoßen.«

»Mr. Mallett«, sagte Nate, »ich bin Ihnen aufrichtig und zutiefst dankbar, dass Sie heute Abend geflogen sind. Ich bedauere Ihren Unfall und dass Ihr Flugzeug dabei Schaden genommen hat. Aber ich bin sehr froh, dass Sie nicht verletzt wurden oder Schlimmeres passiert ist.«

Rye reagierte mit einem knappen Dank.

»Meine Herren, diese Verzögerung kostet uns wertvolle Zeit, die unser Patient nicht hat«, erklärte Dr. Lambert dann.

»Ich habe zu erklären versucht, wie dringlich die Situation ist«, sagte sie, »aber die Herren haben ihre eigene Agenda.«

»Agenda«, wiederholte Nate schnaubend. Er verachtete jeden, der seiner Genialität Schranken zu setzen versuchte. »Verstehe ich das richtig, dass der Inhalt der Kiste der Grund für diese Verzögerung ist?«

»Korrekt.«

»Nun dann, Brynn, komm ihrer Bitte nach, vorausgesetzt, der Name unseres Patienten wird nicht genannt und der Behälter wird nur kurz geöffnet.«

4:53 Uhr

Seit Rye in der offenen Tür Position bezogen hatte, versuchte er Brynns Reaktion auf das, was sich hier abspielte, einzuordnen. Er registrierte jede Regung, ob gewollt oder unbewusst. Er hatte jedes Blinzeln, jedes Zucken, einfach alles von ihr erfasst.

Darum sah er auch, wie ihre Augen kurz größer wurden, als Dr. Lambert sich einverstanden erklärte, den Inhalt der Kiste zu präsentieren. Er bemerkte auch ihr kurzes Luftanhalten und das mühsame Schlucken.

Den Deputys entgingen diese körperlichen Reaktionen wahrscheinlich, denn Brynn hatte sich sofort wieder im Griff. »Die Box sollte luftdicht verschlossen bleiben.«

»Das weiß ich, Brynn.« Der Arzt sagte das so knapp und herablassend, dass Rye noch im selben Moment entschied, ihn nicht ausstehen zu können, und zwar nur, weil er wie ein arrogantes Arschloch klang. »Aber das können wir offenbar nicht ändern. Die Herren müssen ihre Polizeiarbeit verrichten; wir haben einen schwer kranken Patienten. Je eher wir ihren Wünschen entsprechen, desto schneller können wir wieder ein Leben zu retten versuchen.«

Sie holte tief Luft und atmete langsam wieder aus. »Gut. Aber ich kenne die Kombination des Zahlenschlosses nicht.«

»Schalte den Lautsprecher aus.«

Sie holte sich mit einem kurzen Blick Wilsons Einverständnis, woraufhin der sich wortlos bei Rawlins rückversicherte, der knapp nickte. »Ich will sehen, was darin ist«, erklärte er.

Wilson schaltete den Lautsprecher seines Handys aus, reichte es Brynn und schob die Kiste dann über den Schreibtisch in ihre Reichweite. Sie nahm das Handy ans Ohr. »Ich bin so weit.«

Die Kiste war durch ein Vorhängeschloss mit fünfstelliger Zahlenkombination gesichert. Sobald die Ziffern entsprechend der Anweisungen ihres Kollegen eingestellt waren, zog Brynn den Bügel aus dem Schloss. Sie sah erst Wilson, dann Rawlins an. »Bitte überdenken Sie Ihre Entscheidung noch einmal. Die Luftzufuhr könnte den Inhalt kontaminieren und …«

Rawlins ließ sie gar nicht erst ausreden. Er klappte den Deckel persönlich auf.

Selbst von seinem Beobachtungsposten aus konnte Rye in die Box blicken. Sie war mit schwarzem Schaumstoff ausgepolstert, auch der Deckel war überzogen. Vier fest versiegelte Zylinder lagen in genau angepassten Aussparungen im Schaumstoff. Röhrchen mit Blutproben. Alle beschriftet.

»Er ist geöffnet«, sagte Brynn ins Telefon. Sie lauschte sekundenlang, schaltete dann den Lautsprecher wieder ein und legte das Handy auf den Schreibtisch zurück. »Auf Bitte von Dr. Lambert«, erklärte sie den Deputys. »Du kannst jetzt sprechen, Nate.«

»Dr. O'Neal und ich sind auf maligne hämatologische Erkrankungen spezialisiert. Blutkrebs. Wir haben einen Patienten mit einer extrem seltenen Form dieser Krankheit. Der Patient hat sich erfolglos mehreren aggressiven Strahlen- und Chemotherapien unterzogen. Die einzige Hoffnung auf ein Überleben besteht in einer allogenen Stammzellentransplantation. Aber genau hier liegt das Problem. In der HLA-Kompatibilität, also der Verträglichkeit der humanen Leukozyten-Antigene. Diese ›Signatur der Zelle‹ …«

Rye blendete ihn aus und beobachtete Brynn. Während sich ihr aufgeblasener Kollege über Glykoproteine und Transplantat-gegen-Wirt-Reaktionen ausließ, stand sie stumm da, die Arme vor dem Bauch verschränkt, und presste die nach innen gezogenen Lippen so fest zusammen, dass sie praktisch blutleer waren.

»Was Sie hier sehen, Gentlemen, sind Blutproben von vier *potenziellen* Blutspendern, die wir nach einer langen und extrem aufreibenden Suche ausfindig machen konnten. Aber ob auch nur eine davon eine hinreichende Übereinstimmung mit dem HLA-Typ unseres Patienten aufweist, wissen wir erst, nachdem wir sie getestet haben, und Dr. O'Neal und ich wollen diese Tests selbst durchführen. Nicht dass wir den Laboren, die wir sonst beauftragen, misstrauen würden, doch unser Patient ist eine Person von öffentlichem Interesse und besteht auf höchster Vertraulichkeit, und natürlich tun wir in diesem Fall unser Bestes.« Nach dieser eigentümlichen Bemerkung holte er kurz Luft. »Die Proben sind nur für einen kurzen Zeitraum verwendbar, und die Tests sind hochkomplex, weil dabei unzählige Fehlerquellen lauern. Gleichzeitig wird die Zeit für unseren Patienten knapp. Wir müssen einen Spender finden, und die nötigen Schritte vor einer Transplantation müssen unternommen werden. Baldmöglichst. Das sollte Ihnen erklären, warum die Sache so dringlich ist, warum Dr. O'Neal die Unversehrtheit der Blutproben zu sichern versuchte und warum sie die Identität, Würde und Privatsphäre unseres Patienten wahren wollte. Noch Fragen?«

Wilson fuhr sich mit der Hand über das müde Gesicht, über Mund und Kinn und sagte dann: »Danke, Dr. Lambert.« Er beugte sich vor und klappte den Metallbehälter zu.

Lambert überhörte den Dank. »Brynn, bitte schließe die Box wieder, um einer Kontamination oder anderer Unbill vorzubeugen – hoffen wir zu Gott, dass es noch nicht dazu gekommen ist –, und schaff die Proben dann so schnell wie möglich hierher. Wie willst du jetzt nach Atlanta kommen, nachdem dein Wagen nicht mehr fahrtüchtig ist?«

Sie griff nach dem Handy, schaltete den Lautsprecher wieder aus und erklärte: »Ein Transportmittel zu finden steht als oberster Punkt auf meiner Agenda.« Sekundenlang hielt sie Ryes Blick stand, dann drehte sie den Kopf weg.

Rawlins' kantiges Kinn schob sich in Ryes Blickfeld. »Kommen Sie zurück in mein Büro. Sobald Sie Ihre Aussage unterschrieben haben, können Sie gehen.«

Kapitel 8

5:10 Uhr

»Und sie sind immer noch da drin. Niemand ist ins Gebäude gegangen oder rausgekommen, seit die Deputys die beiden hergebracht haben.«

Delores Hunt hatte zunehmend ungeduldig zugehört, während Goliad sie ins Bild gesetzt hatte. »Und wann war das?«

»Vor über einer Stunde.«

Delores zündete sich eine Zigarette an und blies den Rauch in Richtung der offenen Terrassentür, damit Richard nicht den leisesten Tabakhauch erschnupperte, was er anscheinend sogar durch Wände hindurch konnte. Er hasste es, wenn sie rauchte, und sie tat es nur, wenn sie extrem aufgewühlt war. Wenn er sie jetzt dabei erwischt hätte, wie sie frustriert paffend im Wohnzimmer patrouillierte, hätte er sofort begriffen, dass etwas katastrophal schiefgelaufen war.

Als sie zuletzt im Schlafzimmer nach ihm gesehen hatte, hatte er sich widerwillig dazu überreden lassen, seinen Schlafanzug anzuziehen und ins Bett zu gehen. Seit der letzten Strahlentherapie war er geschwächt und wurde schnell müde, aber weder sie noch er gestanden sich gegenseitig ein, dass er längst nicht mehr so belastbar war wie früher.

Er hatte sich missmutig beklagt, dass sie nichts mehr von

Goliad gehört hatten und immer noch keine Ahnung hatten, wann sie Dr. O'Neal in Atlanta zurückerwarten konnten.

Seine innere Unruhe würde in einem Zornesausbruch eskalieren, wenn er erfahren würde, dass es eine weitere Verzögerung gegeben hatte, deren Grund Delores ihm nicht erklären konnte, weil nicht einmal *sie* ihn kannte.

Sie hatte ihn damit beruhigt, dass es ein, zwei kleinere Hürden zu überwinden gebe, die aber nur auf das grauenvolle Wetter zurückzuführen waren, und dass sie – Dr. Lambert und Goliad – die Lage im Griff hätten.

Sie wünschte, es wäre so.

Ihr und Richards Leben war auf den Kopf gestellt worden, als man bei Richard vor sechs Monaten eine Krebsform diagnostiziert hatte, von der keiner der beiden je gehört hatte. Damals hatten sie sich an Dr. Lambert gewandt, einen angesehenen Spezialisten, mit dem sie auch privat bekannt waren.

Sein Götterkomplex war kaum zu ertragen, doch in ihrem Fall von Nutzen. Dank Nates Verbindungen hatte Richards Therapie unverzüglich begonnen, und zwar unter dem Mantel absoluter Verschwiegenheit. Nicht einmal ihre vertrauenswürdigsten Mitarbeiter wussten, dass Richard krank war, mit Goliad als einziger Ausnahme. Niemand sonst durfte davon erfahren, und auf gar keinen Fall durfte etwas davon in die Medien gelangen.

Tag für Tag wurde bei Tausenden Menschen Krebs im Endstadium diagnostiziert. Ohne dass landesweit darüber berichtet wurde.

Bei Senator Richard Hunt sähe die Sache anders aus.

»Eine Stunde, sagen Sie?«

»Ja, Madam. Grob geschätzt«, antwortete Goliad.

Getrieben von innerer Unruhe, versuchte Delores diese neue, beunruhigende Information zu verarbeiten.

»Ich verstehe nicht, wieso so viel Polizei auf dem Flugplatz war. Wollten sie den Absturz untersuchen? Wieso wurden Dr. O'Neal und der Pilot ins Sheriff's Office gebracht? Kurz gesagt, Goliad, was zum Teufel ist da oben los? Was haben Sie mir verschwiegen?«

»Timmy hat's ein bisschen übertrieben«, meinte er nach mehreren unheilschwangeren Sekunden.

Sie griff nach ihrem Feuerzeug, klickte es mehrmals an und beobachtete in einer Art selbsthypnotischem Versuch die Flamme. »Erklären Sie mir das bitte genauer.«

»Er hat mit einem Laser rumgespielt.«

»Verzeihung?«

In seiner stumpfsinnigen Art, die sie oft vor Ungeduld fast zum Schreien brachte, schilderte Goliad ihr die Abfolge der Ereignisse. »Als wir dann wieder am Flugplatz waren …«

»Ja, ja. Das haben Sie mir schon erklärt, da war alles voller Polizei. Warum haben Sie Dr. O'Neal und den Piloten nicht abgefangen, bevor sie dorthin gelangen konnten und den Mann finden würden, *wie ich Ihnen explizit erklärt habe*? Nebel. Das war Ihre Entschuldigung.«

»Der Nebel war definitiv ein Faktor. Ich musste eine Stelle zum Wenden finden. Sie können uns nur knapp zuvorgekommen sein.«

»Trotzdem sind sie es. Und nun werden sie von der Polizei befragt.« Sie nahm ihre Patrouille wieder auf. »Kann euch dieser Kerl vom Flugplatz identifizieren, falls er wieder aufwacht?«

»Nein. Wir haben ihn von hinten überrumpelt.«

Sie wollte ihn fragen, warum sie ihn nicht einfach umgebracht hatten, dann hätte sie jetzt eine Sorge weniger gehabt, sagte aber stattdessen: »Ich habe Sie mit einer einfachen Aufgabe dorthin geschickt. Sie sollten Dr. O'Neal im Auge behalten und sicherstellen, dass sie den Behälter bei uns abliefert. Und alles, was Sie bisher geschafft haben, ist eine Einladung an das Sheriff's Office zu unserer Party auszusprechen.«

Goliad war klug genug, ihr nicht zu widersprechen.

»Wissen Sie wenigstens, wo der Behälter ist?«

»Einer der Deputys hatte ihn in der Hand, als sie ins Sheriff's Office sind.«

»Jesus.« Delores zündete die nächste Zigarette an. »Und Sie sind jetzt dort?«

»Genau gegenüber, mit Blick auf den Eingang, durch den sie rein sind.«

»Zwei Männer in einem Auto, die das Sheriff's Office beobachten? Erregt das nicht Verdacht?«

»Ich glaube, da besteht keine Gefahr. So wie es aussieht, hat kaum jemand Dienst. Die Straßen sind verlassen.«

»Na, meinetwegen. Lassen Sie das Gebäude bloß nicht aus den Augen. Die Deputys können Dr. O'Neal nicht ewig festhalten. Sie hat niemandem etwas getan.«

»Ich glaube nicht, dass man sie verdächtigt. Bei dem Piloten könnte das anders aussehen. Wenn er geglaubt hat, der Typ auf dem Flugplatz hätte ihn mit dem Laser geblendet, dann hätte er ein Motiv gehabt, ihn bewusstlos zu schlagen.«

»Umso besser für uns«, sagte sie. »Wenn die Polizei ihn für schuldig hält, wird man ihn noch länger dortbehalten. Falls sie ihn freilassen, muss er sich um das abgestürzte Flugzeug kümmern. So oder so ist er nicht unser Problem. Anders als Dr. O'Neal. Bleiben Sie ihr auf den Fersen. Falls es so aussieht, als würde sie… Ach, da ruft Nate an. Versagen ist keine Option, Goliad.«

Ohne ihm Zeit zu einer Antwort zu lassen, drückte sie das Gespräch weg und holte mehrmals tief Luft, bevor sie den nächsten Anruf annahm. »Nate! Ich versuche dich schon seit Stunden zu erreichen. Wo zum Teufel steckt Dr. O'Neal? Sie müsste längst zurück sein. Richard ist außer sich.«

Sie gab vor, nicht zu wissen, was sich in Howardville ereignet hatte. Nate Lambert war ein begnadeter Arzt, aber kein zuverlässiger Vertrauter. Der innere Kreis bestand aus ihr und Richard und sonst niemandem. Sie hatten Nate nicht erzählt, dass sie Goliad hinterhergeschickt hatten, um sicherzustellen, dass Dr. O'Neal rechtzeitig zurückkehrte.

»Beruhige dich, Delores. Ich habe eben mit Brynn telefoniert, die mir die Verspätung erklärt hat. Es gab einige Schwierigkeiten.«

»Was für Schwierigkeiten denn?«

Sie lauschte, wie er naiv die Widrigkeiten beschrieb, denen sich seine Kollegin ausgesetzt sah, angefangen mit der Bruchlandung.

»Du hast uns versichert, dass die Firma zuverlässig wäre.«

»Ich habe gesagt, dass die Firma die zuverlässigste ist, die ich finden konnte und die gestern Nacht fliegen wollte.«

»Ich hatte von Anfang an das komische Gefühl, dass irgendwas passieren würde, wenn Dr. O'Neal allein fahren würde. Jemand hätte sie begleiten sollen. Oder am besten hätte sie gar nicht fahren sollen. Sondern du. Ich kann mich gut erinnern, dass ich dir das von Anfang an gesagt habe.«

»Ist notiert«, sagte Nate. »Aber ich hatte schon Pläne fürs Abendessen und keine Lust auf einen Ausflug in die Wildnis. Du kennst Brynn nicht so gut wie ich. Sie ist kompetent und gelassen. Sie hat souverän eine extrem brisante Situation gemeistert. Sie war bemerkenswert ruhig, als ich mit ihr sprach. Natürlich wollte sie den Behälter nicht öffnen lassen, aber …«

»Was?« Diesmal war Delores tatsächlich fassungslos. »Sie haben die Kiste geöffnet?«

»Wir hatten keine Wahl. Diese Hillbilly-Detectives waren nicht davon abzubringen. Ihrem Wunsch nachzukommen war die einzige Möglichkeit, Brynn möglichst früh dort herauszuholen.«

»Aber …«

»Keine Angst, Delores. Ich hatte genaue Verpackungsanweisungen gegeben, und alles wurde genau nach meinen Vorgaben gehandhabt.«

»Richards Name …?«

»Wurde nicht genannt.«

»Gott sei Dank.«

»Brynn muss noch ihre Aussage zu dem Vorfall auf dem Flughafen unterschreiben. Sobald das getan ist, ist diese unglückselige Angelegenheit erledigt.«

»Du bist sicher, dass sie entlassen wird?«

»In Kürze. Fiasko abgewendet«, verkündete er nervtötend fröhlich. »Wir sind wieder in der Spur.«

»Und was ist mit der Zeit, die uns das gekostet hat?«

»Es waren nur ein paar Stunden. Mach dir keine Sorgen.«

»Leicht gesagt.«

»Wie geht es Richard?«

»Er schläft, aber sobald er aufwacht, wird er wissen wollen, warum sie noch nicht hier ist und wann wir mit ihr rechnen können.«

»Brynn trifft Arrangements, um so schnell wie möglich

zurückzukehren. Wie viel von alldem du Richard erzählen willst, bleibt dir überlassen.«

»Lass mich bloß nicht in der Luft hängen, Nate. Halte mich auf dem Laufenden.«

Nachdem sie aufgelegt hatte, schrieb Delores Goliad, dass Dr. O'Neal in Kürze aus dem Sheriff's Office kommen würde. *Hängen Sie sich an sie dran, sobald sie wegfährt!* Er antwortete mit einem erhobenen Daumen.

Fiasko abgewendet. Tatsächlich. Egal wie sorgfältig man plante, man musste sich doch immer auf andere verlassen. Und die Unberechenbarkeit und Unfähigkeit ihrer Mitmenschen trieben Delores noch in den Wahnsinn.

Sie zog tief an ihrer Zigarette und blies die Rauchfahne in Richtung Terrassentür. Dann spürte sie eine Bewegung im Raum und drehte sich um.

Richard stand in der Tür zum Schlafzimmer. Mit nichts als seiner Pyjamahose am Leib, passte sein Aufzug absolut nicht zu seiner streitlustigen Körperhaltung. In diesem Moment sah er kein bisschen schwach oder gebrechlich aus. Seine Stimme hatte nichts von ihrem Timbre verloren. »Hör auf, mich abschirmen zu wollen, Delores. Ich bin kein Kind, und ich bin auch nicht hilflos. Noch nicht. Sag mir – und zwar sofort: Was ist schiefgelaufen?«

Kapitel 9

6:37 Uhr

»Sind Sie ein Verwandter?«

»Nein.«

»Tut mir leid, Sir, aber ich darf Informationen über den Patienten nur an Familienangehörige weitergeben.«

Rye wandte ein, zwei Sekunden lang den Blick ab und sah dann die Frau an der Theke der Notaufnahme wieder an. Sie hatte das Trennglas beiseitegeschoben, um mit ihm zu reden, aber Vorschriften waren oft eine massivere Barriere als eine Glasscheibe.

Er beschloss, an ihre Menschlichkeit zu appellieren. »Kennen Sie Brady White persönlich?«

»Schon ewig. Wir waren die ganze Schule durch in einer Klasse. Marlene war einen Jahrgang unter uns.«

Rye nahm an, dass Marlene Mrs. White war. »Ich will ja keine Einzelheiten wissen. Ich will nur wissen, ob er wieder auf die Beine kommt.«

Sie verzog bedauernd die Miene, wankte aber nicht. »Das ist Krankenhausvorschrift, Sir. Ich darf nicht …«

Sie zuckte zurück, weil Rye die Hände auf die Theke gestützt hatte und sich zu ihr durch die Trennscheibe beugte. »Er war nur meinetwegen gestern Abend auf dem Flugplatz. Ich muss wissen, ob er durchkommt.«

Sie rückte ihre Brille zurecht und besah ihn ausgiebig, vor allem seine Bomberjacke und die Pilotentasche. »Sie sind der mit der Bruchlandung?«

»Ja, genau der bin ich«, antwortete er und bemühte sich, dabei nicht allzu ironisch zu klingen. »Ich habe die Katastrophe unbeschadet überstanden, Brady aber nicht. Können Sie mir nicht wenigstens sagen, ob er wieder zu sich gekommen ist?«

Sie zögerte, sah kurz über die Schulter, als hätte sie Angst, dass ein Vorgesetzter sie beim Verstoß gegen ihre Vorschriften erwischen könnte, zwinkerte ihm dann zu und flüsterte: »Gehen Sie nicht weg. Ich sehe mal nach.« Sie schob die Scheibe zu und verschwand durch eine Tür in der Wand.

Rye blieb allein im Wartebereich zurück. Unter dem grellen Neonlicht wirkte der Raum unterkühlt und kränklich. Die Ironie daran entging ihm nicht. Er ging an ein nach Osten ausgerichtetes Fenster hinüber. Die Morgendämmerung hatte zwar eingesetzt, doch an diesem Thanksgiving gab es keinen rosa Sonnenaufgang zu bewundern. Der dichte Nebel verhüllte immer noch alles.

Zu dieser Stunde wäre es in Austin noch stockdunkel. Zu früh für einen Anruf.

Womit es tatsächlich der ideale Zeitpunkt war. Er glaubte nicht, dass jemand antworten würde, darum würde er nichts erklären müssen, aber der Anruf würde registriert. Damit konnte er ehrlich behaupten, dass er es versucht hatte.

Er tippte die Nummer ein. Der Anruf wurde durchgestellt. Beim dritten Läuten legte er wieder auf. Erledigt.

Doch dann ging ihm auf, dass niemand die Telefonnummer seines Ersatzhandys kannte. Der Anruf zählte also nicht. Er würde noch einmal anrufen müssen.

Dash war bestimmt schon wach. Dash war immer wach. Rye rief an. Dash antwortete mit seinem üblichen Knurren und sagte, als Rye ihn begrüßte: »Das wurde auch Zeit. Ich bin …«

»Mein Telefon ist im Eimer, und bevor du jetzt über mich herfällst, lass mich ein paar Details klarstellen, von denen der Deputy, der dich gestern Abend angerufen hat, nichts wissen konnte.«

Wahrscheinlich zum ersten Mal in seinem Leben hörte Dash ihm ohne eine Zwischenbemerkung zu und ließ ihn ausreden. Rye beendete seine Schilderung damit, wie leid es ihm für Dash um die Cessna tue. »Ich habe mein Bestes versucht. War nicht gut genug.«

»Scheiß drauf, Rye. Die Kiste ist versichert. Wahrscheinlich mache ich ein Plus, wenn ich das Geld einstecke und die unbeschädigten Einzelteile verkaufe. In Trümmern ist das Ding mehr wert als intakt. Aber wenn du dabei gestorben wärst …«

»Für mich hättest du nichts kassiert. Ich bin nicht versichert. Mein Leben ist keinen Cent wert.«

»Mach keine Witze.«

»War auch keiner.«

Nach einer kurzen, angespannten Stille fragte Dash: »Und du bist dir sicher mit dem Laser?«

Zorn flammte in Rye auf. »Beleidige mich nicht, Dash.«

»War nur eine einfache Frage. Lies nichts hinein.«

Rye wusste, dass eine Menge hinter Dashs *einfacher* Frage steckte, aber er ließ es gut sein. »Der Strahl hat mich genau in die Augen getroffen.«

»Mehr brauche ich nicht zu hören. Ich würde den Scheißkerl am liebsten kastrieren.«

»Stell dich hinten an.«

»Haben die Bullen schon einen Verdächtigen?«

Genau hier wurde es heikel. »Ich habe ihnen nichts davon erzählt. Ich habe sie glauben lassen, dass die Instrumente ausgefallen sind und ich Mist gebaut hätte.« Rye nahm an, dass es Dash kurz die Sprache verschlagen hatte. Er redete weiter, bevor Dash sie wiederfinden konnte. »Es hätte nichts gebracht, wenn ich ihnen davon erzählt hätte, Dash. Sie hätten mir blind glauben müssen, und ich kann genau vor mir sehen, wie sie dabei die Augen verdreht hätten. Wenn ich ihnen was von einem Laser vorgeheult hätte, hätte es so ausgesehen, als hätte ich mir das nur aus den Fingern gesogen, weil ich die Rollbahn verfehlt habe.«

»Und das ist schlimmer, als wenn sie glauben, du hättest abgekackt?«

»Diesmal schon.«

»Willst du mir erklären warum?«

»Es ist kompliziert.«

Dash schnaubte. »Das war mir klar.«

»Es hat was mit dem Empfänger zu tun.«

»Dr. Lambert oder dem Ersatzmann, der die Box entgegennehmen wollte?«

»Mit beiden, glaube ich. Irgendwas stinkt an der Sache. Sie sitzt auf der Kiste, als wäre es der Heilige Gral.«

»*Sie?*«

»Dr. O'Neal.«

»Der Dr. O'Neal, von dem du vorhin gesprochen hast, ist eine Frau?«

»Was denn? Hast du Vorurteile gegenüber Ärztinnen?«

»Tatsächlich sind sie mir lieber. Ich habe aber eine Aversion gegen Piloten, die erst zum Absturz gebracht werden und dabei um ein Haar in meinem Flugzeug krepieren, danach Stunden brauchen, bevor sie mich anrufen und mir die *Einzelheiten* erzählen, und mich dann an der Nase packen und daran durch den Wald zerren wollen, weil sie – irrigerweise – glauben, ich würde wehrlos folgen.«

»Ich bin genauso frustriert wie du, glaub mir. Ich weiß auch nicht, was hier abläuft. Ich würde gern hierbleiben, bis ich herausgefunden habe, wer am anderen Ende des Laserstrahls stand, und demjenigen dann mit einer stumpfen Handsäge den Pimmel stutzen. Aber für mich und auch für dich ist es am besten, wenn ich die Geschichte in meinem Unfallbericht weichspüle. Wenn ich zum Beispiel reinschreibe, es hätte ein Laserstrahl sein können, ohne mich dabei festzulegen. Ich will so schnell wie möglich hier weg und die ganze Sache als blödes Missgeschick abschreiben.«

Dash ließ sich das durch den Kopf gehen. »Du hast einen Blick in den Behälter werfen können?«, fragte er dann.

»Ja.«

»Weil ich nicht möchte, dass *Dash-It-All* in irgendwas Illegales hineingezogen wird.«

»Hab ich kapiert. Ich will auch in nichts hineingezogen werden, Punkt. Man hat alle Anschuldigungen gegen mich fallen lassen. Ich kann gehen.« Er versuchte, nicht allzu sehr zu betteln. »Schick mich irgendwohin, Dash.«

»Wo bist du jetzt?«

»In der Notaufnahme des Krankenhauses. Ich wollte mich noch nach dem Kollegen erkundigen, dem sie eins übergezogen haben.«

»Das hört sich nicht nach ›abschreiben‹ an.«

»Das bin ich ihm schuldig, Jesus, Dash.«

»Okay, okay. Und danach willst du wieder in den Sonnenuntergang reiten?«

»Sobald ich das Flugzeug in Augenschein genommen und mit der FAA in Atlanta gesprochen habe. Ich glaube nicht, dass vor Montag – frühestens – ein Agent hochgefahren kommt. Wahrscheinlich kommt gar niemand. Check einfach deine Mails. Ich schicke dir die Bilder. Die kannst du dann an deine Versicherung weiterreichen.«

»Vergiss, was ich gerade gesagt habe. Dass die 182 hinüber ist, bricht mir das Herz. Es war eine verdammt gute Maschine.«

»Bricht mir auch das Herz. Vielleicht ist sie ja doch noch zu retten.«

»Wir werden sehen.«

»Hast du einen Flug für mich?«

Dash atmete tief aus. »Rye, willst du nicht wenigstens eine Verschnaufpause einlegen? Das gestern Nacht war verflucht knapp.«

»Ein Grund mehr, wieder in die Luft zu kommen.«

»Ich will dir nur einen Gefallen tun.«

»Tu mir einen Gefallen. Gib mir einen Flug.«

Dash grummelte etwas, das Rye nicht verstand, und sagte dann: »Okay. Das Erste, was reinkommt, gehört dir. Aber es ist Thanksgiving, und du steckst in diesem Kaff fest. Wie willst du da wegkommen?«

»Ich organisiere eine Mitfahrgelegenheit.«

»Wohin? Ich persönlich hätte dich am liebsten in Atlanta.«

»Das wäre auch meine erste Wahl.«

»Gib mir Bescheid, wenn du dort bist. Und bis dahin schlaf dich aus.«

»Okay.«

»Ich meine es ernst.«

»Ich habe okay gesagt. Von Atlanta aus kannst du mich überallhin schicken. Ist mir egal.«

»Wie du mir schon tausendmal erklärt hast.«

»Und danke, dass du das mit der Maschine anständig aufgenommen hast.«

»So bin ich eben – anständig.« Damit legte er auf.

Rye ließ das Handy in die Jackentasche gleiten. Er richtete seinen Blick neu aus und betrachtete sein Spiegelbild in der Fensterscheibe. Er bot einen ziemlich üblen Anblick. Ein aufgewärmter Hundehaufen kam ihm in den Sinn. Seine Augen waren blutunterlaufen nach der durchwachten Nacht, seine Bartstoppeln zwei Tage überfällig, und die Haare sahen aus wie mit dem Laubbläser geföhnt. Kein Wunder, dass die Lady an der Aufnahmetheke ihn so argwöhnisch betrachtet hatte.

Kein Wunder, dass Brynn O'Neal ihn so angesehen hatte.

Als er sie zuletzt gesehen hatte, telefonierte sie mit ihrem Kollegen, bevor Rawlins Rye in sein Büro zurückgeführt und dort warten lassen hatte. Wie immer beim Militär und bei der Polizei mahlten die Mühlen langsam. Er hatte über eine Stunde herumgesessen, bis die verdammte Aussage abgetippt und unterschrieben war. Nachdem Rawlins ihn hatte gehen lassen, war er so schnell wie möglich verschwunden. Brynn hatte er nirgendwo entdecken können.

Im Erdgeschoss war er auf Myra gestoßen, die an einem Schreibtisch in einem ansonsten menschenleeren Raum gesessen hatte. Er hatte sie nach dem Krankenhaus gefragt, und sie hatte ihm den Weg erklärt.

»Wic weit ist es?«

»Eine Meile, vielleicht anderthalb. Ich kann Sie hinfahren.«

»Vielen Dank. Ich gehe zu Fuß.«

Er war durch den Angestellteneingang hinausgegangen, durch den man ihn auch hereingeführt hatte, und damit war das ereignisreiche, aber kurze Zwischenspiel mit Dr. Brynn O'Neal offiziell beendet.

Ich kann es kaum erwarten, Sie nie wiederzusehen.

Inzwischen war sie bestimmt schon auf dem Rückweg nach Atlanta, zurück zu Dr. Lambert, ihrem sterbenskranken Patienten, ihrer Praxis, ihrem Leben, von dem er nichts wissen wollte. Er würde sie nie wiedersehen. Verbindung getrennt. Keine weiteren Verwicklungen. Nicht einmal ein Adieu.

Auch recht.

Sagte er sich.

»Sir?«

Die Angestellte war zurück, und sie lächelte. Er wollte auf sie zugehen, doch sie zeigte zum Aufzug. »Erster Stock. Marlene hält schon nach Ihnen Ausschau.«

Am liebsten wäre er sofort umgekehrt und losgerannt. Er hatte auf ein paar sachliche Informationen durch eine Fremde gehofft, aber ein Vieraugengespräch mit Bradys Frau hatte er nicht auf der Rechnung gehabt, Herr im Himmel. Aber nicht einmal er konnte so schäbig sein, jetzt abzuhauen.

Er fuhr nach oben, trat aus dem Aufzug und erkannte sofort die Frau von dem Urlaubsfoto auf Brady Whites Schreibtisch wieder. Sie hatte einen weichen, mütterlichen Körper und ein bezauberndes Lächeln.

Sie nahm seine rechte Hand und hielt sie mit beiden Händen fest. »Ich weiß, wer Sie sind, aber bitte verzeihen Sie, ich weiß nicht, wie Sie heißen.«

»Rye Mallett.«

»Mr. Mallett…«

»Rye.«

»Ich bin Marlene. Es bedeutet mir so viel, dass Sie sich nach Brady erkundigt haben. Danke.«

»Danken Sie mir nicht. Wenn ich nicht gewesen wäre, wäre er gestern gar nicht auf dem Flugplatz gewesen. Wie geht es ihm?«

»Sie sagen, er müsse ›unter Beobachtung‹ bleiben. Kein Schädelbruch, keine Hirnschwellung. Keine Blutungen auf den Gehirnscans. Er hat eine schwere Gehirnerschütterung, aber damit kann ich leben.« Sie lächelte ihn strahlend an. »Sie kommen genau richtig. Sie haben uns nur zwei Minuten mit ihm gegeben.« Sie ließ seine Hand los und machte sich auf den Weg durch den Korridor.

Rye schloss mit langen Schritten auf. »Er ist zu sich gekommen?«

»Vor ein paar Minuten.«

»Es geht ihm also besser?«

»Er ist benommen und desorientiert, aber er möchte Sie ganz bestimmt sehen.«

Der Gedanke an eine persönliche Begegnung versetzte Rye in Panik. »Sie sollten die kostbaren zwei Minuten allein nutzen.«

Sie lächelte ihn an und steuerte weiter auf eines von nur drei Intensivbetten zu. »Das würde er mir nie verzeihen. Er weiß noch nichts von dem Absturz. Ich fände es besser, wenn Sie nichts davon sagen würden.«

»Nein. Natürlich nicht. Hat er gesagt, wer ihn niedergeschlagen hat?«

»Daran kann er sich überhaupt nicht erinnern. Seine letzte Erinnerung ist, dass er mit Ihnen gesprochen und Ihr

Flugzeug gehört hat. Der Arzt meinte, es sähe so aus, als hätte man ihn von hinten niedergeschlagen. Deputy Thatcher war der gleichen Meinung.«

Hinter der Glaswand sah Rye den Mann auf seinem Bett liegen. Er hing an einer Reihe von Apparaten, die insgesamt komplexer aussahen als die Armaturen eines Cockpits.

Brynn hätte gewusst, wozu sie dienten.

Er zögerte auf der Schwelle. Marlene ging voraus, beugte sich über ihren Mann und sagte etwas. Rye sah, wie sich die Beine unter der Decke bewegten. Marlene drehte sich um und winkte ihn näher.

Rye trat ans Bett. Brady White war kaum als der Mann auf dem Bild wiederzuerkennen, aber das war verständlich. Er trug einen Kopfverband. Seine Augen waren offen, aber allem Anschein nach hatte er Probleme, etwas zu fixieren. Trotzdem begrüßte er Rye mit einem zaghaften Lächeln und tastete nach seiner Hand.

Rye nahm seine Hand, schüttelte sie und freute sich, dass sie so warm war. In seinem Kopf hörte er wie von einer Schallplatte, die einen Sprung hatte, den immer gleichen Satz: *Ich bin so froh, dass du nicht tot bist. Ich bin so froh, dass du nicht tot bist.* Das hätte er nicht ausgehalten.

»Danke, dass Sie gestern Nacht extra für mich rausgefahren sind«, sagte er. »Ich finde es furchtbar, was Ihnen zugestoßen ist. Ich kann Ihnen gar nicht sagen, wie leid mir das alles tut.«

Brady wollte den Kopf schütteln, verzog aber unter der Anstrengung das Gesicht. Seine Stimme war kratzig: »Sie sind gut reingekommen?«

Rye breitete beide Hände aus, um ihm anzuzeigen, dass er unverletzt war. »Solange die Zahl der sicheren Landungen mit der Zahl der Starts übereinstimmt …« Er lächelte, und sein Lächeln wurde erwidert.

Brady hob zwei Finger zu einer V-Geste. »Zwei Bier.«

»Glauben Sie nicht, dass ich das vergessen hätte. Wir trinken die noch und quatschen dabei übers Fliegen.«

Brady nickte. Seine Lider flatterten und schlossen sich wieder.

»Mrs. White.« Ein Pfleger war ins Zimmer getreten und gab ihnen ein Zeichen zu gehen.

Marlene küsste ihren Mann auf die Stirn und kam dann zu Rye in den Korridor. Sie gingen gemeinsam zum Aufzug, wo sie ihm erklärte, dass sie mit ihm nach unten fahren würde.

Während sie auf den Aufzug warteten, fragte Rye, ob sie glauben würde, dass Brady von dem Mann niedergeschlagen worden war, der sich in seinem Hangar eingemietet hatte. »Falls ja, müssen sie sich schlimm gestritten haben.«

»Ich kenne den Mann nur dem Namen nach und nur über Brady. Er hat ihren Streit als ›hitzig‹ bezeichnet, aber vielleicht hat er untertrieben, damit ich mir keine Sorgen mache. Als Deputy Thatcher fragte, ob Brady Feinde gehabt hätte, fiel mir sonst niemand ein, mit dem er über Kreuz gewesen ist.«

Rye wusste kaum etwas über Brady White, aber er kam ihm vor wie ein Mensch, der wesentlich mehr Freunde als Feinde hatte. Und selbst wenn Brady sich bei diesem Disput über Treibstoffkosten einen Erzfeind gemacht hatte, woher hätte dieser Mann dann wissen sollen, dass Brady gestern Nacht auf dem Flugplatz war, wo doch jeder andere Landeplatz geschlossen war? Ach ja, und wieso sollte er einen Laser mitnehmen? Außerdem konnte ein einzelner aufgebrachter Mieter kaum *zwei* verschiedene Schuhabdrücke hinterlassen.

Es war viel wahrscheinlicher, dass der Angreifer gewusst hatte, wann Brady auf dem Flugplatz sein würde, und das bedeutete, dass er auch gewusst hatte, wann Rye dort landen sollte.

»Marlene, hat Brady jemandem außer Ihnen von meinem Flug erzählt oder meine Ankunftszeit genannt?«

»Nicht, soweit ich weiß. Warum?«

»Ich will nur die Anzahl der Verdächtigen eingrenzen.«

»Das liegt kaum in Ihrer Verantwortung.«

»Ich fühle mich aber verantwortlich.«

Sie tätschelte seinen Arm. »Der Angriff auf Brady hatte nichts mit Ihnen zu tun.«

Vielleicht nicht direkt. Aber hatte er etwas mit Brynn O'Neal zu tun?

Der Aufzug kam. Sie stiegen ein, und Rye wechselte das Thema. »Ich schätze, Brady lebt für das Fliegen.«

»Er weiß mehr darüber als jeder andere.«

»Fliegt er selbst auch?«

Ihre Miene wurde melancholisch. »Nein.«

Die Aufzugtür öffnete sich zur Lobby. Sie stiegen aus, und Ryes Herz begann gegen seine Rippen zu hämmern, weil er unter dem Vordach Brynn aus einem Streifenwagen steigen sah. Wilson saß am Steuer. Brynn beugte sich noch einmal in den Wagen und sagte etwas, schloss dann die Tür, und der Deputy fuhr davon. Sie trat durch die Automatiktür in die Lobby, und in der Hand hielt sie diese verfluchte Box.

Im selben Augenblick richtete sie ihren Blick auf ihn und Marlene White, die sie offenbar von dem Foto auf Bradys Schreibtisch wiedererkannte, und kam auf sie zu. Sie grüßte ihn mit einem Nicken, wandte sich dann Bradys Frau zu und stellte sich vor. Mrs. White umklammerte Brynns Hand wie zuvor die von Rye. »Dr. O'Neal, ich bin Ihnen so dankbar, dass Sie sich gestern Nacht um Brady gekümmert haben.«

»Bitte nennen Sie mich Brynn. Und das war doch selbstverständlich. Ich wünschte nur, ich hätte mehr für ihn tun können. Wie ist sein Zustand?«

Marlene wiederholte, was sie auch ihm erklärt hatte. »Er ist eben wieder zu Bewusstsein gekommen. Gerade rechtzeitig, dass Rye mit ihm reden konnte.«

Brynns Blick hob sich. »Sie haben sich unterhalten?«

»Wir haben ein paar Worte gewechselt. Ich bin mir nicht sicher, ob er sich überhaupt daran erinnern wird.«

»Oh, das wird er ganz bestimmt«, versicherte Marlene ihm lachend. »Er wird bestimmt nicht vergessen, dass Sie ihm versprochen haben, mit ihm übers Fliegen zu plaudern.«

»Ich bin überrascht, dass er keinen Flugschein hat«, sagte Rye.

»Den hätte er, wenn er könnte. Er wollte immer nur fliegen. Aber er hat ein Herzgeräusch, das von einer fehlerhaften Mitralherzklappe herrührt. Der Fehler wurde entdeckt, als er noch ein Teenager war, wahrscheinlich hat er ihn von Geburt an. Er leidet an leichten Symptomen, die aber medikamentös kontrolliert werden. Das hält ihn nicht davon ab, praktisch alles zu tun, wonach ihm der Sinn steht.«

»Außer zu fliegen«, sagte Rye.

»Außer zu fliegen«, wiederholte sie traurig.

»Macht es ihm denn nichts aus, den Flugplatz zu managen und anderen dabei zuzuschauen, wie sie das tun, was er selbst gern täte?«, wollte Brynn wissen.

»Nein, ganz im Gegenteil. Er ist immer noch flugverrückt und genießt das Kameradschaftsgefühl bei der Fliegerei.« Sie sah Rye an. »Als er hörte, dass Sie sich von dem Wetter nicht beeindrucken ließen und gestern Abend herfliegen wollten, war er aufgeregt wie ein kleines Kind. Und als er das Haus verließ, sagte er noch: ›Ich kann es kaum erwarten, diesen Kerl kennenzulernen.‹ Das hat er jetzt getan. Ihr Besuch bedeutet ihm alles.«

»Wenn er sich erholt hat, komme ich noch mal vorbei und fliege mit ihm.«

Tränen verschleierten Marlenes Augen. Sie drückte die Hand auf ihre Brust. »Das würde er Ihnen nie vergessen.«

Rye konnte Brynn ansehen, dass sein spontanes Angebot sie überrascht hatte. Mist, es hatte ihn selbst überrascht. Er spürte ihren fragenden Blick, reagierte aber nicht darauf. Stattdessen bückte er sich und hob seine Pilotentasche auf. »Es wird allmählich hell, ich muss nach dem Flugzeug sehen.«

»Wie kommen Sie dorthin?«, fragte Marlene. »Sie haben doch kein Auto, oder?«

»Mir fällt schon was ein.«

»Sie können meines nehmen.«

Er schnaubte und schüttelte energisch den Kopf. »Das kann ich nicht annehmen.«

»Natürlich können Sie.«

Er suchte nach einem Grund abzulehnen. »Sind Sie gestern Nacht nicht von einem Deputy hergefahren worden?«

»Er hatte es mir angeboten. Ich habe abgelehnt.«

»Weil Sie dachten, dass Sie Ihr Auto brauchen würden.«

»Unter Umständen. Aber ich brauche es nicht. Ich habe genug Freunde und Verwandte, die alle unbedingt irgendwas für mich tun möchten. Falls ich fortmuss, bevor Sie zurück sind, habe ich freie Auswahl. Ich hole nur schnell den Schlüssel.«

»Mrs. White – Marlene. Ich kann Ihr Auto nicht nehmen.«

»Bitte. Brady würde Ihnen seinen Pick-up leihen, wenn er könnte.«

Er erkannte an ihrem flehenden Blick, wie viel ihr daran lag, dass er ihr Angebot annahm. Er nickte knapp und meinte beinahe schroff: »Vielen Dank. Ich werde es nicht lange brauchen.«

»Sie können es benutzen, solange es sein muss. Ich hole schnell den Schlüssel.« Sie wandte sich an Brynn. »Sind Sie noch hier, wenn ich wieder herunterkomme?«

»Leider nicht.« Sie deutete zum Eingang. Dort hielt eben Wilson in seinem Streifenwagen an. »Ich werde gerade abgeholt. Trotzdem bin ich froh, dass ich Sie noch erwischt habe. Ich wollte nicht aus der Stadt verschwinden, ohne mich nach Ihrem Mann zu erkundigen. Bitte richten Sie ihm aus, dass ich ihm eine schnelle Genesung wünsche. Aber er soll nichts überstürzen«, ergänzte sie mit gespielter Strenge.

»Ich werde es ihm sagen.«

Brynn griff in ihre Manteltasche. »Ich habe Ihnen meine Handynummer aufgeschrieben. Ich würde gern wissen, wie es bei ihm vorangeht.« Marlene nahm ihr den Zettel ab und ergriff dann wie zuvor mit beiden Händen Brynns Hand. »Noch einmal danke für alles, was Sie gestern Abend für Brady getan haben.«

»Es war viel zu wenig. Wie schade, dass ich nicht das Vergnügen hatte, ihn bei guter Gesundheit zu erleben.«

»Vielleicht können Sie ja gemeinsam mit Rye zurückkommen.«

Sie und Rye tauschten einen schnellen Blick, aber keiner von beiden wollte etwas dazu sagen.

Marlene spürte, dass sie beide unwissentlich in eine peinliche Situation gebracht hatte, umarmte Brynn kurz und erklärte Rye dann, dass sie gleich mit dem Schlüssel zurückkommen würde. Die Aufzugtür glitt auf, als sie den Knopf drückte.

Dann war er allein mit Brynn in der Lobby. Selbst die Frau hinter der Trennscheibe war gerade nicht auf ihrem Posten.

Brynn sah zu ihm auf, aber ihm nicht in die Augen. Sondern mehr oder weniger auf sein Kinn. »Jetzt heißt es wohl Abschiednehmen.«

»Sieht so aus.« Er sah hinaus zu dem Streifenwagen. »Wilson fährt Sie den ganzen Weg bis nach Atlanta?«

»Nein. Der Fordhändler hier im Ort verleiht auch Autos. Natürlich hat er heute geschlossen, aber Wilson meint, dass der Besitzer unter diesen Umständen vielleicht kurz öffnen und mir ein Auto zur Verfügung stellen würde. Allerdings wollte ich ihn an einem Feiertag nicht so früh aus dem Bett holen. Ich warte bis neun Uhr.«

Er nickte zu allem, sagte aber nichts.

Nach einer kurzen Pause fragte sie: »Und Sie fahren jetzt zur Absturzstelle?«

»Ja.« Wieder sah er zum Eingang. Der Dampf aus Wilsons Auspuff nährte den Nebel noch weiter. »Vielleicht verzieht sich die Suppe irgendwann, und ich kann mit meinem Handy ein paar Bilder machen.«

»Es werden keine schönen Fotos sein.«

»Das fürchte ich auch.«

»Das mit Ihrem Flugzeug tut mir wirklich leid.«

»Mir auch.« Er rückte den Tragegurt seiner Pilotentasche auf seiner Schulter zurecht und versuchte, so gut er konnte, nicht auf die Haarsträhne zu starren, die hinter ihrem Ohr hervorgerutscht war und sich wie ein schwarzseidenes Fragezeichen an ihre Wange schmiegte. »Sie sollten den Hüter des Gesetzes nicht warten lassen.«

Sie schaute nach draußen und lächelte. »Ich glaube, es gefällt ihm nicht besonders, dass er mich babysitten muss.«

Rye sah auf die Uhr. »Bis neun Uhr sind es nicht mal zwei Stunden.«

»Er hat mir angeboten, mit mir frühstücken zu gehen, während wir warten. Vielleicht wird eine warme Mahlzeit seine Laune heben.« Dann sah sie Rye wieder an. »Nun denn…«, sagte sie und streckte die rechte Hand aus.

Er sah darauf und nahm sie nach kurzem Zögern. »Ich hoffe, Ihr Krebspatient kommt durch.«

Daraufhin sah sie ihm direkt in die Augen. »Danke. Wirklich. Ich auch.«

Er ahnte, dass in ihren Worten eine tiefere, unausgesprochene Bedeutung lag, aber er konnte unmöglich noch länger reglos dastehen und in den regengrauen Augen danach suchen, darum schüttelte er kurz ihre Hand und ließ sie so schnell wieder los, als hätte er in Nesseln gefasst.

Sie machte mehrere Schritte rückwärts, ehe sie sich umdrehte und zur Tür ging. Doch schon nach wenigen Metern blieb sie stehen und drehte sich noch einmal um. »Eines wollte ich Sie noch fragen.«

Er rollte die Schultern in einer halbwegs zustimmenden Geste.

»Sie haben gesagt: ›Die haben ihren Auftrag ausgeführt.‹«

Diesmal sollte das Schulterrollen Verwunderung anzeigen. Nachdem es nur gespielt war, setzte er noch ein Stirnrunzeln ein, um Verständnislosigkeit anzuzeigen.

»Als wir Brady entdeckten, sagten Sie: ›Die haben ihren Auftrag ausgeführt.‹ Damit meinten Sie die Angreifer, stimmt doch?«

»Ich kann mich nicht erinnern, dass ich so was gesagt hätte«, log er. »Aber ja, ich meinte damit die Täter.«

»Und Sie haben im Plural gesprochen, weil es zwei verschiedene Schuhabdrücke gab.«

»Richtig.«

»Also müsste der Mann, der mit Brady Streit hatte, einen Komplizen mitgenommen haben, falls er der Täter war.«

»Sieht so aus.«

»Haben Sie das auch Deputy Rawlins gesagt?«

»Ist mir entfallen. Außerdem ist er der Detective. Er hätte selbst daran denken sollen.«

»Hmm.« Sie nickte. »Als Sie das gesagt hatten, klang es fast so, als hätten Sie eine Ahnung, wer *die* sein könnten.«

»Hatte ich nicht. Habe ich immer noch nicht.« Das war die Wahrheit.

»Oder dass Sie eine Vorstellung hätten, was sie dazu getrieben haben könnte.«

»Keinen Schimmer.« Auch wahr.

Ihr zweifelnder Blick blieb auf ihn gerichtet, bis er ungeduldig wurde und sagte: »Ich kann mich nicht erinnern, dass ich so was gesagt hätte, und ich weiß auch nicht mehr, was ich mir dabei gedacht habe. Ich habe einfach vor mich hin sinniert. Gequasselt.«

Sie lachte skeptisch. »Sie haben einige ausgeprägte Eigenschaften, die einem schon bei der ersten Begegnung ins Auge stechen. Quasseln zählt nicht dazu.«

Sie sah ihn weiter an, als wollte sie ihn durch reine Willenskraft dazu bringen, mehr zu sagen. Als er stumm blieb, wandte sie sich wieder um und verschwand durch die Automatiktüren. Sie schlossen sich hinter ihr.

Sein Bauch fühlte sich an wie ausgehöhlt.

Er war hungrig, sonst nichts.

Der Aufzug kam. Marlene White stieg aus, einen Schlüsselring am ausgestreckten Zeigefinger. »Der Wagen steht auf dem Parkplatz hinter der Auffahrt. In der zweiten Reihe. Ein blauer Honda. Wenn Sie auf den Knopf hier drücken …« Sie verstummte, als sie merkte, dass er nicht auf die Fernbedienung, sondern auf Brynn sah. Gerade ließ sie sich auf dem Beifahrersitz von Wilsons Streifenwagen nieder. Als sie losfuhren, sagte Marlene: »So eine nette junge Frau.«

»Ja.« Die Heckleuchten verschwanden im Nebel. Er wandte sich Marlene zu. »Ich meine, ich kenne sie nicht. Aber sie kommt mir ganz okay vor.«

»Bei ihrem Vater ist es ein reines Wunder, dass sie so geworden ist.«

»Ich habe schon von ihm reden hören. Ein gewisser Wes?«

»Ein echter Charakter.«

»Im Sheriff's Office kennt ihn praktisch jeder. Ist er Polizist?«

Marlene White sah ihn fassungslos an. »*Polizist?* Meine Güte, nein. Er ist ein stadtbekannter Krimineller.«

Kapitel 10

7:29 Uhr

Brynn und Deputy Wilson saßen unter einer Handvoll Gäste in dem einzigen Café im Ort, das am Thanksgiving-Morgen geöffnet hatte. Auf einem an die Tür geklebten Zettel wurden die potenziellen Gäste informiert, dass von sieben bis zehn Uhr dreißig Frühstück serviert wurde, bevor das Café schloss.

Ein jüngerer Mann hing zusammengesunken in einer Nische und schien einen massiven Kater auszukurieren. Der Einzelgänger an der Theke war wahrscheinlich der Fahrer des Sattelschleppers, der an der Landstraße am Straßenrand parkte. Brynn hörte einen Mann an einem Tisch weiter hinten die Kellnerin fragen, was zum *Thanksgiving Special Breakfast* gereicht wurde, und sie erklärte ihm, dass heute das große Frühstück um ein Stück Apfelkuchen erweitert wurde. Er und sein Begleiter bestellten jeweils eins.

Abgesehen von der Kellnerin war Brynn die einzige Frau und stand darum unter Beobachtung, vor allem nachdem sie mit einem uniformierten Deputy am Tisch saß. Sie spürte die spekulierenden Blicke, die immer wieder in ihre Richtung wanderten. Selbst der verkaterte junge Mann richtete sich kurz auf, um sie genauer zu betrachten.

Sie stocherte in ihren Pfannkuchen herum und schaute

zu, wie Wilson drei Spiegeleier und eine monströse Scheibe Räucherspeck verschlang.

Nach ganzen zwölf Minuten war sein Teller leer, und der Deputy schob seinen Teller zur Seite.

»Sie brauchen nicht mit mir zusammen zu warten. Ich will Sie nicht aufhalten, Sie haben bestimmt Pläne für heute«, meinte Brynn.

»Die Kinder sind mit meiner Ex bei ihrer Großmutter. Ich bin froh, dass ich das verpasse.«

Sie lächelte ihn an, weil er das zu erwarten schien.

»Wahrscheinlich schadet es nicht, wenn Sie ihn schon vor neun Uhr anrufen. Er ist ein netter Kerl, und ich bin sicher, dass er Ihnen gern helfen würde. Ich wette, er hätte die Geschichte lieber erledigt, bevor die Footballübertragung beginnt.«

Brynn nahm an, dass vor allem Wilson die Geschichte gern vor dem Anstoß erledigt haben wollte. »Ich würde mich auch lieber möglichst früh auf den Weg machen.«

»Das haben Sie schon gesagt. Und Dr. Lambert hat betont, dass diese Blutproben schnell getestet werden müssen.«

Er lehnte sich zurück und schaute unter den Tisch, wo sie den Behälter abgestellt hatte, als sie sich beide gesetzt hatten. »Glauben Sie, dass eine davon genug Übereinstimmung für eine Spende hat?«

Im Unterschied zu seinem Partner Rawlins hatte Wilson ein freundliches Gesicht und gütiges Lächeln. Er schien sich wirklich für die Blutproben zu interessieren. Brynn spürte einen kurzen Gewissensbiss, weil sie nicht ganz ehrlich zu ihm war.

Wahrheitsgemäß antwortete sie: »Wir hoffen auf das bestmögliche Ergebnis.«

»Muss hart sein, einen Patienten zu haben, den man nicht heilen kann.«

»Härter, als Sie sich vorstellen können.«

»Ich stelle mir das so vor, wie wenn ich einen ungelösten Fall habe. So was lässt einem keine Ruhe.«

»Eine passende Analogie.«

Er nickte. »Also, ich möchte nicht, dass Sie noch länger aufgehalten werden. Ich könnte diesen Kerl doch auch für Sie anrufen und ihn fragen.«

»Vielleicht ist er für die Bitte empfänglicher, wenn ein Beamter sie vorbringt. Dann hätte das etwas Offizielles.«

Offenbar hatte sie damit sein Ego gestreichelt. Er lächelte sie an und griff nach seinem Handy. »Ich werde ihn fragen, ob wir uns um acht beim Autohaus treffen können. Wie klingt das?«

»Perfekt.«

Er rief an. Als er ein paar Minuten später auflegte, war alles geklärt. »Er fährt gleich los. Er wird mit einem Wagen hier vorbeikommen und Sie abholen, falls es Ihnen nichts ausmacht, ihn auf dem Weg aus der Stadt an seinem Ladenlokal abzusetzen.«

»Natürlich nicht. Vielen Dank.«

»Keine Ursache. In fünfzehn, zwanzig Minuten müsste er hier sein. Dann sind Sie unterwegs. Sie sollten Dr. Lambert Bescheid geben. Ihn beruhigen.«

»Gute Idee.« Sie zog ihr Handy heraus und schickte Nate eine kurze Nachricht.

Nachdem Wilson gezahlt hatte, hängte Brynn den Mantel über ihren Arm und bückte sich nach dem Behälter unter dem Tisch. »Ich muss kurz auf die Toilette, also entschuldigen Sie mich bitte. Bis ich wieder herauskomme, sollte der

Wagen eigentlich hier sein. Sie brauchen hier nicht länger mit mir zu warten.«

Er widersprach höflichkeitshalber, während er aus der Bank rutschte, aber sie ließ sich nicht umstimmen. An der Tür gaben Sie sich die Hand.

»Viel Glück mit Ihrem Patienten, Dr. O'Neal. Ich hoffe, meine Ärztin ist genauso engagiert, wenn ich mal so krank werde.«

»Das ist sehr nett von Ihnen.«

Er setzte den Hut auf, strich mit dem Zeigefinger an der Krempe entlang und ging.

Brynn folgte einem Schild mit einem roten Pfeil und dem aufgedruckten Wort *TOILETTEN*. Es führte sie in einen langen, trostlosen Gang, der nach rechts abknickte und dann endete. Die Toilette war links von ihr. Sie schloss die Tür hinter sich.

Nachdem sie ihre Hände gewaschen hatte, korrigierte sie ihr derangiertes Aussehen, so gut es ging, indem sie Lipgloss auftrug, den sie vor der Abfahrt aus Atlanta in ihre Manteltasche gesteckt hatte. Es war keine große Verbesserung, aber mehr war im Moment nicht möglich. Sie nahm den Behälter an sich, hob ihren Mantel vom Haken hinten an der Tür und entriegelte das Schloss.

Von der anderen Seite wurde die Tür aufgestoßen, und Rye Mallett rumpelte in den Raum. Er drehte sich um, schloss die Tür wieder und verriegelte sie.

Verdattert taumelte Brynn mehrere Schritte zurück. Sie ließ den Mantel fallen, hatte sich aber sofort wieder gefangen, und im nächsten Moment schlug ihr Schreck in Wut um. »Was soll das werden?«

»Ich will mit Ihnen reden.« Er drängte sie zurück, bis

sie mit dem Rücken am Waschbecken stand. »Über Ihren Vater.«

»Meinen Vater?«

»Ihren guten alten Dad. Diese ›Brynn! Du bist aber gewachsen!‹-Szene hatte mich glauben lassen, Sie wären dort so bekannt, weil Ihr alter Herr Sheriff oder so gewesen wäre. Aber wie sich herausstellt, ist Wes O'Neal …«

»Ich weiß, wie er heißt!«

»… ein Dieb! Und zwar ein Gewohnheitsdieb.«

Sie atmete mehrmals flach ein und aus. »Wer hat Ihnen das erzählt?«

»Tut nichts zur Sache. Jedenfalls ist er ein Ganove und war so oft im Gefängnis, dass sie eine Drehtür an seiner Zelle anbringen wollten. Und Sie waren darum Stammgast im Sheriff's Office. Die Angestellten haben mit Ihnen Puppen gespielt, während sie darauf gewartet haben, dass das Jugendamt jemanden vorbeischickt, der Sie abholt. Sie haben damals geweint, wenn Sie von Myra oder ihren Kollegen weggeholt wurden. Sie …«

»Es reicht«, fuhr sie dazwischen. »Sie haben Ihren Standpunkt klargemacht.«

Obwohl sie sich nicht vorstellen konnte, wie er noch näher an sie herankommen konnte, bedrängte er sie noch weiter. Um ihn nicht zu berühren, musste sie sich rückwärts über das Waschbecken beugen. »Weg von mir!« Sie stemmte die linke Hand gegen seine Brust. »Was glauben Sie denn …«

»Ich glaube, dass Sie in Daddys Fußstapfen treten und die Familientradition fortführen wollen.« Er tippte gegen den Deckel der Metallbox unter ihrem rechten Arm. »Was ist da drin?«

»Sie haben gesehen, was da drin ist.«

»Was ich gesehen habe, was Rawlins und Wilson gesehen haben, war ein Taschenspielertrick, mit dem Sie und Ihr Partner, der *hoch angesehene* Dr. Lambert, uns an der Nase herumgeführt haben.«

»Ich weiß nicht, wovon Sie reden.«

»Den Teufel tun Sie. Ich habe Sie beobachtet. Als Lambert sagte: ›Komm ihrer Bitte nach‹, da haben Sie die Augen aufgerissen, als hätten Sie eine Kakerlake verschluckt. Sie waren genauso überrascht wie wir drei anderen, als Rawlins den Deckel aufklappte und wir nur ein paar Ampullen mit Blut sahen. Falls das wirklich Blutproben sind.«

»Genau das sind sie, und ich war keineswegs überrascht.«

»Richtig, eher ungläubig, und Sie konnten sich nur mit Mühe zusammenreißen, während Lambert uns mit seinem Hokuspokus eingelullt hat.«

»Alles, was er sagte, ist wissenschaftlich belegbar.«

»Und dazu extrem akademisch ausgedrückt. So, dass wir es nicht verstehen. Um uns abzulenken.«

»Sie spinnen doch. Woher wollen Sie wissen, was ich empfunden oder gedacht habe? Können Sie Gedanken lesen?«

»Lippen.«

»Was?«

»Im Cockpit ist es sehr laut. Darum habe ich gelernt, von den Lippen meiner Co-Piloten abzulesen. Neun, vier, drei, zwei.« Er stemmte die Hände in die Hüften, beugte sich vor, bis sein Gesicht vor ihrem war, und wiederholte aggressiv flüsternd die Ziffern. »Neun, vier, drei, zwei.«

Sie stemmte die Hände gegen den Waschbeckenrand in ihrem Rücken, um das Gleichgewicht zu halten. »Die Zahlenkombination.«

»Die Zahlenkombination. Ich habe Ihnen von den Lippen

abgelesen, während die Ziffern durchgegeben wurden. Die letzte habe ich nicht mitbekommen. Wie lautet sie?«

Er hatte ihr von den Lippen abgelesen? Das war fast genauso irritierend wie die Tatsache, dass er die Kombination des Schlosses bis auf eine einzige Ziffer kannte. Seine Augen waren wie Magneten, denen sie sich nicht entziehen konnte.

Trotzdem drehte sie sich weg, wandte den Kopf ab und versuchte, ihre Balance wiederzufinden. »Würden Sie mir bitte Platz machen?«

Er richtete sich auf und trat einen halben Schritt zurück.

Sie holte mehrmals flach Luft. »Wie haben Sie sich den Kopf angeschlagen?«, wechselte sie das Thema.

»Wie bitte?«

»Sie haben eine Beule an der Stirn.« Sie hob die Hand und wollte sie betasten, doch er riss den Kopf zurück.

»Habe ich mir beim Aufprall geholt. Nicht weiter schlimm. Haben Sie ein Auto bekommen?«

Sie war immer noch benommen, weil er so unversehens wieder aufgetaucht war, und wusste nicht, wie sie mit seinem neu gewonnenen Wissen um den Behälter und dessen Inhalt umgehen sollte. Die Gedanken überschlugen sich in ihrem Kopf, Katastrophenszenarien quälten sie. Sie zwang sich, ihre Gedanken zu ordnen und sich auf seine Frage zu konzentrieren. Bruchstückhaft erklärte sie, was Deputy Wilson für sie arrangiert hatte.

»Wilson kommt nicht zurück?«

»Nein. Er war genauso erleichtert, mich loszuwerden, wie ich, ihn loszuwerden.« Allmählich klarte sich ihr Geist auf, und mit der Klarheit kamen die Fragen. »Woher wussten Sie, dass ich hier bin?«

»Sie hatten erwähnt, dass Wilson Sie zum Frühstück einladen wollte, und die Lady in der Notaufnahme erklärte mir, dass heute nichts geöffnet hat außer diesem Laden hier. Ich fuhr in Marlene Whites Wagen hierher, sah Sie durchs Fenster, parkte und wartete ab, was passieren würde. Als Wilson ohne Sie abfuhr und Sie nicht an den Tisch zurückkamen, lief ich ums Haus. Und entdeckte eine offene Lieferantentür.«

»Wie einfallsreich.«

»Entschlossen.«

»Entschlossen, mich zu stellen? Warum?«

»Was glauben Sie denn? Ich will die Nummer wissen. Ich will noch mal in die Box schauen und wissen, welche Schmuggelwaren ich gestern transportiert habe.«

»Gar keine Schmuggelwaren. Blutproben.«

»Dann kann es doch nicht schaden, mir die letzte Zahl zu verraten.«

»Die Box soll luftdicht verschlossen bleiben.«

»Gutes Argument, und sogar halbwegs logisch, aber ich glaube Ihnen nicht.«

Sie sah ihn wütend an und schwieg.

»Okay, wie Sie meinen«, sagte er. »Wie lange wird es dauern, bis der Mann mit dem Auto hier ist?«

»Wilson schätzte auf fünfzehn bis zwanzig Minuten, und die Hälfte davon ist verstrichen.«

Er sah kurz zu der verriegelten Tür in seinem Rücken. »Dann wird es nicht lang dauern, bis man Sie vermissen wird«, sann er laut nach.

»Vermissen? Man wird mich überhaupt nicht vermissen, Mr. Mallett.«

»Für ›Mr. Mallett‹ haben wir zu viel zusammen durchgemacht. Du kannst Rye zu mir sagen.«

»Gern. Scher dich zum Teufel, *Rye*. Aber geh mir erst aus

dem Weg. Ich verschwinde. Wenn du mich nicht sofort rauslässt, werde ich …«

Sie hatte noch nicht ausgesprochen, da hatte er kapitulierend die Hände gehoben, trat zur Seite und nickte zur Tür hin. »Wenn du gehen willst, bitte sehr.«

Sie sah auf die verriegelte Tür und dann wieder ihn an. »Wo liegt der Haken?«

»Kein Haken. Adieu. War schön, dich kennengelernt zu haben.«

Sie blieb stehen. »Wieso der unheilvolle Unterton?«

»Klang das unheilvoll?«

»Das weißt du genau.«

Er zuckte mit den Achseln. »Es ist nur so, dass niemand weiß, was die beiden tun werden, wenn du mit nichts als einem Ford-Händler als Leibwächter abrauschst.«

»*Die beiden*? Welche beiden?«

»Die beiden Männer am Tisch in der Ecke. Beide in schwarzen Anzügen. Ein großer Latino mit gestähltem Körper, ein gut aussehender Teufel. Der andere klein, aufgedreht, mit Spitznase und Fuchsohren. Sind dir die zwei nicht aufgefallen?«

»Sie haben sich ein großes Frühstück mit Apfelkuchen bestellt. Aber was haben sie mit mir zu tun?«

»Sag du es mir, Doc.«

»Ich habe die zwei noch nie gesehen.«

»Nein? Ich schon. Und weißt du, wann? Als ich aus dem Sheriff's Office kam. Weißt du auch, wo? Da hockten sie in einem schwarzen, nagelneuen Mercedes auf der anderen Straßenseite, halb hinter dem Eisenwarenladen versteckt, so als wollten sie den Eingang im Auge behalten, als würden sie nur darauf warten, dass jemand außer mir das Sheriff's

Office verlässt.« Sein Blick wanderte von ihrem Gesicht abwärts bis zu den Stiefelspitzen und wieder hoch. »Du würdest zwar einen wirklich netten Preis abgeben, aber ich glaube nicht, dass sie hinter deinem süßen Körper her sind, sondern eher hinter der Box, an die du dich so festklammerst. Genauer gesagt hinter dem, was darin ist.«

Vor Angst blieb ihr der Mund offen.

»Gaaaaanz recht«, bestätigte er gedehnt. »Diese schrägen Vögel haben auf *dich* gewartet, und *du* wirst mir erklären, warum, und *du* wirst mir das *jetzt* erzählen.«

Sie reckte trotzig das Kinn. »Sonst was?«

8:32 Uhr

Rye schob Brynn mit einer Hand über die Türschwelle, folgte ihr in den Raum und schloss energisch die Tür. Er verriegelte sie und legte zusätzlich die Sperrkette vor. Die Vorhänge waren zugezogen bis auf einen zentimeterbreiten Streifen in der Fenstermitte. Er schlug die beiden Säume übereinander, um auch ihn zu schließen.

Der kleine Bungalow war eingerichtet wie eine typische Berghütte in den Sechzigerjahren. Die Kunstwerke an den mit knorrigen Kieferbrettern vertäfelten Wänden erinnerten irgendwie an den Bären in Brady Whites Büro, auf dem Bett lag eine in Erdtönen gestreifte Tagesdecke, und die Lampen hatten Juteschirme. Das Bad war in Beige gehalten und sah aus wie jedes andere Motelbadezimmer.

Während er kurz die Hütte inspizierte, blieb Brynn wie festgewachsen neben der Tür stehen. »Die Fahrt war lang genug, dass mir übel ist …«

»Straßen in den Bergen. Nicht meine Schuld, dass sie so kurvig sind.«

»Ich dachte, du wolltest zu deinem Flugzeug.«

»Das dachte ich anfangs auch. Planänderung. Außerdem ist es noch zu neblig, um Fotos zu machen.«

»Was tun wir hier?«

Er stellte seine Pilotentasche auf einem Stuhl ab, zog dann die Bomberjacke aus und warf sie auf das Bett. Sie kam mit dem Futter nach oben zu liegen. Brynn verzog angewidert das Gesicht.

»Sei nicht so streng mit ihr«, sagte er. »Sie hat mich schon so manche Nacht warm gehalten.« Er wartete kurz ab und meinte dann: »Aber nachdem du jetzt hier bist…« Er ließ den Satz vielsagend in der Luft hängen.

»Träum weiter. Ich bin kein Pin-up-Girl.«

Sein Blick senkte sich erst auf ihren Mund, dann auf ihre Brüste, bevor er ihr wieder in die Augen sah. »Du würdest dich gut als eines machen.«

Plötzlich nahm das Duell ein Ende. Dieser eine Satz und die rauchige Tonlage, in der er ihn ausgesprochen hatte, bewirkten, dass der Raum förmlich vibrierte wie bei einem Erdbeben. Und das Schlimmste daran war, dass beide es spürten.

Um die Dinge wieder zurechtzurücken, wandte er sich ab und lachte kurz und gezwungen. »Nur die Ruhe, Doc. Ich habe keine Absichten.«

»Beantworte meine Frage.«

»Ich habe sie vergessen.« Er setzte sich aufs Bett, zog erst den einen Stiefel aus und ließ ihn fallen, dann den anderen.

»Was tun wir hier?«

»Ach ja. Ich warte ab, bis du einknickst.«

»Bis ich einknicke?«

»Bis du mir die letzte Ziffer der Kombination verrätst.«

»Die brauchst du nicht. Du hast schon in die Box geschaut.« Sie hob den Behälter am Griff an.

Er stand auf, nahm ihn ihr ab und stellte ihn auf der Kommode ab. »Warum hast du nicht einfach gesagt: ›Darin sind vier lebenswichtige und leicht verderbliche Blutproben, die luftdicht verpackt sein müssen‹, als ich dich zum ersten Mal gefragt habe, was darin ist?« Er schüttelte den Kopf. »Stattdessen hast du *kribbelig* reagiert. Das war Rawlins' Ausdruck, und so ungern ich ihm auch recht gebe, das trifft es genau. Seit dem Moment, in dem du aus dem Unterholz auf das Flugzeug zugeschlichen kamst, hast du dich arglistig verhalten.«

»Das ist mindestens eine Stufe schlimmer als kribbelig und suspekt.«

Er bannte sie mit seinem Blick. »Ich meine es ernst, Brynn. Hier steht mein Ruf auf dem Spiel und der von Dash dazu. Vertrau mir, ich spiele nicht.«

»Ich auch nicht.«

»Mag sein.« Er deutete auf den Behälter. »Da liegt etwas unter dem Schaumstoff. Genau wie auf der anderen Seite dieser Schönheit eine Weltkarte versteckt liegt.« Er nickte zu seiner Jacke hin. »Warum hast du nicht um dein Leben geschrien, als ich dich aus dem Café geschmuggelt habe?«

Sie klappte den Mund auf und schloss ihn schnell wieder, ehe ihr ein Laut entkommen konnte.

»Siehst du, genau das habe ich mir gedacht«, sagte er. »Du wolltest diesen beiden Männern aus dem Weg gehen, weil sie dir Angst machen. Dich treibt etwas um, und ich will wissen, was es ist. Ich wünschte, du würdest es mir gleich hier und jetzt erzählen und uns beiden damit viel Zeit und Mühe ersparen. Und Geld. Diese charmante Unterkunft hat mich fünfundvierzig Mäuse gekostet. Ich will genauso wenig hier sein wie du.«

»Wer hat dich eigentlich darum gebeten, dich einzumischen?«

»Niemand. Ich war *verpflichtet.*«

»Und warum?«

»Was auch immer in deiner wertvollen Box liegt, hat Dash ein Flugzeug gekostet und Brady White und mich beinahe das Leben. Du kannst also ruhig deinen Mantel ablegen und es dir gemütlich machen, weil du dieses Zimmer nicht verlassen wirst, bevor ich weiß, was so gottverdammt Wertvolles darin ist.«

»Mein Mantel bleibt an.«

Seine Geste sagte: *Wie du meinst,* dann sah er auf den Behälter. »Wem hast du den geklaut?«

»Habe ich nicht.«

»Sagte die Tochter des Meisterdiebs. Hat dein alter Herr was damit zu tun?«

»Ich habe ihn seit Jahren nicht gesehen.«

»Marlene White hat gehört, dass er auf Bewährung entlassen wurde.«

»Das habe ich auch gehört.«

»Und du hast ihn seit seiner Entlassung nicht gesehen?«

»Nein.« Er sah sie skeptisch an. Sie wiederholte ihr Nein mit Nachdruck und betonte: »Er hat nichts mit dem hier zu tun.«

»Und was ist *das hier*? Was schmuggelst du da? Einen Sprengsatz? Der zu gegebener Zeit explodieren wird, und da willst du nicht in der Nähe sein? Hast du es deshalb so schrecklich eilig, die Box zu übergeben?«

»Bist du irre?«

»Bist *du* es?«

»Nein.«

»Was ist mit deinem Genossen Dr. Lambert?«

»Er ist ein Genie.«

»Ein Genie, das einer radikalen Auffassung anhängt …«

»Nein!«

»Du hast recht. Eine Bombe würde nicht zu ihm passen. Zu militant. Zu gefährlich. Nicht wissenschaftlich genug.« Er strich sich übers Kinn, als würde er nachdenken. »Wollt ihr das Trinkwasser von Atlanta vergiften? Die staatliche Gesundheitsbehörde in Atlanta mit einem Virus ausschalten? Etwas in einen Hotdog im Stadion injizieren?«

Sie senkte den Kopf und massierte die Stelle zwischen ihren Augenbrauen.

»Komme ich der Sache näher?«, fragte er.

»Du bist meilenweit davon entfernt.«

»Dann öffne den Behälter und zeig mir, was unter dem Schaumstoff liegt.«

»Gar nichts.«

»Dann beweise es. Zeig es mir.«

»Nein.«

»Brynn …«

»Nein!«

Er hielt ihrem Blick mehrere Sekunden stand, dann stellte er den Behälter parallel zum Kommodenrand auf und stellte die ersten vier Ziffern ein, die er kannte.

Schließlich legte sie die Hand auf seinen Unterarm. »Warte. Tu es nicht. Bitte. Der Inhalt könnte unbrauchbar werden. Das ist die Wahrheit, Ehrenwort.«

»Okay. So viel glaube ich dir. Aber wir sprechen hier nicht von Blutproben, oder?«

»Sie stammen tatsächlich von möglichen Spendern.«

»Selbst das kaufe ich dir ab. Weiter.«

Sie sah ihn flehend an. »Genügt es nicht, wenn du weißt, dass ein Leben auf dem Spiel steht und ich so schnell wie möglich damit nach Atlanta muss?«

»Erzähl mir, warum ein Leben auf dem Spiel steht.«

»Das kann ich nicht.«

»Weil du in etwas Illegales verwickelt bist.«

Sie sagte nichts darauf.

»Schweigen ist für mich gleichbedeutend mit einem Ja.«

Sie reagierte mit Schärfe. »Schweigen heißt, dass sich das unmöglich mit einem schlichten Ja oder Nein beantworten lässt. Aber ich schwöre dir, dass es nicht in dem Sinn illegal ist, den du meinst.«

»Dann sag mir, in welchem Sinn es illegal ist.«

»Das kann ich nicht!«

»Warum?«

»Weil die Sache heikel und kompliziert ist und ich dir nicht traue.«

Sie hätte ihm verschiedene Antworten geben können, die ihn alle nicht überrascht hätten, aber diese überraschte ihn, wahrscheinlich weil sie ehrlich klang und von Herzen zu kommen schien. »Wie kommt's?«

»Ich kenne dich überhaupt nicht.«

Das löste eine Reaktion aus, die so automatisch kam wie der Alarm eines der Instrumente im Cockpit. »Das lässt sich ändern.«

Er umfasste mit einer Hand ihren Hinterkopf und zog ihren Mund an seinen.

Kapitel 11

8:44 Uhr

Als Rye seine Zunge zwischen ihre Lippen gleiten ließ, gestand er sich ein, dass er nur auf einen Vorwand gewartet hatte, sie zu küssen.

Er hörte, wie ihr kurz der Atem stockte, und spürte im nächsten Moment ihr Ausatmen als leichten Luftzug an seinen Lippen. Beides war höllisch sexy und vielversprechend. Er neigte den Kopf zur Seite. Je tiefer er vordrang, desto besser schmeckte sie und desto eindeutiger wurden seine Absichten. Irgendwie hatte er gewusst, dass ihr Mund für seinen geschaffen war.

Er schob eine Hand unter ihren Mantel, umfasste ihre Taille und zog ihren Körper an seinen. Er spürte, wie ihre vollen Brüste nachgaben, als sie auf seinen festen Brustkorb trafen. Eine leichte Drehung der Hüfte, und gleich schmiegten sich die Glieder unterhalb der Taille viel besser zusammen. Gott, und wie viel besser.

Sämtliche sexuellen Impulse in seinem Körper feuerten wie von Sinnen, er war unglaublich hart, und für ein paar Sekunden, die ihm den Verstand raubten, spürte er ein leichtes Nachgeben auf der anderen Seite, eine einladende Bewegung, dank der sich ganz kurz das Harte ins Weiche schmiegte.

Dann hatte sie sich gefangen, setzte dem Kuss ein Ende und senkte den Kopf, wobei sich ein paar ihrer Haare in seinen Stoppeln verfingen.

Er gab sie widerwillig frei. Als sich seine Arme öffneten, trat sie um ihn herum, ängstlich darauf bedacht, ihn nicht zu berühren, nicht einmal seine Kleidung zu streifen. Er drehte sich mit ihr mit, weil er sie nicht aus den Augen lassen konnte.

Ein paar Schritte von ihm entfernt blieb sie stehen und legte die Hand an den Mund. Sie hatte ihm den Rücken zugedreht, er konnte also nicht feststellen, ob sie die Finger vor Scham auf den Mund presste, ob sie ihre Lippen abtastete, ob sie eine wunde Stelle betupfte oder seinen Geschmack wegzuwischen versuchte.

»Auch damit wirst du mir die Kombination nicht entlocken.«

Die Bemerkung machte ihn wütend. Aber als sie sich wieder zu ihm umdrehte, hatte er bereits ein arrogantes Schmunzeln aufgesetzt. »Das wollte ich auch nicht. Aber jetzt kennst du mich. Besser zumindest. Tatsächlich verdammt gut.«

Sie strafte ihn mit einem tödlichen Blick, doch er lächelte nur.

»Bestimmt kannst du mir so weit vertrauen, dass du mir von den beiden Kerlen erzählst, die dich beschatten.«

»Ich weiß nichts über sie.« Sie begann im Raum herumzugehen, allem Anschein nach ausschließlich, um seinen Fragen zu entgehen.

»Keine Ahnung, wer sie geschickt haben könnte?«

»Du gehst also davon aus, dass es nicht nur zwei Männer bei ihrem Frühstück waren, sondern dass jemand sie geschickt hat.«

»Ich würde darauf tippen, dass sie vom FBI sind.«

Sie hielt in ihrem ziellosen Herumwandern inne und sah ihn an.

»Vielleicht von der Drogenfahndung?«

Sie wandte sich ab und tigerte rastlos weiter.

»Der Große könnte vielleicht als Agent durchgehen, allerdings fährt beim FBI niemand Mercedes. Der Kleine keinesfalls. Der ist auf Krawall gebürstet.«

Sie spielte mit der Karte auf dem Nachttisch, auf der die Fernsehkanäle aufgelistet waren. »Woher willst du das wissen?«

»Ich kenne solche Typen, die gibt es überall auf der Welt. Die Sprachen, Hautfarben, Religionen und Beweggründe mögen sich unterscheiden. Aber sie sind grundsätzlich auf Ärger aus und wollen Blut sehen.« Er sah sie vielsagend an. »Und darum glaube ich, dass du bis zum Hals in irgendwas reingeraten bist, Brynn, ohne dass dir das überhaupt klar ist.«

Sie legte die Karte auf den Nachttisch zurück. »Und wieso interessiert dich das?«

Er legte die Hand auf sein Herz. »Weil ich eine gute Seele bin.« Dafür handelte er sich den nächsten vernichtenden Blick ein.

»Was willst du überhaupt noch hier? Wieso bist du nicht schon längst verschwunden?«

»Ich wünschte, ich wäre es.«

»Und?«

»Denk an die Schuhabdrücke, Brynn. Ein großes Paar und ein kleines. Ich bin mehr oder weniger sicher, dass Brady von den beiden Typen im Café überfallen wurde.« Er ging auf sie zu, weil er ihre Reaktion auf seinen nächsten Satz beobachten wollte. »Und ich glaube, dass diese zwei mich mit einem Laser geblendet haben, als ich gerade landen wollte.«

Sie wich zurück. Ihr Mund öffnete sich. Sie sah ihn so fassungslos an, dass er ihr nicht zutraute, ihm etwas vorzuspielen. »Einem *Laser*?«

»Nicht mit einem Laser, mit dem man seinen Nachbarn foppen oder die Katze zum Wahnsinn treiben kann. Ein anderes Kaliber. Ein professionelles Gerät, ein Laserpointer. So stark, dass er diesen Nebel und um ein Haar meinen Schädel durchschneiden konnte.«

»Ich habe schon gehört, dass Piloten so etwas widerfahren ist. Und zwar recht oft in letzter Zeit.«

»Also, mir ist es gestern Nacht widerfahren. Ich hätte die Landung schon hinbekommen, wenn man mich nicht Sekunden vor dem Aufsetzen geblendet hätte.«

»Du hättest sterben können.«

»Den Gedanken hatte ich mehrmals.«

»Hast du das Rawlins gesagt?«

»Nein, und ich habe meine Gründe dafür.«

»Warum hast du mir das nicht schon gestern Nacht erzählt?«

»Weil ich dich auch nicht kannte.« Er ließ das ein paar Sekunden nachhallen, bevor er fortfuhr: »Ich wusste nicht, ob nicht du hinter alldem steckst. Ich fand es sehr verdächtig, wie du dich an das Flugzeug angeschlichen hast. Aber als ich sah, wie wichtig dir diese Box ist, erkannte ich, dass das keinen Sinn ergab. Wieso solltest du das Flugzeug zum Absturz bringen, das deine Schatzkiste an Bord hat?«

»Ich verstehe. Du glaubst nicht, dass ich dich umbringen wollte, aber nur weil das keinen Sinn ergeben würde.«

»Ach, verletzt dich das?« Er schnaubte. »Spiel nicht die

Selbstgerechte, Brynn. Ich bin hier nicht derjenige mit den Geheimnissen.« Er sah sie scharf an. »Ich glaube nicht wirklich, dass du eine Terroristin bist, die möglichst viele Menschen umbringen will, aber ich glaube sehr wohl, dass du etwas besitzt, das eigentlich jemand anderem gehört. Oder zumindest jemandem, der Anspruch darauf erhebt. Diamanten, den Schlüssel zu einem Bankschließfach, einen menschlichen Finger, der auf dem Mars gefunden wurde. Was darin ist, ist mir eigentlich egal. Du kannst es mit deinem Daddy teilen. Mir gleich, bis auf die Rolle, die ich unwissentlich dabei spielte, indem ich die Box transportiert habe. Falls etwas Illegales darin ist, könnte ich in den Knast wandern und meine Lizenz verlieren.«

»Wenn dir das solche Sorgen macht, dann bring mich doch einfach zurück in den Ort, zu dem Fordhändler, und lass mich nach Atlanta fahren.«

»Nein, denn es gibt noch einen weiteren Grund für mich zu bleiben. Ich will Wiedergutmachung für den Schaden an Dashs Flugzeug und für den Überfall auf einen Unschuldigen.«

»Dazu fühlst du dich also verpflichtet.«

»Genau, dazu fühle ich mich verpflichtet.«

»Dein schlimmster Albtraum.«

Sein Blick wurde noch schärfer.

»In etwas hineingezogen zu werden«, ergänzte sie leise.

Ihm war nicht bewusst gewesen, dass sie ihn das hatte sagen hören oder dass sie es in ihrem Gedächtnis abgespeichert hatte, um es jetzt auszusprechen. Alle dadurch ausgelösten Gefühle ballten sich zusammen und machten ihn zornig.

»Ich habe diesen Tanz satt.« Er trat an die Kommode. Die

ersten vier Ziffern an dem Zahlenschloss waren noch in der Position, die er wenige Minuten zuvor eingestellt hatte. Nur die letzte Ziffer fehlte. Im Moment war die Vier eingestellt. Damit ließ sich das Schloss nicht öffnen. Er drehte weiter zur Eins. Auch die brachte ihn nicht weiter. »In spätestens acht Versuchen habe ich es geschafft.«

Er ging alle Ziffern durch, zählte dabei provozierend mit, doch ihre Miene blieb ausdruckslos. Nachdem er auch die Neun ausprobiert hatte, meinte sie: »Du hast noch eine letzte Chance, aber die brauchst du gar nicht erst auszuprobieren.«

»Wir werden ja sehen.«

Er stellte die Null ein, doch das Schloss blieb verriegelt. Fluchend drehte er sich ihr zu.

»Ich hab's doch gesagt.«

Er köchelte still vor sich hin und meinte dann: »Schön. Spiel ruhig weiter, allerdings wirst du es ohne dein Spielzeug tun müssen.«

Er hob die Box von der Kommode und klemmte sie mit einem Arm gegen seine Brust. »Bis ich weiß, was darin ist, und ich mit den Leuten abgerechnet habe, die mich zum Absturz gebracht haben, bleibt sie bei mir.«

»Stell sie ab.«

»Nein.« Mit der freien Hand griff er nach seiner Pilotentasche und ging zum Bad.

»Was tust du da?«

»Ich gehe jetzt duschen und danach schlafen.«

»Schlafen?« Brynn verstellte ihm den Weg. »Dafür haben wir keine Zeit. Selbst wenn du mir sonst nichts glaubst, musst du mir glauben, dass ich diese Box unbedingt an ihr Ziel bringen muss.«

»Und das wäre?«

Er zählte still bis zehn und stieß Brynn, als sie stumm blieb, mit der Hüfte beiseite, bevor er im Bad verschwand und die Tür hinter sich zuschlug.

9:01 Uhr

»Wir haben sie verloren.«

Goliads Rückmeldung entsprach nicht dem, was Delores und Richard Hunt erwartet hatten, und die Nachricht kam bei den beiden gar nicht gut an.

Nach dem letzten Anruf ihres Personenschützers hatte Richard von Delores verlangt, ihm alles zu beichten, was sie ihm bislang über die Situation in Howardville vorenthalten hatte. Sie hatte die Fakten sachlich aufgezählt wie der Geber beim Blackjack, der methodisch eine Karte nach der anderen aufdeckt. Nach jeder einzelnen hatte Richard seine Chancen kalkuliert, dieses Spiel zu gewinnen oder alles zu verlieren.

Er war fassungslos, wie stümperhaft der Auftrag versaut worden war, und wütend auf Delores, die ihm das Schlimmste verschwiegen hatte. »Und für mich gab es immer nur den Wetterbericht!«, hatte er gebrüllt.

Sie hatte sich nur damit verteidigen können, dass sie ihn von allzu großen Ängsten bewahren wollte.

»Ich weiß deine Fürsorge zu schätzen«, hatte er mühsam seine rasende Wut zu zügeln versucht. »Aber ich kann es gar nicht ausstehen, wenn man mich im Dunkeln lässt. Mach das nicht noch mal. Nie wieder.«

Er hatte ihre tränenreiche Entschuldigung ebenso akzeptiert wie ihr Versprechen, dass sie ihm von nun an nichts mehr verheimlichen würde, so schrecklich die Umstände auch sein mochten. Sie hatte ihr Versprechen mit einem Kuss besiegelt und ihm ein weiteres Mal versichert, dass die Situation nicht ganz so trostlos war, wie es aussah.

Niemand wusste, dass er etwas mit den Ereignissen der vergangenen Nacht zu tun hatte. Niemand wusste von seiner Erkrankung. Die Medien hatten das Statement geglaubt, das sein Büro bezüglich ihrer Pläne für die Feiertage herausgegeben hatte: Sie verbrachten Thanksgiving allein und in aller Ruhe auf ihrem geliebten Landsitz in Georgia. Sie gönnten sich eine Atempause von der umtriebigen gesellschaftlichen Szene in Washington. Sie schätzten die gemeinsame Zeit zu Hause. Bla, bla, bla.

Voller Zuversicht hatte sie behauptet: »Wir mussten ein paar Schlaglöchern ausweichen, aber die liegen jetzt hinter uns. Ich habe Nates Zusicherung, dass alles glattläuft.«

Ihre Zuversicht war verfrüht gewesen.

Dr. Brynn O'Neal war wie vom Erdboden verschluckt. Goliad und sein halb debiler Partner hatten ihre Spur verloren.

Im Bett lagernd, mit den Kissen im Rücken und Delores an seiner Seite, war Richards Gesicht zu jener Miene gefroren, die Senatoren der Opposition lieber nicht am Rednerpult sahen.

Nichts Sanftes war mehr darin, kein noch so kleiner Hinweis, dass er seine Position überdenken und einen Kompromiss eingehen könnte. Sein Antlitz war steinern wie die Gesichter im Mount Rushmore. Selbst Delores fühlte sich eingeschüchtert.

Sie legte die Hand auf seine, aber er entzog sich der tröstenden Geste und bellte: »Wie konnte das passieren, Goliad?«

Goliad gab durch den Handylautsprecher in aller Kürze die entscheidenden Punkte durch, so wie Richard es am liebsten war, wenn es schlechte Nachrichten gab. Er wollte die schlimmsten Aspekte einer Krisensituation zuerst erfahren. Das Kleingedruckte konnte warten.

»Sie kam mit demselben Deputy aus dem Sheriff's Office, mit dem sie hingefahren war. Er hat sie zum Krankenhaus gebracht.«

»Zum Krankenhaus?«

»Zur Notaufnahme, Sir. Ich schätze, sie wollte sich nach White erkundigen, dem Mann vom Flugplatz. Ein paar Minuten später kam der Deputy sie abholen. Sie fuhren in ein Café. Timmy und ich sind rein, haben uns in die Nähe gesetzt, aber nicht so nahe, dass sie was gemerkt hätten. Sie haben sich unterhalten und dabei gefrühstückt.«

»Worüber unterhalten?«

»Wir waren nicht so nahe, als dass wir was gehört hätten. Aber sie haben gelächelt, offenbar haben sie geplaudert.«

Er beschrieb, wie sich die beiden voneinander verabschiedet hatten. »Sie ist den Gang runter zur Toilette. Und tauchte nicht wieder auf. Also bin ich nachsehen gegangen. Die Toilettentür war offen, niemand war drin. Es gibt dort einen Hinterausgang auf eine Gasse. Ich bin sie abgelaufen. Sie war nirgendwo zu sehen. Als ich zu Timmy zurückkam, fragte gerade ein Mann die Kellnerin, ob sie die Ärztin gesehen hätte, er sollte sie mit einem Auto abholen. Die Kellnerin zeigte ihm den Weg nach hinten zu den Toiletten. Er war nicht mal eine Minute weg, dann kam er stinksauer zurück. Und ist in dem Wagen abgefahren, in dem er angekommen war.«

»Haben Sie nach ihr gesucht?«, fragte Delores.

»Ja, Madam. Sofort. Der Ort ist schnell abgesucht. Wir haben alles abgegrast. Zweimal. Alle Geschäfte sind geschlossen. Sie hätte nirgendwo reingekonnt. Sie war einfach … weg.«

»Wie konnte sie in so kurzer Zeit zu Fuß verschwinden?«

»Das kann ich mir auch nicht erklären, Sir.«

Ein paar Sekunden sagte niemand etwas, dann fragte Richard: »Und? Das ist alles? ›Wir haben sie verloren.‹«

»Ich hatte eine Idee.«

»Der Herr sei gelobt«, kommentierte Delores.

»Vor dem Café war sie zuletzt in der Notaufnahme«, fuhr Goliad fort. »Also sind wir noch mal hin und haben dort nachgesehen. Ich habe Timmy im Auto gelassen und bin reingegangen. Drinnen waren nur eine Frau mit einem blutenden Finger in einem Geschirrtuch und die Frau am Aufnahmeschalter. Ich habe ihr erklärt, dass ich nach Dr. O'Neal suche, und sie zur Sicherheit beschrieben. Sie hat gesagt, sie hätte gesehen, wie sie mit Whites Frau gesprochen habe. Und dem Piloten.«

Delores und Richard sahen einander an. Sie zog eine Braue hoch. »Das hört sich ziemlich vertraulich an.«

»Das fand ich auch«, sagte Goliad. »Also habe ich noch ein bisschen länger mit der Frau geredet. Und dabei kam heraus, dass Mrs. White dem Piloten ihr Auto geliehen hat, damit er zur Absturzstelle fahren kann.«

»Glauben Sie, dass er und Dr. O'Neal sich hinter dem Café getroffen haben?«

»Ich habe ihn nicht gesehen. Vielleicht spielt es auch keine Rolle.«

»Aber es könnte etwas dran sein«, beharrte Delores.

»Könnte schon. Der Pilot ist zu Fuß aus dem Sheriff's Office weg, aber jetzt hat er einen fahrbaren Untersatz. Die Ärztin nicht. Dummerweise wissen wir von dem geborgten Wagen nur, dass er blau ist.«

»Wie heißt der Mann vom Flugplatz mit Vornamen und das County?« Delores griff nach Notizblock und Stift und notierte Goliads Angaben. »Ich werde nach Wagen suchen lassen, die auf diesen Namen zugelassen sind. Dürfte keine große Sache sein«, sagte Delores. »Sobald ich das Kennzeichen habe, schicke ich es Ihnen.«

»Wir fahren jetzt zur Absturzstelle«, sagte Goliad. »Aber wie gesagt, vielleicht ist das Ganze eine Sackgasse.«

»Ich will kein *Aber* mehr hören, Goliad«, warnte ihn Richard. »Und auch keine anderen Ausreden mehr.«

»Nein, Sir.«

»Und halten Sie diesen Timmy an der kurzen Leine. Was zur Hölle sollte das mit dem Laser?«

»Er wird ihn nicht noch mal benutzen, Sir. Durch den Ort fließt ein kleiner Fluss. Der Laser liegt auf dem Grund.«

»Beim nächsten Anruf will ich bessere Nachrichten hören.« Delores legte auf, rutschte vom Bett und nahm das Telefon mit. »Wir brauchen so schnell wie möglich das Kennzeichen. Ich werde jemanden aus dem Team aufscheuchen und mir einen Grund ausdenken, der halbwegs plausibel und dringlich klingt, ohne dass gleich Panik aufkommt.« Schon tippte sie eilig eine Telefonnummer ein.

Trotz der angespannten Situation musste Richard lachen. »Ich liebe es, energische Frauen in Aktion zu sehen.«

Sie blies ihm einen Kuss zu. »Du hast mich noch nicht in Hochform gesehen.« Dann, ins Telefon: »Hier ist Mrs. Hunt. Der Senator benötigt eine Information. Sofort.«

Sie erteilte ihre Anweisung mit dem Selbstbewusstsein eines Menschen, der sicher war, dass seine Befehle unverzüglich ausgeführt wurden. Dann legte sie auf und wählte sofort die nächste Nummer.

»Ich hoffe, du rufst jetzt Nate Lambert an«, meinte Richard.

»Vor einer Stunde war er widerwärtig nonchalant«, sagte Delores. »Jetzt wird es Zeit für ein paar unangenehme Fragen. Und die erste lautet, ob er weiß, wo zur Hölle seine Kollegin steckt.«

Kapitel 12

9:39 Uhr

Brynn hatte ihre Kindheit überlebt, was für sich genommen schon ein Wunder war. Noch wundersamer war, dass sie keine allzu tiefen Narben davongetragen hatte. Andere Menschen mussten auf ihrem Lebensweg Stolpersteine überwinden, bei ihr hatten die Hindernisse ganze Bergketten gebildet.

Zuerst hatte sie ihre Mutter verloren, die an Bauchspeicheldrüsenkrebs starb, als Brynn fünf Jahre alt war. Von da an war Brynns Vater für sie verantwortlich gewesen.

Jeder, der Wes O'Neal je begegnet war, mochte ihn. Man beschrieb ihn als »echten Charaktertyp«, er strahlte gute Laune aus und war immer zu einem Scherz aufgelegt. Er war gutmütig, gesellig und, auf verquere Weise, großzügig. Auf verquere Weise, weil er gleichzeitig einen starken Hang zum Stehlen hatte.

Während seiner häufigen Aufenthalte im Gefängnis wurde Brynn in verschiedenen Pflegefamilien untergebracht. Mitfühlende Lehrer sowie Nachbarn nahmen sie ebenfalls unter ihre Fittiche und sorgten dafür, dass sie Weihnachts- und Geburtstagsgeschenke bekam, beschafften ihr notfalls etwas zum Anziehen und stellten sicher, dass sie an allen außerschulischen Aktivitäten teilnehmen konnte, um ihrem Leben so weit wie möglich einen Anschein von Normalität zu geben.

Doch obwohl ihr so viele Menschen selbstlos Hilfestellung leisteten, fürchteten die meisten, dass sich ihr Lebenswandel negativ auf den Charakter auswirkte. Wer konnte schon ein so instabiles Leben führen, ohne dabei permanenten psychischen Schaden zu nehmen? Niemand glaubte wirklich, dass es Wes O'Neals kleines Mädchen weit bringen würde.

Doch Brynn hatte schon früh den Entschluss gefasst, allen das Gegenteil zu beweisen.

Am Tag nach ihrem Abschluss von der Highschool ging sie aus Howardville weg. Wes musste zu der Zeit eine drei- bis fünfjährige Haftstraße im Staatsgefängnis absitzen und konnte sie darum nicht verabschieden. Dass er nicht da war, nahm sie ohne allzu großes Bedauern zur Kenntnis. Damals hatte sie schon längst akzeptiert, dass sie es nur zu etwas bringen würde, wenn sie sich allein durchschlug.

Das typische Studentenleben am College hatte sie nie genießen können. Vom ersten Semester an bis zu ihrem Abschluss hatte man ihr fast alle Stipendien und Zuschüsse gewährt, für die sie sich beworben hatte, trotzdem hatte sie immer nebenher arbeiten müssen, um über die Runden zu kommen. Neben dem Studium und der Arbeit war kaum Zeit für Freizeit geblieben.

Gelegentlich hatte sie sich in einer romantischen Beziehung verloren, aber keiner der Männer war ihr so wichtig gewesen wie das Streben nach Erfolg. Nur einer von ihnen, ein notorischer Fremdgänger, hatte ihr das Herz gebrochen, aber eines Tages war sie zu der Erkenntnis gelangt, dass er die Wut und Angst, die sie seinetwegen ausstand, nicht wert war. Sie hatte ihn ohne jede Reue aus ihrem Leben verbannt.

Die vielen Opfer hatten sich ausgezahlt. Inzwischen arbeitete sie an einem Krankenhaus, das berühmt für seine Forschungsarbeit war. Sie stand finanziell gut da und in jeder Hinsicht auf eigenen Füßen. Sie hatte sich den Respekt ihrer Kollegen verdient. Ihre Patienten vertrauten ihr und verließen sich auf sie.

Wohingegen Brynn O'Neal, was ihr am wichtigsten war, sich auf niemanden verlassen musste.

Doch als Rye Mallett ihr die Badezimmertür so einfach vor der Nase zuknallte, musste sie sich eingestehen, dass sie jeden Halt verloren und keine Ahnung hatte, was sie jetzt tun sollte.

Nachdem sie sich gerade erst dem Arm des Gesetzes entzogen hatte, würde sie das nicht rückgängig machen, indem sie jetzt meldete, dass sie mit Rye Mallett festsaß – von einer Entführung zu reden wäre zu weit gegangen. Auf keinen Fall wollte sie irgendeine Behörde auf sich aufmerksam machen, und sie nahm an, dass Rye genau darauf gesetzt hatte.

Und die beiden Männer im Café? Waren sie wirklich, wie Rye vermutete, für die Ereignisse der vergangenen Nacht verantwortlich? Falls ja und falls sie tatsächlich hinter der Box her waren, schwebte sie möglicherweise in Gefahr.

Auch wenn sie stark genug gewesen wäre, um Rye die Box abzunehmen, oder er sie widerspruchslos zurückgeben würde, wenn sie es von ihm verlangte – was sollte sie dann tun? Zu Fuß losziehen? Sie hatte gesehen, wie Rye den Schlüssel zu Marlenes Auto in die Vordertasche seiner Jeans geschoben hatte, sie konnte ihn also nicht heimlich einstecken, und selbst wenn, hätte sie nicht das Auto der guten Frau stehlen wollen.

So wie es aussah, saß sie fest. Doch sie konnte nicht länger untätig abwarten. Sie musste eine Lösung finden, und zwar schnell. Noch im Café hatte sie, wie von Deputy Wilson vorgeschlagen, eine Nachricht an Nate geschickt, doch sie hatte darin ihre Abfahrtszeit absichtlich vage gehalten und nur von »bald« geschrieben. Er hatte nicht zurückgeschrieben, was aber nicht ungewöhnlich war. Oft war ihm das einfach zu lästig.

Dennoch gingen er und die Hunts bestimmt davon aus, dass sie inzwischen längst unterwegs war.

Welche Konsequenzen ihr auch bei ihrer Ankunft drohten, sie musste zurück nach Atlanta, und an Wahlmöglichkeiten war ihr genau noch eine geblieben.

Rye kam aus dem Bad.

Er war bis auf die Stiefel voll bekleidet. Das zerknitterte Hemd hatte er gegen ein anderes getauscht, das genauso zerknittert war, aber frisch gewaschen roch. Es war nur halb zugeknöpft. Die Haare hatte er offenbar mit dem Handtuch trocken gerubbelt und danach nicht gekämmt. Aber er hatte seine Bartstoppeln abrasiert. Durch die Tür hatte sie einen Elektrorasierer surren hören.

»Ich habe dir ein Handtuch übrig gelassen«, sagte er, ließ die Ledertasche von der Schulter gleiten und legte sie zurück auf den Stuhl. Dann trat er an die andere Bettseite und schlug die Tagesdecke zurück. Er schaltete die Nachttischlampe aus und legte sich seitlich aufs Bett, mit dem Rücken zu ihr, die schwarze Box an seine Brust gedrückt wie einen Teddybären.

Als würde sie vorn auf einem Sprungbrett stehen und zu einem Sprung in Eiswasser ansetzen, holte sie tief Luft und verkündete dann langsam: »GX-42.«

Er wälzte sich auf den Rücken und sah sie an. »Wie bitte?«

»Das ist der Formelname, den der Pharmakologe seinem neu entwickelten Medikament gegeben hat.«

»Pharmakologe.«

»Ich will niemandem das Leben nehmen, Rye. Ich versuche eines zu retten. Oder wenigstens zu verlängern.«

Er sah ihr tief in die Augen, als würde er nach einem Anzeichen dafür suchen, dass sie falschspielte.

»Du glaubst mir nicht.«

»Das weiß ich noch nicht«, sagte er. »Wozu die Geheimniskrämerei?«

»GX-42 befindet sich noch in der Entwicklung und wurde von der Gesundheitsbehörde noch nicht für klinische Versuche freigegeben.«

»Du meinst für Versuche am Menschen.«

»Genau. Was weißt du über Medikamentenzulassung?«

»Gib mir eine Zusammenfassung für Dummies.«

»Bevor ein neues Medikament auf den Markt kommt, wird es strengen und langwierigen Tests unterzogen. Es muss drei Stadien durchlaufen. Das hört sich nicht nach viel an, doch jedes Stadium dauert Monate oder meist sogar Jahre.«

»Okay.«

»Das trifft auf gut verkäufliche Alltagsmedikamente mit großem Absatzmarkt zu, wie neue Betablocker oder Entzündungshemmer. Bei einem Orphan-Arzneimittel zieht es sich noch länger hin.«

»Einem was?«

»So nennt man ein Medikament, das eine seltene Krankheit heilen soll. Und das deshalb nur einer relativ kleinen Anzahl von Menschen nutzt.«

»Solche Forschungen werden eher auf die lange Bank geschoben.«

»Nicht mehr so oft wie vor wenigen Jahren, bevor der *Orphan Drug Act* verabschiedet wurde. Aber die Forschung wird fast ausschließlich über Beihilfen finanziert. GX-42 ist so ein Orphan-Arzneimittel. Trotzdem hat die Herstellerfirma Personal, Geld und viel Zeit in die Entwicklung investiert. Die ersten beiden Stadien hat das Mittel bereits durchlaufen. Die klinischen Versuche stehen noch aus. GX-42 ist zwar schon dafür angemeldet, aber die Genehmigung noch nicht erteilt.«

»Und dein Patient wartet ungeduldig darauf, dass endlich grünes Licht gegeben wird. Du kannst den Behörden nicht irgendwie Dampf machen?«

»Es gibt etwas, das als ›individueller Heilversuch‹ bezeichnet wird. Eine Freigabe aus humanitären Gründen. Es ist eine Ausnahme für Patienten, bei denen keine andere Behandlungsmethode angeschlagen hat.«

»Ein allerletzter Rettungsversuch.«

»Richtig. Die Gesundheitsbehörde ist grundsätzlich zu solchen Ausnahmen bereit, aber dafür müssen verschiedene Voraussetzungen vorliegen. Es gibt strenge Beschränkungen. Der Antrag muss von einem Arzt für einen genau benannten Patienten eingereicht werden. Nate und ich haben so einen Antrag gestellt. Das Gremium berät immer noch.«

Rye versuchte all das zu verarbeiten. »Also, diese Box. Hast du das Medikament aus einem anderen Land einschmuggeln lassen, wo es schon verwendet wird?«

Sie hatte absolut keinen Grund, diesem Mann zu vertrauen. Wenn es stimmte, was er ihr erzählt hatte, lebte er wie ein Vagabund. Er war unhöflich und wirkte manchmal so, als wäre er nur an sich selbst interessiert und würde nichts darauf geben, wie es anderen erging.

Trotzdem fühlte er sich gegenüber seinem Freund Dash verpflichtet, dessen Flugzeug zerschellt war, und auch gegenüber Brady White. Er hatte eingegriffen, als die Souvenirs des Mannes mit schwarzem Puder bestäubt werden sollten. Marlene White hielt ihn offenbar für einen Ehrenmann, sonst hätte sie ihm nicht ihr Auto anvertraut.

Was Brynn ihm anvertrauen musste, war tausendmal wichtiger als ein blödes Auto, doch sie war überzeugt, dass er erst nachlassen würde, wenn sie ihm alles erzählt hatte. Und ihr lief die Zeit davon.

»Nein«, sagte sie. »Zurzeit wird in Europa ein ähnliches Medikament an einer kleinen Gruppe von Patienten getestet. Die Fähigkeiten von GX-42 gehen aber weit darüber hinaus.« Sie sah auf den Behälter. »Gestern Abend wurde eine einzelne Dosis davon aus dem Labor geschmuggelt.«

»Irgendeiner Corporation. Der Name stand auf dem Frachtschein.«

Sie nickte. »Forscher haben dort erstaunliche Ergebnisse bei ihren Versuchstieren erzielt. Sie sind überzeugt, dass das Medikament sicher ist und wirkt. Nate und ich vertrauen ihnen.«

»Ihr glaubt, dass es wirken wird.«

»Ich glaube, es würde sich lohnen, es an Patienten zu testen, die keine Überlebenschance mehr haben und denen selbst diese letzte Hoffnung verwehrt wird, nur weil ein Stempel fehlt.«

»Diese Patienten haben nichts zu verlieren.«

»Außer ihrem Leben.«

»Was ist mit schädlichen Nebenwirkungen? Wäre es nicht möglich, dass sich die Patienten danach schlechter statt besser fühlen?«

»Das ist neben anderen Vorteilen das Schöne an diesem Mittel. Alle Tiere, die bei den Tests im vergangenen Jahr gestorben sind, starben an Krebs, aber keines an Nebenwirkungen des Medikaments.«

»Wie wird es verabreicht?«

»Intravenös.«

»Okay. Nur um das klarzustellen: Du und Lambert habt euch mit einem Pharmakologen in dieser Arzneimittelfirma zusammengetan, damit er eine Probe herstellt und sie euch schickt, die ihr dann einem Patienten mit Blutkrebs verabreichen könnt.«

»Blutkrebs mit Anomalien, die ihn besonders bösartig machen.«

»Hat dabei Geld den Besitzer gewechselt?«

Sie senkte den Blick. »Sehr scharfsinnig.«

»Nicht unbedingt. Irgendwann dreht sich alles um Geld. Lass mich raten. Lambert gibt gern ein paar Scheine aus, um sich damit den Nobelpreis zu sichern.«

Sie schüttelte den Kopf. »Die Scheine kommen von unserem Patienten.«

»Richtig, Lambert sagte ja, der Patient wäre berühmt.«

»Mächtig. Wohlhabend.«

»Gib mir einen Hinweis.«

»Nein.«

»Männlich oder weiblich?«

»Nein.«

»Du kannst mir vertrauen, Brynn.«

»Ich habe dir immerhin so weit vertraut, dass ich dir etwas gestanden habe, was mich ins Gefängnis bringen könnte.«

»Vielleicht stecken sie dich in die Zelle neben deinem alten Herrn.«

Sie erwiderte sein ironisches Lächeln nicht.

»Tut mir leid.« Er sah so aus, als meinte er es ernst. »Schlechter Witz.«

»Ist nicht weiter wichtig.«

Er sah ihr nachdenklich in die Augen und meinte dann leise: »Ich glaube, das ist es doch.«

Auch das war scharf beobachtet. Zu scharf für ihren Geschmack, doch langsam wurde sie ungeduldig. »Wichtig ist allein der *Zeitfaktor.*«

»Die Krankheit ist schon so weit fortgeschritten?«

»Nein. Ja. Aber das ist nicht der Grund für meine Eile. Sobald die Mischung angefertigt ist, bleibt sie nur achtundvierzig Stunden wirksam. Das ist einer der praktischeren Gründe, weshalb sie bisher nicht zugelassen wurde.«

»Und das erklärt auch, warum sie gestern Nacht eingeflogen werden musste.«

»Exakt. Und warum ich noch heute damit zurückkehren muss. Sofort. Aber statt mit Höchsttempo nach Atlanta zurückzurasen …« Sie hob die Arme in einer Geste, die das Zimmer und ihre Situation umfasste.

»Wer sind die zwei Gorillas, Brynn?«

»Ich habe keine Ahnung.«

»Komm schon.«

»Ich schwöre es!«

»Also, ich würde beschwören, dass die zwei gestern Nacht auch auf dem Flugplatz waren und auf das Flugzeug gewartet haben.«

»Aber warum sollten sie Brady überfallen?«

»Damit er keinen Notruf absetzen kann, nachdem ich abgestürzt war. Sie brauchten Zeit, um dich abzufangen.«

»Das ist geraten.«

»Du glaubst, ich liege falsch?«

»Nicht direkt *falsch*. Ich weiß nur nicht, ob du recht hast. Bei meiner Arbeit brauche ich absolute Klarheit.«

»Ich bei meiner Arbeit auch. Aber erzähl mir nicht, dass du dich bei deinen Diagnosen nie auf dein Bauchgefühl verlässt.« Er betrachtete sie kritisch. »Dachte ich mir. Und mein Bauchgefühl sagt mir, dass Jekyll und Hyde dich überfallen wollten. Sie haben ihren Einsatz verpatzt, und jetzt folgen sie dir und warten auf eine neue Gelegenheit. Nur warst du von Deputys umzingelt, bis ich eingegriffen habe.«

Seine Theorie war reine Spekulation, aber nicht völlig aus der Luft gegriffen. »Aber warum hätten sie dich mit dem Laser blenden und deinen Absturz riskieren sollen, wenn sie tatsächlich hinter dem GX-42 her sind?«

»Das will mir auch nicht in den Kopf. Aber bestenfalls hatten sie unfreundliche Absichten. Schlimmstenfalls betrachten sie mich als entbehrlich und Brady White auch. Also, an deiner Stelle würde ich das als schlechtes Omen nehmen.«

Sie zog ihre Unterlippe zwischen die Zähne, ließ sie aber wieder los, als sie merkte, dass er sie dabei beobachtete.

»Du hast Angst, Brynn. Du hattest schon Angst, bevor ich dir erklärt habe, warum du welche haben solltest. Du hattest schon Angst, als du aus dem Nebel auf mein Flugzeug zugeschlichen bist. Warum?«

»Ach, ich weiß nicht. Mal überlegen. Vielleicht weil mich dieses Vorgehen meine Zulassung als Ärztin kosten könnte? Wenn der Patient das Medikament nicht verträgt und stirbt, habe ich quasi jemanden umgebracht. Glaubst du nicht, dass das Grund genug ist, um Angst zu haben?«

»Ich weiß es nicht. Ich habe nie Angst.«

Er sagte das nicht zum Scherz. Er meinte es todernst. Aber unter ihrem intensiven, scharfen Blick schüttelte er ab, was seine Miene so ernst hatte werden lassen, und nickte zum Bad hin. »Das Wasser ist heiß. Ich habe die Seife genommen, aber es gibt noch ein Duschgel, das nach irgendwelchen Blüten duftet.«

»Ich werde nicht duschen.«

»Angst, dich nackig zu machen? Ich habe dir schon erklärt, dass deine Tugend bei mir sicher ist.«

»Das ist sie bei mir auch. Aber ich habe keine Zeit.« Sie tippte auf ihre Armbanduhr.

»Du hast mir ganz schön was auf den Buckel geladen; zum Beispiel, dass ich illegale Fracht befördert habe. Ich könnte auf Nichtwissen plädieren, und vielleicht würde man mich damit davonkommen lassen, aber trotzdem könnte Dashs Firma daran zerbrechen und ich meine Pilotenlizenz verlieren.«

Sie zögerte, bevor sie leise sagte: »Du könntest dieses Risiko ausschalten und mich den Deputys übergeben.«

Er studierte sie, als würde er das ernsthaft erwägen. »Zu viel Ärger«, grummelte er dann. »Noch so einen Tanz mit Rawlins? Nein danke. Ich stecke jetzt schon tiefer drin, als mir lieb ist!«

»Du wünschst dir, ich hätte es dir nicht erzählt, nicht wahr?«

Er ging nicht darauf ein, sondern meinte grimmig: »Ich habe wenigstens ein paar Minuten verdient, um über alles nachzudenken, findest du nicht? Und bis ich damit fertig bin, könntest du dir genauso gut eine Dusche gönnen.«

Sie musste zugeben, dass die Aussicht auf eine heiße Dusche verlockend war. Sehnsüchtig sah sie zur offenen Tür zum Bad hin, stand dann auf und ließ den Mantel von ihren Schultern gleiten. Sie ließ ihn am Fußende des Bettes liegen und ging in Richtung Bad. »Mit dem Autohändler habe ich es mir wohl verscherzt«, meinte sie über die Schulter hinweg. »Wenn du schon beim Nachdenken bist, kannst du auch gleich überlegen, wie ich nach Atlanta zurückkommen könnte.«

Er hatte zwar verkündet, dass ihre Tugend nicht in Gefahr war, doch das hielt sie nicht davon ab, die Badezimmertür abzuschließen.

Das Wasser war heiß. Sie nahm das Duschgel, das nur ganz leicht nach Blüten duftete. Als sie das Shampoo aus ihren Haaren spülte, sah sie mit leisem Wehmut kleine Reste von Blättern und Zweigen auf dem Wasser in Richtung Abfluss wirbeln, Reminiszenzen an den Moment, in dem Rye sie auf den Waldboden gepresst hatte.

Es war wohl besser, nicht an diese Augenblicke und das Gewicht seiner Schenkel auf ihren Beinen zurückzudenken. Oder an die hellbraunen Brusthaare, die sie unter seinem offenen Hemd in diesen Sekunden erblickt hatte. Oder an die verheißungsvolle Haarspur unter den wenigen geschlossenen Knöpfen. Oder an die erotische Hitze, die in ihrer Mitte aufgeflammt war, als sich ihre Körper während ihres Kusses so perfekt aneinandergeschmiegt hatten. Und das längst nicht lange genug.

Er war kein Posterboy, kein atemberaubender Adonis. Doch er strahlte etwas Gefährliches aus, eine unterschwellige Kampfbereitschaft, eine ungezügelte Sexualität, auf die Frauen unwillkürlich reagierten, auch wenn das nicht klug war und sie es letztendlich bereuten. Er war der Typus Mann, der eine romantische Beziehung höchstens zwanzig

Minuten aufrechterhalten konnte. Aber in diesen zwanzig Minuten …

Brynn verbannte ihn aus ihren Gedanken. Komplett. Sie musste sich einzig und allein darauf konzentrieren, rechtzeitig mit der Ampulle GX-42 nach Atlanta zurückzukommen.

Als sie aus dem Bad trat, sauber, aber in denselben Sachen wie zuvor, lag Rye immer noch rücklings auf dem Bett und starrte gedankenversunken an die Decke. Sein rechter Arm ruhte auf dem schwarzen Behälter. Ohne dass sie etwas gesagt hätte, eröffnete er ihr: »Ich habe Dash Bescheid gegeben, dass ich später versuchen werde, nach Atlanta zu kommen.«

»Wie willst du das anstellen?«

Er drehte den Kopf auf dem Kissen zur Seite und sah sie an. »Möglicherweise könnten wir Marlene überreden, uns ihr Auto zu überlassen. Du könntest deinen Patienten mit diesem Zeug versorgen. Ich könnte von Atlanta aus überallhin fliegen.«

»Was ist mit dem abgestürzten Flugzeug?«

»Der Nebel ist noch zu dicht, um Fotos zu machen, und die Maschine muss an Ort und Stelle bleiben, bis ein Gutachter der Versicherung sie inspiziert hat. Dash erledigt das.«

Sie setzte sich auf die Bettkante. »Und wie sollen wir Marlenes Auto zurückbringen?«

Er lachte leise. »Du schmuggelst illegale Medikamente durch mehrere Bundesstaaten und machst dir Gedanken, wie du ein geliehenes Auto zurückbringen sollst?«

Sie lächelte leicht verlegen, stand auf und griff nach ihrem Mantel. »Ein guter Vorschlag. Wahrscheinlich finden wir Marlene an Bradys Bett.«

»Wahrscheinlich. Sobald wir dorthin kommen.«

Der Nachsatz ließ sie in der Bewegung erstarren. Ihr fiel auf, dass er nicht so aussah, als wollte er in nächster Zeit aufstehen. Sein Hemd war immer noch halb aufgeknöpft, seine Stiefel lagen auf dem Boden, die Bomberjacke hing über der Lehne des Stuhles, auf dem er die Pilotentasche abgestellt hatte.

»Ich muss erst schlafen, bevor ich wieder fliegen kann.«

»Du kannst jetzt nicht schlafen.«

»Ich bin praktisch schon eingeschlafen. Ich bin schon …«, er sah auf seine Uhr, »… über dreißig Stunden wach.«

»Das ist nicht mein Problem.«

»Doch, wenn ich dir helfen soll, nach Atlanta zurückzukommen. Und verzeih mir die Bemerkung, aber du siehst auch nicht mehr taufrisch aus. Leg dich hin. Wir schlafen …«

»Ich brauche deine Hilfe nicht, weißt du? Ich schaffe das auch allein.«

»Super. Freut mich zu hören. Viel Glück. Mach die Tür zu, wenn du rausgehst.« Er drehte sich auf die Seite und drückte den Behälter an seine Brust.

»Gib mir die Box.«

»Die Box bleibt bei mir«, murmelte er und wühlte seinen Kopf tiefer ins Kissen.

»Sie gehört dir nicht!«

In einer einzigen schnellen Bewegung ließ er die Box los, rollte sich auf die andere Seite, kam am Bettende auf die Knie und packte sie an den Schultern. »Aber dir auch nicht, habe ich recht?«

Sie verweigerte ihm die Antwort.

»Woher ich das weiß? Zwei Anhaltspunkte. Du hast mir nicht erklärt, warum du von zwei Männern verfolgt wirst.«

»Wie oft muss ich dir das noch sagen? Ich weiß nicht, wer

sie sind oder was sie wollen, und wahrscheinlich war es reiner Zufall, dass du sie gegenüber dem Sheriff's Office gesehen hast.«

»Da hast du beim Lotto bessere Chancen. Aber nehmen wir meinetwegen an, es wäre reiner Zufall gewesen. Anhaltspunkt Nummer zwei: Warum hast du Dr. Lambert nicht angerufen und ihm von der neuerlichen Verzögerung berichtet? Warum hast du *ihn* nicht gefragt, ob er dir helfen kann, nach Atlanta zurückzukehren?«

Sie schnaufte. »Weil ich nicht herausposaunen wollte, dass ich mich noch mehr verspäte, denn das hätte ihn und vor allem den todkranken Patienten nervös gemacht. Außerdem hat mein Handy keinen Empfang mehr, seit du mich aus dem Café gezerrt hast.«

Er sah an ihrer Schulter vorbei. »Auf dem Nachttisch steht ein Telefon.«

»Das mit einem Schloss gesichert ist! Ich möchte vermeiden, dass du noch mehr als fünfundvierzig Dollar ausgeben musst.«

Sie wehrte sich gegen seinen Griff. Er gab sie frei, aber sein Blick hielt sie weiter fest. Sie erwiderte diesen Blick hartnäckig, weil sie keinesfalls als Erste die Augen abwenden wollte.

»Wer hat sich den Trick mit der Blutprobe ausgedacht?«

»Nate. Nur für den Fall, dass der Behälter aus irgendeinem Grund geöffnet werden müsste. Aber ich war nicht sicher, ob der Pharmakologe alles richtig gemacht hatte.«

»Also hatte ich sehr wohl recht. Du warst wirklich nervös, als Rawlins den Behälter öffnete.«

»Extrem. Das Medikament ist in der Schaumstoffauskleidung versteckt, genau wie du vermutet hast.«

Er dachte darüber nach. »Ab wann wird das Zeug unbrauchbar?«

»Die Ampulle wurde gestern Abend um neun Uhr befüllt. Die Infusion dauert eine Stunde. Sie muss also spätestens morgen um acht Uhr abends beginnen.«

»*Morgen* Abend? Wozu dann die Eile? Du hast alle Zeit der Welt.«

»Acht Uhr ist der absolut letzte Zeitpunkt. Ich – wir – hätten gern einen großzügig bemessenen Zeitpuffer. Alles soll entspannt, nicht unter Druck ablaufen. Hektik könnte dem Patienten schaden.«

»Und dir auch, würde ich meinen.« Als sie darauf nichts erwiderte, meinte er: »Ich schlafe nie lange. Ich stelle den Wecker auf fünf Stunden.« Er begann seine Armbanduhr einzustellen.

»Drei Stunden«, sagte sie.

»Vier.«

Er drückte auf seiner Uhr herum und streckte dann die Hand vor, sodass sie die eingestellte Weckzeit ablesen konnte. »Siehst du? Ich habe dich nicht um eine einzige Minute beschissen.« Er legte sich hin, drehte ihr wieder den Rücken zu und drückte die Box an seine Brust.

»Du bist ein Scheißkerl«, sagte sie.

»Frachtkerl gefällt mir besser.«

Danach hörte sie nur noch seinen tiefen Atem. Sie beugte sich über das Bett, bis sie ihm ins Gesicht sehen konnte. Er war bereits eingeschlafen.

10:07 Uhr

Rye stellte sich tot. Er würde auf gar keinen Fall vor Brynn einschlafen.

Dummerweise war sie frustriert und kam lange nicht zur Ruhe. Eine ganze Weile ging sie neben dem Bett auf und ab. Dann stellte sie sich ans Fenster, teilte die Vorhänge, bis sie durch den Spalt spähen konnte, und zog sie wieder zu, nachdem sie den hartnäckigen Nebel verflucht hatte.

Sie kehrte zum Bett zurück und setzte sich auf die andere Bettkante. Resigniert seufzend, streifte sie ihre Stiefel ab, legte sich hin und zog die Decke über ihren Körper. Danach rührte sie sich nicht mehr.

Er erkannte an ihrem gleichmäßigen Atem, wann sie eingeschlafen war, und merkte kurz darauf, wie intensiv er dem ruhigen Rhythmus lauschte. Am liebsten hätte er sich umgedreht und beobachtet, wie sich ihr Brustkorb hob und senkte, aber das tat er nicht. Er dachte daran, wie gut sich ihr Busen an seiner Brust angefühlt hatte, und wusste, dass er sich in seinen Händen noch besser anfühlen würde.

Und er musste die Hände von ihr lassen.

Seine Hände konnte er kontrollieren. Seine Fantasie nicht. Er erinnerte sich viel zu gut daran, wie gut sich ihre Körper am Scheitelpunkt ihrer Schenkel zusammengefügt hatten. Und an diesen feuchten, verführerischen Kuss. Ihren Mund.

Er stemmte sich mit aller Kraft gegen die Bilder, die wie in einem Stummfilm durch seinen Kopf zogen. Einem Porno-Stummfilm. Sein Glied richtete sich auf. Er drängte die Schwellung mit bloßer Willenskraft zurück. Denn so verlockend der Gedanke auch war, etwas mit Brynn O'Neal anzufangen war sicher keine gute Idee.

Höchstwahrscheinlich war sie eine Diebin. Dass sie eine Lügnerin war, stand fest.

Während sie geduscht hatte, hatte er die FAA in Atlanta angerufen. Er hatte eine Bruchlandung ohne Verletzte gemeldet und versprochen, einen ausführlichen Bericht nachzureichen, sobald sich der Nebel gelichtet hatte und er die Unfallstelle abfotografieren konnte. Der Agent, mit dem er sprach, hatte damit kein Problem. Niemand wollte über das Feiertagswochenende arbeiten. Alles in allem hatte das Gespräch drei Minuten gedauert.

Hier oben herrschte perfekter Handyempfang.

Kapitel 13

13:28 Uhr

»Wach auf, Brynn.«

»Hmm?«

Jemand rüttelte an ihrer Schulter. »Wach auf.«

Mit einem Gefühl, als würde sie aus dem Koma geholt, schlug sie die Augen auf und blinzelte, bis sie Rye erkannte. »Sind die vier Stunden schon um?«

»Nein, wir haben Gesellschaft bekommen.«

Er nahm seine Hand weg und ging ums Bett herum ans Fenster, wo er durch den Spalt zwischen den Vorhängen spähte. »Ich habe ihren Wagen gehört. Sie halten eben an.«

»Wer?«

»Dein Zufallsduo.«

Sofort war sie hellwach. Sie befreite sich aus der Bettdecke, stand auf und beobachtete alarmiert, wie Rye die Pistole aus seiner Pilotentasche holte. »Was hast du damit vor?«

»Gar nichts, wenn wir Glück haben.« Er schob sie in die hintere Tasche seiner Jeans und zog das Hemd darüber. Nach einem wütenden Blick sagte er: »Das ist deine letzte Chance, mir zu erzählen, wer diese Männer sind.«

»Ich weiß es nicht.«

»Genau, und es gibt hier auch keinen Handyempfang.«

Nach dieser Lüge hatte er wohl das Recht, wütend zu sein.

»Zieh deine Jeans aus!«, befahl er ihr immer noch grollend.

»Wie bitte?«

»Zieh deine Jeans aus!«, wiederholte er und betonte dabei jedes Wort. »Oder lass es wenigstens so aussehen, als würdest du sie gerade wieder anziehen.« Er warf einen Blick durch die Vorhänge. »Du hast zehn Sekunden.«

Noch während er ihr es befohlen hatte, war er aus seiner Hose geschlüpft. Er hatte sie gerade ausgezogen, als zweimal energisch gegen die Tür geklopft wurde. Er griff nach dem Kissen, auf dem er geschlafen hatte, und warf es neben ihres.

Wieder wurde geklopft, diesmal noch energischer und lauter.

Mürrisch und scheinbar verschlafen fragte Rye: »Wer ist da?«

»Wir suchen nach Dr. O'Neal.«

»Was wollen Sie von ihr?«

»Ist sie bei Ihnen?«

»Haben Sie einen Notfall, oder was?«

Der Mensch auf der anderen Seite der Tür reagierte nicht und rief nochmals: »Dr. O'Neal?«

Rye nickte ihr zu und gab ihr damit das Zeichen zu antworten. Ihr schlug das Herz bis zum Hals. Sie brauchte nicht so zu tun, als würde sie stottern. »N-nur einen Moment.«

»Machen Sie schnell«, sagte die Stimme durch die Tür.

Sie knöpfte ihre Jeans auf und schob sie eine Handbreit nach unten. Rye öffnete die Tür so weit, wie es die Türkette zuließ, und beschwerte sich durch den Türspalt: »Ich hoffe, da liegt jemand im Sterben.«

Durch den schmalen Spalt konnte Brynn den großen, gut aussehenden Mann aus dem Café sehen.

»Lassen Sie uns rein!«, befahl er.

»Den Teufel werde ich tun«, gab Rye zurück. »Wer sind Sie?«

»Geht Sie einen Dreck an. Machen Sie die Tür auf.«

»Nennen Sie mir einen guten Grund.«

»Dr. O'Neals Patient.«

Rye sah Brynn an, und seine Miene war eine unausgesprochene Frage.

In ihrem Kopf ging es drunter und drüber, trotzdem wollte sie wissen, wer diese Männer geschickt hatte und warum. Sie nickte Rye zu, die beiden einzulassen.

Den Blick fest auf Brynn gerichtet, schloss er die Tür wieder, löste dann absichtlich ungeschickt die Sperrkette und flüsterte, während er laut damit klapperte: »Spiel einfach mit, ganz gleich, was ich sage, sonst überlasse ich dich den beiden, das schwöre ich dir.«

Erst in diesem Moment begriff Brynn, dass der Behälter nicht mehr auf dem Bett stand. Er war nirgendwo zu sehen.

Aber sie hatte keine Zeit, Rye zu fragen, was er damit angestellt hatte. Die Kette schlug lose gegen den Türstock. Er drehte den Türknauf. Der große, spanisch aussehende Typ bemerkte, wie sie ihre Jeans hochzog, als er ins Zimmer drängte und Rye dabei zur Seite schubste. Die Krawallbürste – Ryes Beschreibung passte wie die Faust aufs Auge – folgte seinem Partner und betrachtete kichernd die Szene, die Rye arrangiert hatte.

Um die Wirkung zu verstärken, knöpfte Rye gemächlich mit der Linken seine Hose zu, als wäre er nicht im Geringsten verlegen, sondern im Gegenteil sauer auf sie. »›Ohne jede Hektik‹, hast du gesagt. Hätte ich mir gleich denken können.«

Sie ignorierte seine Bemerkung und wandte sich an den

Großen. »Also gut, jetzt sind Sie drin. Wer sind Sie, und was wollen Sie?«

»Wir sollen nach Ihnen sehen.«

»Man muss nach mir sehen?«

Sein dunkler Blick wanderte durch den Raum, über Rye hinweg, kam dann wieder auf ihr zu liegen. »Offenbar.«

»Ich habe Dr. Lambert schon erklärt …«

»Der hat uns nicht geschickt«, fiel er ihr ins Wort. »Ihr *Patient* sorgt sich, ob Sie rechtzeitig zurückkommen.«

»Er braucht sich nicht zu sorgen. Ich habe die Deadline im Blick, Mr. …?«

»Goliad.« Er nickte zu seinem Begleiter hin. »Das ist Timmy.«

»Und wer garantiert mir, dass Sie für … meinen Patienten arbeiten?«

»Wenn Sie das überprüfen wollen, nur zu. Rufen Sie ihn an. Er und die Missus sind bestimmt erleichtert, wenn sie erfahren, dass wir Sie endlich aufgespürt haben.« Er sah sich noch mal im Zimmer um und dann auf das Bett. »Ich glaube nicht, dass sie begeistert sein werden, wenn sie den Grund für die Verzögerung erfahren.«

»Woher wussten Sie, wo ich bin?«

»Erst haben wir nach dem blauen Honda Ausschau gehalten, aber das hat zu viel Zeit gekostet. Also haben wir Ihr Handy geortet. Das Signal hat uns direkt zu Ihnen geführt.«

»Sie haben ziemlich viel auf sich genommen, um mich zu finden.«

»Dafür werde ich bezahlt.«

»Aber ich habe Sie schon im Café gesehen. Warum sind Sie nicht einfach auf mich zugekommen und haben mich angesprochen, wenn Sie mich gesucht haben?«

Er sah sie vielsagend an. »Während Sie mit einem Deputy am Tisch saßen?«

»Ach so, nun, das hatte nichts mit meinem Auftrag zu tun. Als ich gestern Abend hier ankam …«

Erneut ließ Goliad sie nicht ausreden. »Das wissen wir alles schon.«

»Ach ja? Woher?«

»Von Dr. Lambert«, erwiderte er sofort. »Er hat meinem Boss alles erklärt. Erst ist das Flugzeug gegen einen Baum gekracht.«

Sie deutete auf Rye. »Er ist der Pilot.«

Rye lehnte mit gekreuzten Beinen an der Wand, einer für ihn typischen Haltung, wie Brynn inzwischen erkannte. Er schien verstimmt, aber nicht besonders interessiert an ihrer Unterhaltung. Doch ihr fiel auf, dass seine Hände zwischen Hintern und Wand klemmten und damit in Reichweite der Pistole in seiner hinteren Hosentasche.

Die Lider halb geschlossen, fragte er Goliad: »Was wissen Sie über die Notlandung?«

Ohne auf Ryes Frage einzugehen, fragte Goliad zurück: »Haben Sie auch einen Namen?«

»Jedenfalls einen besseren als Go-lieh-ad.«

Goliad starrte ihn weiter an. Achselzuckend nannte Rye seinen Namen.

Goliad musterte ihn noch länger, als wollte er sich Ryes Gesicht einprägen, dann wandte er sich wieder Brynn zu. »Das Ende vom Lied war, dass Sie an einen Tatort spaziert sind und zum Sheriff's Office gefahren wurden, wo Sie Ihre Aussage machen mussten.«

»Was länger dauerte als erwartet.« Brynn gab sich schroff, obwohl sie tatsächlich beunruhigt war. Damit stand außer

Frage, dass Rye recht gehabt hatte. Diese Männer hatten sie im Auftrag der Hunts beschattet. Darauf bedacht, möglichst ungerührt zu wirken, fuhr sie fort. »Dank Dr. Lamberts Intervention wurde die Angelegenheit geklärt. Hat er Ihnen auch von meinem Auto erzählt?«

Der Mann nickte.

»Weil ich damit nicht mehr fahren kann, organisierte mir Deputy Wilson freundlicherweise einen Mietwagen. Als Sie uns im Café sahen, warteten wir auf den Mann, der den Wagen bringen sollte.«

»Nur dass Sie dann mit dem Fliegerass durch den Hinterausgang rausgeschlichen sind.« Das kam von dem fuchsgesichtigen Timmy, der Rye boshaft angrinste. Doch Rye lächelte nicht.

»Das dauerte zu lang«, erläuterte Brynn Goliad. »Ich hatte Angst, dass es ein Missverständnis gegeben haben könnte. Bis dahin hatte Mr. Mallett schon einen Wagen ausgeliehen, den besagten Honda.« Sie legte den Kopf schief und fragte Goliad: »Woher wussten Sie eigentlich davon?«

»Lassen Sie uns lieber Ihre Story hören.«

»Es gibt keine *Story.* Mr. Mallett bot mir an, mich nach Atlanta zu fahren.«

Der Stänkerer schnaubte hörbar durch die Nase. »Gegen einen schnellen Fick.«

Rye bewegte nichts als seine Augen, die sich auf Timmy hefteten. »Ich wette, ohne das Messer in deinem Ärmel würdest du die Klappe nicht so weit aufreißen.«

Timmys arrogantes Grinsen erlosch. Er machte einen Schritt auf Rye zu. »Willst du …«

»Timmy. Schluss.«

Goliads Stimme knallte wie ein Peitschenschlag und gebot Timmy und jedem Angriff, den er im Sinn gehabt hatte, Einhalt. Er trat zurück, fixierte Rye aber weiter mit seinem bösartigen Blick.

»Dr. Lambert hat meinen Auftraggebern versichert, dass Sie so schnell wie möglich zurückkehren würden«, wandte sich Goliad wieder an Brynn. »Aber das tun Sie nicht. Was tun Sie hier mit ihm?«

»Das braucht Sie verflucht noch mal nicht zu interessieren«, sagte Rye.

»Doch, das muss es, Mr. Mallett.«

»Ich wüsste nicht, warum. Frau Doktor ist schon erwachsen. Und nicht verheiratet.« Er sah Brynn an. »Oder?«

Ehe sie antworten konnte, fragte Goliad: »Wo ist die Box?«

»Dieses verfluchte Ding«, grummelte Rye.

Der Große drehte sich zu ihm um. »Wie meinen Sie das?«

»Ich habe sie von Columbus hergeflogen, ohne zu ahnen, was darin ist. Hätte ich es gewusst, hätte ich sie hinten ins Flugzeug geschmissen, *ganz nach hinten,* und nicht auf den Co-Pilotensitz gelegt. Ich komme mir vor wie Dracula. Ich habe ja schon viele schräge Sachen geflogen, aber noch nie eine Kiste Blut. Jedenfalls nicht, soweit ich weiß.«

Brynn mischte sich ein. »Er hat gesehen, was darin ist, als die Deputys mich die Box öffnen ließen.«

Goliads nachtschwarzer Blick wanderte kurz durch den Raum und richtete sich dann wieder auf sie. »Ich frage noch mal – wo ist sie?«

Ehe sie antworten konnte, ging Rye dazwischen. »Das Ding hat mir irgendwie auf die Stimmung geschlagen. Also habe ich es unters Bett geschoben.«

Auf einen Wink von Goliad hin ließ Timmy sich auf ein

Knie nieder, hob die Tagesdecke an und schaute unters Bett. Als er wieder aufstand, hielt er die Box in den Händen.

»Danke, Shorty.« Ehe jemand damit rechnen konnte, hatte Rye Timmy die Box aus den Händen entrissen.

Goliad machte zwei Schritte auf ihn zu, blieb aber stehen, als er die Pistole in Ryes rechter Hand sah, die genau auf seine Brust zielte. »Timmy, wenn du mich abzustechen versuchst, blase ich dir ein Loch in den Ellbogen.«

»Was tust du da, Rye?«, fragte Brynn keuchend.

Goliad tätschelte beschwichtigend die Luft. »Mein Boss will auf gar keinen Fall irgendwelchen Ärger.«

»Tja, ich habe aber schon Ärger mit eurem Boss, schließlich hat er euch gegen meine Tür hämmern und Einlass verlangen lassen.«

»Nehmen Sie die Waffe runter«, sagte Goliad. »Timmy, zurück. Wir sollten alle erst mal tief durchatmen.«

»Ich kann wunderbar atmen, vielen Dank«, sagte Rye.

»Geben Sie mir die Box, dann sind wir weg.«

»Geht leider nicht.«

»Sie gehört Ihnen nicht.«

Rye sah Brynn an. »Willst du es ihnen erklären, oder soll ich?«

Goliad verlagerte seinen massigen Körper, um Brynn besser beobachten zu können und ohne Rye aus den Augen zu lassen. »Was erklären?«

Brynn versuchte so auszusehen, als wüsste sie genau, was Rye gemeint hatte. »Mach du das lieber.«

Rye wandte sich an Goliad. »Bis die Lieferung übergeben ist, bin ich dafür verantwortlich.«

»Sie haben sie gestern Abend übergeben.«

»Leider nicht.« Seine Hand zuckte hoch, sodass die

Waffe nicht mehr auf Goliads Brust, sondern an die Decke zielte.

Timmy setzte zum Sprung an.

»Ruhig, Timmy, verfluchte Scheiße«, bellte Goliad.

»Genau, ruhig, Timmy, verfluchte Scheiße«, sagte Rye. »Und wenn wir schon mal dabei sind, geh zwei Schritte zurück.«

Auf ein brüskes Nicken von Goliad hin gab Timmy nach. »Ich krieg dich schon noch«, fauchte er.

Rye ignorierte ihn. »Ist alles cool? Ich stecke jetzt die Waffe weg und hole den Lieferschein aus meiner Hosentasche.«

»Lieferschein?«

Ganz langsam schob Rye die Waffe in die Tasche und zog stattdessen ein zusammengefaltetes Papier heraus. »Einen Lieferschein mit dem Namen Dr. Lambert unter der Zeile für die Unterschrift.« Er schüttelte den zusammengefalteten Lieferschein aus und hielt ihn hoch, damit Goliad den Namen ablesen konnte. »Ich weiß inzwischen, dass Lambert mit Vornamen Nathan heißt. Und dass sie nicht Nathan Lambert ist, weiß ich, ohne dass ich ihren Führerschein sehen muss«, sagte er mit einer Kopfbewegung zu Brynn hin. »Ich darf die Lieferung nur an den Empfänger auf dem Lieferschein übergeben, es sei denn, ein Bote« – wieder nickte er zu Brynn hin – »kann eine schriftliche Vollmacht vorweisen. Sie hat keine.«

Brynn hatte noch nie so etwas gehört, und sie bezweifelte schwer, dass seine Behauptung so stimmte. Selbst wenn es eine in Stein gemeißelte entsprechende Regelung der Flugaufsicht geben sollte, würde Rye sich bestimmt nicht so sklavisch – oder überhaupt nicht – an irgendwelche Formalitäten halten, falls sie ihm Umstände bereiteten.

Aber sie brauchte ihm nicht zu glauben, solange die zwei Männer es taten. Falls Ryes Mutmaßungen stimmten, hatten sie versucht, sein Flugzeug zum Absturz zu bringen, und außerdem Brady White überfallen. Es überraschte sie nicht, dass Richard und Delores Hunt gelegentlich Personenschutz brauchten, aber diese zwei kamen ihr eher vor wie Leibwächter eines Mafiabosses als wie Personenschützer eines US-Senators und seiner Frau. Sie machten ihr Angst.

Rye hatte gedroht, sie ihnen auszuliefern, falls sie nicht mitspielte. In den letzten Minuten hatte er genauso gefährlich gewirkt wie die zwei, aber immerhin wusste sie bei ihm, woran sie war.

Also spielte sie weiter mit. »Als ich mich einverstanden erklärte, herzufahren und das Päckchen abzuholen, wusste ich nicht, dass ich eine schriftliche Vollmacht brauchen würde, genauso wenig wie Dr. Lambert. Ich habe ihm erklärt, dass das schon in Ordnung ist«, sagte sie mit einem verdrossenen Blick in Ryes Richtung. »Aber er ist ein sturer Bock.«

Goliad kniff argwöhnisch die Augen zusammen und sagte zu Brynn: »Sie hatten die Box im Café dabei.«

»Und genau darum hat mir der Typ, für den ich geflogen bin, Feuer unter dem Arsch gemacht«, sagte Rye. »Er hat mich am Telefon erwischt und mir eine Predigt gehalten, dass ich die Box ausschließlich an Lambert übergeben darf, dass er Höllenärger mit der Flugaufsicht kriegen kann und dass ich dann Strafe zahlen müsste oder meine Pilotenlizenz suspendiert würde, was ich beides keinesfalls will. Also habe ich mich auf die Jagd nach Dr. O'Neal gemacht. Die Lady im Krankenhaus hat mir erzählt, wo sie und der Deputy zum Frühstück hingegangen sein könnten. Ich bin wie der Teufel zum Café gerast, durch die Hintertür rein und – tada! –

direkt vor der Toilette mit Frau Doktor zusammengeprallt. Wir sind ins Gespräch gekommen und ...«, er hob vielsagend die Brauen, »... hier gelandet. Keine kluge Entscheidung, wie sich inzwischen herausgestellt hat«, ergänzte er und sah Brynn gereizt an.

»Würden Sie eine E-Signatur akzeptieren?«, fragte Goliad.

»Würde ich«, sagte Rye. »Aber der alte Knacker, der mich geschickt hat, hat wahrscheinlich noch nie von einer E-Signatur gehört und würde sich nicht darauf verlassen. Er misstraut der modernen Technik und noch mehr Leuten, die zu den merkwürdigsten Zeiten auftauchen und eine Lieferung abholen wollen, die nicht an sie adressiert ist. Er hat gesagt, ich soll Lambert eigenhändig unterschreiben lassen, und genau das werde ich tun. Ich werde die Box persönlich überbringen. Nachdem Lambert die Lieferung abgezeichnet hat, ist mir egal, was mit der Box oder mit Ihnen allen passiert. Damit ist die ganze Sache für mich abgehakt und für die Chartergesellschaft auch.«

»Wir werden Dr. Lambert die Box übergeben«, erklärte Goliad seelenruhig, »ihn unterschreiben lassen und Ihnen eine Kopie mailen.«

Rye schnaubte ironisch. »Großes Indianerehrenwort?«

»Dr. O'Neal und ich übernehmen die volle Verantwortung«, antwortete er, als hätte er die Ironie in Ryes Stimme nicht bemerkt. »Sie oder die Chartergesellschaft haben nichts zu befürchten. Wir werden dafür sorgen, dass Dr. Lambert die Box erhält.«

Rye drückte sie noch fester an seine Brust. »Und darauf soll ich mich verlassen? Tut mir leid, aber ich tue mich schwer, einem von Ihnen zu glauben. Das Püppchen hier hat mich von Anfang an belogen. Jetzt tauchen Sie beide hier auf wie zwei Auftragskiller aus einem schlechten Film und behaupten, Sie würden für jemanden arbeiten, der die Handys fremder Leute orten lässt. Ich weiß nicht, wer das ist, ich kenne nicht mal eure Nachnamen, kenne Dr. O'Neal nicht, und wenn Dr. Lambert mir bei unserem Treffen keinen Ausweis vorzeigen kann, wird auch er die Box nicht in die Hände bekommen.«

Timmy wippte rastlos auf den Fußballen. »Warum bringen wir ihn nicht einfach um und nehmen die Kiste mit?«

»Erklären Sie ihm, warum das keine gute Idee ist, Goliad«, sagte Rye. »Nein? Okay, dann werde ich das machen.« Er sah Timmy an. »Weil das eine Menge Probleme schaffen würde, die euch viel Zeit kosten würden. Meinen Leichnam. Spuren. Das Chaos, das beseitigt werden müsste. Laut Goliad will euer Boss keinen Ärger, und außerdem tickt die Uhr gnadenlos weiter.« Er wandte sich wieder an Goliad. »Habe ich recht? Andernfalls wäre ich wohl schon tot.«

Brynns Herz klopfte wie wild. Er forderte die zwei direkt heraus. Doch als Goliad nicht antwortete, begann sie zu glauben, dass Rye die Sache auf den Punkt getroffen hatte.

»Hört zu, ich weiß nicht, was Sie alle für ein Spiel treiben, und es ist mir auch *egal.* Vielleicht ist es ganz harmlos, vielleicht kriminell, mir alles schnurz, nur wenn es kriminell ist, will ich nichts damit zu tun haben, weil ich meine Fluglizenz nicht aufs Spiel setzen will. Darum halte ich mich eisern an meine Vorschriften. Ich werde diesen Behälter nur an den Empfänger auf dem Lieferschein übergeben. Sobald das Ding in Lamberts Händen ist, bin ich weg, und zwar je schneller, desto besser. Wir können die ganze Sache ganz leicht und schnell hinter uns bringen, indem wir jetzt gleich ins Auto steigen und Richtung Atlanta fahren.« Er sah die beiden nacheinander an. »Hört sich das nach einem Plan an?«

Brynn versuchte, Ryes Gedanken zu lesen und zu erahnen, was er eigentlich vorhatte. Doch was dann kam, lag weder in seiner noch in ihrer Hand.

Goliad traf die Entscheidung. »Ein exzellenter Plan, Mr. Mallett. Wir fahren alle zusammen.«

Kapitel 14

14:02 Uhr

»Was machst du gerade?«, fragte Wilson, als Deputy Rawlins ans Telefon ging.

»Ich versuche ein Footballspiel zu schauen, aber einer meiner Neffen hat den Teppich mit Krabbendip vollgekotzt, und jetzt musste ich das Spiel pausieren, bis alles weggeputzt ist.«

»Bei mir läuft das Spiel auch. Willst du vorbeikommen?«

»Meine Frau würde mich umbringen.«

»Sag ihr, wir arbeiten an einem Fall.«

»Tun wir das?«

»Der Typ, der Ärger mit Brady White hatte? Hat ein solides Alibi. Er ist beim Skilaufen in Colorado.«

»Ich hab sowieso nicht an ihn geglaubt.«

»Dann wird dir das umso besser gefallen. Dr. O'Neal ist nicht mit dem Wagen weggefahren, den ich ihr besorgt habe. Sie ist abgetaucht.«

»Bin gleich da.«

»Bring eine Tüte Chips mit. Aber ohne Krabbendip.«

Sie wohnten keine fünf Minuten mit dem Auto voneinander entfernt, aber bis Rawlins in Wilsons Apartment stand, hatte Wilson schon zwei Flaschen aus dem Sixpack Bier in seinem Gefrierfach geholt, wo er es zur schnelleren

Kühlung deponiert hatte. Er öffnete sie und reichte Rawlins eine, während er sich in seinen Sessel sinken ließ. »Auf Thanksgiving.«

Sie stießen an und tranken.

Rawlins setzte sich aufs Sofa, öffnete die Chipstüte und mümmelte eine Handvoll, bevor er zum Dienstlichen kam. »Wo ist sie hin?«

»Aufs Klo.«

Rawlins hörte zu kauen auf und sah Wilson fragend an.

Wilson erzählte, was er von dem Autohändler und der Bedienung im Café erfahren hatte. »Seither hat sie keiner gesehen.«

»Wetten, dass doch?«, meinte Rawlins gedehnt und nahm noch einen Schluck Bier.

»Mallett?«

Rawlins zuckte mit den Achseln. »Ich würde auf ihn tippen.«

Wilson nickte widerstrebend. »Zur Hölle mit ihm.«

»Mit Haut und Haaren.«

Wilson, der die Hälfte seiner Haare verloren hatte, sah seinen Partner verletzt an. »Das hat wehgetan.«

Rawlins lachte kurz.

Nach einem weiteren Schluck begann Wilson, gedankenverloren mit dem Daumennagel das Etikett von der Flasche zu popeln. »Mich quält ein Ohrwurm.«

»Welcher Song?«

»Kein Song. Etwas, das mir im Department zu Ohren gekommen ist, als wir mit den beiden nach oben gingen. Ein Wortwechsel zwischen Mallett und der Ärztin auf dem Treppenabsatz.«

»Du hast die beiden ermahnt, dass sie weitergehen sollen.«

»Genau, aber mir will einfach nicht aus dem Kopf, was er da zu ihr gesagt hat. Es ging um seine Jacke. Er hatte sie über den Arm gelegt, und ich konnte das Futter sehen. Weiße Seide, aber schon alt, vergilbt. Mit einem aufgemalten Pin-up-Girl.«

»So wie früher auf den Nasen und Rümpfen der Bomber?«

»Bevor alles politisch korrekt sein musste«, bestätigte Wilson. »Nichts Schmutziges. Das Mädchen hatte schon was an. Eher aufreizend als irgendwas anderes. Aber als die Ärztin es sah, regte sie sich darüber auf und ließ es ihn sofort wissen.«

»Was hat sie gesagt?«

»In dem Moment nichts. Aber du kennst den Blick, mit dem sie dich abstrafen. So wie: ›Wann wirst du endlich erwachsen?‹«

»Kenne ich«, sagte Rawlins.

»Also faltete Mallett die Jacke anders zusammen, entschuldigte sich scheinheilig und erklärte ihr, dass auf der Unterseite eine Weltkarte aufgemalt wäre.«

Rawlins hörte zu, knabberte Chips und spülte mit einem Schluck Bier nach. »Okay.«

»Also …« Wilson schaute auf den stummgeschalteten Fernseher. Eben hatte der Wide Receiver einen perfekten Pass fallen lassen, aber keiner von beiden interessierte sich noch für das Match. »Da kam mir der Gedanke, dass sie uns die Blutproben vielleicht nur gezeigt haben, damit wir nicht nachschauen, was darunter liegt.«

Rawlins stellte das Bier auf dem Tisch ab. »Zum Beispiel in der Schaumstoffauskleidung.«

»So ungefähr.«

Sie sahen sich kurz an, dann nahm Wilson Rawlins die Chipstüte ab und wühlte eine Handvoll Chips heraus. Rawlins starrte blind auf den Fernseher, während er überlegte. »So wie Bradys Kopfwunde aussieht, könnte sie von einem Pistolengriff stammen, und Mallett hat eine Pistole in seiner Tasche. Allerdings ist sie ziemlich klein, und es war kein Blut daran, als ich sie herausgeholt habe.«

Wilson schmatzte. »Und wieso sollte er Brady eins überziehen wollen?«

Rawlins gab zu, dass Rye Mallett ihm genau dieselbe Frage gestellt hatte.

»Und ist dir ein Motiv eingefallen?«, fragte Wilson.

»Keins, das Bestand hätte.«

»Dr. O'Neal bestand darauf, dass ich sie ins Krankenhaus bringe, bevor sie die Stadt verließ, weil sie sich persönlich nach Brady erkundigen wollte. Entweder war sie aufrichtig um ihn besorgt, oder sie ist eine höllisch gute Schauspielerin. Und wie es der Zufall wollte, war Mallett auch dort.«

»Ach was?«

»Er war da, als ich sie abgesetzt habe, und er war da, als ich sie wieder abgeholt habe.«

»Er lungerte im Krankenhaus herum? Warum? Hatte er Angst, dass Brady aufwachen und ihn identifizieren könnte?«

»Laut Thatcher weiß Brady nicht, wer ihn niedergeschlagen hat. Der Schlag kam von hinten.«

»Wenn Brady gestorben wäre, würde den Täter eine wesentlich schärfere Strafe erwarten, es wäre entweder Totschlag oder sogar Mord. Das muss einen Verdächtigen nervös machen.«

»So nervös, dass er ihm einen Krankenbesuch abstattet?« Wilson stellte die Chipstüte ab und staubte das Salz von seinen Händen. »Verdammter Mist, ich weiß es nicht. Aber ich kann mir nicht vorstellen, dass er Marlene in die Augen schauen könnte, wenn er wirklich so kalt und berechnend wäre.«

»Mallett hat mit ihr gesprochen?«

»Und Dr. O'Neal auch.«

»Hm.« Rawlins legte die Stirn in nachdenkliche Falten, stand dann auf und griff nach seinem Mantel. »Dann sollten wir mit Marlene reden, finde ich.«

Obwohl sie offiziell nicht im Dienst waren, lutschten sie auf dem Weg zum Krankenhaus ein Pfefferminz, damit das Bier in ihrem Atem nicht zu riechen war. Die Schwester an der Aufnahme erkannte sie auf den ersten Blick, auch in Zivil.

»Ist Marlene White noch da?«, fragte Rawlins, als sie vor ihrem Fenster standen.

»Ein paar Verwandte haben sich wieder verabschiedet, aber die haben mir erzählt, dass sie noch nicht nach Hause will.«

Die zwei Deputys fuhren mit dem Aufzug nach oben. Im Wartebereich saß Bradys Frau, umgeben von wohlmeinenden Mitmenschen. Rawlins fragte, ob sie Marlene allein sprechen könnten. Zu dritt traten sie in den Korridor.

Sie sah zwar todmüde aus, aber sie sorgte sich vor allem um die Deputys. »Tut mir leid, dass Sie an einem Feiertag arbeiten müssen.«

»Uns tut es leid, dass Sie ihn hier verbringen müssen«, sagte Wilson und erkundigte sich nach Brady.

»Er hält sich«, sagte sie. »Deputy Thatcher hat mir erzählt, dass der Mann, mit dem Brady Streit hatte, unschuldig ist. Ich weiß nicht, wer sonst so was getan haben könnte.«

Wilson wartete eine Sekunde ab und sagte dann: »Dr. O'Neal wollte vor ihrer Abfahrt nach Atlanta unbedingt hier vorbeischauen.«

»Es war so nett von ihr vorbeizukommen. Von ihr und Rye. Ich glaube, sein Besuch hat auf Brady Wunder gewirkt.«

»Er hat Brady besucht?«

»Nur eine Minute.«

»Sie haben sich unterhalten?«

»O ja. Rye fühlte sich verantwortlich für das, was passiert war. Er hat versprochen, Brady auf einen Flug mitzunehmen, sobald er wieder auf den Beinen ist. Brynn war genauso nett. Ich hätte mich noch gern von ihr verabschiedet, aber sie war schon wieder weg, als ich mit dem Schlüssel zurückkam. Rye beobachtete sie durch …«

»Verzeihung«, unterbrach Rawlins sie. »Mit welchem Schlüssel?«

»Meinem Autoschlüssel. Ich habe ihn Rye geliehen.«

Die beiden Deputys sahen einander und dann wieder sie an. Rawlins sprach als Erster: »Sie haben ihm Ihren Wagen geliehen?«

Sie erklärte, wie es dazu gekommen war. »Erst wollte er ihn nicht nehmen, aber ich habe darauf bestanden. Er wollte zur Absturzstelle fahren. Ich habe ihm versichert, dass er den Wagen haben kann, solange er ihn braucht.«

»Hat er ihn schon zurückgebracht?«, fragte Wilson.

»Nein, und er hat sich tausendmal dafür entschuldigt, dass er ihn stehen lassen musste.«

Wilson hob die Hand. »Stehen lassen?«

»Er hat angerufen, vor … etwa einer halben Stunde. Ich habe jedes Zeitgefühl verloren.«

»Was ist mit dem Auto?«, hakte Rawlins nach.

»Er meinte, er müsste sofort nach Atlanta fahren. Ganz unerwartet. Und er würde dabei nicht wieder durch den Ort kommen.«

Plötzlich brannte es Wilson unter den Nägeln. »Er hat Ihren Wagen an der Absturzstelle stehen lassen?«

»Nein.« Sie nannte ihnen den Namen eines billigen Motels an einer schmalen, wenig befahrenen Landstraße etwa fünf Meilen außerhalb der Stadt.

»Ich habe ihm gesagt, dass das überhaupt kein Problem ist und dass ich jemanden rausschicken würde, um ihn abzuholen. Mein Bruder und mein Neffe haben sich schon bereit erklärt. Ich habe Rye gesagt, er soll den Schlüssel am Empfang hinterlassen, aber er meinte, er würde dem Rezeptionisten nicht trauen. Er hat mir erklärt, wo er ihn versteckt hat.«

14:41 Uhr

Als Wilson und Rawlins in die Rezeption des Motels traten, begriffen sie, warum Mallett dem Mann hinter der Theke misstraute. Er war high. Sein träges Grinsen entblößte schiefe und faulige Zähne. »Welcher von euch ist ihr Macker?«

»Keiner von beiden.«

Die Deputys zeigten ihre Marken.

»Ahhh, Shit.« Der Angestellte sah nervös über die Schulter zu einer offenen Tür, hinter der ein unaufgeräumtes Büro zu sehen war.

»Wir vergessen, dass es hier nach Gras stinkt, wenn Sie uns sagen, für wessen Macker Sie uns gehalten haben«, meinte Rawlins.

»Weiß nicht mehr.«

»Falsche Antwort.«

»Ich hab sie nie gesehen. Nur ihr Stecher ist reingekommen.«

»Und wie sah ihr Stecher aus?«, fragte Rawlins.

»Groß, blond, Lederjacke. Sonnenbrille.« Er schaute durch das Fenster in den Nebel. »Keine Ahnung wozu.«

»Wann hat er eingecheckt?«

»Wann?« Nachdenklich kratzte er sein pickliges Kinn. »Vor neun?« Er sprach es als Frage aus, als würde er bei einem Quiz die Antwort zu erraten versuchen.

»Unter welchem Namen hat er sich eingetragen?«, fragte Wilson.

»Gar keinem. Hat bar bezahlt und gefragt, ob das unter uns bleiben kann.«

»Hmm«, sagte Wilson. »Gras rauchen und den Arbeitgeber um die Miete für ein Zimmer prellen. Anstrengender Tag für Sie.«

Auf diesen Fingerzeig hin wurde der Angestellte deutlich hilfsbereiter. »Er hat gesagt, sie hätten sich von einer Thanksgiving-Feier verdrückt und wollten ein bisschen Spaß haben, und wenn jemand kommt und fragt, ob wer in der letzten Stunde einen Bungalow gemietet hat, dann soll ich mich dumm stellen.«

»Macht Ihnen wahrscheinlich keine große Mühe«, warf Rawlins trocken ein.

Der Angestellte ließ seinen Blick neugierig zwischen den beiden Deputys hin und her wandern und leckte über seinen schiefen Schneidezahn. »So wie der aussah, könnte er an jedem Finger drei haben. Was haben die beiden angestellt?«

»Das dürfen wir nicht sagen.«

»Auch egal, es war sowieso nicht weit her mit dem Spaßhaben. Sie sind schon wieder weg.«

»Der Wagen steht noch hier.«

Schon als sie auf das Gelände gebogen waren, hatten sie den blauen Honda vor der Hütte stehen sehen, die am weitesten vom Empfang und der Straße entfernt war.

»Und wie sind sie weg?«, fragte Rawlins.

»Mit den zwei Typen.«

Rawlins und Wilson sahen sich verständnislos an. »Mit was für zwei Typen?«

Der Angestellte begann, sich unwohl zu fühlen. Er hob schicksalsergeben beide Hände. »Ich hab nix damit zu tun, und ich will auch nix damit zu tun haben. Ich geb dem Chef das Geld für die Hütte. Ich schwöre.«

»Was für zwei Typen?«, wiederholte Wilson.

»Ich weiß nur, dass sie in einem schwarzen Auto hier aufgekreuzt sind. Ohne bei mir anzuhalten. Sind direkt zum Bungalow gefahren. Ein paar Minuten später sind sie alle zusammen weg. Der Kerl saß hinter dem Fahrer. Neben ihm auf dem Rücksitz eine Frau mit langen Haaren. Ihr Gesicht hab ich nicht gesehen. Nur ihren Hinterkopf durch das Heckfenster.«

»In welche Richtung sind sie gefahren?«

»Nach rechts.«

»Süden.«

Er blinzelte. »Schätze ja.«

Rawlins ließ nicht locker. »Was für ein schwarzer Wagen?«

»Keine Ahnung, welche Marke, aber ein neuer. Mit blitzenden Chromfelgen. Schick.«

»Ein Mercedes«, warf Wilson ein und überraschte damit Rawlins, der ihn fragend ansah. »Die beiden waren im

Café«, fuhr Wilson fort. »Sind kurz nach der Frau Doktor und mir gekommen. Sie haben auf der anderen Straßenseite geparkt, aber der Wagen ist mir aufgefallen.« Er beschrieb Rawlins die beiden Männer. »Ich weiß noch, dass ich dachte, der Wagen müsste dem Großen gehören. Zerknitterter Anzug, aber edler Stoff.«

»Was ist mit dem anderen?«

»Der hatte auch einen dunklen Anzug an, sah aber so aus, als würde er sich in so einem Gangster-Kapuzenpulli wohler fühlen.«

»Was haben sie getan, nachdem sie ins Café kamen?«

»Sich an einen Tisch gesetzt. Gefrühstückt. Haben nicht viel geredet und kein Interesse an ihr oder mir gezeigt.«

»Was ist mit ihr? Wie hat sie reagiert, als sie die zwei sah?«

»Gar nicht. Tatsächlich saß sie mit dem Rücken zu ihnen, bis wir zur Tür gingen und uns verabschiedeten.«

»Und genau da hat sie dich abserviert«, sagte Rawlins.

Wilson streckte die Hand vor. »Geben Sie mir den Schlüssel zu der Hütte«, sagte er zu dem Angestellten.

Der Rezeptionist kramte in einer unaufgeräumten Schublade und zog einen Schlüssel heraus, auf dessen Pappanhänger eine Zehn geschrieben war. Wilson nahm ihm den Schlüssel ab. Er und Rawlins gingen zur Tür.

»Kann ich mitkommen?«

»Nein«, antworteten die Deputys im Chor.

Die Handtücher im Bad waren noch feucht. Jemand hatte auf dem Bett und den Kissen gelegen. Abgesehen davon gab es in der Hütte nichts, was Aufschluss darüber gegeben hätte, wohin Brynn O'Neal und Rye Mallett verschwunden waren oder wer die beiden Männer sein könnten, mit denen sie verschwunden waren.

»Ich nehme nicht an, dass du dir das Kennzeichen des Mercedes gemerkt hast.«

Wilson schüttelte bedauernd den Kopf. »Nicht mal eine Ziffer.«

Rawlins war schon auf dem Weg zur offenen Tür. »Zum Glück wurde das Café im letzten Frühjahr ausgeraubt.«

Wilson folgte seinem Gedankengang und ihm dann auch zu Fuß. »Es wurde eine Kamera installiert.«

»Seit der Woche nach dem Einbruch.« Rawlins ging zu seinem SUV.

Wilson blieb nur ganz kurz stehen, um Marlene Whites Schlüssel unter dem Stein hervorzuholen, unter dem Mallett ihn versteckt hatte. Wilson hatte Marlene angeboten, den Wagen zurückzufahren und auf dem Krankenhausparkplatz abzustellen. »Ich gebe den Schlüssel dort an der Rezeption ab«, erklärte er Rawlins. »Warte vor dem Eingang auf mich.«

»Ich rufe unterwegs schon mal den Besitzer des Cafés an und sage ihm, dass er ins Café kommen soll. Ich will das Überwachungsband sehen.«

»Das wird ihm nicht gefallen. Es ist Thanksgiving.«

»Und wenn es der Jüngste Tag wäre. Brady liegt immer noch auf der Intensivstation, sein Zustand ist immer noch unverändert. Rye Mallett und Dr. O'Neal haben vielleicht Marlenes Herz gewonnen, trotzdem habe ich ein paar Fragen an die beiden.«

15:03 Uhr

»Wir hätten sie nicht allein losschicken dürfen, das war mir klar«, sagte Delores. »Ich habe das Nate gleich gesagt. Das beweist, dass mein Instinkt nicht getrogen hatte.« Sie griff nach dem Kristallstiel neben ihrem Teller und hob Richard das Weinglas prostend entgegen.

Sie stießen an und tranken.

Das traditionelle Essen an Thanksgiving wurde ihnen im großen Speisesaal serviert. Sie hatten es auf den Mittag verlegt, denn der Abend versprach ereignisreich zu werden. Der Senator saß am Kopf der langen Tafel, Delores rechts neben ihm. Sie hatten sich fein gemacht, um wenigstens einen Anschein von Normalität zu wahren, wenn auch nur für ihre Haushälterin und Köchin.

Minuten bevor sie im Speisesaal erwartet wurden, hatten sie den Anruf von Goliad bekommen, auf den sie so ungeduldig gewartet hatten. Größtenteils hatte Goliad Gutes zu berichten gehabt. Sie hatten Dr. O'Neal aufgespürt.

Doch die Umstände, unter denen man sie gefunden hatte, hatten Delores hochgehen lassen wie eine Rakete. Sie kreiste immer noch im Orbit aus Wut und Zorn. »Was in aller Welt hat sie dazu getrieben, sich auf ein *Schäferstündchen* einzulassen, während die Uhr unbarmherzig weitertickt?« Sie akzentuierte die Worte mit ihrer Gabel, die sie im selben Takt in eine Scheibe gebratener Truthahnbrust rammte.

»Animalische Anziehungskraft?«

Die Gabel fiel klappernd auf das Porzellan. »Wie kannst du darüber Witze reißen, Richard? Obwohl dieser Pilot, so wie Goliad ihn beschrieben hat, anscheinend wirklich ein halbes Tier ist.«

Er lächelte. »Ich glaube nicht, dass er ein Neandertaler ist, sonst hätte Dr. O'Neal ihn nicht so attraktiv gefunden.«

»Und wenn er zum *Sexiest Man Alive* nominiert wurde – was hat sie sich dabei gedacht?« Sie ignorierte ihren Teller und folgte mit den Augen den Bahnen ihrer Fingerspitze über das eingestickte Muster der Tischdecke. »Hoffentlich hat nur der Sex sie so lange aufgehalten. Für mich klingt das alles sehr dubios, so als hätte sie sich irgendwie mit diesem Piloten verbündet. Die Geschichte mit der Unterschrift ist doch absoluter Blödsinn, wenn du mich fragst. Du bist Senator. Hast du je von einer entsprechenden Vorschrift gehört?« Ohne Richards Antwort abzuwarten, warf sie ihre Leinenserviette auf den Tisch und stand auf. »Ich werde das von jemandem im Büro überprüfen lassen.«

»Setz dich, Delores.«

Sein Befehlston stoppte sie. Sie sah ihn überrascht und pikiert an.

»Dr. O'Neal ist eine junge, gesunde, unabhängige Frau. Sie wollte mit dem Mann ins Bett. Hör auf, ein Riesending daraus zu machen.« Er sprach gemessen und vernünftig, was viel wirkungsvoller war als jeder Wutausbruch. Es klang nach mühsam gezügeltem Zorn, nach hochentzündlicher Selbstbeherrschung.

Delores schlug sich mit der flachen Hand auf die Brust. »Bitte verzeih mir, dass es mir so wichtig ist, dein Leben zu retten.«

Er holte tief Luft, um zur Ruhe zu kommen. »Bitte entschuldige meinen scharfen Ton. Wir sind beide extrem angespannt.« Er stand auf und zog ihren Stuhl heraus. »Bitte, Del. Lass uns zu Ende essen.«

Sie setzte sich und aß weiter, aber lange konnte sie nicht

an sich halten. »Und *Nate*«, sie sprach den Namen voller Verachtung aus, »ist nicht mal aufgefallen, dass seine Kollegin seit Stunden überfällig ist.«

Er hatte ihre wiederholten Anrufe nicht erwidert und ihnen, als er es schließlich doch getan hatte, nur erzählt, dass er kurz vor acht Uhr eine Textnachricht von Brynn bekommen hätte, in der stand, dass sie bald aus Howardville losfahren würde. Er hatte ihnen ins Gedächtnis gerufen, dass er die ganze Nacht durchwacht hatte. Dann hatte er in der Annahme, dass alles in bester Ordnung sei, sein Telefon abgeschaltet und sich ins Bett gelegt.

Er entschuldigte sich ausgiebig für seine mangelnde Wachsamkeit und war ungeheuer erleichtert, dass Brynn von zwei Männern in ihrem Auftrag nach Atlanta eskortiert wurde. Er würde sie in seiner Praxis erwarten.

»Nate war schockiert, als ich ihm erzählt habe, was sie in den letzten Stunden getan hat, und er hat versprochen, sie deswegen zur Rede zu stellen.«

»Was glaubst du, ob er ihr wohl das Taschengeld kürzt? Oder bekommt sie Hausarrest?« Richard verzog keine Miene.

»Noch mehr Witze?«

»Für mich ist das nicht das Ende der Welt. Goliad hat die Situation unter Kontrolle.«

Sie murmelte zustimmend.

Richard sah sie scharf an. »Aber?«

Sie starrte ins Leere und legte dann ihr Besteck ab, obwohl sie ihr Essen kaum angerührt hatte. »Ich will nichts dem Zufall überlassen, und auch nicht einer unzuverlässigen Person, wie es Dr. O'Neal offenkundig ist. Wir zwei, du und ich, müssen dafür sorgen, dass alles glattläuft.«

Richard erkannte, dass sie noch längst nicht alles gesagt hatte, lehnte sich in seinem Stuhl zurück und tätschelte seinen Schoß. Sie kam zu ihm und setzte sich darauf. Wie eine brave Ehefrau rückte sie seinen Krawattenknoten gerade.

»Ich habe eine Idee«, sagte sie. »Eine ziemlich gewagte Idee. Aber sag nichts, bis du alles gehört hast.«

»Du hast meine Neugier geweckt. Was schwebt dir vor, Darling?«

Kapitel 15

16:12 Uhr

Als sie die Hütte verließen, hatte Goliad ihnen angeboten, den schwarzen Behälter in den Kofferraum des Mercedes zu legen, aber Rye hatte darauf bestanden, ihn mit auf die Rückbank zu nehmen. Jetzt stand die Box zwischen seinen Füßen auf dem Boden, die Pilotentasche lag auf seinem Schoß. In der Jackentasche steckte die Neun-Millimeter. Ohne Ladestreifen. Darauf hatte Goliad bestanden.

Während Rye widerstrebend den Ladestreifen übergeben hatte, hatte Goliad ihm versichert, dass Rye die Munition zurückbekommen würde, sobald Dr. Lambert den Empfang der Box quittiert hatte.

Er hatte sich nicht darüber ausgelassen, *wie.*

Rye machte sich keine Illusionen, ob Goliad ihm seine Geschichte, Dr. Lambert müsse die Quittung persönlich unterschreiben, abgekauft hatte. Goliad hatte ihn nur mitgenommen, weil er nicht gewusst hatte, was er sonst mit ihm anstellen sollte. Aber sobald die Box an Lambert übergeben war, war Rye verzichtbar. Möglicherweise auch Brynn. Er versuchte, sich nicht anmerken zu lassen, dass ihm das bewusst war.

Den Kopf gegen die Kopfstütze gelehnt, die Augen geschlossen, stellte er sich dösend, dabei war er hellwach und registrierte jede noch so kleine Bewegung der anderen Insassen.

Timmy zappelte auf dem Beifahrersitz herum, als wollte eine Ameisenkolonne unter seiner Haut an die frische Luft gelangen.

Goliad hielt das Tempo knapp unterhalb der Geschwindigkeitsbegrenzung, hatte beide Hände am Steuer und – bis auf gelegentliche Blicke in den Rückspiegel und auf Rye – die Augen fest auf die Straße gerichtet.

Er war ein erfahrener Profi. Zu intelligent, um sein Handeln von seinen Emotionen dirigieren zu lassen. Er strahlte eine würdevolle Ruhe aus. Er würde Rye töten, wenn es nötig werden sollte, aber anders als Timmy würde er es nicht mit Genuss tun.

Verschiedene Stile, beide gleichermaßen tödlich, nur ihren Auftraggebern verantwortlich, dem Mister und der Missus ohne Namen, von denen einer tödlich krank war. Rye fragte sich, was das wohl für Leute waren, die Handys orten lassen konnten und ihre Schmutzarbeit von Männern wie diesen beiden erledigen ließen.

War Nathan Lambert auch nur ihre Marionette? Oder zog Lambert in Wahrheit die Fäden? Brynn hatte ihn als Genie beschrieben, aber das musste nicht unbedingt Hochschätzung ausdrücken. Viele Genies waren Wahnsinnige, die ihre Brillanz als Rechtfertigung dazu nutzten, Grausamkeiten zu begehen.

Aber ob Nathan Lambert nun ein Heiliger oder ein Verbrecher war, Rye würde so schnell wie möglich verschwinden müssen, sobald er ihm die Box übergeben hatte.

Sein Dilemma war: Einerseits musste ihm das irgendwie gelingen, gleichzeitig aber wollte er Vergeltung für Dash und

Brady White üben, die er bei der Unterhaltung im Bungalow des Motels absichtlich mit keinem Wort erwähnt hatte. Falls er zu erkennen gegeben hätte, dass er Rache wollte, wäre es wahrscheinlich zu einem Blutvergießen gekommen.

Er brauchte einen Plan. Aber wie sollte er daran feilen, wenn er bis zum letzten Moment nicht wusste, in was für eine Situation er geraten würde? Er wusste nicht einmal, wo genau sie hinfuhren. Ihr Ziel konnte ein Penthouse oder eine Müllkippe sein. Er musste auf alles vorbereitet sein.

Und was war mit Brynn?

Er wusste immer noch nicht, welche Rolle sie in diesem verworrenen Drama spielte.

Goliad und Timmy waren ihr immerhin so unheimlich, dass sie bei seiner Scharade um die Empfangsbestätigung mitgespielt und dabei gerade genervt genug geklungen hatte, um überzeugend zu wirken. Aber das hieß noch lange nicht, dass sie einander blind vertrauten. War die Geschichte über GX-42 nur ein weiteres Glied in einer langen Kette von Lügen und Halbwahrheiten?

Ein schnell verderbliches Wundermittel? Wirklich, Brynn?

Falls das wahr war, falls dieses Medikament für einen Patienten bestimmt war, dessen Tage andernfalls gezählt waren, und falls Brynn es tatsächlich mit über einem Tag Puffer abliefern wollte, worauf sie von Anfang an größten Wert gelegt hatte, warum war sie dann jetzt, wo ihr Ziel zum Greifen nah war, nicht aufgekratzt und überdreht?

Stattdessen saß sie schweigsam und bedrückt neben ihm, seit sie losgefahren waren.

Sie hatten seither keine Gelegenheit gehabt, unter vier Augen zu sprechen, und er musste verflucht noch mal wissen, was mit ihr los war. Er stellte sich nicht länger schlafend, sondern sah zu ihr hinüber. Sie schaute aus dem Fenster auf die Skyline von Atlanta, die durch den Nebel als verschwommene Silhouette zu erkennen war.

Der Anblick der Stadt schien sie etwa so zu begeistern wie einen Lebenslänglichen der Anblick von Alcatraz.

Stocksteif und angespannt saß sie da. Die Hände lagen verkrampft gefaltet in ihrem Schoß. Er beugte sich zu ihr und deckte seine Hand darüber. Sie zuckte zusammen, als hätte er auf sie geschossen, und drehte sich zu ihm. Ihre Blicke trafen sich. Sie sagten nichts. Es ging nicht.

Auch ihr verzweifeltes Gesicht konnte er sich nicht erklären.

Sie wusste etwas, das er nicht wusste. Frustriert, weil er nicht zu ihr durchdringen konnte, drückte er ihre gefalteten Hände, als könnte er so die Wahrheit aus ihr herauspressen.

Dann läutete sein Handy, und alle schreckten zusammen.

Timmy drehte sich um und schob sein Fuchsgesicht in die Lücke zwischen den beiden Vordersitzen. Goliads starrer Blick bohrte sich über den Rückspiegel in Ryes Augen. »Gehen Sie ran«, sagte er.

Rye zog das Handy aus seiner Jackentasche und sah, dass Dash versuchte, ihn zu erreichen. Er nahm das Gespräch an. »Ich bin hier.«

»Wo ist hier?«

»Kurz vor Atlanta.«

»Gut. Du hast also jemanden gefunden, der dich mitgenommen hat?«

»Kann man so sagen.«

»Hast du mit der FAA gesprochen?«

»Frühestens Montag.«

»Dachte ich mir.«

»Vielleicht muss ich noch mal hoch und Fotos machen. Heute ging's nicht.«

»Das wird sich alles regeln. Hast du schlafen können?«

»Kaum.«

»Schlaf dich aus. Du fliegst morgen Abend. Ich war so frei, dir ein Zimmer zu buchen. Ich schick dir eine Nachricht mit den Einzelheiten.«

»Okay.«

»Du brauchst dich nicht so überschwänglich zu bedanken.«

Dash verstummte, als warte er auf eine Antwort, aber Rye hatte Zuhörer, von denen Dash nichts wusste, darum sagte er nichts.

Nach einem Seufzer, der von langem Leiden kündete, fuhr Dash fort: »Außerdem habe ich dir einen Platz in einem Billigflieger besorgt, der dich hierher zurückbringt.«

»Wann?«

»Morgen früh um kurz nach neun. Es sei denn, er hat Verspätung.«

»Es herrscht immer noch Nebel.«

»Schon, aber längst nicht mehr so schlimm. Von Westen her löst er sich auf. ATL soll noch in dieser Stunde wieder öffnen, aber die Fluglinien werden alle Flüge nachholen wollen, und bis sie das geschafft haben, ist es das Ende der Zivilisation, wie wir sie kennen, weshalb es gar nicht so einfach war, dir ein Zimmer zu besorgen. Musste meine Platinkarte einsetzen.«

»Warum chartere ich nicht einfach ein Flugzeug und fliege selbst, wenn sich alle Linienflüge verspäten?«

»Zu teuer. Wenn du es nicht hierherschaffst, Rye, muss ich jemand anderen schicken.«

Rye sah auf Brynn, die unbewegt und ungerührt und scheinbar uninteressiert auf Timmys Rückenlehne starrte. »Ich schaffe es«, erklärte er Dash.

»In dem Fall komm direkt nach der Landung hierher. Dann steht schon eine Maschine bereit.«

»Co-Pilot?«

»Willst du denn einen?«

»Nein.«

»Wusste ich doch.«

»Und die Fracht?«

»Paletten mit Leder. Einem Möbelhersteller ist das Korallrot ausgegangen, und er braucht es schon gestern.«

»Wo?«

»In Portland.«

»In Maine könnte morgen immer noch Nebel liegen.«

»Nicht Maine. Portland, Oregon. Da draußen ist es glasklar. Na schön, bis auf den Regen, aber was willst du machen? Es ist Oregon.«

»Richtig.«

»Was ist mit dir?«

»Nichts.«

»Ich dachte, du würdest dich freuen. Aber du hörst dich an, als wäre eben dein Welpe gestorben.«

»Ich bin fertig, das ist alles. Kann es kaum erwarten, mich in die Horizontale zu begeben.«

»Ich schicke dir die Info über das Hotel.«

»Danke, dass du den Job für mich aufgetrieben hast. Ich melde mich morgen früh wieder.« Er beendete das Gespräch und ließ das Handy in seine Tasche gleiten. »Wie weit noch?« Er richtete die Frage an das Augenpaar im Rückspiegel.

»Nicht mehr weit.«

»Sie sind ein Quell an Informationen.«

Rye hatte Atlanta öfter angeflogen, als er denken konnte. Er kannte die Stadt aus der Vogelperspektive und war vertraut mit dem Flughafen und sämtlichen kleineren Flugplätzen in der Umgebung, aber nicht mit den Freeways, die in die Stadt führten.

Er versuchte sich die Route einzuprägen, die Goliad fuhr, doch als der Mercedes schließlich in die unbewachte Parkgarage eines Bürohochhauses bog, war Rye klar, dass er nur unter Schwierigkeiten zu einer der großen Straßen zurückfinden würde. Selbst wenn er ein Auto gehabt hätte.

Und selbst wenn er lebend hier herauskam, was fraglich war. Nicht dass er sich vor dem Tod gefürchtet hätte. Tatsächlich flirtete er damit, umgarnte er ihn, forderte er ihn Tag für Tag heraus. Er wollte nur nicht, dass er durch die Hände eines Versagers wie Timmy dorthin befördert wurde.

Er fürchtete sich nicht vor dem Tod. Er fürchtete sich nur davor, einen schändlichen Tod zu sterben.

Goliad fuhr in der Garage zwei Rampen aufwärts und parkte den Wagen auf einem Stellplatz im dritten, obersten Parkdeck. Er schaltete den Motor ab und drehte sich zu Brynn um. »Schreiben Sie ihm. Sagen Sie ihm, dass wir hier sind.«

Sie tat, wie geheißen. Ohne eine Antwort abzuwarten, öffnete Goliad die Fahrertür und stieg aus. Timmy tat es ihm auf der Beifahrerseite nach. Brynn stieg ebenfalls aus. Rye folgte als Letzter, die Tasche über der Schulter, die Box sicher zwischen den anderen Arm und seine Brust geklemmt.

»Ich war hier noch nie«, sagte Goliad zu Brynn. »Sie gehen voran.«

Sie sah Rye kurz in die Augen, als sie an ihm vorbei- und auf einen Aufzug zuging. Die Warterei auf den Lift schien ewig zu dauern. Die ganze Zeit über sagte niemand ein Wort, nur Timmy knackte mit den Knöcheln und pfiff leise durch die Zähne.

Sie zwängten sich in die enge Kabine. Brynn drückte den Knopf für den fünften Stock. Sie fuhren nach oben; die Tür glitt auf. Als alle aus der Kabine getreten waren, deutete Brynn nach links. Am Ende des mit weichem Teppichboden ausgelegten und edel vertäfelten Korridors stand ein Mann in einer offenen Tür.

Schon beim ersten Blick auf Nate Lambert kam Rye zu dem Schluss, dass er genauso unsympathisch aussah, wie er am Telefon klang. Dürre, blasse Hänflinge wie er sollten sich nicht den Kopf rasieren und keine engen, kurz geschnittenen Hosen tragen. Selbst jemand, der so wenig von Mode verstand wie Rye, hätte ihm das sagen können.

Zu viert gingen sie hintereinander den Korridor entlang, erst Brynn, danach Rye, während Goliad und Timmy die Nachhut bildeten. Lambert begrüßte die zwei Muskelmänner mit einem Nicken. Er sah die Box unter Ryes Arm und starrte sekundenlang gebannt darauf. Dann, als sie bei ihm angekommen waren, sprach er Brynn an.

»Ich bin so froh, dass du es geschafft hast.«

Sie feuerte sofort zurück. »Für mich war es auch kein Vergnügungsausflug, Nate.«

»Mir sind da andere Dinge zu Ohren gekommen.« Er musterte Rye angewidert. »*Das* ist also der schneidige Buschpilot, den du so unwiderstehlich findest?«

Brynn richtete sich zu voller Größe auf, ließ sich aber zu keiner Erwiderung auf diese Beleidigung herab, womit sie eindeutig mehr Klasse bewies als Lambert. Er mochte ein genialer Arzt sein, aber er war ein Arschloch.

Rye trat neben Brynn. »Wollen Sie das Ding jetzt haben?« Er zerrte die Quittung aus der hinteren Hosentasche und reichte sie Lambert, ohne das Blatt aufzufalten.

Lambert zückte eine Lesebrille aus der Hemdtasche und setzte sie auf. Er nahm das Blatt am äußersten Zipfel entgegen, als wäre es mit Bazillen getränkt, und schüttelte es dann mit großer Geste aus. Nachdem er es überflogen hatte, schnippte er mehrmals ungeduldig mit den Fingern. »Stift?«

»Ausweis?«

Lambert sah ihn wütend über den Rand seiner albernen Brille hinweg an. »Verzeihung?«

»Ausweis«, wiederholte Rye.

Es war ein Wunder, dass kein Dampf aus Lamberts Ohren zischte, doch er zog ein Portemonnaie aus seiner Hosentasche und zeigte Rye seinen Führerschein. »Genügt der? Ich hätte auch noch mehrere Berufsausweise.«

»Passt. Hat jemand einen Stift?«

Brynn reagierte nicht. Sie stand mit verschränkten Armen da und starrte auf den Boden. Goliad zauberte einen Kugelschreiber hervor. Lambert schnappte ihn aus Goliads Hand, strich das Blatt an der Wand glatt und kritzelte seinen Namen quer über die untere Hälfte.

Dann reichte er das Papier an Rye zurück, der es zusammenfaltete, in die Tasche steckte und Lambert die Box reichte. »Wollen Sie reinschauen, ob alles komplett ist?«

»Die Proben wurden bereits unnötigerweise der Luft ausgesetzt.«

»Das heißt also nein?«, fragte Rye. »Gut. Mir wird immer ganz komisch, wenn ich Blut sehe.«

Lambert klemmte die Box unter seinen Arm und fragte ungeduldig: »Das wäre dann alles?«

»Ausgeliefert. Alle sind glücklich. Ich bin weg.«

Er drehte sich um, doch Brynn hielt ihn am Jackenärmel fest. »Danke.«

Es war nur ein Wort, doch ihre Berührung und ihr heiserer, vertraulicher Tonfall bewirkten, dass sich tief in seinem Unterleib etwas rührte. Er sah auf ihre Hand, dann in ihre Augen und sagte, weil er sich ihrer Zuschauer nur zu bewusst war: »Ich tue nur meinen Job.«

Nach einem winzigen Zögern sagte sie: »Guten Flug.« Dann zog sie die Hand zurück und ging an Lambert vorbei in die Praxis.

Rye drehte sich um. Hinter ihm standen Goliad und Timmy Seite an Seite. Er schob sich zwischen beiden durch und machte sich auf den Weg zum Aufzug. Hinter ihm hörte er Lambert sagen: »Danke für Ihren Einsatz, Gentlemen. Sie finden selbst hinaus? Die Hunts warten schon auf meinen Anruf.« Dann wurde die Tür der Praxis energisch zugeworfen.

Am Aufzug drückte Rye den Abwärtsknopf. Als Goliad und Timmy ihn eingeholt hatten, streckte er die offene Hand aus. »Ich hätte jetzt gern meinen Munitionsstreifen zurück.«

»Ich glaube, den behalte ich lieber«, sagte Goliad.

»Ach, das schockiert mich aber.« Rye murmelte einen obszönen Fluch und drehte ihnen dann den Rücken zu. »Ich will euch beide nicht mehr sehen. Ich nehme die Treppe.«

»Hey, Arschgesicht, bevor du abhaust …«

Rye schob die Tür zum Treppenhaus auf und schaute Timmy über die Schulter an.

Timmy nickte kurz zum anderen Ende des Korridors hin. »Missionarsstellung oder Doggiestyle?«

Rye hörte ihn über seinen eigenen Witz gackern, bis die Tür zugefallen war.

16:57 Uhr

Als die Aufzugtür auf der dritten Parkebene aufging, stand Rye schon mit dem Feuerlöscher bereit. Er besprühte beide mit Löschschaum, hauptsächlich im Gesicht. »Es ist zwar kein Laser, aber damit habt ihr wenigstens eine ungefähre Vorstellung.«

Dann schleuderte er den Feuerlöscher gegen Timmys Kopf. Und traf. Timmy heulte auf und ging in die Knie. Rye war klar, dass er ein Messer in der Hand halten würde, wenn er wieder auf die Beine kam.

»Goliad, war er das mit dem Laser?«

Goliad rieb sich den Schaum aus seinen Augen, nickte und spuckte aus. »Blöder kleiner Scheißer.«

Rye tänzelte rückwärts, während Timmy blindlings auf ihn zustolperte, dabei üble Beleidigungen ausstieß und wild mit einem Schnappmesser fuchtelte.

»Und Brady White?«, fragte Rye.

Goliad schüttelte den Schaum von seiner Hand. »Den habe ich k. o. geschlagen.«

»Dann sind Sie der Nächste.«

»Ich habe ihn immerhin am Leben gelassen. Timmy wollte ihm die Kehle aufschlitzen.«

Rye fing unter einem Knurren Timmys Arm in der Ausholbewegung ab und nutzte den Schwung, indem er den Kleinen hinter sich schleuderte, bis er gegen einen Betonpfeiler knallte. Gleichzeitig hämmerte Rye auf Timmys Hand ein, bis er das Messer losließ; dann versetzte er ihm einen Kinnhaken, sodass er mit dem Hinterkopf gegen den gnadenlosen Pfeiler knallte.

»Das war für Brady. Und der hier ist für den Laser und das

Flugzeug, das deinetwegen abgestürzt ist.« Er rammte die Faust so tief in den flachen Bauch des Mannes, dass er überzeugt war, das Rückgrat zu spüren. »Und der ist für das, was du über Dr. O'Neal gesagt hast.« Er machte einen Schritt zurück und trat mit voller Wucht in Timmys Geschlecht.

Timmy krampfte schreiend beide Hände um seine Weichteile und kippte vornüber auf den Boden.

Inzwischen hatte Goliad die Waffe gezogen, hielt sie aber nach unten gerichtet, während er Rye fixierte.

Rye deutete auf die Waffe. »Werde ich jetzt erschossen?«

Goliad schüttelte den Kopf. »Er hatte es verdient.«

»Danke, dass Sie in der Hütte nicht auf mich geschossen haben.«

»War nicht der Zeitpunkt dafür.«

»Muss ich in Zukunft immer auf der Hut sein?«

»Ich habe keine Order Sie betreffend. Kann aber nicht versprechen, dass das so bleibt.«

»Und Brynn?«

Er zögerte, wiederholte dann aber: »Kann nicht versprechen, dass das so bleibt.«

Rye verstand, was er damit sagen wollte. »Immerhin.« Er entfernte sich rückwärts ein paar Schritte und ging dann eilig davon.

Erst als er die Rampe erreicht hatte, begann er zu laufen; im nächsten Moment rannte er los und blieb nicht einmal stehen, als er auf der Straße angekommen war. Er rannte zwei volle Blocks, ehe er begriff, dass er eine Blutspur hinter sich herzog.

Kapitel 16

17:08 Uhr

»Sie sind *ausgegangen*?«

Das Handy am Ohr, strich Nate mit der freien Hand über seinen Schädel, ein Reflex, den Brynn schon hundertmal bei ihm beobachtet hatte und der Frustration und Ungeduld verriet. Auf einmal kam ihr der absurde Gedanke, dass er dabei vielleicht nach Stoppeln tastete.

Er hatte die schwarze Box auf seinen Schreibtisch gestellt, keine Armeslänge von ihr entfernt. Sie starrte darauf, während Nate weiter mit der Unbekannten stritt, die bei den Hunts ans Telefon gegangen war, nachdem er bei seinen Anrufen auf den Handys des Senators und dessen Frau jedes Mal auf der Mailbox gelandet war.

»Wie können sie ›ausgegangen‹ scin? Sie haben doch zu Hause gegessen, korrekt?« Während der Antwort warf er einen Blick auf seine protzige Armbanduhr. »Und wohin sind sie? Schon gut, schon gut. Also, falls Sie Anweisung bekommen haben, jedem Anrufer zu erklären, dass sie nicht zu Hause wären, dann kann ich Ihnen versichern, dass ich damit nicht gemeint war.«

Das ging noch eine Minute so weiter. Brynn hätte schreien können, bis er endlich auflegte. »Sie schwört, dass sie nicht zu Hause sind.«

»Vielleicht sind sie es wirklich nicht.«

»Sie werden kaum ausgerechnet heute Nachmittag eine Spazierfahrt unternehmen, Brynn. Oder glaubst du vielleicht, dass sie ins Kino gegangen sind?«

»Rede nicht so mit mir.«

Er entschuldigte sich nicht für seine verächtliche Bemerkung, und sie bezweifelte, dass er sie überhaupt gehört hatte. Mit einer Hand über seinen Schädel streichend, ging er im Zimmer auf und ab. »Ich verstehe das alles nicht. Seit dieser Katastrophe gestern Abend macht mir Delores die Hölle heiß. Die Hölle heiß! Jede halbe Stunde ruft sie hier an, fragt, wo du steckst, wann du endlich auftauchst.« Er verstummte und sah sie verächtlich an. »Und während ich alles tue, um sie und Richard zu beruhigen, hast du ein Techtelmechtel mit diesem … weiß Gott was. Jesus!« Er warf den Kopf in den Nacken und sah zur Decke auf, als fände er dort Beistand in seiner Ratlosigkeit. »Ich kann kaum glauben, dass er lesen kann, und schon gar nicht ein Flugzeug steuern.«

»Er wurde an der Air Force Academy ausgebildet und flog Rettungseinsätze in Afghanistan.«

Er schnaubte. »Und wahrscheinlich spioniert er auch für die CIA.«

Tatsächlich hatte Wilson ihr erzählt, was er ausgegraben hatte, als sie Rye Malletts Vergangenheit durchleuchtet hatten. Nach seinem zweiten Afghanistaneinsatz hatte sich Malletts Charakter anscheinend dramatisch verändert. Während dieser Zeit musste er etwas erlebt haben, das ihn zutiefst verstört hatte, aber sie würde nie erfahren, was das gewesen war.

Ich tue nur meinen Job.

Er hatte seinen Auftrag zu Ende geführt, sich aus dem ganzen Chaos verabschiedet und dann allem den Rücken gekehrt, genau wie er vorhergesagt hatte. Eines Tages, wenn ein medizinischer Durchbruch verkündet würde, würde er sich vielleicht fragen, ob das wohl etwas mit den Medikamenten zu tun hatte, die er unwissentlich geschmuggelt hatte. Es war eher unwahrscheinlich, dass er ihren Namen so lange im Gedächtnis behalten würde, aber vielleicht würde er sich an sie als die Frau erinnern, die sein Leben verkompliziert und ihn vorübergehend auf festem Boden gehalten hatte, obwohl er lieber in der Luft gewesen wäre.

Sie wünschte sich längst nicht mehr so sehnsüchtig wie anfangs, ihn nie wiederzusehen, aber es war zu spät, um daran etwas zu ändern. Jedenfalls war er weg, und unter den gegebenen Umständen war ein sauberer Schnitt wohl das Beste. Sie musste sich auf das GX-42 konzentrieren, und zwar ausschließlich.

Den Blick auf die Box gerichtet, fragte sie: »Nate? Tun wir das Richtige, wenn wir Richard Hunt das Mittel geben?«

Er hörte den leisen Tadel in ihrer Stimme und blieb sofort stehen. »Absolut.« Offenbar sah man ihr die Unsicherheit an, denn er klopfte mit den Knöcheln auf den Deckel der Box und wiederholte: »Absolut. Wir haben uns entschieden, Brynn.«

»Ich weiß, aber …«

»Wir können nicht mehr zurück. Das kommt gar nicht infrage.«

Insgeheim fragte sie sich aber doch, ob ihr Kollege je auch nur ein Körnchen Zweifel gespürt hatte; doch selbst wenn, hätte er es keinesfalls zugegeben. So oder so, die Würfel waren gefallen. »Hast du wenigstens einen Hinweis darauf bekommen, wann die Hunts zurückkommen werden?«

»Die Haushälterin behauptete, sie würde es nicht wissen.

Ich soll Gewehr bei Fuß stehen, dann gibt sie mir Bescheid. Genau so hat sie es ausgedrückt. ›Gewehr bei Fuß stehen.‹ Ist das zu glauben? Ein *Zimmermädchen*!«

»Hoffentlich brauchen sie nicht lang. Ich bin erschöpft. Könnten wir eventuell bis morgen warten?«

»Nein, das haben sie ausdrücklich ausgeschlossen. Keine weiteren Verzögerungen, in denen irgendwas passieren könnte.« Er sah wieder auf die Uhr.

Er konnte es kaum erwarten, endlich anzufangen, und das nicht nur wegen der Hunts. Er wollte unverzüglich die Straße zum Ruhm und an die Spitze der medizinischen Forschung beschreiten. Brynn ihrerseits wollte einfach nur, dass endlich alles vorbei war, damit das Hinterfragen, das Zaudern, das Lügen und das Schwindeln ein Ende hatten.

In ihrer Manteltasche vibrierte das Handy. Sie holte es heraus und sah, dass eine Nachricht eingegangen war. Als Absender stand nur eine Nummer auf dem Display.

Die HUNTS und ich wollen wissen, was für ein Spiel du treibst. Dein Parkplatz. Jetzt.

Beinahe wäre ihr das Herz aus der Brust gesprungen, und sie sog zischend die Luft ein. Nate hörte es und sah sie an. »Was ist los?«

»Nichts. Es geht um … mein Auto. Es wurde schon repariert. Jemand hat es aus Howardville hergefahren.«

Er sah auf seine Uhr. »Jetzt?«

»Kaum zu glauben, wie? Ich dachte, es würde mehrere Tage dauern, bis es repariert ist.«

»Sie sollen es abstellen und die Schlüssel unter die Fußmatte legen.«

»Ich muss noch unterschreiben. Du kennst das ja«, sagte sie und lachte kurz. »Ich laufe kurz runter und erledige das.«

»Komm sofort zurück. Wir fahren gleich los.«

Sie nickte nur. Sobald sie die Tür hinter sich zugezogen hatte, sprintete sie den Korridor entlang und nahm, weil sie wusste, wie langsam der Aufzug war, die Treppe zur untersten Parkebene, auf der sie einen Stellplatz mit geprägtem Namensschild reserviert hatte.

Auf dem leeren Platz stand Rye, grimmig und wütend und – *blutend.*

17:22 Uhr

Brynn lief auf ihn zu und rief: »Was ist mit deiner Hand passiert?«

»Dieser beschissene Streithammel.«

»Timmy?«

»Immerhin hat es ihn noch schlimmer erwischt.«

»Du hast mit ihm gekämpft? Ich dachte, du wärst gefahren.«

»Bin ich aber nicht.«

Rye hatte aus mehreren Blocks Entfernung beobachtet, wie der Mercedes aus der Parkgarage gebogen war. Als der Wagen an seinem Beobachtungsposten vorbeigerollt war, hatte er Goliad am Steuer sitzen sehen, während Timmy zusammengesunken an der Beifahrertür gelehnt hatte.

Es sah ganz so aus, als wären sie für diesen Abend ausgeschaltet. Aber Rye hätte Goliad durchaus zugetraut, dass er noch einmal umdrehte. Vielleicht würde er nach diesem Kampf neue Anordnungen bezüglich Rye bekommen.

Er hatte den beiden fünf Minuten gegeben, die kein Ende nehmen wollten. Doch sie waren nicht wieder aufgetaucht.

Auf dem Weg zurück zur Garage hatte er einen Uber gebucht. Sobald er eingetroffen war, hatte er dem Fahrer einen Zwanziger extra gegeben, damit er wartete, und Brynn daraufhin eine Nachricht geschrieben. Es war riskant, noch länger hierzubleiben, aber er hatte sich ausgerechnet, dass sie herunterkommen würde, wenn er den Namen ihres mysteriösen Patienten fallen ließ, und er hatte recht behalten.

»Tut es weh?«

Sie wollte seine Hand untersuchen, doch er hielt sie außer Reichweite. »Nein. Nicht so schlimm.«

Timmys Messer hatte einen sauberen Schnitt über alle vier unteren Knöchel seiner linken Hand gezogen. Das Blut gerann nicht so schnell wie sonst, weil er immer wieder die Finger krümmte und zur Faust ballte. »Damit sie nicht steif werden«, sagte er zu Brynn, als sie ihn dabei beobachtete. »Ich muss das Steuerruder halten können. Morgen fliege ich wieder.«

»Das habe ich mitbekommen. Du solltest die Wunde verbinden. Meine Praxis ist im vierten Stock. Wir könnten hochfahren …«

»Vergiss es.« Er umgriff ihren Oberarm und lenkte sie zum Ausgang. »Wer sind die Hunts?«

Sie stemmte sich gegen seinen Griff und zog ihren Arm aus seiner Hand. »Wo hast du den Namen gehört?«

»Dein schnöseliger Kollege hat ihn ausgeplaudert. Die Hunts. Haben sie diese Schmuggelaktion finanziert?«

Sie schwieg.

»Nichts? Nein? Okay, das war deine letzte Chance. Ab jetzt bist du auf dich allein gestellt. Vergiss nicht, dass ich dich gewarnt habe.«

Er ließ sie stehen und ging weg. Er war schon fast am Eingang und befürchtete bereits, dass sie seinen Bluff auffliegen lassen würde, als sie ihm endlich nachgelaufen kam.

»Wovor gewarnt? Wo willst du hin?«, fragte sie außer Atem.

Er ging weiter. »Zur nächsten Polizeistation. Ich habe keine Lust, mit euch im Knast zu landen.«

»Warte!«

Er blieb stehen, drehte sich zu ihr um und baute sich vor ihr auf. »Da oben in Howardville hattest du fest vor, die Box zu klauen. Dann lief alles schief, was nur schieflaufen konnte. Du hast mich auszutricksen versucht, du hast die Deputys auszutricksen versucht, aber letztendlich blieb dir nichts anderes übrig, als mit den zwei Gorillas ins Auto zu steigen, die Hunt dir nachgeschickt hat, und Lambert die Box zu übergeben.«

Er nahm ihr Schweigen als Zustimmung.

»Ist es überhaupt ein Medikament, Brynn?«, fragte er.

»Ja.«

»GX …«

»Ja. Ja! Zu allem, was ich dir darüber erzählt habe.«

»Okay. Ist Mr. oder Mrs. Hunt der Patient?«

»Mister.«

»Und er ist …«

»Verzweifelt.«

»Weil er ohne das Mittel sterben wird.«

»Es besteht immer noch Hoffnung, dass bei einer Therapie …«

»Spar dir die tröstenden Arztworte. Wird er sterben?«

Sie nickte knapp.

»Und warum wolltest du Lambert das Mittel nicht aushändigen?«

Sie schwieg.

»Brynn? Warum? Warum wolltest du es stehlen?«

Sie gab einen leisen, nach Kapitulation klingenden Laut von sich und strich ihre Haare zurück. »Was ändert das jetzt noch? Nate hat das Mittel. Und alle sind glücklich, genau wie du gesagt hast.«

»Alle außer *dir.*« Er blieb unbewegt stehen, ohne den Blick von ihr zu nehmen, dann nahm er wieder ihren Arm und zog sie in Richtung Straße.

Auch diesmal stemmte sie sich gegen seinen Griff. »Ich habe Nate gesagt, dass ich gleich zurückkommen werde.«

»Das wirst du nicht.«

Er schob sie weiter auf den Ausgang zu. Der Nebel war draußen längst nicht mehr so dicht, dafür war es deutlich kälter geworden. Und es hatte zu regnen angefangen. Er eilte mit ihr zu dem Uber, der mit laufendem Motor am Straßenrand stand, öffnete die hintere Tür und wollte sie einsteigen lassen.

»Ich kann jetzt nicht einfach verschwinden, Rye. Wir wollen die Behandlung noch heute Abend durchführen.«

»Das Zeug verdirbt doch vor morgen Abend nicht.«

»Sie wollen nicht länger warten. Wenn ich jetzt noch mal verschwinde, geraten sie in Panik.«

»Oh, und wir möchten doch nicht, dass jemand in Panik gerät, oder? Ich kann das sofort verhindern, indem ich in den fünften Stock hochfahre und Lambert alles erzähle, was ich inzwischen weiß. Wahrscheinlich wird er genauso gern wissen wollen wie ich, warum du dieses lebenserhaltende Mittel nicht seinen gepflegten Patschehändchen überlassen wolltest.«

»Wieso interessiert dich das überhaupt, du Meister der Nichteinmischung?«

»Weil du mich ohne mein Wissen zum Komplizen bei deinem Taschenspielertrick gemacht hast. Wie zum Teufel der auch aussehen mag. Vielleicht weiß es auch der liebe Gott, ich weiß es jedenfalls nicht. Aber ich werde es erfahren. Von dir. Also werden du und ich unter vier Augen über deinen Ausflug in die Berge plaudern, oder wir gehen jetzt gleich nach oben und führen ein Dreiergespräch mit deinem Kollegen, den du um sein Wundermittel bescheißen wolltest. Die Entscheidung liegt bei dir, Brynn. Du hast genau eine Sekunde.«

17:34 Uhr

Delores schüttelte die Nerzjacke von ihrer Schulter und bat den Chauffeur, die Heizung abzudrehen. »Hier drin ist es wie in den Tropen.«

Der Chauffeur entschuldigte sich und stellte den Thermostat der Limousine neu ein. Delores dankte ihm und fuhr die Trennscheibe wieder hinauf. Nachdem die Privatsphäre wiederhergestellt war, lächelte sie Richard an. »Und?«

»Das war brillant, Del.«

»Dachte ich mir.«

Sie hatte es verdient, sich im Erfolg ihres Nachmittagsprojekts zu sonnen. Richard streckte die Hand über den freien Platz in der Mitte und streichelte ihre Wange. »Eine begnadete Idee. Ich wünschte, ich könnte sie mir zuschreiben.«

Sie küsste seinen Handrücken. »Ich hoffe, du bist nicht allzu erschöpft.«

»Ich bin müde. Aber es war die Anstrengung wert.« Er zog das Telefon aus seiner Brusttasche und schaltete es ein. »Nate hat viermal angerufen.«

Sie schaltete ihr Handy ebenfalls ein. »Bei mir dreimal. Das kann nur bedeuten, dass er es hat.«

»Ganz recht.« Richard schenkte ihr ein Wahlplakat-Lächeln. »Goliad hat geschrieben, dass Dr. O'Neal mit der Ware vor einer Stunde in Nates Hände übergeben wurde.«

»Gott sei Dank.«

»Ruf Nate an. Wahrscheinlich steht er kurz vor dem Schlaganfall.«

Sie rief an und stellte auf Lautsprecher. Nate war sofort am Apparat. »Delores, wo in Gottes Namen …«

»Spar dir deinen Vortrag und hör dir lieber an, warum wir kurzfristig unerreichbar waren.« Sie gab ihm eine knappe Zusammenfassung. »Es war eine spontane Eingebung. Wir haben niemand vorab informiert, außer Richards Assistentin. Sie war sowieso ein bisschen pikiert, weil wir bis dahin rein gar nichts Öffentlichkeitswirksames getan hatten, um Thanksgiving zu feiern, darum war sie sofort Feuer und Flamme und hat spontan die Presse dorthin geschafft. Wir wurden gesehen, fotografiert, gefilmt. Richard hat ein paar Worte gesagt. Heute Abend sind wir in den Nachrichten.«

»Gut gespielt!«, sagte Nate.

»Dachten wir auch.« Sie lächelte Richard selbstzufrieden an. »Und du hast in der Zwischenzeit ein Päckchen für uns angenommen?«

»Es steht direkt vor mir. Wo seid ihr jetzt?«

»Im Auto und auf dem Heimweg.«

»Dann treffen wir uns dort.«

»Nate?«, mischte Richard sich ein. »Soll ich irgendwelche Vorbereitungen treffen?«

»Ja, du kannst Delores einen ordentlichen Drink mixen, ansonsten bleibt für dich nichts zu tun. Macht es euch gemütlich. Brynn und ich werden eine Infusion legen. Das ist praktisch alles.«

»Wir wissen gar nicht, wie wir dir danken sollen, Nate«, meinte Delores.

»Ach, da fällt mir einiges ein. Vielleicht könnt ihr dafür sorgen, dass ein Krankenhaustrakt nach mir benannt wird.«

»Du denkst groß, Nate«, sagte Richard.

»Andernfalls wäre Delores bald Witwe. Wir sehen uns gleich.«

Delores klickte das Gespräch weg. Richard runzelte die Stirn. »Mit dem, was wir ihm zahlen, könnte er sich einen eigenen Krankenhaustrakt bauen lassen. Eingebildeter Pinkel.«

Sie öffnete den Sicherheitsgurt, rutschte über die Bank und kuschelte sich an ihn. »Stimmt. Aber er ist *unser* eingebildeter Pinkel, und es ist immer nützlich, wenn so jemand in deiner Schuld steht.«

Kapitel 17

17:43 Uhr

Nach seinem Telefonat mit den Hunts ging Nate auf die Praxistoilette. Die Box nahm er mit. Er würde sie keine Sekunde mehr aus den Augen lassen.

Er wusch sich die Hände und putzte sich die Zähne. Dann strich er prüfend über seinen Schädel und kam zu dem Schluss, dass ihm noch Zeit für eine Rasur blieb. Er zog Hemd und Krawatte aus und kappte geschickt und schnell alle Stoppeln auf seinem Kopf.

Erst als er seinen schlanken Schädel mit einem Handtuch polierte, fiel ihm auf, dass Brynn erstaunlich lang wegblieb. Er rief sie an, um sie vorzuwarnen, dass sie in Kürze zu den Hunts aufbrechen würden.

Sie ging nicht ans Telefon, wahrscheinlich war sie gerade im Aufzug.

Er wählte ein frisches Hemd und eine neue Krawatte aus, die beide unauffällig waren, sich aber gut vor der Kamera machen würden. Die Hunts hatten ihm erlaubt, ein Video mit Kommentar aufzunehmen, während er Richard die Infusion legte, aber zur Bedingung gemacht, dass es nicht an die Öffentlichkeit gelangen würde. Obwohl es gut möglich war, dass die Hunts anders entscheiden würden, wenn Richard erst zu einem Pionier der Medizingeschichte geworden war.

Nate war überzeugt, dass sie diese Tatsache nach bestem Vermögen ausschlachten würden. Und in diesem Fall hätte er alles dokumentiert.

Nach einem letzten prüfenden Blick in den Spiegel kehrte er in die Praxis zurück. Er stellte die schwarze Box auf dem Schreibtisch ab und zog gerade sein Sakko an, als er gedämpfte Schritte auf dem Teppichboden vor der Praxistür hörte.

Brynn. Er zog die Tür auf und wollte schon »Wurde auch Zeit« sagen, da erstarben ihm die Worte auf den Lippen. Stattdessen blinzelte er mehrmals verdattert.

Einer der zwei uniformierten Männer fragte: »Dr. Nathan Lambert?«

»Der bin ich. Wer sind Sie? Worum geht es?«

»Ich bin Deputy Wilson. Rawlins«, stellte er seinen Begleiter vor. »Wir haben heute in den frühen Morgenstunden mit Ihnen telefoniert.« Dann deutete er an Nates Schulter vorbei auf den Schreibtisch. »Wir wollten noch einmal einen Blick in diesen Behälter werfen.«

Nates Knie verwandelten sich in Wackelpudding. »Ich muss dringend weg. Kann das nicht warten?«

»Leider nicht«, erklärte Wilson. »Wir sind extra aus Howardville gekommen, um mit Ihnen zu sprechen.«

Nate verschränkte die Arme. »Was mich zu meiner zweiten Frage bringt. Sind Sie hier nicht außerhalb Ihres Zuständigkeitsbereichs?«

»Wir haben uns vorab mit dem DeKalb County Sheriff's Office abgesprochen. Die wissen, dass wir hier sind.«

»Nun, da ist mir das Sheriff's Office wohl einen Schritt voraus«, sagte Nate. »Ich dachte, wir hätten am Telefon alles geklärt.«

»Dachten wir auch.« Es waren die ersten Worte aus Rawlins' Mund, doch Nate hatte schon die ganze Zeit den bohrenden Blick des Deputys gespürt. »Allerdings ist die Situation inzwischen ernster.«

»Inwiefern?«

»Zum einen hat Brady White …«

»Wer ist Brady White?«

»Der Mann, der auf dem Flugplatz überfallen wurde.«

»Ach so, ich kann mich nicht entsinnen, dass man mir seinen Namen genannt hätte. Weiter.«

Rawlins wartete einen Augenblick, bevor er fortfuhr. »Mr. Whites Zustand hat sich nicht wirklich gebessert.«

»Das tut mir wirklich schrecklich leid«, sagte Nate. »Aber das erklärt immer noch nicht, was Sie von mir wollen.«

»Wir sind zu Ihnen gekommen, weil Rye Mallett und Ihre Kollegin Dr. O'Neal wichtige Zeugen bei einer Morderermittlung sein könnten, falls Mr. White nicht durchkommen sollte. Und das gilt auch für Sie.«

»Für *mich*?«

Wilson schwenkte den Hut in seiner Hand in Richtung von Nates Schreibtisch. »Das da ist Ihre Box, und wir glauben, dass sie etwas mit dem Motiv des unbekannten Angreifers zu tun hat.«

Nates Handflächen begannen zu schwitzen, doch seine überhebliche Miene änderte sich nicht. »Ich kann mir gut vorstellen, dass dieser merkwürdige Mallett in kriminelle Machenschaften verwickelt ist. Aber Brynn O'Neal? Auf keinen Fall.«

»Auch wenn ihre Familie dazu neigt?«, fragte Rawlins.

»Zu kriminellen Aktivitäten?«

»Ihr Vater. Sein Vorstrafenregister ist ellenlang.«

In Nates Ohren begann es zu brausen. »Woher sollte ich so etwas wissen, immerhin weiß ich nichts über Brynns Vergangenheit. Wir beide sind Kollegen, weder Verwandte noch Freunde im engeren Sinn. Gelegentlich behandeln wir Patienten gemeinsam und müssen uns darum bezüglich Diagnosen und Therapien absprechen. Darauf beschränkt sich unsere Beziehung aber.«

Die beiden Deputys sahen sich an. Selbst in Nates Ohren hatte es sich angehört, als würde er panisch zurückrudern, um den eigenen Arsch zu retten.

»Wann haben Sie Dr. O'Neal zuletzt gesehen?«

Nate sah auf die Uhr und erkannte erst da, wie viel Zeit verstrichen war, seit Brynn in die Parkgarage verschwunden war. »Sie kam gegen halb fünf aus Howardville zurück. Wir wollen in Kürze mit den Tests an den Blutproben beginnen. Deshalb muss ich auch los.«

»Also …?« Wilson sah an ihm vorbei. »Ist sie hier?«

»Im Gebäude, ja. Sie musste nur kurz nach unten ins Parkdeck, weil ihr Wagen zurückgebracht wurde.«

Die Deputys sahen sich schon wieder an, eine Unsitte, die ihn zunehmend nervös machte.

»Dr. O'Neals Auto hängt noch am Abschleppwagen, bis der Karosseriebetrieb in Howardville nach dem Feiertagswochenende wieder öffnet. Am Montag um sieben Uhr«, erklärte Wilson.

Blut schoss in Nates Kopf. Er würde sie umbringen. Er würde sie ausweiden und ihre Haut zum Trocknen an die frische Luft hängen.

»Dann hat sie mich belogen«, sagte er. »Sie bekam eine Nachricht und eilte los. Ich weiß nur, dass sie hier um halb fünf ankam …«

»Wie?«

»Wie was?«

»Wie ist sie angekommen?«

»Jemand hat einen Wagen mit Fahrer losgeschickt, der sie nach Atlanta zurückbringen sollte.«

»War dieser Wagen ein schwarzer Mercedes?«

»Das weiß ich nicht.«

»Mit dem Kennzeichen …?«

»Weiß ich nicht. Ich habe die Arrangements nicht getroffen.«

»Wer ist dieser Jemand?«

»Mein Patient. Dessen Leben am seidenen Faden hängt, während Sie irrelevante Fragen über irgendwelche Kraftfahrzeuge stellen.«

»Haben Sie den Fahrer gesehen?«

»Er hat Brynn bis vor meine Tür begleitet.«

»Ein großer, spanisch aussehender Kerl? Mit einem Kleinen im Schlepptau?«

»Das waren die beiden. Der Pilot war auch mit von der Partie.« Nate erzählte ihnen von der Unterschrift, die von der FAA gefordert wurde, und machte dabei kein Geheimnis aus seiner Geringschätzung für Rye Mallett. »Ehrlich gesagt glaube ich, dass er sich das ausgedacht hat.«

»Wozu?«

»Hauptsächlich, um mich zu ärgern. Möglicherweise, um Dr. O'Neal zu piesacken. Er und sie hatten ein Stelldichein.«

»In einem Motel«, bestätigte Wilson. »Wir wissen davon.«

Nate schnaubte empört. »Was von einem verstörenden Mangel an Urteilskraft und gesundem Menschenverstand ihrerseits kündet. Weshalb jemand losgeschickt wurde, um sie abzuholen.«

»Sie oder den Behälter?«

»Beides. Sie wissen, wie wichtig er ist.«

»Da bin ich nicht sicher.«

»Ich habe es Ihnen heute Morgen erklärt.«

»Schon«, sagte Rawlins, »trotzdem würden wir gern noch mal einen Blick hineinwerfen.«

»Ich kann nicht riskieren, den Inhalt noch einmal Licht und Luft auszusetzen, bevor wir in einer sterilen Umgebung sind.«

»Kein Problem. Wir haben Zeit.« Rawlins deutete den Korridor hinunter zum Aufzug. »Steht Ihr Wagen unten in der Garage? Dann fahre ich mit Ihnen. Wilson wird uns folgen.«

Nate versuchte seine Panik zu überspielen. Gleichzeitig überschlugen sich seine Gedanken, während er nach einer Ausflucht suchte. Er holte tief Luft und richtete sich auf. »Gentlemen, Brynns Verhalten von heute Morgen passt absolut nicht zu der professionellen Ärztin, die ich kenne. Dennoch glaube ich keine Sekunde lang, dass sie gestern Abend oder heute oder irgendwann sonst in irgendwelche gesetzwidrigen Aktivitäten verwickelt war, allerdings habe ich nicht das gleiche Zutrauen zu der Integrität des Mannes, mit dem sie mehrere Stunden in einem Motelzimmer verbracht hat. Ich bin überzeugt, dass Brynn zur Vernunft kommen und ihre Verantwortung gegenüber unserem Patienten wahrnehmen wird. Andernfalls drohen Konsequenzen, die ihre Zukunft als Ärztin gefährden könnten. Ich habe erheblichen Einfluss an der medizinischen Einrichtung, mit der wir beide assoziiert sind.« Er sah auf die Uhr und zupfte manieriert an seinen Manschetten. »Also, ich weiß Ihr Pflichtbewusstsein zu schätzen. Ich finde es bewundernswert, dass Sie die

Attacke auf Mr. White so gründlich untersuchen. Aber jetzt müssen Sie mich wirklich entschuldigen. Ich habe einen Termin.«

»Und wir haben einen Durchsuchungsbeschluss«, sagte Rawlins.

Nates Schließmuskel krampfte sich zusammen. »Sie haben einen Durchsuchungsbeschluss?«

»Für den Behälter.«

»Wie… wieso hielten Sie es für notwendig, an Thanksgiving einen Durchsuchungsbeschluss zu erwirken?«

»Weil wir schon dachten, dass Sie bocken würden.«

»Ich bitte um Verzeihung, ich *bocke* keineswegs.«

»Das hiesige Sheriff's Office hat kooperiert«, sagte Wilson. »Wir haben unterwegs beim Haus des Richters haltgemacht und den Durchsuchungsbeschluss unterschreiben lassen.«

Rawlins zog ihn aus einer Innentasche seiner gefütterten Steppjacke, faltete ihn auf und hielt ihn Nate zum Lesen vor die Nase. »Öffnen Sie den Behälter, Dr. Lambert.«

Je länger er protestierte, desto schlechter sah er dabei aus. Das war ihm klar, darum wich er in die Praxis zurück und winkte sie zum Schreibtisch. Mühsam die Hände ruhig haltend, stellte er die korrekten Ziffern ein und öffnete das Zahlenschloss. Dann hob er den Metalldeckel an.

Rawlins zog ein Paar Latexhandschuhe hervor, nahm nacheinander die versiegelten Probenröhrchen heraus und betrachtete jedes eingehend, ehe er sie auf der Schreibtischplatte ablegte, bis nur noch vier Ausschnitte im Schaumstoff im Behälter zurückblieben.

»Bitte sehr«, sagte Nate. »Was haben Sie denn zu finden erwartet?«

Ohne ihn auch nur anzusehen, bohrte Rawlins die Finger in den Schaum und begann ihn vorsichtig vom Metall zu lösen. »Mal sehen, was darunter ist.« Dann zog er das Futter nach oben und heraus.

Auf Nates glattem, glänzendem Schädel bildeten sich Schweißperlen.

18:02 Uhr

Das Zimmer war unter Dashs Namen gebucht worden, seinem Taufnamen, dem Namen auf seiner Platinkarte. Das konnte von Vorteil sein, falls jemand die hiesigen Hotels abtelefonierte und sich nach einem Rye Mallett oder einer Brynn O'Neal erkundigte.

Das Hotel lag nahe dem Flughafen und gehörte zu einer Kette. Rye musste sich am Empfang ausweisen, doch der gehetzte junge Mann warf nur einen flüchtigen Blick auf sein Bild und würde sich wahrscheinlich nicht an ihn erinnern. Er hatte mit aufgebrachten Gästen zu kämpfen, die in der Lobby ihr Lager aufgeschlagen hatten und entweder auf ein freies Zimmer oder einen freien Sitzplatz für den nächstmöglichen Flug warteten, was auch immer zuerst verfügbar war.

Es hätte Rye nicht übermäßig überrascht, wenn Brynn die Flucht angetreten hätte, während er eincheckte, doch sie wartete wie vereinbart am Aufzug auf ihn. Schweigend fuhren sie nach oben und stiegen im siebten Stock wieder aus, wo nach dem Getümmel in der Lobby erholsame Stille herrschte.

Sie gingen auf das Zimmer. Rye verriegelte die Tür. Sie

schaltete eine Nachttischlampe ein und drehte sich dann aufgebracht zu ihm um. »War es wirklich nötig, mein Handy aus dem Fenster zu werfen?«

Auf der Fahrt aus der Innenstadt hierher hatte er sie um ihr Handy gebeten. Ohne zu fragen, wozu er es brauchte, hatte sie es ihm überlassen. Und ehe sie ihn aufhalten konnte, hatte er die SIM-Karte entfernt und das Telefon aus dem Autofenster geschleudert.

»Willst du, dass Goliad und Timmy dich noch mal aufspüren?«

»Vielleicht hätte ich lieber ihre Gesellschaft.«

Er tippte sich auf die Brust. »Ich bin derjenige, der hier wütend sein darf. Du darfst erst wütend werden, wenn ich fertig bin.«

»Dann mach hin.«

Er warf seinen Mantel aufs Bett. »Deine SIM-Karte ist intakt. Du hast alle Daten. Du kannst morgen ein neues Handy kaufen.«

»Vielleicht braucht mich bis dahin ein Patient.«

»Dann ruf von Zeit zu Zeit deinen Anrufservice an. Ich leihe dir mein Handy dafür.«

Sie kochte vor Wut, und er ließ sie kochen. Schließlich fragte sie: »Woher hattest du eigentlich meine Nummer für deine Nachricht?«

»Ich habe Marlene danach gefragt. Ich habe behauptet, ich wollte dir Bescheid sagen, wenn ich wieder hochfahre und Brady auf einen Flug mitnehme.«

»Hast du dabei etwas Neues über ihn erfahren?«

»Nein. Du?«

Sie schüttelte den Kopf. »Ich nehme an, dass du das über meinen Vater von ihr weißt.«

»Und ich hatte geglaubt, er wäre ein Bulle. Ha!«

»Du hast gehört, dass er ein Dieb ist, und sofort gedacht: ›Der Apfel fällt nicht weit vom Stamm.‹«

»Beweis mir das Gegenteil, Brynn.«

»Ich muss dir einen feuchten Dreck beweisen.«

Wütend marschierte er auf sie zu. »Habe ich nicht das Recht zu erfahren, in was für eine Geschichte du mich hineingezogen hast?«

»Das ist inzwischen irrelevant.«

»Wirklich?«

»Nate hat die Kiste, oder?«

»Was hast du zu ihm gesagt, als du rausgegangen bist? Hast du ihm erzählt, dass du mich treffen würdest?«

»Nein. Ich habe gelogen.«

»Darin bist du erstaunlich gut.«

Statt sich aufzuregen, wie er erwartet hatte, sah sie ihn bedrückt an, wich tatsächlich ans Bett zurück und ließ sich mit hängenden Schultern und gesenktem Kopf auf das Fußende sinken. »Offenbar nicht gut genug«, meinte sie niedergeschlagen. »Du hast mich von Anfang an durchschaut.«

»Ich habe auch genau hingesehen.«

Sie hob ihren Kopf, und ihre Blicke trafen sich. Obwohl keiner von beiden sich bewegte, schien der Abstand zwischen ihnen zu schrumpfen. Die Atmosphäre lud sich auf, knisterte unter der Erinnerung an einen einzigen Kuss.

»Du hast deine Fracht abgeliefert.« Ihre Stimme war kaum zu verstehen. »Und hättest abhauen können. Wieso bist du zurückgekehrt?«

Er kam langsam auf sie zu und fuhr, als er vor ihr stand, mit den Fingern der rechten Hand von unten durch ihr Haar, bis sich ihr Kopf nach hinten bog. »Einen Grund kennst du.« Der Blick, mit dem er das sagte, war nicht misszuverstehen.

»Aber unternommen hast du nichts«, flüsterte sie.

Sein Körper verlangte wütend, dass er es tat. Er wollte die Leidenschaft, die ihr hemmungsloser Kuss versprochen hatte, bis zur Neige auskosten, er verzehrte sich danach, sich in ihr zu verlieren, ein paar Minuten des Vergessens und Friedens zu suchen und zu finden. Es erforderte seine ganze Willenskraft, dieser Versuchung zu widerstehen.

»Und ich werde es auch nicht.« Er ließ ihr Haar los und zog seine Hand zurück. »Wenn jemand meine Freiheit zu fliegen aufs Spiel setzt, dann setzt er damit mein *Leben* aufs Spiel, denn ich habe nichts außer dem Fliegen. Und du hast mich dieser Gefahr ausgesetzt, Brynn.«

»Nicht absichtlich.«

»Anfangs vielleicht nicht. Aber du hast immer noch nicht die ganze Wahrheit gesagt.«

»Doch«, widersprach sie bebend. »Du weißt, was in der Box ist und warum ich alles unternommen habe, um sie zu schützen.«

»Das Mittel.«

»Genau.«

»Für Hunt.«

»Genau.«

»Trotzdem wolltest du es stehlen. Warum?« Er stützte sich mit beiden Fäusten links und rechts neben ihren Hüften ab und beugte sich über sie. »Schwarzmarkt?«

»Ich bin keine Kriminelle.«

»Du und dein alter Herr …«

»Nein!«

»Dann erzähl es mir, verdammt noch mal. Warum wolltest du es Lambert nicht überlassen? Berufliche Eifersucht? Sollte nicht er den ganzen Ruhm einheimsen?«

»Nein.«

»Sollte Hunt das Mittel gar nicht bekommen?«

Ihre Lippen teilten sich, ohne dass ein Laut herauskam.

Er stutzte und fragte dann noch einmal: »Sollte jemand anderes als Hunt das Mittel bekommen?«

Ihre Augen wurden feucht.

»Brynn? Warum sollte er es nicht bekommen?«

»Weil ich es für jemand anderen wollte«, gestand sie schluchzend.

Violet

»Ich heiße Violet Griffin, und ich habe Krebs.«

Ich habe mir den Satz ganz oft vorgesagt, bevor ich mich vor meine Kindergartengruppe stellen und ihn vor allen Kindern sagen musste.

Ich musste es allen sagen, weil ich nach der Chemo wieder in den Kindergarten gehen sollte und mir alle Haare ausgefallen waren. Meine Ärztin – nicht Dr. O'Neal, die kannte ich damals noch nicht –, meine erste Ärztin also hatte mich gewarnt, dass mir alle Haare ausfallen würden, darum wusste ich das schon. Trotzdem musste ich weinen. Genau wie Mom. Nicht wenn sie mir die Haare bürstete und dicke Büschel in der Bürste hängen blieben. Aber hinterher, wenn sie und Dad ins Bett gingen, habe ich sie oft weinen gehört. Dabei hat sie mir immer wieder gesagt, dass ich ein hübsches Mädchen bin und Haare gar nicht so wichtig sind.

Aber irgendwie sind sie es schon. Vor allem wenn dir alle ausgefallen sind und du wieder in den Kindergarten gehen musst und allein vor der ganzen Gruppe stehst.

Miss Wheeler, meine Lehrerin, tätschelte mir den Arm und sagte zu mir: »Nimm es an, Violet.« Ich war nicht sicher, was sie damit meinte, aber als sie sagte: »Sei stolz«, da wusste ich, dass sie meinte, dass keins der Kinder in der Gruppe Witze über meinen kahlen Kopf machen würde, wenn alle über meine Krankheit Bescheid wissen würden.

Ich wollte nicht das einzige Kind in meiner Gruppe sein, das Krebs hat, aber ich war es.

Wenn du Krebs hast, reden die Leute anders mit dir. Manchmal flüstern sie nur. Dann möchte ich ihnen am liebsten sagen, dass ich keinen Krebs an den Ohren habe und dass sie ganz normal mit mir reden können.

Auch meine Brüder benehmen sich komisch, seit ich Krebs habe. Ich glaube, Daddy hat ihnen eine Predigt gehalten. Früher haben sie immer meine Puppen versteckt oder den Ball extrahoch geworfen, damit ich ihn nicht fangen kann, und sie haben gelacht, wenn ich eine Pirouette gedreht habe und dabei hingefallen bin, aber jetzt machen sie das alles nicht mehr. Mir wäre es lieber, wenn sie es noch tun würden. Ich will nicht, dass sie nett zu mir sind, nur weil sie denken, dass ich früher sterbe als sie.

Der Tag, an dem ich den Kindern sagen musste, dass ich Krebs habe, war vor zwei Jahren. Inzwischen bin ich in der zweiten Klasse. Nur dass ich nicht zur Schule gehen kann. Falls ich wieder gesund werde, muss ich bestimmt einen Haufen nachholen.

An den Tag im Kindergarten musste ich denken, weil heute Thanksgiving ist und Mom sagte, wir sollten Gott für alles Gute danken, und das Beste ist, dass wir hier in Atlanta sind, wo ich gesund werden kann, sagt sie. Aber wir konnten nicht mit Daddy und meinen Brüdern Truthahn essen. Die sind zu Hause. Mom und ich haben über FaceTime mit ihnen gesprochen, dann ist sie mit dem Telefon raus in den Korridor und hat noch mal allein mit Daddy gesprochen, und als sie wieder reinkam, hat sie so gelächelt wie immer, wenn sie traurig ist und ich es nicht merken soll. Aber ich merke es trotzdem.

Sie hat sich neben mich gelegt und mich an sich gedrückt, und dann haben wir im Fernsehen die Parade angeschaut. Ich wünschte, ich könnte zur Parade gehen und die Rockettes sehen. Nächstes Thanksgiving, hat Mom gesagt. Aber ich glaube nicht, dass wir das schaffen, weil Dr. O'Neal zuerst meinen Krebs töten müsste.

Sie ist eine Spezialärztin für meine Art von Krebs. Es gibt alle möglichen Arten. Meiner sitzt in den Knochen und im Blut, und es ist eine böse Art.

Aber Dr. O'Neal kann ihn in den Arsch treten. So hat es Daddy gesagt, als wir losgefahren sind in das Krankenhaus hier. Er hat mir dabei zugezwinkert. Wahrscheinlich weil er »Arsch« gesagt hatte.

Wenn Dr. O'Neal und meine Mom über meinen Krebs reden, gehen sie immer aus meinem Zimmer raus in den Gang. Manchmal legt Dr. O'Neal dann die Hand auf Moms Rücken und streichelt sie und sieht ganz traurig dabei aus. Dann weiß ich, dass sie keine guten Nachrichten hat. *Nicht so gut angeschlagen wie erhofft.* So sagen die Ärzte, dass der Krebs schlimmer geworden ist.

Meine Behandlung kostet eine Menge Geld. Einmal habe ich gehört, wie Dr. O'Neal zu Mom gesagt hat, sie soll sich deswegen keine Sorgen machen. Sie will den Krebs unbedingt töten.

Dr. O'Neal ist meine beste Freundin, obwohl sie schon so alt ist. Sie kann mich gut leiden. Manchmal sagt sie zu Mom, sie soll sich eine Pause gönnen, und selbst wenn Mom dann Nein sagt, schiebt Dr. O'Neal sie aus dem Zimmer und bleibt eine Weile bei mir. Ich glaube, sie möchte nicht, dass ich weiß, wie schlimm der Krebs ist – aber wenn er nicht so schlimm wäre, wäre ich nicht hier, oder?

Dann reden wir darüber, dass es das Schönste auf der Welt sein muss, Ballerina zu sein.

Sie hat mir ein Malbuch mit lauter Ballerinas drin gekauft. Wir haben fast alle Seiten ausgemalt, aber sie hat mir versprochen, dass sie mir ein neues Buch besorgt, wenn das hier voll ist. Sie hat mir die Fußnägel rosa lackiert, so wie Ballettschuhe. Sie sagt, dass ich eines Tages eine berühmte Ballerina sein werde und dass sie dann in meine Aufführung kommt und mir aus dem Publikum zuwinkt.

Aber vielleicht werde ich lieber eine Rockette. Dann könnte sie mir trotzdem zuwinken.

Dr. Lambert würde wahrscheinlich nie in meine Aufführung kommen und mir zuwinken. Er hat immer irre viel zu tun und hat es immer eilig.

Gestern hat Dr. O'Neal mir eine Thanksgiving-Karte mitgebracht. Vorn war ein lustiger Truthahn mit einem Pilgerhut drauf. Ich habe die Karte auf den Tisch neben meinem Bett gestellt. Dr. O'Neal wünschte mir ein schönes Thanksgiving und sagte, sie hätte was Wichtiges zu erledigen, aber dass sie bald zurück sein würde.

Heute war sie aber nicht da. Vielleicht kommt sie später. Hoffentlich. Ich muss ihr sagen, dass ich mich nicht gut fühle. Ich sage ihr das gar nicht gern. Aber sie muss so was wissen, wenn sie dem Krebs in den Arsch treten will.

Nur Mom soll nicht wissen, dass ich mich nicht gut fühle, Sie hat jetzt schon Angst, dass ich sterbe.

Kapitel 18

18:27 Uhr

Brynn blieb auf dem Bett sitzen, während Rye ins Bad ging und sich die Hände wusch. Er wickelte ein Handtuch über die blutigen Schnitte. Als er zurückkam, warf er einen Blick in die Minibar. »Was möchtest du?«

»Wasser, bitte.«

»Das hier geht auf Dash.«

»Nur Wasser.«

Er reichte Brynn eine Flasche Wasser und öffnete sich selbst eine Coladose, dann zog er den Stuhl vom Schreibtisch zum Bett und setzte sich rücklings darauf, ihr zugewandt.

»Wer ist dein Patient, Brynn?«

»Ein siebenjähriges Mädchen namens Violet.«

»Sie wird sterben?«

»Wahrscheinlich noch vor ihrem achten Geburtstag. Es sei denn, ich bekomme eine Sondergenehmigung, sie zu behandeln.«

»Sie ist die Patientin, die du damals angegeben hattest?«

»Vergebens.«

»Woran hakt es?«

»Vor allem am Geld. Für einen Versuch außerhalb der Testreihe muss die Firma das Medikament stellen, und GX-42 ist teuer. Für eine einzige Patientin wäre der Versuch nicht kosteneffektiv.«

Rye stützte den Ellbogen auf die Stuhllehne und massierte mit dem Daumen seine Lippe. »Lebt Violet hier in Atlanta?«

»Außerhalb von Knoxville. Sie stammt aus einer einfachen Mittelklassefamilie, ihre Eltern müssen beide arbeiten. Ihre Mutter hat unbezahlten Urlaub genommen. Violet hat zwei ältere Brüder. Es war für alle eine Tortur, sie hierherzubringen. Finanziell, emotional. In jeder Hinsicht. Aber alle waren zu den größten Opfern bereit, um Violet herschicken zu können.«

»Damit du sie behandeln kannst.«

Sie zuckte bescheiden mit den Achseln. »Meine Forschungen wurden in medizinischen Fachzeitschriften dokumentiert. Violets Onkologin in Tennessee hat mich empfohlen.«

»Du bist berühmt?«

Sie musste lächeln. »Ein paar Menschen, die sich auf hämatologische Krebsformen spezialisiert haben, kennen meinen Namen.«

»Lambert?«

»Ist viel bekannter.«

»Er tut auch viel dafür.«

»Nate hat ein aufgeblasenes Ego, das stimmt.«

»Wer ist Hunt?«

Sie schwieg nachdenklich, sagte dann aber: »Senator Richard Hunt aus Georgia.«

Rye starrte sie an, als würde er auf eine Pointe warten, doch Brynn klang düster wie eine Totenglocke. Plötzlich hatte er keine Lust mehr auf seine Cola, drehte sich auf seinem Stuhl zur Seite und stellte die Dose auf der Kommode ab. Dann wandte er sich wieder Brynn zu. »Scheiße noch mal.«

»Du kennst ihn?«

»Ich habe viel von Senator Hunt gehört, aber bis eben hätte ich dir nicht sagen können, aus welchem Staat er kommt.«

»Er ist inzwischen in seiner zweiten Amtszeit. Du hast von ihm gehört, weil er immer wieder im Zentrum der Aufmerksamkeit steht und für sein Leben gern den Kongress aufmischt. Je nach Thema oder der Intensität seiner Abneigung kann er als Charmeur, Erpresser oder Volkstribun auftreten. Er sieht gut aus und weiß es. Er versteht die Medien zu dirigieren wie sein persönliches Orchester.«

»Woher hat er sein Geld?«

»Alleinerbe des Familienunternehmens.« Sie nannte einen Namen, der Rye nichts sagte. »Sie stellen portable Gebäude her. Baustellenbüros. Notunterkünfte.«

»So wie bei Katastropheneinsätzen?«

»Genau.«

Rye zog eine Braue hoch.

»Er hat das Unternehmen verkauft, bevor er sich um das Amt bewarb, weil er alle Interessenkonflikte ausschließen wollte.«

»Ach natürlich«, sagte er wenig überzeugt. Wenn Richard Hunt für ein Krebsmedikament zahlte, das offiziell noch nicht verfügbar war, dann würde er es auch in anderen Dingen nicht so genau nehmen. »Familie?«

»Glücklich verheiratet mit seiner zweiten Frau Delores. Beide Ehen sind kinderlos.«

»Wie alt ist er?«

Wieder verstummte sie kurz. »Achtundsechzig«, antwortete sie dann leise.

Sie sahen sich vielsagend an.

»Man sieht ihm die Jahre kaum an. Bis auf den Krebs ist er völlig gesund. Kräftig. Seine Frau ist deutlich jünger.«

»Er und Violet haben dieselbe Krebsvariante?«

»Die beiden sind zwei von nicht einmal sechzigtausend Betroffenen in den USA. Aber wenn das GX-42 ihren Krebs hemmt, könnte es bei viel mehr Patienten mit ähnlichen Blutkrebsformen eingesetzt werden.«

»Wie wirkt es? Für Laien erklärt.«

»In England werden mit einem ähnlichen Medikament zurzeit klinische Tests an Patienten durchgeführt, die auf eine Stammzelltransplantation warten. Das dort eingesetzte Mittel unterstützt das Knochenmark der Patienten – das durch den Krebs oder rigorose Therapieformen geschädigt wurde – bei der Produktion von gesunden Blutzellen, die nicht vom eigenen Immunsystem angegriffen werden. Es verzögert die Ausbreitung der Krebszellen und verhindert teilweise neue Metastasen. Grob gesagt hält es die Patienten am Leben, bis ein passender Spender für eine Transplantation gefunden wurde. Das allein ist schon fantastisch. Aber GX-42 könnte noch mehr. Bei Tierversuchen baute es sich langsamer ab und wirkte deutlich länger. Durch regelmäßige Infusionen, oft im Abstand von mehreren Monaten, konnte bei den Versuchstieren die Produktion gesunder Blutzellen aufrechterhalten werden. Nate und ich glauben, dass es beim Menschen ähnlich wirken wird. Das Mittel erfüllt denselben Zweck wie eine Stammzell- oder Nabelschnurbluttransplantation, aber es wäre so, als würde jederzeit ein Universalspender zur Verfügung stehen. Die Abgleiche der Blutproben würden wegfallen. Es gäbe viel weniger Abstoßungsrisiken, viel weniger Infektionsgefahren. Selbst wenn das Mittel die Patienten nicht unbegrenzt am Leben erhalten würde, wüssten wir, dass wir jedenfalls mehr Zeit zur Verfügung hätten, um einen passenden Knochenmarksspender für eine Transplantation zu finden.«

Rye ließ sich alles durch den Kopf gehen, wuchtete sich dann aus seinem Stuhl hoch und ging ans Fenster, wobei er langsam das Handtuch von seiner Hand wickelte. Die Schnitte sahen böse aus, aber sie bluteten nicht mehr.

»Du solltest sie desinfizieren«, riet Brynn ihm.

»Vielleicht später.«

»Wo hat Timmy dir aufgelauert?«

»Hat er nicht. Ich habe ihm aufgelauert.« Er beschrieb ihr den Kampf.

»Du hast dich für Brady und Dash gerächt.«

»Teilweise. Längst nicht genug.«

»Wurde Timmy schlimm verletzt?«

»Er wird keine bleibenden Schäden davontragen.«

»Und Goliad?«

»Wir haben eine Art Übereinkunft getroffen. Die allerdings vorübergehender Art sein könnte.«

»Wie soll ich das verstehen?«

»Eins nach dem anderen, Brynn. Ich will erst alles verstehen.«

Er klappte eine Lamelle der Jalousie zurück. Hartsfield-Jackson lag mehrere Meilen entfernt, doch Rye konnte sehen, dass der Flughafen den Betrieb wieder aufgenommen hatte. Ein Passagierflugzeug im Landeanflug tauchte unter der niedrigen Wolkendecke auf und segelte über den Hotelparkplatz hinweg.

»MD-80.«

»Das kannst du erkennen?«, fragte Brynn.

»Das kann ich erkennen.«

Er ließ die Jalousie wieder los und drehte sich um. »Ihr habt zwei Patienten. Warum habt ihr nicht genug für beide anmischen lassen?«

»Das traute sich der Pharmakologe nicht. Er hatte schon schreckliche Angst, dass er erwischt werden könnte, wenn er eine Dosis anfertigt und herausschmuggelt.«

Rye kam zum Bett zurück. »Hunt hatte schon sechzig Jahre, die Violet nie bekommen wird.«

»Wir dürfen nicht Gott spielen, Rye.«

»Jemand hat es getan. Wer hat sich für den Senator statt für das kleine Mädchen starkgemacht?«

»Nate und ich haben die Entscheidung gemeinsam gefällt, und sie basiert auf mehreren Faktoren.«

»Wie zum Beispiel?«

»Der allgemeinen Gesundheit des Patienten, der Autoimmun…«

»Bockmist. Es wurde über das Portemonnaie des Patienten entschieden. Wie viel?«

»Ich war bei dieser Unterredung nicht dabei.«

»Du meinst Honorarverhandlung.«

Sie wich seinem Blick aus. »Ich bekam erklärt, die Hunts hätten eine beträchtliche Summe für zukünftige Forschungen in Aussicht gestellt, unter der Bedingung, dass …«

»… er das Mittel bekommt. Und du glaubst, dass Gott zu diesem Deal seinen Daumen gehoben hat?«

»Muss er wohl.« Sie stand wütend auf, ging um ihn herum und stellte energisch ihre Wasserflasche auf der Kommode ab. »Denn sieh dir doch an, was passiert ist, als ich gestern Abend die Dinge in die Hand nehmen wollte. Du bist abgestürzt. Brady liegt auf der Intensivstation. Ich werde teuer dafür bezahlen, dass ich Nate und die Hunts heute

Abend im Stich gelassen habe. Rufmord wird nur der Anfang sein.«

»Sie können dich schlecht in der Luft zerreißen, ohne dabei zuzugeben, was sie getan haben.«

Sie kommentierte diesen Einwand mit einem kurzen Schnauben. »Das können sie wohl, glaub mir. Wahrscheinlich werden sie sich überlegen, wie sie meine Zulassung als Ärztin annullieren lassen können. Was ich sowieso riskiert habe. Aber das Schlimmste an allem …« Ihre Stimme brach. Sie setzte erneut an. »Das Schlimmste an allem ist, dass ich Violet nicht helfen kann.«

»Du kannst dafür Richard Hunt helfen.«

»Nachdem ich aus Nates Praxis geflüchtet bin? Nein. Sie würden mich nicht mal in seine Nähe lassen. Ich hatte mich so für Violet eingesetzt. Letztendlich hat Nate gesiegt, ich musste klein beigeben. Aber ich schätze, weder er noch die Hunts sind überzeugt, dass ich mit ganzem Herzen dabei bin.«

»Und genau darum haben sie Goliad und Timmy nach Howardville geschickt, um dich im Auge zu behalten und um sicherzustellen, dass du nicht mit der Box verschwindest.«

»Genau das hatte ich geplant, und ich war auch gewillt, die Konsequenzen zu tragen.« Sie hob hilflos die Hände. »Du weißt, was aus diesem Plan wurde. Also habe ich auf der langen Rückfahrt nach Atlanta die Sache rein objektiv betrachtet. Das GX-42 würde nicht verschwendet. Es wird vielleicht ein Leben retten, und wie du mir gestern Abend ins Gedächtnis gerufen hast, habe ich einen Eid geschworen, Leben zu retten. Jedes Leben. Ich hatte mich schon darauf eingestellt, Nate heute Abend zu helfen und mich für den Senator zu freuen.« Sie hielt kurz den Atem an. »Aber dann hast du mir diese Nachricht geschickt.«

»Die hättest du auch ignorieren können. Warum hast du es nicht getan?«

»Ganz ehrlich? Für mich war das ein guter Vorwand, Nate, die Hunts, die ganze Sache hinter mir zu lassen. Es sieht so aus, als wäre meine Objektivität doch nicht so grenzenlos. Seit ich weiß, dass Violet verloren ist, habe ich meinen Mut verloren. Jetzt wissen die Hunts zweifelsfrei, dass ich sie hintergangen habe. Nate wird toben, weil er meinetwegen schlecht vor seinen reichen und mächtigen Patienten dasteht. Andererseits wird er hocherfreut sein, dass er ganz allein im Rampenlicht stehen wird, falls das Mittel so wirkt, wie wir es erwarten.«

»Während du auf diesen Ruhm verzichten musst.«

»Violet muss auf viel mehr verzichten.« Sie wischte eine Träne von ihrer Wange, wandte sich eilig ab und ging zum Bad. »Entschuldige. Sobald ich wieder rauskomme, rufe ich mir ein Taxi.«

»Brynn.«

»Ich weine nie vor anderen.« Sie verschwand im Bad und schloss die Tür. Das Schloss klickte.

Rye ging ihr nach und klopfte an. »Brynn.«

»Gib mir ein paar Minuten. Bitte.«

Leise fluchend, trat er zurück. Tatsächlich hatte sie sich eine Trauerpause verdient.

Rye nahm die Bomberjacke vom Bett und zog das Handy aus der Tasche. Er setzte sich auf das Bettende, wo Brynn gerade noch gesessen hatte, hielt das Handy in der Hand und ließ es unentschlossen mehrmals auf und ab hüpfen, bevor er eine Nummer eintippte, ehe ihn der Mut verlassen konnte.

»Hallo?«

»Hallo, Mom.«

Sie hauchte seinen Namen. »Ach, es ist so schön, deine Stimme zu hören.«

»Ich habe heute Morgen angerufen.«

»Da stand kein Name unter der Nummer.«

»Ja, ich habe zurzeit ein Ersatzhandy. Jedenfalls ist der Tag wie im Flug vergangen. Ich störe euch doch nicht beim Thanksgiving-Essen, oder?«

»Nein, wir haben schon früh gegessen. Wir hätten eine Armee satt bekommen. Und wir haben Reste, die wir jederzeit aufwärmen können, falls du anrufst, um mir zu sagen, dass du auf dem Weg bist.«

Er hörte eine vage Hoffnung in ihrer Stimme und kniff die Augen zu. »Ich bin weit von Austin weg. In Atlanta. Der Nebel hält mich hier fest.«

»Darüber haben sie sogar in den Nachrichten berichtet. Du fliegst also nicht …«

»Nicht heute Abend. Morgen.«

»Und wohin?«

Tat es was zur Sache? Nein. Er erzählte es ihr trotzdem. »Höre ich da ein Baby weinen?«, fragte er dann.

»Das ist Cameron. Er quengelt schon den ganzen Tag. Er zahnt.«

Cameron, sein jüngster Neffe. Er hatte ihn bisher nur auf den Bildern gesehen, die sein stolzer Bruder ihm geschickt hatte, begleitet von subtilen Ermahnungen, dass Rye, der doch täglich von einer Küste zur anderen flog, bestimmt irgendwann einen Stopp in Texas einlegen konnte, wo seine Familie lebte.

Er räusperte sich. »Dann, ähm, ist heute wohl die ganze Brut zu Hause?«

»Bis auf dich. Wir vermissen dich.«

»Ich vermisse euch auch alle. Aber die Arbeit… du kennst das ja. Ein Irrsinn.« Wobei die Arbeit natürlich nicht der Grund war, weshalb er nicht nach Hause kam, und sie das genau wusste.

»Dein Dad sitzt draußen auf der Veranda. Er würde so gern…«

»Nein, stör ihn nicht. Ich versuche, morgen oder übermorgen noch mal anzurufen, dann rede ich mit ihm.«

»Rye…«

»Ich mache jetzt Schluss, damit du mit den anderen weiterfeiern kannst.«

»Rye. Wir wollen dich sehen. Und dann reden wir auch nicht über… über irgendwas, worüber du nicht reden willst. Bitte. Kannst du uns nicht wenigstens ein paar Tage besuchen?«

»Ich werde mein Bestes versuchen.«

»Wann?«

Er pflügte sich mit den Fingern durch die Haare und stützte dann die Stirn mit der offenen Hand ab. »Sobald ich kann, Mom.«

Sie fragte nicht, wann das sein würde. Sie hatte schon öfter gefragt und nie eine klare Antwort bekommen. Er konnte ihr keine geben.

»Pass auf dich auf, mein Schatz«, sagte sie mit vor unterdrückten Gefühlen heiserer Stimme.

»Mache ich.«

»Versprich es mir.«

»Versprochen.«

»Ich habe dich lieb, Rye.«

»Ich dich auch.«

Er legte auf, drückte das Handy gegen seine Lippen und

warf es dann, wütend auf sich und das Leben im Allgemeinen, auf die Kommode. Gerade als es landete, öffnete Brynn die Tür zum Bad.

Sie sah auf das weggeworfene Handy und dann ihn an. »Wer war das?«

Er blieb, wo er war, und betrachtete sie, wie sie auf der Schwelle zwischen den beiden Räumen stand, das Haar eine dunkle Lockenmasse im Gegenlicht der Lampen über dem Badezimmerspiegel. Diese verdammten grauen Augen, umrahmt von den schwärzesten aller schwarzen Wimpern, noch nass und spitz nach den frisch vergossenen Tränen, betrachteten ihn besorgt.

»Komm her.«

Ihre Schritte blieben zaghaft, doch gehorsam stellte sie sich vor ihn hin. Er hob die Hände an ihre Taille, zog sie zwischen seine Schenkel und drückte sein Gesicht in die Vertiefung unter ihrem Brustbein.

Sie legte die Hände auf seinen Scheitel, so vorsichtig, dass er zuerst glaubte, sich die Berührung nur einzubilden. »Rye? Was tun wir hier?«

Er fuhr mit den Fingern an der Rückseite ihrer Schenkel auf und ab, atmete tief an ihrem Rumpf ein, legte den Kopf in den Nacken und sah ihr in die Augen. »Nichts.« Er griff wieder nach seiner Jacke und breitete sie aus. »Zu schade, dass du sie nicht magst.«

Brynn sah auf das gemalte Pin-up-Girl und lächelte schwach. »Allmählich gewöhne ich mich an sie.«

»Wirklich? Das ist sehr gut.

Denn sie hat definitiv ihre Vorzüge.«

Brynn sah wieder auf das Pin-up-Girl und dann ihn argwöhnisch an. »Ich weiß nicht, ob ich mehr hören will.«

Er grinste. »Ich würde zu gern ins Detail gehen, aber ich will nicht, dass du dich verspätest.«

»Verspäte?«

Er bohrte die Finger in ein kleines Loch in der Naht zwischen Seidenfutter und Leder, nahm danach Brynns Hand und drehte ihre Handfläche nach oben.

»Du musst das hier Violet bringen, bevor Lambert und die Hunts dich erwischen können.«

In ihrer offenen Hand lag das in Knisterfolie gepackte Röhrchen GX-42.

Kapitel 19

18:41 Uhr

Die Deputys Wilson und Rawlins beobachteten, wie Nate Lambert rückwärts aus seinem reservierten Stellplatz setzte und aus der Garage fuhr.

Den Schaumstoff wieder in die Kiste zu packen war nicht so einfach gewesen, wie ihn herauszulösen – nachdem sie sich entschuldigt hatten, dass sie ihm so misstraut und den Doktor um eine halbe Stunde seiner wertvollen Zeit gebracht hatten.

Rawlins wartete, bis Lamberts Heckleuchten verschwunden waren, und bemerkte dann zu seinem Partner: »Das wird als das schlimmste Thanksgiving aller Zeiten in die Geschichte eingehen.«

»Wärst du lieber zu Hause bei deinen speienden Kindern und deiner keifenden Frau?«

»Vielleicht. Weil das hier total nervt.«

Wilson schnaubte ein freudloses Lachen. »Ich bin schon lange nicht mehr so tief in die Scheiße getreten. Ich hätte schwören können, wir würden irgendwas Verbotenes darunter finden.«

»Ich auch. Und weißt du was? Ich glaube, unser Freund Dr. Lambert dachte genau dasselbe.«

»Ach ja?«

»Ja. Wenn du mich fragst, hat er genauso entsetzt ausgesehen wie wir, als darunter alles leer war.«

»Ich weiß, dass er nicht besonders erfreut war, als er uns vor seiner Tür stehen sah«, sagte Wilson. »Aber ob er wirklich Angst hatte, dass wir ihn bei irgendwas erwischen? Oder ob er einfach nur ein Arschloch ist?«

»Ein Arschloch ist er auf jeden Fall. Aber als ich ihm den Durchsuchungsbeschluss zeigte, sah er genauso aus wie mein Neffe, kurz bevor er den Krabbendip ausgekotzt hat.«

Wilson dachte darüber nach. »Es war genau die Miene, die auch Brynn O'Neal gemacht hat, als sie für uns die Box öffnen musste.«

»Und das lässt mich auch nicht los. Was hat sie vor? Wieso hat sie Lambert wegen ihres Autos angelogen?«

»Damit sie ungehindert abhauen kann.«

»Ja, aber warum?«, hakte Rawlins nach. »Heute Morgen konnte sie es kaum erwarten, zu ihm und ihrem gemeinsamen Patienten zurückzukommen.«

»Das hat sie zwar *behauptet,* aber nicht *getan.* Stattdessen ist sie mit Mallett untergetaucht. Ich sage dir, die ganze Sache…« Wilson verstummte, machte ein paar Schritte, ging dann auf dem Stellplatz neben Lamberts in die Hocke und betrachtete eingehend die Flecken auf dem Betonboden, die ihm dort aufgefallen waren. »Blut.«

Rawlins trat zu ihm und besah sie ebenfalls. »Relativ frisch.«

Wilson lenkte seinen Blick auf den Namen an der Wand. »Auf Dr. O'Neals Platz.«

Es war nicht wirklich viel Blut, aber die Menge war weniger bedeutsam als die Tatsache, dass es überhaupt an dieser Stelle vorhanden war. Die beiden Deputys verfolgten die Tropfen bis zum Eingang, doch außerhalb des schützenden Gebäudes hatte der Regen die Fährte weggewaschen.

»Wer auch immer hier geblutet hat, ist zu Fuß verschwunden«, fasste Wilson zusammen.

»Und dann?«

»Scheiße, woher soll ich das wissen? Vielleicht hatte nur jemand Nasenbluten.«

Rawlins sah Wilson skeptisch an. »Das glaubst du doch nicht wirklich.«

»Nein.«

»Ich auch nicht. Nach allem, was passiert ist, finde ich, wir sollten das Atlanta PD hinzuziehen.« Er sah sich um und bemerkte die an strategischen Punkten unter der Decke angebrachten Kameras. »Es müsste Aufnahmen von dem geben, was sich hier unten abgespielt hat. Ich fordere sie an. Besorg du die Privatadresse von Brynn O'Neal. Wir fangen dort mit unserer Suche an.«

Sie waren schon eilig unterwegs zu ihrem SUV, als Rawlins' Handy läutete. »Wahrscheinlich meine Frau, die sich scheiden lassen will.«

Doch es war Myra. Rawlins schaltete den Lautsprecher ein. Sie kam sofort zum Punkt. »Zwei Dinge. Thatcher hat Schichtende, und Braxton hat ihn im Krankenhaus abgelöst. Er hat gerade angerufen. Bradys schwaches Herz …«

»Er hat ein schwaches Herz?«

»Das weiß doch jeder«, erklärte sie ihm leicht gereizt. »Jedenfalls macht es ihnen Sorgen, seine Vitalwerte sehen nicht so gut aus. In diesem Moment ist sein Kardiologe unterwegs zum Krankenhaus. Marlene ist am Ende.«

»Verdammt«, sagte Rawlins und sah Wilson besorgt an. »Und was ist das Zweite?«

»Das Kennzeichen des schwarzen Mercedes.«

»Der Aufnahmewinkel der Kamera am Café war zu steil. Es ist nicht zu erkennen.«

»Nicht auf den Bildern dieser Kamera, aber dafür auf denen vom Baumarkt.«

»Dem gegenüber von unserem Department?«

»Ist nicht viel los heute, darum habe ich ein kleines Projekt gestartet. Und alle Kameras im Ort auf Bilder von einem schwarzen Mercedes prüfen lassen. Der Wagen parkte kurz vor Sonnenaufgang über eine Stunde lang hinten am Baumarkt.«

»Während wir Dr. O'Neal und Mallett oben hatten.«

»Genau. Ich denke, das ist kein Zufall.« Sie holte Luft und fragte dann: »Ist Brynn in Schwierigkeiten?«

»Wir versuchen festzustellen …«

»Spar dir das Polizistengewäsch, Rawlins. Rede wie ein Mensch mit mir. Ich habe das Mädchen schon gekannt, bevor seine Mutter starb. Ich will nicht, dass ihr was Schlimmes passiert, jetzt, wo sie was aus ihrem Leben gemacht hat.«

»Ich auch nicht, Myra. Aber hast du jemals mitbekommen, dass sie in die Fußstapfen ihres alten Herrn getreten wäre?«

»Du meinst, ob sie früher gestohlen hat?«

»Das meine ich.« Als sie nicht sofort antwortete, hakte Rawlins nach. »Sag schon.«

»Sie war ein richtiger Hungerhaken. Nichts als Haut und Knochen. Als sie zwölf oder dreizehn war, so ungefähr, da hat sie einen Mantel aus der Mädchenumkleide mitgehen lassen. Sie behauptete, er hätte schon tagelang dort gehangen, und niemand hätte ihn vermisst. Es war mitten im Winter.«

»Und sie brauchte einen Mantel.«

»Sie wollte ihn nicht für sich. Sie hat ihn einem Mädchen von außerhalb geschenkt, das jeden Morgen halb erfroren mit dem Schulbus ankam.«

Rawlins sah Wilson an, der sich mit den Fingerspitzen die Stirn massierte, als würde sie ihn schmerzen.

»Okay, Myra. Kapiert«, sagte Rawlins. »Schick mir das Kennzeichen, bitte.«

»Mache ich. Aber ich weiß schon, auf wen der Wagen zugelassen ist.«

»Ich höre.«

»Delores Parker.«

»Da läutet nichts bei mir.«

»Ich bin noch nicht fertig«, fuhr sie ihn an. »Das war ihr Mädchenname. Inzwischen heißt sie *Hunt*. Delores Parker Hunt.«

»Heilige Scheiße.«

Myra schnaubte. »Meine Rede.«

18:44 Uhr

Brynn starrte fassungslos auf das Röhrchen in ihrer Hand und sah dann wieder Rye an. »Wie hast du das aus der Box bekommen? Wann?«

»Als ich in der Hütte duschen war.«

»Und seither hast du es?«

Er zuckte mit den Achseln.

»Wie hast du das Schloss aufbekommen?«

»Ich wusste, dass die anderen vier Ziffern korrekt und in der richtigen Reihenfolge waren, sonst hättest du nicht so elend geschaut, als ich sie aufgesagt habe. Irgendwann kam mir der Gedanke, dass mir vielleicht nicht die letzte, sondern die erste Ziffer fehlte. Also habe ich herumprobiert, und bei der Drei ging das Schloss auf. Dann fand ich das Röhrchen unter dem Schaumstoff. Ich hatte es in der Hosentasche, als ich aus dem Bad kam.«

»Und die ganze Zeit, während wir geschlafen haben und du die Kiste im Arm gehalten hast?«

»Ich habe es erst woanders versteckt, als ich Goliads Wagen in die Auffahrt biegen und auf unsere Hütte zufahren sah. Ich hab ein kleines Stückchen Saum in meiner Jacke aufgerissen und das Röhrchen hineingestopft, bevor ich dich aufweckte.«

Während dieses Wortwechsels hatte Rye die Jacke übergezogen. Jetzt schob er Brynn in Richtung Hotelzimmertür, aber sie wollte nicht recht. »Nicht so schnell. Ich verstehe das immer noch nicht«, sagte sie. »Du wusstest, dass es ein Medikament war, noch bevor ich dir das erzählt habe?«

»Nein. Ich hatte zwar das Röhrchen, aber es war fest eingepackt. Ich wusste nicht, was darin war oder was du damit vorhattest. Tatsächlich hätte es auch das Gift für die Hotdogs im Stadion sein können.«

»Okay, aber warum hast du mir nicht gesagt, dass du das Röhrchen hast, *nachdem* ich dir erklärt hatte, was darin ist? Auf der ganzen langen Fahrt nach Atlanta war ich am Boden zerstört.«

»Und mir wollte nicht in den Kopf, warum. Du hättest doch froh sein müssen, Lambert die Box zu übergeben. Es hätte ja sein können, dass du und dein Daddy ihn erpressen wolltet oder dass ihr das Mittel woanders teurer verkaufen wolltet. Wer weiß? Falls dein Vorhaben illegal war, hätte ich mich mitschuldig gemacht. Und dieses Schwert wollte ich nicht über meinem Kopf baumeln sehen.«

»Also hast du mir eine Nachricht geschickt und gehofft, dass du ein Geständnis aus mir herauspressen könntest.«

»Was ich auch getan habe. Und jetzt weiß ich, dass du nur ein klein bisschen böse bist.«

»Und damit hast du kein Problem?«

»Der Unterschied liegt im Motiv.« Er sah auf die Uhr. »Dir ist klar, dass uns alles um die Ohren fliegen wird, sobald Lambert entdeckt, dass seine Wunderdroge geklaut wurde? Vielleicht weiß er es schon. Vor dem Hotel sollten wir problemlos ein Taxi oder ein Uber kriegen.«

»Du kommst mit?«

»Angenommen, Lambert hat inzwischen gemerkt, dass er reingelegt wurde, dann braucht es nur noch einen Anruf, und Goliad sitzt dir im Nacken. Ich bringe dich sicher zu Violet, dann können Lambert oder der Senator nichts mehr unternehmen, ohne sich damit selbst zu verraten.«

Er zog ihren Mantel vom Haken im Schrank und half ihr hinein. Sie verstaute das Röhrchen in einer Innentasche mit Reißverschluss.

»Wo ist Violet?«, fragte er.

»Während ihrer Bestrahlungsphasen wohnt sie mit ihrer Mutter auf dem Krankenhausgelände in einem Wohnheim für ambulante Patienten.«

»Weiß Lambert, wo sie ist?«

»Natürlich. Er untersucht sie regelmäßig.«

»Dort wird er zuerst nach dir suchen. Wir müssen vor ihm dort sein.«

Er zog die Tür auf und schob sie auf den Gang.

19:15 Uhr

Unter dem Kuppeldach der fernen Eingangshalle schlug eine Standuhr die Viertelstunde. Ansonsten war die Stille, die nach Nate Lamberts Geständnis einsetzte, so allumfassend, dass Delores tatsächlich zu spüren meinte, wie sie ihr auf das Trommelfell drückte.

Sie und Richard saßen nebeneinander auf dem Sofa im Salon. Nate stand vor ihnen, er war der bedauernswerte Bote, der die Meldung überbringen musste, dass die Burgmauern gefallen waren.

»Was soll das heißen, es war nicht da?«, fragte Delores.

Nate war zwar unübersehbar nervös, aber sein Tonfall blieb arrogant. »Ich habe es so ausgedrückt, dass du es unmöglich missverstehen kannst, Delores.« Noch einmal betonte er in einzelnen Worten: »Die Phiole war nicht in der Box.«

»Wie konnte das passieren? Hat sie das Labor überhaupt verlassen?«

»Ich habe den Pharmakologen auf dem Weg hierher angerufen. Er schwört, dass er sich genau an meine Anweisungen gehalten hat.«

»Nur er, du und Dr. O'Neal kannten die Kombination für das Schloss?«

»Ich habe sie ihr gestern Nacht per Telefon durchgegeben, aber nicht in Hörweite…«

»Herr im Himmel, Nate. Hören wir doch auf mit dem Affentanz! Sie hat das Röhrchen verflucht noch mal gestohlen!«

Delores stand auf, ging an die Bar und goss Whisky aus einer Karaffe in ein Glas. Sie kippte ihn hinunter, schenkte noch einmal nach und brachte Richard das Glas.

»Er sollte lieber nicht…«

»Halt den Mund, Nate.«

Richard nickte dankend, nahm das Glas und trank den Scotch kaum weniger abrupt als sie, bevor er das leere Glas auf dem Couchtisch absetzte.

»Wir wissen alle, was passiert ist«, fasste er zusammen. »Die Frage ist, was wir nun unternehmen.« Er sah erst Delores an und ertappte sie dabei, wie sie sich eine Zigarette anzündete. Angesichts der kritischen Situation verkniff er sich einen Tadel. »Wo ist Goliad?«, fragte er.

»Nachdem die Box übergeben war, habe ich ihm für heute Abend freigegeben.« Sie sah Nate vernichtend an. »Ich konnte ja nicht ahnen, dass wir seine Dienste so schnell wieder brauchen würden.«

Nate ging sofort in Verteidigungshaltung. »Dafür könnt ihr mich nicht verantwortlich machen.«

Delores zog eine bleistiftdünne Braue hoch. »Verantwortlich machen? Ich würde dich am liebsten vierteilen lassen.«

»Das ist allein Brynns Schuld.«

»Von wegen. Ich habe dir erklärt, dass du ihr nicht trauen kannst. Du wolltest nicht auf mich hören.«

»Hätte ich gewusst, was wir seither erfahren haben, hätte ich sie gestern Abend nicht allein losgeschickt.«

Sie stemmte die Hand in die Hüfte und legte den Kopf schief. »Und zwar?«

»Ihre ganze Familie ist kriminell. Ihr Vater hat ein langes Vorstrafenregister.«

Richard sah ihn aus schmalen Augen an. »Diese Frau hat mit dir zusammengearbeitet, sie hat an deiner Seite Patienten behandelt.«

»Ja, aber…«

»Sie hat *mich* behandelt!« Richards Stimme vibrierte vor unterdrücktem Zorn. »Und das hast du zugelassen, obwohl du das wusstest?«

»Sie hatte einen ausgezeichneten Ruf. Ich kam gar nicht auf die Idee, ihre Integrität anzuzweifeln. Eindeutig ein Fehler.«

»Eindeutig eine Katastrophe«, sagte Delores.

Richard erhob sich und trat hinter das Sofa. Er stützte die Hände auf die Rückenlehne, als stände er hinter einem Rednerpult, und senkte den Kopf. Delores blieb still, weil sie ihn nicht beim Nachdenken stören wollte. Als Nate Anstalten machte, etwas zu sagen, brachte sie ihn mit einem eisigen Blick zum Schweigen.

Schließlich hob Richard den Kopf. »Eine Katastrophe ist es erst, wenn das Mittel nicht mehr wirkt. Wir haben noch gut vierundzwanzig Stunden, um Dr. O'Neal zu finden und es zurückzubekommen.«

Delores schritt sofort zur Tat. »Ich rufe Goliad an. *Du*«, deutete sie mit ihrer Zigarette auf Nate, »schreibst auf, wohin sie gegangen sein könnte, nachdem sie aus deiner Praxis verschwunden ist. Hat sie Kontakt zu ihrem Vater?«

»Ich kann mir nicht vorstellen, dass …«

»Du sollst dir nichts vorstellen, Nate. Finde es heraus. Und vor allem ruf den Pharmakologen an und befiehl ihm, noch eine Dosis anzufertigen. Das Wetter hat sich gebessert. Wir schicken sofort einen Jet los.«

»Das wird er nicht machen, Delores.«

»Biete ihm mehr Geld.«

»Es ist keine Frage des Geldes.«

»Was du nicht sagst«, sagte sie. »Erzähl mir was, das ich glauben kann.«

Nate schüttelte eigensinnig den Kopf. »Er ist Wissenschaftler. Ihn motivieren allein positive Laborergebnisse, und er fühlt sich schon korrumpiert, weil er für die erste Dosis Geld genommen hat. Er hat nur so viel genommen, dass er die Kosten für die einzelnen Zutaten kompensieren konnte. Er würde sich nur darauf einlassen, mehr von dem Mittel herzustellen, wenn er die Zustimmung seines Unternehmens für eine Ausnahmegenehmigung der Ärztekammer bekäme. Dafür müssten wir die offiziellen Kanäle beschreiten und uns bewerben.«

»Dann tu das.«

»Das hätte ich schon getan, Delores, wenn ihr nicht so kompromisslos auf Anonymität bestanden hättet. Diese klinischen Tests werden akribisch dokumentiert. Ich könnte Richards Namen unmöglich heraushalten.«

»Nein.« Richard musste nicht eine Sekunde überlegen. »Wenn sich herumspricht, dass ich todkrank bin, würde das jedem meiner Feinde in Washington Munition gegen mich in die Hand geben.«

»Vielleicht ließe sich mit genug Schweigegeld Vertraulichkeit erkaufen«, schlug Nate vor.

Richard schnaubte nur. »Auf welchem Planeten lebst du? Ich stehe in der Öffentlichkeit. Das wäre ein gefundenes Fressen für die Medien. Jeder entlang der Nahrungskette würde so eine Information sofort durchsickern lassen. Wahrscheinlich würdest *du* die Story persönlich an die Boulevardpresse verhökern.«

Nate richtete sich zu voller Größe auf und zupfte am Saum seines elegant geschnittenen Jacketts. »Ich werde diese Beleidigung überhören, weil du mein Patient bist, weil du enttäuscht und entkräftet bist.« Er verstummte, als würde er auf eine Entschuldigung warten. Als keine kam, fuhr er fort: »Ich rate euch, diesen Vorschlag nicht pauschal abzulehnen. Euer Name auf dem Antrag könnte beträchtliche Wirkung haben.«

»Nein.«

»Richard …«, sagte Delores.

»*Nein,* Delores.«

Sie wandte sich an Nate. »Richard hat gesprochen. Leg noch was drauf. Vielleicht ist dein Freund aus dem Labor nicht ganz so edelmütig, wie du glaubst. Du kannst den Schreibtisch dort drüben benutzen.«

Nate tat wie geheißen, ging zum Schreibtisch und begann zu telefonieren.

Richard zog sich ins Schlafzimmer zurück. Delores drückte ihre Zigarette aus und folgte ihm.

»Mach die Tür zu«, sagte er, dann ließ er sich in einen der dick gepolsterten Sessel vor dem Fenster sinken, von wo aus man auf die Terrasse und die gepflegten Grünanlagen dahinter schaute. Sie setzte sich in einen zweiten, der direkt danebenstand. Tief in Gedanken versunken, trommelte er mit den Fingern auf die gepolsterte Armlehne.

Delores konnte es nicht erwarten, etwas zu unternehmen, doch sie ließ ihm Zeit zum Nachdenken. Schließlich fragte er, ob sie Goliad angerufen hätte.

»Ich wollte das als Nächstes tun. Aber erst will ich hören, was dir durch den Kopf geht.«

Immer noch in Gedanken, nickte er. »Angefangen hat das alles als Versuch, in letzter Sekunde mein Leben zu retten. Trotzdem hatte ich hin und wieder Gewissensbisse, Bedenken, ob dieses … Unterfangen … moralisch gerechtfertigt ist.«

»Ich habe versucht, diese Gewissensbisse und Bedenken zu beschwichtigen.«

»Größtenteils erfolgreich, allerdings haben mich manche immer wieder geplagt. Zum letzten Mal erst gestern Nacht. Nun hat diese Anhäufung von Komplikationen der Sache jedoch eine neue Dimension gegeben. Inzwischen sehe ich die Sache als Herausforderung. Es ist inzwischen fast so etwas wie ein Wahlkampf.«

»Du bist noch nie vor einer Herausforderung zurückgeschreckt oder hast – Gott bewahre – einen Wahlkampf verloren.«

»Nein, und ich habe es auch nicht vor.« Er griff nach ihrer Hand. »Du weißt, was wir brauchen, um zu siegen?«

»Eine Draufgängereinstellung.«

Er lächelte. »Du hast mir zugehört.«

»Seit sechzehn Jahren. Zugehört und gelernt. Keine Gefangenen machen. Siegen um jeden Preis. Für dich ist das nicht nur ein gut klingendes Motto.«

»Es ist ein Credo.«

»Und ich bin deine getreue Schülerin.«

»Ich will auch diesmal siegen, Del.«

»Das wirst du auch. Das ist sicher.«

»Nicht sicher genug. Ich muss siegen … und zwar auf ganzer Linie.«

Sie tauschten einen innigen Blick, und sie drückte bekräftigend seine Hand.

»Ich lasse Goliad antreten und warne ihn vor, dass wir seine Dienste brauchen werden.«

Der Senator nickte.

Delores beugte sich vor und tätschelte sein Knie. »Ruh dich aus, Darling. Überlass alles andere mir.« Sie schlüpfte aus ihren Schuhen, zog die Füße unter die Schenkel und entspannte sich in ihrem Sessel, während sie Goliads Nummer wählte. Er war sofort am Apparat, und sie schilderte ihm die Situation.

»Dr. O'Neal hat großes Talent im Verschwinden bewiesen. Sie müssen sie noch einmal für uns finden.«

»Jawohl, Madam.«

»Sie wissen, wo Sie anfangen müssen, und Sie dürfen keine Zeit verlieren. Fahren Sie sofort los. Und nehmen Sie Ihren Assistenten mit.«

»Timmy ist indisponiert.«

Delores' Stimme wurde spröde wie ein Eiszapfen. »Indisponiert?«

Ihr veränderter Tonfall alarmierte Richard. Er sah sie fragend an, aber sie zeigte ihm mit erhobenem Zeigefinger an, dass sie ihn nach dem Telefonat auf den neuesten Stand bringen würde.

»Timmy hat Mallett provoziert. Und Mallett wollte sich das nicht gefallen lassen«, erläuterte Goliad.

Dann beschrieb er, wenn auch recht allgemein, einen Kampf in einer Parkgarage.

»Timmy hat den Typ mit dem Messer erwischt. An der Hand. Aber er ging nicht zu Boden und konnte abhauen.«

»Und Sie haben das zugelassen?«

»Ja, Madam. Überall waren Überwachungskameras.«

»Ich verstehe.«

»Jedenfalls pisst Timmy jetzt Blut.«

»Meinetwegen kann es ihm aus jeder Körperöffnung sprudeln. Holen Sie ihn aus dem Bett, nehmen Sie ihn mit und spüren Sie diese Ärztin auf. Nehmen Sie ihr das Mittel ab und kümmern Sie sich um sie. Und sorgen Sie dafür, dass uns dieser Pilot keinen Ärger mehr macht. Haben Sie verstanden, Goliad?«

»Ja, Madam. Ich kümmere mich um alles. Um beide.«

»Sofort. Und halten Sie uns auf dem Laufenden.«

»Jawohl, Madam. Ich gebe sofort Bescheid.«

Delores legte auf und fasste das Gespräch für Richard zusammen. »Ich fürchte, du hattest recht mit diesem Timmy«, sagte sie. »Wenn er schon gewalttätig ist, sollte er zumindest auch effektiv und Mallett damit tot sein.«

Richard lachte leise. »Goliad wird sich um alles kümmern.«

»Natürlich.«

Das würde er. Goliad würde alles tun, worum sie ihn bat. Er war bis über beide Ohren vernarrt in sie.

Kapitel 20

19:38 Uhr

Um das Chaos in der Hotellobby zu umgehen, hatten Brynn und Rye das Hotel durch einen Seitenausgang verlassen. Sie brauchten nur ein paar Minuten zu warten, dann tauchte der Wagen auf, den er gerufen hatte, doch wegen des starken Verkehrs auf dem Freeway kamen sie nicht so schnell voran wie erhofft. Zeitweise krochen sie dahin.

Rye hatte recht: Brynn musste um jeden Preis zu Violet gelangen, bevor Nate oder die Hunts sie stoppen konnten. Das Schneckentempo auf dem Freeway setzte sie zusätzlich unter Stress.

Nach längerem Schweigen riss Rye sie mit einer Frage aus ihren Gedanken. »Was ist mit den Krankenschwestern? Der Belegschaft? Werden sie nicht Verdacht schöpfen, wenn du am Thanksgiving-Abend auftauchst?« Offenbar hatte er sich Gedanken gemacht, welchen Hindernissen sie sich womöglich stellen musste.

»Das Wohnheim ist eher so etwas wie ein Hotel. Auf jedem Stockwerk gibt es eine Pflegekraft mit Grundausbildung. Die Pfleger können Infusionsbeutel wechseln, Puls und Blutdruck messen, aber falls sich der Zustand eines Patienten drastisch verschlechtern sollte, müssen sie auf jeden Fall den zuständigen Arzt oder einen Notarzt rufen.«

»Du hast die Erlaubnis der Eltern, das Mittel einzusetzen, obwohl sie damit die erste Patientin wäre, die es je bekommt? Du hast mit ihnen darüber gesprochen?«

»Das fragst du *jetzt*?«

»Und?«

»Natürlich habe ich mit ihnen darüber gesprochen. In keinem der Stammzellspenderregister gab es einen passenden Spendertyp. Selbst die Familienmitglieder fallen als Spender aus. Ihre Eltern setzen all ihre Hoffnungen in dieses Medikament. Sie waren an dem Antrag für die Ausnahmegenehmigung beteiligt.«

»Sie werden also nichts dagegen haben, wenn du es ihr heute Abend verabreichst?«

»Absolut nichts. Mit der letzten Bestrahlungsserie konnten wir Violets Leben nur verlängern, aber den Krebs nicht besiegen. Und sie war eine Tortur, hat das Mädchen geschwächt. Ihre Eltern hätten den Bestrahlungen nicht zugestimmt, hätten sie nicht gehofft, dass Violet lange genug überlebt, bis eine Ausnahmegenehmigung erteilt wird. Glaub mir, Rye, dies ist die Antwort auf ihre Gebete.«

»Was ist mit Lambert? Du hast gesagt, dass er Violet regelmäßig untersucht. Wird ihre Mutter nicht fragen, warum er nicht dabei ist?«

»Wahrscheinlich wird sie mich das fragen. Ich werde ihr erzählen, dass er bei einem anderen Patienten sein muss. Was mit Sicherheit zutrifft. So riskant das auch alles für mich ist, in Nates Schuhen möchte ich jetzt nicht stecken.«

»Lambert«, bekräftigte er verächtlich. »Es stand nie wirklich infrage, wem er das Mittel geben würde, wenn er die Wahl zwischen einem Senator und dem Mädchen hatte, oder?«

Es war vielleicht eine rhetorische Frage, aber Brynn musste sofort an die vielen Debatten mit Nate denken. Von Anfang an hatte er sich für Richard Hunt eingesetzt und dabei vorgebracht, was ein einflussreicher Kongressabgeordneter alles für Gesellschaft und Nation bewirken konnte, wohingegen Violet sich strecken müsste, um auch nur das Klassenziel zu erreichen.

Um sein Argument zu untermauern, hatte er auch verglichen, wie gut die beiden das Medikament aufnehmen würden. Senator Hunts Krankheit war erst kürzlich diagnostiziert worden und noch im Frühstadium. Da sein Körper nicht durch andere Behandlungen geschwächt war, würde er das Medikament besser vertragen. Er hatte keine größeren gesundheitlichen Probleme. Alles in allem hatte das Mittel bei ihm größere Erfolgsaussichten als bei Violet mit ihrem extrem geschwächten Mädchenkörper.

Brynn hatte dagegen eingewandt, dass Hunt aufgrund seiner vergleichsweise guten Verfassung noch über mehr Zeit verfügte, auf die Zulassung des Medikaments zu warten. Violet nicht.

»Es ist ein ungeschriebenes Gesetz, dass man keinen Kollegen kritisiert«, sagte sie. »Und auch wenn Nate schroff und unsympathisch wirkt, ist er ein brillanter Arzt. Aber ja, ich glaube, seine Entscheidung wurde von Richard Hunts Status beeinflusst. Und durch Geld.«

»Er hat ein krankes kleines Mädchen als Druckmittel eingesetzt, um den Preis nach oben zu treiben.« Rye murmelte eine abfällige Beleidigung. »Wissen die Eltern des Mädchens, dass es einen Konkurrenten gibt?«

»Nein. Sie wissen nicht einmal, dass es einen weiteren Patienten mit der gleichen Krebsform gibt oder dass diese

Dosis aus dem Labor geschmuggelt wurde. Ich wollte ihnen keine verfrühten Hoffnungen machen, falls ich das Mittel nicht hätte abfangen können.«

»Vielleicht haben sie Skrupel, weil es illegal beschafft wurde.«

»Bestimmt nicht.«

»Bist du sicher?«

»Wenn es dein Kind wäre?«, fragte sie leise.

»Dann würde ich die Tür zum Labor eintreten und es eigenhändig klauen.«

Seine vehemente Antwort brachte sie zum Lächeln.

»Du glaubst, ich mache Witze.«

»Ganz und gar nicht. Ich weiß, dass du es todernst meinst.«

»Was ist mit Violet? Wird sie Angst haben, wenn du es ihr verabreichst?«

Brynn schüttelte den Kopf. »Ihre Eltern und ich haben ausgemacht, dass wir ihr nichts von dem GX-42 sagen.«

»Falls es nicht wirken sollte.«

»Ihr erst Hoffnungen auf ein Wundermittel zu machen, nur damit sie möglicherweise zerschmettert werden? Das wäre zu grausam.«

»Sie weiß, dass sie unheilbar krank ist?«

»Wir haben das Wort in ihrer Gegenwart nicht verwendet, aber sie ist klug genug, um zu begreifen, dass sie schwer krank ist. All die Therapien, die sie durchmachen musste, die grauenvollen Tests. Und sie hat Freunde gefunden, Kinder kennengelernt, die in der Zwischenzeit gestorben sind.«

»Jesus.«

»Und dennoch hat sie sich wie durch ein Wunder ihren

kindlichen Frohsinn bewahrt. Sie liebt Disney-Prinzessinnen und redet davon, dass sie Ballerina werden will. Wenn man sie neckt, kichert sie. Sie streitet sich mit ihren Brüdern. Eigentlich ist sie ein ganz normales kleines Mädchen, das zufällig an einer seltenen Form von Blutkrebs leidet.«

Rye rieb sich mit den Fingern über die Brauen und schaute dann minutenlang aus dem regennassen Autofenster, ohne ein Wort zu sagen.

»Du zerbrichst dir den Kopf über die moralischen und ethischen Konsequenzen, richtig?«

Er sah sie wieder an. »Die zumindest komplex sind, da gibst du mir doch recht?«

»O ja. Und du hattest nur eine Stunde, um darüber nachzudenken. Ich hatte Monate, Rye, und ich glaube keine Sekunde lang, dass es eine eindeutige Schlussfolgerung gibt. Wir spielen *wirklich* Gott. Wer bekommt die Niere, die Lunge, das Herz? Die Entscheidung ist nie leicht. Richtig, ich habe mich für Violet eingesetzt. Aber nicht weil sie ein liebenswertes kleines Mädchen ist und Richard Hunt, nun, eben Richard Hunt. Meine Entscheidung beruht nicht darauf, wen ich lieber mag. Es gibt für mich einen einzigen Entscheidungsgrund, und das ist die verbleibende *Zeit.* Er hat sie, Violet nicht.«

»Okay. Ich glaube dir, und ich bin deiner Meinung.«

»Was treibt dich dann so um?«

»Und wenn du erwischt wirst?«

»Das werde ich bestimmt. Weil ich jeden einzelnen Aspekt des weiteren Krankheitsverlaufs dokumentieren muss.«

»Oder ihres Sterbens.«

»Oder ihres Sterbens. Diese Aufzeichnungen werden mit über die Zukunft dieses Medikaments entscheiden, darum darf ich nichts verfälschen. Aber ich habe den Fall aus allen Blickwinkeln betrachtet und …«

»Allen Blickwinkeln, die du dir vorstellen kannst. Wahrscheinlich gibt es noch Dutzende *Blickwinkel,* die du nicht einmal erahnst und von denen jeder einzelne deinen Ruin bedeuten würde.«

»Ich habe die Risiken abgewogen, Rye. Für meine Reputation, meine Karriere.«

»Gestern Abend hättest du um ein Haar dein Leben verloren.«

»Richtig! Durch ein abstürzendes Flugzeug!«

Er beugte sich vor, bis sein Gesicht dicht vor ihrem war und sie ihn verstand, ohne dass der Fahrer mithören konnte. »Durch zwei Männer in dunklen Anzügen, Brynn. Die ihren Marschbefehl von Hunt bekommen haben. Wie weit wären sie wohl gegangen, um die Box in die Hände zu bekommen, wenn ich nicht zur Stelle gewesen wäre? Was für Anweisungen hatten sie bekommen?«

»Zugegeben, dass sie dort oben aufgetaucht sind, war beunruhigend. Aber sobald das Medikament in Violets Blutkreislauf ist, ist dieser Wettlauf beendet.«

»Darauf würde ich mich nicht verlassen. Ich weiß nur wenig über Hunt, aber ich weiß, dass er nicht gern verliert. Und er ist ganz sicher kein ehrenvoller Verlierer. Genauso wenig wie dein Kumpel Nate.«

»Ich rechne durchaus mit Konsequenzen, aber davon lasse ich mich nicht aufhalten. Denn nachdem ich meine Bedenken aufgelistet und Pro und Kontra abgewogen habe, bleibt eine unumstößliche Tatsache.« Sie hob den Zeigefinger. »Dies ist Violets letzte und einzige Chance auf ein längeres Leben. Also werde ich es tun, Konsequenzen hin oder her.«

»Wenn alles gut läuft, wird Lambert dir im Genick sitzen und die Krone für sich beanspruchen wollen. Er wird Tod und Teufel in Bewegung setzen und dir eine lange Liste ethischer Verstöße vorhalten. Du wirst dich dafür rechtfertigen müssen, dass du einer Siebenjährigen ein noch nicht zugelassenes Medikament verabreicht hast.«

»Soll er doch. Falls es Violet danach besser geht, würde das für mich sprechen, vor allem bei Kollegen, die Patienten mit einer ähnlichen Krankheit haben. Sie würden mir den Rücken stärken.«

»Okay. Falls alles gut und glattläuft, könnte es dir passieren, dass irgendein Ausschuss der Ärztekammer dir auf die Finger klopft und dich ermahnt, nicht noch einmal so eine Nummer abzuziehen.« Er hielt inne, um seinen Worten Nachdruck zu verleihen. »Aber wenn alles schiefläuft? Denk an den schlimmstmöglichen Fall, und nicht nur, was die rechtlichen Konsequenzen angeht, Brynn.«

»Der schlimmstmögliche Fall wäre, dass ich Mittel und Möglichkeit hätte, Violet zu retten, und nichts unternommen habe.«

»Dieses kleine Mädchen könnte die letzte Patientin sein, die du je behandeln darfst.«

»Dann ist sie die Patientin, für die ich meinen hippokratischen Eid geschworen habe.«

Sie hatte dabei hitziger geklungen als beabsichtigt, und dadurch merkte sie, wie wütend dieses Kreuzverhör sie tatsächlich machte. »Wieso beschäftigt es dich so, welche Konsequenzen *mir* drohen könnten? Vor nicht mal vierundzwanzig Stunden hat dich mein Leben überhaupt nicht interessiert.«

»Da hast du recht«, sagte er angespannt. »Warum sollte ich irgendwas auf deine Zukunft als Medizinerin geben?«

»Ich verstehe nur nicht, wieso du mich wie ein Irrer aus dem Hotel gezerrt hast, um das GX-42 zu Violet zu bringen, wenn du mich jetzt überreden willst, es ihr nicht zu geben.«

»Das will ich keineswegs.«

»Was dann?«

»Ich will, dass du eingestehst, und sei es nur dir selbst gegenüber, dass du das nicht ausschließlich für Violet tust. Du tust das auch für *dich.*«

Ihre Wangen glühten. Wütend wollte sie den Kopf abwenden, doch er hielt ihr Kinn zwischen Daumen und Zeigefinger fest, sodass sie ihn ansehen musste. »Warum, Brynn? Was willst du damit beweisen?«

»Und du?«, schoss sie zurück und zog ihr Kinn aus seinem Griff. »Warum bist du gestern Nacht losgeflogen, obwohl du wusstest, wie gefährlich das war? Wieso lebst du nur, wenn du in der Luft bist? Du bleibst nie länger auf dem Boden als unbedingt notwendig. ›Ich bin weg.‹ Das ist dein immer gleiches Lied. Was oder wem versuchst du davonzufliegen?«

Immer noch schwer atmend vor aufgestauter Wut, hielt er ihrem Blick stand, bis er unvermittelt verkündete: »Wir sind da.«

»Oh.« Sie schüttelte ihre Wut ab und erklärte dem Fahrer, an welchem Eingang er sie absetzen sollte.

»Ich begleite dich.«

»Das ist nicht nötig.«

»Und wie es das ist«, sagte er. »Ich will nicht, dass du plötzlich vor Timmys Klinge stehst.«

»Wie fürsorglich.«

»Ich denke dabei an mich. Ich will das nicht auf meinem Gewissen haben.«

Sie stiegen aus, und er sah sich um, suchte mit den Augen die Umgebung ab und fragte sie gleichzeitig, ob das Gebäude irgendwie gesichert war.

»Am Empfang sitzt rund um die Uhr ein Wachmann.«

Sie traten durch ein offenes Eisentor in einen von außen einsehbaren Vorhof, wo sich gepflasterte Wege an Blumenbeeten vorbeischlängelten und Parkbänke die Rasenflächen tüpfelten. Brynn schlug ihre Kapuze hoch, um den Regen abzuhalten. Rye blieb barhäuptig.

Als sie das mehrstöckige Gebäude betraten, begrüßte Brynn den diensthabenden Wachmann mit Namen. Er saß an einem Tisch und reagierte mit einem trägen Winken auf ihre Begrüßung, hob dabei aber nicht den Blick von dem kleinen Fernseher, auf dem eine Krimiserie lief.

Aus dem Mundwinkel bemerkte Rye: »Wenn der hier für die Sicherheit verantwortlich ist, fühle ich mich nicht besonders sicher.«

»Ich habe noch nie erlebt, dass jemand hereingekommen wäre, der so verwahrlost ausgesehen hätte wie du.«

»Genau das gibt mir zu denken. Er hat mich nicht mal angeschaut.«

Sie gingen durch den menschenleeren Korridor zu einer Reihe von Aufzügen. Sie drückte die Aufwärts-Taste.

»Du hast das Mittel noch?«

Sie tätschelte ihre Manteltasche. »Ich bin froh, dass der Pharmakologe so vorausschauend war, es in Blisterfolie zu packen.«

»Es hat eine ganz schöne Reise hinter sich, seit es das Labor verlassen hat.«

Obwohl außer dem Wachmann niemand zu sehen war, blieb Rye wachsam und angespannt und achtete auf jede

Bewegung, jedes Geräusch. Brynn bemerkte, dass er schon wieder die Finger beugte und ausstreckte, und meinte: »Du solltest die Wunden unbedingt verarzten lassen.«

»Wenn ich dazu komme.« Er sah zur Decke auf. »In welchem Stock liegt sie?«

»Im zweiten.«

Er nickte, als wäre das wichtig. Sie nahm an, dass er lieber Small Talk machte, als mit ihr zu streiten. Weil sie beides anstrengend fand, schenkte sie ihm ein kurzes Lächeln. »Oben sind nur Familienangehörige und vorangemeldete Freunde zugelassen, wir müssen uns also hier verabschieden.« Ihr kam ein Gedanke, und sie lachte leise.

»Was ist so komisch?«

»Mir fällt gerade auf, dass wir uns heute schon zum dritten Mal verabschieden. Erst heute Morgen im Krankenhaus, dann in Nates Praxis, jetzt hier.«

»Vielleicht schaffen wir es noch ins Guinness-Buch der Rekorde.«

»Vielleicht.« Sie sah ihm in die Augen, und ihr Lächeln erlosch. »Ich nehme zurück, was ich eben über die Bruchlandung gesagt habe.«

»Mach dir deswegen keine Gedanken.«

»Nein, ich meine nur … Wenn du nicht gewesen wärst, wenn du gestern Nacht nicht geflogen wärst, wo niemand sonst fliegen wollte, hätte ich es nie hierhergeschafft. Danke, Rye.«

»Das hast du schon gesagt.«

»Dann sagc ich es eben noch mal.«

Er rollte verlegen mit den Schultern, als wollte er ihre Dankbarkeit abschütteln.

Der Aufzug kam. Ehe die Tür aufging, spannte er sich

an, als würde er damit rechnen, dass jemand herausstürzte. Aber die Kabine war leer. Er stemmte die Hand gegen die Tür und hielt sie dadurch offen.

»Dir bleiben immer noch vierundzwanzig Stunden«, sagte er.

»Trotzdem werde ich die Infusion gleich legen.«

Er nickte knapp. »Viel Glück. Falls du irgendwann berühmt wirst, dann weiß ich, dass Violet es gut überstanden hat.«

»Darum tue ich das nicht.«

»Ich weiß.«

»Geh nicht mit diesem Gedanken.«

»Tue ich nicht.«

Sie wollte noch so vieles sagen, doch je mehr sie sagte, desto wortkarger wurde er. »Pass auf dich auf, Rye.« Sie stellte sich auf die Zehenspitzen und küsste ihn keusch auf die Wange.

Doch als sie sich abwenden wollte, presste er die freie Hand gegen ihren Hinterkopf und küsste sie, als würde sein Leben davon abhängen. Es war ein gieriger, besitzergreifender Kuss und schon vorüber, bevor sie richtig begriff, was passiert war.

Er schob sie in die Aufzugkabine. »Ich werde mir noch lange wünschen, ich hätte dich einmal ohne Kleidung gesehen.«

Dann ließ er die Tür los.

Als sie sich im zweiten Stock wieder öffnete, pulsierten Brynns Lippen immer noch, und Ryes Abschiedsworte hallten in ihrem Kopf nach. Später würde sie sich Gedanken darüber machen, was sich zwischen ihnen hätte entwickeln können, wenn alles anders gekommen wäre. Wenn sie und er andere Menschen gewesen wären. Aber es gab so vieles zu bereuen, und sie hatte keine Zeit dazu.

Sie ging den Korridor entlang. Die Türen zu den Privatzimmern waren geschlossen. Im Speiseraum und im Gemeinschaftszimmer war niemand. Als sie sich dem Zimmer ganz am Ende näherte, begannen Schmetterlinge in ihrem Bauch aufzuflattern, aber nicht weil sie nervös gewesen wäre, sondern weil sie Violet und ihrer Familie etwas Gutes tun konnte.

Sie klopfte leicht an. Die Schwester, die gerade Dienst tat, öffnete und kam heraus. »Dr. O'Neal.«

Brynn lächelte freundlich und tat so, als würde sie ständig völlig erschöpft und zerzaust in den Kleidern von gestern hier auftauchen. »Hallo, Abby. Wie war Ihr Thanksgiving? Waren Sie den ganzen Tag hier?«

»Nein. Meine Schicht hat um vier Uhr nachmittags begonnen. Wie war Ihr Feiertag?«

Sie lächelte. »Ungewöhnlich.«

»Ich hätte nicht gedacht, dass Sie heute Abend herkommen würden.«

»Ich wollte nach Violet sehen, sie fragen, wie ihr Tag war.«

Das Lächeln der jungen Frau bekam Risse. »Ach. Ich dachte, Sie hätten es schon gehört.«

20:01 Uhr

Rye starrte noch lange auf die Aufzugtür, nachdem sie ihm den letzten Blick auf Brynn abgeschnitten hatte. Er bewegte sich erst wieder, als sein Handy vibrierte. Es war Dash.

Rye meldete sich gereizt: »Ist das ein Weckruf?«

»Liegst du schon im Bett?«

»Ja.«

»Wie ist das Hotel?«

»Ehrlich gesagt, habe ich kaum was davon mitbekommen. Es hat ein Bett. Mehr zählt nicht.«

»Und du liegst darin?«

»Habe ich das nicht gerade gesagt?«

»Schon, aber das war gelogen.«

Rye war überrascht, dass Dash ihn durchschaut hatte, aber er gab sich verärgert. »Lässt du mich jetzt beschatten, oder was?«

»Hätte ich denn Grund dazu?«

Rye fluchte lautlos. »Okay. Erwischt. Warum rufst du an? Hast du noch einen Job für mich?«

»Nein. Ich hatte eben eine erhellende Unterhaltung mit einem Deputy Sheriff Williams.«

»Wilson.«

»Meinetwegen.«

Rye lehnte sich an die Wand und ließ den Hinterkopf dagegensinken. »Was wollte er von dir? Die Sache in Howardville hat sich doch geklärt.«

»Er wollte wissen, ob ich wüsste, wo du steckst, weil er nicht in Howardville ist und weil diese ›Sache‹ noch längst nicht geklärt ist. Er hat Blut auf dem Boden einer Parkgarage in Atlanta gefunden und ein Filmchen angeschaut, in dem du eine Jackie-Chan-Nummer mit einem Jungen abziehst, der mit einem Messer auf dich losgeht.«

Rye presste seine Nasenwurzel so fest zusammen, dass ihm Tränen in die Augen traten. »Fuck, Fuck, *Fuck*!«

»Ich schätze, das beantwortet die Frage, ob Wilsons Behauptung stimmt oder nicht.«

Er sah im Geist vor sich, wie Dash seine Zigarre bearbeitete. Zu diesem Anlass hatte er sie vielleicht sogar angezündet. »Hör zu, Dash, ich weiß nicht, wieso Wilson dich angerufen hat…«

»Weil sie nicht wussten, wie sie sonst Verbindung zu dir aufnehmen sollten.«

Rye dachte an seine Eltern, und sein Magen sackte ins Bodenlose. »Aber du hast Wilson doch nicht die Nummer meiner Angehörigen gegeben, oder?«

»Scheiße nein, ich habe mich absolut blöd gestellt. Aber irgendwie würde ich schon gern wissen, wobei ich dich decke. Bei einem bloßen Vergehen oder einer Straftat?«

»Einem Racheakt. Der Bursche mit dem Messer war der, der mich mit dem Laser geblendet hatte.«

»Hatte mir schon gedacht, dass er das sein könnte. Aber wie kam es, dass du mit ihm nach Atlanta gefahren bist?«

»Wilson wusste das auch?«

»O ja. Der Mann ist ein Zauberer. Er weiß auch, dass du mit der schicken Ärztin in einem billigen Motel untergekrochen warst, dass euch diese beiden Schläger in einem schwarzen Mercedes von dort abgeholt und dass sie euch bei Dr. Lambert abgeliefert haben. Der, wie Wilson sagt, nicht besonders glücklich war, als er erfahren hat, dass sie ihn angelogen hatte, allem Anschein nach, um noch mal mit dir durchzubrennen. Sie wissen, dass sie ihn aus diesem Grund angelogen hat, weil Wilson und das Atlanta Police Department noch ein zweites Filmchen von dir haben, das dich und Dr. O'Neal bei einem Stelldichein in der Parkgarage zeigt. Allerdings keinem besonders zärtlichen. Wilson meinte, er hätte den Eindruck gehabt, dass sie anfangs nicht mitgehen wollte, aber dass du es schließlich geschafft hättest, sie nach draußen zu locken.«

»Von locken kann keine Rede sein.«

»Wie würdest du es denn nennen? Zwingen? Erpressen? Entführen? An deiner Stelle würde ich es bei locken belassen.«

Rye ignorierte alles bis auf die Tatsache, dass Wilson und Rawlins Brynn und ihn bis nach Atlanta gefolgt waren. Wenn es ein Video der Geschehnisse in der dritten und ersten Ebene der Parkgarage gab, würden sie wahrscheinlich schon bald das Kennzeichen des Uber-Fahrzeugs herausgefunden haben, mit dem er und Brynn zum Hotel gefahren waren.

»Dash, hast du Wilson diese Telefonnummer gegeben?«

»Nein.«

»Oder ihm gesagt, dass du das Hotelzimmer für mich gebucht hast?«

»Ich habe mich total dumm gestellt. Bist du gerade im Hotel?«

»Nein.«

»Hm. Ich dachte, vielleicht nutzt du mit der Ärztin die Gunst der Stunde …«

»Nein.«

»Wo bist du dann?«

Darauf antwortete Rye lieber nicht.

»Du willst mir rein gar nichts erzählen, wie?«, fragte Dash.

»Falls Wilson sich noch mal an dich wendet und Druck ausübt, kannst du ihm offen und ehrlich sagen, dass du nichts weißt.«

»Sag mir nur, ob du okay bist. In der Garage warst du derjenige, der geblutet hat.«

»Der Typ hat mir in die Hand geschnitten, aber nicht tief. Ich habe mich gerächt.«

»Du hast ihn kastriert?«

»Nein, aber fast. Ich bin hier fertig.«

»Diese Auseinandersetzung ist alles, was dieser Deputy dir vorwerfen könnte?«

»Ehrenwort.«

Nach einer bedeutungsschwangeren Pause meinte Dash: »Er sieht das anders.«

Rye hatte Dash noch nie so ernst erlebt. »Was glaubt er denn?«

»Er hat es nicht ausgesprochen, aber ein paar Hinweise fallen lassen.«

»Wie zum Beispiel?«

»Wie zum Beispiel, dass der Zustand des Mannes vom Flugplatz inzwischen nicht mehr als ›ernst‹, sondern als ›besorgniserregend‹ bezeichnet wird.«

Rye stöhnte. »Eine Gehirnblutung?«

»Wilson meinte, sein Herz macht Mucken.«

»Wie schlimm?«

»Das wissen sie noch nicht. Aber Wilson will dich noch mal sprechen.«

»Als Zeugen oder als Verdächtigen?«

»Das hat er nicht gesagt, aber er hat den Begriff ›Totschlag‹ in den Raum geworfen.«

Rye massierte seine Schläfe. »Was noch?«

»Und er hat eine Bombe von einem Namen fallen lassen.«

»Lass mich raten. Senator Richard Hunt?«

»Was soll der Scheiß, Rye? Konntest du dir nicht jemanden zum Feind machen, der weniger Einfluss hat?«, fragte Dash zornig.

»Die Geschichte ist zu lang, als dass ich sie am Telefon erzählen möchte, Dash, und sie hat rein gar nichts mit mir zu tun, wenn man davon absieht, dass die Arschgesichter, die dein Flugzeug auf dem Gewissen haben und mich plattmachen wollten, auf Hunts Gehaltsliste stehen.«

»Was hat der Senator gegen dich?«

»Es ging nicht um mich. Sondern um die Lieferung.«

»Wilson hat immer wieder von dieser schwarzen Box angefangen. Was ist damit?«

»Das wirst du nicht von mir erfahren.«

»Dann wirst du nie wieder in eines meiner Cockpits klettern!«

»Bis morgen.«

Er konnte Dashs Atem pfeifen hören, das matschige Kauen auf der Zigarre, aber bis Dash wieder etwas sagte, hatte er sich schon etwas beruhigt. »Was ist mit *ihr*?«

Damit konnte er nur Brynn meinen. »*Nichts* ist mit ihr, okay?« Dash wartete schweigend ab. Rye sah noch mal zum Lift und ergänzte dann leiser: »Auch das hat sich erledigt.«

Dash sagte nichts, und irgendwann wurde die Stille so unangenehm, dass Rye nachgab und zuerst sprach. Er wollte wissen, ob er immer noch auf dem Flug nach Columbus am nächsten Abend gebucht sei. Dash bestätigte es und fragte Rye, was er bis dahin unternehmen wollte.

»Wilson und Rawlins – so heißt sein Partner – haben nichts gegen mich in der Hand, aber sie könnten mich daran hindern, morgen Abend von hier zu verschwinden. Bis zu meinem Abflug tauche ich lieber unter dem Radar ab. Außerdem muss ich mich ausruhen.«

»Wie lange bist du auf?«

»Zu lang.« Ehe Dash sich über seine zu kurzen Ruhezeiten auslassen konnte, fuhr er fort. »Mein Handy hat fast keinen Saft mehr. Ich melde mich morgen früh wieder.«

»Du willst immer noch den ersten Auftrag, der bei mir reinschneit?«

»Du kannst meine Gedanken lesen.«

Er beendete das Gespräch und ging den verlassenen Korridor entlang, und der Klang seiner Stiefelabsätze hallte laut von den Wänden wider. Der Wachmann war immer noch in seine Krimiserie vertieft.

Noch vertiefter als vorhin. Denn als er Rye näher kommen hörte, drehte er sich um. Ein breites, stolzes Grinsen breitete sich auf seinem Bassetgesicht aus. »Hey, schauen Sie mal. Ich bin im Fernsehen.«

Rye blieb an seinem Tisch stehen. »Wieso?«

»Heute kommen die Nachrichten später wegen des Spiels, aber sehen Sie?«

Glucksend zeigte der Wachmann auf den Bildschirm, auf dem er inmitten einer kleinen Menschenmenge zu sehen war. Rye erkannte den Vorhof, durch den er und Brynn vor wenigen Minuten gekommen waren, und das Gebäude im Hintergrund.

Der Wachmann war leicht zu erkennen, weil er in Uniform war, während alle anderen Zivil oder medizinische Kittel trugen.

Rye hatte Mühe, den Kommentar zu verstehen oder gar zu glauben. Das Schriftband am unteren Bildschirmrand erschien ihm genauso unsinnig. Aber langsam fügte sich alles zu einer Story zusammen, die ihn mit Fassungslosigkeit und Angst erfüllte.

Der Wachmann sagte: »Eigentlich sollte ich mich nicht so hervortun, schließlich ging es um Violet. Ein so süßes Kind.«

Das sagte er nur noch zu sich selbst. Rye rannte bereits zurück zum Aufzug.

Kapitel 21

20:08 Uhr

Die Tafel über dem Aufzug zeigte an, dass er immer noch im zweiten Stock hielt. Zum zweiten Mal innerhalb von drei Stunden entschied sich Rye für die Feuertreppe. Mehrere Stufen auf einmal nehmend, rannte er sie hinauf, umrundete die Treppenabsätze, ohne langsamer zu werden, und platzte atemlos, aber wild entschlossen durch die Tür, die zum zweiten Stock führte.

Der lange, leere Flur erstreckte sich nach links und rechts. Er rannte ein paar Schritte in die eine Richtung, sah niemanden und hörte keine Stimmen hinter den geschlossenen Türen, machte kehrt und rannte in die entgegengesetzte Richtung bis zum letzten Zimmer, wo durch die angelehnte Tür ein Lichtstrahl in den Gang fiel.

Er drückte die Tür auf und trat ein. Sein erster Blick fiel auf ein Krankenhausbett, auf dem nur ein abgewetztes rosa Plüschhäschen auf dem Kopfkissen zurückgeblieben war. Unter dem Fenster stand ein Doppelbett, dessen abgezogene Laken in einem Haufen auf der nackten Matratze lagen. An den Wänden hingen Malbuchseiten voller bunter Ballerinas.

All das nahm Rye in nicht einmal einer Sekunde wahr.

Brynn und eine junge Frau mit einem Namensschild am Kittel standen vor einem an der Wand hängenden Fernseher und schauten ebenfalls die Nachrichten, die Rye ausschnittweise unten gesehen hatte.

Brynn hörte seinen schweren Atem und drehte sich um. Ihr Gesicht war kalkweiß; ihre Miene zutiefst verzweifelt. Er trat neben sie, um ihr beizustehen, aber er berührte sie nicht, weil ihm bewusst war, wie neugierig die andere Frau sein plötzliches Auftauchen verfolgt hatte.

Die Nachrichten endeten mit einer Zusammenfassung durch die lächelnde Moderatorin. »Damit haben der Senator und seine Frau der kleinen Violet und ihrer Familie ein wahrhaft denkwürdiges Thanksgiving bereitet, nicht wahr, Mark?«

Der Co-Moderator blickte mit tränenfeuchten Augen in die Kamera. »Allerdings. Was für eine inspirierende und herzerwärmende Geschichte für einen Thanksgiving-Abend. Und sie ist noch nicht zu Ende. In unserer Sendung morgen früh werden wir über Violets Heimkehr berichten.«

Er schwadronierte weiter davon, dass sich jeder das Beispiel der Hunts zu Herzen nehmen sollte, weil man an so einem Tag für alles Gute dankbar sein und jenen, die Aufmunterung brauchten, Freude spenden sollte. Rye drehte sich der Magen um. Nachdem Brynn wie hypnotisiert dem Geschwafel des Moderators lauschte, nahm er ihr die Fernbedienung aus der Hand und stellte den Fernseher stumm.

Die Frau mit dem Namensschild beäugte ihn unsicher. »Gehören Sie zu Dr. O'Neal?«

Brynn rüttelte sich wach. »Ach, Entschuldigung. Abby, das ist … ähm … ein … Freund.«

Er nickte knapp. »Hi.«

Abby erwiderte sein »Hi« und fragte dann: »Ist alles in Ordnung, Dr. O'Neal?«

Brynn legte bestärkend die Hand auf den Arm der jungen Frau. »Ja, natürlich. Alles gut. Ich bin nur ziemlich überrascht, dass ich nicht konsultiert wurde, bevor all das geschah.« Sie deutete zum Fernseher hin. »Wer hat Violet vorübergehend entlassen? Dr. Lambert?«

»Nein.« Der Arzt, den die Schwester nannte, war Brynn offenbar bekannt. Sie nickte gedankenverloren. »Schade, dass man mir nicht Bescheid gegeben hat, dann hätte ich hier sein und Violet eine schöne Heimreise wünschen können.«

»Es ging alles so schnell«, sagte Abby und lächelte glückselig. »Ich hatte gerade mit meiner Schicht angefangen, da hielten schon die ersten Übertragungswagen vor dem Tor. Man hat mir gesagt, dass nur der Verwalter vorab informiert wurde, und das auch nur eine Viertelstunde bevor die Hunts persönlich in einer weißen Limousine anrollten. Sie wollten das Mädchen überraschen und meinten, es ginge heute nicht um sie, sondern nur um Violet.«

»Wobei man sich dann allerdings fragen könnte, wie die Fernsehsender so früh Bescheid wussten …«, sagte Brynn.

Abby zuckte mit den Achseln. »Die zwei stehen so im Licht der Öffentlichkeit, dass sie wohl kaum etwas tun können, ohne dass die Presse Wind davon bekommt.«

»Die Limousine hätte sie auf jeden Fall verraten«, sagte Rye. Er bewunderte Brynn für die Kraft, ihr erzwungenes Lächeln aufrechtzuerhalten, wo er am liebsten alles kurz und klein geschlagen hätte.

»Ist geklärt, wie es kam, dass ausgerechnet Violet für diese …«

»Farce.«

»… Aktion ausgewählt wurde?«, übertönte Brynn Ryes zorniges Zischen.

Abbys Lippen verzogen sich traurig. »Ich habe gehört, wie der Senator einem Reporter erzählte, er wollte etwas für ein Kind tun, das schwer krank, aber noch kräftig genug war, so eine Fahrt zu überstehen.« Sie lachte leise. »Natürlich wurde ihr die Fahrt so kurz wie möglich gemacht. Für Violet und ihre Mutter wurden alle Hindernisse aus dem Weg geräumt.«

»Stimmt«, sagte Brynn, immer noch mit aufgesetztem Lächeln. »Sie haben den beiden buchstäblich den roten Teppich ausgerollt.«

Die Übertragungswagen waren der Limousine in einer langen Kolonne zu einem Privatflugplatz gefolgt, auf dem die Gulfstream der Hunts darauf wartete, Violet und ihre Mutter nach Tennessee zu fliegen, wo sie mit ihrem Vater, ihren Brüdern und ihrem geliebten Hund Cy zusammentreffen würde.

Die Kameras hatten eingefangen, wie die zwei Piloten und die Flugbegleiterin sie mit einem roten Teppich und weißen Handschuhen empfangen hatten und wie sich der Senator und seine Frau mit einer liebevollen Umarmung von der lächelnden Violet und ihrer dankbar weinenden Mutter verabschiedet hatten.

Die rührselige Übertragung hatte damit geendet, dass der Jet der Hunts von der Startbahn in den verregneten Himmel abgehoben hatte. Die beiden hatten Arm in Arm unter einem Schirm auf dem Rollfeld gestanden und den blinkenden Positionslichtern des Flugzeugs nachgewinkt, bis sie in den Wolken nicht mehr zu erkennen waren, und diese letzte Einstellung hatte dem Co-Moderator die Tränen in die Augen getrieben.

»Auf Violet warten noch mehr Überraschungen«, informierte Abby sie gedämpft und glücklich. »Morgen wird Elsa aus *Frozen* sie zu Hause besuchen. Außerdem bekommt Violet ein neues iPad, auf dem schon ihre Lieblingsapps installiert sind, und dazu einen Fernseher für ihr Zimmer.« Sie plapperte weiter, ohne zu merken, wie fassungslos Brynn reagierte.

»Mrs. Hunt ist aus der Nähe noch hübscher als im Fernsehen. Ihr Kostüm war okay, aber für ihre Schuhe wäre ich gestorben.«

Ehe Abby sich weiter über irgendwelche Kleidungsstücke auslassen konnte, nahm Rye Brynns Ellbogen und bemerkte halblaut: »Wir müssen hier weg.«

Ganz offenkundig spürte Brynn, dass er es eilig hatte, und begriff auch den Grund dafür. »Wir sind auf dem Weg zu einer Party«, erklärte sie. »Ich wollte nur einen Zwischenstopp einlegen und bei Violet vorbeischauen.«

Rye geleitete sie behutsam aus dem Zimmer und durch den Gang zum Lift. Sie folgte ohne Protest.

Abby begleitete sie. »Bestimmt würden sich Violet und ihre Familie über einen Anruf von Ihnen freuen, schließlich stehen Sie sich sehr nahe. Und am Dienstag ist sie wieder hier.«

Dienstag. Tage nach dem Verfallsdatum des GX-42.

»Ja«, bestätigte Brynn. »Die nächste Bestrahlung ist für Mittwoch angesetzt.« Sie kaute auf ihrer Unterlippe. »Auch wenn die Reise noch so gut vorbereitet wurde, ihr Immunsystem ist so geschwächt, dass ich mir Sorgen mache, sie könnte sich eine Infektion einfangen. Oder überanstrengen.«

»Ich habe gehört, wie Mrs. Hunt gesagt hat, dass die Piloten über das Wochenende frei haben, aber danach Violet zurückfliegen werden. Und sie wird überwacht. Violets Arzt in Knoxville wurde benachrichtigt. Ein ihm unterstehendes Medizinerteam steht die ganze Zeit bereit. Darauf hat der Senator bestanden. Violets Wohlergehen hat höchste Priorität.«

Brynn und Rye sahen sich an.

»Wie schade, dass Sie zu spät gekommen sind und sich nicht mehr von ihr verabschieden konnten.«

»Viel zu spät«, sagte Brynn leise.

»Ich muss wieder an die Arbeit«, verabschiedete sich Abby. »Viel Spaß auf Ihrer Party.«

Sie ging durch den Korridor zurück. Rye sah ihr nach, bis sie wieder in Violets Zimmer verschwunden war. Als sie vor dem Aufzug anhielten, fiel ihm auf, dass die Anzeige für das Erdgeschoss leuchtete, was hieß, dass jemand den Lift gerufen hatte. Es hätte irgendwer sein können. Trotzdem stellten sich seine Nackenhaare auf, und er verließ sich lieber auf seinen Instinkt. Er zerrte Brynn herum. »Schnell.«

Sie reagierte ohne Nachfrage, ließ sich von ihm zum Treppenhaus ziehen und lief mit ihm nach unten. Als sie im Erdgeschoss ankamen, öffnete er die Tür einen Spalt weit. Vor dem Aufzug oder im Gang war niemand zu sehen. Der Wachmann saß immer noch mit dem Rücken zu ihnen über seinen Fernseher gebeugt. »Gibt es einen Hinterausgang?«

»Einen Notausgang am anderen Ende des Gebäudes.«

»Geht ein Alarm los, wenn wir ihn öffnen?«

»Ich habe den Code, mit dem sich der Alarm ausschalten lässt.«

»Du gehst voran.«

Sie huschten durch die Tür, ohne dass der Wachmann sie bemerkt hätte, und entfernten sich so schnell und leise wie möglich. Rye sah immer wieder zurück zu der Feuertreppe, über die sie eben heruntergekommen waren. Er lauschte aufmerksam auf ein Pingen, das die Ankunft des Aufzugs angekündigt hätte.

Sie kamen um eine Ecke, wo mehrere Gänge abzweigten. Der Notausgang war am anderen Ende eines Ganges. Er und Brynn liefen darauf zu. Brynn tippte den Code in das Tastenfeld ein, und ein Schloss öffnete sich mit einem metallischen Klicken. Rye drückte die Metallstange nieder und schob die schwere Tür auf, ohne dass eine Alarmsirene aufgeheult hätte.

Rye schob Brynn ins Freie und folgte ihr, ohne sich noch einmal umzudrehen. Er wartete nur kurz ab, bis er das beruhigende Klicken der sich schließenden Tür gehört hatte, dann packte er ihre Hand und rannte los.

20:18 Uhr

Abby trat mit dem alten Bettzeug im Arm aus Violets Zimmer und erstarrte. Vor der Tür stand ein Riese. »Meine Güte, haben Sie mich erschreckt.«

»Tut mir leid«, sagte er. »Das wollte ich nicht.«

»Kann ich Ihnen helfen? Hier dürfen eigentlich nur Angehörige …«

»Ich weiß, ich weiß. Das hat der Wachmann schon gesagt. Aber ich bin heute Abend Dr. Lamberts Fahrer. Er wollte bei dem Regen nicht aussteigen und hat mich reingeschickt, damit ich nachschaue, ob Dr. O'Neal hier ist. Er muss sie wegen eines Patienten sprechen. Als ich den Wachmann unten fragte, sagte er, dass sie vor ein paar Minuten gekommen wäre.«

»Sie war hier. Sie haben sie gerade verpasst.«

»Um wie viele Minuten?«

»Eigentlich hätten Sie den beiden im Lift begegnen müssen.«

»Den beiden?«

»Ich nehme an, er war ihr Begleiter für den Abend. Sie waren unterwegs zu einer Party. Wenn es sich um einen Notfall handelt, kann ich sie anrufen und ihr sagen, dass sie umkehren soll. Ich habe ihre Nummer.«

»Das ist das Problem. Dr. Lambert ruft schon seit über einer Stunde bei ihr an. Er glaubt, dass ihr Handy tot ist.« Er hielt einen Zettel mit einer handgeschriebenen Telefonnummer darauf hoch. »Ist das die Nummer, die Sie auch haben?«

Sie zog ihr Handy aus der Kitteltasche und rief die Kontaktliste auf. »Genau.«

»Haben Sie zufällig noch eine zweite Nummer?«

»Nur die von ihrem Telefondienst.«

»Damit hat es Dr. Lambert auch schon probiert. Auch die konnten sie nicht erreichen. Ihr Akku muss komplett leer sein.« Er trat ein paar Schritte zurück und lächelte sie an. »Tut mir leid, dass ich Sie so erschreckt habe.«

Erst als er sich umdrehte und wegging, fiel Abby auf, dass am Aufzug ein zweiter Mann wartete. Er war längst nicht so furchteinflößend wie der, mit dem sie gesprochen hatte. Er hatte schmale Augen und sah selbst in seiner dunklen Chauffeursuniform merkwürdig aus. Irgendwie wirkte sein Gesicht zerschlagen, fand sie, aber vielleicht sorgten die hellen Flurlichter für diesen Eindruck.

Abby konnte sich nicht vorstellen, wozu Dr. Lambert zwei Fahrer brauchte.

Aber so wie sie Dr. Lambert kannte, brauchte er wahrscheinlich einen Fahrer für sich und einen zweiten für sein Ego.

20:22 Uhr

Das Krankenhaus war als weitläufiges Campusgelände angelegt. Die betonierten Wege zwischen den einzelnen Gebäuden waren beleuchtet wie der Strip in Las Vegas. Der Regen verwischte zwar die Lichter, aber deswegen waren auch keine anderen Fußgänger unterwegs, wodurch Rye und Brynn umso auffälliger wirkten. Sie legten in kürzester Zeit eine möglichst große Strecke zurück, aber das reichte nicht, dass Rye in seiner Wachsamkeit nachgelassen hätte.

Er hielt sie beide weiter auf Trab, während er gleichzeitig ständig nach dem schwarzen Mercedes Ausschau hielt. Er wusste nicht mit Sicherheit, ob Goliad und Timmy ihnen auf den Fersen waren. Doch falls nicht, würde ihnen schon bald ein anderes Duo im Auftrag der Hunts nachstellen. Und zuerst würden sie Brynn dort suchen, wo sie nach Violet suchen würde.

Rye sah ein Taxi von einem der Hauptgebäude wegfahren. »Ich halte es an. Komm so schnell wie möglich nach.« Er ließ Brynns Hand los und sprintete davon. Als sie ihn eingeholt hatte, hielt er ihr schon die Autotür auf, und beide kletterten auf die Rückbank.

»Wohin?«, fragte der Fahrer.

»Fahren Sie erst mal los«, sagte Rye. »Sie braucht eine Minute. Hat schlimme Neuigkeiten über ihre Cousine erfahren.«

»Irgendeine bestimmte Richtung?«

»Fahren Sie einfach.«

Murrend drehte sich der Fahrer nach vorn und gab Gas. Während der ersten halben Meile schaute Rye ständig durch das Heckfenster, entdeckte aber kein weiteres Auto.

»Werden wir verfolgt?«

»Ich glaube nicht. Aber ich könnte mich irren.«

Brynn schob ihre Kapuze in den Nacken. Entgegenkommende Scheinwerfer warfen Schlaglichter auf ihr Gesicht. Er konnte nicht feststellen, ob die wässrigen Streifen auf ihrem Gesicht Tränen, Regenwasser oder Spiegelungen der Rinnsale an den Seitenfenstern waren. So oder so sagte ihre Miene alles. Sie war am Boden zerstört.

»Die Hunts hatten mich von Anfang an im Verdacht, dass ich das Mittel für Violet stehlen wollte«, sagte sie. »Das beweist der Zeitpunkt dieses grotesken Schauspiels. Das haben sie inszeniert, während wir von Howardville hierherfuhren.«

»Noch bevor du Lambert davongelaufen bist, hatten die Hunts sich abgesichert, indem sie Violet außer Reichweite schafften.«

»Schlimmer noch, sie haben sichergestellt, dass ich nicht zu ihr gelangen kann. Ihre Heimkehr wird im Fernsehen übertragen. Das heißt, dass die Medien auch in Tennessee sein werden. Scheinwerfer, Kameras.« Sie legte die Fingerspitzen an die Schläfen und drückte zu. »Ich war darauf vorbereitet, gegen meine ethischen Richtlinien zu verstoßen. Ich wusste, welches Risiko ich eingehen würde und war auch dazu bereit. Aber ich möchte dabei lieber nicht im Scheinwerferlicht stehen.«

»Du könntest Mr. und Mrs. Griffin anrufen.« Brynn hatte ihm Violets Nachnamen nie verraten, doch nach diesem

Fernsehabend kannte jeder ihren Namen. Dafür hatten die Hunts gesorgt.

»Ruf sie an und sag ihnen, dass du das GX-42 hast«, schlug er vor. »Falls du es vor morgen Abend acht Uhr dorthin schaffst, würden sie Elsa rauswerfen und dir freie Bahn lassen.«

»Wirklich, Rye? Immer noch? Nachdem auch sie im Scheinwerferlicht stehen? Ich bin mir nicht so sicher. Auch sie würden damit ein Risiko eingehen.«

»Und wenn es dein Kind wäre?«

Sie lächelte melancholisch, als er ihr ihre eigene Frage vorhielt. »Dann würde ich Elsa vor die Tür setzen.«

»Ich wette, sie würden das auch tun.«

»Aber selbst wenn, steht dort ein medizinisches Team in Habachtstellung. Nachdem der Senator erklärt hat, dass Violets Wohlergehen ›höchste Priorität‹ hat, wird sie genau überwacht werden.« Deprimiert fügte sie hinzu: »Die Hunts haben alle Eventualitäten abgedeckt.«

»Glaubst du, dass Lambert dahintersteckt?«

Sie dachte darüber nach und schüttelte dann den Kopf. »Wenn Nate gewusst hätte, was für ein Fernsehspektakel sie geplant hatten, hätte er dabei im Rampenlicht gestanden. Ich halte es für mehr als wahrscheinlich, dass er sauer ist, weil sie ihn ausgeschlossen haben. Das hier trägt ihre Handschrift.«

»Der Frau mit den Schuhen, für die manche Frau sterben würde?«

»Sie steht wie eine Bärenmutter hinter dem Senator. Und sie ist eine exzellente Promoterin. Ein Siegertyp.« Sie ließ den Kopf an die Rückenlehne sinken und schloss die Augen. »Sie haben schmutzig gekämpft, aber sie haben gewonnen.

Als Ärztin kann ich das Präparat nicht verfallen lassen. Ich werde es ihnen noch heute Nacht übergeben. Mich demütigen lassen und eine kurzfristige moralische Umnachtung vorschieben. Was weiß ich. Ich werde zu Kreuze kriechen. Meinen hippokratischen Eid einhalten. Mein Gewissen wird rein sein, und ich muss nicht länger nach Goliad und Timmy Ausschau halten.«

»Nicht nur die sind hinter dir her.«

Sein Tonfall ließ sie aufsehen. Sie drehte sich zu ihm um.

»Dash hat angerufen.«

Er gab ihr das Telefongespräch wieder. Obwohl er wusste, dass ihr Hirn vor Erschöpfung und Ermattung kaum noch funktionierte, ersparte er ihr keine Details. Sie musste begreifen, wer ihr alles auf den Fersen war.

»Er hat sich nicht weiter über Bradys Zustand ausgelassen?«

»›Das Herz macht Mucken.‹ Mehr konnte Wilson ihm nicht sagen.« Er verstummte kurz. »Hast du wirklich alles mitbekommen, Brynn?«

»Goliad und Timmy. Wilson und Rawlins. Alle hinter mir her. So populär wollte ich nie werden.«

»Die Deputys sind zwar auf dem Holzweg, aber zumindest tun sie ihren Job. Alle anderen sind nur hinter dem Medikament her.« Er sank zurück und wandte sich ihr halb zu. »Darf ich einen Gedanken einwerfen?«

»Wenn er hilfreich ist.«

»Vielleicht hilft er dir, klarer zu sehen.«

»Dann bitte ja.«

»Okay, sagen wir, du übergibst das Medikament den Hunts. Demütigst dich. Kriechst zu Kreuze, so wie du gesagt hast. Was passiert, nachdem du es ihnen gegeben hast?«

»Sein Krebs geht in Remission, flammt nicht wieder auf, er führt ein langes und gesundes Leben.«

»Du auch?«

»Wie bitte?«

»Bist du sicher, dass sie ihre Hunde zurückpfeifen werden?«

»Was sollten sie mir noch zur Last legen, wenn das GX-42 erst in seinen Adern fließt?«

»Verrat. Du hättest es für Violet zurückgehalten, wenn sie nicht alles unternommen hätten, um genau das zu verhindern. Sie erscheinen mir nicht wie besonders nachsichtige Menschen, Brynn. Und was hindert dich daran, die ganze Geschichte auszuplaudern, nachdem dein Plan, es Violet zu geben, vereitelt wurde?«

»Das könnte ich unmöglich tun, ohne mich damit selbst zu belasten.«

»Aber der Senator und seine Frau würden viel tiefer stürzen als du. Du hast selbst vom Scheinwerferlicht gesprochen. Du könntest es direkt auf sie richten, und in diesem Kegel wollen sie bestimmt nicht gefangen sein.«

Ihre Augen schienen sich in seine zu saugen. Er wandte den Kopf nicht ab. Diese Entscheidung musste sie fällen.

»Du willst damit sagen, dass ich bloßgestellt, bestraft oder gar aus dem Weg geräumt werden könnte, ganz gleich, welcher Patient das Medikament bekommt.«

»So drastisch hätte ich es nicht ausgedrückt, aber mehr oder weniger ja.«

»Es läuft also darauf hinaus …«

»Du weißt, worauf es hinausläuft, Brynn. Du hast es schon gesagt. Der schlimmstmögliche Fall? Du hattest das Mittel, um Violet zu retten, und hast es nicht getan.« Er legte die Hand auf die Tasche ihres Mantels, in der das Röhrchen lag. »Solange du den Ball kontrollierst, kannst du das Spiel nicht verlieren.«

Sie sah ihn sekundenlang an. »Wenn ich noch heute Abend ein Flugzeug nach Knoxville bekäme, könnte ich schon morgen früh bei den Griffins vor der Tür stehen.«

»Umringt von lauter Reportern.«

»Aber die Griffins würden mich mit offenen Armen empfangen. Da bin ich sicher. Ich könnte ihnen alles erklären. Vielleicht würden sie sich gegen das GX-42 entscheiden, aber zumindest hätten sie die Wahl. Falls sie einverstanden wären, würden wir schon eine Möglichkeit finden, die Infusion zu legen.«

»Und wenn sie Nein sagen?«

»Dann bringe ich die Dosis zurück zu Richard Hunt.«

»Bis acht Uhr abends?«

»Ich wette, sie wüsste ihre Crew schon zu überzeugen.«

Er sah auf seine Uhr. »Bei dem Chaos, das an den Flughäfen herrscht, wirst du heute Abend keinen Flug mehr bekommen.«

»Dann miete ich ein Auto.«

»Schaffst du die Fahrt?«

»Wie lange brauche ich dahin?«

»Ganz gleich, wie lange, du warst die ganze Nacht auf den Beinen und konntest heute Nachmittag nur kurz die Augen schließen.«

»So oder so fahre ich.« Sie beugte sich vor und sagte zum Fahrer: »Zum Flughafen, bitte.«

Der Fahrer schnitt eine Grimasse über den Rückspiegel. »Auf beiden Interstates steht der Verkehr. Falls Sie es rechtzeitig zu einem Flug schaffen wollen …«

»Tun Sie Ihr Bestes«, mischte Rye sich ein.

Der Fahrer sah ihn abweisend an. »Das Ding hier kann nicht fliegen.«

Rye schnaubte lachend. »Ich weiß. Aber ich habe einen Zwanziger in meiner Tasche, der Ihnen gehört, zusätzlich zum Taxameter und fünfzehn Prozent Trinkgeld, wenn Sie nur aufhören, sich zu beklagen, und Gas geben. Und nehmen Sie nicht die Ausfahrt zum Terminal. Sondern die davor.«

»Ein Schleichweg?«, fragte Brynn.

»Trampelpfad.«

»Wohin?«

»In einen Pornoschuppen.«

Kapitel 22

20:58 Uhr

Delores klopfte energisch auf das Display ihres Handys und beendete damit das Telefonat. »Sie haben sie um ein paar Minuten verpasst.«

Nate, der immer noch an dem ihm zugewiesenen Schreibtisch saß, fuhr sich mit der Hand über den kahlen Schädel. Richard umklammerte in dem unverkennbaren Bemühen, einen Tobsuchtsanfall zu unterdrücken, die geschwungenen Armlehnen seines Sessels.

Nur mit all ihrer Willenskraft gelang es Delores, ihre Stimme ruhig zu halten, während sie alles wiedergab, was Goliad ihr erzählt hatte. »So wie er es sieht, müssen sie durch einen Notausgang entwischt sein. Nur so konnten sie ungesehen aus dem Gebäude gelangen. Er weiß nicht, ob sie das Gelände zu Fuß verlassen haben oder ob sie inzwischen ein Auto haben, aber wie auch immer, sie sind verschwunden. Die letzten zwanzig Minuten ist er über das Gelände patrouilliert und hat die beiden gesucht.«

»Hast du Goliad ihre Privatadresse gegeben?«

»Er ist gerade auf dem Weg dorthin. Aber sie wäre schön dumm, nach Hause zu fahren, und dumm ist sie nicht, das wissen wir inzwischen.« Sie wandte sich an Nate. »Wie konntest du deine Kollegin aus den Augen lassen, ohne vorher die Box darauf zu prüfen, dass das Mittel noch darin ist?«

»Sie hat das Mittel nicht heimlich entfernt, solange sie bei mir war«, empörte er sich. »Fragt doch eure beiden Wachhunde. Die waren stundenlang mit ihr zusammen. Die solltet ihr dafür zur Rechenschaft ziehen, nicht mich.«

Delores umfasste ihre Ellbogen und strich unruhig mit den Händen über ihre Oberarme. Im Grunde hatte Nate recht, aber sie würde lieber sterben, als das zuzugeben. Außerdem, seit wann stand es *ihm* zu, *sie* zu korrigieren? Er bildete sich eindeutig zu viel ein.

»Nun«, sagte sie, »wir können froh sein, dass wir so vorausschauend gehandelt haben. Das Mädchen ist mehrere Hundert Meilen entfernt, umgeben von Presseleuten und medizinischem Personal. Dr. O'Neal kann nicht an sie heran. Dafür müssen wir an Dr. O'Neal herankommen.« Sie sah auf ihre Uhr. »Muss ich irgendwen daran erinnern, dass wir keine vierundzwanzig Stunden mehr haben, bevor die Infusion gelegt sein muss?« Sie stellte sich hinter Richards Sessel, beugte sich über die Rückenlehne und umarmte ihn von hinten. »Wir haben schon knappere Termine gehalten, Darling.« Nach einem Kuss auf seinen Kopf drehte sie sich zu Nate um. »Wie steht der Pharmakologe inzwischen dazu, eine zweite Probe herauszuschmuggeln?«

»Er lässt nicht mit sich reden. Dass ich ihm mehr Geld in Aussicht gestellt habe, hat ihn nicht beeindruckt. Und, ähm, er hat einen weiteren heiklen Punkt angesprochen.« Er stand vom Schreibtisch auf, ging an die Bar und schenkte sich drei Finger breit von ihrem besten Scotch ein.

»Und zwar?«, fragte Delores.

Nate sah kurz auf Richard, der gefasst dasaß, aber aussah

wie ein Vulkan kurz vor dem Ausbruch. Delores erkannte die Anzeichen. Nate nicht. Er sah Richard offen an.

»Während unserer letzten Unterhaltung hat der Pharmakologe von ›Transparenz‹ gesprochen. Und zwar mehrmals.«

»In welchem Kontext?«, fragte Richard.

»Er meinte damit die bevorstehende Anhörung im Senat. Ich glaube, die ist für die übernächste Woche angesetzt.« Er nippte an seinem Glas und räusperte sich. »Die jüngste Drogenkrise, die durch verschreibungspflichtige Opioide ausgelöst wurde, hat dazu geführt, dass viele – gefährlich viele, wie manche meinen – Behandlungspräparate auf den Markt gebracht werden sollen. Der Leiter der Gesundheitsbehörde und die Chefetage mehrerer pharmazeutischer Unternehmen werden deswegen massiv attackiert und müssen diese Eile rechtfertigen. Du sitzt in diesem Komitee, Richard, und hast dich oft und laut gegen die beschleunigten Tests und für die Einführung strengerer Regeln ausgesprochen.«

»Du erzählst mir Dinge, die ich selbst weiß, Nate«, sagte er. »Und die Krise, die mir *heute Abend* am meisten Kopfzerbrechen bereitet, ist die in meinen eigenen vier Wänden.« Um die letzten drei Worte zu betonen, stach er dabei mit dem Zeigefinger in Richtung Boden.

»Das verstehe ich natürlich«, sagte Nate. »Aber du hast dich dafür eingesetzt, dass die Förderung experimenteller Medikamente rigoros beschränkt wird, vor allem von Medikamenten, die unter den *Orphan Drug Act* fallen. Du wurdest mit der Aussage zitiert, es sei nicht ›kosteneffektiv‹, wenn Millionen für die Entwicklung eines neuen Medikaments ausgegeben werden, von dem nur relativ wenige Patienten profitieren werden. Und wie du weißt, fällt GX-42 unter genau diese Kategorie.«

Er verstummte, um seinen Worten Nachdruck zu verleihen, obwohl Delores und auch Richard ihn nur zu gut verstanden hatten.

Nate ließ den Scotch in seinem Glas kreisen. »Das hat den Pharmakologen in ein moralisches Dilemma gebracht. Er weiß nicht, ob er es dir zur Verfügung stellen kann, solange du gleichzeitig lautstark Budgetkürzungen forderst, denen die Tests an diesem Medikament zum Opfer fallen würden. Ich will ihn paraphrasieren – es ist so, als wolltest du schnell noch durch den Türspalt schlüpfen, bevor die von dir so vehement geforderten Beschränkungen greifen und die Tür ein für alle Mal zu ist.«

Richards Finger leuchteten weiß, so wütend umfassten sie die Armlehnen. »Ich kann durchaus nachvollziehen, dass das für einen Mann von moralischer Integrität, wie es dieser Wissenschaftler deinen Worten nach ist, ein Dilemma darstellen kann.«

»Nun, da …«

»Aber du bist ganz und gar nicht integer, Nate.« Er fixierte ihn mit seinem strengsten Blick. »Wie kannst du es wagen, dich hier aufzuspielen? Komm mir nicht mit moralischen Konflikten oder Transparenz. Kurz gesagt, versuch nicht noch mal, mich zu ficken.«

Die nachhallenden Worte wurden von einem Summen untermalt, das anzeigte, dass jemand vor dem Tor zum Anwesen stand. »Zweifellos jemand von der Presse«, sagte Delores. »Der die heutige Story über das Mädchen noch weiter ausschlachten will. Die Haushälterin wird sich darum kümmern.«

Sie griff nach ihrem goldenen Feuerzeug, spielte damit herum und drehte es zwischen den Fingern, während sie im

Zimmer auf und ab ging. »Nehmen wir an, dass dieser Pharmakologe vorerst für uns verloren ist. Wohin könnte Brynn O'Neal verschwunden sein, Nate?«

»Ich …«

»Verzeihen Sie, Senator Hunt, Mrs. Hunt.« Die Haushälterin stand in der offenen Tür. »Ein Deputy Don Rawlins ist am Tor. Er sagt, er müsse Sie dringend sprechen.«

»Geben diese Clowns denn nie auf?«, fragte Nate seufzend.

Delores wirbelte zu ihm herum und wollte wissen: »Was könnten sie von uns wollen?«

»Ich habe nicht die leiseste Ahnung«, sagte Nate. »Als sie mich aus der Parkgarage begleiteten, waren sie völlig zerknirscht, weil sie mir die Zeit gestohlen hatten.«

Delores wandte sich an die Haushälterin. »Sagen Sie dem Deputy, dass wir schon zu Bett gegangen …«

Richard fiel ihr ins Wort. »Lassen Sie die Herren herein.« Die Haushälterin verschwand, um seinen Befehl auszuführen. »Wissen ist Macht. Wollen wir doch mal sehen, was die beiden zu sagen haben. Vielleicht haben Sie etwas über Dr. O'Neal oder den Piloten herausgefunden, das uns nützlich sein könnte.«

Nate kippte seinen Scotch hinunter. Delores überprüfte im Wandspiegel ihre Frisur und den Lippenstift, dann nahm sie die »Senatorenfrauen-Pose« ein – die Füße leicht voreinander gestellt, die Hände vor dem Bauch gefaltet –, bevor die Haushälterin die beiden Beamten ins Wohnzimmer führte.

»Gentlemen«, begrüßte Delores sie lächelnd. »Bitte entschuldigen Sie unsere zwanglose Kleidung. Wir hatten nicht mit Besuch gerechnet. Abgesehen von unserem guten Freund Nate Lambert, den Sie bereits kennen, wie ich gehört habe.«

Die Hüte in den Händen, stellten sie sich namentlich vor und reichten dann höflich ihr und Richard die Hand. »Es ist mir eine Ehre, Sir«, sagte Rawlins. Dann sah er Nate an. »Doktor.«

Wilson begrüßte Nate genauso kühl.

Delores schaltete ihren Charme ein und winkte die beiden Beamten in zwei Sessel, bevor sie die Gastgeberin spielte. »Ich weiß von Nate, dass Sie einen furchtbar langen Tag hatten. Bestimmt war es für Sie beide kein besonders schönes Thanksgiving. Möchten Sie vielleicht etwas essen? Ich kann Ihnen so viele Truthahnsandwiches anbieten, wie Sie mögen.«

Sie lächelten wie erwartet, lehnten die Sandwiches aber ebenso ab wie den angebotenen Kuchen. »Nur Kaffee, bitte«, sagte sie zu ihrer Haushälterin. »Ich glaube, den könnten wir alle vertragen.« Sie ließ sich auf der Armlehne von Richards Sessel nieder und legte eine Hand auf seine Schulter. »Ich glaube, Sie müssen den Senator und mich erst einweihen. Was bringt Sie beide her?«

»Sie wissen, dass ich mich immer dafür eingesetzt habe, die Polizei zu unterstützen. Wie können wir Ihnen helfen?«, fügte Richard an.

Wilson übernahm die Führung und rief eine Notiz auf seinem Handy auf. »Wir würden uns gern bestätigen lassen, dass ein Wagen aus Georgia auf Mrs. Hunt zugelassen ist. Ein schwarzer Mercedes mit folgendem Kennzeichen.« Er las es ab.

Delores sah Richard an und er sie, dann wandten sich beide wieder den Deputys zu. »Das kann ich Ihnen leider nicht sagen«, sagte sie mit bedauerndem Unterton.

»Ich auch nicht«, ergänzte Richard. »Wir sind nicht persönlich verantwortlich für die Anmeldung der Fahrzeuge, die wir besitzen oder benutzen, weder hier noch in Washington.«

»Dieser Wagen wurde heute Morgen in Howardville gesehen.«

»Ach so! Dann ist das bestimmt der Wagen, mit dem Goliad fuhr«, sagte sie.

»Hat Goliad auch einen Nachnamen?«

»Den hat er mit Sicherheit, ich kenne ihn allerdings nur unter seinem Vornamen. Ich bin sicher, dass sein voller Name in unserer Angestelltenliste steht.«

»Ich würde gern seinen vollen Namen wissen, wenn Sie ihn mir besorgen können.«

»Natürlich. Er hat heute Abend schon frei, aber gleich morgen werde ich ihn fragen.«

»Hat er vielleicht falsch geparkt?«, fragte Richard und setzte sein diplomatischstes Lächeln auf. »Wenn Sie extra hergekommen sind, um das Verwarnungsgeld einzutreiben, strecke ich es gern vor.«

Wilson lachte gezwungen. Bei dem anderen, dem mit der streitbaren Miene, zuckte kein Muskel.

Die Haushälterin schob den Servierwagen herein. Die nächsten Minuten vergingen damit, dass allen Kaffee eingeschenkt und je nach Geschmack mit Milch und Zucker versetzt wurde.

Als die Haushälterin gegangen war, nahm Delores den Gesprächsfaden wieder auf. »Wir haben Goliad nach Howardville geschickt, weil er sicherstellen sollte, dass Dr. O'Neal wohlbehalten nach Atlanta zurückkommt. Sie musste eine wichtige Erledigung für uns machen.«

»Ja, der Doktor hat uns das schon erklärt, er hat uns nur nicht verraten, wer der Patient ist.«

»Aber das würde ich auch nicht, oder?«, fragte Nate noch hochnäsiger als sonst. »Das Arztgeheimnis.«

Damit konnte er Rawlins nicht abschrecken. »So besorgt, wie Sie um Ihren Patienten sind, hätte ich gedacht, Sie wären im Labor und würden diese so ungeheuer empfindlichen Blutproben analysieren, um … wie hieß das noch? Zellmarker abzugleichen?«

»Ich habe die Proben auf dem Weg hierher in meinem Labor abgegeben. Ich würde dem Senator und Mrs. Hunt die langwierige Erklärung des Abgleichvorgangs gern ersparen.«

»Diese Rücksichtnahme wissen Sie bestimmt zu schätzen«, bemerkte Rawlins an das Senatorenehepaar gerichtet, bevor er sich wieder an Nate wandte. »Haben Sie Dr. O'Neal ausfindig machen können?«

»Nein. Und ich bin fast froh darüber. Ich bin wirklich wütend auf sie. Sie hat mich schwer enttäuscht.«

»Weil Sie die Tests nicht mit Ihnen zusammen überwacht?«

»Unter anderem«, erwiderte Nate und schauderte leicht.

Richard stellte Tasse und Untertasse auf einem Tischchen neben seinem Ellbogen ab. »Nate hat uns von Dr. O'Neals Schwäche für diesen Piloten und ihrem abgeschmackten Intermezzo heute Morgen erzählt.«

»Die beiden haben ihr Liebesnest zusammen mit Ihrem Goliad und einem weiteren Mann verlassen«, mischte sich Wilson ein.

»Wem denn?« Delores stellte sich ahnungslos und sah Richard mit hochgezogenen Brauen an.

»Einem neuen Mann, den Goliad unter seine Fittiche genommen hat und jetzt ausbildet«, sagte er zu den Deputys. »Ich glaube, er heißt Timmy.«

Sie wedelte mit der Hand, als wären dies nebensächliche Details. »Das passt so gar nicht zu Dr. O'Neal. Eigentlich ist sie extrem zuverlässig und absolut darauf bedacht, dieses süße kleine Mädchen zu behandeln und alles zu tun, damit die Kleine überlebt.«

Die beiden Deputys sahen einander an. Wilson wandte sich wieder an Delores. »Ein süßes kleines Mädchen?«

»Die Patientin von Dr. O'Neal und Nate.« Als die beiden Beamten Delores verständnislos ansahen, fixierte sie Nate scheinbar perplex und mit einem Anflug von Verärgerung. »Ich hatte den Eindruck, du hättest den Gentlemen alles erklärt, selbst wenn Violets Name dabei nicht gefallen ist.«

Delores hätte ihn ohrfeigen können. Er saß da wie eine Bauchrednerpuppe und klappte den Mund auf und zu, ohne dass ein Ton herauskam.

Glücklicherweise achtete keiner der beiden Deputys auf ihn, sondern sahen nur sie und Richard an. Wilson hustete hinter vorgehaltener Faust. »Verzeihen Sie, Senator, Mrs. Hunt. Wir dachten, diese Blutproben würden für einen von Ihnen beiden analysiert.«

»O nein«, hauchte sie. »Richard und ich sind mit guter Gesundheit gesegnet.« Sie ließ ihr Lächeln bröckeln. »Traurigerweise gilt das nicht für Violet. Ich habe über eine der Stiftungen, die Richard und ich unterstützen, von ihr gehört. Wir wollten ihr und ihrer Familie etwas Gutes tun.«

»Warum spielen wir Ihnen nicht die Aufnahme vor?«, schlug Richard vor. »Das würde alles erklären.«

»Dann wäre sie immerhin zu etwas gut.« Sie lächelte die beiden Deputys halb entschuldigend an. »Eigentlich sollte niemand außer der Familie des Mädchens etwas von der Sache erfahren, doch irgendwie haben die Medien Wind davon bekommen. Inzwischen brauchen wir Violets Identität nicht mehr zu schützen.«

Richard nahm einen iPad vom Couchtisch und schaltete damit den im Bücherregal montierten Flachbildfernseher ein. Die Aufnahme der Abendnachrichten war dort angehalten worden, wo der Bericht über Violet begann.

Die Deputys sahen den Bericht interessiert an und wirkten, als Richard bei dem Bild des in den Wolken verschwindenden Privatjets stoppte, zu Recht peinlich berührt. »Eine sehr großzügige Geste«, kommentierte Wilson.

»Danke. Sie hat viel durchgemacht und ein paar glückliche Tage verdient.« Richard erhob sich. »Wäre das alles? Es war auch für Del und mich ein langer Tag.«

Beide Deputys standen auf. Wilson ließ seine Hutkrempe durch die Finger gleiten. »Leider noch nicht ganz, Senator.«

Mit sichtlicher, mühsam unterdrückter Ungeduld sah Richard beide Deputys nacheinander an.

»Es geht auch um einen Mann oben in Howardville, der gestern Abend überfallen wurde.« Rawlins wandte sich an Nate. »Wir hätten noch ein paar Fragen an Dr. O'Neal, was sich gestern Abend am Flughafen genau zugetragen hat.«

»Zugegeben, Brynn hat sich heute eigenartig verhalten, aber Männer bewusstlos zu schlagen ist wirklich nicht ihre Art«, sagte Nate.

»Dafür ist es seine Art.«

»Malletts?«

Rawlins nickte.

»Dann sollten Sie nach ihm suchen, würde ich vorschlagen«, sagte Nate. »Wir wissen nicht mal, ob er überhaupt noch in Atlanta ist oder ob die beiden zusammen sind.«

Delores beobachtete genau, wie die Deputys auf Nates Lüge reagierten.

»Sie sind zusammen, Dr. Lambert«, klärte Rawlins ihn auf. »Nachdem Dr. O'Neal aus Ihrer Praxis verschwand, haben sich in Ihrer Parkgarage interessante Dinge zugetragen.« Er wandte sich an Delores. »Zuerst hatte Mallett eine Auseinandersetzung mit Ihrem Mercedes fahrenden Freund und seinem Sekundanten.«

»Meine Güte!« Sie schnappte schockiert nach Luft. »Richard, hast du davon gewusst?«

»Natürlich nicht.«

Rawlins war noch nicht fertig. »Die Überwachungskameras zeigen, wie Goliad und sein Begleiter nach dem Streit mit Mallett in Ihrem Mercedes wegfahren. Und wie Mallett und Dr. O'Neal sich Minuten später an ihrem Stellplatz treffen und gemeinsam zu Fuß verschwinden.«

»So wie es aussieht, hat das ganze Blutvergießen vor allem mit diesem Mallett zu tun«, sagte Richard.

»Mir schaudert, wenn ich mir vorstelle, dass Dr. O'Neal mit ihm zusammen ist«, sagte Delores. »Glauben Sie, sie ist in Gefahr? Offensichtlich ist er gewalttätig.«

»Ich habe keinen Zweifel, dass er diesen Mann auf dem Flugplatz überfallen hat«, pflichtete Nate ihr bei.

»Vielleicht«, sagte Rawlins. »Allerdings fehlt uns noch jedes Motiv. Und selbst wenn Dr. O'Neal vor Liebe blind ist, kann ich mir nicht vorstellen, dass sie Mallett bei etwas so Ernstem wie einem Überfall decken würde.«

»Hat das arme Opfer den Angreifer beschreiben können?«, fragte Delores.

»Er wurde von hinten niedergeschlagen.«

»Der Ärmste. Ich hoffe, er erholt sich bald.«

Als darauf niemand etwas sagte, verkündete Wilson: »Nun, wir haben Ihre Zeit schon zu lange beansprucht. Bitte geben Sie uns Bescheid, falls Sie von einem der beiden etwas hören oder sehen sollten.«

Alle reichten sich die Hand und versprachen, sämtliche Informationen weiterzugeben, sobald welche verfügbar sein sollten. Delores brachte die Beamten persönlich zur Tür, um sie zu verabschieden, und kam danach ins Wohnzimmer zurück, wo sie direkt an die Bar ging und sich einen Drink einschenkte.

»Genau jetzt, wo wir keine Öffentlichkeit brauchen können, hetzt Brynn uns diese Dorfbullen auf die Fersen«, greinte Nate. »Ich könnte sie umbringen.«

»Das wäre definitiv eine Option«, sagte Richard. »Aber dazu müssen wir sie erst finden. Du kennst sie besser als wir. Du siehst sie fast jeden Tag. Hast du dir überlegt, wo sie sein könnte? Welche Ressourcen ihr zur Verfügung stehen? Hat sie ein Wochenendapartment? Einen Zweitwagen? Weiß sie, wo Violet Griffin in Tennessee wohnt?«

Seine letzten Fragen hatte er beinahe gebrüllt, doch Delores' Tonfall blieb bedacht und absolut beherrscht. »Du hast einen Bock geschossen, Darling.«

»Einen kolossalen dazu«, bestätigte ihr Richard. »Als ich Dr. O'Neal vertraut habe.«

»Als du das mit dem Blutvergießen gesagt hast.«

Richards Augen zuckten zu ihr herüber.

»Die Deputys hatten nichts darüber gesagt, dass bei der Auseinandersetzung Blut vergossen wurde. Woher sollten wir davon wissen, wenn wir nichts von seinem Messerkampf mit Timmy wussten?«

21:37 Uhr

Wilson und Rawlins kletterten in ihren SUV. Sie warteten ab, bis sie das Tor durchfahren hatten und wieder auf der Straße waren, dann sah Wilson Rawlins an. »Sie lügen«, stellten beide im Chor fest.

Kapitel 23

21:41 Uhr

Der Taxifahrer hatte nicht übertrieben, was den Verkehr auf den Freeways anging. Um an ihr Ziel zu gelangen, brauchten sie länger, als Rye berechnet hatte, und als er Brynn beim Aussteigen half, sah sie ihn an, als hätte er den Verstand verloren.

Das Viertel war heruntergekommen, schon fast zwielichtig. Die Straßenlaternen waren entweder ausgebrannt oder ausgeschossen worden. Die wenigen Geschäfte, die sich hier noch hielten, hatten längst geschlossen. Die meisten hatten ihre Türen und Fenster mit Metallgittern gegen Einbrecher gesichert. Die düstere, verrammelte Straße war ein Ort, den man lieber mied.

Doch weil Rye weder die gierig funkelnden Augen des Taxifahrers noch seine Art gefielen, ließ er sich zwei Blocks vor ihrem eigentlichen Ziel absetzen. Widerwillig zahlte Rye die versprochenen zwanzig Dollar zusätzlich aus, bekam dafür aber nicht einmal ein »Danke« zu hören. Er wartete, bis die Heckleuchten des Taxis hinter der nächsten Straßenecke verschwunden waren, dann zog er Brynn in den zurückgesetzten Eingang eines leer stehenden Ladens.

»Du hast kein Glück. Hier ist zu.« Sie lenkte seinen Blick auf das verblichene Schild mit der Aufschrift *Zu verkaufen*, das an der Tür hing. »Und zwar schon länger, so wie es aussieht.«

»Wir bleiben nicht hier. Ich wollte nicht, dass der Taxifahrer weiß, wohin wir gehen.«

»*Ich* weiß nicht, wohin wir gehen.«

»Erinnerst du dich an die Strandbar, in der du mit deinen Freunden warst? Ich habe dir gesagt, dass es an jedem Flughafen der Welt so einen Laden gibt.«

»Und in so einen Laden gehen wir?«

»Ein paar Blocks von hier. Unangenehmes Viertel. Unangenehme, raue Bar.«

»Mit jeder Menge Pornos.«

»Du wirst schon sehen. Aber wenn du nach Tennessee fliegen willst, musst du dorthin gehen, wo die Flieger sind.«

»Es gibt einen internationalen Flughafen gleich um die Ecke. Mit vielen Flugzeugen und Piloten.«

»Und außerdem Passagierlisten, Sicherheitskontrollen, Ausweispflicht. Wenn jemand mit, sagen wir, der Autorität eines Kongressabgeordneten wissen wollte, ob du auf einem Flug eingecheckt hast…«

»Daran hatte ich gar nicht gedacht.«

»Richard Hunt denkt sicher daran. Und er wird auch die Mietwagenfirmen abfragen lassen.«

»Und was mache ich jetzt?«

»Du lässt mich einen Deal mit einem Privatpiloten aushandeln.«

»Verzeih mir, wenn ich dich auf das Offensichtliche hinweise.«

»Ich kann dich nicht fliegen, Brynn. Selbst mir sind Grenzen gesetzt. Ich würde mich in kein Cockpit setzen, bevor ich nicht geschlafen habe.«

»Ich habe noch nie einen Privatflug gebucht. Wie viel wird das kosten?«

»Kommt auf das Flugzeug an. Aber ich passe auf, dass du nicht übers Ohr gehauen wirst. Ich besorge dir einen fairen Deal.«

»Wahrscheinlich wird er mein Kartenlimit sprengen.«

»Du solltest ohnehin nicht mit deiner Karte bezahlen. Ich werde Dash anrufen. Er wird das vorerst übernehmen. Ihr beide könnt das später regeln.«

»Das würde er tun?«

»Er wird mir die Ohren vollheulen, aber er wird es tun. Was sagst du dazu?«

Sie seufzte, sah sich um, war offenkundig unentschlossen.

Er stemmte die Hände in die Hüften. »Entscheide dich, Brynn. Sollen wir das durchziehen oder nicht? Es liegt an dir.«

Sie überlegte ein, zwei Sekunden. »Ich sage noch nicht endgültig Ja, aber du hast das Taxi weggeschickt, und hier habe ich wenig bis überhaupt keine Chancen, ein neues zu bekommen. Ich schätze, wenn wir ohnehin in der Nähe der Bar sind, kann es nicht schaden, wenn wir uns nach einem Charterflug erkundigen.«

»Warte.« Er hielt sie am Arm fest, bevor sie losmarschieren konnte. »Noch eine Warnung. Da drin sind lauter Kerle, die dich anglotzen und nur Frischfleisch sehen werden. Die meisten Männer da drin sind betrunken, geil und ungehobelt.«

»Ich kann damit umgehen.«

Ihre schnippische Antwort amüsierte ihn. Er fragte gedehnt: »Ach wirklich?«

»Ich war nicht auf der Klosterschule.«

»Nein, aber hat dich jemals ein Flieger aufzureißen versucht? Die fackeln nicht lange. Keine Zeit für subtile Sprüche. In ein, zwei Stunden sitzt er wieder im Cockpit. Er muss sich beeilen.« Er legte die Hand auf ihren Hintern, zog sie an sich, senkte den Kopf und drückte seine Lippen auf ihre.

»Nein.« Sie schob ihn weg, doch ihre Hände blieben unter seiner Jacke auf seiner Brust liegen. »Und wenn du acht volle Stunden durchgeschlafen *hättest,* Rye?«

Er sagte keinen Ton.

»Keine Antwort ist auch eine Antwort.« Sie senkte die Hände und trat einen Schritt zurück. »Das sollte ein Abschiedskuss werden, nicht wahr? Sobald du mich dem nächsten Flieger übergeben hast, machst du deinen großen Abgang.«

»Nur dir zuliebe! So willst du es, hast du gesagt. Mich nie wiedersehen. Erinnerst du dich?«

»Ganz genau. Wozu also noch einen letzten Kuss? Ich habe dich nicht einmal um deine Hilfe gebeten.«

Er wollte sie dringender küssen als je zuvor, und sei es nur, um zu beweisen, dass er es tun und sie trotzdem ohne Bedauern, ohne schlechtes Gewissen verlassen konnte. Die Frage war nur, wem er damit etwas beweisen wollte. Ihr? Oder sich selbst?

Er sollte längst im Bett liegen. Er sollte längst verschwunden sein. Und doch war er hier, stand ihr mit seinem Wissen bei, um ihr Problem zu lösen. Jeder anständige Mensch würde dasselbe tun, wenn nicht für Brynn, so doch für das kranke Mädchen.

Er würde das hier bis zum Ende durchziehen und dann mit reinem Gewissen verschwinden. Aber wenn Brynn auf einen Kuss verzichten konnte, dann konnte er es verdammt noch mal auch. »Du willst also nach Tennessee?«

»Du kennst die Antwort.«

»Dann musst du los, bevor dir die Polizei von halb Atlanta plus Wilson und Rawlins im Nacken sitzen. Wenn dir mein Plan nicht liegt, auch gut. Wenn du meine Hilfe nicht mehr willst? Noch besser.« Seine Hand durchschnitt die Luft. »Dann bringe ich dich zum Flughafen, und dort trennen sich unsere Wege. Aber du musst dich entscheiden.«

Sie verschränkte die Arme, stupste mit der Zehenspitze gegen ein verdorrtes Unkraut in einem breiten Spalt im Bürgersteig, sah auf die verbarrikadierten Fenster, betrachtete noch einmal das *Zu-verkaufen*-Schild.

Als ihr Blick wieder auf seinen traf, fragte sie: »Wie schlimm sind die Pornos?«

21:53 Uhr

Lärm schlug Brynn entgegen, aber Rye, der ihr direkt ins Ohr schrie, um sich verständlich zu machen, erklärte ihr: »Es ist Thanksgiving. Nicht viel los.«

Ihren Ellbogen fest umfassend und mit Besitzermiene, lenkte er sie an den Tischen vorbei, an denen Männer über Gläsern mit Bier und Tellern voller Kohlenhydrate hockten.

Das Klackern der Billardkugeln wurde begleitet von Triumphschreien und ärgerlichen Flüchen. Auf einem Fernseher, der größer war als Brynns Wohnzimmerwand, lief *Top Gun.* Musik wurde in ziemlicher Lautstärke durch scheppernde Deckenlautsprecher gepresst.

Nur eine Handvoll Frauen war in der Bar, alle jünger und deutlich leichter bekleidet als Brynn. Trotzdem fing sie mehr als genug spekulierende Blicke, Pfiffe und anzügliche Grimassen ein.

Rye hielt auf einem Tisch am Rand des Geschehens zu, wo sie weniger auffielen und es dunkler war. Es saßen zwei Männer daran, die ihre Nachos bis auf wenige Krümel aufgegessen hatten. Auf dem Tisch stand eine Ansammlung leerer Gläser. Rye beugte sich vor. »Eine Runde für euch, wenn ihr uns den Tisch überlasst.«

Sie hoben die Köpfe, glotzten Brynn an, und dann entschied einer: »Zwei Runden.«

»Deal.«

Sie stupsten Rye an, wünschten ihm unter eindeutigem Augenzwinkern viel Glück und zogen ab. Während sie sich auf den frei gewordenen Stühlen niederließen, sagte Rye: »Ich empfehle dir, ein Standardgericht wie Cheeseburger mit Pommes oder Nachos zu nehmen.«

»Was gibt es sonst noch?«

»Extras.«

»Und welche?«

»Chili und Jalapenos.«

»Ich nehme den Cheeseburger. Ohne Extras.«

Er gab einem vorbeieilenden Abräumer ein Zeichen und bestellte, während der Tisch freigeräumt wurde: »Zwei Cheeseburger bitte.«

»Ich bin kein Kellner.«

Rye sah ihn gequält an. »Erspar mir das Gewinsel und bring uns zwei Cheeseburger, okay?«

Der junge Mann sah ihn noch gequälter an. »Mit Pommes?«

»Was glaubst du denn? Und zwei Cola.«

»Mit Bourbon?«

Rye schüttelte den Kopf. »Ich muss vielleicht morgen fliegen.«

»Rum?«

Rye lachte. »Einfach nur Cola.«

Nachdem der junge Mann abgezogen war, stellte sie fest: »Du fühlst dich hier zu Hause.«

»Ja. Und ich weiß, wie hier der Hase läuft. Warte hier. Schau dich nicht um. Keinen Augenkontakt, das wird er als Aufforderung verstehen.«

»Wer?«

»Jeder hier, du kannst es dir aussuchen.«

Er ging vom Tisch weg und arbeitete sich zur Bar vor, wo er den viel beschäftigten Barkeeper heranwinkte. Er bezahlte die Drinks der beiden Männer, die ihnen den Tisch überlassen hatten, und beugte sich dann über die Theke, um ein paar Worte mit dem Barkeeper zu wechseln.

Brynn studierte unterdessen die in die Tischplatte geritzten Namen, die Daten und Obszönitäten.

Rye kam zurück. »Ich habe dem Barkeeper einen Floh ins Ohr gesetzt.«

»Er wird einen Piloten für mich finden?«

»Braucht er nicht. Der Pilot wird uns finden.«

»So läuft der Hase? Du gibst ihm Bescheid und wartest ab, wer auf uns zukommt?«

»Im Grunde ja. Aber keine Angst. Wer dich auch mitnimmt, wird meinen Anforderungen entsprechen. Es wird definitiv kein Grünschnabel sein.«

»Danke.«

»Spar dir das für deinen Abflug.«

Sie sah sich um. »Das mit den Pornos sollte wohl ein Witz sein?«

»Ganz und gar nicht.« Er deutete auf die Wand neben ihrem Tisch.

Sie folgte seinem Blick und begriff, dass jeder Zentimeter Wand mit Bildern aus der Fliegerei bedeckt war. Jede Luftfahrtära war vertreten, mit Flugzeugen jeden Typs in jeder Form und Farbe und Größe.

»Ich nenne so was ›Fliegerpornos‹, weil die Kerle hier total darauf abgehen«, meinte Rye.

»Auf das Fliegen.«

»Auf das Fliegen.« Er reichte dem Hilfskellner, der mit dem Essen und den Drinks zurückgekehrt war, einen Fünfer Trinkgeld.

Sie würzten ihre Burger mit den Soßen, die in einer Sixpack-Pappschachtel auf dem Tisch standen, und fielen dann hungrig darüber her. Als Brynn zwischendurch Luft holen und einen Schluck trinken musste, fragte sie: »Wieso liebst du es so sehr?«

»Tabasco?«

Er hatte eine Pfütze davon auf seinen Teller geschüttelt, aber sie wusste, dass er die ironische Bemerkung nur gemacht hatte, weil er ihr nicht antworten wollte. »Wieso liebst du das Fliegen so sehr?«

»Frühkindliche Prägung, würde ich sagen. Ich habe meine Kindheit zum größten Teil auf Air Force Bases verbracht.«

»War dein Vater Pilot?«

»Er hatte einen Flugschein, aber seine Ohren machten nicht mit. Ihm wurde übel, wenn er zu schnell beschleunigte.«

»Das Fliegen schlug ihm auf den Magen.«

Er lächelte über ihren Scherz, doch dann wandelte sich sein Lächeln zu einer nachdenklichen Miene. »Ihm fehlte …« Dann winkte er ab, weil ihm nichts Geeignetes einfallen wollte.

Sie aß die letzten Pommes frites, dann schob sie den Plastikteller beiseite und wischte ihre Hände mit einer Papierserviette ab. »Ihm fehlte was?«

»Ich weiß es nicht.«

»Doch.«

Er tunkte den letzten Bissen seines Burgers in die scharfe Soße, legte ihn dann aber auf dem Teller ab, ohne abgebissen zu haben. Stattdessen trank er einen Schluck, rutschte auf seinem Stuhl herum und drehte sich zur Seite, um festzustellen, ob der Barkeeper ihn vergessen hatte. Als er sich ihr wieder zuwandte, meinte sie: »Rye, dies ist vielleicht die letzte private Unterhaltung, die wir je führen werden. Nimm sie ernst.«

»Warum?«

»Weil inzwischen knapp zwanzig Stunden vergangen sind, seit du mich zu Boden geschleudert hast. Das war quasi unser Höhepunkt. Seither sind wir von einer Bredouille in die nächste geraten. Steht es mir nicht zu, etwas Bedeutsames aus dieser Begegnung mitzunehmen?«

»Ich wollte vorhin mit dir knutschen, aber du wolltest nicht.«

Sie sah ihn wortlos an.

Er gab sich geschlagen, atmete tief aus und lehnte sich auf seinem Stuhl zurück. »Es ist einfach so, dass ich es beim besten Willen nicht erklären kann, ebenso wenig, wie ich meine Fingerabdrücke erklären könnte. Genau wie sie war die Leidenschaft fürs Fliegen immer ein Teil von mir. Ich mag das Fliegen nicht nur, es ist sogar mehr als Liebe. Es ist…« Er verstummte, suchte nach den richtigen Worten, und ließ sich wieder von seinen Fingerspitzen inspirieren. »Ich bin dazu geboren.«

Offenbar hatte er geglaubt, sie würde das kommentieren

oder ihm dafür danken, dass er ihr das erzählt hatte, und dass das Thema damit erledigt wäre. Aber sie sah ihn weiter fragend an.

Schließlich fuhr er fort. »Solange ich denken kann, wollte ich immer dort oben sein. Ich verbrachte Stunden an der Rollbahn und schaute den Flugzeugen beim Starten zu. Einem nach dem anderen. Immer wieder. Ich bekam nicht genug davon. Beneidete die Männer auf dem Pilotensitz. Und dachte die ganze Zeit dabei: ›Ich kann es nicht erwarten, auch zu fliegen.‹« Er schaute zur Decke hoch, als sähe er dort den offenen Himmel. Dann blickte er sie wieder an. »Bis heute spüre ich dieses Kribbeln vor dem Start, bis zur letzten Nanosekunde, bevor ich das Steuerruder zurückziehe. Ich kann es immer noch nicht erwarten.«

In ihren Augen glänzten Tränen, doch sie hielt sie zurück. »War das wirklich so schwer?«

»Nicht besonders poetisch.«

»Da täuschst du dich.« Ihre Stimme war rau vor Gefühl, doch sie wusste, dass er sie selbst in diesem Lärm gehört hatte.

Er beugte sich vor und stützte die Ellbogen auf die Tischplatte. »Okay, Dr. O'Neal, jetzt du. Warum bist du Ärztin geworden? Hast du dich berufen gefühlt, deinen Mitmenschen zu dienen?«

»Etwas in der Art. Meine Mutter starb, als ich noch ein kleines Kind war. Bis ich irgendwann begriff, was unheilbare Krankheiten sind, war ich wütend auf die Ärzte, die sie nicht gesund machen konnten. Waren sie nicht dafür da?«

»Du wolltest besser sein als sie.«

»Ich nehme an, das trug dazu bei, wenigstens anfangs. Aber Ärztin zu werden war auch …«

»Entschuldigung?«

Sie und Rye sahen zu dem Mann auf, der sie unterbrochen hatte.

Er war etwa in Ryes Alter, aber besser frisiert, mit kurz geschnittenem Haar, und glatt rasiert dazu. Das Hawaiihemd steckte in den Jeans. Über der Schulter hing, an seinem Zeigefinger festgehakt, eine Jeansjacke.

»Rye Mallett?«

Rye sah gequält in Richtung der Bar. »Ich habe ihm doch gesagt, er soll keine Namen nennen.«

»Sie brauchen einen Piloten, der diese Lady so schnell wie möglich an ein bisher ungenanntes Ziel fliegt. Richtig?«

»Haben Sie eine Instrumentenflugberechtigung?«

»Sicher.«

»Wie viele Stunden haben Sie absolviert? Und was für eine Maschine haben Sie zur Verfügung?«

»Ich bin nicht deswegen hier.«

Ryes Tonfall wurde eisig. »Weswegen dann?«

»An den Pooltischen fragt ein Bulle herum, ob jemand Sie mit einer Lady gesehen hätte, die von der Beschreibung her aussieht wie sie. Er sagte, die Polizei würde alles abklappern, wo Sie ein Flugzeug mieten oder chartern könnten.«

»Scheiße!«

»Passt das?«

»Ja. Das passt«, murmelte Rye.

»Was haben Sie angestellt, dass Ihnen das ganze Atlanta PD auf den Fersen ist?«

»Sie interessiert doch gar nicht, was wir getan haben, sonst wären Sie nicht hier und würden uns warnen.«

»Aber Sie haben niemanden umgebracht, oder?«

»Ganz gewiss nicht. Im Gegenteil, sie ist Ärztin und versucht ein Leben zu retten, wobei ihr die Zeit zwischen den Fingern zerrinnt. Auf den Überwachungskameras in einer Tiefgarage ist zu sehen, wie ich einem Arsch, der mit einem Messer auf mich losgehen wollte, Manieren beibringe. Er wird sein Gesicht ein paar Tage mit einem Eisbeutel kühlen müssen, aber er atmet noch.«

Diese Erklärung schien dem Unbekannten zu genügen. Er zog seine Jacke an. »Der Polizist ist gerade auf dem Pott, aber da wird er nicht lange bleiben. Ich gehe mit ihr nach draußen, als wäre sie mein Date. Der Bulle hat ein Bild von Ihnen dabei, das von einer Überwachungskamera aufgenommen wurde. Ich habe einen kurzen Blick darauf werfen können. Es ist verschwommen und dunkel, aber vielleicht sollten Sie vorsichtshalber meine Kappe aufsetzen.«

Er reichte Rye eine Baseballkappe der Atlanta Braves. Rye setzte sie auf und schlüpfte aus seiner Bomberjacke.

»Sehr vernünftig«, sagte der Mann. »Die Jacke ist zwar cool, aber Teil der Beschreibung. Wir sehen uns draußen.« Dann wandte er sich an Brynn. »Bereit, Süße?«

Er kam um den Tisch herum und zog ihr den Stuhl heraus.

Brynn sah Rye in voller Panik an, nicht nur weil die Polizei inzwischen offiziell nach ihnen suchte, sondern auch weil sie diesen Mann noch nie gesehen hatte und mit ihm verschwinden sollte. Auch wenn sie vorhin das Gegenteil behauptet hatte, wollte sie keinesfalls, dass Rye sie *jetzt* allein ließ.

»Und du?«, fragte sie.

»Ich komme sofort nach«, sagte er. »Mach schon!«

Unsicher, ob ihre schlotternden Beine sie tragen würden, stand sie auf. Der Fremde legte ihr den Arm über die Schultern und steuerte sie zum Ausgang. Sobald sie im Freien waren, blieb sie stehen. »Ohne Rye gehe ich keinen Schritt weiter.«

»Ich will nur helfen, Ehrenwort.«

»Und warum?«

»Rye Mallett? Machen Sie Witze? Der Mann ist eine Legende.«

In diesem Moment trat die Legende aus der Bar. Er sah den an der Ecke parkenden Streifenwagen und nahm Brynn wieder in seine Obhut, indem er ihre Hand packte. »Danke, Kumpel. Ich bin Ihnen was schuldig, aber hier trennen sich unsere Wege.«

»Wo steht Ihr Wagen?«

»Hab keinen.«

»Verflucht, Mann. Kommen Sie mit.« Er winkte ihnen zu und führte sie dann über den Parkplatz, auf dem sich anscheinend niemand an die markierten Stellplätze hielt. Als sie bei seinem Auto angekommen waren, entriegelte er es per Fernbedienung und zog die hintere Tür auf.

»Bis hierher und nicht weiter, bis ich weiß, wer zum Teufel Sie sind«, verkündete Rye.

»Jake Morton.«

Dann salutierte er vor Rye.

Violet

Heute Abend darf ich in meinem eigenen Bett schlafen. Die Kissen sind hier viel weicher als im Krankenhaus. Sie sagen immer, es ist ein Hotel, aber wem wollen sie was erzählen? Es ist ein Krankenhaus, bloß ohne das grelle Licht. Nur kranke Leute wohnen dort, und ich liege auf der Etage für die krebskranken Kinder. Mom und ich wohnen dort, solange ich die Bestrahlungen kriege. Ich hasse Bestrahlungen. Aber bis zum Mittwoch muss ich mir darüber keine Gedanken machen.

Vier Nächte darf ich zu Hause bleiben, vielleicht sogar fünf. Mom hat gesagt, wenn es nach ihr geht, soll Dr. O'Neal bestimmen, wann ich zurückmuss. Dr. O'Neal war nicht da, als sie mich nach Hause gelassen haben.

Das kam so. Ich habe geschlafen. Dann bin ich aufgewacht, weil Leute in meinem Zimmer waren. Einer war ein Mann, der ein Senator ist. Seine Frau heißt Mrs. Hunt. Sie hatte rote Lippen und blonde Haare. Die beiden redeten ganz nett mit mir und lächelten die ganze Zeit dabei, und sie sagte, ich wäre ganz bezaubernd. Er klopfte mir leicht auf die Schulter und sagte, ich hätte einen Orden verdient, weil ich so tapfer wäre.

Glaubt er, ich bin eine Soldatin? Dann muss er wirklich dumm sein.

Als ich Mom das ins Ohr flüsterte, sagte sie »Psst!« und

dass sie mir alles später erklären würde, aber dazu kam sie nicht, weil die Frau vom Senator an einem Stück redete, außer wenn sie fotografiert wurde. Sie fragte mich, ob ich aufgeregt bin, weil ich ins Fernsehen kommen würde. Ich sagte »Ja, Madam«, weil Mom mich dabei ansah und ihre »Benimm dich«-Miene aufgesetzt hatte. Mrs. Hunt sagte, ich sollte den Kameras zuwinken, also winkte ich, weil ich sie nicht wütend machen wollte. Sie benahm sich, als wäre sie der Boss von jedem.

Im Flugzeug gab es eine Couch, auf die ich mich legen durfte. Ich musste mich nicht übergeben. Die Frau im dunkelblauen Kleid brachte mir ein Gingerale, aber ich trank es nicht aus. Sie fragte mich immer wieder, ob ich noch was will, aber ich wollte nichts mehr.

Als wir wieder aus dem Flugzeug ausstiegen, waren noch mehr Leute da, die Fotos von uns aufnehmen wollten. Wir fuhren in einem langen weißen Auto nach Hause, genau wie dem, in dem wir zum Flughafen gefahren waren. Vor uns fuhren zwei Polizisten auf ihren Motorrädern.

In unserem Vorgarten standen lauter Menschen. Auch die wollten Fotos von uns machen. Ich war da schon zu müde zum Winken, wollte nur noch meinen Dad sehen. Er kam aus der Tür gelaufen und die Stufen runter und nahm mich in die Arme. Er musste Cy am Halsband festhalten und zurückziehen, weil er die ganzen Fernsehleute anbellte.

Mein Zimmer ist voller Ballons. Mein Bruder hat einen davon platzen lassen. Daddy sagte ihm, er soll sich zusammenreißen.

Die Ärztin – nicht Dr. O'Neal, sondern meine erste Ärztin – kam rein und untersuchte mich. Eine Krankenschwester bleibt über Nacht bei uns zu Hause.

Alle gingen aus dem Zimmer, bis auf Daddy. Er setzte sich auf mein Bett und fragte mich, wie der Flug gewesen wäre. Ich erzählte ihm von der Couch und dem Gingerale. Er strich mir über den Kopf und sagte, er würde schon spüren, wie meine Haare wieder wachsen, dabei weiß ich genau, dass da keine sind. Ich lächelte trotzdem.

Er beugte sich zu mir runter und gab mir einen Kuss, wünschte mir eine gute Nacht und meinte, dass ich jetzt schlafen soll, weil morgen ein anstrengender Tag wird. Dann ging er schnell raus, damit ich nicht sehe, dass er gleich weinen muss. Er glaubt, ich weiß nicht, dass er manchmal weint, aber ich weiß das wohl. Kinder sind viel schlauer, als die Erwachsenen denken.

Ich kann meine Brüder in ihrem Zimmer hören. Sie streiten über ein Videospiel. Mum und die Krankenschwester und jetzt auch Dad sitzen bei Kaffee und Kuchen in der Küche. Sie haben Cys Hundebett in mein Zimmer gestellt. Er schläft schon. Er ist der Einzige, der normal geblieben ist und mich nicht anders behandelt, nur weil ich krank geworden bin.

Dad hat versprochen, dass mich morgen eine große Überraschung erwartet. Ich hoffe, dass Dr. O'Neal hier sein wird, wenn ich aufwache. Ich weiß nicht, ob der Senator und seine Frau sie gefragt haben, ob ich nach Hause darf. Wenn nicht, wird sie ziemlich wütend sein, denn sie will mehr als alles andere, dass ich gesund werde.

Ich hoffe, ich werde wieder gesund. Wenn ich sterbe, wird sie furchtbar enttäuscht sein.

Kapitel 24

22:22 Uhr

Als Rye den Salut sah, taumelte er zurück, als hätte man ihn geohrfeigt. »Lassen Sie den Scheiß.«

Jake Morton lächelte liebenswürdig. »Okay. Aber steigen Sie schon ein. Ich fahre Sie, wohin Sie wollen.«

»Vielen Dank dafür«, sagte Rye, »aber ich will nicht dafür verantwortlich sein, dass Sie Schwierigkeiten bekommen.«

»Ich lasse Sie hier nicht stehen, Mallett. Das ist nicht verhandelbar.« Jake sah an ihnen vorbei zur Bar. »Der Bulle wird nicht ewig pinkeln.«

Rye gab nach und nickte Brynn zu. Alle stiegen ein, Brynn und Rye hinten. Jake fuhr, ohne zu fragen, mehrere Blocks von der Bar weg und fragte dann, wohin sie wollten.

»Fahren Sie uns einfach zum Flughafen rüber«, bat Rye. »Lassen Sie uns an der Gepäckausgabe aussteigen. Irgendwo in der Nähe des Taxistands.«

»Ehrlich«, sagte Jake, »sagen Sie einfach, wohin Sie wollen. Ich bringe Sie hin.«

»Das geht nicht«, sagte Rye. »Vielleicht hat jemand beobachtet, wie Sie mit uns weggefahren sind. So können Sie ganz ehrlich antworten, Sie hätten uns am Flughafen abgesetzt, falls Sie irgendwann gefragt werden. Mehr wüssten Sie nicht.«

»Ist die Sache mit der Polizei so ernst?«

»Nein. Aber die Sache mit ihrer Patientin.«

Jake sah Brynn über den Rückspiegel an.

»Ich kann nicht darüber sprechen, aber es geht tatsächlich um Leben oder Tod«, bestätigte sie.

Jake nickte ernst. »Also zum Flughafen.«

»Fliegen Sie?«, fragte Rye.

»Aber ja. Ich habe eine Bonanza.«

»Schön.«

»Schon älter, aber gut in Schuss. Vor zwei Jahren habe ich einen neuen Motor eingebaut. Heute habe ich frei. Wäre der Nebel nicht gewesen, hätte ich eine Runde mit ihr gedreht.«

»Was tun Sie sonst?«

Er lachte. »Fliegen.« Er nannte die Frachtlinie, für die er flog.

Brynn und Rye sahen einander an. Er zog die Brauen hoch, als würde er sie fragen, ob Jake ihr Mann war. Sie wollte schon nicken, als Jake sagte: »Ich muss um null Uhr dreißig los. Kurz nach Kansas City rüber und zurück. Zum Frühstück bin ich wieder da.«

Was hieß, dass er heute Nacht nicht zur Verfügung stand. Brynn merkte, dass sie enttäuscht war. Sie mochte Jake Morton. Und sie hatte das Gefühl, dass Rye ihn ebenfalls mochte.

»Woher kennen Sie mich? Haben sich unsere Wege schon mal gekreuzt?«, wollte Rye wissen.

»Ich war zur selben Zeit in Afghanistan wie Sie.«

Rye spannte sich derart an, dass selbst Brynn die drastische Veränderung in seiner Haltung spürte.

»Ich flog damals die C-130s nach Bagram und wieder raus«, berichtete Jake weiter. »Truppen. Wasser. Jeeps. Was auch immer. Musste nicht richtig durch die Scheiße fliegen wie Sie, aber ich kenne all die Geschichten. Ich hätte nie gedacht, dass ich Sie mal kennenlernen würde.«

Rye wandte den Kopf ab, schaute aus dem Fenster und erklärte gedämpft: »Danke, dass Sie uns heute Abend geholfen haben.«

»Kein Problem. Für mich ist das eine Ehre.«

Der Verkehr zum Flughafen war dichter als üblich, doch Jake navigierte seinen Wagen Stück um Stück in Richtung Randstein und besetzte blitzschnell einen Halteplatz, den ein gerade abfahrender Minivan freigab. Rye öffnete die hintere Tür auf der Beifahrerseite. »Sie brauchen nicht erst auszusteigen, Jake. Wir müssen uns beeilen.«

»Schon kapiert.« Doch dann sah er, dass Rye die Baseballkappe absetzen und zurückgeben wollte. »Behalten Sie die, aber ich möchte Ihnen noch mal die Hand geben.« Er streckte die Hand nach hinten.

Rye beugte sich vor, und sie schüttelten die Hände.

»Es gibt keinen Flieger auf der Welt, der Ihnen das damals nicht nachfühlen konnte. Und keinen auf der Welt, der Ihnen kein Bier ausgeben würde. Sofort«, sagte Jake zum Abschied.

Rye sah ihm kurz in die Augen. »Passen Sie auf sich auf.«

Brynn rutschte über die Bank und stieg aus. Rye schloss die Autotür, klopfte zweimal aufs Dach, und Jake fuhr los.

Die Begegnung hatte so abrupt begonnen und geendet, dass sie Brynn surreal erschien, dennoch wusste sie, dass der letzte Wortwechsel beiden Männern viel bedeutet hatte. Brynn wünschte, sie könnte Rye danach fragen, aber dies war weder die Zeit noch der Ort dafür.

Alles war voller Polizisten.

Zum Glück waren die Beamten mit dem Auto- und Fußgängerverkehr beschäftigt und hatten alle Hände voll zu tun, um wenigstens den Anschein von Ordnung zu erwecken. Um möglichst wenig Aufmerksamkeit auf sich zu ziehen, stellten Rye und sie sich in die Schlange am Taxistand, die sich Schritt um Schritt vorwärtsbewegte.

»Tut mir leid«, sagte sie.

»Was?«

»Du wolltest mich endlich loswerden.«

»Na ja, du wirst mich genauso wenig los.«

»Ich könnte immer noch ein Auto mieten und selbst nach Kentucky fahren.«

»Das könntest du. Aber nicht ohne unterwegs ständig in den Rückspiegel zu schauen, ob Goliad und Timmy hinter dir auftauchen. Oder, da du nach den beiden Ausschau halten würdest, ein neues Schlägerduo, das du erst bemerken würdest, wenn es zu spät ist.«

»Die Hunts würden mich nicht exekutieren lassen, Rye.«

Er lachte leise. »Für das, was du in deiner Manteltasche hast? Werde erwachsen, Brynn. Ständig verschwinden junge Frauen. Lambert würde zwar öffentlich um dich trauern, aber der Geldsegen würde ihn schnell wieder trösten. Hunt hätte sein GX-42, und dein Leben würde als unwesentlicher Unkostenbeitrag abgeschrieben.«

»Das ist zynisch.«

»So ist das Leben. Die Bösen triumphieren. Die Guten sterben.«

Sie fragte sich, ob er vielleicht einen Kriegskameraden meinte. »Wer genau?«

»Hoffentlich nicht Brady White.«

Er hatte sich Jakes Rat zu Herzen genommen und seine Jacke nicht wieder angezogen, doch jetzt klopfte er die Taschen ab und holte sein Handy heraus. Er fragte Siri nach einer Telefonnummer und ließ sie anrufen. Brynn lauschte.

»Howardville Community Hospital. Wohin darf ich Sie durchstellen?«

»Ich bin ein Freund von Brady White. Ich habe gehört, dass es ihm schlechter geht. Können Sie mir vielleicht etwas dazu sagen?«

»Ich verbinde Sie mit dem OP. Oder Sie können mit der Oberschwester sprechen.«

»Er wird operiert?«

»Wenn … wenn Sie bitte am Apparat bleiben würden, Sir, dann erkundige ich mich nach seinem Zustand. Bitte bleiben Sie am Apparat.«

Rye beendete das Gespräch ohne ein weiteres Wort. »Heute Morgen wollte mir die Lady in der Notaufnahme überhaupt nichts verraten. Die hier wollte mich in der Leitung halten. Das heißt, dass sie die Anrufe zurückverfolgen.«

»Wenigstens wissen wir, dass Brady noch am Leben ist.«

»Das ist immerhin etwas, sogar sehr viel. Trotzdem müssen wir dich immer noch zu Violet bringen.«

»Ich bin für alle Vorschläge offen.«

»Erst beschaffen wir uns neue Handys.« Mit einer schnellen Handbewegung schaltete er das eben benutzte Handy aus und warf es in den nächsten Mülleimer. »Früher oder später wird das Sheriff's Office in Howardville diese Nummer mir zuordnen. Das heißt, dass sie an Wilson und Rawlins weitergegeben wird, die sie dann mit dem Atlanta PD teilen. Wenn sie sie dann zurückverfolgen, werden sie hier nach mir suchen, während ich längst woanders bin. Falls sich diese verflixte Schlange *irgendwann* vorwärtsbewegt.«

Er schaute nach vorn, als wollte er überschlagen, wie lange es noch dauern würde, bis sie an der Reihe waren. Er trug immer noch die Baseballkappe, sodass niemand außer Brynn sehen konnte, wie seine Augen ständig den überfüllten Vorplatz abtasteten und nach einem Hinweis Ausschau hielten, dass jemand in Uniform sie entdeckt hatte.

»Was schwebt dir vor?«, fragte sie. »Willst du ins Hotel zurück?«

Er erklärte ihr, dass das Kennzeichen ihres Uber-Wagens womöglich von einer Überwachungskamera erfasst worden war, während sie von der Parkgarage zum Hotel gefahren waren. »Aber mir bleibt nichts anderes übrig, als zurückzufahren. Ich habe meine Pilotentasche im Hotel gelassen.« Wieder schätzte er die Länge der Schlange ab. »Hier sind wir ein leichtes Ziel. Wir müssen uns unbedingt einen fahrbaren Untersatz beschaffen. Jake war ein Glücksfall, aber so oft taucht kein Schutzengel auf, und Taxis und Mietwagen zu benutzen ist zu riskant. Kennst du irgendwen, der dir an Thanksgiving kurzfristig ein Auto leihen würde, mitten in der Nacht und ohne zu viele Fragen zu stellen? Jemand, dem du vertraust? Ein Kollege? Eine Freundin? Ein Freund?«

Sie wandte den Blick ab.

»Autsch«, sagte er. »Das war wie ein Eiswürfel auf einem entzündeten Zahn. Es gibt einen Mann in deinem Leben?«

»Es gab einen.«

Sie versuchte, seinem Blick auszuweichen, doch er folgte ihren unruhigen Augenbewegungen. »Einen Ehemann?«

»Wir waren nicht verheiratet.«

»Aber es war was Ernstes.«

»Wir haben länger zusammengelebt.«

»Hm.« Seine Augen lagen im Schatten des Kappenschirms, doch sie spürte den eindringlichen Blick auf ihrem Gesicht. »Dein Kussverbot. Hat das was mit ihm zu tun?«

Hörbar hitzig fragte sie: »Tut das irgendwas zur Sache, wenn er uns helfen kann?«

Er drehte sich weg und murmelte etwas, das sie nicht verstand und lieber nicht verstehen wollte, dann drehte er sich wieder ihr zu und zuckte gleichgültig mit den Schultern. »Wenn dein Propeller krepiert, nimmst du jeden Landeplatz und stellst keine Ansprüche mehr.«

22:47 Uhr

»Sie sind also Timmy.«

Das ehemalige Gangmitglied stand wie ein Angeklagter vor einem strengen Richter. Richard Hunt sah ihn voller Verachtung an.

Delores musste ihm recht geben, dass Timmy einen erbärmlichen Anblick bot, vor allem an der Seite Goliads, der wie immer makellos und absolut beherrscht aussah. Timmy stand leicht nach links geneigt, und sein Gesicht trug noch die grausamen Zeichen der Tracht Prügel, die ihm Rye Mallett verabreicht hatte.

»Dieser erste Job war so etwas wie eine Probearbeit«, sagte Richard. »Bisher bin ich von Ihren Leistungen wenig beeindruckt. Menschen, die auf diesem besonderen Feld für mich arbeiten, tun das unter dem Radar. Verdeckt. Wissen Sie überhaupt, was das bedeutet? Das bedeutet, dass sie keine rücksichtslosen Dummheiten begehen und mir Hinterwäldler-Deputys ins Haus schicken.«

»Ja, Sir.«

Goliad trat vor. »Timmy hat zwar impulsiv, aber in Notwehr gehandelt.«

Timmy drehte sich aufgebracht ihm zu und knurrte Goliad mehr oder weniger an. »Und du hast wie ein Trottel danebengestanden und rein gar nichts unternommen.«

»Weil ich nicht so dumm bin, mich einem Messer in den Weg zu stellen«, gab Goliad gelassen zurück.

Delores mischte sich ein. »Meine Herren, gegenseitige Schuldzuweisungen bringen uns nicht weiter, sondern kosten wertvolle Zeit, die wir nicht haben. Ich will nur hören, dass Sie Dr. O'Neal aufgespürt haben.«

»Tut mir leid, Madam, das haben wir noch nicht«, sagte Goliad.

Richard stieß einen halblauten Fluch aus.

Den Kopf gesenkt, die Arme verschränkt, drehte Delores eine Runde durch den Raum und blieb dann vor Timmy stehen. »Würden Sie uns kurz entschuldigen?«

Er legte argwöhnisch den Kopf schief und spitzte beinahe die Ohren wie ein Tier, das eine Gefahr wittert. »Weshalb?«

»Weil ich glaube, dass Sie eine Schmerztablette brauchen, und die Haushälterin welche in der Küche hat.« Delores schenkte ihm ein zuckersüßes Lächeln. »Goliad wird sofort nachkommen.«

Timmys Augen wurden schmal. Er begriff, dass ihm nichts anderes übrig blieb, als sich zu fügen. In Richards Augen war er schon halb im Treibsand versunken.

»Wie komme ich dahin?«

Sie deutete durch die Doppeltür. »Halten Sie sich links. Sie können sie nicht verfehlen.«

Er warf Goliad über die Schulter einen beleidigten Blick zu, trat aber folgsam ab. Delores zog die Tür hinter ihm zu.

»Wie viel weiß er?«, fragte Richard Goliad.

»Er hat sich zusammengereimt, dass sich etwas Medizinisches in der Box befinden muss, nachdem zwei Ärzte an der Sache beteiligt sind. Aber mehr weiß er nicht.«

»Sorgen Sie dafür, dass das so bleibt«, sagte Richard. »Sie sind der Einzige bei der ganzen Sache, der weiß, wie ernst die Situation tatsächlich ist. Wir müssen Dr. O'Neal das Medikament abnehmen.«

»Ich verstehe.«

»Ich glaube, wir sollten Timmy von diesem Einsatz abziehen«, fuhr Richard fort. »Wenigstens vorerst. Er ist eine tickende Zeitbombe. Wir wissen ja, wo wir ihn finden können, falls wir seine besonderen Talente brauchen sollten.«

»Ich bin ganz deiner Meinung«, pflichtete Delores ihm ohne Zögern bei. »Messerkämpfe? Jesus. Und es ist mir egal, ob ihn dieser Pilot provoziert hat. Lassen Sie es so klingen, Goliad, als würden wir uns Sorgen wegen seiner Verletzungen machen. Sagen Sie ihm, er soll sich heute Nacht freinehmen und ausschlafen. Sie würden ihn morgen anrufen und nachfragen, ob er wieder arbeiten kann.«

»Ja, Madam.«

»Und jetzt zum zweiten Punkt. Wo zum Teufel steckt Dr. O'Neal?«, wollte Richard wissen.

Goliad sammelte sich, bevor er antwortete. »Wir haben alle nahegelegenen Orte abgeklappert. Ihre Praxis. Die Stationen im Krankenhaus, auf denen sie arbeitet. Ihr Haus. Es ist verrammelt. Wir haben versucht, ihr Telefon zu orten. Diesmal ohne Erfolg. Ich bin überzeugt, dass sie – oder eher Mallett – dafür gesorgt hat.«

»Nate hat Ihnen eine Liste ihrer Bekannten und Freunde gegeben.«

»Etwa die Hälfte davon habe ich erreicht«, bestätigte Goliad. »Ich habe ihnen erklärt, ich hätte ihr Handy gefunden und würde jetzt ihre Kontaktliste abtelefonieren, weil ich es ihr zurückgeben wollte. Ich habe nachgefragt, ob sie ein Wochenendhaus hat, eine Hütte am See, irgendwas, wo sie den Feiertag verbringen könnte. Nichts von alledem. Nur ein einziges Auto ist auf sie zugelassen, und wo das steht, wissen wir.«

»Irgendwas über den Vater?«

»Es gibt eine ganze Liste von vorbestraften O'Neals. Ich habe Leute angesetzt, die nach einer Verbindung zu ihr suchen, doch das wird dauern.«

»Ich könnte Nate dafür ohrfeigen, dass er den Deputys nicht den Vornamen entlockt hat«, mischte Delores sich ein.

Kurz bevor Goliad und Timmy eingetroffen waren, hatte Nate sich davongeschlichen und es ihnen überlassen, seine abtrünnige Kollegin ausfindig zu machen. Nicht dass sein Beitrag besonders hilfreich gewesen war, außerdem hatten seine unqualifizierten und unerwünschten Kommentare an Delores' Nerven gezerrt.

»Wenn wir die Deputys jetzt nach dem Vornamen ihres Vaters fragen würden, würde sie das stutzig machen«, gab Richard zu bedenken. »Außerdem glaube ich nicht, dass sie in Atlanta bleiben wird. Bestimmt wird sie versuchen, zu dem Mädchen zu gelangen.«

»Ich habe ein paar Hacker auf die Fluglinien und Mietwagengesellschaften angesetzt«, sagte Goliad. »Weder ihr Name noch der von Mallett ist irgendwo aufgetaucht. Und«, ergänzte er und holte tief Luft dabei, »es gibt eine weitere Komplikation.«

»Super. Genau das, was wir brauchen«, bemerkte Delores.

Goliad sah sie bedauernd an. »Ich habe überall in der Stadt Spitzel, die das Gras wachsen hören. Einem davon ist zu Ohren gekommen, dass in einer Bar in der Nähe des Flughafens, wo Piloten von Malletts Kaliber verkehren, ein Officer des Atlanta PD nach den beiden gefragt hätte.«

»Des Atlanta PD?«, fragte Delores.

»Das haben wir Timmy und dieser Messerstecherei zu verdanken«, mutmaßte Richard.

»Wahrscheinlich«, bestätigte Goliad düster. »Das Letzte, was wir wollen, ist, dass sich meine Suche und die der Polizei überlappen. Jeder weiß, für wen ich arbeite. Falls ihr was zustößt, könnte das auf Sie zurückfallen.«

Richard fuhr sich mit der Hand über das Gesicht. »Was bleiben uns damit noch für Möglichkeiten?«

»Ich werde weitersuchen, aber diskret. Hoffen, dass irgendwas auftaucht.«

»Aber wir haben keine Garantie, dass das passiert, bevor die Zeit abläuft.«

Goliad hob die Hände in einer hilflosen Geste. »Ich weiß nicht, was ich tun soll, bis sich irgendwas ergibt.«

Delores hatte ziellose Kreise im Zimmer gedreht, aber dabei konzentriert zugehört. »Wir können uns nicht darauf verlassen, dass sich irgendwas ergibt. Nachdem es ganz so aussieht, als wäre Dr. O'Neal abgetaucht, müssen wir uns überlegen, wie wir sie wieder zum Auftauchen zwingen können.«

»Und wie?«, fragte Richard.

»Das weiß ich nicht. Aber wir sollten uns etwas einfallen lassen. Und zwar bald.« Sie sah Goliad an. »Bringen Sie Timmy zurück unter seine Brücke oder wo er auch hausen mag, und kommen Sie dann wieder her. Ich will dabei sein, falls etwas an einem der Köder, die Sie ausgeworfen haben, anbeißt. Richard und ich sind todmüde. Wir gehen jetzt schlafen. Sie können sich später auf dem Sofa im Fernsehzimmer ausstrecken.«

»Bin bald zurück.« Goliad ging zur Tür.

Delores folgte ihm und sagte zu Richard: »Ich bringe die beiden zur Tür. Möchtest du irgendwas aus der Küche?«

»Nein danke.«

Sie und Goliad verließen gemeinsam das Zimmer. Timmy war nirgendwo zu sehen. Sie hielt Goliad am Arm zurück. »Ich bin froh, dass wir einen Augenblick für uns haben«, flüsterte sie. »Es gibt da etwas, das Sie wissen sollten.«

Sie erzählte ihm von Richards Ausrutscher, als er in Gegenwart der Deputys etwas von Blutvergießen gesagt hatte. »Eigentlich hätten wir nichts von dem Kampf wissen können. Tatsächlich haben wir uns beide erschrocken gestellt, als sie uns davon erzählten. Vielleicht ist es ihnen ja entgangen.«

Goliad sah sie ernst an. »Trotzdem sollten wir sicherheitshalber annehmen, dass die Deputys es mitbekommen haben und sich nun fragen, warum sie angelogen wurden.«

Sie sackte zusammen. »Vor allem das macht mir Sorgen. Das musste ich Ihnen noch sagen. Wir laden Ihnen so viel auf und verlassen uns viel zu sehr auf Sie«, ergänzte sie zerknirscht.

»Keineswegs.«

»Doch, es ist so. Ich sehe Ihnen an, dass Sie genauso erschöpft sind wie wir, trotzdem lassen Sie keine Sekunde locker. Wir nehmen Ihre Loyalität nicht als selbstverständlich, auch wenn ich fürchte, dass Sie das manchmal so empfinden müssen. Ganz ehrlich, ich wüsste nicht, was wir ohne Sie täten, Goliad.« Ganz leicht legte sie die Hand auf die Knopfleiste seines Hemds. »Ich wüsste nicht, was *ich* ohne Sie täte.« Sie machte einen Schritt auf ihn zu. »Ich traue Timmy nicht. Ganz ehrlich, ich fürchte mich ein bisschen vor ihm. Ich werde kein Auge zu tun, bis ich weiß, dass Sie wieder hier unter unserem Dach sind.«

»Ich komme so schnell wie möglich zurück.«

»Und das Sofa ist bequem genug?«

Er schluckte hörbar. »Ja, Madam.«

»Gute Nacht, Goliad.«

»Gute Nacht.«

Sie nahm ihre Hand von seinem Hemd und wandte sich leise lächelnd ab. Solange er fürchtete, in die Verbannung geschickt und endgültig von ihr getrennt zu werden, würde er niemals seinem Instinkt nachgeben. Lieber würde er weiter in qualvollem Schweigen leiden, solange er nur in ihrer Nähe bleiben und sie ansehen konnte, als aus einem Impuls heraus etwas zu tun, was ihn von ihr trennen könnte.

Er würde sie nie berühren, aber hin und wieder rief Delores ihm in Erinnerung, wie gern er genau das tun würde.

Kapitel 25

23:11 Uhr

Rawlins lenkte den SUV an den Straßenrand und schaltete den Motor aus. Weder er noch Wilson rührte sich, während sie das Haus in Augenschein nahmen. Die Straße lag in dunkler Stille; nichts als das Ticken des abkühlenden Motors war zu hören. Innen brannte kein Licht, soweit sie erkennen konnten. Es gab eine Laterne über der Veranda, aber auch die war ausgeschaltet.

»Sicher wissen wir es erst, wenn wir nachgesehen haben.«

»Du wirst mich in den Arsch kneifen müssen, damit ich aussteige, sonst bin ich einfach zu müde.«

Rawlins prustete. »Danke für das Angebot, aber nein.«

Er öffnete die Fahrertür und stieg aus. Wilson drückte ächzend die Beifahrertür auf und erhob sich ebenfalls. Gemeinsam gingen sie über den gepflasterten Zugang zur überdachten Haustür. Rawlins drückte auf die Klingel, und sie hörten es drinnen läuten.

Er läutete noch zweimal, bevor im Haus ein Licht anging, und gleich darauf wurden sie von der aufstrahlenden Verandalaterne geblendet. Schlösser wurden entriegelt, dann ging die Haustür auf.

Vor ihnen stand, barfuß in einem weißen T-Shirt und einer mit Pinguinen bedruckten Schlafanzughose aus rotem

Flanell, Wes O'Neal. »Ich war's nicht«, sagte er zur Begrüßung.

Wilson lächelte. »Lange her, Wes.«

»Ich habe nicht mitgezählt. Wo sind Ihre Haare hin?«

Er fragte das so freundlich, dass Wilson es ihm nicht übel nahm. »Wie läuft es so zurzeit?«

»Bis vor zwei Minuten lag ich mit reinem Gewissen im Bett. Ich weiß beim besten Willen nicht, was Sie aus Howardville hierhergeführt hat. Ich war seit Ewigkeiten nicht mehr dort oben. Was Ihnen auch fehlt, ich habe es nicht geklaut. Ich bin jetzt ein ehrlicher Bürger.«

»Stört es Sie, wen wir reinkommen?«

»Warum?«

»Wenn Sie ein ehrlicher Bürger sind, brauchen Sie sich doch keine Sorgen zu machen.«

Wes schien kurz abzuwägen, dann öffnete er den Haken der Fliegentür. Die Angeln quietschten, als er sie aufschob. Er drehte ihnen den Rücken zu und ging voraus, um auch im Wohnzimmer Licht zu machen.

Eine Frühstücksbar mit Kunststoffplatte und einem einsamen Hocker trennte den Wohnbereich von der schmalen Küche ab. An dem kleinen runden Esstisch standen zwei unterschiedliche Stühle. Auf dem Tisch war ein Schachspiel aufgebaut, das offenbar noch im Gang war. Der restliche Raum wurde größtenteils von einem Fernsehsessel eingenommen, einem hässlichen Monstrum in dunkelbraunem Leder.

»Ich bekomme nicht oft Besuch, darum sind die Sitzgelegenheiten beschränkt«, verkündete Wes und ließ sich in den Fernsehsessel fallen.

»Netter Sessel«, bemerkte Wilson.

»Nicht geklaut.«

»Sie sind jetzt ein ehrlicher Bürger.«

»Nicht nur deshalb. Ich könnte das verfluchte Ding sowieso nicht tragen.« Wes strich mit den Händen über die gepolsterten Lehnen. »Ich hab's auf einem Flohmarkt gekauft. Bar. Ich habe einen Job. Von neun bis fünf im Walmart.«

»Als Regalauffüller?«, fragte Wilson.

»Kaufhausdetektiv.«

Rawlins lachte auf. »Der Fuchs, der den Hühnerstall bewacht.«

»Genau darum bin ich so gut.« Er kniff die Augen leicht zusammen und sah zu Rawlins auf. »An Ihren Namen kann ich mich nicht erinnern, aber an Ihr Gesicht. Sie haben Football gespielt, bei den Clemson Tigers, korrekt?«

»Ganz genau. Don Rawlins. In meinem ersten Jahr als Deputy in Howardville habe ich Sie wegen Einbruchs verhaftet. In einem Laden für Autoersatzteile.«

Wes grinste. »Die Anklage wurde fallen gelassen. Der Besitzer hatte mir versprochen, dass ich mir ein Starterkabel ausleihen dürfte. Er hatte nichts davon gesagt, dass ich es erst abholen kann, wenn er am nächsten Morgen aufmachte.«

Wilson lachte leise, aber Rawlins fand das nicht lustig. Er machte ein Gesicht, als würde er gegen Alabama ins Endspiel ziehen. »Stört es Sie, wenn ich mich ein bisschen umsehe?«, fragte er.

Wes breitete die Arme aus. »Nur zu. Was Sie hier sehen, ist so gut wie alles. Zum Schlafzimmer und Bad geht's da durch.« Er deutete auf eine offene Tür. »Mein Bademantel hängt hinten an der Tür. Bringen Sie ihn bitte mit. Es ist ein bisschen frisch hier drin.«

Übertrieben höflich fragte Rawlins: »Sonst noch was?«

»Danke der Nachfrage. Meine Pantoffeln müssten neben dem Bett stehen.«

Rawlins drehte sich um und stakste davon.

Wes sah Wilson an. »Eine echte Spaßkanone. Und was sucht er genau?«

»Nichts Bestimmtes.«

»Na sicher«, meinte Wes halblaut.

Wilson trat an den Tisch mit dem aufgebauten Schachspiel. »Gegen wen spielen Sie?«

»Meist gegen mich selbst.«

»Bescheißen Sie?«

»Klar doch.«

Wilson zog einen der Stühle unter dem Tisch heraus und drehte ihn um, sodass er Wes gegenübersaß. Als Rawlins zurückkam, sah er kurz zu Wilson und informierte ihn mit einem Kopfschütteln, dass sich Brynn O'Neal in keinem der anderen Räume versteckt hielt. Er ließ die Pantoffeln vor Wes' Sessel fallen, warf ihm den Bademantel zu und setzte sich dann auf den Barhocker.

Wes schob die Hände durch die Ärmel des Bademantels. »Schon besser. Also, was hat Sie zu mir geführt?«

»Wir sind wegen Brynn hier.«

Wes' Lächeln erlosch. »O Himmel.« Er presste sich die Hand aufs Herz, sackte zur Seite und hielt sich an der Armlehne fest.

Wilson versicherte ihm eilig, dass ihr nichts zugestoßen war. »Wenigstens soweit wir wissen, geht es ihr gut.«

Die Hand immer noch auf seinem Herzen, holte Wes mehrmals tief Luft. »Sie sind also nicht hier, um mir mitzuteilen, dass ihr was zugestoßen ist?«

»Nein. Tut mir leid, wenn wir den Eindruck vermittelt haben«, sagte Wilson.

»Das sollte Ihnen auch leidtun. Sie haben mir einen Höllenschrecken eingejagt.« Wes richtete sich auf und pustete die Luft aus. »Wenn ihr nichts passiert ist, was ist dann los?«

»Wir sind nicht sicher, was los ist, Wes, und das ist bei Gott die Wahrheit. Aber ich werde Ihnen erzählen, was wir bisher wissen.«

Wilson begann mit der Bruchlandung des Flugzeugs, das Brynn in Howardville erwartet hatte. Brynns Vater hörte ihm schweigend zu. Wilson sah ihm an, dass ihn die bizarre Folge von Ereignissen beunruhigte und dass er eindeutig bedrückt war, als er erfuhr, was in den letzten Stunden geschehen war.

Wes drehte den Kopf abrupt Rawlins zu, als würde er hoffen, dass der alles abstreiten oder für einen schlechten Scherz erklären würde, dann wandte er sich wieder an Wilson. »Und jetzt wird sie vermisst, sagen Sie?«

»Wir sagen, dass die Umstände keine klaren Rückschlüsse zulassen. Sie hat ihren Kollegen belogen, wen sie unten in der Parkgarage sehen wollte. Die Überwachungskameras haben aufgezeichnet, wie sie mit diesem Mallett verschwand.«

»Dessen Ruf bestenfalls zweifelhaft ist«, ergänzte Rawlins.

Das Funkeln in Wes' Auge verwandelte sich in ein Gleißen. »Wenn er ihr was antut, bringe ich ihn um.«

»Falls es Sie beruhigt«, beschwichtigte Wilson, »es sieht nicht so aus, als würde er Brynn etwas antun wollen. Tatsächlich sieht es für mich eher so aus, als würde er sie vor diesen beiden Männern auf Hunts Gehaltsliste beschützen.«

»Moment mal. Sie haben doch gesagt, Hunt hätte die zwei nach Howardville geschickt, um zu garantieren, dass Brynn sicher mit dieser Box zurückkommt. Warum muss sie jetzt vor ihnen beschützt werden?«

Rawlins übernahm die Erklärung. »Wir haben das Gefühl, dass der Senator und Mrs. Hunt einiges vor uns geheim halten.«

»Was Sie nicht sagen, Sherlock. Der Mann ist Politiker.«

»Ja, aber wir könnten uns vorstellen, dass in der Box nicht nur diese Blutproben waren.«

»Sondern auch?«

»Das wissen wir nicht. Aber was es auch ist, falls es Richard Hunt gehört und Ihre Tochter damit abgehauen ist, dann ...«

»Stopp«, fiel Wes ihm ins Wort. »Ich bin – war – ein Dieb. Dazu stehe ich. Aber Brynn? Niemals.«

»Das mag stimmen, aber ihr Verhalten heute war höchst suspekt, und sie weicht uns seither aus. Bei ihrem Handy ist nur die Mailbox eingeschaltet, und ihren Sekretariatsservice hat sie schon länger nicht angerufen. Wir haben überall nach ihr gesucht, wo sie Unterschlupf gesucht haben könnte.«

Wes ließ sich in seinen Sessel zurückfallen, und sein runzliges Gesicht hellte sich auf. »Ach, kapiert. Jetzt weiß ich, warum Sie hier sind. Sie dachten, sie wäre bei Papa untergekrochen?«

Wilsons Ton wurde schärfer. »Haben Sie Brynn gesehen, Wes?«

»Nein.«

»Mit ihr gesprochen?«

»Nein.«

»Wann zum letzten Mal?«

»Vor zwei Jahren. Vielleicht waren es auch drei.«

Das passte zu dem, was Brynn ihnen am Vorabend erzählt hatte.

»Wann genau, weiß ich nicht mehr«, fuhr Wes fort. »Irgendwann vor meiner letzten Inhaftierung. Damals hatte sie ihr Praxisjahr beendet und angefangen, für das Krankenhaus zu arbeiten. Sie hat's zu was gebracht.«

»Arbeitete sie damals schon mit Dr. Lambert zusammen?«

»Den Namen habe ich zum ersten Mal gehört, als Sie ihn vor einer Minute ausgesprochen haben. Brynn hat zwar mit mir über ihre Arbeit geredet, aber nur so allgemein, dass ich ihr folgen konnte.«

»Hat Sie Ihnen vielleicht irgendwann von einer Patientin namens Violet erzählt?«

»Ich kann mich nicht entsinnen, dass sie je über irgendwelche Patienten geredet hätte. Warum?«

»Ein kleines Mädchen, inzwischen um die sieben Jahre alt. Es ist sehr krank. Und scheint Brynn sehr am Herzen zu liegen.«

Wes zog die Schultern hoch. »Ich habe noch nie von ihr gehört. Und was hat das mit dem zu tun, was heute passiert ist?«

»Haben Sie heute Abend ferngesehen?« Rawlins deutete auf das archaische Gerät in der Ecke.

»Der ist hinüber.«

»Hm«, sagte Rawlins. Dann fixierte er Wes mit kaltem Blick. »Und Sie haben keine Ahnung, wo Ihre Tochter sein könnte? Bei einer Freundin vielleicht?«

»Kann schon sein, aber ich kenne ihre Freunde nicht.«

»Falls sie in Schwierigkeiten steckt und Sie etwas vor uns geheim halten …«

»Das tue ich nicht!«

Rawlins stand von seinem Barhocker auf. »Glauben Sie wirklich, wir würden Ihnen abnehmen, dass Sie seit *Jahren* nichts von Ihrer Tochter gehört oder gesehen haben?«

Wes sah ihn wütend an. »Ich bin vielleicht ein Gauner, aber kein Lügner.«

Wilson mischte sich ein, bevor der Wortwechsel noch aggressiver werden konnte. »Schön ruhig bleiben, Wes.«

»Ruhig bleiben, leck mich doch!« Er schoss aus seinem Sessel hoch. »Sie holen mich aus dem Bett und erzählen mir, dass Brynn Gefahr droht, und zwar von irgendwelchen Auftragskillern im Dienst eines Senators, der krimineller ist als ich, darauf würde ich mein ganzes Geld verwetten. Sie ist zusammen mit einem… einem… Buschpiloten, der Ärger anzieht wie ein Blitzableiter. Warum durchkämmen Sie nicht die Stadt nach ihr, statt mich zu verhören?«

Wilson stand auf. »Haben Sie ein Telefon, Wes?«

»Das hat doch jeder.«

Er tauschte mit Wilson Telefonnummern aus. »Verzeihen Sie, dass wir Sie beunruhigt haben, Wes. Wir hoffen, dass es eine logische und harmlose Erklärung für die ganze Sache gibt. Vielleicht sind Rawlins und ich auch auf dem Holzweg und liegen völlig falsch, was die Hunts und Dr. Lambert und alles andere angeht.«

»Aber Sie haben so eine Ahnung, dass irgendwas nicht passt.«

»Eine starke Ahnung«, bestätigte Wilson. »Und irgendwer ist für den Überfall auf Brady White verantwortlich. Also, ich weiß nicht, ob Brynn irgendwas Illegales getan hat oder nicht. Aber sie steht im Zentrum von vielen offenen Fragen. Und bisher hat sie uns keine klaren Antworten geben können.«

»Bei Ihnen klingt das, als wäre Brynn eine Kriminelle auf der Flucht.«

»Na ja, kurz bevor wir hier ankamen, hat uns das Office angerufen. Genauer gesagt Myra. Erinnern Sie sich an sie?«

»Sicher, sicher. Und?«

»Ein Mann hat im Krankenhaus von Howardville angerufen und sich nach Brady Whites Zustand erkundigt. Wir hatten die Leute in der Telefonzentrale gebeten, so viele Informationen wie nur möglich aus jedem Anrufer herauszulocken.« Er gab Wes das Gespräch in groben Zügen wieder. »Offenbar hat er den Braten gerochen. Und aufgelegt.«

»Oder er war ein Freund, der schon gehört hatte, was er wissen wollte.«

»Möglich. Nur dass wir die Nummer ermitteln konnten und sie an die hiesige Polizei weitergegeben haben und dass das Handy, von dem der Anruf kam, in einem Mülleimer am Flughafen gefunden wurde. Und so einen Trick würde nur jemand abziehen, der auf der Flucht ist und uns von seiner Fährte ablenken will.«

»Brynn würde so was nie einfallen«, beteuerte Wes. »Mir schon. Aber ihr nicht.«

»Mallett auch.« Rawlins sprach mit Böser-Bulle-Stimme. »Falls Brynn mit Ihnen Kontakt aufnimmt, wollen wir das wissen. Und falls Sie Mallett oder sie bei sich aufnehmen, werde ich sofort Ihren Bewährungshelfer anrufen.«

Wes sah ihn finster an. »Mir machen Sie keine Angst, Rawlins. Ich fürchte mich nicht vor dem Knast. Finden Sie meine Tochter, passen Sie auf, dass ihr nichts passiert. Der Rest interessiert mich nicht.« Er öffnete die Haustür. »Und jetzt machen Sie, dass Sie aus meinem Haus verschwinden, und suchen Sie nach ihr.«

Wilson blieb auf der Schwelle stehen. »Sie haben meine Telefonnummer.«

»Ja, ja.« Sobald Wilson aus der Tür war, hakte Wes die Fliegentür wieder ein und knallte die Haustür zu. Schlösser klickten.

Die beiden Deputys kehrten zu ihrem SUV zurück, und Wilson meinte: »Ich glaube, er hatte wirklich keine Ahnung.«

»Er schien sich wirklich aufzuregen«, sagte Rawlins und gluckste. »Er hat sich tatsächlich aufgeregt, als ich seine Wahrheitsliebe in Zweifel gezogen habe.«

»So ist Wes eben«, sagte Wilson. »Er ist ein Gauner, aber kein Lügner.«

23:23 Uhr

Wes schaltete die Lichter aus und ging ins Schlafzimmer.

Sobald er durch die Tür war, schoss ein Arm hinter der Tür hervor, hakte sich um seine Kehle, zog ihn gegen einen harten Brustkorb und drückte ihm die Luftröhre ab.

»Kein Wort«, hörte er ein Knurren.

Er hätte sowieso keinen Pieps von sich geben können, nachdem ihm die Luft abgeschnitten war. Und selbst wenn, hätte er keinen getan. Er war ein Gauner, kein Held.

Aus dem Augenwinkel sah er eine dunkle Gestalt – eine Frau, wenn ihn seine Augen nicht täuschten – an dem Fenster mit Blick zur Straße stehen. Sie spähte durch die Lamellen der Jalousie.

Wes drohte schon in Ohnmacht zu fallen, als sie endlich sagte: »Sie sind weg.«

Der Griff um seine Kehle lockerte sich. Wes massierte seinen Adamsapfel und krächzte: »Brynn?«

»Ich bin's.«

»Ist alles in Ordnung mit dir?«

»Ja, ich bin okay.«

Sie kam auf ihn zu und schälte sich im Näherkommen langsam aus der Dunkelheit heraus. Er konnte sie besser erkennen, nachdem der Mann das Licht im Bad eingeschaltet hatte, auch wenn er die Tür nur einen Spalt weit geöffnet hatte.

Zum ersten Mal seit Jahren sah Wes seiner Tochter ins Gesicht, auch wenn es im tiefen Schatten lag, und er war verblüfft, wie schön sie war. Genau wie ihre Mutter. Sie sah müde und ziemlich mitgenommen aus, aber sie war offenbar nicht verletzt.

Sie hatten seit ihrem letzten bitteren Abschied keinen Kontakt mehr gehabt. Anders als die Deputys hatte Wes keinesfalls damit gerechnet, dass sie sich an ihn wenden würde. Doch hier war sie, und ihm fehlten die Worte.

Als nach langem Schweigen offensichtlich wurde, dass es ihr genauso ging, sagte er: »Du bist also doch bei Papa untergekrochen.«

»Nur weil mir keine anderen Möglichkeiten blieben.« Sie musterte ihn genauso wie er sie. »Wieso Pinguine?«

Er zog die ausgebeulten Pyjamabeine auseinander, als wollte er vor ihr knicksen. »Die gab's zum Sonderpreis.«

»Du arbeitest wirklich bei Walmart?«

»Ich muss morgen zwei Stunden früher hin, weil uns nach Thanksgiving die Kunden die Türe einrennen. Es wird eine Stampede geben, aber ich bin nicht unten im Laden. Ich verbringe meine Schicht oben in meiner Kabine hinter den Videoschirmen. Und halte nach Ladendieben Ausschau.«

»Du kennst alle Tricks.«

»Die meisten. Ich bin ein bisschen eingerostet. Inzwischen arbeiten die Langfinger mit Hightech. Aber wir Detektive auch.«

»Bist du deshalb ehrlich geworden? Dass du erwischt werden könntest, hat dich noch nie abgehalten.«

»Hm. Immer noch verbittert, wie ich sehe.«

»Mit deinem Humor magst du andere einwickeln, bei mir zieht er schon lange nicht mehr«, erwiderte sie kühl.

Wes schnaubte und drehte sich zu der großen Gestalt um, die als Schattenriss vor dem Licht aus dem Bad stand. »Und Sie sind …«

»… der Buschpilot.«

Wes musterte ihn ebenfalls und schniefte dann missbilligend. »Wie ich gehört habe, sind Sie schuld daran, dass meine Tochter Ärger hat.«

»Da haben Sie was Falsches gehört. Ich hatte ein wunderbares Leben, bis ich gestern Abend eine Lieferung an sie zugestellt habe. Seither ist nichts mehr wie zuvor. Also, so schön und liebevoll diese Familienzusammenführung auch ist – können wir uns der Angelegenheit zuwenden, deretwegen wir gekommen sind?«

»Und die wäre?«

»Wir brauchen einen Fluchtwagen. Können Sie uns einen klauen?«

Kapitel 26

23:27 Uhr

Ohne eine Antwort abzuwarten, nickte der Pilot zu Wes hin. »Das ist *der* Mann?«

»Ja, das ist er«, sagte Brynn.

»Mit dem du zusammengelebt hast.«

»In einer Beziehung. Genau wie ich gesagt habe.«

»Ja, aber du hast mich glauben lassen …«

»Ich kann nichts dafür, wenn du falsche Schlüsse ziehst.«

»Quatsch.«

Wes hatte den Wortwechsel interessiert verfolgt. Plötzlich schien Brynn wieder einzufallen, dass er noch da war. Halb murmelnd, stellte sie die beiden einander vor. »Das ist Wes. Dad, Rye Mallett.«

»Bis jetzt kann ich nicht behaupten, dass es mir ein Vergnügen ist«, meinte Wes.

»Geht mir genauso.«

»War es wirklich nötig, mir die Luftröhre abzuquetschen?«

»Es hätte nötig sein können. Ich wollte kein Risiko eingehen.«

Verärgert über alle beide, fragte Brynn: »Könnten wir vielleicht einen Kaffee bekommen?«

Während Wes Kaffee kochte, ging Mallett alle Fenster im

Wohnzimmer ab und kontrollierte, dass die Jalousien zugezogen waren. Außerdem überprüfte er den Riegel an der Haustür.

Als der Kaffee fertig war, setzten sich Wes und Brynn an den Tisch mit dem Schachbrett. Mallett thronte auf dem Barhocker. Seine Augen waren wachsam wie die eines Falken. Oder die eines Piloten, nahm Wes an. Gefahr erkannt, Gefahr gebannt. War das kein Leitspruch für Piloten? Außerdem lauschte der Mann auf jedes Geräusch.

Er strahlte Rastlosigkeit aus und das Gefühl, bedrängt zu werden, erkannte Wes. In der Klemme zu stecken war offenbar nichts Neues für Mallett.

»Wie seid ihr ins Haus gekommen?«, fragte Wes ihn.

»Sie haben Brynn ein oder zwei Einbrechertricks beigebracht.«

Wes wandte sich an sie. »Du bist durchs Fenster rein?«

»So wie du es mir beigebracht hast.«

Wes betrachtete sie stolz. »Dann habe ich wohl doch was richtig gemacht. Ohne einen Laut. Während Bullen im Haus waren. Gute Arbeit.«

Sie tat, als hätte sie sein Lob nicht gehört. »Wir sind mit dem Taxi hergefahren, haben uns aber ein paar Straßen weiter absetzen lassen. Von dort aus sind wir zu Fuß hierher, bis wir den Streifenwagen am Straßenrand und die beiden Deputys vor deiner Tür gesehen haben. Also sind wir hinters Haus geschlichen und haben abgewartet, bis sie wieder abgezogen sind. Dein Schlafzimmerfenster stand einen Spalt weit offen.«

»Man weiß frische Luft zu schätzen, wenn man ein paar Jahre in einer Zelle geschlafen hat.«

»Rawlins ist das offene Fenster nicht aufgefallen, als er ins

Schlafzimmer kam. Es stand gerade so weit offen, dass wir euer Gespräch mithören konnten.«

»Ist alles wahr, was er und Wilson mir erzählt haben?«

»Mehr oder weniger«, erwiderte Brynn.

»Was denn nun? Mehr? Oder weniger?«

»Weder Rye noch ich haben dem Mann am Flugplatz etwas angetan. Tatsächlich machen wir uns große Sorgen um ihn.«

»Das glaube ich dir. Wo bleibt das ›Aber‹?«

»Aber ich habe wirklich etwas, das Richard Hunt als sein Eigentum betrachtet.«

Wes sackte in sich zusammen. »Genau davor hat sich deine Mutter bis zu ihrem Tod gefürchtet.«

»Wovor?«

»Dass du meine Gene geerbt haben könntest und sie sich eines Tages durchsetzen würden.«

Brynn seufzte. »Entspann dich, Dad. Ich bin nicht zum Stehlen geboren.«

»Ich stehle nicht«, betonte er. »Ich nehme …«

»… nur Dinge, die Ihnen nicht gehören«, mischte Mallett sich ein.

Wes sah ihn scharf an. »Nicht aus Bösartigkeit oder Neid oder Gier. Nichts dergleichen. Nur …«

»Nur …?«

»Weil es praktisch ist.«

»Ich verstehe. Danke für die Klarstellung.« Mallett hob seinen Kaffeebecher zu einem ironischen Toast.

Wes wandte sich wieder an Brynn. »Was hast du, das der Senator für sein Eigentum hält?«

»Das kann ich dir nicht sagen.«

»Ich würde mir eher die Zunge rausschneiden lassen, als dich zu verpfeifen.«

»Das weiß ich. Aber je weniger du weißt, desto besser ist es für dich. Ich will dich nicht in Schwierigkeiten bringen.« Sie sah Mallett ärgerlich an. »Vergiss, was Rye vorhin sagte. Wir möchten nicht, dass du ein Auto für uns klaust. Aber wenn du eines hast, das wir uns ausleihen könnten, würde uns das sehr helfen.«

»Hat das etwas mit dem kleinen kranken Mädchen zu tun, von dem die Deputys gesprochen haben?«

Brynn nickte knapp. »Bitte frag mich nach Einzelheiten.«

»Okay. Aber nach dem, was Wilson und sein Partner mir erzählt haben, musst du dich nicht nur vor den beiden in Acht nehmen. Hinter dir sind noch viel fiesere Gestalten her.« Er nickte zu den Schnitten an Ryes linker Hand hin. »Der Kampf in der Garage?«

»Timmy«, bestätigte Mallett. »Ein komplexbeladener Knirps, der eine Menge zu beweisen hat.«

»Das heißt gefährlich.«

»Hochexplosiv.«

Wes rieb sich über Mund und Kinn. Den Blick auf Brynn gerichtet, sagte er: »Liebes …«

»Nenn mich nicht so.«

»Na gut. Aber bitte höre auf deinen alten Herrn. Manchmal musst du die Hände heben und aus deinem Versteck kommen. Aufgeben. Dich den Behörden zu stellen ist nie angenehm, aber manchmal ist es die beste Wahl.«

»Ich werde nicht kapitulieren.«

»Genau gesehen wäre es keine Kapitulation. Wilson will dich nur ›befragen‹, das ist nicht gleichbedeutend mit verhaften. Er hat mir seine Nummer gegeben. Vielleicht sollte ich ihn anrufen, ihn zurückholen, und ihr setzt euch zusammen, damit …«

»Nein.«

»Brynn …«

»Nein! Ich kann mich nicht stellen. Jedenfalls nicht jetzt. Noch nicht.«

»Okay, okay. Du brauchst Zeit zum Nachdenken. Kapiert. Wie wäre es mit morgen früh?«

Sie schüttelte den Kopf. »Selbst wenn sie mir nichts vorwerfen könnten, habe ich nicht die Zeit, alles aufzuklären. Es ist ein Rennen gegen die Uhr.«

»Uhr? Welche Uhr? Es gibt eine Frist?«

»Eine entscheidende.«

»Dann ist das ein Grund mehr, die Uhr anzuhalten. Ruf Wilson an. Vielleicht könntest du einen Deal aushandeln, ihm und Rawlins etwas gegen Hunt in die Hand geben und im Gegenzug …«

»Nein.« Sie rutschte an die Sitzkante. »Ich habe dir zugehört, jetzt hör mir zu. Es mag nicht so aussehen, aber ich tue etwas Gutes. Das schwöre ich dir bei Mutters Grab.«

»Aber du kannst mir nicht erklären, worum es geht?«

Sie schüttelte den Kopf.

»Rawlins markiert den harten Burschen, aber Wilson ist ganz vernünftig. Ich wette, er würde es verstehen, wenn du ihm erklären würdest …«

»Möglicherweise mache ich das, wenn alles vorbei ist. Aber nicht vorher.«

»Und wieso nicht?«

»Weil sie mich sonst aufhalten würden.«

»Vielleicht auch nicht. Überzeug ihn, dass du ein ehrbares Motiv hast.«

»Du hörst mir nicht zu. Es geht nicht um Schuld oder Unschuld. Sondern um die *Zeit.*«

»Süße, Brynn, ich habe Erfahrung in solchen Dingen. Ich weiß, auf was Bullen reagieren. Lass mich …«

»Du kannst mir hierbei nicht helfen, Dad, und außerdem musst du zur Arbeit.«

»Ich kann blaumachen.«

»Das lasse ich nicht zu.«

»Aber …«

»Sie vergeuden Ihre Zeit«, sagte Mallett.

Wes wandte sich an ihn. »Ich führe eine Unterhaltung mit meiner Tochter. Ich möchte Sie höflich bitten, sich nicht einzumischen.«

»Sie wird nicht zur Polizei gehen, und ich werde es auch nicht tun. Und jede Sekunde, die sie mit Ihnen streitet, kostet uns wertvolle Zeit.« Er rutschte von seinem Hocker. »Ja oder nein zu dem Auto? Wenn es beim Nein bleibt, gehen wir.«

Wes schaute von ihr zu ihm, blickte in die entschlossenen Gesichter und erkannte, dass es zwei gegen einen stand. Er sah Brynn an und runzelte konsterniert die Stirn. »Mit dir war schon damals nicht zu reden, als du mit diesem wilden Hendrix-Burschen ausgehen wolltest.«

»Und auch den habe ich überlebt.«

»Schon, aber schau dir an, wo du gelandet bist.« Er deutete auf Mallett. »Mindestens ein, zwei Etagen tiefer, wenn du mich fragst. Aber«, seufzte er, »du kannst mein Auto haben, solange du es brauchst.«

Sie ließ ihre Erleichterung erkennen. »Je nachdem, wie es läuft, könnte ich erst in ein paar Tagen zurück sein. Wie kommst du bis dahin zur Arbeit?«

Er deutete auf das Schachbrett. »Jemand aus dem Empfangsteam am Walmart-Eingang ist mit mir befreundet und wohnt in der Nähe. Ab und zu fahren wir zusammen. Holen uns auf dem Heimweg eine Pizza. Und teilen sie bei einer Partie Schach.«

»Und der Umweg macht ihm nichts aus?«

»Ihr.« Er sah Brynns überraschtes Gesicht und lachte kurz. »Ich wohne zwar allein, aber ich bin kein Mönch.«

Sie beugte sich über den Tisch und legte die Hand auf seine. »Danke.«

Er nahm ihren Dank mit einem Nicken an, seufzte noch mal und klatschte auf seine Schenkel, bevor er sich erhob. »Aus welchem Staat wollt ihr sein?« Auf ihre fragenden Mienen hin erklärte er: »Wir sollten die Kennzeichen austauschen.«

Er drehte sich um, ging ihnen voran ins Schlafzimmer und verkündete: »Wenn ihr wirklich vor dem langen Arm des Gesetzes türmen wollt, habt ihr noch viel zu lernen.«

23:39 Uhr

Wes hatte schon immer einen »Notfallkoffer« besessen, den jetzigen bewahrte er in dem Hohlraum unter dem Boden seines Kleiderschranks auf. In dem alten Koffer verwahrte er mehrere noch nicht abgelaufene Kennzeichen, dazu eine Reihe von neuen Handys in Originalverpackung, einen Vakuumbeutel voller Bargeld, das Brynn und Rye ausschlugen, sowie einen Waschbeutel mit Zahnbürste und Seife aus dem Gefängnis, den sie gern mitnahm.

Mit Malletts Hilfe passte Wes den Schrankboden wieder ein. Brynn entschuldigte sich und verschwand mit dem kleinen Waschbeutel ins Bad, während Wes und Mallett ins

Wohnzimmer zurückkehrten, wo sie die Handys zum Aufladen an die Steckdose hängten.

Wes setzte sich wieder in den Sessel. Rye nahm auf einem der Stühle am Tisch Platz, kippelte auf den Hinterbeinen und lehnte sich mit dem Rücken an die Wand.

»Sie sieht erschöpft aus«, sagte Wes.

»Wir haben beide kaum geschlafen.«

»Sie können gern bis morgen früh hierbleiben und ein bisschen Schlaf nachholen.«

»Sie haben Rawlins gehört. Falls die zwei zurückkommen und uns hier finden, bekommen Sie Ärger mit Ihrem Bewährungshelfer. Außerdem muss sie los.«

»Wohin?«

Mallett schüttelte den Kopf. »Wie kommen Sie darauf, dass ich Ihnen das verraten würde, wenn sie es Ihnen nicht sagt? Ich bin ihr gegenüber loyal.«

»Natürlich«, sagte Wes und nickte. Aber er bezweifelte, dass ihre gegenseitige Solidarität allein auf Loyalität beruhte. Jedes Mal wenn sich die beiden ansahen, sprühten Funken, und selbst wenn sie den Augenkontakt mieden, konnte sogar er spüren, wie es zwischen ihnen knisterte.

Wes kratzte sich unter der Achsel. »Sie haben sich erst gestern Abend kennengelernt?«

»Genau.«

»Hm.«

»Was?«

»Nichts.« Er machte es sich in seinem Sessel bequem. »Nur dass Sie höllisch tief in ihrem Problem mit drinstecken.«

»Viel zu tief.« Mallett sah wieder rastlos und in die Ecke gedrängt aus. »Aber das ist bald erledigt. Sobald sie sich auf den Weg macht, bin ich raus.«

»Brynn geht ihrer Wege, und Sie verschwinden.«

»Genau. Nur einen Tag später als geplant.«

»Aber was für einen Tag.«

»Das können Sie laut sagen.«

»Werden Sie in Verbindung bleiben?«

»Nein. Besser für alle Beteiligten.«

»Vor allem für Sie.«

Malletts grüne Augen wurden schmäler. »Sie wissen gar nicht, wie recht Sie damit haben.«

Wes betrachtete ihn kritisch. »Sie glauben, Sie wären zu gut für meine Tochter?«

»Andersrum.«

»Dachte ich mir fast.« Wes holte tief Luft und atmete langsam wieder aus. »Sie ist auch zu gut für mich.«

»Das ist offensichtlich.« Mallett sah sich in der schäbigen Behausung um. »Sie war absolut verzweifelt, sonst wäre sie bestimmt nicht hergekommen. Sie will nichts mit Ihnen zu tun haben.«

»Hat sie Ihnen das gesagt?«

»War nicht nötig.«

Wes lächelte Rye traurig an. »Sie liegen völlig falsch.«

»Und wieso?«

Wes beugte sich vor, nahm einen Läufer vom Schachbrett und rollte ihn zwischen den Handflächen. »Brynn hatte es nicht leicht als Kind. Damals standen alle Chancen gegen sie, aber sie hat sich nie unterkriegen lassen und wie der Teufel gearbeitet, weil sie es um jeden Preis nach oben schaffen wollte. Noch nie war ein Daddy stolzer als ich, als sie Ärztin wurde und im Krankenhaus anfing.« Er verstummte kurz, studierte die Schachfigur und stellte fest, dass der Lack stellenweise abblätterte. »Ich wollte nicht, dass sie sich für mich schämen muss, ich wollte kein Faktor in ihrem Leben sein, den sie erklären oder für den sie sich entschuldigen muss. Sie sollte sich nicht dafür rechtfertigen müssen, dass sie mit einem alten Gauner verwandt ist.« Er senkte das Kinn und sah Rye unter den Brauen hervor an. »Es war mein Entschluss, nicht der von Brynn, dass sie nichts mehr mit mir zu tun haben soll.«

Ohne den Blick von ihm zu wenden, senkte Rye die Vorderbeine seines Stuhls wieder zu Boden.

Sie sahen einander an, bis Brynn aus dem Schlafzimmer kam.

»Wir müssen los«, sagte Rye.

0:04 Uhr

Die ersten fünfzehn Minuten, die sie in Wes' Kleinwagen aus zweiter oder dritter Hand unterwegs waren, wurde kaum ein Wort gesprochen.

Brynn starrte aus dem Beifahrerfenster und verfolgte die Spuren der Regentropfen, die auf ihrer Scheibe landeten und sich über das Glas zitterten. Nachdem sie mit der Fingerspitze ein Rinnsal nachgefahren hatte, brach sie das Schweigen. »Er sieht ganz gut aus, meinst du nicht auch?«

»Ich weiß nicht, wie er früher ausgesehen hat.«

»Früher sah er genauso aus wie heute Abend. Unverändert, bis auf ein paar graue Haare und ein paar Zentimeter mehr um die Taille.«

»Er isst gern Pizza mit seiner Freundin.«

Brynn lächelte traurig. »Ich kann mich nicht erinnern, dass er je eine Freundin hatte.«

»Hatte wohl keine Zeit dafür zwischen dem letzten Tag im Knast und dem nächsten Coup.«

»Wahrscheinlich. Und ich war auch noch da«, sagte sie. »Bestimmt hat sich das auch auf sein Liebesleben ausgewirkt.«

Keiner sprach ein Wort, während Rye einen Sattelschlepper überholte, der so viel Gischt versprühte, dass der kleine Wagen völlig eingenebelt wurde.

»Wieso lässt du die Menschen glauben, dass du dich von ihm abgewandt hättest?«, fragte Rye anschließend.

»Das tue ich nicht.«

»O doch. Oder wenigstens korrigierst du sie nicht, wenn sie das annehmen. Wieso?«

Sie drehte den Kopf zu ihm. »Du wolltest doch nichts über mich und mein Leben wissen.«

»Wie oft wirst du mir das noch an den Kopf werfen?«

»Schnauz mich nicht an. Ich halte mich nur an die Regeln, die *du* aufgestellt hast.«

Er sagte nichts dazu, doch seine Kiefermuskeln spannten sich an, genau wie seine Finger um das Lenkrad. Den Rest der Fahrt herrschte angespanntes Schweigen, untermalt vom Trommeln des Regens auf dem Autodach.

Als sie beim Hotel ankamen, informierte sie ein Neonschild über der Einfahrt zur Parkgarage, dass alle Plätze besetzt waren. Rye suchte unter einer Litanei von Flüchen den Parkplatz neben dem Hotel ab und hielt in der ersten verfügbaren Lücke in der Nähe des Seiteneingangs, den sie vorhin benutzt hatten.

»Macht es dir was aus, wenn ich noch auf die Toilette gehe und ein paar Snacks aus der Minibar mitnehme, bevor ich mich verabschiede?«, fragte Brynn gestelzt.

»Nein. Natürlich nicht.«

Beide schätzten mutlos ab, wie weit sie durch den strömenden Regen zum Eingang hasten mussten. Keiner hatte es eilig, das schützende Wageninnere zu verlassen. Eine volle Minute blieben sie so sitzen, dann stellte Rye fest: »Es wird nicht trockener.«

Sie liefen zur Tür. Gerade als sie dort ankamen, bemerkte Rye ein Scheinwerferpaar an der Ecke des Gebäudes.

Ein Polizeiwagen.

0:26 Uhr

Er schob die Zimmerkarte durch den Kartenleser am Seiteneingang, stieß die Tür auf und schubste Brynn hinein. Vor lauter Hast stolperte sie über seine Stiefel. »Rye? Was soll das?«

»Bullen.«

Während sie den langen Korridor hinunterliefen, drehte Rye sich immer wieder um und rechnete jedes Mal damit, Beamte zu sehen, die ihnen nachgelaufen kamen. Doch sie schafften es bis zum Ende des Ganges und um die Ecke außer Sichtweite. Er zog Brynn am Lift vorbei und schob sie durch die Tür zur Feuertreppe.

Sie rannte voraus, aber er hatte die ganze Zeit seine Hand auf ihren Rücken gelegt, als wollte er sie anschieben. Sie sagte über die Schulter zu ihm: »Vielleicht sollten wir uns irgendwo im Erdgeschoss verstecken, bis wir zu unserem Auto zurückkönnen.«

»Ich kann meine Tasche nicht hierlassen.«

Sie kamen im sechsten Stock an. Rye öffnete vorsichtig

die Tür. Der Korridor lag in beide Richtungen verlassen da. Er winkte Brynn heraus, und sie liefen zu ihrem Zimmer.

Als sie vor der Tür standen, schob Rye sich an Brynn vorbei, kniete sich hin und kontrollierte, ob der Faden, den er aus der Tagesdecke gezogen hatte, immer noch zwischen Tür und Türstock klemmte. Er war an Ort und Stelle. Er schloss die Tür auf, und Brynn huschte ins Zimmer. Rye kontrollierte ein letztes Mal den Korridor, folgte ihr und verriegelte die Tür.

»Der Faden?«

»Das habe ich mal in einem Film gesehen«, sagte er.

»Als wir los sind, hast du mich vorausgeschickt, damit ich den Aufzug hole.«

»Und währenddessen habe ich den Faden befestigt. Jetzt wissen wir immerhin, dass niemand im Zimmer war.« Sie hatten nur das Licht im Bad angelassen. »Schalte keine anderen Lichter ein«, erklärte er Brynn, während er kurz im Schrank nachsah, ob seine Pilotentasche noch so stand, wie er sie hatte stehen lassen.

Dann ging er ans Fenster und warf einen Blick durch den Spalt zwischen Wand und Vorhang. »Jesus! Nur einer, keiner auf dem Beifahrersitz, aber er parkt am Ende der Reihe. Hat die Lichter ausgeschaltet. Kein Dampf aus dem Auspuff.«

»Er sitzt nur da?«

»Er sitzt nur da.«

»Vielleicht will er gar nichts von uns.«

»Vielleicht.«

»Vielleicht gehört er zur Security des Hotels.«

»Vielleicht.«

»Verdammt, Rye. Sag irgendwas anderes als *vielleicht.*«

»Tut mir leid. Aber eine andere Antwort habe ich im Moment nicht. Ich weiß nicht, was er da tut. Dafür weiß ich, dass er von dort den Seiteneingang im Blick hat.«

Sie sah auf die Uhr. »Ich sollte schon unterwegs sein.«

Er nickte gedankenverloren und analysierte gleichzeitig ihr Dilemma. »Du kannst es unmöglich durch diesen Ausgang zu Wes' Auto schaffen, ohne dass er dich sieht. Willst du dieses Risiko eingehen?«

»Es gibt kein ›Oder‹?«

»Oder du gehst durch die Lobby und den Hauptausgang, machst einen Bogen um ihn und schleichst zum Auto.«

»Er könnte mich trotzdem sehen.«

»Ein zweites ›Oder‹ wäre es, abzuwarten und festzustellen, ob er wieder wegfährt. Vielleicht macht er nur eine Pause und hat sich dafür ausgerechnet diesen Parkplatz ausgesucht.«

Sie überlegte kurz. »Das klingt logisch, oder? Wenn er uns gesehen und uns erkannt hätte, wäre er uns doch nachgelaufen, oder nicht?«

»Nicht unbedingt. Vielleicht hat er seine Beobachtung auch weitergegeben und wartet jetzt auf weitere Anweisungen oder auf Verstärkung.«

»Verstärkung unseretwegen? Wir sind keine Schwerverbrecher auf der Flucht.«

»Für die Polizei nicht. Aber die Hunts würden uns genauso einstufen, und ich würde ihnen durchaus zutrauen, dass sie ein paar Polizisten auf ihrer Gehaltsliste haben.«

»Also … was soll ich tun?«

»Ich würde sagen, du wartest noch ab, was passiert.«

Sie sackte enttäuscht zusammen und zog dann, ohne weiter zu diskutieren, ihren Mantel aus, schüttelte das Regenwasser ab und hängte ihn in den Schrank. Er hängte die

Bomberjacke über den Schreibtischstuhl, damit das Leder trocknen konnte. Dann deutete er auf die Minibar. »Irgendwas zu trinken?«

Sie schüttelte den Kopf.

Er sah zu, wie sie sich auf die Bettkante sinken ließ, und betrachtete sie nachdenklich. Schließlich bemerkte sie es. »Was ist?«

»Ich will sehr wohl etwas über dein Leben erfahren«, sagte er. »Über dich und Wes. Erzähl mir, warum du die Menschen glauben lässt, du hättest dich von ihm losgesagt, wenn es genau andersherum war.«

Erst sah sie aus, als wollte sie sich weigern, dann machte sich Resignation auf ihrem Gesicht breit, und schließlich wandte sie den Blick ab und gestand kaum hörbar: »Es tut zu weh.«

Er sah kurz nach dem Streifenwagen. Er stand noch da. Ansonsten gab es vor dem Fenster nichts zu sehen als den prasselnden Regen. Er ging zum Bett und setzte sich ans Fußende. »Was tut zu weh?«

»Verstoßen zu werden und zuzugeben, dass man verstoßen wurde. Also habe ich die Menschen in dem Glauben gelassen, ich hätte ihn verstoßen.« Sie hakte eine feuchte Haarsträhne hinter ihr Ohr. »Ich habe schon früh gelernt, eine Maske aufzusetzen. Wenn Dad einsaß, tat ich so, als wäre mir das egal. Diese Gleichgültigkeit war eine einfache und sichere Barriere, hinter der ich mich verstecken konnte. Ich machte allen weis, ich würde mich für ihn schämen, dabei wollte ich in Wahrheit …« Ihre Stimme zitterte. Sie atmete tief durch. »Dabei wollte ich immer nur mit ihm zusammen sein.« Sie verstummte kurz. »Er hat die Wahrheit gesagt, als er dir erklärt hat, warum er stiehlt«, fuhr sie fort. »Es ging ihm nie um die Beute, den Gewinn. Er behielt kaum je etwas, das er gestohlen hatte. Es hatte für ihn keinen Wert. Umso mehr liebte er seine Rolle als wilder Draufgänger. Für ihn bestand die wahre Herausforderung nicht darin, sich nicht festnehmen zu lassen, sondern sich mit denen anzufreunden, die ihn hinter Gitter brachten. Ein stadtbekannter ›Charakterkopf‹ zu sein war ihm wichtiger, als mit mir zusammen zu sein.« Sie sah auf ihre zur Ruhe gekommene Hand. »Ich muss die Hände meiner Mutter geerbt haben. Lange, schlanke Finger. Dad hat breite Stummelfinger. Er hatte ganz schön zu tun, wenn er meine Haare zu einem windschiefen Pferdeschwanz zu zügeln versuchte. Und er hasste kleine Knöpfe, die nicht in ihre Knopflöcher wollten.«

Das Licht aus dem Bad legte ihr halbes Gesicht in Schatten, aber Rye sah, wie sie versonnen lächelte.

»Einmal pflückte ich einen Strauß Wiesenblumen und brauchte eine Vase dafür. Statt eine zu stehlen, wie ich es erwartet hätte, klebte er in mühsamer Kleinarbeit Pailletten auf ein leeres Mayonnaiseglas. Bis er damit fertig war, waren die Blumen längst verwelkt, aber ich stellte sie trotzdem hinein. Ich habe die Vase immer noch. Es ist das hässlichste Ding, das du je gesehen hast. Und trotzdem habe ich nichts, was mir teurer wäre.«

Sie schluckte schwer, fing sich aber gleich wieder. »Als ich ihn das letzte Mal sah, erklärte er mir, dass ich inzwischen erwachsen wäre und mich gut gemacht hätte und dass es deshalb Zeit wäre, dass wir alle Verbindungen abbrechen und getrennte Wege gehen. Wir waren schon so oft getrennt worden, dass man meinen sollte, ich wäre inzwischen immun dagegen gewesen. Aber damals hatte ich meine kindliche Unbeugsamkeit und meinen Optimismus verloren. Ich konnte mich nicht länger an die naive Hoffnung klammern, dass sich irgendwann alles ändern, alles bessern würde, dass er mich eines Tages wirklich vermissen und mich in seiner Nähe haben wollte. Und weil er die Trennung aus freien Stücken beschlossen hatte, schmerzte sie mehr als alle anderen zusammen.«

Sie blieb noch ein paar Sekunden sitzen, stand dann vom Bett auf und verschwand ins Bad. »Gibt's da drin einen Fön?« Gleich darauf wurde einer eingeschaltet.

Rye erhob sich und schaute noch mal nach draußen. »Verflucht.« Der Polizeiwagen stand immer noch dort. Vielleicht verschlief der Polizist dort seine Schicht. Oder er bewachte den Ausgang. Von hier aus war das unmöglich festzustellen, und die Probe aufs Exempel konnte Rye nur machen, indem er sich zeigte.

Der Fön verstummte. Brynn kam wieder heraus, mit immer noch feuchten Haaren. Sie frottierte die Spitzen mit einem Handtuch. »Noch da?«

»Ja. Aber sonst sehe ich niemanden, das heißt, er hat nicht die Kavallerie gerufen, sonst wäre sie inzwischen eingetroffen.«

»Glaubst du, ich kann jetzt gehen?«

»Es sei denn, er hat hier Posten bezogen.«

Sie senkte den Kopf und massierte ihre Stirn. »Ich darf nicht versagen. Das darf ich einfach nicht.«

»Hey.« Rye ging zu ihr, nahm ihr das Handtuch ab und ließ es auf den Boden fallen. »Du wirst nicht versagen. Wir werden uns was überlegen. Du wirst auf jeden Fall rechtzeitig zu Violet kommen.«

Sie hob den Kopf und sah ihn mit feuchten, flehenden Augen an. »Versprochen?«

»Ich habe volles Vertrauen in dich.« Dann bewegte er sich weiter auf sie zu, ohne vor ihr anzuhalten. Ihr blieb nichts anderes übrig, als zurückzuweichen, bis sie mit dem Rücken an der Wand stand. Er stützte sich mit den Händen links und rechts oberhalb ihres Kopfes ab.

»Was wird das?«, fragte sie.

»Wir teilen unsere Körperwärme.« Er ließ sich gegen sie sinken.

Ihre Stirn fiel auf seinen Brustkorb. »Hör zu, Rye, ich bin nur nostalgisch geworden, weil ich so erschöpft bin. Ich habe dir eine Tränendrüsengeschichte erzählt, aber nicht weil ich dein Mitleid wollte.«

»Dann hab Mitleid mit mir.«

Sie hob den Kopf. »Weswegen?«

Er hob eine Haarsträhne von ihrer Brust und zwirbelte sie zwischen Daumen und Zeigefinger. »Weil ich dich seit vierundzwanzig Stunden begehre und es einfach nicht mehr aushalte.«

Sie schluckte und meinte rau: »Du hattest mehrere Gelegenheiten und keine genutzt.«

»Soweit ich mich erinnere, hast du mich weggestoßen oder Kussverbote ausgesprochen, sobald ich irgendwas unternommen habe.«

»Der letzte Kuss wäre ein Abschiedskuss gewesen und damit bedeutungslos.«

»Ich wollte ihn trotzdem.«

»Du hast behauptet, du hättest keine Absichten.«

»Na ja …« Er schob sich noch näher an sie heran, bis aus der Berührung ein fester Druck wurde. Rye legte die Hände an ihre Taille und schob langsam ihren Pullover nach oben. Er ließ sich Zeit, gab ihr Gelegenheit zu protestieren, seine

Hände wegzuschlagen, ihn irgendwie aufzuhalten. Sie tat nichts dergleichen.

Er beugte sich vor und strich mit den Lippen über ihre, während er den Pullover bis unter ihre Achseln anhob. Ihre Arme wanderten nach oben. Er zerrte den Pullover über ihren Kopf und ließ ihn achtlos fallen.

Sie senkte die Arme wieder, bewegte sich aber ansonsten nicht. Er nutzte ihre Passivität und genoss den Anblick, der sich ihm bot. Die schlanke Säule ihres Halses, die Halsmulde, den federweichen Busen. Ihr BH war blau wie der Himmel, kurz bevor der erste Stern sich am Himmel zeigte.

Er legte die Fingerspitzen links und rechts auf ihr Schlüsselbein und tastete sich über die weiche Haut bis zu den Schulterträgern des BHs vor. »Ich glaube, das habe ich gesagt. Aber ich kann nicht glauben …«, er schob den Satinträger zur Seite, zog ihn quälend langsam über ihren Arm abwärts, bis das BH-Körbchen nur noch an ihrem Nippel hing, »… dass du das ernst genommen hast.«

Er legte die Hand unter ihre sanft geschwungene Brust, hob sie an, senkte den Kopf und setzte seinen Mund auf die Wölbung über dem Stoff. Er küsste sie mit offenem Mund, ließ genüsslich die Zunge über ihre Haut gleiten und sog vorsichtig an ihrem Fleisch.

Sie schnurrte katzengleich, und ihr Körper erschlaffte. Ihr Hinterkopf lehnte an der Wand, ihre Augen waren geschlossen. Sie biss auf ihre Unterlippe.

»Ist das ein Ja?«, flüsterte er.

Sie schlug die Augen auf, nahm seinen Kopf fest zwischen beide Hände und zog ihn nach oben. Ihre hungrigen Münder trafen aufeinander. Das war kein keuscher Kuss. Ihre Zunge nahm ihn auf und schenkte Lust und umschlang seine.

Schlagartig erwachte der Höhlenmensch in ihm. Er wollte ihren Mund erobern, ihn besitzen und jeden Mann, der diesen Mund auch nur gekostet hatte, dafür bestrafen. Er hätte diesen wilden Hendrix-Burschen umbringen können.

Seine Hände wanderten auf ihren Rücken und hakten den Verschluss des BHs auf. Der BH rutschte zwischen ihnen nach unten und fiel dann zu Boden. Als er seinen Mund wieder auf ihre Brüste senkte, nahm er einen Nippel zwischen die Lippen. Er war fest, reif vor Erregung. Sie bog den Rücken durch, bot sich ihm an. Er neckte sie, er leckte sie. Ihr Lust zu bereiten wurde seine einzige Bestimmung.

Bis ihre Hände seine Hose berührten und damit begannen, die Metallknöpfe zu öffnen. Sie verstand sich darauf. Sekunden später hielt sie sein Glied in der Hand, und sein Herz drohte stillzustehen, während er gleichzeitig den unwiderstehlichen Drang spürte, sich vor und zurück zu bewegen.

Was er tat. In ihrem festen Griff. Sie übte gerade genug Druck aus. Die Reibung von Haut auf Haut war so unglaublich, dass die Spitze seines Schwanzes – bis ihre Hand sie erreicht hatte – gespannt wie eine Trommel und kurz vor dem Platzen war. Ihr Daumen fuhr kurz über die Öffnung und drückte zu.

»Jesus, Brynn«, keuchte er. »Stopp. Stopp.« Er nahm ihre Hand weg.

»Du stößt mich wieder weg?«

Er versuchte zu lachen, so absurd war diese Frage, aber dazu fehlte ihm im Moment die Luft. »Verflucht, nein. Scheiße, nein. Zieh dich …« Er brachte den Satz nicht mehr zu Ende, sondern deutete nur auf ihre Kleidung.

Ohne den Blick von ihm zu nehmen, setzte sie sich aufs

Bett, streifte Stiefel und Socken ab, stand dann auf und zog ihre Jeans aus. Sie schlug die Decke zurück und legte sich hin, die Schenkel züchtig geschlossen.

Zwischen den Beinen sah Rye ein pastellfarbenes Spitzendreieck, das seine Adern vor Lust pulsieren ließ. Er liebte dieses Ding. Es musste verschwinden.

Er schaffte es, sich auszuziehen und ein Kondom aus seiner Geldbörse zu zupfen, dann krabbelte er aufs Bett, öffnete ihre Schenkel und schob sich dazwischen. Ihre Hüfte in beiden Händen, setzte er einen heißen Kuss auf das verlockende Terrain zwischen Nabel und Geschlecht. Es hatte viel mehr Aufmerksamkeit verdient. Bewunderung. Es hätte einen eigenen Tempel verdient.

Ein andermal.

Sein Kopf wanderte tiefer, seine Lippen strichen mehrmals über das Spitzendreieck, hin und her. Dann verschwand das Höschen endlich, wobei Brynn ebenso hektisch daran zog wie er. Wieder vergaß er zu atmen. Sie war wunderschön.

Seine Fingerspitzen durchstrichen das Delta aus weichen Haaren, dann ließ er seine Hand zwischen ihre Schenkel gleiten. Seine Finger tauchten in warmen Honig, tauchten in sie, drangen tiefer vor und begannen sie zu streicheln. Ihre Hüften hoben sich vom Bett. Sie schmiegte ihren Hügel in seine Handfläche, presste ihn mit dem gleichen Fieber, das auch ihn durchglühte, gegen seinen Handballen.

Er zog seine Hand zurück und glitt über sie. Er küsste sie auf den Hals, inbrünstig, wenn auch leicht unkonzentriert, weil er gleichzeitig damit beschäftigt war, das Kondom aus seiner Hülle zu fummeln und überzuziehen.

Dann – Gott, endlich! – drang er in einem langen, tiefen Stoß in sie ein, bis er ganz und gar von ihrer Wärme umfangen war. Wieder durchströmte ihn ein so primitiver Besitzerdrang, dass er mit den Zähnen die schlanke Sehne an ihrem Hals packte und sie mehrere Herzschläge lang festhielt, bevor er den Kopf wieder hob und ihr ins Gesicht sah.

Ihre Wangen waren gerötet. Ihre Augen schimmerten silbrig im gedämpften Licht. Der Atem strömte über ihre vom Küssen geschwollenen, geröteten und feuchten Lippen.

»Scheiß auf den Stolz«, flüsterte sie. »Das wollte ich. Das wollte ich.«

Ihre Hände packten seinen Hintern, drückten ihn noch tiefer, dann begann sie einen wellengleichen Bauchtanz unter ihm. Sein Glied reagierte auf das rhythmische Heben und Senken ihrer Hüften mit einem so intensiven Pulsieren, dass es ihn beinahe geschmerzt hätte, hätte es sich nicht so verdammt gut angefühlt.

Er schob mit der Nase ihre Haare zur Seite und setzte die Lippen leicht an ihr Ohr, sodass sie jedes seiner gekeuchten Worte hörte, jeden Fluch, jedes Gebet und jedes Stöhnen, jede Silbe seiner geraunten erotischen Litanei, die sie zum Orgasmus treiben würde – und auch sein tiefes, besitzergreifendes Knurren, als er sich nicht länger beherrschen konnte.

Nur ein Wort hätte er so gern zurückgenommen, eins hätte er lieber nicht ausgesprochen, solange sie es hören konnte, solange *er* es hören könnte, ausgestoßen in einem abgehackten Seufzer, als er in seliger Erschöpfung auf ihr zusammensank: *Brynn.*

Kapitel 27

0:27 Uhr

Nate war nach Hause gefahren.

Er hatte den beunruhigenden Eindruck, dass es die Hunts nicht weniger hätte interessieren können.

Noch vor ein paar Wochen hatten Richard und Delores ihn tränenreich beschworen, über seinen Schatten zu springen und eine Dosis GX-42 aus dem Labor schmuggeln zu lassen. »Nennen Sie Ihren Preis. Egal wie hoch«, hatte Richard ihm erklärt. »Hauptsache, Sie beschaffen mir das Zeug, das diese Krankheit besiegt.« Delores war fast zu emotional gewesen, um etwas zu sagen, aber ihre tränenglänzenden Augen hatten ihn angefleht. »Sie sind unsere einzige Hoffnung, Nate«, hatte sie heiser herausgebracht.

So viel zu ihrer Hochschätzung. Heute hatten sie ihn mit kühler Verachtung und zutiefst misstrauisch beäugt, so als hätte er und nicht Brynn sie hintergangen.

Brynn. Vertraute Kollegin und Mitverschwörerin, hatte sie schließlich resigniert eingelenkt, was die Auswahl des Patienten betraf, aber dennoch mit unerschütterlicher Hingabe das riskante Unternehmen betrieben, zu dem sie sich gemeinsam entschlossen hatten. Inzwischen war Nate sonnenklar, dass sie den unausweichlichen Ruhm als medizinische Pionierin allein einstreichen wollte.

Jonas Salk. Christiaan Barnard. Nathan Lambert.

Er hatte sich ausgemalt, dass das GX-42 irgendwann nach ihm benannt würde. Es war ihm überhaupt nicht in den Sinn gekommen, dass Brynn so eine Ehre zuteilwerden könnte.

Nachdem er an seinem Apartmenthochhaus in Buckhead angekommen war, hatte er dem Mann vom Parkservice seinen Jaguar übergeben und war mit dem lautlosen Aufzug in den einundzwanzigsten Stock hochgefahren. Der Ausblick vom Wohnzimmer auf die Skyline war atemberaubend, doch heute Abend verschwand das Panorama hinter Regenschleiern, und auch sonst wäre Nate nicht in der Stimmung gewesen, es zu bewundern.

Er schenkte sich einen Whisky ein. Normalerweise beschränkte er sich auf zwei Drinks pro Abend, und die hatte er sich schon im Wohnzimmer der Hunts gegönnt. Den dritten hatte er in der Hoffnung genommen, dass er ihm Schlaf bringen oder, besser noch, den Druck lindern würde, damit seine Gedanken freier fließen konnten.

Vielleicht würde er in diesem halb besinnungslosen Zustand, den verrückte Künstler und trinkende Autoren zu erreichen suchten, kreativ inspiriert. Vielleicht würde sein Unterbewusstsein einen genialen Plan fassen, durch den er in der Achtung der Hunts steigen und dieses Debakel zu einem guten Ende führen konnte, bevor ihm die Zeit zwischen den Fingern zerrann.

Er hatte den Whisky ausgetrunken, sich wie immer fürs Bett zurechtgemacht, alle Lichter ausgeschaltet und hingelegt. Aber der Schlaf hatte sich über eine Stunde nicht einstellen wollen, und ebenso wenig hatte der Alkohol ihm brillante Ideen eingeflößt.

Er war gerade in einen leichten Dämmerschlaf gefallen,

als die Gegensprechanlage gesummt hatte. Im ersten Moment hatte er sich gefragt, ob er das Summen nur im Traum gehört hatte. Als es erneut brummte, rätselte er, warum der Concierge am Empfang ihn wohl um diese Stunde anrief. Falls es bei einem seiner Patienten einen medizinischen Notfall gegeben hätte, würde man ihn über sein Handy kontaktieren. Er beschloss, das Summen zu ignorieren.

Doch es hörte nicht auf. Er warf die Kaschmirdecke zurück und marschierte zur Gegensprechanlage. Er drückte die blinkende Taste und fragte ärgerlich. »Ja?«

»Bitte verzeihen Sie die Störung, Dr. Lambert, aber am Eingang steht ein Mann, der Sie unbedingt sprechen möchte. Er sagt, ein Mr. Hunt hätte ihn geschickt und es sei dringend und Sie wüssten, worum es geht. Soll ich ihn hereinlassen?«

»Hat er einen Namen genannt?«

»Goliad.«

Nates Herz begann zu pochen. Sie hatten Brynn gefunden! Und das GX-42. Und Goliad war losgeschickt worden, um ihn schnellstmöglich in die Villa zu bringen.

»Schicken Sie ihn hoch.«

Er schob die nackten Füße in die Pantoffeln und schlüpfte in den Morgenmantel. Noch bevor er den Gürtel verknotet hatte, läutete die Türglocke. Er eilte durch sein Apartment und zog eifrig die Wohnungstür auf.

Dann wich er zurück. »Was wollen Sie denn hier?«

»Hey, Doc.«

Timmy stemmte die flache Hand auf Nates Brust und schob ihn zurück, während er ins Apartment trat.

0:39 Uhr

In Timmys Welt war es nicht nur normal, dass Unrecht gerächt wurde, es war zwingend notwendig.

Wer jemanden beleidigt hatte, absichtlich oder unabsichtlich, musste sich in Acht nehmen. Keine Beleidigung wurde je vergessen. Kränkungen hatten ein langes Leben, und falls jemand starb, bevor er sich rächen konnte, wurde der Groll an die Nachkommenschaft weitergegeben, Erben des Hasses.

Und nach diesem Abend hegte Timmy genau einen solchen Groll gegen Goliad.

Diese Fettbacke hatte keinen Finger gekrümmt, als Mallett Timmy um ein Haar entmannt hätte, und er hatte später schweigend danebengestanden, als Richard Hunt ihm die Leviten gelesen hatte wie einem Laufburschen. Und als Goliad ihn heimgefahren hatte, hatte er ihn wie ein aufgeblasener Chef belehrt, dass er erwachsen werden sollte, wenn er weiter für die Hunts arbeiten wollte, dass er seine Komplexe abschütteln müsste und seinen Scheiß geregelt kriegen sollte.

Und genau das hatte Timmy vor. Obwohl Goliad bei seiner Belehrung wahrscheinlich etwas anderes im Sinn gehabt hatte.

Als Dr. Lambert die Tür öffnete und Timmy vor sich erblickte, sah er aus, als würde er sich gleich in die Pyjamahose pinkeln. Über seinem Pyjama trug er einen Bademantel aus einem glatten, glänzenden Stoff.

Timmy befingerte den Aufschlag. »Vor ein paar Jahren hab ich mal einen Film gesehen, in dem ein Typ genau so einen Bademantel getragen hat. Ein riesiger Schwarzer. Drogenkönig.

Er hat jemandem mit einer Fünfundvierziger aus nächster Nähe den Kopf weggepustet.« Er legte die Fingerspitze an die Nasenwurzel des Doktors, stupste ihn an und sagte: »Peng! Wahrscheinlich hat er den Mantel wegwerfen müssen. Hirn ist schwer auszuwaschen.«

Der Doc blinzelte hektisch und leckte sich nervös über die Lippen. »Wo ist Goliad?«

»Soweit ich weiß, hat er es sich auf dem Sofa der Hunts gemütlich gemacht.« Timmy schlenderte zur Bar, griff nach dem fünfundzwanzig Jahre alten Special Reserve Scotch, drehte den Deckel ab, schnupperte kurz und trank dann direkt aus der Flasche.

»Wo... woher wissen Sie, wo ich wohne?«

»Goliad hat mir das Gebäude gezeigt. Er lernt mich gerade an, klar? Ich muss so was wissen.«

»Sind Sie allein gekommen?«

»Nur ich.« Timmy breitete die Arme aus, und dabei spritzte der Whisky aus der Flasche. »Ups.« Er sah auf die Spritzer am Boden. »Dabei fällt mir ein. Unten am Empfang? Wie schaffen die das, dass der Boden so schimmert?«

Der Arzt räusperte sich. »Er, äh, besteht aus einem halbdurchsichtigen Material und wird von unten beleuchtet.«

»Beleuchtet. Hm. Also, sieht cool aus.«

»Ich weiß nicht, ob Goliad es gerne sieht, wenn Sie seinen Namen verwenden, um sich in eine Privatwohnung einzuschleichen.«

»Nein, wahrscheinlich nicht.« Er legte den Kopf schief und kniff ein Auge zu. »Endlich hab ich es raus.«

»Was?«

»Woran mich Ihr Kopf erinnert. Ich grübele schon die ganze Zeit, aber eben ist es mir eingefallen. An ein Zäpfchen.« Er lachte schnaubend. »Wahrscheinlich passt er deshalb so tief in Ihren Arsch.«

Lambert zog den Gürtel seines Morgenmantels straffer. »Warum ist Goliad nicht mitgekommen?«

»Weil ich ihn nicht eingeladen habe.« Lässig und selbstbewusst drehte er dem Arzt den Rücken zu. Dieses Weichei würde nichts unternehmen, aber selbst falls er so dumm wäre, irgendwas zu probieren, konnte Timmy in den Glaswänden, die den Wohnraum umgaben, sein Spiegelbild sehen.

»Das ist vielleicht eine Bude. An einem klaren Abend haben Sie bestimmt einen geilen Blick. Von so weit oben, meine ich.« Er beugte sich leicht vor und blickte auf die Straße vor dem Haus. »Verdammt tief. Echt verdammt tief.«

»Was wollen Sie, Timmy? Gibt es Neuigkeiten über Dr. O'Neals Aufenthaltsort?«

»Nicht soweit ich gehört hätte. Sie hat scharfe Titten, oder?«

»Ist mir nicht aufgefallen.«

Timmy bellte ein Lachen und wandte sich vom Fenster ab. »Warum überrascht mich das nicht?«

Auf seine Bemerkung hin baute der Doktor sich vor ihm auf, was in seinem glänzenden Bademantel absolut komisch aussah. »Ich sehe mich gezwungen, den Hunts zu melden, dass Sie hier aufgetaucht sind und sich als Goliad ausgegeben haben. So wie ich gehört habe, ist er Ihr Vorgesetzter.«

»Wissen Sie, wie er mich genannt hat?«

»Verzeihung?«

»Goliad. Ich habe gehört, wie er mit einem der Typen gequatscht hat, von denen sich die Hunts rumfahren lassen. Da hat Goliad mich eine Kakerlake genannt.«

»Das war eindeutig nicht nett von ihm.«

»Nicht nett?« Timmy lachte. »Das beste Kompliment, das er mir hätte machen können. Wissen Sie warum? Die Kakerlaken haben schon Zillionen Jahre überlebt, weil sie so anpassungsfähig sind.«

Der Arzt sagte nichts, sondern nickte nur.

»Tja, sehen Sie, ich bin anpassungsfähig.« Er deutete mit beiden Händen auf seine Brust. »Wenn sich in einer Situation irgendwas unerwartet gegen mich wendet und mir die Scheiße um die Ohren fliegt, dann überlege ich nicht lange, was schiefgelaufen ist, und heule mir dabei die Augen aus. Nein. Ich bleibe cool und schaue nach vorn.« Er formte seine Hand zur Pistole und zielte damit geradeaus. »Und – ich schwöre, ich habe Glück wie der Teufel – normalerweise endet die Sache damit, dass mir die neue Situation nutzt.«

Mit einem Manöver, das er in jahrelanger Übung zur Perfektion gebracht hatte, ließ er das Schnappmesser aus seinem Ärmel schnellen und die Klinge aufschnappen. Der Arzt hüpfte zurück wie ein Hase. Timmy ließ ein heimtückisches Lächeln aufblitzen, warf das Messer mehrmals in die Luft und fing es seelenruhig jedes Mal am Griff auf.

»Zu diesem ganzen Tohuwabohu ist es nur gekommen, weil die Lady-Ärztin mit dem Zaubertrank oder Serum für ewige Jugend oder dem geweihten Wasser oder was auch immer durchgebrannt ist, richtig?« Er lachte über Lamberts fassungslose Miene. »Ich sehe Ihnen an, dass Sie genau wie jeder andere dachten, ich würde das nicht wissen, aber wie blöd müsste ich sein, um mir das nicht ausrechnen zu können. Ich habe die Formulare gesehen, um die Mallett so einen Zirkus gemacht hat. Diese Kiste kam aus einem Pharmazielabor in Ohio. Mitten in der Nacht. Zwei Ärzte, die sie unbedingt in die Finger bekommen wollen. Und ein hektischer Senator, der sie um jeden Preis haben will.« Er hörte auf, das Messer in die Luft zu werfen, und zielte mit der Spitze auf Lambert. »Was ist darin?«

Lamberts Blick klebte an der Messerspitze. Sein Mund war völlig ausgetrocknet, trotzdem brachte er heraus: »Das darf ich nicht sagen.«

Timmy behielt seine Pose mehrere Sekunden bei, dann zuckte er unvermittelt mit den Schultern. Der Arzt schreckte wieder zusammen. »Schon okay«, sagte Timmy. »Wahrscheinlich würde ich Ihr Medizinergequatsche sowieso nicht verstehen, und außerdem ist mir scheißegal, was darin ist. Ich weiß nur, dass die Hunts es haben wollen, und zwar um jeden Preis. Was ich will, fragen Sie? Ich will, dass sie mich mögen, ich will mich mit ihnen gut stellen, ich will auch mal an der Zuckertitte lutschen, an der Goliad seit Jahren nuckelt. Und wie ich das schaffe? Dazu muss ich nur ihr Problem lösen.«

Der Blick des Arztes wanderte von der Messerspitze aufwärts zu Timmys Gesicht. »Und wie wollen Sie das anstellen?«

»Das ist so einfach, dass es mir ein Rätsel ist, warum noch niemand darauf gekommen ist.« Er lachte und nahm noch einen Schluck Whisky.

Kapitel 28

0:50 Uhr

Brynn vermisste sein Gewicht auf ihrem Körper, das Kitzeln seiner Haare an den Stellen, an denen ihr Körper seidig glatt war, den Duft seiner Haut, die Wärme, ihn auf und in sich zu spüren. Das Feuerwerk war ausgebrannt, aber sie hätte gern noch länger das Abklingen der Glut genossen.

Mit Bedauern schlug sie die Augen auf.

Rye lag seitlich neben ihr und starrte sie absolut reglos an, als hätte er nur darauf gewartet, dass sie aus dem postorgasmischen Dämmerzustand auftauchte, in den er sie versetzt hatte. Er stupste mit der Fingerspitze gegen ihren Hals. »Tut das weh?«

»Nein.«

»Ich wollte nicht so fest zubeißen.«

»Hast du auch nicht. Meine Haut bekommt schon blaue Flecken, wenn man scharf hinsieht.«

»Hast du noch welche von gestern Abend, als ich dich zu Boden geworfen habe?«

»Einen.« Sie rollte sich auf die Seite.

Er verzog das Gesicht und streichelte vorsichtig den Bluterguss über ihrer Hüfte. »Tut mir leid. Ich war grob zu dir.« Dann ergänzte er mehr wie zu sich selbst: »Ich bin zu allen grob.«

»Die Frau, mit der du vorhin telefoniert hast?«

Sein Blick wurde ernst. Er hörte auf, sie zu streicheln, und zog dabei mehr als nur seine Finger zurück.

»Als ich aus dem Bad kam, hast du gerade dein Handy auf die Kommode geworfen. Du hast aufgebracht ausgesehen.«

Er wälzte sich auf den Rücken. »Wie viel hast du mitbekommen?«

»›Ich liebe dich auch.‹«

Er sagte nichts.

Brynn zupfte am Saum ihres Kopfkissenbezugs. »Deine Frau?«

»Nein.«

Sie atmete zittrig aus. »Ein bisschen spät, das zu fragen, trotzdem bin ich froh, dass ich dich nicht zum Ehebruch verleitet habe.«

»Was das angeht, brauchst du dir keine Gedanken zu machen. Tatsächlich brauchst du dir überhaupt keine Gedanken zu machen.«

Er schlug die Decke zurück und stand auf. Wieder sah er durch den Vorhangspalt auf den Parkplatz. »Unser Freund ist immer noch da.«

Das Handy, das er von ihrem Vater hatte, lag zum Aufladen auf dem Nachttisch. Er hängte es ab und warf einen Blick auf die Anzeige. »Das reicht fürs Erste. Du solltest jetzt alle anrufen, denen du so weit traust, dass du ihnen deine neue Nummer geben willst.« Er ging in Richtung Bad und sammelte unterwegs seine Jeans vom Boden auf.

Erschrocken über seinen abweisenden Tonfall setzte Brynn sich auf und presste die Decke vor ihre Brust. »Kommst du wieder ins Bett?«

»Nein. Ich werde Wache halten. Willst du zuerst ins Bad?«

Sie schüttelte knapp den Kopf und zog die Decke auf eine züchtigere Höhe. »Geh du.«

»Ich brauche nicht lange.«

Was stimmte. Sie hörte die Toilette rauschen. Die Dusche lief etwa zwei Minuten. Wenig später erschien er wieder in der Tür. Er trug seine Jeans; seine Haare waren noch nass. Er sah ihr nicht in die Augen. Tatsächlich schaute er überhaupt nicht in ihre Richtung.

Er hob sein Hemd vom Boden auf, wollte es überziehen und stellte dabei fest, dass die Ärmel nach außen gewendet waren. Er klatschte das Hemd in die Luft, um den Stoff zu entwirren. »Warum schläfst du nicht ein bisschen? Ich wecke dich auf, sobald er verschwindet.«

»Du solltest auch schlafen.«

»Den Rat hat mir eben schon jemand gegeben. Dash.«

»Du hast mit ihm gesprochen?«

»Ich habe ihm vom Bad aus geschrieben. Ihm meine neue Telefonnummer geschickt.«

»Hat er noch irgendwas von Wilson gehört?«

»Nein, und ich habe ihn extra danach gefragt.«

»Vielleicht sind die beiden für den Wagen da draußen verantwortlich.«

»Wenn sie uns hierher gefolgt wären, würden wir das wissen. Sie würden uns nicht heimlich beschatten lassen.«

Das hielt sie auch für wahrscheinlich, und darum war der Polizist da draußen umso unheimlicher. Wilson und Rawlins konnten ihr gefährlich werden, aber die beiden mussten sich immerhin ans Gesetz halten. Im schlimmsten Fall würden die beiden sie hier festhalten und dadurch verhindern, dass sie rechtzeitig zu Violet kam.

Ein korrupter Polizist war da viel gefährlicher, genau

wie Goliad und Timmy, die sich nicht um Gesetze scherten und sie bedenkenlos für Richard Hunt brechen würden. Sie brauchte nur Ryes linke Hand anzusehen, um sich vor Augen zu halten, wozu sie fähig waren. »Du hast deine Schnitte nie verarztet.«

»Die heilen schon.« Ein Ärmel widersetzte sich eigenwillig seinen Bemühungen.

»Hör auf, daran herumzufummeln. Wenn du dich schon nicht hinlegen willst, dann setz dich wenigstens.«

»Wieso nervst du mich?«

»Wieso führst du dich auf wie ein Arsch?«

Er gab den Kampf gegen sein Hemd auf und warf es auf den Boden. »Weil es eine Schande wäre, wenn wir diesen genialen Fick mit belangloser und sinnloser Konversation ruinieren würden.«

Sie hielt seinem Blick noch eine Sekunde stand, dann drehte sie sich auf die andere Seite und zog die Decke bis unters Kinn. »Falls unser Bulle in einer Stunde noch da ist, gehe ich das Risiko ein und schleiche aus dem Hotel. Du kannst dich schon mal freuen. Dann bist du mich los.«

Er murmelte einen Fluch. »Es war meine Mom«, meinte er schließlich.

Sie drehte sich wieder um. »Was?«

»Die Frau, mit der ich telefoniert habe.«

Brynn stützte sich auf ihre Ellbogen.

Er blieb breitbeinig stehen, als würde er sich auf einen Streit gefasst machen. »Noch irgendwelche Fragen?«

»Wo lebt sie?«

»Außerhalb von Austin. Auf einem Grundstück am See. Dad hat ein eigenes Boot und geht fast jeden Tag Barsche fischen. Der Mann ist ein lebendes Klischee. Langweilt dich zu Tode mit seinen Geschichten über riesige Burschen, die ihm durch die Lappen gegangen sind.«

»Wie war ihr Thanksgiving?«

»Gut. Bis auf meinen jüngsten Neffen. Er zahnt.«

»Wie alt ist er?«

»Keine Ahnung, Brynn. Ich habe ihn nie gesehen.«

»Warum nicht?«

Rye sagte nichts, sondern kaute auf der Innenseite seiner Wange. Er trat ans Fenster und spähte wieder durch den Vorhangspalt, doch sie nahm an, dass das nur ein vorgeschobenes Manöver war, um sich von ihr abwenden zu können.

»Wieso willst du nicht nach Hause?«, fragte sie.

»Ich weiß nie, wohin mein nächster Auftrag mich verschlägt.«

»Und diese Ausrede zieht bei deiner Mutter?«

Er drehte sich wieder um, und sein wütender Blick verriet ihr, dass sie ins Schwarze getroffen hatte. Doch statt klein beizugeben, setzte sie nach: »Wieso zuckst du so, wenn du schläfst, Rye?«

»Ich *zucke*?«

»Gestern Morgen im Motel bin ich mehrmals aufgewacht, weil du zusammengeschreckt bist und unverständliche Sachen gebrabbelt hast.«

»Entschuldige. Wieso hast du mich nicht einfach geweckt?«

»Wieso kannst du nicht ruhig schlafen? Und wieso kannst du nirgendwo landen? Also landen und länger bleiben.«

»Weil ich lieber in der Luft bin.«

»Das hast du schon gesagt. Du liebst das Fliegen. Es ist eine Leidenschaft. Angeboren.« Sie verstummte und sah ihn vielsagend an. »Außerdem ist es deine persönliche Flucht. Wovor?«

Er sah auf die Uhr und stemmte dann die Hände in die Hüften. »Sind wir fertig?«

»Jake hat gesagt, du seist eine Legende.«

»Vlad der Pfähler war auch eine Legende. Oder Ted Bundy.«

Sie kaufte ihm seine aufgesetzte Gleichgültigkeit nicht ab und bohrte weiter nach. »Jake ist also ein Lügner? Du bist nicht durch die Hölle geflogen?«

»Solche Geschichten werden gern ausgeschmückt. Sie entwickeln ein Eigenleben.«

»Stimmt. Aber sie haben einen wahren Kern.«

»Du kannst sie glauben oder nicht, ganz wie du willst.«

»Ich glaube, du könntest für jede Fluggesellschaft fliegen. Warum also fliegst du für eine Klitsche wie *Dash-It-All*?«

»Was stört dich daran?«

»Nichts. Aber es bringt wenig Ansehen.«

»Ich pfeife aufs Ansehen. Ich mag es, so zu fliegen.«

»Warum?«

»Weil ich auf diese Weise fast immer allein fliegen kann.«

»Warum ist dir das lieber?«

Er beugte sich vor, damit sie die Spitze mitbekam. »Weil ich dann mit niemandem reden muss.«

»Darüber, was drüben passiert ist?«

»Wo drüben?«

Sie sah ihn nur an, und diesmal war sie ausdauernder.

Er massierte seinen Nacken, legte den Kopf abwechselnd nach links und rechts, bis die Gelenke knackten. Aber das löste die Anspannung nicht. Immer noch von innerer Unruhe getrieben, öffnete er die Minibar, holte ein Bier heraus und ging damit zu dem Sessel neben dem Fenster. Nach einem Blick nach unten fluchte er leise, woraus sie schloss, dass der Streifenwagen noch dort stand.

Er ließ sich in den Sessel fallen, riss die Lasche der Dose auf und nahm einen Schluck. »Du möchtest eine schöne Gutenachtgeschichte hören? Zu dumm. Das hier ist keine.«

Sie setzte sich auf, zog die Knie an und schlang die Arme darum.

»Dies ist die Geschichte über einen Piloten einer C-12«, begann er mit gespielter Langeweile. »Weißt du, was das ist?«

»Offenbar ein Militärflugzeug.«

»Die militärische Version der Beechcraft King Air. Diese Maschinen werden zum Transport von Soldaten oder Fracht, zur Truppenunterstützung, zur Überwachung und Bergung eingesetzt. Sie erfüllen viele Zwecke, je nachdem, welche Militärgattung sie einsetzt und wozu. Eine C-12 kann eine Gulaschkanone sein. Ein Sanitätsflugzeug. Oder auch ein Leichentransporter.« Er studierte die Bierdose in seiner Hand und nahm wieder einen Schluck. »Jedenfalls sollte an diesem besonderen Tag ein Geschwader von Kampfpiloten mit ihrem Commander und dem dazugehörigen Bodenpersonal mit zwei C-12s aus Bagram, dem Hauptquartier, herausgeflogen werden. Die Männer und Frauen hatten sich ein paar Tage dort aufgehalten und ein Briefing bekommen, wo genau sich in der Provinz Nuristan ein paar üble Taliban versteckt hielten, die um jeden Preis ausgeschaltet werden mussten. Wir sollten sie zurück zu ihrer Basis fliegen. Die Hölle war es keinesfalls. Eigentlich ein Kinderspiel. Wir sollten um sechzehn Uhr abheben, aber wie es beim Militär oft vorkommt, überzog der Commander die Besprechung, der Abflug wurde verschoben, und ich dachte, ich könnte eine Mütze voll Schlaf nehmen, während wir warteten. Ehe ich wusste, wie mir geschah, weckte mich mein Kollege und eröffnete mir, die Maschinen stünden bereit, der Vorflugcheck sei abgeschlossen und es wäre eine Reihe von Maschinen im Anflug, weshalb wir auf der Stelle starten müssten. Ich schnappte mir meinen Kram. ›Ich muss nur kurz pinkeln, dann bin ich bereit.‹« Rye atmete tief durch. »Mein Kollege sagte: ›Ich wurde für die erste Maschine eingeteilt. Den neuen Vogel.‹ Er erklärte mir, dass die Piloten mitsamt ihrem Commander bereits an Bord seien. ›Du fliegst heute die Holzklasse, Mallett.‹ Das zweite Flugzeug war älter und schlechter ausgerüstet. Es war mit Frachtgütern und dem Bodenpersonal beladen. Auf dem Weg nach draußen salutierte er ironisch. ›Das nennt man eine Chance verpennen.‹«

Brynn wurde die Kehle eng. Sie faltete die Hände und legte sie an ihre Lippen.

Rye leerte sein Bier und stellte die Dose bedächtig auf dem Tisch neben seinem Sessel ab. »Eine kurze Zwischenbemerkung. Du weißt, dass du dir zwei Jeans von der gleichen Marke, in der gleichen Größe und im gleichen Schnitt kaufen kannst und trotzdem jede ein bisschen anders sitzt, bis du sie eingelaufen hast? Bei Flugzeugen ist das ähnlich. Die Maschinen können identisch sein. Das gleiche Modell, die gleiche Konfiguration, das gleiche Cockpit und so weiter. Und trotzdem hat jede Maschine ihre Eigenheiten. Ich hatte die neue Kiste ein Dutzend Mal geflogen. Und ich hatte eine Squawkliste …« Er setzte neu an, als er ihre fragende Miene bemerkte. »Ach ja. Eine Liste der verschiedenen Macken, von denen ich gerade gesprochen habe. Die Mechaniker waren noch nicht dazu gekommen, sie abzuarbeiten, und der andere Pilot hatte meine Liste nicht einsehen können. Außerdem hatte er einen ihm unbekannten Co-Piloten, was an sich kein Problem ist, trotzdem hilft es, wenn man schon ein paar Stunden mit dem Kollegen im Cockpit geflogen ist. Ich kletterte also in den Pilotensitz der zweiten Maschine. Der Co-Pilot grüßte mich. Auch er zog mich damit auf, dass ich die Schrottkiste und nicht den Rolls-Royce abbekommen hatte. Die beiden Maschinen rollten an die Startbahn. Die erste hob ab.«

Er zögerte. Atmete ein paarmal durch. »Als sie in der Luft war, merkte ich, dass er Probleme hatte, sie unter Kontrolle zu halten. Einer der Punkte auf meiner Mängelliste war das Steuerruder der neuen Maschine. Es reagierte hakelig. Man musste es fest, aber geschmeidig anziehen. Dann gab es keine Probleme.«

Er ahmte die Bewegung nach, indem er beide Fäuste an seine Brust zog.

»Mein Kollege wusste das nicht und geriet, als er den winzigen Widerstand spürte, so in Panik, dass er überreagierte und das Ruder mit aller Gewalt zurückriss. Ich schrie ihn über Funk an: ›Zu fest! Zu fest!‹ Aber er zog die Maschine zu schnell und zu steil nach oben, ging praktisch in die Vertikale und überzog. Es kam zu einem Strömungsabriss, ohne dass er noch etwas dagegen tun konnte.«

Tränen brannten in Brynns Augen, doch sie blinzelte sie weg, ohne sich zu rühren, weil sie ihn keinesfalls von seiner Geschichte ablenken wollte.

»Was wirklich komisch war?«, meinte er nachdenklich. »Es sah so verflucht elegant aus, wie die Maschine erst hochstieg und dann abtauchte. Als würde man einem Turmspringer in Zeitlupe zusehen.« Er lachte freudlos. »Natürlich waren die Tanks voll. Der Flammenball war spektakulär.« Er beugte sich vor, stemmte die Ellbogen auf die Knie und bohrte die Daumen in die Augenhöhlen.

Brynn blieb eine Weile ruhig, dann fragte sie: »Hättest du sie abfangen können, wenn du sie geflogen wärst?«

Er senkte die Hände. »Genau darum geht es, Brynn. Wenn ich sie geflogen hätte, hätte es nichts abzufangen gegeben. Dreizehn Menschen mussten sterben, nur weil ich eingenickt war.« Er starrte seine Handflächen an, als klebte Blut daran. »Ich kannte die Piloten. Tolle Männer. Die besten der besten. Was für eine beschissene Verschwendung.«

»Du meinst, du hättest wenigstens mit ihnen zusammen sterben können?«

Er hob den Kopf und sah sie wütend an.

»Das ist es, habe ich recht?«, fragte sie leise. »Das lässt dir keine Ruhe. Dass du an diesem Tag überlebt hast.«

»Gegen alle Wahrscheinlichkeiten.«

Sie nickte langsam. »Aber wenn du lang genug und oft genug fliegst, in jedem Wetter, wird das Risiko irgendwann so groß, dass ...«

»... ich ebenfalls abberufen werde.«

Obwohl sie schon vermutet hatte, dass er so tickte, stieß sie einen leisen Klageseufzer aus. »Du *willst* sterben?«

»Nicht sterben«, sagte er, »nur ... nur nicht mehr damit leben müssen.«

Sie sah ihm in die trostlosen Augen. Konnte sie irgendetwas tun oder sagen, was seinen Gedankengang umkehren, ihn neue Schlüsse ziehen lassen oder ihm Trost oder wenigstens Erleichterung spenden würde? Ihr fiel nichts ein. »Ich glaube, niemand außer dir selbst kann dir dabei helfen, Rye.«

»Ich habe niemanden um Hilfe gebeten. Ich will keine Hilfe.«

»Du leidest lieber allein.«

»Ohne dass ich darüber reden muss.«

»Das muss für die Menschen, die dich lieben, schrecklich verletzend sein.«

»Stimmt.«

»Hältst du deshalb lieber Abstand zu deiner Familie?«

Er stand auf und drehte ihr den Rücken zu. »Zu jedem.«

Zu ihr ganz bestimmt. Er hatte sie leidenschaftlich geliebt. Er hatte ihr leidenschaftliche Versprechungen ins Ohr geflüstert, und sie hatte ihm geglaubt, weil er sie nicht gesagt hatte, um sie zu verführen. Das war nicht mehr nötig gewesen. Doch sobald die Intimität nicht mehr rein körperlich war, sondern emotional zu werden drohte, zog er sich zurück.

Sie wäre gern zu ihm gegangen, hätte ihn in die Arme geschlossen und ihm erklärt, wie grausam sie es fand, dass er in diesem ständigen Schmerz leben musste. Aber sie wusste, dass ihr Tröstungsversuch zurückgewiesen würde, und so blieb sie, wo sie war.

»Keine Veränderung. Er ist immer noch da, und es gießt weiter. Was willst du jetzt tun?«, vermeldete er vom Fenster.

Sie sah auf die Uhr. Es war fast halb zwei. »Ganz ehrlich, nachdem ich mich einmal hingelegt habe, glaube ich nicht, dass ich die Fahrt durchstehen würde. Ich wäre eine Gefahr für mich selbst und für alle anderen auf der Straße. Wahrscheinlich würde ich gegen halb sechs Uhr morgens dort ankommen. Wäre es fair, so früh bei den Griffins reinzuplatzen und sie mit den Neuigkeiten zu überfallen?«

»Das bleibt dir überlassen. Wenn du sagst, dass du fahren

willst, übernehme ich den Kerl da draußen, damit du hier rauskommst.«

Sie sah zum Fenster. »Er ist nicht heraufgekommen, und auch sonst ist niemand aufgetaucht. Warum ruhen wir uns nicht aus? Nur ein paar Stunden. Ich könnte in der Morgendämmerung losfahren, käme dann zu einer menschenwürdigen Zeit am Vormittag an und hätte immer noch einen Puffer von mehreren Stunden.«

Er sah aufs Bett. »Ich könnte eine Mütze Schlaf gebrauchen. Allerdings kann ich dir nicht versprechen, dass ich nicht zucken werde.«

»Aber ich kann dir versprechen, dass ich dich nicht vollquatschen werde.«

Er lächelte spröde. »Abgemacht.« Er kam ans Bett, zog die Ärmel aus seinem Hemd und streifte es über. Dann griff er nach seinem neuen Handy und der Zimmerkarte und schaltete das Licht im Bad aus. »Leg dich schon mal hin. Ich bin gleich wieder da.«

»Wo willst du hin?«

»Dash anrufen.«

»Weswegen?«

»Ich habe vergessen, ihm etwas auszurichten, als ich ihm vorhin geschrieben habe. Lass niemanden außer mir ins Zimmer.«

Dann fiel die Tür hinter ihm ins Schloss.

Kapitel 29

01:22 Uhr

Goliad hielt mit seinem Auto neben dem Streifenwagen und machte dem Polizisten ein Zeichen, das Fenster herunterzulassen. Der Mann salutierte ironisch.

»Hast du sie gesehen?«, fragte Goliad.

»Weder kommen noch gehen.«

»Zimmernummer?«

»Siebenhundertsieben. Auf dieser Seite. Drittes Fenster von der südlichen Ecke aus. Vorhänge sind zugezogen. Falls Licht brennt, sieht man es nicht. Seit ich angekommen bin, hat sich nichts getan. Keine Bewegung. Kann also nicht sicher sagen, ob sie oben sind oder nicht.«

»Ich stelle mich in die letzte Reihe vom Gebäude aus«, erklärte Goliad ihm. »Du bleibst vorerst hier. Gib mir Bescheid, falls dir was auffällt.« Er reichte dem Polizisten einen mit Scheinen gefüllten Umschlag durch das Autofenster, fuhr dann weiter und fand einen freien Platz, von dem aus er das gesamte Gebäude im Blick hatte.

Nachdem er Timmy ins Bett gebracht hatte, war er zu den Hunts zurückgefahren und hatte Delores über die Sprechanlage Bescheid gegeben, dass er wieder da war. Sie hatte ihm gedankt. Sie hatten sich gegenseitig eine gute Nacht gewünscht.

Doch Goliad hatte auf das Sofa verzichtet.

Zum einen hatte ihm ihr rauchiges Bekenntnis, wie viel sicherer sie sich fühlte, wenn er im Haus war, eine Erektion beschert, was ihm in ihrer Nähe viel zu oft passierte. Heute Nacht hatte sie ihn noch dazu berührt, was seine Lust noch stärker entfacht hatte. Sie verschlang ihn. Sie war demoralisierend und möglicherweise destruktiv, doch er kam einfach nicht dagegen an.

Zahllose Male hatte er mit dem Gedanken gespielt, seinen Job hinzuwerfen, sich endgültig von ihr zu lösen. Einen lukrativen Job würde er problemlos finden. Mit seiner Erfahrung wäre er eine Bereicherung für jedes mexikanische Drogenkartell. Er hatte sein ganzes Leben auf dieser Seite der Grenze verbracht, er kannte den Way of Life der *Norteamericanos* und wusste, wie man sich hier zurechtfand. Er sprach ein makelloses Englisch ohne den Hauch eines spanischen Akzents. Er hätte freie Auswahl gehabt.

Und doch blieb er. Seine unerwiderte Liebe zu Delores war eine Qual, aber er würde diese Qual ertragen, wenn er sie dafür fast täglich sehen konnte, wenn er ihre Bewegungen beobachten konnte, wenn er ihre Stimme hören durfte. Ein Lächeln, ein dankbares Wort von ihren Lippen war wie eine Liebkosung.

Die einzige ihm gestattete Art, seine Liebe zu zeigen, bestand darin, ihr uneingeschränkt loyal zu dienen. Darum hatte er, statt auf dem Sofa im Arbeitszimmer Kraft zu tanken, die Suche nach Brynn O'Neal und Rye Mallett fortgesetzt. Er hatte seine Spitzel abgefragt und den ihm verpflichteten Polizisten versprochen, noch einmal etwas draufzulegen.

Niemand hatte etwas zu berichten gehabt. Keines der

Hotels und Motels, die er abgefragt hatte, beherbergte einen Gast namens Mallett oder O'Neal. Doch Goliad hatte sich das Telefongespräch ins Gedächtnis gerufen, das Mallett bei ihm im Auto geführt hatte, und sich danach zurechtgelegt, dass das Zimmer womöglich auf den Namen der Firma, für die er flog, gebucht worden war.

Nach zehn Minuten auf Google hatte er den vollständigen Namen des Besitzers von *Dash-It-All* in Erfahrung gebracht. Danach hatte er die Hotels und Motels in der näheren Flughafenumgebung abtelefoniert und jedes Mal darum gebeten, mit dem Zimmer von Mr. Dashiell Dewitt verbunden zu werden.

Beim sechsten Versuch hatte er ins Schwarze getroffen. Die Frau in der Telefonzentrale hatte ihn in die Warteschleife gestellt und ihn durchstellen wollen, doch Goliad hatte aufgelegt, ehe die Verbindung hergestellt war, und stattdessen einen Polizisten im Streifendienst angerufen, der bekannt dafür war, die Hand aufzuhalten.

Der Polizist war zum Hotel gefahren und hatte dem Mädchen an der Rezeption erzählt, ein Mr. Dewitt hätte Anzeige erstattet, dass ein Gewehr aus seinem auf dem Hotelparkplatz abgestellten Wagen fehlen würde. Dabei hatte er betont, dass die Polizei im Licht der jüngsten Amokläufe besonderes Augenmerk auf Waffendiebstähle legte. Darum müsse er sofort mit Mr. Dewitt sprechen. Die Rezeptionistin hatte ihm bereitwillig Mr. Dewitts Zimmernummer genannt und ihm geraten, den Seiteneingang zu benutzen.

Der Polizist hatte alle Informationen an Goliad weitergegeben, der ihm befohlen hatte, in der Nähe der Tür zu parken und sofort anzurufen, wenn er das Paar sehen sollte.

Auf diese neue Entwicklung hin hatte Goliad einen Ersatzmann gerufen, der an seiner Stelle in der Villa Posten beziehen sollte, und war allein zum Hotel gefahren.

In der diesigen Luft und dem Regen war wenig zu erkennen, trotzdem richtete er sein Fernglas auf das angegebene Fenster. Es sah so aus, wie der Polizist gesagt hatte: Die Vorhänge waren zugezogen, und im Zimmer schien es dunkel zu sein.

Doch dann ein winzig kleines Flackern am Vorhangrand. Eine so subtile und kurze Bewegung, dass sie ihm entgangen wäre, wenn er zufällig in diesem Moment geblinzelt hätte.

Lächelnd senkte er das Fernglas.

Er überlegte, ob er die Hunts sofort anrufen und sie von der neuesten Entwicklung in Kenntnis setzen sollte, beschloss dann aber abzuwarten, bis er ihnen melden konnte, dass das Mittel in seinem Besitz war.

1:26 Uhr

Rye trat in den Gang, lehnte sich an die Tür und drückte den Hinterkopf gegen das harte Holz. Er fühlte sich schwächer, aufgewühlter, fahriger als gestern Abend nach der Bruchlandung.

Denn die war nicht seine Schuld gewesen, wohingegen er diesmal nur sich selbst zur Verantwortung ziehen konnte. Er hatte es geschehen lassen. Er hatte es darauf angelegt. Obwohl er genau gewusst hatte, dass es ein Fehler war, hatte er Brynn berührt, und es war bei Gott ein unglaublich gutes Gefühl gewesen, sich in ihr zu bewegen. Erschreckend gut. Denn als er gekommen war, war er ganz und gar gekommen: mit Körper, Geist und Herz.

Und als wäre das nicht verheerend genug, hatte er ihr anschließend noch sein Herz ausgeschüttet und vor ihr Aspekte seiner Seelenqualen enthüllt, über die er bisher noch mit keiner Menschenseele gesprochen hatte.

Vierundzwanzig Stunden in ihrer Nähe, und schon hatte er alle selbst auferlegten Regeln gebrochen:

Keine Bindungen. Keine Nähe. Zu niemandem.

Er hatte Brynn angeschwindelt. Er hatte nicht vergessen, Dash etwas mitzuteilen. Tatsächlich hatte er Dashs letzte Frage noch gar nicht beantwortet. Er sah jetzt, dass Dash sie wiederholt hatte, ergänzt um ein paar Flüche, die betonen sollten, wie dringend er auf eine Antwort wartete. *Steht der Flug morgen Abend?*

Bis vor wenigen Minuten hatte Rye nicht gewusst, was er zurückschreiben sollte. Eigentlich hatte er vorgehabt, Brynn nach Knoxville zu schicken, ihr viel Glück zu wünschen und sie nie wiederzusehen.

Aber er konnte sie nicht allein lassen. Er konnte es einfach nicht. Nicht weil der Sex so fantastisch gewesen war oder weil er ihr von seiner persönlichen Tragödie erzählt hatte. Sondern weil es immer noch Menschen gab, die sie mit allen Mitteln aufhalten wollten, und weil er wollte, dass Brynn ihr selbst gesetztes Ziel erreichte. Auch er wollte unbedingt, dass Violet eine Chance auf ein eigenes Leben bekam.

Wenn er Brynn erst sicher nach Tennessee gebracht hätte, blieben ihm noch Stunden, um nach Columbus zu gelangen. Falls ihn kein Passagierflug hinbrachte, würde er eben auf eigene Kosten ein Flugzeug chartern. Er würde Dash nicht im Stich lassen. Er würde die Ladung Korallrot nach Portland fliegen. Allerdings würde er Dash nichts von seiner Planänderung erzählen, nicht bevor es zu spät war, um noch etwas dagegen zu unternehmen. Falls er ihm jetzt davon erzählte, würde Dash einen Anfall bekommen, und Rye konnte keinen Streit brauchen.

Also tippte er: *Steht.*

Die Antwort kam umgehend. *Bin nicht wirklich froh, von dir zu hören. Ich hatte gehofft, du wärst im Bett.*

Bin auf dem Weg dorthin. Melde mich morgen.

Morgen, nachdem er sicher war, dass für Brynn alles gut gelaufen war, und er sich von ihr verabschiedet hatte.

Doch erst musste er noch die Nacht überstehen, ohne sie erneut anzurühren.

1:32 Uhr

Brynn nutzte die Zeit, die Rye nicht im Zimmer war, für eine kurze Dusche. Sie kam in ein Handtuch gewickelt aus dem Bad, beschloss aber angesichts Ryes gedrückter Stimmung, sich nicht nackt ins Bett zu legen.

Während sie ihre Unterwäsche suchte, fiel ihr Ryes Bomberjacke ins Auge, die über der Stuhllehne hing. Es war merkwürdig, ihn ohne zu sehen. Die Jacke war ebenso ein Teil von ihm wie das Muster seiner Bartstoppeln.

Sie fuhr mit dem Finger den Kragen entlang. Das Leder war rissig und fleckig. Es bewies sein Alter, aber auf gute Weise. So wie die Sonnenfalten in Ryes Augenwinkeln.

Unfähig, der Versuchung zu widerstehen, ließ sie das Handtuch fallen, hob die Jacke vom Stuhl und schob die Hände durch die Ärmel. Die Jacke hing groß und schwer an ihr, aber das Seidenfutter fühlte sich wunderbar verführerisch auf ihrer nackten Haut an.

Sie untersuchte eben einen winzigen Schnitt am Ärmel, als die Tür aufgestoßen wurde und Rye hereinmarschiert kam. Als er sie sah, blieb er auf der Stelle stehen. Die Tür fiel hinter ihm ins Schloss.

Brynn war wie versteinert, so peinlich war ihr die Situation. »Entschuldige. Ich wollte nur… Offensichtlich liegt dir viel an ihr. Sie muss eine besondere Bedeutung für dich haben. Ich weiß nicht… ich weiß nicht, was mich dazu getrieben hat. Ich hätte sie nicht anrühren sollen, und schon gar nicht…«

»Still.« Er ging an ihr vorbei ans Fenster.

Nachdem er keine Veränderung meldete, nahm sie an, dass der Streifenwagen immer noch auf seinem Platz stand. Er drehte sich wieder zu ihr um, kam zu ihr und hielt die Jacke mit beiden Fäusten links und rechts des Reißverschlusses fest. Er ließ die Stirn gegen ihre sinken. »Wenn das hier vorüber ist, verschwinde ich wieder.«

»Ich habe dich schon beim ersten Mal verstanden, und seither hast du es mir noch ein Dutzend Mal erklärt.«

»Aber, verdammt, Brynn.«

»Was?«

Er hob den Kopf, betrachtete sie von Kopf bis Fuß und flüsterte: »Woher hast du gewusst, dass das meine Lieblingsfantasie ist?«

»Wirklich? Seit wann?«

»Seit ich durch diese Tür gekommen bin.«

Stöhnend presste er im perfekten Winkel seine Lippen auf ihren Mund. Der energische Vorstoß seiner Zunge war nicht weniger berauschend und erotisch als bei ihrem allerersten Kuss. Eher noch mehr, wenn das überhaupt möglich war. Er fachte ihr Verlangen nach seinem Mund, nach seinen Händen, nach ihm neu an.

Sie schob sein Hemd beiseite, verschränkte die Hände hinter seinem Hals und klammerte sich an ihn. Seine Hände wanderten unter die Jacke, und seine Handflächen huschten kurz über ihre Brüste, bevor er ihre Taille umfasste und sie mit sich ans Bettende zog, wo er sich auf die Matratze setzte.

Ohne sie aus seinem Griff zu entlassen, zog er sie zwischen seine Beine, tupfte einen Kuss auf ihre Brüste, ließ seine Zunge über ihre Nippel schnellen und knabberte mit den Zähnen an der weichen Haut um ihren Nabel. Seine Zunge zog Kreise in der Vertiefung unterhalb ihrer Beckenknochen.

Als er sich noch tiefer vorarbeitete, reagierte sie wie von selbst auf den sanften Druck seiner Hände und öffnete ihre Schenkel weiter, um erst seinen warmen Atem zu spüren, dann die Liebkosungen seiner Lippen, die feuchte Hitze seines offenen Mundes, das Kreisen und Schlagen seiner Zunge.

Sie stöhnte seinen Namen, krallte die Finger in sein Haar. Sein Mund war gnadenlos, unvorhersehbar und löste ein Feuerwerk von atemberaubenden Empfindungen aus. Doch als nur noch ein Zungenschlag fehlte, um ihren Körper unter einem Orgasmus zu erschüttern, zog er den Kopf zurück. »Noch nicht.«

Sie legte die Hände auf seine Schultern, um nicht vor Schwäche in die Knie zu sinken, und drückte ihn dabei rückwärts auf die Matratze. Während sie sich in Richtung Kopfende vorarbeiteten, knöpfte er seine Jeans auf und zerrte sie über die Hüften. Brynn setzte sich rittlings auf seine Beine. Der weiche Jeansstoff fühlte sich unglaublich erotisch an der Innenseite ihrer Schenkel an. Ihre Augen berauschten sich am Anblick seines schwer atmenden Brustkorbs, wanderten über die atemberaubende Senke seines straffen Bauches unterhalb der Rippen und über sein Geschlecht, pulsierend vor Lebenskraft, mit schon leicht glänzender Spitze.

»Wenn du dich jetzt nicht auf mich setzt, gibt es keinen Gott«, keuchte er.

Lächelnd kämmte sie mit den Fingern durch das hellbraune Haar auf seiner Brust, beugte sich über ihn und nahm ihn in den Mund. Die von seinem so männlichen Duft und Geschmack erweckten Gefühle erregten sie durch das tierhaft tiefe, lustvolle Knurren, das durch seinen ganzen Körper ging, nur noch mehr. Sie gab nicht nach, bis er ihren Namen keuchte und sie an den Haaren packte.

»Jetzt.« Er nahm sein Glied in die Hand, um sich, sobald sie sich auf die Knie erhob, in Position zu bringen. Als sie sich auf ihn senkte, atmete er langsam und tief aus. Durch die leicht zusammengekniffenen Augen, die ihr inzwischen so vertraut geworden waren, fixierte er sie mit erregender, besitzergreifender Gier. »O Gott, ist das geil.«

Seine Daumen streichelten die Vertiefungen oben an ihren Schenkeln; dann wanderten seine Hände um ihre Hüften herum und umschlossen kraftvoll ihren Hintern, hoben ihren Körper an und senkten ihn wieder, während sie sein hartes Glied umschloss und sich an ihm rieb, bis die Lust beinahe unerträglich wurde.

Immer schneller und unbeherrschter wurden die Bewegungen. Unvermittelt schnellte sein Oberkörper nach oben, er vergrub das Gesicht in der offenen Jacke und nahm ihren Nippel in den Mund. Seine Fingerspitzen zwängten sich zwischen ihre Körper, sammelten Feuchtigkeit und verteilten sie in federleichten oder festen Kreisen. Immer, immer wieder, bis sie kam.

Es war ein langer und markerschütternder Orgasmus.

Noch während die Nachwehen sie durchliefen, sank er auf die Matratze zurück und zog sie dabei mit. Dann, die Hände über ihren Hintern gebreitet, hielt er sie unerbittlich fest, während er mit aller Kraft zustieß und es ihr nachtat.

Schlaff und reglos lag Brynn auf seiner Brust, spürte, wie seine Finger gemächlich durch ihre Haare kämmten, und lauschte seinem Herzschlag, bis sie eingeschlafen war.

2:14 Uhr

Wenig später rollte sie sich von ihm. Er protestierte verschlafen und versuchte sie festzuhalten, doch sie löste sich aus seinem Arm, zog seine Jacke aus und legte sie ans Fußende des Bettes. Ächzend stand er auf und sah aus dem Fenster. »Ich hoffe, der Scheißkerl friert ordentlich.«

Dann kam er ins Bett zurück.

Sie zog die Decke über sie beide, kuschelte sich an ihn, in seine Armbeuge, die Beine mit seinen verschränkt.

Sie küsste seine Brustmuskeln und fuhr mit der Zungenspitze über seine Brustwarze. Er grunzte zufrieden. »Sollen wir einen Wecker stellen?«, flüsterte sie.

»Ich wache auf.«

»Bestimmt?«

»M-hm.«

Sie sank wieder auf seinen Oberarm, war schon fast eingeschlafen und sicher, dass er es längst war, als er murmelte: »Was wurde eigentlich aus dem wilden jungen Hendrix?«

Sie schnaubte ein Lachen. »Wie kommst du darauf?«

»Ich will nur wissen, ob ich ihn aufspüren und umbringen muss.«

»Lass ihn leben. Es ist nichts passiert. Wir waren nicht mal zusammen aus. Ich habe es Dad nur glauben lassen.«

»Wieso das?«

»Um seine Aufmerksamkeit zu bekommen.«

Er hatte mit dem Kopf auf dem Kissen gelegen und die Augen geschlossen. Jetzt öffnete er sie und sah ihr ins Gesicht.

Sie zuckte kurz mit den Achseln. »Es hat geklappt, wenn auch nur für eine Woche.«

Er studierte ihre Miene und strich dann mit der Fingerspitze über ihre Lippen. Ohne noch ein Wort zu sagen, drehte er ihren Körper von sich weg und zog ihren Rücken an seinen Bauch. Sein Arm legte sich über sie. Schwer. Als wollte er sie festhalten.

Kapitel 30

5:32 Uhr

»Das ist doch nicht zu glauben.« Delores trennte wütend die Verbindung, nachdem sie Nate auch diesmal nicht erreicht hatte. »Als würde ich in einem Vakuum arbeiten.«

»Kaffee?«, fragte Richard.

Sie fauchte ein Nein und korrigierte sofort ihren Tonfall. »Entschuldige. Ich wollte es nicht an dir auslassen.«

»Ich bin genauso nervös wie du, Delores. Sogar noch nervöser. Ich bin derjenige mit dem unheilbaren Krebs.«

Sie wich zurück, als hätte er ihr eine schmerzhafte Wunde zugefügt.

Er fuhr sich mit den Fingern durchs Haar. »Jetzt muss ich mich entschuldigen. Es bringt nichts, wenn wir uns gegenseitig zerfleischen, das kostet nur Kraft. Wir sollten versuchen, Ruhe zu bewahren. Einverstanden? Bisher haben wir nicht gehört, dass sich eine Katastrophe ereignet hätte.«

»Wir haben aber auch nicht gehört, dass sich keine ereignet hätte. Wo stecken sie alle?«

Sie waren fast gleichzeitig aufgewacht und hatten, in Morgenmänteln und Hausschuhen, ihr Schlafzimmer verlassen. Die Haushälterin würde erst in zwei Stunden zur Arbeit erscheinen. Delores hatte Richard gebeten, Kaffee zu machen, während sie nach Goliad sehen wollte.

Nur dass nicht ihr Vertrauensmann im Arbeitszimmer auf dem Sofa lag, sondern schnarchend wie ein Warzenschwein ihr Chauffeur. Sie hatte ihn mit einem lauten, herrischen »Wo ist Goliad?« aus dem Schlaf gerissen.

Das war nur eine Millionenfrage unter vielen. Wo war Nate? Was trieb er? Er hatte sich gestern Abend mit der Erklärung verabschiedet, er wollte nach Hause fahren und dort möglichst ein paar Stunden schlafen; gleichzeitig hatte er darauf bestanden, dass sie ihn sofort in Kenntnis setzten, falls sie etwas Neues von Brynn erfuhren.

In der letzten halben Stunde hatte Delores ihn in regelmäßigen Abständen angerufen. Bei keinem der Anrufe war er ans Telefon gegangen. Goliad hatte sich mit unbekanntem Ziel aus dem Haus geschlichen und ging ebenso wenig an sein Telefon. Sie war stinkwütend auf alle beide.

Sie hatte den Kaffee abgelehnt, doch Richard hatte ihr trotzdem eine Tasse eingeschenkt und die zwei Päckchen Zucker hineingeschüttet, die sie immer dazu nahm. Er schob ihr die Tasse über die Frühstücksbar zu. Sie setzte sich, nahm einen Schluck und sprang wieder auf.

»Am kritischsten Tag unseres Lebens lassen uns alle im Stich.«

»Bestimmt hat Goliad dem Chauffeur erklärt, warum er seine Wache übernehmen soll.«

»Er hat ihm nur gesagt, er solle sofort herkommen, weil Goliad dringend wegmüsse. Mehr hat er nicht erklärt. Weder ihm noch uns«, ergänzte sie ärgerlich. »Wie oft haben wir ihm gesagt, er soll uns auf dem Laufenden halten? Wie schwer kann das sein?«

»Vielleicht war die Sache nicht so wichtig, dass er deswegen unseren Schlaf stören wollte.«

»Aber trotzdem so wichtig, dass er mitten in der Nacht verschwinden musste?«

»Delores, bitte hör auf, so herumzutigern. Setz dich und trink deinen Kaffee.«

Sie klatschte die flache Hand auf die Granitplatte. »Sei nicht immer so verflucht gelassen.«

»Einer von uns muss es sein.« Zum ersten Mal wurde er lauter. »Was bringt es dir, wenn du jetzt hysterisch wirst? Oder mir?«

Sie setzte sich auf den Barhocker und griff über die Bar nach seiner Hand. »Ich bin nicht hysterisch, ich habe nur Angst.« Sie sah auf die Uhr. »Uns bleiben nicht einmal mehr fünfzehn Stunden, bis Nate mit der Infusion beginnen muss, und nichts geht voran.«

»Du ziehst voreilig Schlüsse. Auf welcher Basis? Aufgrund einiger erfolgloser Anrufe, für die es unzählige logische Erklärungen geben könnte.«

»Da bin ich anderer Meinung. Normalerweise vielleicht, aber heute nicht. Nate weiß, dass seine Zukunft von uns abhängt. Normalerweise fragt er nur: ›Wie hoch?‹, wenn einer von uns ihm zu springen befiehlt. Und jetzt ignoriert er meine Anrufe? Das ist durchaus besorgniserregend, Richard. Und wenn er sich von Dr. O'Neal auf ihre Seite hat ziehen lassen?«

»Das würde er auf keinen Fall.«

»Ich habe jedes Vertrauen in ihn verloren.«

»Ich halte das für verfrüht.«

»Oder überfällig«, murmelte sie.

»Du hast als Letzte gestern Abend mit Goliad gesprochen. Worüber habt ihr geredet?«

»Ich habe ihm erklärt, wie viel sicherer wir uns fühlen,

wenn er in der Nähe ist. Und was tut er? Lässt seinen Platz von einem Chauffeur einnehmen. Er weiß genau, dass er uns nicht hängen lassen darf. Wohin ist er verschwunden?«

»Vielleicht hat einer seiner vielen Informanten ihm einen Tipp gegeben, wo Dr. O'Neal sich aufhält, und er musste sofort los, bevor sie ihm wieder entwischt. Wäre es dir nicht lieber, wenn er sie verfolgt, statt dir jede Sekunde Rede und Antwort zu stehen?«

»Im Moment hätte ich gern beides.« Sie nahm einen Schluck Kaffee, dachte kurz nach, griff dann zum Telefon und tippte wütend eine neue Nummer ein.

»Wen jetzt?«, fragte Richard nur.

»Falls Goliad Dr. O'Neal in Sichtweite hat und ihr auf den Fersen ist, hat er bestimmt Timmy mitgenommen.«

5:35 Uhr

Timmys Handy meldete sich mit einem nervtötenden Rap-Beat. Er sah kurz aufs Display und zwinkerte Nate zu, während er antwortete: »Guten Morgen, Mrs. Hunt.«

Nates Brust sackte in sich zusammen, und er fragte sich, wie weit er noch schrumpfen konnte, nachdem er in den vergangenen vier Stunden seinem Gefühl nach immer kleiner geworden war. Timmy hatte ihm kaum Zeit gelassen, seinen Pyjama gegen Anzug und Krawatte zu tauschen, bevor er ihn aus seinem Apartment befördert hatte.

Auf Timmys Befehl hin hatten sie nicht den schlanken, schnellen Aufzug genommen, sondern einen mit Noppenpolstern an den Wänden, der vom Hauspersonal benutzt wurde. Timmy hatte gefragt, auf welcher Parkebene sein

Wagen stand. Dann hatte er den leuchtend orangefarbenen Knopf für das zweite Untergeschoss gedrückt. Quietschend war der Fahrstuhl abwärtsgefahren. Nate hatte schon gefürchtet, dass er die Parkgarage nur tot erreichen würde, eingebettet in eine der Wandpolsterungen.

Aber er war immer noch am Leben gewesen, als Timmy ihn durch die verlassene Garage zu seinem Auto geführt und ihm befohlen hatte loszufahren. Timmy war auf der Beifahrerseite eingestiegen und hatte das Innere des Jaguars mit einem langen anerkennenden Pfiff gewürdigt.

Wie angewiesen war Nate aus der Garage herausgefahren, und seither hatten sich die übelsten Stunden seines ganzen Lebens abgespielt.

Gelegentlich hatte Timmy auf seinem Handy eine Karte konsultiert und ihn dementsprechend dirigiert. Die Wetterbedingungen hätten nicht schlimmer sein können. Sie fuhren durch Regengüsse, in denen Nate mit Aquaplaning zu kämpfen hatte. Der einzige Vorteil des miserablen Wetters war, dass kaum andere Autos unterwegs waren und Nate dadurch ab und zu einen Blick auf den Schakal auf seinem Beifahrersitz werfen konnte.

Um seine Panik in den Griff zu bekommen, hatte er sich immer wieder vorgesagt, dass er längst verblutet auf seinem Wohnzimmerboden liegen würde, wenn Timmy ihn hätte umbringen wollen. Oder als Blut- und Eingeweidespritzer auf dem Bürgersteig unter seinem Fenster im einundzwanzigsten Stock. Oder im Kofferraum nach Luft japsen würde.

Wenn Timmy ihn umbringen wollte, hätte er bestimmt nicht abgewartet, bis er sich angezogen hatte.

Oder hatte er ihn nur *sargfein* gemacht?

Grausame Gedanken wie dieser hatten ihn dazu getrieben, jeden von Timmys Befehlen zu befolgen, ohne jede Widerrede, auf jeder Meile ihrer Fahrt, deren Ziel sich irgendwann herausgeschält hatte.

Knoxville, Tennessee.

Die ganze Zeit hatte es gnadenlos weitergeregnet, und je weiter nach Norden sie kamen, desto schlimmer war der Regen geworden. Um sie herum wurde es immer hügeliger. Die bewaldeten Kuppen trugen Hauben aus Nebel und Regenschleiern. Eine halbe Stunde vor Knoxville hatte sich Timmy gähnend gerekelt und sich zwischen den Beinen gekratzt.

»Bei der nächsten Ausfahrt gibt's einen Mäckes. Ich habe Hunger.«

Nate hatte die Ausfahrt genommen, war in den McDonald's eingebogen und hatte wie befohlen am Autoschalter gehalten. Timmy hatte ein Breakfast Sandwich und einen Kaffee bestellt. Nate wollte nichts essen, und wenn seine Nerven eins nicht brauchen konnten, dann Koffein. Also hatte er einen Orangensaft genommen, was Timmy aus unerfindlichen Gründen zum Totlachen gefunden hatte.

Nachdem sie ihre Bestellung entgegengenommen hatten, hatte Timmy ihm befohlen, auf dem Parkplatz anzuhalten. Was er getan hatte. Timmy hatte sein Sandwich mit den Tischmanieren einer Hyäne verschlungen und sich gerade entspannt zurückgelehnt, um seinen Kaffee zu genießen, als sein Handy diesen Anschlag auf Nates Ohren gestartet hatte.

Inzwischen wusste Nate, dass Delores am Telefon war, aber er wusste nicht, ob es ein gutes oder ein schlechtes Zeichen war. Sollte er Freude und Erleichterung oder Beklommenheit und Angst empfinden? Sollte er laut nach Hilfe rufen? Oder würde Timmy ihm dann sofort die Kehle durchschneiden?

Die Feigheit siegte. Er sagte nichts, sondern sackte noch tiefer in den Fahrersitz, während er der einseitigen Unterhaltung lauschte.

»Goliad?«, fragte Timmy. »Nein, warum? Hm. Also, Madam, das kann ich Ihnen auch nicht sagen. Er hat mich gestern Abend zu Hause abgesetzt, hat mir gesagt, ich soll was gegen die Schmerzen nehmen und mich ausschlafen und dass er mich anruft, sobald er mich braucht. Seither habe ich nichts von ihm gehört.« Es blieb kurz still, dann: »Dr. Lambert? Also, da kann ich Ihnen helfen. Ich sehe ihn gerade an.«

Nate hörte Delores' überraschten Ausruf und wie sie die Information weitergab, wahrscheinlich an Richard.

»Wo wir sind?«, wiederholte Timmy ihre Frage, damit Nate sie mitbekam. »Ungefähr eine halbe Stunde vor Knoxville, wir haben gerade was zwischen die Kiemen geschoben, um die Zeit totzuschlagen, schließlich wollen wir nicht zu früh dort aufschlagen.«

Delores plapperte etwa eine halbe Minute durch, aber sie redete zu schnell, als dass Nate verstanden hätte, was sie sagte. Als ihr die Luft ausging, sprach Timmy weiter. »Wenn Sie gestatten, werde ich Ihnen alles erklären, Mrs. Hunt. Also, gestern Abend bin ich nicht zu Bett gegangen, wie Goliad mir geraten hatte. Nein, stattdessen habe ich über die ganze Sache nachgedacht, und auf einmal ist mir ein Licht aufgegangen. Direkt über meinem Schädel, wie so eine Glühbirne in einem Zeichentrickfilm. Vielleicht war es auch eine göttliche Vision. Jedenfalls ging mir auf, wie das kleine kranke Mädchen – das ich bei Ihnen und dem Senator im Fernsehen gesehen habe – also, plötzlich wusste ich, wie die Kleine ins Bild passt. Sie braucht das, was Dr. O'Neal geklaut hat, genauso dringend wie Sie. Sagen Sie es mir, wenn ich falschliege.«

Am anderen Ende blieb es still. Oder falls Delores etwas gesagt hatte, dann zu leise, als dass Nate etwas gehört hätte.

»Dann kam mir der Gedanke, dass es vielleicht nicht gereicht hat, das Kind über die Staatsgrenze zu transportieren«, fuhr Timmy fröhlich fort. »Sie und der Senator haben zu kurz gedacht. Wenn es der Frau Doktor einfallen würde, hier hochzufahren, genau wie wir, und wenn es danach keinen Streit mehr um das gäbe, was Dr. O'Neal hat und was Sie gern hätten, dann…« Er hielt inne, doch am anderen Ende blieb es still.

»Wenn Sie so schlau sind, wie ich denke, Mrs. Hunt, dann wissen Sie, worauf ich hinauswill. Wenn wir dieses Rennen sicher für uns entscheiden wollen, müssen wir die Konkurrenz ausstechen, meinen Sie nicht auch?«

Nate wurde schlecht. In seinem Rachen machte sich ein gallescharfer Zitrusgeschmack breit.

Obwohl er weder Delores noch Richard etwas sagen hörte, schloss Timmy: »Sie können sich später bei mir bedanken. Ach ja. Und falls ich doch noch was von Goliad hören sollte, sage ich ihm, dass Sie auf seinen Anruf warten.«

Damit legte er auf und legte das Handy beiseite. »Mann, mir tut vom langen Sitzen der Arsch weh.« Er streckte den Rücken durch, lockerte die Schultern und ließ die Knöchel knacken. »Fahren Sie noch mal zum Schalter rum. Ich will noch eins von diesen Breakfast Parfaits.«

Nate blieb wie versteinert sitzen und starrte ihn an. »Sind Sie von allen guten Geistern verlassen?«

»Die sind gut. Ehrlich. Knusperflocken auf Joghurt. Sollten Sie probieren.«

Nates Brust war vor Verzweiflung wie zugeschnürt, er konnte nur mühsam Luft durch seine Stimmbänder pressen. »Sie wollen ›die Konkurrenz ausstechen‹? Sie wollen das Kind umbringen?«

»Nein!« Timmy lachte und musste immer stärker lachen. »Scheiße, nein. Haben Sie das geglaubt? Nein, das mache ich nicht.« Das obszöne Lachen verstummte abrupt. Timmys seelenlose Augen bohrten sich in Nates. »Das überlasse ich Ihnen.«

Violet

Es ist noch früh, und es regnet.

Ich musste extrafrüh aufstehen, weil heute mein besonderer Tag ist und Mom gesagt hat, dass ich nicht trödeln darf.

In die Badewanne darf ich nicht, weil ich die Zugänge habe. Also werde ich im Bett gewaschen. Meistens macht das die Krankenschwester, aber heute hat es Mom gemacht. Ich trage mein Lieblingskleid. Es ist rosa und hat vorn eine Glitzerkrone drauf wie von einer Prinzessin.

Daddy blieb heute zu Hause, weil das mein besonderer Tag ist.

Meine Brüder mussten auch früh aufstehen, und sie sind stinkig, weil sie sich fein anziehen müssen. Mein ältester Bruder hat geschimpft, wieso er sich eigentlich fein anziehen muss, immerhin ist es nicht *sein* besonderer Tag, und da hat Daddy zu ihnen gesagt, sie sollen sich nicht so anstellen.

Ich kann meine Brüder verstehen, wenn sie stinkig sind, aber mich hat auch keiner gefragt, ob ich mir einen »besonderen Tag« wünsche.

Die Krankenschwester, die über Nacht da war, ist gegangen, dafür ist jetzt eine andere gekommen. Sie heißt Jill. Sie hat tausend Zöpfe mit tausend Perlen drin. Sie ist jung. Ihre Turnschuhe haben Blinklichter an der Sohle, und sie hat gesagt, wenn ich meine Karten richtig ausspiele, besorgt sie mir vielleicht auch welche. Mein älterer Bruder hat gesagt, sie ist cool, und ich finde das auch.

Ich habe ein Geschenk bekommen. Ein neues iPad Mini. Meine Brüder wollten es natürlich gleich einkassieren.

Der Arzt kam. Er ist netter als Dr. Lambert, aber nicht so nett wie Dr. O'Neal.

Dr. O'Neals Mutter ist gestorben, als sie noch klein war. Darum wollte sie unbedingt Ärztin werden. Sie hat keinen Mann und keine Kinder. Ich habe sie gefragt wieso, und sie hat gesagt, sie hat zu viel damit zu tun, andere Menschen gesund zu machen. Dabei heißt das bloß, dass sie noch nicht den richtigen Mann zum Heiraten gefunden hat. Ich bin jedenfalls froh, dass sie nicht Dr. Lambert heiraten will. *Würg.*

Einmal hat sie mir erzählt, dass ich ihr helfen muss, weil sie viele Menschen mit dem gleichen Krebs wie meinem heilen möchte. Ich habe gesagt, ich würde sie hoffentlich nicht enttäuschen. Da hat sie mir erst einen ganz leichten Faustcheck verpasst und mich dann extralang in die Arme genommen.

Ich kriege es mit, wenn sie kommt, weil ich durch das Fenster in meinem Zimmer genau auf die Straße schauen kann. Aber noch sind nur die Fernsehleute draußen. Sie sitzen in ihren Autos, weil es so regnet.

Falls Dr. O'Neal die Überraschung für meinen besonderen Tag ist, dann ist sie noch nicht hier.

Kapitel 31

6:32 Uhr

Rye wachte auf, löste sich von Brynn und schlich aus dem Bett. Er ging direkt ans Fenster und sah hinaus. »Brynn.«

Sie regte sich nicht.

»Brynn.«

»Hmm?«

»Der Streifenwagen ist weg.«

Sie setzte sich auf und strich sich die Haare aus ihrem Gesicht. Zu jedem anderen Zeitpunkt hätte er ihr erklärt, wie bezaubernd sie aussah, aber jetzt war er damit beschäftigt, sich anzuziehen. »Er ist weg«, wiederholte er. »Vielleicht war es wirklich nur ein armer unterbezahlter Bulle, der hier seine Schicht verschlafen wollte. Zieh dich an. Ich besorge uns Kaffee.«

Er zog seine Jacke über, beugte sich dann über das Bett und küsste sie kurz.

»Milch, ohne Zucker«, rief sie ihm nach.

Im siebten Stock gab es keinen einzigen Kaffeeautomaten, darum fuhr er mit dem Aufzug ins Erdgeschoss. Er landete in der rappelvollen Lobby. Die ursprünglich vom Nebel aufgehaltenen Reisenden mussten nun weitere Verspätungen hinnehmen, bis die sturmflutartigen Regengüsse abgezogen waren.

Auf jeder Oberfläche, die sie dazu nutzen konnten, schliefen Menschen, teils sogar im Sitzen, den Rücken an die Wand gelehnt, und mit gesenktem Kopf. Eine junge Mutter, zerzaust und mit den Nerven am Ende, versuchte ihr greinendes Kleinkind zu besänftigen.

Die Morgendämmerung blieb grau, und zu dieser Uhrzeit, eine Stunde vor Sonnenaufgang, war es für Rye in der düsteren Lobby nicht einfach, den am Boden lagernden Gestalten auszuweichen. Er schaffte es in den angeschlossenen Speisesaal, ohne auf jemanden zu treten. Das Küchenpersonal baute bereits das Frühstücksbüfett auf, und zu seiner Erleichterung war die Kaffeemaschine bereits in Betrieb.

Er füllte eben einen Pappbecher aus einer Kanne, als ein junger Mann zu ihm geschlurft kam. Rye ertappte ihn beim Gähnen. Seine Kleider waren verknittert. Er war unrasiert und hatte verquollene Augen. Darum überraschte es Rye, als er sich bei seinem Anblick aufrichtete und ihn mit »Guten Morgen, Mr. Dewitt« begrüßte.

Rye erkannte in ihm den geplagten Rezeptionisten wieder, der ihn gestern eingecheckt hatte. Er hätte nicht gedacht, dass sich der junge Mann an ihn erinnern würde. »Morgen.« Weil er kein Gespräch anfangen wollte, konzentrierte er sich darauf, eine zweite Tasse aus dem tröpfelnden Auslauf zu füllen.

»Ist Ihre Waffe wieder aufgetaucht?«

Waffe? Wovon redete er da? Rye konnte sich beim besten Willen keinen Reim darauf machen. Doch nachdem ihn der junge Mann mit Dashs Namen angesprochen hatte, hatte er ihn offenbar nicht verwechselt. Also spielte Rye mit. »Äh, ja.«

»Sie wurde also nicht gestohlen?«

»Nein, ich hatte sie vergessen. Bei meinen Schwiegereltern.«

»Freut mich zu hören. Wir hören es ungern, wenn bei uns auf dem Parkplatz etwas gestohlen wird.«

»Keine Sorge. Alles gut.«

Ryes Gedanken überschlugen sich, während er beiseitetrat und die beiden Kaffeebecher mit einem Deckel verschloss. Der junge Mann nahm seinen Platz am Spender ein. »Das war bestimmt eine Erleichterung für den Polizisten. Heutzutage nehmen sie eine verschwundene Waffe nicht auf die leichte Schulter.«

»Zum Glück.«

»Bestimmt wollte er deswegen nicht bis heute früh warten, um mit Ihnen zu sprechen. Sein Pflichtbewusstsein kann man nur loben. Wann kam er gestern Abend in Ihr Zimmer?«

»Kann ich nicht mehr genau sagen.«

»Gegen eins, halb zwei, oder?«

»So etwa.«

Die unfreiwilligen Enthüllungen des Rezeptionisten nahmen die Gestalt eines verstörenden Szenarios an. Rye plauderte scheinbar unbeteiligt weiter, damit es sich nicht so anhörte, als würde er sein Gegenüber aushorchen wollen. »Ich war nur überrascht, dass er ohne Ankündigung hochkam.«

»Wirklich? Mir hat er gesagt, Sie würden ihn erwarten. Er hatte nur ihre Zimmernummer vergessen.« Der junge Mann sah ihn besorgt an. »Hoffentlich waren Sie nicht schon im Bett.«

»Nein. Ich war noch auf.« Rye grinste und hob die beiden Kaffeebecher in seinen Händen an. »Die werden allmählich kalt. Schönen Tag noch.«

»Sie haben nur für eine Nacht gebucht. Checken Sie heute aus?«

»Gleich.«

Diesmal suchte Rye nicht vorsichtig nach einem Weg durch die Menschen in der Lobby. Er ging schnell und zielgerichtet und warf die beiden Kaffeebecher in einen Mülleimer am Aufzug. Er und Brynn hatten keine Zeit mehr für einen Kaffee.

6:44 Uhr

Das Türenschlagen ließ Brynn aus dem Bad laufen. Sie sah Rye im Zimmer stehen und fragte: »Was?«

»Bist du fertig?«

»Bis auf die Stiefel.«

Er zog seine Pilotentasche aus dem Schrank und warf sie aufs Bett. »Jemand – ein Bulle – hat dem Typen an der Rezeption eine Geschichte aufgetischt, dass Mr. Dewitt sein Gewehr vermissen würde. Ich glaube …«

»Wer ist Mr. Dewitt?« Sie reagierte auf die Hast, mit der er seine Sachen vom Nachttisch in die Reisetasche beförderte, und presste mit aller Kraft die Füße in die Stiefel.

»Dash. Irgendein Schlauberger hat seinen Namen rausgefunden und uns darüber hier aufgespürt. Klingt nicht nach Wilson und Rawlins. Die hätten sich angekündigt und angeklopft.«

»Und dieser Polizist …«

»… steht wahrscheinlich im Dienst der anderen Fraktion und soll uns im Auge behalten.«

Sie hatte die Stiefel endlich an die Füße bekommen und

zog jetzt den Mantel vom Kleiderbügel im Schrank. »Wo ist er jetzt?«

»Keine Ahnung. Aber ich werde bestimmt nicht hierbleiben, um das herauszufinden.« Er schulterte seine Pilotentasche, ging zur Tür und legte die Hand auf den Knauf. Dann hielt er inne, griff nach ihrem Arm und drückte Wes' Schlüsselring in ihre Hand. »Hör zu. Ich habe keine Ahnung, was uns auf dem Weg nach draußen erwartet. Aber was auch passiert, du verschwindest von hier. Und zwar, als wären alle Teufel der Hölle hinter dir her. Kapiert?«

»Glaubst du …?«

»Ich weiß es nicht, aber falls ich aufgehalten werde, warum auch immer, wie auch immer, rennst du zu Wes' Auto und fährst allein nach Tennessee.«

»Ich kann dich nicht zurücklassen.«

»Kannst du. Und wirst du. Du musst zu Violet. Sonst haben wir die ganze Scheiße hier umsonst durchgestanden. Du musst es schaffen, Brynn.«

Ihre Lippen öffneten sich zu einem Protest. Er unterband ihn mit einem kurzen, besiegelnden Kuss und wiederholte: »Du musst es schaffen.«

Sie sah ihm in die Augen und nickte.

Er warf einen Blick durch den Türspion, öffnete die Tür und bog, sie hinter sich herziehend, nach links.

Wo er direkt auf Goliad prallte. Oder genauer gesagt gegen die Mündung seiner Pistole.

6:47 Uhr

Offenbar hatte der Mann sich in der Nische zwischen ihrer Zimmertür und der nächsten versteckt. Er war allein.

»Wo ist Ihr Gehilfe? Der draußen Wache gehalten hat?«, fragte Rye.

»Ich habe ihn weggeschickt, weil mir klar war, dass ihr zwei nicht rauskommen würdet, solange er hier ist.«

»Schlau.« Dann meinte Rye so launig, wie er nur konnte: »Sie können die Waffe wegstecken. Sie werden mich sowieso nicht erschießen.«

»Ich würde der Welt damit aber einen großen Gefallen tun.«

Rye lachte kurz auf. »Da kann ich Ihnen nur zustimmen. Aber Sie wissen nicht, wer von uns beiden das hat, was Sie suchen.«

Das ließ Goliad stutzen.

Rye zog eine Braue hoch. »Sehen Sie? Falls Sie einen von uns erschießen und sich den anderen schnappen, könnten Sie sich dabei den Falschen schnappen. Und in dem Fall hätten Sie eine Leiche, die Sie durchsuchen müssten, während der oder die Überlebende Zeter und Mordio schreit. In einem Hotel voller möglicher Zeugen. Und voller Überwachungskameras.« Rye schüttelte den Kopf. »Am Ende dieses Szenarios würden Sie verhaftet und zu lebenslänglich verurteilt. Es ist dasselbe Dilemma wie in der Hütte, nur ist es diesmal noch verzwickter. Sie haben Ihren Vollstrecker nicht dabei, und zwischen Ihnen und der Freiheit liegen sieben Stockwerke. Nein, Goliad, Sie sind zu schlau und zu vorsichtig, als dass Sie etwas so Dummes versuchen würden. Innerhalb weniger Minuten hätte man Sie identifiziert. Gleich darauf würde Ihre Verbindung zu den Hunts aufgedeckt, und dann wären Sie wirklich gefickt, auf verschiedenste Weise, selbst mir fallen da aus dem Stand Dutzende Möglichkeiten ein. Aber das Wichtigste ist, dass Sie nicht sicher wissen können, ob Sie tatsächlich das lebensverlängernde Elixier für den Senator in die Finger bekommen, wenn Sie mich umbringen, und ich glaube nicht, dass Ihre Auftraggeber Ihnen einen derartigen Fehlschlag verzeihen würden, nachdem Sie eigens dafür ausgeschickt wurden.«

Rye sah ihn abwartend an. Goliads nachtschwarze Augen blinzelten nicht einmal.

»Und woher ich ganz sicher weiß, dass Sie keinen von uns erschießen werden?«, fragte Rye schließlich. »Weil Sie das sonst längst getan hätten.«

Er wusste genau, dass es nicht an seiner Warnung lag, wenn Goliad nicht schoss. Goliad hatte die Probleme schon erkannt, bevor Rye sie ihm aufgezählt hatte. Also feuerte er die Pistole nicht ab, aber er steckte sie auch nicht weg.

Er zielte damit auf Brynn. »Wo ist das Zeug?«

Ehe sie antworten konnte, kam Rye ihr zuvor. »Eines noch. Noch ein Argument, das Sie bedenken sollten. Wenn Sie ihr auch nur ein Haar krümmen, bringe *ich* Sie um, und es ist mir scheißegal, wie viele Zeugen es gibt.«

Goliads Augen wurden ein winziges bisschen schmaler, aber sie richteten sich wieder auf Brynn. »Ihren Freund hier würde ich jederzeit umnieten. Aber ich will nicht, dass das hier übel für Sie endet, weil ich Sie für einen fürsorglichen Menschen halte, und das bewundere ich.«

»Danke.«

»Geben Sie mir einfach das Mittel, ich verschwinde, und Sie kümmern sich wieder um Ihr Geschäft.«

»Das Mittel *ist* mein Geschäft.«

»Und das hier ist meins«, sagte er und fasste seine Pistole fester.

Sie holte tief Luft. »Sie wissen, dass Senator Hunt mehr Zeit bleibt. Sein Krebs ist nicht so weit fortgeschritten ...«

»Ich treffe diese Entscheidungen nicht.«

»Aber das sollten Sie«, bedrängte sie ihn. »Haben Sie den Fernsehbericht über Violet gesehen? Wenn ja, dann wissen Sie, wie wenig Zeit ihr bleibt. Dieses Mittel ist ihre letzte Hoffnung.«

»Geben Sie es mir.«

Er sprach mit dem bedächtigen, präzisen Nachdruck, den Rye inzwischen als typisch für ihn erkannte. Gegen den unerbittlichen Druck der Hunts war nicht anzukommen. Er war stärker als jedes Mitgefühl und jeder menschliche Anstand, vielleicht sogar stärker als Goliads eigene moralische Überzeugungen. So leidenschaftlich und überzeugend Brynns Plädoyer auch sein mochte, dieser Mann würde sich nicht umstimmen lassen.

Sie sah Rye an, als wollte sie ihn fragen, was sie jetzt tun sollte. Sein kurzer Lidschlag sagte: *Gib es ihm.*

»Es ist in meiner Manteltasche«, erklärte Brynn. »Erschießen Sie mich nicht, wenn ich es raushole.«

Er nickte knapp und hob dann die Hand, um sie zu bremsen. »Sie«, sagte er zu Rye, »gehen fünf Schritte zurück, stellen Ihre Tasche auf den Boden, drehen sich um und heben Jacke und Hemd hoch.«

»Sie glauben, ich bin bewaffnet? Wozu sollte das gut sein? Sie haben mir den Munitionsstreifen abgenommen, und ich habe ihn nicht ersetzt.«

»Sofort, Mallett.«

Rye sah den anderen Mann konsterniert an, folgte aber seinen Anweisungen und präsentierte Goliad in einer vollen Drehung seinen leeren Gürtel. Als sie sich wieder ansahen, befahl Goliad ihm, die Hände nach oben und vom Körper wegzustrecken, was Rye auch tat.

Goliad nickte Brynn zu, die daraufhin den Reißverschluss ihrer Manteltasche öffnete und das in Blisterfolie gewickelte Päckchen herausholte. »Es ist hitze- und lichtempfindlich, und wenn es Bakterien ausgesetzt würde…«

»Ich passe schon auf.« Goliad streckte die Hand aus.

Auf einmal erstarrten alle, weil direkt hinter ihnen eine Tür aufging und ein Zimmermädchen einen ratternden Karren in den Gang schob. In leichtem Singsang wünschte sie ihnen fröhlich einen guten Morgen.

Zu Goliads Überraschung und Ryes blankem Entsetzen marschierte Brynn an Goliad vorbei und mit schnellen Schritten auf die Frau in der rosa Uniform zu. »Ich bin so froh, dass Sie kommen. Wir haben gestern Abend alle Handtücher aufgebraucht. Könnte ich bitte noch ein paar haben?«

Ohne eine Antwort abzuwarten, nahm Brynn mehrere Handtücher von dem Stapel auf dem Karren und rannte im nächsten Moment los. Goliad und Rye liefen ihr nach, doch Goliad hatte gute drei Meter Vorsprung.

Das Zimmermädchen presste sich verängstigt an die Wand. Als Goliad an ihr vorbeikam, schleuderte er mit einer Handbewegung den Karren in die Mitte des Korridors. Rye rammte in vollem Lauf gegen das Gefährt, warf es um und verstreute damit alles, was darauf gelegen war. Mit weiten Schritten setzte er über Haufen von frischer Wäsche und Toilettenpapierrollen hinweg.

Brynn hatte wahrscheinlich vorgehabt, die Feuertreppe zu

nehmen, doch gerade als sie am Aufzug vorbeikam, läutete die Glocke. Sie warf Goliad den Handtuchstapel ins Gesicht. Er schlug die Tücher weg, verhedderte sich mit den Füßen darin und trat sie beiseite, während er Brynn weiter nachsetzte.

Die Aufzugtüren öffneten sich. Brynn trat in die Kabine. Goliad folgte ihr, die Pistole dicht am Körper, sodass sie nicht zu sehen war. Rye legte noch einmal Tempo zu und zwängte sich zwischen den sich schließenden Türen in den Aufzug.

Er schob sich an Goliad vorbei, um einen Platz zu finden, denn in der Kabine standen schon fünf Menschen: ein silberhaariges Paar, das pikiert dreinsah, weil es an die Wand zurückweichen musste, zwei halbwüchsige Mädchen mit Ohrhörern, die auf ihre Handys starrten, sowie ein untersetzter Mann in Shorts und Flipflops.

»Morgen, Leute«, begrüßte er gut gelaunt die Neuankömmlinge. »Auch auf dem Weg zum Büfett? Die Biskuits mit Soße sind genial. Genau wie die Maisgrütze.«

Die Teenager pickten weiter auf ihre Handys ein, ohne den Blick zu heben. Das ältere Paar lächelte höflich, blieb aber stumm. Brynn stand links neben Rye in der Ecke, als wollte sie möglichst nicht auffallen. Sie sagte nichts. Rye hatte das Gefühl, dass sie den Atem anhielt.

Goliad drehte sich zur Tür. Rye stand mit dem Rücken zur Tür, sodass er und Goliad sich nun Auge in Auge gegenüberstanden. Ohne dass einer der anderen Anwesenden es sah, bohrte Rye den kurzen Lauf seiner Pistole in Goliads Magengrube. Die Augen des Mannes weiteten sich überrascht, und seine Bauchmuskeln spannten sich an, doch mehr Reaktion zeigte er nicht, weshalb niemand sonst etwas bemerkte.

»Das mit dem Munitionsstreifen war gelogen«, flüsterte Rye. Während der Hetzjagd durch den Gang hatte er seine Pistole aus der Seitentasche seiner Bomberjacke zerren können. In der vergangenen Nacht hatte er die Waffe mit dem zweiten Munitionsstreifen bestückt, den er in seiner Pilotentasche aufbewahrte.

In der engen Kabine konnte er unmöglich etwas zu Brynn sagen. Er hätte ihr sowieso keinen Rat geben können, weil er keine Ahnung hatte, was Goliad unternehmen würde, sobald sich die Aufzugtüren öffneten. Würde er die Hand mit der Waffe heben und sich den Weg freischießen? Das war zwar unwahrscheinlich, trotzdem konnte Rye es nicht ausschließen.

Brynn hatte Goliad zum Handeln gezwungen. Er hatte eine friedliche Regelung vorgeschlagen, bei der niemand verletzt worden wäre. Doch nun war allen klar, dass sie ihm das GX-42 nicht kampflos überlassen würde.

Was Goliad auch versuchen würde, Rye blieben nur wenige Sekunden, um es zu erkennen und darauf zu reagieren, sonst würde vielleicht jemand sterben. Aber die vielen Jahre als Pilot hatten ihn gelehrt, genau das zu tun.

Goliads Problemlösungsmethoden waren eher robuster Natur.

Wodurch Rye einen Vorteil hatte.

Hoffentlich.

Der Aufzug hielt an. Die Doppeltür hinter ihm begann sich zu öffnen. Brynn nutzte erneut die Gunst des Augenblicks. Wie ein Schatten huschte sie an Rye vorbei und war aus der Tür, bevor sie sich ganz geöffnet hatte.

»Die hat's aber eilig, zu den Biskuits zu kommen«, kommentierte der Flipflopträger und lachte dröhnend.

Rye tat so, als hätte ihn Brynn auf dem Weg nach draußen geschubst, und ließ sich gegen Goliad fallen, der dadurch aus dem Gleichgewicht gebracht wurde. »Tut mir leid, Mann.« Die Entschuldigung war zur Beruhigung der anderen in der Aufzugkabine gedacht, doch gleichzeitig bohrte er warnend die Pistolenmündung in Goliads Rumpf, bevor er sich umdrehte und Brynn hinterherrannte.

Statt sich durch die überfüllte Lobby zu schlagen, war sie in den langen Korridor gebogen und lief nun auf den Seiteneingang zu, durch den sie hereingekommen waren. Als sie ihn erreichte, vergewisserte sie sich mit einem kurzen Blick zurück, dass Rye ihr folgte, ehe sie die Tür aufdrückte und nach draußen floh. Als Rye an die Tür kam, sah er sie durch die Glasscheibe schon in vollem Tempo über den nassen Parkplatz auf Wes' Auto zurennen.

Seine Erleichterung war von kurzer Dauer.

Ehe er den Riegel nach unten drücken und ihr folgen konnte, hatte Goliad ihn eingeholt, am Jackenkragen gepackt, gegen die Wand geschleudert und ihm einen Schlag gegen das Zwerchfell versetzt, der Rye den Atem raubte und höllisch schmerzte, wenn auch nicht so sehr wie eine Kugel. Goliad wollte immer noch keinen Schusswechsel, schon gar nicht, nachdem das entsetzte Zimmermädchen ihre Verfolgungsjagd durch den Gang beobachtet hatte.

Aber bloße Hände konnten genauso tödlich sein wie eine Waffe, wenn man sie richtig einzusetzen wusste. Goliad war schwerer als Rye und hatte deutlich mehr Muskeln. Rye konnte ihn unmöglich überwältigen, jedenfalls nicht mit Fäusten oder bei einem Schlagabtausch. Also verschränkte er die Arme vor dem Bauch und sackte unter einem gequälten Grunzen zusammen.

Um im nächsten Moment mit dem Schädel von unten gegen Goliads Kinn zu rammen. Goliads Zähne schlugen aufeinander, sein Kopf klappte nach hinten, und bis er ihn wieder nach vorn gebracht hatte, hatte Rye schon die Hände um seine Pistole gefaltet und den kurzen Lauf von unten gegen Goliads Kinn gepresst.

»Lass die Waffe fallen«, keuchte Rye.

Goliads Waffe landete mit einem dumpfen Schlag auf dem Teppich neben ihren Füßen.

»Warum gibst du nicht einfach Ruhe und lässt die Kleine das Mittel haben?«, fragte Rye schwer atmend.

»Weil ich nicht für sie arbeite.«

»Sturer Hurensohn.«

Rye versetzte Goliad mit dem Pistolenknauf einen herben Schlag direkt auf die Nasenwurzel, wirbelte dann auf der Ferse herum und schob sich durch die Tür. Regen und eisige Luft schlugen ihm ins Gesicht, doch es war ein gutes Gefühl. Es machte ihm den Kopf frei, gerade rechtzeitig, um einem entgegenrasenden Auto auszuweichen. Wes' Auto. Das von Brynn gelenkt wurde.

Der Wagen kam schlitternd eine Handbreit vor ihm zum Stehen. Rye hatte es so eilig, die Beifahrertür aufzureißen, dass er sich beinahe die Schulter ausgekugelt hätte. Noch bevor er das rechte Bein ins Wageninnere gezogen hatte, trat Brynn das Gaspedal durch. Hinter der Glastür des Seiteneingangs sah er, wie Goliad, auf einem Knie hockend, die Hand vor sein Gesicht hielt.

Rye und Brynn sprachen nicht, bis sie die Auffahrt zum Freeway hinter sich gebracht hatten und auf der Überholspur davonrasten. Bis dahin war Rye wieder halbwegs zu Atem gekommen. »Sag, dass du es noch hast.«

»Ich habe es noch.«

»Intakt?«

»Ja.«

Er legte den Kopf zurück und schloss die Augen. »Nur das ist wichtig.«

»Du bist es auch. Hast du Schmerzen?«

»Ich werde sie überleben.«

»Goliad?«

»Ist nicht mehr so hübsch wie früher. Er wird sich die Nase richten lassen müssen.«

»Aber er kommt durch?«

»Er ist nicht schwer verletzt, und er wird sich bald wieder gefangen haben, uns bleibt also nicht viel Zeit. Und wir müssen uns nicht nur seinetwegen Sorgen machen. Das Gerede von den Überwachungskameras? War kein Quatsch. Unsere Auseinandersetzung wird nicht unbemerkt bleiben. Jemand wird das Nummernschild auslesen. Marke und Modell genauso. Das könnte auf Wes zurückfallen.« Er hob den Kopf und sah sie an. »Scheiße, das wollte ich auf keinen Fall, Brynn.«

»Glaub mir, er hat schon in schlimmeren Klemmen gesteckt.«

»Ja, aber noch nie meinetwegen.« Er überlegte kurz. »Fahr zum Walmart.«

»Dads Walmart? Warum?«

»Als ich die Kennzeichen gewechselt habe, habe ich seine Nummernschilder unter dem Teppich im Kofferraum versteckt. Ich schraube sie wieder an, dann lassen wir den Wagen dort stehen und teilen deinem Dad mit, wo er parkt. Falls jemand nach dem Auto suchen sollte, findet er deinen Dad bei der Arbeit, und sein Auto steht auf dem Parkplatz davor.«

»Danke, dass du daran gedacht hast.«

»Ich will nicht, dass er Probleme bekommt.«

»Ich auch nicht, aber wie kommen wir ohne Auto nach Tennessee?«

Er beugte sich vor und schaute durch die Windschutzscheibe in den Wolkenbruch und die schweren nachtschwarzen Wolken. »Wir fliegen.«

Kapitel 32

7:20 Uhr

Sie bogen vom Freeway ab in eine Selbstbedienungsautowaschanlage, wo heute niemand war. Brynn stellte den Wagen auf einem der freien Plätze ab. Minuten später hatte Rye wieder die ursprünglichen Kennzeichen befestigt.

Er wollte gerade wieder einsteigen, als sein Handy läutete. »Diese Nummer hat nur ein einziger Mensch«, sagte er zu Brynn. »Hallo, Dash.«

»Ich habe dich schon dreimal angerufen.«

»Nach deiner letzten Nachricht habe ich das Handy stumm gestellt, weil ich schlafen wollte. Du kannst dich freuen, das ist mir tatsächlich einige Stunden gelungen. Ich werde den Flug heute Abend in aller Frische absolvieren.«

»Ich habe den Job an jemand anderen vergeben.«

Rye konnte nicht glauben, was Dash eben gesagt hatte. Er warf Brynn einen kurzen Seitenblick zu, murmelte eine halblaute Entschuldigung, stieg wieder aus und ging ein paar Schritte vom Auto weg. Dash konnte unmöglich von seiner Planänderung erfahren haben. Er musste immer noch davon ausgehen, dass Rye heute Abend in einem von Atlanta abfliegenden Passagierflugzeug sitzen würde.

»Der Zeitplan ist zwar eng, aber nicht *so* eng. Ich habe dir doch gesagt, dass ich fliege, und ich werde fliegen.«

»Es geht nicht um den Zeitplan, Rye.« Er verstummte. Seufzte. Stieß einen Fluch aus. »Heute Morgen hat mich vor Tag und Tau das FAA-Büro in Atlanta angerufen. So wie es aussieht, haben sich diese zwei Deputys aus Howardville an der Befehlskette bis zum Obermufti nach oben gehangelt. Und nachdem er mit den beiden geredet hat, glaubt er jetzt, dass dein gestriger Unfallbericht unkorrekt und unvollständig gewesen sei.«

»Ich habe ihm doch versichert, dass ich einen ausführlichen Bericht mitsamt Fotos schicken würde, sobald sich das Wetter gebessert hat. Was bisher nicht passiert ist.«

»Ja, aber du hast geschwindelt, was die Schäden am Flugzeug betrifft und …«

»Es war dunkel und neblig. Ich konnte nicht die Hand vor Augen sehen und erst recht keine Schäden begutachten.«

»Und du hast nichts von einem Laserstrahl geschrieben.«

»Ich wollte nichts darüber schreiben, solange die Gefahr bestand, dass sie in Atlanta durchdrehen.«

»Er ist aber durchgedreht, als er gehört hat, dass durch die Bruchlandung ein Typ im Krankenhaus gelandet ist.«

»Das ist er doch gar nicht! Die Notlandung geschah mindestens eine Meile vom Flugplatz entfernt, wo Brady White überfallen wurde. Als ich den Unfallbericht einreichte, stand noch nicht fest – und das tut es bis jetzt nicht –, dass der Absturz und die Attacke miteinander zu tun hatten.«

»Na, wie auch immer, die FAA kauft dir das nicht ab. Und das NTSB auch nicht. Dank dieser Deputys halten sie es für möglich, dass du in eine Straftat verwickelt sein könntest. Das FBI will an der Absturzstelle eine Party abhalten, und du sollst dabei der Ehrengast sein.«

Fuck! Das NTSB war ausschließlich für die Aufklärung verdächtiger Verkehrsunfälle zuständig und unterstand direkt dem Verkehrsministerium. »Wann?«

»Morgen früh. Um Punkt neun Uhr. Du sollst dich am Sheriff's Office in Howardville mit ihnen treffen. Nachdem du ständig von einem Fleck zum anderen flitzt und nicht zu erreichen bist, ist mir die Aufgabe zugefallen, dich zu informieren.«

Punkt neun Uhr an einem Samstagmorgen. An einem Feiertagswochenende. Wegen einer Notlandung, bei der es keine Toten und keine Verletzten im Flugzeug oder in der unmittelbaren Nähe gegeben hatte. Eigentlich war das kein Fall für eine Bundesbehörde. Offenbar hatten Wilson und Rawlins dick aufgetragen. »Okay.«

»Du wirst dort sein?«

»Ich habe okay gesagt.«

»Okay. Wenn sie das Flugzeug mit eigenen Augen begutachtet und sich deine Erklärung angehört haben, werden sie entscheiden, was sie weiter unternehmen werden.«

»Unternehmen? Wie mir zum Beispiel eine Strafe aufbrummen?«

»Könnte passieren.«

»Mir Flugverbot erteilen?«

»Rye, hör zu …«

»Mir die Lizenz *entziehen*?«

»Ich glaube nicht, dass es dazu kommen wird. Selbst wenn sie einen Antrag stellen sollten, könntest du eine Anhörung verlangen, die du gewinnen würdest, wenn erst alle Fakten auf dem Tisch liegen. Aber bis dahin kann ich dich nicht einsetzen.«

»Du verscheißerst mich.«

»Es schmerzt mich, aber ich muss mein Unternehmen

schützen. Und du weißt, wie schnell sich Neuigkeiten in unserer Branche verbreiten. Du könntest Schwierigkeiten haben, Aufträge von anderen zu bekommen. Wenn du meinen Rat hören willst, solltest du dich so schnell wie möglich mit dem höchsten FAA-Vertreter in Atlanta in Verbindung setzen. Du entschuldigst dich, dass du dich nicht klar ausgedrückt hättest, als du gestern seinen Agenten angerufen hast. Du hättest ihm nur einen Gefallen tun und ihm nicht den Feiertag verderben wollen. Du wirst bei ihrer Untersuchung uneingeschränkt kooperieren. Nimm den Mann für dich ein, bevor du ihn auch nur triffst. Und bis die ganze Sache wieder glattläuft und du das Okay der FAA hast, solltest du lieber nicht fliegen.«

Nicht fliegen. Nicht fliegen. Nicht fliegen.

Schon bei dem Gedanken gefror Rye das Blut in den Adern. »Dash. Das ist eine unangemessene und unbegründete Überreaktion. Selbst bei meinen zwei Einsatzzeiten in Afghanistan habe ich keine einzige Landung verpatzt. Seit ich geflogen bin, habe ich mir nie auch nur einen Schnitzer geleistet. Nicht einmal den kleinsten.«

»Niemand stellt deine Fähigkeiten als Pilot infrage, Rye. Das Problem liegt in deinem Kopf.« Er senkte die Stimme, damit seine Worte eindringlicher klangen. »Schon seit du zurück bist. Also, es tut mir leid, dass ich dir das so ungeschminkt sage, aber es ist die Wahrheit, und du weißt das. Dieser Vorfall in Afghanistan hat an dir genagt, bis du selbst mir Angst gemacht hast, und ich bin wirklich kein ängstlicher Mensch.«

»Du selbst hast mich am Mittwochabend losgeschickt.«

»Ich weiß, und seither bereue ich es. Diese Bruchlandung. Ich habe mich gefragt …«

»Ich weiß, was du dich gefragt hast. Und leck mich. Ich bin abgestürzt, weil mich ein Laserstrahl geblendet hat, nicht weil mich die Todessehnsucht getrieben hat.«

»Ich habe dir doch gesagt, dass ich dir glaube.«

Rye spürte, wie Brynn ihn mit Sorgenfalten auf der Stirn durchs Autofenster beobachtete. Er drehte ihr den Rücken zu, damit sie ihn nicht betteln sah. »Bitte lass mich fliegen, Dash.«

Dash fluchte wieder. »Glaubst du, mir gefällt das? Du bist der beste Flieger, den ich kenne. Aber du musst wieder mit dir selbst klarkommen. Du musst mit den Behörden klarkommen. Bis dahin muss ich meine eigenen Interessen wahren.«

Rye starrte in den Regen, ohne etwas zu sehen, und spürte, wie Verzweiflung und Zorn in ihm um die Vorherrschaft rangen. Der Zorn siegte. »Weißt du was? Ich auch. Du bist mir noch das Gehalt für die letzten drei Jobs schuldig. Steck den Scheck in die Post.«

»Sei nicht so.«

»Nein, ich hab's mir anders überlegt. Schick ihn per FedEx.«

Er drückte das Gespräch weg. Als das Handy praktisch sofort wieder läutete und er Dashs Name sah, stellte er es stumm, doch das Summen in seiner Hand wollte kein Ende nehmen. Erst als es aufgehört hatte, stieg er wieder ins Auto.

»Was ist los? Was wollte er ...«

Ein abruptes Kopfschütteln brachte Brynn zum Schweigen. »Gib mir eine Minute«, bevor er sanfter hinzufügte: »Bitte.«

Er saß stumm da, klopfte mit dem Handy gegen sein Kinn und wog seine Optionen ab. Im Grunde hatte er zwei. Dashs

Rat befolgen, der FAA in den Arsch kriechen und nicht fliegen, bis sich die Wogen geglättet hatten. Oder für alle Zeiten um einen weiteren Todesfall trauern, den er womöglich hätte verhindern können.

Seine berufliche Laufbahn stand auf dem Spiel. Aber auch seine Seele.

»Scheiß drauf«, murmelte er und gab Brynn ein Zeichen, den Motor zu starten. »Zum Walmart.«

Unterwegs zog er eine Visitenkarte aus der Innentasche seiner Jacke und begann die aufgedruckte Nummer einzutippen. Brynn warf ihm einen kurzen Blick zu. »Rufst du Dash zurück?«

»Nein.« Rye hatte nicht vorgehabt, die Karte zu behalten, die ihm mit einem kräftigen Händedruck in die Handfläche gepresst worden war, und er hätte es noch weniger für möglich gehalten, dass er die Nummer keine vierundzwanzig Stunden später wählen würde. »Ich rufe Jake Morton an.«

7:38 Uhr

Es war Black Friday, und der Walmart-Parkplatz war vollgepackt mit den Autos unerschrockener Schnäppchenjäger, die sich von keinem Unwetter abhalten ließen. Brynn brauchte eine Weile, bis sie einen freien Platz gefunden hatte. Dann rief sie Wes an und erkundigte sich, wie es ihm heute ergangen war.

Er beschrieb das Chaos im Laden. »Drei Ladendiebe. Zwei Boxkämpfe. Ein umgestürztes Display. Und noch fünf Stunden, bis ich meine Schicht überstanden habe.«

Sie erklärte ihm, wo sein Auto stand. »Fünfte Reihe auf

der Westseite. Zweites Auto. Danke, dass wir es benutzen durften.«

»Du hast doch gesagt, es könnten ein paar Tage vergehen, bis du es zurückgeben kannst. Auftrag schon ausgeführt?«

»Dad, es ist wirklich besser, wenn du das nicht weißt.«

»Mit anderen Worten nein. Bist du in Gefahr? Bitte sag mir wenigstens das.«

Sie dachte an Goliad, Waffen, eine Jagd durchs Hotel, die Flucht in letzter Sekunde.

»Bin ich nicht.«

»Ist Mallett noch bei dir?«

»Ja.«

Er schnaubte. »Dann bist du in Gefahr.«

»Sieh es positiv, ich könnte auch mit dem jungen Hendrix abhängen.«

»Im Nachhinein wird mir der Lümmel immer sympathischer.« Er seufzte. »Lass den Schlüssel im Auto. Wenn jemand die alte Rostlaube klauen würde, wäre das ein Glücksfall für mich.«

»Bis dann, Dad. Und danke noch mal.«

»Brynn? Ruf mich an. Falls es dich irgendwann mal juckt.«

»Wenn du sauber bleibst.«

Er lachte. »Fairer Deal.«

Er hatte einen winzigen Schritt zur Versöhnung gemacht. Doch um sich vor einem erneut gebrochenen Herzen und weiteren Enttäuschungen zu schützen, würde sie sich nicht kopfüber in eine neuerliche Beziehung zu ihm stürzen. Sie würde es behutsam angehen. Trotzdem war es ein Anfang, der sie lächeln ließ, während sie das Gespräch beendete und den Schlüsselring unter der Fußmatte im Fahrerraum versteckte.

»Hat er schon ein paar Ladendiebe geschnappt?«, fragte Rye.

»Bis jetzt drei. Und er findet, ich wäre mit dem wilden Hendrix besser dran.«

»Da hat er recht.«

»Er macht sich Gedanken um meine Sicherheit.«

»Sollte er auch. Ich hätte beinahe einen Herzinfarkt bekommen, als du im Hotel auf einmal losgerannt bist. Du hättest mich vorwarnen sollen.«

»Was hättest du dann getan?«

»Keine Ahnung.« Seine Miene wandelte sich, ohne dass er den Blick abgewandt hätte. Er hob die Hand, strich ihr über die Wange und presste dann den Handballen gegen ihren Mundwinkel. »Und du hättest mich auch warnen sollen, dass ich beim zweiten Mal das Kondom vergessen habe.«

Sie holte kurz und flach Luft. »Ja, hätte ich, aber ich dachte keine Sekunde …«

»Ich auch nicht.«

»… daran. Zum ersten Mal in meinem Leben.«

»Bei mir auch.«

Keiner von beiden sagte etwas oder bewegte sich, beide sahen sich nur mit suchenden Blicken an, bis das Schweigen immer schwerer wurde.

Der Bann wurde durch ein kurzes zweimaliges Hupen gebrochen. Jakes Auto stand hinter ihnen. Ihnen blieb nichts anderes übrig, als dem Regen zu trotzen. Rye hielt ihr die hintere Tür von Jakes Wagen auf; er selbst stieg vorn ein. Während er noch Regentropfen aus seinen Haaren schüttelte, dankte er Jake, dass er ihnen so kurzfristig aus der Patsche half. »Wie war der Flug?«

»Business as usual.«

»Ich wusste nicht, ob Sie so bald wieder hier sein würden.«

»Gerade so. War noch nicht zu Hause.« Er war immer noch in Uniform, nur die Krawatte hatte er gelockert.

»Wären Sie bereit für einen kurzen Rundflug nach Knoxville?«

»Jetzt?«

»Sobald wir abheben können. Natürlich zahlen wir.«

»Es geht nicht ums Geld«, sagte Jake. »Ich würde das sofort machen. Aber ich muss heute Abend wieder los. Und laut Vorschrift brauche ich acht Stunden Pause.«

»Kenne ich«, grummelte Rye. »Die Vorschriften bringen mich noch um.«

»Ich könnte Sie irgendwohin fahren, falls das noch nötig ist.«

Rye schüttelte den Kopf. »Nein, wenn Sie uns nicht selbst fliegen können, dann brauche ich Ihre Bonanza.«

Kapitel 33

7:49 Uhr

Jake stutzte, antwortete aber nicht. Stattdessen konzentrierte er sich darauf, sie aus dem verstopften Parkplatz zu bringen. Er raste über einen dicht befahrenen Boulevard und hielt vor einem Restaurant, das erst um siebzehn Uhr öffnete. Hier hatten sie den ganzen Parkplatz für sich allein. Jake stellte den Automatikhebel in Parkstellung, ließ den Motor aber laufen.

»Sie brauchen meine Maschine? Kein Problem.«

»So einfach ist das nicht.« Rye sah auf seine Uhr. »Wir haben keine Zeit für lange Verhandlungen, aber ich muss betonen, dass Sie sich Ihre Entscheidung gut überlegen sollten.« Dann legte Rye ihm die Situation dar. »Wir müssen nach Knoxville fliegen. Die Details lasse ich zu Ihrem eigenen Schutz aus. Je weniger Sie wissen, desto besser.«

»Das habe ich schon gestern Abend mitbekommen. Sparen Sie sich die Erklärungen. Sie können sich meine Maschine borgen. Keine Frage.«

»Es geht nicht darum, sie zu borgen. Ich bezahle dafür.«

»Es reicht, wenn Sie hinterher auftanken.«

»Wir werden uns nicht einig, wenn Sie mich nicht bezahlen lassen. Es muss ein Charterflug sein.«

»Sie können sich irgendwann für den Gefallen revanchieren.«

»Das tue ich auf jeden Fall, trotzdem werde ich Sie bezahlen.« Er stockte kurz. »So peinlich mir das auch ist, aber die FAA und das NTSB haben es auf mich abgesehen.«

»Wieso das denn, verflucht?«

»Noch ist es nicht offiziell, aber sie führen Ermittlungen durch.«

»Weswegen?«

»Wegen einer minderschweren Bruchlandung. Auch wenn die das vielleicht anders sehen. Ich war nicht betrunken, ich stand nicht unter Drogen, ich *transportierte* keine Drogen. Im Moment verstoße ich nicht gegen das Gesetz, sondern versuche ihm zu entwischen, damit es nicht zu Verzögerungen kommt, die sich Brynn nicht leisten kann.« Rye drehte sich kurz zu ihr um und fuhr dann fort: »Ich weiß, dass Ihr Hilfsangebot ernst gemeint ist, Jake, und ich weiß es zu schätzen. Aber das hier ist keine Lappalie. Halten Sie sich bedeckt, falls jemand mit einer Polizeimarke nach uns suchen sollte. Sagen Sie die Wahrheit. Ich hatte eine Fluglizenz und eine Lizenz für den Instrumentenflug, ich habe bezahlt, und mehr haben Sie nicht gefragt. Sagen Sie, Sie hätten so eine Ahnung gehabt, dass wir in der Klemme stecken, aber nicht gewusst, wie ernst es ist.«

»Wie ernst ist es?«

»Ernst. Denn es gibt noch einen zweiten Punkt. Wir haben uns mit sehr einflussreichen Menschen angelegt, und die haben Knochenbrecher und Auftragsmörder in ihren Diensten. Ganz ohne Scheiß.« Er hob seine linke Hand und zeigte Jake die Schnitte auf seinen Knöcheln.

»Ich kann von Glück reden, dass die Finger noch dran sind. Also, wenn jemand ohne eine Marke nach uns fragt, lügen Sie ihm die Hucke voll. Stellen Sie nichts von dem infrage, was Sie zu hören bekommen. In dem Fall sind Sie dumm wie Brot, unschuldig wie ein Neugeborenes und haben noch nie von uns gehört.«

»Was passiert, wenn Sie nach Knoxville kommen?«

»Soweit es Sie angeht? Nichts. Ich bringe Ihr Flugzeug zurück. Hin- und Rückflug sollten in ein paar Stunden erledigt sein.« Er holte Luft. »Hören Sie, Jake, normalerweise würde ich von keinem Fremden …«

»Ich bin für Sie vielleicht ein Fremder, aber Sie sind es nicht für mich.«

Rye lachte verbittert. »Was diese Legenden angeht – ich bin nicht der Mann, für den Sie mich halten, nicht der Mann, von dem Sie Geschichten gehört haben, die größtenteils sowieso nur Barackenmärchen waren. Diesen Helden gibt es nicht. Hat es nie gegeben. Aber ich schwöre Ihnen, dass ich Ihre Maschine fliegen kann und ich sie in einem Stück und ohne einen Kratzer zurückbringe.«

»Um das Flugzeug mache ich mir keine Sorgen. Aber um Sie beide. Der Gedanke, dass Auftragskiller hinter Ihnen her sind …«

Rye fiel ihm ins Wort. »Wenn Sie merken, dass Ihnen unwohl bei der Sache ist, dann sagen Sie Nein. Lassen Sie es.«

»Ich sage nicht Nein. Ich wünschte nur, Sie würden sich helfen lassen.«

»Wenn Sie uns Ihr Flugzeug überlassen, ist das Hilfe genug.«

Jake wandte sich an Brynn. »Leben oder Tod, haben Sie gesagt.«

»Genau. Und die Zeit zerrinnt uns zwischen den Fingern.«

Er sah Rye an. »Ein weiterer Rettungseinsatz?«

Rye zögerte und antwortete dann: »So in der Art.«

»Sie haben sich immer für die gefährlichsten Einsätze gemeldet. Und das ist kein Barackenmärchen. Das ist aktenkundig. Sie können mein Flugzeug haben.«

Rye streckte die Hand über die Mittelkonsole. »Danke.«

Während sie sich die Hände gaben, stieß der Pilot ein sprödes Lachen aus. »Danken Sie mir nicht zu früh. Ich bin eben von KC reingeflogen. Haben Sie einen Blick aufs Radar geworfen?«

8:28 Uhr

Jake hatte sein Flugzeug in einem Hangar zwanzig Meilen westlich von Atlanta eingestellt. Der Flugplatz war bemannt, aber Rye war der einzige Pilot, der in den nächsten Stunden von dort abfliegen würde.

Als sie zu dritt triefend nass ins Flughafengebäude traten, trafen sie dort nur Firmenpiloten an, die in Lehnsesseln vor einem Fernseher lungerten und ein Fußballspiel schauten, während sie auf besseres Wetter warteten. Die Frau hinter der Theke war in ein Taschenbuch vertieft.

Brynn und Rye hielten sich im Hintergrund, während Jake ihr erklärte, dass sie trotz des Wetters unbedingt starten müssten. Brynn hörte die Worte »medizinischer Notfall in der Familie« und »vielleicht die letzte Gelegenheit, Abschied zu nehmen«.

Rye reichte seinen Flugplan ein. Er und Jake machten den Vorflugcheck. Weil es so stark regnete, arrangierte Jake, dass sie noch im Hangar ins Flugzeug steigen konnten und das Flugzeug dann ins Freie geschleppt wurde.

Als alles erledigt war, umarmte Brynn Jake zum Abschied.

»Sie haben uns unglaublich geholfen. Eines Tages werde ich Ihnen alles erzählen.«

»Viel Glück mit Ihrem Patienten.«

Rye dankte ihm noch einmal und gab ihm gleichzeitig eine letzte Warnung mit auf den Weg. »Vergessen Sie nicht, was ich Ihnen gesagt habe. Sichern Sie Ihren eigenen Arsch ab, falls jemand Fragen stellen sollte.«

Jake schlug ihm auf die Schulter und wünschte ihnen einen sicheren Flug.

Während der Fahrt über das Flugfeld trommelte der Regen gegen die Windschutzscheibe. Als sie die Warteposition am Ende der Rollbahn erreicht hatten, beugte sich Rye zur Seite und drückte Brynns Schenkel knapp über dem Knie. Sie schreckte zusammen. Er lächelte über ihre Reaktion und fragte über den Propellerlärm: »Angst?«

Sie schüttelte den Kopf.

»Lügnerin.«

Ihm waren die weißen Knöchel nicht entgangen, mit denen sie sich an ihrem Sitz festkrallte. Obwohl der Blick aus dem Cockpit in das Unwetter einschüchternd war, saß sie lieber neben Rye als auf einem der vier Passagiersitze hinter ihnen.

Rye sah ihr tief in die Augen. »Brynn. Das hier ist für mich Alltag.«

Sein Zutrauen beruhigte sie. »Das hier würde ich mit keinem anderen Piloten machen.«

Er sah sie weiter an und bestätigte dann die Freigabe, die ihm in diesem Moment über Kopfhörer erteilt wurde.

Sie musste daran denken, was er ihr gestern Abend in der Bar über seine Vorfreude vor jedem Start erzählt hatte. *Ich kann es immer noch nicht erwarten.*

Als er Gas gab, empfand sie das gleiche Hochgefühl.

9:12 Uhr

Goliad hätte lieber noch eine Tracht Prügel kassiert, als erfolglos und mit leeren Händen in die Villa der Hunts zurückkehren zu müssen.

Die Haushälterin ließ ihn ein. »Sie warten schon auf Sie. Sie frühstücken gerade. Ich sage ihnen, dass Sie hier sind.«

Leidenschaftslos fragte sie noch, ob er ein Eispack für seine Nase wollte. Die Nase war angeschwollen und rot und würde, wenn er sie nicht richten ließ, wahrscheinlich für alle Zeiten deformiert bleiben. Trotzdem lehnte er das Angebot ab. Eine zugeschwollene Nase und Augen waren seine geringsten Sorgen, als er sich auf den Weg zum Wohnzimmer in der Mastersuite machte, wo die meisten vertraulichen Unterredungen abgehalten wurden.

Er musste nicht lang warten, bis Richard eintrat, dicht gefolgt von Delores. Sie war makellos gekleidet, perfekt frisiert, doch wie immer in Krisensituationen schien die Luft um sie herum unter ihrer einzigartigen Art von Energie zu knistern.

Der Senator baute sich sofort mit fordernder Miene vor Goliad auf. »Ich habe Ihnen einen Vertrauensbonus gewährt, nachdem Sie verschwunden waren. Ich habe Delores ermahnt, sich zu entspannen, weil Sie bestimmt auf Dr. O'Neals Spur wären. Aber jetzt sind Sie hier, ganz ohne Ärztin.«

»Ich habe sie ausfindig gemacht, aber sie ist mir entwischt.«

»Und was hat das zu bedeuten?« Richard deutete auf seine Nase.

»Das war Mallett. Ich hatte die beiden über einen mir

verpflichteten Polizisten in einem Hotel aufgespürt. Es war schon spät. Da die ganze Nacht nichts passiert ist, wollte ich Sie nicht stören. Heute Morgen fing ich beide ab, als sie das Hotel verlassen wollten.« Er beschrieb die Begegnung. »Ich hatte gehofft, ich könnte der Frau Doktor das Mittel mit gutem Zureden abnehmen, ohne Aufsehen zu erregen.«

»Offensichtlich war sie nicht einverstanden.«

»Sie sah eine Gelegenheit zur Flucht und hat sie genutzt.« Er erzählte ihnen, wie er sie im Lift eingeholt hatte. »Ich konnte nichts unternehmen, bis ich Mallett direkt am Ausgang gestellt hatte. Er schlug mich k. o. Bis ich draußen war, waren nur noch die Heckleuchten zu sehen. Das Kennzeichen konnte ich nicht erkennen.«

»›Ich konnte nichts unternehmen‹?«, wiederholte Delores. »Das kann ich nicht akzeptieren, Goliad.«

»Ich konnte nichts unternehmen, ohne dass es unter Umständen auf Sie zurückgefallen wäre, Madam. Oder auf Sie, Senator.«

»Ich hätte abgestritten, dass ich jemals etwas mit Ihnen zu tun hatte«, erklärte Richard. »Das war von Anfang an so vereinbart. Falls Sie bei einem Verbrechen erwischt werden, sind Sie auf sich allein gestellt.«

»Die Vereinbarung gilt immer noch«, sagte Goliad. »An jedem anderen Tag hätte ich die beiden oben im siebten Stock erledigt. Und wenn ich erwischt worden wäre, wäre ich davon ausgegangen, dass Sie alles abstreiten. Doch heute dachte ich, dass Sie lieber jeden Kontakt mit der Polizei vermeiden würden.«

»Er hat recht, Richard. Die Ermittler hätten sofort die Verbindung zu uns gezogen.« Sie schnippte mit den Fingern. »Und wir wollen doch keinesfalls, dass noch mehr Polizisten vor unserer Tür stehen und unangenehme Fragen stellen. Vor allem heute ist Diskretion oberstes Gebot.«

»Diskretion?« Der Senator sah sie an. »Das ist ein merkwürdiger Begriff angesichts der Dinge, die sich eben ereignen.«

»Die Sache ist idiotensicher, Darling. Das Unausweichliche wird geschehen. Und es gibt dabei keinerlei Verbindung zu uns, abgesehen von unserer zur rechten Zeit gezeigten barmherzigen Geste gegenüber einem sterbenden Kind und seiner Familie. Eine bessere Presse können wir kaum erhoffen.«

Goliad spürte, wie sich das Gewebe um seine Augen mit jeder Minute straffte. Seine Nase pochte. Die Schmerzen lenkten ab, aber nicht deshalb hatte er Schwierigkeiten, ihrer Unterhaltung zu folgen. »Verzeihung? Entgeht mir da etwas?«

Delores lächelte ihn an. »Während Sie Dr. O'Neal durch ein Hotel nachgejagt sind, wurde ein besserer Plan entwickelt und umgesetzt.«

»Von wem?«

»Von Timmy«, erklärte sie und lachte leichthin. »Ausgerechnet.«

Goliad sah von ihr zum Senator, um sich zu vergewissern, dass sie es ernst meinten, dass er richtig gehört hatte. Gestern Abend hatten sie Timmy wie einen Leprakranken behandelt, den sie nicht schnell genug aus ihrem Haus schaffen konnten. Jetzt wirkten sie ausgesprochen zufrieden mit ihm und mit sich selbst.

Richard sah auf die Uhr auf dem Kaminsims. »Wir sollten in Kürze die Nachricht bekommen.«

»Was für eine Nachricht?«, fragte Goliad.

»Dass unser Problem gelöst wurde«, antwortete Delores.

10:02 Uhr

Das Wetter rund um Knoxville war nicht besser als das in Atlanta, doch Rye absolvierte trotz des prasselnden Regens eine perfekte Landung auf dem städtischen Flugplatz am Rande des Vororts, in dem die Griffins lebten. Genau wie auf dem anderen Flugplatz war das Gebäude praktisch leer. An einem Ende der Lobby saßen zwei Männer und spielten Karten. Ein dritter schlief in einem Sessel.

Hinter der Theke saß ein älterer Mann. Während Rye mit ihm sprach, bestellte Brynn ein Uber, das sie zum Haus der Griffins bringen sollte.

»Es ist in fünf bis sieben Minuten hier«, erklärte sie Rye, als er zu ihr stieß. »Dafür ist noch Zeit.« Sie reichte ihm einen Becher Kaffee.

»Danke. Hast du die Griffins angerufen?«

»Ich habe mit dem Gedanken gespielt, mich aber dann dagegen entschieden.«

»Hast du immer noch Angst, dass alles schiefgehen könnte, wenn sie Bescheid wissen?«

»Albern, ich weiß.«

»Gar nicht albern. Piloten sind auch abergläubisch.« Er nahm einen Schluck Kaffee. »Aber du kannst sofort loslegen, wenn wir dort sind?«

»Mr. und Mrs. Griffin haben die Einwilligungserklärung schon unterschrieben, als wir die Ausnahmegenehmigung beantragt haben, trotzdem werde ich noch einmal alles mit ihnen durchgehen.« Sie begann zu erklären, welche einzelnen Schritte sie unternehmen würde, verstummte aber, als sie merkte, dass Rye ihr nur mit halbem Ohr zuhörte. Auf einmal dämmerte ihr etwas. »Du kommst nicht mit.«

Er sah auf ihren halb leeren Becher. »Bist du fertig?«

Perplex überreichte sie ihn, und er warf ihn zusammen mit seinem in einen Mülleimer. »Nein, ich komme nicht mit. Aber ich bleibe hier, bis du mir Bescheid gegeben hast, dass du im Haus bist und dass alles in Ordnung ist.«

»Du hast jede Menge Zeit, heute Abend den Flug nach Columbus zu erwischen.«

»Das hat keine Eile mehr.« Er erzählte ihr die Quintessenz seiner letzten Unterhaltung mit Dash. Sie war fassungslos. »Warum hast du mir das nicht erzählt?«

»Ich brauchte selbst Zeit, um den Schock zu verarbeiten.«

»Als du wieder ins Auto gestiegen bist, konnte ich dir ansehen, dass dich der Anruf wütend gemacht hatte.«

»Anfangs«, gab er zu. »Aber tatsächlich kann ich Dash keinen Vorwurf machen. Damit könnte er seine Firma aufs Spiel setzen.«

»Du triffst dich morgen mit den Unfallgutachtern?«

»In aller Frühe. Die lassen nicht mit sich spaßen. Und danach werden sie entscheiden, wie unvorsichtig und unverantwortlich ich war.«

»Du warst nicht unvorsichtig und unverantwortlich.«

»Die könnten das anders sehen.«

»Also ist es ernst.«

»Ernst. Aber nicht lebensbedrohlich.«

»Doch, das ist es, Rye. Es bedroht *dein* Leben.«

Er sah ihr in die Augen und dann an ihr vorbei. »Da ist dein Wagen.«

Sie legte die Hand auf seinen Arm. »Bitte komm mit, Rye. Ich will mit dir darüber reden.«

»Was soll reden bringen?«

»Na gut, dann reden wir nicht darüber. Komm trotzdem

mit. Du musst nur ein paar Minuten bleiben, bis ich dich Violet und ihrer Familie vorgestellt habe. Sie werden dir danken wollen.«

»Das ist nicht nötig.«

»Ich verstehe natürlich, dass du Jakes Flugzeug zurückbringen willst, aber eine Stunde wird bestimmt keinen großen Unterschied machen.«

»Allen anderen hast du etwas anderes erzählt.«

»Mit allen anderen habe ich auch nicht geschlafen!«

Dann dämmerte ihr eine weitere Erkenntnis, und die war wie eine Ohrfeige. Sie lachte humorlos. »Natürlich. Was stimmt nicht mit mir, dass ich das nicht früher begriffen habe? Du hast es so eilig, dich von mir zu trennen, *weil* wir miteinander geschlafen haben.«

Er sagte nichts dazu, nahm nur seine vertraute abweisende Pose ein.

»Oder hast du womöglich Angst, einem kranken kleinen Mädchen gegenüberzustehen? Angst, dass dich das tatsächlich berühren könnte, dass du menschliche Empfindungen bekommen, dass du etwas *fühlen* könntest?«

»Darum geht es nicht.«

»Worum dann?«

»Das ist dein Auftritt, Brynn. Du sollst der Star sein.«

Sie legte die Hand auf ihr Herz. »Ach, wie süß von dir. Du hältst dich nur um meinetwillen von mir fern.« Sie tat diese Behauptung mit einem kurzen Lachen ab. »Warum gibst du es nicht zu? Insgeheim bist du froh, dass du morgen früh diesen Termin hast. Das ist ein guter Vorwand, um Reißaus zu nehmen.«

»Ich weiß nur nicht, was es bringen soll, wenn wir das hier in die Länge ziehen.«

»Ich auch nicht«, fuhr sie ihn an. »Ich muss hier ein Leben retten, und das ist nicht deines. Du bist ein hoffnungsloser Fall. Du bist absolut darauf versessen, direkt ins Zentrum aller Schuldgefühle und des Selbstmitleids zu fliegen. Bis es dich eines Tages umbringt. Wie du willst.« Sie deutete aufs Flugfeld und auf Jakes Flugzeug. »Lass dich nicht länger aufhalten.«

10:09 Uhr

Sie schob die Tür auf, ohne sich umzudrehen. Gleich darauf stieg sie in den Wagen, und er fuhr los.

Jemand hinter Rye schnaubte ein Lachen. »Das lief ja großartig.«

Er drehte sich um. Einer der Piloten, die Karten gespielt hatten, stand grinsend hinter ihm. Offenbar hatte er zumindest einen Teil von dem gehört, was Brynn gesagt hatte.

»Fick dich.« Rye schubste ihn beiseite und marschierte zur Pilotenlounge, ohne auf die Beleidigungen zu reagieren, die in seinem Kielwasser gebrummelt wurden. Sein Handy meldete mit einem Ping, dass er eine Nachricht bekommen hatte. Sie war von Dash. *Hab deine Nummer nicht rausgerückt, aber ruf UNBEDINGT an!* Der Nachricht folgte eine Telefonnummer.

Rye wollte eigentlich mit niemandem reden, aber falls ihn einer der Bundesagenten wegen des morgigen Treffens sprechen wollte, sollte er so bald wie möglich mit dem Demutheucheln anfangen. Er wählte die Nummer.

»Rawlins.«

»Na wunderbar«, sagte Rye. »Damit ist mein Tag offiziell im Arsch.«

»Legen Sie nicht auf.«

»Nennen Sie mir einen guten Grund.«

»Wir haben Ihrem Kumpel Dash eingebläut, wie wichtig es ist.«

»Womit haben Sie ihn erpresst? Mit einem weiteren Stelldichein mit der FAA und dem NTSB? Übrigens vielen Dank dafür. Wenn ich meine Lizenz verliere oder auch nur ein Flugverbot aufgebrummt bekomme, mache ich Ihnen das Leben zur Hölle.«

»Wollen Sie das jetzt hören oder nicht?«

»Eher nicht.«

»Ich glaube doch. Es geht um Dr. Lambert.«

Als würde er sich nach einem alten Freund erkundigen, fragte Rye: »Wie geht's Nate so?«

»Genau darum geht es, Sie Klugscheißer. Er ist genau wie Dr. O'Neal von der Bildfläche verschwunden. Nicht in seiner Praxis. Nicht im Krankenhaus. Hatte sich dort nicht mal gemeldet. Zuletzt haben Wilson und ich ihn auf dem Anwesen der Hunts gesehen. Also haben wir dort angerufen. Die Haushälterin hat uns verraten, dass sie Lambert ebenfalls zu erreichen versuchen.«

»Wann kommt der spannende Teil? Hoffentlich bald.«

»Lambert besitzt ein Apartment in einem schnieken Hochhaus. Also haben wir uns mit dem Personal unterhalten. Der Doktor bekam gestern Abend Besuch. Von jemandem, der sich Goliad nannte.«

»Meine Güte. Der Mann kommt ganz schön rum.«

»Ja, tut er. Wir haben vom Atlanta Police Department von dem Aufruhr im Hotel heute Morgen erfahren.«

»Diese verfluchten Kameras verderben einem aber auch jeden Spaß.«

»Wir haben Ihre Pilotentasche abgeholt.«

»Danke. Bringen Sie sie morgen mit.«

»Wilson gibt mir ein Zeichen, ich soll mich beeilen.«

»Dafür schulde ich ihm einen Drink.«

»Dr. Lambert wurde gestern Abend nicht von Goliad besucht.«

Rawlins hatte zu einem durch und durch ernsten Tonfall gewechselt, woraus Rye schloss, dass ein vorwitziger Kommentar unangebracht war und der Deputy endlich auf den Punkt kam. »Sondern von wem?«

»Wir haben ihn auf Video, aber das Bild ist unscharf. Ich schicke Ihnen eine Nachricht mit der Beschreibung, die der Concierge uns gab.«

Sekunden später traf die Nachricht ein. Rye meldete sich wieder bei Rawlins. »Timmy.«

»Timmy. Er begleitete den Doktor aus seinem Apartment. Dann fuhren sie im Auto des Doktors weg. Es wird einem nicht gerade warm ums Herz, wenn man die Aufnahmen anschaut.«

Rye massierte seine Stirn. »Ich bin wirklich kein Fan von Nate Lambert, aber das hört sich nicht gut an.«

»Das dachten Wilson und ich auch. Also – jetzt kommt's, warum wir Sie anrufen. Der Lokalsender hier brachte heute Morgen einen Beitrag über das kleine Mädchen, das gestern Abend …«

»Ich weiß Bescheid.«

»Dachte ich mir. Schauen Sie noch mal in Ihre Mailbox. Es kommt ein Standbild der Sendung. Die Reporterin steht vor dem Haus des kleinen Mädchens drüben in Tennessee. Haben Sie es?«

Das Bild erschien auf seinem Display. »Ja.«

»Schauen Sie hinter die Reporterin.«

Dort stand Nathan Lambert. Unverkennbar. Und neben und halb hinter ihm stand Timmy.

Ryes Herz setzte erst aus und begann dann zu hämmern. »Ich muss los.«

»Ist Dr. O'Neal dort, Mallett?«

Rye zögerte.

»*Mallett?* Ist sie dort?«

»Auf dem Weg zu dem Haus.« Wo Timmy auf sie wartete.

»Und wo sind Sie?«

»Am Flugplatz. Habe sie eben hergeflogen. Haben Sie Leute…? Einen… Können Sie das hiesige Sheriff's Department benachrichtigen?«

»Und was soll ich denen erzählen?«

»Jesus, weiß ich nicht, erzählen Sie meinetwegen…«

»…von einer Kiste, in der nichts als ein paar Blutproben lagen? Von Ihren Auseinandersetzungen mit Goliad, Ihrem unerklärlichen Verschwinden mit Dr. O'Neal, dem irgendwie fragwürdigen, aber bisher vollkommen legalen Verhalten eines Senators? Also, was sollen wir denen erzählen? Hm? Es riecht nach einem Verbrechen, aber nach welchem? Langsam wird es Zeit, dass Sie uns einweihen, finden Sie nicht?«

»Das werde ich. Aber nicht jetzt. Schicken Sie Leute zum Haus der Griffins.«

»Aus welchem Anlass?«

»Keine Zeit, Rawlins. Machen Sie einfach!«

»Nachdem Bradys Herz während der Operation zu schlagen aufgehört hat…«

»Moment! *Was?*«

»Das wussten Sie nicht? Er hatte einen Herzstillstand auf

dem Operationstisch. Sie haben ihn zehn, zwölf Minuten lang mit einer Herzdruckmassage …«

Rye drückte das Gespräch weg und rutschte an der Wand abwärts in die Hocke. Diese Nachricht schmerzte weit mehr als Goliads Schlag in die Magengrube. Die Angst presste seine Brust so fest zusammen, dass er meinte, sein Brustbein würde brechen.

Er sah das Foto von Brady und seiner Familie auf dem Schreibtisch des Mannes vor sich. Brady, der ihn von seinem Krankenhausbett aus anlächelte. Marlene, die zu ihm sagte: *Er konnte es nicht erwarten, Sie kennenzulernen.*

Er presste die Handballen gegen seine Augen, um die Bilder auszublenden.

Keine Zeit, darüber nachzudenken. Er musste zu Brynn.

Brynn, die er von sich gestoßen hatte.

Direkt in Timmys Arme.

Er tippte die Nummer ihres neuen Handys ein. Keine Reaktion. Keine Mailbox. »Scheiße!«

Er sprang auf, schoss aus der Lounge und rannte wie ein Irrer von einem Raum zum anderen, auf der Suche nach dem Piloten, mit dem er sich vorhin angelegt hatte. Er entdeckte ihn über einem Radarmonitor.

»Mann, das von vorhin tut mir leid«, erklärte er atemlos. »Haben Sie vielleicht ein Auto hier, das ich mir ausleihen könnte?«

Kapitel 34

10:39 Uhr

Während der zwanzigminütigen Fahrt vom Flugplatz zum Haus der Griffins läutete Brynns Handy fast ununterbrochen. Nie stand ein Name auf dem Display, also musste es Rye sein. Sie antwortete kein einziges Mal. Wozu den Streit noch einmal aufwärmen, wenn das Ergebnis das gleiche bleiben würde? Wozu alles hinauszögern, wie er selbst gesagt hatte?

Aber nicht einmal ihr persönlicher Kummer konnte die Vorfreude schmälern, Violet und ihren Eltern die gute Nachricht überbringen zu können. Sie spürte ein nervöses Flattern, als sie sich ihrem Haus näherten.

Die zahllosen Stunden, die sie geforscht, studiert, mit ihren Zweifeln gerungen, mit Violets Eltern gelitten und mit Nate diskutiert hatte, würden sich gleich auf die bestmögliche Weise auszahlen: Violet würde eine Gnadenfrist bekommen und möglicherweise sogar geheilt.

Der Fahrer hielt am Ende der Straße. »Ist es okay, wenn ich Sie hier rauslasse? Da vorn ist die Hölle los. Da kann ich nicht umkehren.«

»Schon in Ordnung.«

Mit nichts als dem, was sie in ihren Manteltaschen trug, ging sie die leicht ansteigende Straße entlang auf das Haus zu. In der Einfahrt parkte ein Minivan, der vermutlich der

Familie gehörte. Auf beiden Straßenseiten standen dicht an dicht Übertragungswagen der Fernsehsender.

Außerdem warteten zwei Limousinen vor dem Haus.

Und ganz am Ende der Schlange Nate Lamberts Jaguar.

Als Brynn ihn bemerkte, blieb sie stehen. Es war ganz eindeutig sein Auto. Es parkte jeden Tag neben ihrem in der Parkgarage ihres Praxisgebäudes.

Er konnte nur aus einem einzigen Grund hier sein, nämlich um ihr das Mittel abzunehmen, bevor sie es Violet verabreichen konnte. Warum hatte sie das nicht vorausgesehen? Natürlich hatte er sich denken können, dass sie Violet hinterherfahren würde, sobald sie erfuhr, dass man sie nach Hause geschickt hatte. Und er war vor ihr angekommen.

Aber sie war ihm gegenüber im Vorteil. Dr. Brynn O'Neal war als Ärztin zuständig für Violet. Das Kind wie auch die Eltern hatten volles Vertrauen zu ihr. Wenn sie erst erfuhren, dass sie hier war und warum sie gekommen war, waren sie bestimmt außer sich vor Freude.

Nate konnte ihnen schlecht eröffnen, dass er Violet das Medikament vorenthalten und stattdessen seinem eigenen Patienten geben wollte. Er würde es Brynn nicht entreißen können. Ihm waren die Hände gebunden. Er konnte nichts unternehmen oder sagen, ohne dabei seine perfiden Absichten bloßzulegen.

Solange du den Ball kontrollierst, kannst du das Spiel nicht verlieren.

Sie machte sich mit Ryes Worten Mut, während sie weiter auf das Haus am Ende der Sackgasse zuging. Die versammelten Nachbarn, deren Neugier auch vom Wetter nicht aufgeweicht werden konnte, blockierten den Gehsteig mit einem Wald von Regenschirmen.

Sie war noch ein ganzes Stück entfernt, als Nate sich aus dem Pulk löste. Er kam auf sie zu, wirkte aber ganz und gar nicht so überheblich und eingebildet wie sonst. Ohne Schirm, Kapuze, Hut oder Regenmantel sah er fast verschüchtert aus.

»Nate?« Sie sprach den Namen laut aus, sagte ihn aber, verwirrt über sein ungewöhnliches Erscheinungsbild, eher zu sich selbst.

»Er ist ein bisschen durch den Wind.«

Die Antwort kam so dicht hinter ihr, dass sie den Atem des Sprechers in ihren Haaren spürte. Sie drehte sich erschrocken um und sah sich Timmy gegenüber. Er trug eine Regenjacke mit hochgeschlagener Kapuze.

»Tun Sie nichts Dummes, wenn Sie nicht aufgeschlitzt werden wollen.«

Sie senkte den Blick. Die Spitze einer schlanken silbernen Klinge drückte auf Bauchhöhe gegen ihren Mantel. »Ich tue bestimmt nichts Dummes.«

»Eigentlich schade.« Sein böses Grinsen jagte ihr einen Schauer über den Rücken.

Nate kam beinahe hyperventilierend bei ihnen an und rang, praktisch unter Tränen, die Hände. »Brynn. Gib mir das Mittel.«

»Violet sollte es bekommen, Nate, das weißt du genau. Dein Name steht genau wie meiner auf dem Antrag. Du weißt, dass sie …«

»Herrgott noch mal, es ist zu spät, um noch darüber zu streiten«, unterbrach er sie mit zittriger Stimme. »Gib es mir, sonst …«

»Sonst erledigt *er* das Kind.«

Sie sah Timmy verständnislos an. »Wie bitte?«

»Nachdem es unserem Lambert offenbar die Sprache

verschlagen hat, werde ich Ihnen die Lage erklären«, sagte Timmy. »Die Situation ist so. Wenn Sie Dr. Lambert das Mittel nicht geben, wird er Luft in den i. v. Zugang des Mädchens pumpen. Das Mädchen braucht keine Medikamente mehr, wenn es tot ist, richtig? Richtig. Damit wäre das Mittel frei für Sie-wissen-schon-wen.«

Fassungslos sah sie Nate an. »Das meint er nicht ernst.«

»Todernst. Gib mir das Mittel.«

Brynns Gedanken überschlugen sich. »Hast du die Familie schon gesehen? Violet?«

Sein Kopf wackelte auf und ab. »Es geht ihr gut. Sie ist müde. Lustlos. Aber froh, zu Hause zu sein. Ich … ich …« Er sah nervös auf Timmy. »Ich habe ihnen erklärt, dass ich sie gründlicher untersuchen möchte, wenn … wenn …«

»… Elsa weg ist«, ergänzte Timmy. »Sie ist gerade drin und zieht ihre Show ab. Ab und zu kann man sie singen hören. Sie und der Bürgermeister sind gleichzeitig aufgekreuzt. Jeder in seiner Limousine.«

Nate keuchte, als hätte er ohne Sauerstoff den Mount Everest erklommen. »Als die Ehrengäste eintrafen, wurden alle anderen rausgeworfen. Sogar ich.«

»Du wartest also nur das Ende des Auftritts ab, bevor du wieder ins Haus gehst und tust, was dieser Psychopath dir befohlen hat? Du wirst dieses Kind ermorden?« Sie war lauter geworden.

Immer noch feixend, murmelte Timmy mit zusammengebissenen Zähnen: »Immer schön leise bleiben, Doc.«

Sie drehte sich um. Niemand beachtete sie. Die Presseleute und Schaulustigen konzentrierten sich ganz und gar auf die Hausfront, weil jeder die Prominenten beim Verlassen der Wohnung beobachten wollte. Auf keinen Fall würde sie jemanden auf ihre Zwangslage aufmerksam machen können, ohne dass Timmy es mitbekam.

Sie drehte sich wieder zu Nate um und sah ihn voller Verachtung und Abscheu an.

Seine Lippen bebten. »Er stand auf einmal in meiner Wohnung!«, erklärte er, und Speicheltröpfchen ergossen sich aus seinem Mund. »Und er hat mir gedroht. Mich gezwungen, ihn hierherzufahren.«

»Auf Befehl der Hunts?«

»Auf die Idee bin ich selbst gekommen«, mischte Timmy sich ein.

»Er hat am frühen Morgen mit Delores gesprochen«, ergänzte Nate.

»Und sie heißt das gut?«

»Ja. Nein, nein. Sie hat kein Wort gesagt, sondern einfach aufgelegt.«

Nate wusste genauso gut wie Brynn, was das bedeutete. Und Timmy auch. Als sie ihn ansah, erklärte er: »Meine Bosse sind ganz begeistert.«

»Sie haben das Mittel noch nicht.«

»Und meine Geduld ist bald am Ende.«

Nate stöhnte flehend ihren Namen. »Brynn, bitte tu, was er verlangt. Richard wird das Mittel bekommen, so wie es von Anfang an ausgemacht war. Dann ist alles vorbei.«

»Für Violet ganz bestimmt.«

»Für sie ist es so oder so vorbei.«

»Du würdest sie tatsächlich umbringen?«

»Was soll ich denn machen? Wenn ich nicht …«

Timmy schmatzte laut. »Violet und ich sind Freunde. Wir zwei beiden sind so.« Er legte Zeige- und Mittelfinger seiner freien Hand übereinander.

Brynn war entsetzt. Sie sah wieder Nate an. »Du hast ihn in ihre Nähe gelassen?«

»Ich hatte doch keine Wahl! Er hat gedroht, dass er mir das Ohr abschneiden würde.«

»Er hat mich als seinen persönlichen Assistenten eingeführt«, sagte Timmy. »Ich habe Violet einen Zaubertrick gezeigt. Und sie hat über meine Klopf-klopf-Witze gelacht. Niemand wird Verdacht schöpfen, wenn ich wieder in ihr Zimmer gehe. Sie trägt ein rosa Nachthemd. Mit einer Krone drauf.«

Brynn meinte, sich übergeben zu müssen, doch sie baute sich eigensinnig vor ihm auf. »Sie bringen ein Kind in seinem Bett um. Wie wollen Sie damit durchkommen?«

Er lachte keckernd. »Darüber brauche ich mir keine Sorgen zu machen, denn Sie werden dieses Kind nicht sterben lassen. Das wissen wir alle drei. Sie würden es nicht riskieren, nur weil Sie mich auf die Probe stellen wollen, oder?«

Nein, das würde sie nicht. Ihr fiel wieder ein, wie Rye ihrem Dad erklärt hatte, dass Timmy ein komplexbeladener Knirps war, der eine Menge zu beweisen hatte.

Nate riss sie aus ihren beklemmenden Gedanken. »Weiß die Familie, dass du kommst, Brynn?«

Sie schüttelte den Kopf.

»Hast du ihnen erzählt, dass wir das Mittel besorgt haben?«

»Nein. Ich wollte ihnen keine Hoffnungen machen, die ich vielleicht nicht erfüllen konnte.«

»Dann werden weder Violet noch ihre Eltern je erfahren, was ihnen vorenthalten wurde. Und möglicherweise wird für Violet eine Ausnahmegenehmigung erteilt, bevor die neuen Regularien in Kraft treten.«

»Neue Regularien?«

»Das besprechen wir später.«

»Nate, verflucht noch mal. Was für neue Regulierungen?«

Hastig und abgehackt erzählte er ihr von der bevorstehenden Anhörung des Senatskomitees, bei der es um neue Einschränkungen für experimentelle Arzneimittel und klinische Versuche gehen würde.

»Und die Position von Senator Hunt zu den neuen Einschränkungen?«

Nates beschämtes Schweigen sagte alles.

»Also ist das jetzt die einzig verfügbare Dosis, und das wird sie höchstwahrscheinlich für längere Zeit bleiben.«

»Also, das ist wirklich jammerschade.« Timmy ritzte mit der Messerspitze ihren Mantel auf. »Und jetzt her damit.«

»Um Himmels willen, Brynn«, stöhnte Nate. »Du hast keine Chance mehr. Verlier mit Anstand.«

»Oder Sie verlieren Ihr Leben«, sagte Timmy.

Sie schnaubte. »Sie würden mich vor all diesen Menschen bestimmt nicht umbringen.«

Schnell wie eine zuschnappende Schlange ritzte er einen Schnitt in ihren Mantel, von einem Saum zum anderen und so tief, dass das Futter zu sehen war. »Sehen Sie? Und wie ich das würde. Der nächste Schnitt öffnet Ihren hübschen, glatten Bauch. Und ehe irgendwer was mitbekommt, habe ich Sie zum Ausbluten in Lamberts Jaguar gestopft.«

Inzwischen glaubte sie ihm jedes Wort. Das Herz schlug ihr in der Kehle. Sie bekam keine Luft mehr. Nate spürte, dass sie kapitulierte, und begann ihre Taschen abzuklopfen, während sie in Angst erstarrt vor ihm stand.

Er ertastete das in Blisterfolie verpackte Röhrchen und zog es heraus.

Beide sahen fassungslos zu, wie Timmy es ihm aus der Hand riss, es in die Luft warf wie einen Baseball und im Flug wieder auffing. »Passen Sie damit auf, Sie Idiot! Geben Sie das wieder her«, verlangte Nate mit ausgestreckter Hand.

»Das behalte ich.«

»Ich würde es lieber selbst verwahren.«

»Haben Sie ein Messer?«

»Ein Messer? Nein.«

»Dann halten Sie die Klappe.«

Nate wich zurück und verfolgte misstrauisch, wie Timmy das Röhrchen in einer Innentasche seiner Regenjacke versenkte.

»Na schön, wir haben sie, dann los.« Nate sah auf seine Uhr. »Jetzt ist es gegen elf. Dann sind wir gegen drei, halb vier zurück. Früh genug.«

»Sie und ich fahren auf dem Rücksitz.« Timmy packte Brynn am Arm und schleifte sie in Richtung von Nates Auto.

»Brynn!« Wie einstudiert drehten sie, Nate und Timmy sich zur Quelle des Rufs um. Rye hatte noch ein Bein im Fußraum eines Autos, das eben an der Straßenecke hielt. Er kletterte heraus, knallte die Tür zu und rannte auf sie zu.

»Jesus«, stöhnte Nate. »Der hat uns gerade noch gefehlt. Der Mann ist eine Pest.«

Neue Hoffnung durchschoss Brynn.

Geräuschlos wie eine Katze schob sich Timmy an ihre Seite und presste ihr die Messerspitze in die linke Achselhöhle.

»Stehen bleiben, Mallett.« Seine Stimme blieb leise, aber sie klang todbringend.

Rye blieb so plötzlich stehen, dass ihn die Trägheit nach vorn schleuderte. Um ein Haar wäre er hingefallen.

»Erst schneide ich ihr die Titte ab, dann steche ich ihr ins Herz«, warnte Timmy ihn. »Es wird platzen wie ein Ballon.«

»Du würdest vor niemandem damit angeben können.«

»Das wird sich zeigen.«

»Ich bin okay, Rye«, hauchte Brynn.

»Bis jetzt«, bestätigte Timmy. »Aber das ist sie nicht mehr lang, wenn du nicht Abstand hältst.«

»Dein Gesicht sieht übel aus, Timmy«, sagte Rye. »Was für eine Farbe hatten deine Eier eigentlich heute Morgen?«

»Dafür bist du mir noch was schuldig.«

»Sehe ich genauso. Wenn du dein Messer einsetzen willst, dann nur zu. Aber lass Brynn gehen.«

Brynn konnte sich und Timmy in Ryes Sonnenbrille gespiegelt sehen. Sie nahm an, dass er die Brille trug, damit Timmy nicht erkennen konnte, wohin er blickte. »Niemand will einen zweiten Kampf«, mischte sie sich ein.

»Wieso bedroht er dich mit dem Messer?«

»Er hat das Mittel und will sichergehen, dass der Senator es bekommt.«

»Ganz recht.« Nates Selbstgefälligkeit trat wieder zutage. »So wie es von Anfang an geplant war. Dieser Unfug war absolut unnötig, Brynn. All das wäre nicht passiert, wenn du Ruhe gegeben hättest.« Und an Timmy gewandt sagte er: »Gehen wir. Es ist eine lange Fahrt.«

»Sollten wir nicht lieber mit meiner Maschine fliegen?«, schlug Rye vor.

»Das glaube ich kaum, du Überflieger«, sagte Timmy. »Ich hab dich schon einmal abstürzen sehen.«

Brynns Knie waren vor Erleichterung weich geworden, als er das vorgeschlagen hatte. »Eine sehr gute Idee. Findest du nicht auch, Nate?«, fragte sie, ohne auf Timmys Bemerkung einzugehen.

Sein Blick zuckte zwischen den drei anderen hin und her und kam zuletzt auf Timmy zu liegen. »Es ist eine gute Idee. Wir würden Stunden sparen. Aber wir brauchen nicht mit ihm zu fliegen. Der Jet der Hunts steht uns zur Verfügung.«

»Aber nicht die Piloten«, sagte Brynn.

»Wieso?«, fragte Nate.

»Abby, in der Krankenhausunterkunft? Sie hat mir und Rye gestern Nacht erzählt, dass die Piloten freibekommen haben, bis sie Violet am Dienstag zurückfliegen.«

»Stimmt. Das hat sie gesagt«, bestätigte Rye.

»Damit bleiben nur Sie oder die vierstündige Fahrt«, sagte Nate.

Timmy wirkte immer noch unentschlossen und misstrauisch. »Ist der Flieger denn groß genug?«

Rye musterte ihn übertrieben und wiegte dann den Kopf, als wäre das Ergebnis mehr als bescheiden. »Groß genug für dich allemal.«

Nate ließ nicht locker. »Und ich hätte auf diese Weise ein dickes Zeitpolster, das mir fehlen würde, wenn wir mit dem Auto fahren. Und nach all dem Ärger wollen wir die Hunts doch nicht enttäuschen und zu spät kommen.«

Timmy gab sich geschlagen, sagte aber zu Rye: »Keine Mätzchen, sonst stirbt deine Freundin.«

11:22 Uhr

Der Pilot, von dem sich Rye das Auto ausleihen wollte, hatte ihm seine eigenen Worte entgegengeschleudert: »Fick dich.«

Rye hatte einen Wagen rufen müssen. Er war in nicht einmal vier Minuten eingetroffen, die ihm wie Stunden erschienen waren. Die Fahrt zu der Adresse, die Brynn ihm genannt hatte, nahm scheinbar kein Ende, und als er schließlich eingetroffen war, hatte er sich nur gefragt, wo zum Teufel die Polizei blieb. Er hatte erwartet, dass der Bereich um das Haus der Griffins wie eine Kaserne abgeschirmt und Timmy nach der Entführung von Dr. Lambert in Gewahrsam genommen worden wäre.

Doch offenbar hatten Wilson und Rawlins den Ball nicht weitergespielt und die hiesigen Kollegen nicht unterrichtet.

Statt einer Polizeiarmee hatte Rye ein schreckliches Tableau erblickt, bei dem ihm fast das Herz zersprungen wäre. Er war schon lange nicht mehr im Gespräch mit Gott, und seit dem Tod von Brady White war die ohnehin brüchige Verbindung praktisch vollständig abgerissen. Nichtsdestoweniger hörte Rye sich stumm beten, dass Brynn all das irgendwie unbeschadet überstehen möge.

Es war eine anspruchsvolle Bitte, denn immerhin war es Timmy, der sie bedrohte. Er überkompensierte seinen schmächtigen Körperbau durch Gewissenlosigkeit und war unberechenbar. Er hatte Ryes Glock nicht vergessen, hatte ihn die Waffe herausholen und in den Gully werfen lassen, und zwar ganz diskret, damit keiner der Schaulustigen im Vorgarten der Griffins etwas mitbekam.

Als Rye die Pistole in seiner Hand gespürt hatte, hatte er einen kurzen Moment mit dem Gedanken gespielt, sie auf Timmys Stirn zu richten und den Abzug zu drücken, aber er war nicht sicher, ob es ihm gelänge, bevor Timmy zugestochen hatte. Widerwillig hatte er die Waffe durch das Gullygitter fallen lassen.

Jetzt saßen sie alle in Lamberts Wagen und waren unterwegs zum Flugplatz, wo Jakes Flugzeug wartete. Lambert saß am Steuer, Rye auf dem Beifahrersitz, Timmy mit seinen Messern hinten neben Brynn.

»Wie lange fliegen wir?«, fragte Lambert.

»Etwa eine Stunde. Kommt darauf an.«

»Worauf?«

»Das Wetter. Den Flugverkehr rund um Hartsfield. Vielleicht schickt uns der Tower in Atlanta in eine Warteschleife …«

»Wir können den Privatflugplatz der Hunts nehmen«, unterbrach ihn Nate.

»Einen Privatflugplatz?«

»Auf einer Wiese hinter ihrem Haus«, teilte Timmy ihm mit. »Goliad hat ihn mir gezeigt.«

»Wie lang ist die Landebahn?«

»Woher soll ich das wissen? Lang.«

»Na ja, je nach Flugzeugtyp ist die Länge der Landebahn für eine sichere Landung durchaus bedeutsam.«

Timmy lachte. »Und du weißt nur zu gut, wie leicht dabei was schiefgehen kann, oder?«

Rye fragte sich, ob das Einbildung war oder ob Timmys Lachen tatsächlich gezwungen und nervös geklungen hatte.

»Die Landebahn reicht für ihren Privatjet«, versicherte Nate.

»Dann können wir dort auch landen«, sagte Rye.

»Aber woher willst du wissen, wohin du fliegen musst, wenn du gar nicht weißt, wo die Landebahn ist?«, fragte Timmy.

»GPS. Ich muss nur die Kennung des Flugplatzes eingeben.«

»Ich werde vom Flugplatz aus Richard und Delores anrufen«, sagte Nate. »Die werden uns alle nötigen Informationen geben. Wahrscheinlich werden sie einen roten Teppich ausrollen, wenn wir dort ankommen.«

Er lächelte Rye zu, als wäre seine Welt wieder in Ordnung. Rye musste an sich halten, um nicht zuzuschlagen.

Er sah aus dem Seitenfenster in den Rückspiegel und legte den Kopf so schief, dass er Brynn hinter dem Heckfenster erkennen konnte. Sie starrte offenbar gedankenversunken in die wassergetränkte Landschaft. Er und sie hatten keine Gelegenheit gehabt, auch nur ein Wort unter vier Augen zu wechseln.

Er wollte ihr sagen, wie sehr er bedauerte, dass er sie allein zu den Griffins geschickt hatte. Nein, dass er sie *gezwungen* hatte, allein zu fahren. Wenn er bei ihr gewesen wäre, wäre sie jetzt nicht in Lebensgefahr, und vielleicht würde Violet in diesem Moment die rettende Infusion bekommen.

Er hatte viel wiedergutzumachen. Das schien zurzeit ein festes Muster in seinem Leben zu sein.

Als sie auf dem Flugplatz ankamen, stand nur Jakes Flieger auf dem Flugfeld. »Ist das die Kiste?«, fragte Timmy.

»Das ist sie.«

»Sieht alt aus.«

»Ist sie. Hat aber einen neuen Motor.«

»Was ist mit dem alten passiert?«

»Ausgebrannt, schätze ich.«

Offenbar begriff Timmy, dass Rye ihn provozieren wollte. Er befahl Nate, ihn und Brynn am Eingang aussteigen zu lassen. »Ich will nicht, dass die Lady zu Fuß durch den Regen muss.« Noch während er Brynns Arm nahm und sie mit sich zerrte, schaute er über die Schulter zurück und zwinkerte Rye ironisch zu.

Brynn blickte stur geradeaus.

Nate parkte auf dem Besucherparkplatz, sah sich um und meinte: »Ich lasse meinen Wagen nur ungern hier stehen. Hoffentlich passiert ihm nichts.«

»Ich glaube nicht, dass Sie sich deswegen Sorgen machen müssen.«

»Er könnte gestohlen werden.«

»Ich glaube nicht, dass Sie sich deswegen Sorgen machen müssen«, wiederholte Rye. »Wenn Sie dem Senator das Mittel erst verabreicht haben, sind Sie entbehrlich. Das muss Ihnen doch klar sein?«

Rye konnte an Nates kreidebleichem Gesicht ablesen, dass ihm diese Möglichkeit nicht in den Sinn gekommen war, aber so wie Rye ihn einschätzte, würde sie ihm von nun an keine Ruhe mehr lassen. Rye stieg aus und rannte durch den Regen zum Flugplatzgebäude. Nate folgte ihm.

Bis auf den alten Mann an der Theke waren alle verschwunden, die vorhin noch da gewesen waren. Der Alte erkannte Rye wieder und winkte ihn zu sich. »Sie wollen in dem Wetter doch nicht abheben, oder?« Er deutete auf den Bildschirm, wo auf einer Doppler-Radarkarte ein breites rotes Band zu sehen war.

Rye fluchte.

»Sie schicken eine Unwetterwarnung nach der anderen raus«, erklärte ihm der Mann. »Sie sollten lieber abwarten.«

Rye sah keine Möglichkeit, ihm klarzumachen, in welchen Schwierigkeiten sie steckten, ohne dass er sie dabei alle in Gefahr brachte, den Alten eingeschlossen. Falls er Alarm auslöste oder die Polizei rief, könnte es zu einem Blutbad kommen.

Brynn wäre das erste Opfer. Timmy wich nicht von ihrer

Seite. Sein Messer war nicht mehr zu sehen, aber darauf verließ Rye sich nicht. Timmy hatte es blitzschnell wieder in der Hand.

Außerdem hatte er nicht nur sie, sondern auch die Ampulle mit dem GX-42 in seiner Gewalt. Bei einer Auseinandersetzung könnte das Röhrchen beschädigt oder zerstört werden.

Rye ging zu der Gruppe. »Wir müssen eine Sturmfront vorüberziehen lassen.«

Natürlich legte Nate Widerspruch ein. »Aber wir wollten doch fliegen, damit wir schneller sind.«

Rye deutete stumm auf die Fensterfront. Seit sie das Gebäude betreten hatten, hatte sich das Wetter deutlich verschlechtert. Jakes Flugzeug wurde vom Regen gepeitscht und von Windböen geprügelt.

»Falls Sie in dem Wetter fahren wollen«, sagte Rye, »sollten Sie sich sofort auf den Weg machen. Und eine Stunde zusätzlich einrechnen.«

Nate kaute unentschlossen auf seiner Unterlippe. »Wie lange wird dieses Wetter Ihrer Meinung nach anhalten?«

»Mal sehen.«

Rye führte sie in einen Raum, wo es eine Theke mit einer Reihe von Computern gab, auf denen die Bilder verschiedener Wetterstationen zu sehen waren. Er setzte sich vor einen davon. »Wir sind hier und wollen dorthin«, sagte er und deutete auf zwei Stellen auf der Karte. »Diese Sturmfront erstreckt sich genau zwischen diesen beiden Punkten und ist massiv. Rot bedeutet übel. Lila ist noch schlimmer. Und das hier heißt Hagel«, sagte er und tippte auf einen weiteren Punkt auf dem Bildschirm. »Ich bin schon durch schlimmeres Wetter geflogen«, sagte er über die Schulter zu Nate, der hinter ihm stand. »Ich würde ohne Weiteres mit Ihnen und ihm losfliegen«, fuhr er mit einem Nicken zu Timmy hin fort. »Aber dann bleibt Brynn hier. Mir ist es gleich, ob Sie sterben. Es ist mir gleich, ob ich sterbe. Aber ihr Leben würde ich nicht aufs Spiel setzen, und schon gar nicht Ihretwegen.« Lambert plusterte sich auf, doch Rye fragte, als hätte er nichts bemerkt: »Also, wie sieht es aus, Lambert? Ihre Entscheidung.«

»Es ist *meine* Entscheidung«, mischte Timmy sich ein. »Wir warten ab.«

Er stieß Brynn auf einen der Klappstühle, die aufgereiht an der Wand standen, setzte sich auf den Stuhl daneben und hakte sich bei ihr unter.

12:13 Uhr

Brynn konnte die fröhliche Stimme, mit der Nate bei den Hunts anrief, nur schwer ertragen.

»Es gibt gute und schlechte Nachrichten.« Betont zurückhaltend informierte er sie, dass die drastischen Maßnahmen, die Timmy vorgeschlagen hatte, nicht nötig sein würden.

»Dr. O'Neal hat uns das, weswegen wir hergekommen sind, überlassen. Sie kehrt mit uns zurück. Mr. Mallett fliegt uns alle und wird auf eurem Privatfeld landen. Die schlechten Nachrichten? Wir müssen warten, bis ein Gewitter abgezogen ist, bevor wir starten können.« Er lauschte und meinte dann: »Ja, die Entscheidung stand auf Messers Schneide, aber wir waren alle der Meinung, dass Fliegen schneller gehen würde.«

Nate lauschte und murmelte währenddessen etwas wie *Hervorragend* oder Ähnliches. »Perfekt. Mr. Mallett bräuchte noch die ... wie hieß das noch mal?«

»Kennung«, sagte Rye.

Nate wurde informiert und gab die Daten an Rye weiter. »Sie fragen, wann wir eintreffen werden.«

»Der Flug selbst dauert höchstens eine Stunde, nachdem wir abgehoben haben und wenn das Wetter mitspielt. Vielleicht können wir nicht direkt fliegen. Möglicherweise müssen wir ein paar Gewitter umfliegen, was Zeit kosten könnte.«

Nate versprach, die Hunts kurz vor dem Start zu benachrichtigen, und beendete das Gespräch. »Goliad wird uns abholen«, erklärte er den anderen.

»Ach, da freue ich mich schon drauf«, sagte Rye.

Nicht weniger sarkastisch entgegnete Nate: »Und Richard und Delores können es kaum erwarten, Sie kennenzulernen. Sie haben schon so viel über Sie gehört.«

Kaum hatte er das gesagt, da läutete sein Handy. »Offenbar haben sie etwas vergessen.« Er sah aufs Display. »Oh, das ist Mrs. Griffin.«

Brynn wollte automatisch aufspringen und zu ihm gehen, doch Timmy riss sie zurück. »Bitte lassen Sie mich mit ihr sprechen«, sagte Brynn.

»Ich übernehme das.« Nate meldete sich mit Namen und hörte dann still zu. »Ja, ja, sie war dort. Natürlich wollte sie Violet sehen, aber sie wollte den Auftritt von Elsa nicht stören.«

Brynn hörte zunehmend mutlos zu, während Nate Mrs. Griffin vorflunkerte, wie Brynn direkt nach ihrer Ankunft erfahren hätte, dass einer ihrer Patienten einen Notfall hatte. »Wir mussten so schnell wie möglich nach Atlanta zurückkehren. Dr. O'Neal bedauert zutiefst, dass sie Violet vor unserer Abfahrt nicht mehr sehen konnte … Ja, sie hat erwähnt, dass ihr Handy nicht funktioniert. Ich werde ihr ausrichten, dass Sie angerufen haben. Bestimmt meldet sie sich bei Ihnen, sobald sie kann. Jetzt muss ich leider Schluss machen, Mrs. Griffin.«

Er legte abrupt auf. Als offenkundig wurde, dass er von sich aus nichts weiter erklären würde, fragte Brynn: »Woher wussten sie, dass ich dort war?«

Er räusperte sich. »Violet hat dich durch ihr Schlafzimmerfenster gesehen.«

Brynn sank in sich zusammen. »Hat sie sich aufgeregt, als ich nicht reingekommen bin?«

Er wich Brynns Blick aus. »Bestimmt wird sie darüber hinwegkommen. Die Krankenschwester erschien mir recht kompetent.«

»Sie hat den Köter, der ihr Gesellschaft leistet.«

Auf Timmys Bemerkung hin warf Rye ihm einen Blick zu, der Brynn zu dem Schluss führte, dass Timmy entweder sehr tapfer oder ein absoluter Trottel war.

Danach warteten sie. Die Zeit, die eben noch viel zu schnell verflogen war, kroch dahin. Wäre Timmy nicht gewesen, hätte Brynn die Verzögerung nichts ausgemacht. Sie hatte das GX-42 nicht mehr, aber sie wusste immerhin, wo es sich befand. Sie war nur wenige Meilen von Violet entfernt. Ihnen blieben noch acht Stunden, bevor die Infusion gelegt werden musste. Und Rye war bei ihr. Diese Faktoren hielten ihre Hoffnung am Leben.

Doch Timmy behielt sie konsequent in seiner Nähe, wo Rye nicht an sie herankam und wodurch er oder Nate jedes Wort zwischen ihnen mithören konnte. Sie hatte noch kein vertrauliches Wort mit Rye wechseln können, obwohl die Blicke, die er ihr hin und wieder zuwarf, mächtiger waren als alle Worte. Sie weckten Erinnerungen an geteilten Frust, Zorn und gemeinsame Leidenschaft. Und je nach Erinnerung sackten ihre Gefühle auf einen Tiefpunkt oder schwebten in ungeahnte Höhen.

Sie hatte keine zwei Tage mit ihm zusammen verbracht, und doch hatte er mehr Angst und Freude bei ihr ausgelöst als jeder andere Mensch in ihrem Leben.

Außer vielleicht Violet.

Wie war das möglich?

Sie liebte Violet.

Timmy hielt sie in dem kleinen Raum gefangen. Irgendwann war der Alte vom Empfang an die Tür gekommen und hatte gemeint, dass sie es in der Lobby bequemer hätten. Rye hatte ihm gedankt und ihm erklärt, dass sie alle genau verfolgen wollten, wohin sich die Unwetter bewegten.

Timmy sah ihm nach. »Der alte Knacker sollte seine Nase nicht in Sachen stecken, die ihn nichts angehen.«

»Er wollte nur freundlich sein«, sagte Rye.

»Er ist aufdringlich«, grummelte Timmy.

Rye und Brynn sahen sich an. Sie hatten Angst um den Mann.

Nate war zu sehr von seiner Zwangslage eingenommen, als dass er diese unterschwelligen Spannungen bemerkt hätte. Er marschierte auf und ab, ein Auge immer auf der Uhr, das andere auf dem Radarschirm, und quälte Rye mit Fragen. »Aber wenn der Sturm abgezogen ist, können wir sofort starten?«

»Nachdem ich meinen Flugplan eingereicht und den Vorflugcheck absolviert habe.«

»Warum können Sie den Flugplan nicht schon jetzt einreichen? Dann ist das schon erledigt.«

»Weil der Flugplan erlischt, wenn man nicht innerhalb von zwei Stunden nach der vermuteten Abflugzeit startet. Dann müsste ich einen neuen einreichen.«

»Sie meinen, es könnte noch mal zwei Stunden dauern?«

Rye deutete mit der Stiefelspitze zum Radarschirm. Er saß zurückgelehnt in einem Schreibtischstuhl, hatte die Hände auf dem Scheitel gefaltet und die Füße auf den Computertisch gestützt. Brynn ließ sich nicht von seiner scheinbar entspannten Pose täuschen. Er war jederzeit sprungbereit.

»Ich kann nichts für das Wetter. Wir können jederzeit fliegen. Aber meine Bedingung steht: Brynn bleibt hier.«

»Nein, nein, Delores hat sich so gefreut, dass sie mitkommt.«

Sie kann also sehr wohl schadenfroh sein, dachte Brynn.

Timmy, der die Radarschirme beobachtete, urteilte: »Wir warten, bis kein Rot mehr zu sehen ist.«

Der Fall würde erst kurz vor zwei Uhr eintreten.

Violet

Dr. O'Neal ist weggefahren, ohne dass sie zu uns ins Haus gekommen ist!

Ich habe mich so gefreut, als ich sie von der Straßenecke herkommen sah. War doch *klar*, dass sie die Überraschung war, von der Daddy erzählt hat.

Aber ich konnte nichts sagen, als ich sie sah, weil Elsa gerade beim Singen war und weil es unhöflich ist, jemanden beim Singen zu unterbrechen. Alle haben einen Riesenzirkus gemacht, als Elsa ankam. »Schau mal, Violet, Elsa ist da!«

Als würde ich nicht wissen, dass es Elsa nicht wirklich gibt und dass das nur eine Frau ist, die sich wie Elsa verkleidet hat. Aber sie war nett und hat mir viele Fragen gestellt, die nichts mit meinem Krebs zu tun hatten. Ich wünschte nur, sie hätte nicht ausgerechnet gesungen, als Dr. O'Neal hier war.

Es standen eine Menge Fernsehleute dazwischen, trotzdem habe ich gesehen, wie Dr. O'Neal auf dem Gehweg mit Timmy redete.

Er ist Dr. Lamberts Freund, aber ich glaube nicht, dass Dr. Lambert ihn mag, und ich mag ihn auch nicht. Seine Witze sind blöd, und seinen Zaubertrick habe ich sofort durchschaut. Mein kleiner Bruder hätte den besser gekonnt. Es hat mir nicht gefallen, dass Timmy in meinem Zimmer war. Er stand viel zu nah an meinem Bett und hat ständig mit dem Schlauch am Infusionsständer gespielt. Eigentlich darf den keiner anrühren außer den Krankenschwestern wie Jill.

Dr. Lambert hat mein Krankenblatt angeschaut und Jill ein paar Fragen gestellt. Mom hat gefragt, warum er hier ist und nicht Dr. O'Neal, und er hat gesagt, sie würde am Feiertagswochenende nicht arbeiten, aber das war geschwindelt, weil ich sie gesehen habe, gleich nachdem er uns das erzählt hatte.

Ich glaube, sie hat sich nicht besonders gefreut, Dr. Lambert und Timmy zu sehen. Während sie geredet haben, hat sie immer wieder den Kopf geschüttelt. Dr. Lambert hat etwas aus ihrer Manteltasche geholt. Timmy hat es ihm weggenommen und nicht wieder zurückgegeben.

Dann kam noch ein Mann angerannt. Er ist ungefähr so alt wie Dr. O'Neal, aber seine Jacke sah echt alt aus. Die Sonne ist nicht zu sehen, trotzdem hatte er eine Sonnenbrille auf. Die meiste Zeit schaute er aber nur Dr. O'Neal an.

Er wurde richtig sauer, als Timmy Dr. O'Neal in ein Auto schubste und dann auch einstieg. Ich glaube, der große Mann hätte gern neben ihr gesessen, aber er musste vorn neben Dr. Lambert einsteigen.

Nachdem Elsa weg war, erzählte ich Mom, dass ich Dr. O'Neal gesehen hatte. Sie fragte mich, ob ich sicher bin. Ich sagte immer und immer wieder: *Ja, bin ich,* und dann fragte ich sie, ob sie vielleicht glauben würde, dass mich der Krebs blind gemacht hat. Sie hat gesagt, ich soll aufpassen, was ich sage, aber sie hat trotzdem bei Dr. O'Neal angerufen, um ihr zu sagen, dass sie zurückkommen soll. Dr. O'Neal ging nicht an ihr Handy, darum hat Mom bei Dr. Lambert angerufen, und der sagte, Dr. O'Neal hätte zu einem Notfall gemusst.

Da habe ich angefangen zu weinen.

Ich glaube, ich habe diesen besonderen Tag bekommen, weil ich sterben muss. Ich wünschte, ich hätte Dr. O'Neal statt Elsa gesehen.

Kapitel 35

13:57 Uhr

»Kein Rot mehr«, verkündete Nate. »Nicht in der Richtung, in die wir fliegen.«

Rye hatte es schon vor über einer halben Stunde bemerkt. Es drohten immer noch schwere Regenfälle, und die Wolken hingen tief, aber die gefährlichsten Wetterfronten waren weitergezogen. Er hatte die Information für sich behalten, um ihren Flug so lange wie möglich hinauszuzögern.

Denn wenn sie erst abhoben, gab es keine Hoffnung für Violet mehr. Brynn wusste das, und Rye fühlte ihren Schmerz. Seit Violets Mutter angerufen hatte, war ihr Mut spürbar gesunken.

Er hatte überlegt, wie er Timmy ablenken, ihn überwältigen, ihn irgendwie ausschalten könnte. Aber ihm war kein Angriffsplan eingefallen, der nicht dazu führen würde, dass Brynn verletzt wurde oder etwas noch Schlimmeres geschah. Und jetzt lief ihm die Zeit davon.

Er hob die Füße vom Instrumententisch und beugte sich über den nächsten Computermonitor. »Ja, ich glaube, wir können jetzt fliegen.« Er griff nach seinem Handy.

Kaum hatte er auf das Display zu tippen begonnen, da sprang Timmy auf und bremste ihn. »Wen rufst du da an?«

»Die Flugsicherung in Atlanta.«

»Wieso?«

»Weil ich meinen Flugplan einreichen muss.« Er hob das bereits ausgefüllte Papier in die Höhe.

Timmy riss ihm das Blatt aus den Händen und überflog es. »Was hat das alles zu bedeuten?«

Rye deutete auf die verschiedenen Felder. »Flugzeugtyp. Flugzeugkennung. Diese Buchstaben stehen für diesen Flugplatz, den Abflugort. Zielflugplatz. Du hast gehört, wie Lambert mir die Kennung durchgegeben hat. Geschätzte Abflugzeit 1930 Zulu. Für jeden anderen vierzehn Uhr dreißig. Geschätzte Flugzeit eine Stunde. Fluggeschwindigkeit, Höhe, Treibstoffmenge. Flugbesatzung vier Seelen.«

»Seelen?«

»Branchenjargon. Nur für den Fall, dass wir abstürzen und sterben.«

Er war zu dem Schluss gekommen, dass Timmy unter Flugangst litt. Und das würde er ausnutzen. Vielleicht war es nur eine kleinliche Rache, trotzdem würde es ihn freuen, wenn Timmy vor Angst zappelte.

Timmy überflog noch einmal das Formular, reichte es Rye zurück und nickte zum Handy hin. »Okay, ruf an. Aber ich will hören, wer rangeht.«

Rye zuckte mit den Schultern, tippte die Gratisnummer ein und hielt sein Handy so, dass Timmy mithören konnte. Eine Männerstimme antwortete: »Leidos Flight Service.«

Rye zog fragend die Brauen hoch. Timmy gab ein zweites Mal nickend sein Okay, kontrollierte aber aufmerksam, ob Rye wirklich nur wiederholte, was er auf dem Flugplan eingetragen hatte. Als er zum Ende kam, sagte er: »Vier Seelen an Bord. Drei gewöhnliche und eine verlorene Seele namens Timmy.«

Timmy zeigte ihm den Finger.

Der Mann am Telefon wünschte Rye einen angenehmen Flug. »Angenehm?«, sagte Rye. »Allerdings. Ein Privatflugplatz. Wo uns ein persönlicher Assistent erwartet oder sogar ein roter Teppich. Ungewohnter Luxus für einen Frachtkerl wie mich.«

Der Mann lachte leise. »Ich kenne den Platz. Ungewohnter Luxus für jeden. Viel Spaß.«

Rye sah Timmy an. »Ich kann es kaum erwarten.«

14:27 Uhr

Rye absolvierte den Vorflugcheck und winkte dann die anderen aus dem Gebäude. Im Gänsemarsch überquerten sie das Flugfeld. Als Rye Brynn beim Einsteigen half, flüsterte er ihr zu: »Brady hat die OP nicht überstanden.«

Die Botschaft war ein weiterer Schlag, und sie reagierte entsprechend darauf. Normalerweise hätte er diese Nachricht vorerst für sich behalten, aber sie musste unbedingt verstehen, dass Bradys Tod ein Wendepunkt für ihn war. Er murmelte noch: »Ich bin bei allem dabei.«

»Was gibt's zu quatschen?«, meldete Timmy sich von hinten.

»Ihr Gurt hat sich verklemmt.« Während Rye damit herumhantierte, flüsterte er: »Ich lasse dich nicht mehr allein. Nicht bis das alles ausgestanden ist. So oder so.« Er drückte ihre Hand, hätte sie küssen wollen. Unbedingt. Stattdessen zerrte er am Gurt und sah ihr dabei in die Augen. »Jetzt sollte es passen.«

Er ließ Lambert auf einem der anderen Passagiersitze

Platz nehmen. Nachdem er an Bord war, schloss Rye die Doppeltür. »Ich muss zuerst einsteigen«, sagte er zu Timmy und stellte einen Fuß auf die Tragfläche.

»Kommt nicht in die Tüte.«

Rye setzte den Fuß wieder auf den Boden. »Der Pilotensitz ist an Backbord beziehungsweise links. Also steige ich entweder zuerst ein, oder ich muss über dich wegklettern, oder du setzt dich auf den Pilotensitz und fliegst das Ding.«

Missmutig machte Timmy ihm Platz. Sobald Timmy ebenfalls eingestiegen war, beugte Rye sich über ihn.

»Hey!« Timmy zückte ein Messer.

»Ich muss mich überzeugen, dass die Tür korrekt geschlossen wurde«, sagte Rye. »Es sei denn, es macht dir nichts aus, dass du als Erster rausfällst, falls sie nicht richtig zu ist.«

Timmy lehnte sich zurück, damit Rye an die Tür kam, aber er ließ sein Messer gezückt und klopfte mit der flachen Klinge auf seinen Schenkel. Nachdem Rye sich überzeugt hatte, dass die Tür gesichert war, schnallte er sich ebenfalls an.

»Versuch keine Tricks«, warnte ihn Timmy.

»Sonst? Willst du mich erstechen? Den Piloten abzustechen wäre nicht besonders schlau, oder?«

»Nein, und darum würde ich deine Freundin abstechen. Nicht umbringen. Nur bluten lassen.«

Rye sagte nichts darauf. Doch als das Flugzeug vom Rollfeld abhob, meinte er: »Ach, Dreck.«

Timmy sah ihn erschrocken an. »Was ist?«

»Ich habe vergessen, meine Medikamente zu nehmen.«

16:04

Wie Rye vorhergesagt hatte, mussten sie mehrere Gewitterzellen umfliegen und brauchten deshalb länger. Ihr Landeanflug war zwar wacklig, doch er hatte glatt aufgesetzt und steuerte das Flugzeug jetzt auf das andere Ende der Rollbahn zu, wo – wie Brynn durch die Windschutzscheibe sah – ein Wagen wartete. Er sah aus, als würde er vom Secret Service benutzt.

Nate beklagte den traurigen Zustand seines Designeranzugs, der nach dem Regen nicht ganz getrocknet war. »Ich finde es furchtbar, so durchnässt aufzutauchen.«

Brynn fand Nates Eitelkeit unerträglich, besonders weil sie gleichzeitig ihre eigene Niederlage wie einen festen, gnadenlosen Ballast auf dem Herzen spürte. Während der gesamten Tortur hatte sie sich an die Hoffnung geklammert, dass Violet das Medikament irgendwie erhalten konnte, solange es noch nicht durch Richard Hunts Adern floss. Jetzt erschien ihr dieser Optimismus unglaublich naiv. Wie hätte sie sich je gegen so einen destruktiven Charakter durchsetzen können?

Noch schlimmer als die Erkenntnis, dass sie verloren hatte, war das Wissen, dass Violet sich von ihr im Stich gelassen fühlte.

Als sie das Ende der Landebahn erreicht hatten, drehte Rye den Flieger, sodass die rechte Seite, auf der sie aussteigen würden, neben dem langen schwarzen SUV zum Stehen kam. Goliad wartete neben dem Wagen. Nachdem Rye das Triebwerk abgeschaltet hatte und der Propeller ausgelaufen war, näherte Goliad sich dem Flugzeug. Er öffnete von außen die Tür zum Passagierbereich, beugte sich herein und winkte Nate nach draußen. Nate sprang energiegeladen aus dem Flugzeug.

Brynn ignorierte Goliads helfend ausgestreckte Hand und kletterte allein hinaus. Timmy stieg vom Co-Pilotensitz aus auf die Tragfläche.

Rye folgte als Letzter. Sobald er auf festem Boden stand, baute er sich vor Goliad auf.

Nachdem er den Schaden begutachtet hatte, den er Goliads Gesicht am Morgen zugefügt hatte, erklärte er: »Ich hoffe, es tut so weh, wie es aussieht.«

Goliad ließ Ryes Provokation mit dem für ihn typischen Gleichmut abperlen. »Ich würde Sie das zu gern selbst spüren lassen, aber der Senator und Mrs. Hunt warten.«

»Dann mal los.« Rye machte einen Schritt auf den SUV zu, doch Goliad legte eine flache Hand auf seine Brust. »Sie kommen nicht mit.«

Brynns Puls beschleunigte. Sie sah Rye erschrocken an und erkannte, dass ihm diese Wendung der Ereignisse genauso missfiel wie ihr. »Lambert meinte, die Hunts würden mich kennenlernen wollen.«

»Lambert hat sich geirrt.«

»Verzeihung«, meldete sich Nate zu Wort, »aber Delores hat selbst gesagt…«

Ein düsterer Blick von Goliad ließ ihn verstummen. Goliad wandte sich wieder an Rye. »Diese Landebahn befindet sich auf Privatgelände. Die Hunts haben Ihre Landung ans Sheriff's Department gemeldet, das die Meldung an das zuständige FAA-Büro weitergegeben hat. Und siehe da, bei der FAA sind Sie ein alter Bekannter. Sie treffen sich morgen mit einem Ermittler wegen der Bruchlandung oben in Howardville. Dazu noch diese unerlaubte Landung, da werden Sie eine Menge zu erklären haben. Und zwar jetzt gleich.«

Er nickte zur Seite hin. Alle Köpfe drehten sich in die entsprechende Richtung. Ein Streifenwagen raste mit eingeschaltetem Blaulicht die Landstraße entlang und auf sie zu.

Rye zog die Sonnenbrille ab und machte einen Schritt auf Goliad zu. »Sie machen Witze.«

»Witze? Nein. Die FAA fand das auch nicht komisch. Diesmal können Sie sich nicht mit Ihrem Charme oder irgendwelchen Tricks rausreden, Mallett. Das war's für Sie.«

Der Streifenwagen mit dem Siegel des Sheriff's Departments hielt neben dem SUV. Zwei uniformierte Deputys stiegen aus. Während sie auf die Gruppe zukamen, fragte einer: »Rye Mallett?«

»Hier.«

»Wir suchen schon seit gestern Abend nach Ihnen. Haben die ganze Stadt nach Ihnen umgegraben, Handys aus Mülltonnen gefischt und so weiter. Und siehe da, auf einmal landen Sie direkt in unserem Hinterhof.«

»Im Hinterhof des *Senators*, genauer gesagt. Er hat Anzeige wegen Hausfriedensbruchs erstattet«, ergänzte der zweite Deputy.

»Und ich habe einen Flugplan eingereicht«, feuerte Rye zurück.

»Wissen wir. Wir haben persönlich bei der Flugsicherung angerufen, als wir Sie landen sahen. Der Typ, mit dem Sie gesprochen haben, erinnert sich noch gut daran, wie Sie damit angegeben haben, dass man Ihnen einen roten Teppich ausrollen würde.«

»Genau meine Rede. Die Hunts wussten, dass ich komme.«

»Aber ohne Einladung«, sagte der Deputy. »Sie haben

ihren eigenen Jet und zwei angestellte Piloten.« Er musterte Rye verächtlich ab. »Warum sollten sie auf Ihre Dienste zurückgreifen?«

»Das ist doch absurd!«, rief Brynn aus. Sie drehte sich zu Nate um. »Du weißt, dass es eine Farce ist. Du hast die Arrangements getroffen. Tu irgendwas, sag irgendwas.«

Sein Blick war kühl, kalkulierend. »Auf dein Drängen hin war ich einverstanden, mit ihm zu fliegen, Brynn. Aber ich verstehe nichts von Luftfahrtregeln oder Verordnungen. Falls er gegen eine verstoßen hat, ist das kaum meine Schuld.«

Sie starrte ihn fassungslos an. »Das kannst du nicht guten Gewissens zulassen, Nate.«

Doch offenbar konnte er sehr wohl. Goliad winkte ihn zum SUV. »Die Hunts warten auf Sie, Dr. Lambert.« Ohne das geringste Zögern spazierte Nate zu dem Fahrzeug und kletterte hinein.

Goliad nahm Brynn am Ellbogen, doch sie riss sich los. »Ich komme nicht mit.«

»Die Hunts legen großen Wert darauf, Sie zu sehen«, sagte Goliad. »Ganz im Besonderen.«

»Mir ist es schnurzegal, worauf die Hunts Wert legen. *Ganz im Besonderen.* Ich werde erst gehen, wenn das hier geklärt ist. Rye hat diese Landebahn mit dem Wissen und der Erlaubnis der Hunts angeflogen, und sie sind ihm dankbar dafür.«

Die beiden Deputys sahen erst einander und dann wieder sie an. »Wir haben da etwas anderes gehört, Miss«, erklärte einer von ihnen.

»Dann wurden Sie angelogen. Mr. Mallett hat nichts Falsches getan.«

Goliad trat an ihre Seite. »Vielleicht würde ja Ihr Vater für ihn bürgen.«

Die verschleierte, leise ausgesprochene Drohung traf Brynn mit der Wucht eines Güterzugs. Ihre Lippen öffneten sich, doch nur ein Lufthauch entwich. Kein Wort.

»Wir könnten einen Deputy losschicken, um ihn abzuholen«, fügte Goliad hinzu. »Natürlich müssten wir auch seinen Bewährungshelfer benachrichtigen.« Der Blick durch die geschwollenen Lider war unversöhnlich.

Sie sah Rye an und hob hilflos die Hände.

»Schon okay. Fahr mit. Ich komme schon klar.«

»Aber ...«

»Du sollst den Kopf nicht für mich hinhalten. Morgen bin ich sowieso weg, das weißt du doch.« Um seine Worte zu unterstreichen, setzte er die Sonnenbrille wieder auf und verwehrte ihr dadurch, in seine Augen schauen zu können. Ungeachtet seines sanft gemurmelten Versprechens, während er ihr den Gurt angelegt hatte, war dies ein weiterer Abschied, eine weitere Abfuhr.

Goliad nahm noch einmal ihren Arm, und diesmal brachte sie nicht mehr die Kraft auf, ihm Widerstand zu leisten. Sie stieg in den SUV. Timmy rutschte neben ihr auf die Rückbank und sagte: »Ohhh. Werden Sie ihn vermissen?« Dazu machte er Knutschgeräusche an ihrem Ohr.

Sie ignorierte seinen Spott. Jede Reaktion, und sei es nur ein schmutziger Blick, hätte Energie erfordert, die sie nicht mehr aufbrachte. Ihr Kampfgeist war erloschen.

16:17 Uhr

Rye hätte mit Zähnen und Klauen darum gekämpft, Brynn nicht in den SUV steigen zu lassen, doch mit seiner Drohung gegen Wes hatte Goliad ihn davon abgehalten. Ob Brynn es nun zugab oder nicht, sie liebte den alten Gauner. Der Gedanke, dass er und seine Bewährung in Gefahr geraten könnten, hatte sie sichtbar getroffen.

Rye wusste, dass sie ihm glauben würde, wenn er sich ungerührt und distanziert gab. Er hatte an ihrer verletzten Miene ablesen können, dass seine Vorstellung überzeugend gewesen war. Er würde sich später entschuldigen, doch erst musste er diesen Deputys klarmachen, dass man ihn hintergangen hatte und dass Brynn in Gefahr war.

Nachdem der SUV losgefahren war, wandte er sich an die zwei. »Haben Sie mit einem Deputy Wilson oder Rawlins gesprochen? Aus Howardville? Die beiden wissen, was hier tatsächlich gespielt wird. Dr. O'Neal könnte Gefahr drohen.«

»Von *Ihnen*. Wir wissen Bescheid. Darum hat das Sheriff's Office in Howardville auch eine Fahndung nach Ihnen beiden herausgegeben, nachdem Sie die Frau aus einer Garage entführt hatten.«

»Entführt? Ach was. Hören Sie zu. Seither ist eine Menge passiert. Heute hat man Brynn mit dem Tod gedroht. Der kleine Kerl mit dem Fuchsgesicht? Er hat sie den ganzen Nachmittag mit dem Messer bedroht. Lambert ist genauso in Gefahr, nur dass er das nicht sieht, weil ihm sein Ego den Blick verstellt. Wir können uns gegenseitig nicht ausstehen, aber trotzdem habe ich auch um ihn Angst. Ich habe das nur nicht ausgesprochen, weil …«

Er verstummte, denn er erkannte, dass er genauso gut in einer toten Sprache hätte reden können, so reagierten die beiden auf seine Ausführungen. Beide schienen kein bisschen erschrocken über das, was er ihnen erzählte, sie hatten nicht einmal geblinzelt. Und da traf ihn die Erkenntnis: Sie standen auf Hunts heimlicher Gehaltsliste.

Falls er den Senator mit irgendwelchen illegalen Machenschaften in Verbindung brachte, würde er direkt in die Arrestzelle wandern. Man würde ihm sogar seinen einen Anruf verwehren. Das Schloss an der Zelle würde verrosten, ehe er entlassen würde. Darum hatte Goliad so selbstzufrieden Das war's für Sie gesagt.

Rye suchte den Horizont ab. Keine Kavallerie kam über den Hügel angeritten. Die Pinienallee, die die Rollbahn querte, lag verlassen da. Er war auf sich allein gestellt.

Einer der Deputys spielte den anständigen Bullen und konsultierte sein Notizbuch. »Sie sind nicht als Eigentümer dieses Flugzeugs registriert, Mr. Mallett.«

»Ein Kumpel hat es mir geliehen.«

»Hat er das? Denn wir haben den Eigentümer angerufen. Jake Morton? Er meinte, richtig, er hätte Sie die Maschine chartern lassen, aber unter Vorbehalten. Er wusste kaum was über Sie.«

»Ich habe ihm gesagt, er soll ...« Rye verstummte im Satz.

»Was?« Der Deputy baute sich vor ihm auf. »Was haben Sie ihm gesagt?«

Rye sagte nichts weiter. Jake hatte diesen Typen auch nicht getraut. Er hatte sich genau so verhalten, wie Rye es ihm geraten hatte, doch dieser Ratschlag konnte Rye nun zum Verhängnis werden.

»Wusste Mr. Morton, dass Sie mit diesem Flugzeug ohne

Genehmigung auf einem Privatflugplatz landen wollten, der einem US-Senator gehört?«

»Nein. Es war eine Planänderung in letzter Minute. Aber sie geschah nicht ›ohne Genehmigung‹. Ich glaube, die Absprache wurde mit Mrs. Hunt getroffen. Vielleicht hat sie vergessen, dem Senator Bescheid zu geben.«

»Das bezweifle ich, so nahe, wie die beiden sich stehen«, meinte einer der Deputys. »Außerdem sieht es Mrs. Hunt gar nicht ähnlich, etwas zu vergessen, und erst recht nicht, wenn es ihre persönliche Sicherheit betrifft.«

Rye verkniff sich einen Kommentar, weil er Angst hatte, dass alles, was er von nun an sagte, den Hunts zu Ohren kommen würde, wodurch Brynn in noch größere Gefahr geriet.

Einer der Deputys fragte, ob er bewaffnet sei.

»Nein.«

»Auf Sie ist eine Glock registriert. Und Sie haben eine Lizenz zum Tragen einer verdeckten Waffe.«

»Und die ganzen Informationen haben Sie in diesen wenigen Stunden über mich zusammengetragen? Da waren Sie aber fleißig.«

»Wir waren um die Sicherheit des Senators besorgt.«

»Finden Sie, dass ich so furchteinflößend aussehe? Was ist mit den beiden Gorillas in ihren schwarzen Anzügen?«

»Der Kleine ist neu, aber Goliad kennen wir gut.«

»Das glaube ich gern.«

»Netter Kcrl. Handfest.«

»Hmm.« Handfest wie die Schläge, die er austeilte.

Obwohl er erklärt hatte, dass er nicht bewaffnet war, wurde er abgetastet, bevor einer der Deputys erklärte: »Wir werden dieses Gespräch im Office weiterführen.«

»Ich habe Jake versprochen, dass er sein Flugzeug heute Abend zurückbekommt.«

»Tut mir leid, aber dieses Versprechen werden Sie wohl brechen müssen.«

»Von hier fliegt man in nur zwanzig Minuten zu dem Flugplatz mit dem Hangar, in dem er die Maschine untergestellt hat. Sie können mich dort abholen.«

Einer schnaubte ein trockenes Lachen. »Und was hält Sie davon ab, nach Timbuktu durchzubrennen, wenn wir Sie erst ins Cockpit steigen lassen?«

»Der fast leere Treibstofftank.«

Die Antwort kam nicht gut an. Einer der Deputys öffnete den Verschluss seines Holsters und legte die Hand an den Pistolengriff. »Wollen Sie Ärger machen, Mr. Mallett?«

Er hob die Hände. »Ärger bestimmt nicht, aber wie wäre es damit? Einer von Ihnen fliegt mit mir.«

»Und wird damit zu Ihrer Geisel?« Beide lachten kurz. »Keine gute Idee.«

»Nein. Ich schwöre bei Gott …«

»Hände auf den Rücken.«

»Im Ernst? Sie wollen mich wirklich verhaften?«

Einer zog einen Satz Kabelbinder-Handschellen heraus. »Sie haben das Recht …«

»Tun Sie das nicht. Bitte. Ich muss morgen früh um Punkt neun Uhr in Howardville sein. Ich darf diesen Termin nicht verpassen, sonst könnte ich meine Fluglizenz verlieren.«

»Das hätten Sie sich früher überlegen …«

»Warten Sie doch eine verfluchte Minute!«, rief Rye, als einer seine beiden Hände auf den Rücken zog. »Ich kann das Flugzeug meines Bekannten nicht ungesichert hier stehen lassen.«

Sie ignorierten seine Proteste und verlasen ihm seine Rechte, während sie ihn zu ihrem Wagen führten und auf den Rücksitz stießen. »Das ist ein schrecklicher Fehler.« Die Autotür wurde ihm vor der Nase zugeschlagen.

Sie fuhren von der Landebahn weg. Als sie um dieselbe Straßenkurve bogen, die Goliads SUV vor wenigen Minuten genommen hatte, erblickte Rye zum ersten Mal die Villa der Hunts.

Auf einer Hügelkuppe gelegen, wirkte sie uneinnehmbar wie eine Burg. Die dichte Wolkendecke hatte eine verfrühte Abenddämmerung geschaffen, und das hatte die strategisch angeordnete Außenbeleuchtung angehen lassen, die alles in ein grellweißes Licht tauchte.

Ein verflixtes Camelot, dachte Rye. Mitsamt Verrat und Intrigen in seinen Mauern.

Brynn war da oben. Im Haus. Was tat sie gerade? Bat sie die Hunts demütig um Verzeihung für ihre Täuschung? Nein. Auf keinen Fall. Sie würde nicht zu Kreuze kriechen, aber sie würde ihrem hippokratischen Eid Folge leisten und Lambert assistieren, falls er sie darum bitten sollte. Sie hatte Rye erklärt, dass sie die kostbare Einzeldosis GX-42 nicht ungenutzt verfallen lassen würde, selbst wenn Violet nicht davon profitieren sollte.

Viel größere Sorgen bereitete Rye, was danach mit Brynn passieren würde. Er hatte sie wie auch Lambert gewarnt, dass Richard Hunt, sobald er das Medikament in seinem Körper hatte, noch entschlossener denn je sein würde, das Geheimnis seiner Krankheit und der Wege, über die er das Heilmittel erhalten hatte, zu wahren. Und die einzige Garantie, dass dieses Geheimnis gewahrt bleiben würde, war es, alle Mitwisser zum Schweigen zu bringen.

Rye gefror das Blut in den Adern. Er musste zu Brynn.

Noch einmal beschwor er die Deputys. »Hören Sie, hier steht wesentlich mehr auf dem Spiel, als Sie ahnen. Es geht um Leben oder Tod. Dr. O'Neal und Nate Lambert sind ...«

Das Wort wurde ihm abgeschnitten, denn auf einmal wurde er gegen die andere Tür geschleudert, weil der Deputy das Steuer scharf nach rechts riss, um einen Frontalaufprall mit einem Fahrzeug auf der Gegenfahrbahn zu vermeiden, das quer über den Mittelstreifen gefahren war.

Der Deputy überkorrigierte kurz, damit sie nicht in den Straßengraben rauschten, stemmte aber im nächsten Moment den Fuß auf die Bremse und schaffte es dadurch, den Wagen wieder unter Kontrolle zu bringen. Der Streifenwagen schlitterte und schwänzelte mit qualmenden Reifen über die Fahrbahn und kam zuletzt holpernd auf dem schmalen Seitenstreifen zum Stehen.

Das andere Fahrzeug setzte zurück, bis es parallel zu ihrem Streifenwagen stand. Das abgedunkelte Fenster auf der Fahrerseite fuhr nach unten. In der Öffnung erschien Rawlins' grimmiges Gesicht.

Kapitel 36

16:51 Uhr

Goliad schob Nate und Brynn durch die Eingangstür in die Villa. Timmy folgte ihnen auf dem Fuß.

»Ich kenne den Weg.« Nate marschierte ungeduldig und selbstbewusst auf das Wohnzimmer in der Mastersuite zu.

Brynn folgte ihm ohne jeden Enthusiasmus.

Sie war schon zweimal hier gewesen, zum ersten Mal, als Nate und sie dem Paar das Verfahren für den Ausnahmeantrag erklärt hatten, zum zweiten Mal, als Nate den beiden erklärt hatte, wie er eine einzelne Dosis des Mittels organisieren könnte.

»Allerdings hat das seinen Preis«, hatte er damals erklärt. Damals hatte sie geglaubt, er würde von den finanziellen Kosten sprechen. Jetzt dachte sie an den wahren Preis: Violets Leben.

Sie trat durch eine Flügeltür ins Wohnzimmer. Richard stand – groß, gut aussehend und imposant – unter einem Kronleuchter und wartete darauf, dass Nate und sie vor ihn traten.

Der Senator reichte Nate die Hand und erklärte ihm, wie froh er sei, ihn wiederzusehen. »Gleichfalls«, gab Nate eilig zurück. »Es war ein turbulenter Tag, vorsichtig ausgedrückt.«

Der Blick des Senators richtete sich scharf wie der eines Wappenadlers auf Brynn. Mit unübersehbarer Missbilligung musterte er ihr verknittertes Erscheinungsbild. »Dr. O'Neal.«

Ebenso kühl erwiderte sie: »Senator.«

Strahlend wie eine junge Braut stand Delores neben ihrem Gemahl. Der cremefarbene Kaschmirpullover und die gleichfarbige Wollhose waren so eng geschnitten, dass beide aussahen, als wären sie über ihre taillierte Figur gegossen worden. Ihre blonde Mähne glänzte, ihr Make-up saß makellos, der teure Schmuck funkelte dezent.

Der frostige Blick strafte ihr Lächeln Lügen. »Dr. O'Neal. Wie ich gehört habe, sind Sie heute eigens nach Tennessee geflogen, um Violet zu besuchen.«

»Richtig.«

»Was für ein wunderbares und frühreifes kleines Mädchen. Hat ihr der Tag gefallen, den der Senator und ich für sie arrangiert haben?«

Brynn musste bei ihrem zuckersüßen Tonfall die Zähne zusammenbeißen. »Das weiß ich leider nicht.« Sie drehte sich zu Timmy um, der neben Goliad vor der geschlossenen Flügeltür Wache stand. »Ich wurde abgefangen, bevor ich sie sehen konnte.«

»Wie schade. Dann waren Sie ganz umsonst dort.«

Delores vollführte eine elegante Drehung und hieß Nate mit einer kurzen Umarmung und Luftküssen auf beide Wangen willkommen. Dann griff sie nach der Hand ihres Mannes und presste sie zwischen ihre. »*Endlich.* Bringen wir es um Himmels willen hinter uns.«

Neben einem überdimensionalen Lehnsessel stand ein Infusionsständer bereit. Eine schon auf einem Stativ montierte Videokamera war darauf gerichtet. Überall im Raum waren zusätzliche Strahler aufgestellt worden, doch nach einem kurzen Blick durch die Kamera beschloss Nate, dass ihm die wärmere, heimelige, nicht so klinische Atmosphäre des schlichten Lampenscheins besser gefiel. Er dimmte den Kronleuchter.

Die aufgebaute Kamera gehörte den Hunts, doch Nate sollte Star und zugleich Regisseur des Videos sein, das »diesen monumentalen Moment der Medizingeschichte«, wie er es gern nannte, dokumentieren würde.

Brynn war froh, dass sie damit nichts mehr zu tun hatte. Selbst wenn er sie eingeladen hätte, mit ihm im Rampenlicht zu stehen oder einen Kommentar in die Kamera zu sprechen, hätte sie abgelehnt.

Die ganze Szene stieß sie ab. Sie fühlte sich wie eine Statistin in einem surrealen Stück und hätte nicht geglaubt, dass all das wirklich geschah, wenn sie nicht unentwegt Goliads unbewegten, düsteren Blick gespürt hätte. Es war, als sollte er ausschließlich sicherstellen, dass sie die Infusion nicht verhinderte. Falls sie irgendetwas zu unternehmen versuchte, würde er ihr Einhalt gebieten.

Schon vor Tagen hatte Nate alle Utensilien hergebracht, die er benötigen würde. Ein Rolltisch war für ihn aufgestellt worden. Jetzt deckte er ihn und den Sessel des Senators mit sterilen Papiertüchern ab. Er streifte Latexhandschuhe über und ließ das Gummi gegen seine Handgelenke schnalzen. Dann schob er die Infusionsnadel in eine Vene in der Ellenbeuge des Senators.

Delores lachte und rief: »Jetzt fehlt nur noch das Mittel. Wer hat es?«

Timmy trat vor und holte es aus der Innentasche seiner Jacke.

Als Brynn das kleine, ihr inzwischen wohlbekannte Päckchen sah, krampfte sich ihr Herz zusammen.

Delores griff zuerst danach und drückte es gegen ihre Wange, bevor sie es ihrem Mann reichte, der es mit den Worten entgegennahm: »Es gab Zeiten, da habe ich gezweifelt, dass dieser Augenblick je kommen würde.«

Brynn sah zu, wie Richard es an Nate weitergab. Er riss die Blisterfolie ab und legte das Röhrchen auf den Tisch, gleich neben eine Spritze.

Dann erklärte er für die Kamera, was als Nächstes passieren würde. »Der Prozess ist bemerkenswert einfach. Ich werde das GX-42 mittels einer Spritze in diesen Beutel Infusionslösung injizieren. Es wird etwa eine Stunde dauern, bis der Beutel leergelaufen ist. Nach der Infusion wird das GX-42 sein Werk tun.«

Er ließ sich über die bemerkenswerten Resultate aus, die bei Labortieren beobachtet worden waren. Ausschweifender und viel wissenschaftlicher, als sie es Rye erklärt hatte, erläuterte er die Wirkungsweise des Medikaments und prophezeite, dass es einen Durchbruch bei der Behandlung hämatologischer Krebsformen bringen würde.

Ein Donnergrollen lenkte Brynns Aufmerksamkeit auf das große Fenster hinter den Jalousien. Draußen hatte sich der Himmel verdüstert, obwohl es erst kurz nach fünf und damit noch zu früh für den Sonnenuntergang war. Sie fragte sich, ob Rye schon gestartet war.

Nate steigerte sich mit Verve in seine Ansprache und stellte sich dabei als Pionier dar, der auf die Wirksamkeit dieses Mittels vertraute, obwohl es von der Gesundheitsbehörde noch nicht für klinische Versuche freigegeben war. »Und doch habe ich, trotz eines beachtlichen Risikos für meinen medizinischen Ruf, das getan, was ich für das Wohl meines Patienten für richtig erachtete.«

Brynn hätte zu gern gewusst, wer außer Nate dieses Video je zu sehen bekommen würde. Wie befriedigend konnte es sein, es nur heimlich anschauen zu können und seine Großtat allein feiern zu müssen?

Nachdem die Hunts so eifersüchtig darauf geachtet hatten, die Krebserkrankung des Senators geheim zu halten, überraschte es Brynn, dass sie Nate die Behandlung überhaupt aufzeichnen ließen. Hatten sie gar keine Sorge, dass ihn sein Ego dazu verleiten würde, das Video einigen Kollegen vorzuführen, die er als Konkurrenten einschätzte?

Sie betrachtete den Senator, der inzwischen in seinem Sessel saß und auf die Infusion wartete. Seine Frau thronte auf der Ottomane neben ihm. Beide hörten Nate scheinbar zu, sahen aber aus wie Gäste bei einem Bankett, die einem langweiligen Redner lauschen müssen.

Nate war beseelt von seinen eigenen Ergüssen und merkte nicht, dass sie bestenfalls beiläufiges Interesse zeigten. Ihnen war völlig gleichgültig, was er in die Kamera sprach.

Plötzlich musste Brynn an Ryes Warnung denken, was geschehen würde, nachdem Richard Hunt das Medikament bekommen hatte.

Bist du sicher, dass sie ihre Hunde zurückpfeifen werden?

Jetzt war ihr klar, warum die Hunts so zufrieden und selbstgefällig dasaßen und warum es ihnen nichts ausmachte, dass Nate die Behandlung aufzeichnete. So viele Faktoren würden verhindern, dass er diese Aufnahme je vorführte. Erstens hätte er keinen Zugriff darauf. Die Kamera gehörte ihnen. Aber selbst wenn Nate die Aufnahme irgendwie in Besitz bekommen sollte, würde er davor zurückschrecken, sie jemandem zu zeigen. Mit seiner aufgeblasenen Ansprache hatte er sich selbst die Schlinge um den Hals gelegt. Und falls er schließlich dumm genug sein sollte, den beiden mit einer Bloßstellung zu drohen, würden Richard und Delores nicht davor zurückschrecken, Maßnahmen – extreme Maßnahmen – zu ergreifen, damit es nicht dazu kam.

Brynns Nackenhaare sträubten sich. Wieder sah sie auf das perfekte Paar. Ihre Aufmerksamkeit war nur vorgetäuscht. Sie konzentrierten sich nicht auf Nate.

Sondern auf sie.

Nate griff nach der Spritze. »Sind wir so weit?«

»Noch nicht ganz.« Delores erhob sich graziös. »Dies ist ein so persönlicher Augenblick für Richard und mich. Ich habe mich gefragt, ob wir ihn allein verbringen könnten.«

»Exzellente Idee«, sagte Nate. Er wandte sich an Goliad und Timmy. »Gentlemen. Gestatten Sie uns bitte etwas Privatsphäre.«

Delores sah Brynn an und lächelte. »Sie geht mit den beiden.«

17:18 Uhr

Deputy Wilson half Rye vom Rücksitz des Streifenwagens und warnte ihn, keinen Ton zu sagen.

Rawlins nahm die beiden Deputys beiseite und entschuldigte sich dafür, dass er sie fast von der Straße gedrängt hatte. »Ich hatte Angst, dass er uns noch mal durch die Lappen gehen könnte.« Er deutete mit dem Daumen über die Schulter auf Rye.

Er erklärte ihnen, dass der Vorwurf der unerlaubten Landung auf Privatgrund auf die Liste der zahlreichen Anschuldigungen gegen ihn gesetzt würde, aber dass sie Rye am Morgen in Howardville brauchten und darum bitten würden, dass er in ihre Obhut übergeben wurde. »Wir, die FAA und das NTSB haben die älteren Rechte auf ihn.«

Die Deputys ließen sich nicht überzeugen. Die Verhandlungen zogen sich, während Rye sich so zerknirscht gab wie nur möglich. Schließlich siegte Rawlins. Immer noch gefesselt, wurde Rye auf den Rücksitz des SUV gepackt. Rawlins startete den Motor, fuhr aber nicht los, bis der andere Wagen hinter einer Anhöhe verschwunden war.

Rye sprach als Erster. »Wieso haben Sie so verflucht lang gebraucht?«

»Wir waren schon auf dem Weg nach Howardville«, sagte Rawlins. »Wir haben eine Weile gebraucht, um zurückzukommen. Unterwegs hat es wie aus Kübeln gegossen, und außerdem Sie haben ganz schön Nerven, sich zu beschweren.«

»Ich hatte schon geglaubt, Sie hätten meine kryptische Nachricht nicht verstanden.«

»Wie haben Sie die absetzen können?«, fragte Wilson vom Beifahrersitz aus.

»Per Konferenzschaltung auf meinem Handy. Ich bin auf die Liste der letzten Anrufe gegangen und habe mit einem Daumendruck Ihre Nummer angerufen. Wie zu erwarten, wurde Timmy sofort misstrauisch und stoppte mich. Als er mir dann das Okay gab, die Flugsicherung anzurufen, und die Verbindung kurz darauf stand, habe ich die beiden Anrufe zusammengeführt. Ohne dass er etwas gemerkt hat. Allerdings hatte ich Angst, dass Sie dazwischenreden könnten und ich auffliegen würde.«

»Nein, die Nachricht kam an.«

»Ich habe so viele Informationen wie nur möglich über unseren Flugplan in das Gespräch gepackt, weil ich gehofft habe, dass Sie die Botschaft verstehen würden.«

»Haben wir verstanden.«

»Ich hatte schon befürchtet, Sie würden mich wieder ignorieren. Warum haben Sie mir überhaupt erzählt, dass Timmy und Lambert bei den Griffins waren, wenn Sie danach keine Hilfe schicken?«

»Das haben wir versucht«, rechtfertigte sich Wilson. »Aber es hat gedauert, bis wir dem zuständigen PD alles erklärt hatten. Schließlich hatten wir es bis in die oberen Etagen geschafft, doch die Chefs wollten nicht. Es war klar, dass die Beamten im Fernsehen zu sehen sein würden, sobald sie dort auftauchten. Und sie fürchteten schlechte Presse, wenn dabei eine von einem Senator organisierte Feier für ein sterbendes Mädchen mit dem Bürgermeister gesprengt werden würde. Bis sie endlich ihren Mumm und genug Leute beisammenhatten und einen Trupp losschickten, waren Sie schon wieder verschwunden. Wir wussten nicht, auf welchem Flugplatz Sie gelandet oder mit welchem Flugzeug Sie geflogen waren. Ihr Handy konnten wir genauso wenig orten wie das von Dr. O'Neal. Bestimmt können Sie sich dafür bei sich selbst bedanken. Wir haben es mit Dr. Lamberts Nummer versucht, aber bei dem Wetter …«

»Okay, okay, Schwamm drüber«, unterbrach ihn Rye. »Danke, dass Sie hier aufgetaucht sind. Die beiden Kollegen, die mich verhaftet haben, sind nicht sauber. Sie arbeiten für Hunt. Los, Rawlins. Fahren Sie.« Er nickte zum Lenkrad hin.

»Und wohin?«

»Zu den Hunts. Wir müssen Brynn dort rausholen.«

Die beiden sahen sich an, ehe Rawlins sich zu ihm umdrehte. »Hören Sie, Mallett, Wilson und ich haben bei Ihrem Telefonstreich mitgespielt, wir sind die ganze Strecke zurückgefahren und haben Sie vor ein paar korrupten Polizisten gerettet, nur damit Sie uns losschicken, um Ihre Freundin abzuholen? Will sie überhaupt abgeholt werden? Oder ist sie froh, dass sie Sie los ist?«

Rye beugte sich vor. »Garantiert ist sie froh, dass sie mich los ist. Aber jetzt steckt sie in Schwierigkeiten. Timmy? Warum habe ich wohl seinen Namen fallen lassen? Er hat sie mit dem Messer bedroht, während ich diesen *Telefonstreich* inszeniert habe! Wir müssen los! Sofort!«

Keiner rührte eine Hand. »Dass Richard Hunt und seine Frau nicht die Wahrheit sagen, wissen wir«, meinte Wilson. »Wir haben sie bei einer Lüge ertappt, als es um Ihre Auseinandersetzung mit Timmy ging. Aber trotz allem ist Hunt ein Senator. Als wir das letzte Mal bei ihm zu Hause aufgekreuzt sind, sind wir mit eingezogenem Schwanz wieder abgezogen. Wir platzen keinesfalls noch einmal einfach so rein, solange wir nicht wissen, worum es geht.«

»Wir haben keine Zeit für Erklärungen«, beschwor Rye sie. »Die brauchen zu lange.«

»Dann sollten Sie lieber gleich loslegen«, sagte Rawlins und verschränkte die dicken Arme über der Brust. »Und zwar von Anfang an, ohne irgendwas auszulassen. Andernfalls fahren wir ausschließlich zurück nach Howardville, und Sie nehmen wir mit.«

Rye sah auf die Zeitanzeige im Armaturenbrett. Fünfundzwanzig Minuten nach fünf. Er war seit über einer Stunde von Brynn getrennt. Eine Ewigkeit. Timmy brauchte nur eine Zehntelsekunde, um sie zu töten.

Rye begann zu reden, und jedes Wort zählte.

Er schilderte alles von Anfang an und gab dabei sogar zu, wie er die beiden Deputys abzuschütteln versucht hatte. Er erzählte ihnen vom GX-42. Er schilderte ihr Treffen mit Jake und wie Jake ihn und Brynn gleich zweimal gerettet hatte.

»Lassen Sie ihn in Frieden«, sagte Rye. »Er wusste nicht, dass ich mit seinem Flugzeug ›auf Privatgrund landen‹ würde. Er sah einen Piloten in Schwierigkeiten und wollte helfen. Er hätte für jeden anderen Flieger das Gleiche getan.«

»Das bezweifle ich«, bemerkte Rawlins. »Sie haben gesagt, er wäre ein Fan von Ihnen.«

»Das habe ich nicht gesagt.«

»Aber angedeutet. Sie haben gesagt, er hätte in Afghanistan von Ihnen gehört.«

»Flieger quatschen, wenn sie zu viel freie Zeit haben«, murmelte Rye vor sich hin und drehte den Kopf zum Seitenfenster. Es regnete wieder. Der Himmel war sturmgrau. Das Haus auf dem Hügel war nicht mehr zu sehen.

»Myra hat ein bisschen über Sie nachgeforscht und ausgegraben, was drüben wirklich passiert ist; sie hat uns von dem Absturz des Flugzeugs erzählt, das Sie hätten fliegen sollen.«

»Myra ist ein wahrer Schatz.«

»Macht Ihnen das so zu schaffen?«

Rye drehte sich wieder zu Rawlins. »Wer hat gesagt, dass mir irgendwas zu schaffen macht?«

Rawlins sah ihn vielsagend an. Wilson hustete hinter vorgehaltener Hand.

Rye fluchte leise. »Okay, ich hab mein Päckchen zu tragen; aber hat das nicht jeder?«

»So wie wir es gehört haben, waren Sie nicht verantwortlich.«

»Fühlte sich aber so an. Und für Brady bin ich verantwortlich, das weiß ich. Wenn ich nicht gewesen wäre, wäre er in der Nacht nicht da oben gewesen.«

»Er sieht das nicht so. Tatsächlich würde er Sie gern sehen, wenn Sie morgen in der Stadt sind.«

Ryes Herz pochte. Er sah Rawlins an. Wollte ihn der Deputy foppen? Er wandte sich an Wilson.

»Brady ist außer Gefahr«, sagte der. »Er ist stabil.«

Rye wandte sich wieder an Rawlins. »Sie Arschloch! Sie haben mir erzählt, er wäre bei der OP gestorben.«

»Ich habe gesagt, dass sein Herz stillstand. Sie haben ihn wiederzubeleben versucht und zurückgeholt. Sie haben aufgelegt, bevor ich fertig war.«

Ryes Ohren schrillten. »Aber er ist am Leben?«

»Was daran haben Sie nicht verstanden?«, fragte Rawlins.

»Ich bin selbst halb gestorben bei dem Gedanken, dass Brady tot ist, Sie Hurensohn.«

»Er ist es aber nicht.« Rawlins machte eine ungeduldige Geste. »Erzählen Sie weiter.«

»Haben Sie noch nicht genug gehört?«

»Was ist mit Wes O'Neal?«

Rye seufzte. »Wir kamen bei ihm an, als Sie noch dort waren. Er hat uns sein Auto geliehen.« Er verstummte kurz, sah beide nacheinander an und gab dann zu, dass er die Nummernschilder ausgetauscht hatte. »Das ist kaum schlimmer, als im Parkverbot zu halten. Lassen Sie ihn in Frieden. Er versucht, ehrlich zu bleiben.« Wieder sah er beide nervös an. »Können wir jetzt losfahren?«

»Sie haben uns alles erzählt?«

»Ja, verdammt noch mal.«

Alles, außer dass er und Brynn sich geliebt hatten.

Sich geliebt hatten?

Er würde über diesen Ausdruck später nachdenken, wenn er ungestört war. Im Moment musste er den beiden klarmachen, in welcher Gefahr sie schwebte. »Sie mögen mich nicht. Ich hab's kapiert. Ich habe Ihnen das ganze Thanksgiving versaut. Aber Brynn ist eine Ärztin mit Leidenschaft, die ihr Bestes gibt, die ihren Ruf aufs Spiel setzt, die es mit *mir* aushält, nur weil sie das Leben eines Kindes mit Blutkrebs zu retten versucht. Also, wenn das für Sie kriminell klingt, dann möge Gott Ihnen beistehen. Für mich klingt es jedenfalls nicht so.«

»So wie Sie es darstellen, bekommt Hunt das Medikament.«

»In diesem Moment.«

»Dahinter waren die Hunts also die ganze Zeit her. Dann sind doch jetzt alle glücklich. Wie kommen Sie darauf, dass Dr. O'Neal irgendwas zustoßen könnte? Sie wird enttäuscht sein, gut möglich, aber wieso glauben Sie, dass sie in Gefahr ist?«

»Weil sie verhindern wollte, dass die Hunts das Mittel bekommen. Er und die Missus werden diesen Verrat nicht ungestraft hinnehmen. Außerdem können sie es sich nicht leisten, dass irgendwer von der ganzen Geschichte erfährt. Irgendwas davon. Goliad ist den beiden treu ergeben. Er wird alles tun, was sie ihm auftragen, selbst wenn er für die Hunts sicherstellen soll, dass niemand überlebt, der irgendwas ausplaudern könnte.«

Wilson sah ihn skeptisch an. »Ich kann mir nicht vorstellen, dass sie tatsächlich den Auftrag geben würden, jemanden umzubringen.«

»Ich wette, das sehen Sie anders, wenn erst Brynns und Lamberts Leichen auftauchen.«

Wilson sagte nichts darauf.

»Selbst wenn die beiden das nicht vorhaben«, fuhr Rye fort, »ist da immer noch Timmy, und Timmy ist ein verfluchter Psychopath. Er könnte irgendwas unternehmen, ohne einen Befehl bekommen zu haben. Einfach nur so. An ihm ist irgendwas faul, ich kann nur nicht benennen, was.«

»Er ist ein streitsüchtiger Straßengangster«, gab Rawlins zu, »aber bis jetzt liegt nichts gegen ihn vor als der Kampf mit Ihnen. Und ganz ehrlich, wenn Sie mir einen Feuerlöscher ins Gesicht rammen würden und ich ein Messer dabeihätte …«

»Okay, Rawlins, ich habe verstanden, aber …« Rye nagte an seiner Unterlippe. »Wissen Sie noch, wie ich Sie in der ersten Nacht in Ihrem Büro gefragt habe, warum ich Brady niederschlagen sollte, nachdem er mich gerade durch den Nebel gelotst hatte? Sie hatten keine Antwort darauf.«

»Okay.«

»Okay. Und jetzt habe ich eine Frage, auf die ich keine Antwort habe. Falls Timmy da oben war, um sicherzustellen, dass Brynn mit dem Mittel heil nach Atlanta zurückkehrte – warum in aller Welt sollte er mich dann mit einem Laser blenden und so zum Absturz bringen? Welches Motiv könnte er haben?«

»Er braucht kein Motiv«, sagte Rawlins. »Er ist irre. Das haben Sie selbst gesagt.«

»Schätze schon.« Rye lehnte sich gegen die Tür und rieb die Handgelenke gegeneinander, die an den unzerreißbaren Kabelbinder-Handschellen scheuerten. »Aber als ich heute allen anbot, dass ich sie nach Atlanta zurückfliegen und ihnen damit ein paar Stunden ersparen könnte, damit Hunt das Mittel noch rechtzeitig bekommt, wirkte Timmy gar nicht begeistert. Er hat Angst vorm Fliegen. Das stimmt zwar, aber es war so, als würde ihn …« Er verstummte, kniff die Augen zusammen und konzentrierte sich. »Als würde es ihn gar nicht interessieren, ob wir rechtzeitig zurückkommen.« Plötzlich hatte er begriffen. »Er wollte, dass ich abstürze. Wollte das Flugzeug zerstören, wollte das Mittel vernichten. Richtig?« Als beide schwiegen, wiederholte er: *»Richtig?«*

»Warum sollte er es vernichten wollen?«

»Das weiß ich nicht. Aber ich werde es herausfinden.« Inzwischen kämpfte er mit aller Kraft gegen die Einweghandfesseln an. »Nehmen Sie mir die gottverdammten Dinger ab. Ich gehe da rauf.«

»Ich habe Ihnen doch erklärt, dass wir nicht einfach ins Haus platzen können …«

»Schön. Bleiben Sie hier. Ich gehe.«

Mit immer noch gefesselten Händen griff er nach dem Türgriff und zog an. Die Tür schwang auf. Er purzelte rückwärts aus dem Auto und landete schmerzhaft auf dem Asphalt.

Kapitel 37

17:33 Uhr

Goliad deutete auf eine Polsterbank vor dem Wohnzimmer, aus dem man sie vertrieben hatte, und meinte zu Brynn: »Warum setzen Sie sich nicht, während wir warten?«

»Ich bleibe lieber stehen.«

»Setzen Sie sich. Bitte.«

Sie setzte sich.

Timmy lehnte an der Wand gegenüber. Er zauberte ein Messer hervor, das er irgendwo an seinem Körper versteckt hatte, ließ die Klinge vorschnellen und warf es immer wieder lässig in die Luft, wobei er es mehrmals rotieren ließ, bevor er es am Griff auffing.

Brynn versuchte ihn zu ignorieren, doch das Messerwerfen ging ihr auf die Nerven.

Goliad empfand offenbar ähnlich. »Lass das!«, befahl er ihm.

Timmy hielt das Messer fest und stieß sich von der Wand ab. »Ich bin hungrig. Ist die Alte, die in der Küche arbeitet, noch hier?«

»Sie hat heute Abend freibekommen.«

Timmy verzog das Gesicht. »Dann werde ich mir was organisieren.«

»Nicht jetzt. Sie könnten uns brauchen.«

»Ich bin hungrig, Mann. Ich komme gerade aus Tennessee.«

Goliad überlegte kurz und urteilte dann: »Aber beeil dich.«

Timmy schlenderte in Richtung Küche davon.

Durch die Wand in ihrem Rücken hörte Brynn gedämpfte Stimmen, konnte aber nicht verstehen, was im Wohnzimmer gesprochen wurde.

»Wird ihn das Mittel heilen?«

Goliads Frage überraschte sie. Bis jetzt hatte er keinerlei Interesse am Ausgang des ganzen Unternehmens gezeigt.

»Er hat sehr gute Aussichten«, erwiderte sie. »Aber mit Sicherheit weiß man das erst, wenn er es bekommen hat.«

Goliad nickte nachdenklich. »Das kleine Mädchen, wird es leiden? Zum Schluss, meine ich.«

»Nicht wenn ich etwas dagegen unternehmen kann. Aber ich kann nichts dagegen unternehmen, dass ihre Familie leiden wird.«

Er starrte Brynn an und schaute dann zur Küche. »Ich werde nach ihm sehen. Sie bleiben hier. Ich will Ihnen nicht wehtun müssen.«

Er verschwand. Brynn sah auf die Uhr. Nur ein paar Minuten waren verstrichen, seit sie aus dem Wohnzimmer geschickt worden waren, doch ihrem Gefühl nach verging die Zeit viel langsamer, als es die Zeiger ihrer Uhr anzeigten. Sie fragte sich, wie weit Nate inzwischen gekommen war.

Hatte er das GX-42 bereits in die Lösung injiziert?

17:34 Uhr

Als Goliad in die restaurantgroße Küche trat, saß Timmy auf der Theke und aß, mit den Fersen gegen die Schranktüren trommelnd, eine Banane. Goliad winkte ihn herunter. »An die Arbeit.«

Timmy hüpfte von der Theke und beförderte die Bananenschale mit einem Bogenwurf ins Spülbecken. Dann wischte er sich mit dem Handrücken über den Mund. »Du kannst nicht loslassen, weil du sie ficken willst, habe ich recht?«

Goliad hatte sich bereits abgewandt, drehte sich aber wieder um. »Was ist?«

»Die Lady vom Boss.« Timmy machte eine obszöne Geste mit der Zunge.

Goliads angeschwollenes Gesicht verfärbte sich wütend.

Timmy lachte kurz und tippte sich in den Augenwinkel. »Ich sehe so was. Ich weiß Bescheid.«

»Du weißt gar nichts.« Goliad drehte ihm wieder den Rücken zu.

»Da liegst du falsch. Ich weiß, dass du es nie im Leben in Delores' Höschen schaffen wirst. Und ich weiß auch, wo die Niere sitzt. Genau hier.«

Damit rammte er ein Stilett bis zum Heft rechts in Goliads Rücken. Goliad streckte das Rückgrat durch. Taumelnd drehte er sich zu Timmy um, der die Augen aufriss und »Buh!« hauchte.

Goliad sackte in die Knie und kippte dann mit dem Gesicht auf den gebohnerten Fliesenboden.

»Adios, amigo«, meinte Timmy trocken. Er beugte sich über Goliad, packte ihn unter beiden Achseln und schleifte ihn durch die Küche. »Wie ein Sack Zement«, grunzte er.

Die Vorratskammer war vergleichsweise riesig, trotzdem brachte er Goliads massiven Körper kaum darin unter. Um selbst wieder herauszukommen, nachdem er Goliad hineingezerrt hatte, musste Timmy sich vorsichtig an ihm vorbeischieben.

Er ließ das Messer in Goliads Rücken stecken, das wie ein Pfropfen wirkte. Auf diese Weise würde er später, wenn er den Leichnam entsorgte, keine riesige Blutlache aufwischen müssen.

17:35 Uhr

Nate sah Delores mit weit aufgerissenen Augen an. »Was soll das heißen, du willst das übernehmen?«

»Genau das, was ich gesagt habe. Ich möchte das Mittel in die Lösung injizieren.«

Richard mischte sich ein. »Brillant, Darling, das ist eine wunderbare Idee.«

Sie beugte sich vor und küsste ihn leicht auf die Lippen. »Wir sind so weit zusammen gegangen. Ich will eine aktive Rolle spielen.«

»Das solltest du auch. Nate?«

»Ich halte das keineswegs für eine *brillante* Idee.«

»Aber es zählt nur, was Richard und ich davon halten.« Ohne Nate auch nur eines Blickes zu würdigen, streichelte sie die Wange ihres Mannes.

»Aber du hast keine medizinische Ausbildung«, gab Nate verzweifelt zu bedenken.

»Das ist keine Operation am offenen Gehirn. Wie schwierig kann so was schon sein?«

»Es ist nicht schwierig, aber du weißt nicht, was du tun musst.«

Delores drehte sich zu ihm um. »Du etwa?«, forderte sie ihn heraus. »Überlässt du solche Handlangertätigkeiten nicht deinen Krankenschwestern, während du damit beschäftigt bist, dein Ego aufzublasen?«

»Ich…«

»Hast du in deiner Laufbahn als Arzt das schon irgendwann selbst gemacht, Nate?«

Er fuhr sich mit der Zunge über die Lippen. »Nicht mehr seit meiner Ausbildung.« Er blickte nervös zur Kamera.

»Mach dir keine Gedanken, wie das in deinem albernen Video aussehen wird«, sagte Delores. »Wir haben alles, was wir von dir brauchten, nicht wahr, Richard?«

»Von mir *brauchten*?« Nates Stimme wurde dünner.

»Ich glaube, Delores meint damit deine ausschweifende Erklärung, wie du gegen die ärztlichen Standesregeln verstoßen hast«, konkretisierte Richard.

Nate klappte der Kiefer nach unten. Mehrmals schloss und öffnete er den Mund, ohne dass ein Ton herauskam.

»Nicht dass du dir Sorgen machen müsstest, dass es herauskommen könnte«, fuhr Richard seelenruhig fort. »Du hättest dieses Zimmer auf gar keinen Fall mit diesem Video verlassen.«

»Nein, nein, natürlich nicht. Das hatte ich nie vor. Ich wollte es nur für euch machen. Und für die Nachwelt.«

Delores schlenderte leise lachend zur Kamera und schaltete sie aus. »Die ist von diesem Moment an überflüssig. Genau wie du, Nate.« Sie zog ein Paar Latexhandschuhe aus der Schachtel auf dem Tisch und streifte sie sorgsam über. »Sag mir, was ich tun muss. Oder genauer, was ich *nicht* tun darf, um nicht alles zu vermasseln. Alles andere kannst du mir überlassen.«

17:37 Uhr

Timmy kehrte allein aus der Küche zurück.

Brynn richtete sich nervös auf. »Wo ist Goliad?«

»Noch in der Küche.«

»Warum?«

»Er isst noch was.« Er baute sich vor ihr auf.

Sie stand auf. »Ich hole mir auch etwas.«

Er verstellte ihr mit einem Ausfallschritt den Weg. »Wieso habe ich das Gefühl, dass Sie mich nicht leiden können?«

Sie setzte ihre hochnäsigste Miene auf. »Ich kann Sie aus vielen Gründen nicht ertragen. Ganz ehrlich, bei Ihnen bekomme ich jedes Mal eine Gänsehaut.«

Er pfiff leise durch die Zähne. »Ganz schön kess.«

»Lassen Sie mich vorbei.«

Er wedelte mit dem Zeigefinger vor ihrem Gesicht. »Sie haben diesen Piloten gebumst, stimmt's?«

Ehe sie ihn ein weiteres Mal in die Schranken weisen konnte, wurde er mit solcher Gewalt vorwärtsgeschleudert, dass Brynn zur Seite springen musste, sonst wäre er direkt auf sie gefallen. So aber landete er auf dem Gesicht, und nur der dicke Teppich verhinderte, dass er sich die Stirn aufschlug.

Rye, der sich von hinten angeschlichen und ihn in den Rücken getreten hatte, pflanzte seinen Stiefel auf Timmys Hals und nagelte ihn so am Boden fest. Er beugte sich vor und flüsterte: »Falls du auch nur einen Mucks machst oder dich zu wehren versuchst, trete ich zu. Ich schwöre bei Gott, dein dürrer Hals wird wie ein vertrockneter Zweig brechen.« Er richtete sich wieder auf. »Taste ihn ab, Brynn. Schnell.« Erst in diesem Moment sah sie, dass Ryes Hände auf seinem Rücken gefesselt waren.

Ohne lange nachzudenken, ging sie auf die Knie. Timmy beobachtete sie in eindeutiger Todesangst aus dem Augenwinkel. Er war überzeugt, dass Rye seine Drohung wahrmachen würde. *Sie* war genauso überzeugt.

Timmy rührte sich nicht, während sie seine Taschen durchsuchte. In einer fand sie ein Messer.

»Auch die Fußknöchel.«

An seinen rechten war eine Scheide geschnallt, in der ein kleines Messer steckte.

»Befrei mich von diesen Dingern«, befahl Rye.

Normalerweise brauchte man dazu eine starke Kneifzange. Doch Timmys Messer waren rasierklingenscharf. Gleich das erste schnitt butterweich durch das harte Plastik.

»Warum er mein Flugzeug zum Absturz bringen wollte?«, fragte Rye. »Weil das Mittel nie hier ankommen sollte.«

Einen Sekundenbruchteil verband sich ihr Blick mit Ryes, doch dann stürmte sie, weil sie im Moment keine weitere Erklärung brauchte, zur Flügeltür und riss sie auf.

Delores wollte eben das Arzneimittelfläschchen öffnen.

»Nein!« Brynn stürzte vor und rammte mit der Schulter gegen Delores. Aus dem Gleichgewicht gebracht, prallte Delores gegen den Infusionsständer, kippte ihn um und ließ dabei das Fläschchen fallen.

Brynn konnte es gerade noch auffangen, bevor es auf dem Boden aufschlug.

»Her damit!« Wie eine wütende Wildkatze ging Delores –

blitzartig gar nicht mehr wunderschön und gefasst – auf Brynn los. Brynn wich zurück und versteckte das Fläschchen dabei eilig hinter dem Rücken, damit Delores es ihr nicht wegnehmen konnte.

»Was wollten Sie denn damit machen, wenn Sie es erst geöffnet hatten?«, fragte Brynn.

»Und die Lügen können Sie sich sparen.« Ryes Stimme erstickte Delores' Antwort im Ansatz.

Sie fuhr herum und sah Rye, der Timmys Arme unnachgiebig auf den Rücken gedreht hatte und Timmy rücksichtslos ins Zimmer schob. Zusätzlich hatte Rye eines von Timmys Messern an dessen Kehle gesetzt.

Timmys Chuzpe hatte sich in Luft aufgelöst. Der junge Mann sah Delores mit wilden, in Todesangst aufgerissenen Augen an. »Sag es ihnen schon, du dumme Kuh!«, bellte er.

»Was tust du da, Brynn?«, fragte Nate. »Was wird hier gespielt?«

Richard Hunt war aufgestanden, sah abwechselnd auf Rye und Timmy, seine Frau oder Brynn, die immer noch die Faust mit dem Fläschchen hinter ihrem Rücken hielt.

Delores hatte sich als Erste wieder gefangen. Sie wandte sich an Rye. »Sie müssen Mr. Mallett sein. Wie angenehm, endlich Ihre Bekanntschaft zu machen.«

»Das bezweifle ich. Wieso haben Sie ihm befohlen, mein Flugzeug zum Absturz zu bringen?«

»Was für eine lächerliche Vorstellung.«

Rye schob Timmys Handgelenke höher zwischen seine Schultern, und Brynn hörte das Schultergelenk knacken. Timmy brüllte unter Schmerzen: »Du verlogene Schlampe!« Dann versuchte er sich zu Rye umzudrehen. »Sie hat mir zehn Riesen gezahlt. Sie wollte, dass der Flieger abstürzt und ausbrennt. Aber das ist er nicht, und damit hat der ganze Ärger angefangen. Gestern hat sie mir befohlen, das Mittel herzuschaffen, ganz gleich …«

»Natürlich habe ich ihm das befohlen«, erklärte sie immer noch gefasst und vernünftig. Aber Brynn entdeckte eine Spur von Nervosität in ihrem aufgesetzten Lächeln. »Ich wollte alles versuchen, um das Leben meines Mannes zu retten.«

»Wirklich?« Rye zog einen leicht blutenden Ritz in Timmys Kehle.

Es wirkte, und Timmy fuhr fort. »Sie hat gesagt, ich soll das Mittel herbringen, damit sie es selbst unschädlich machen kann. Das ist alles, stimmt's? Sie wollte nicht, dass Hunt es kriegt. Sie sagte, Goliad wäre ihrem Mann viel zu ergeben und würde ihn niemals hintergehen. Wenn Goliad gewusst hätte, was sie geplant hatte, hätte er sie aufgehalten oder alles ihrem Mann erzählt. Darum hat sie mich angeheuert.«

Delores ballte ohnmächtig die Fäuste. »Halt den Mund!«

Brynn war sprachlos und sah Nate an. Auch er hatte keine Erklärung zu bieten, sondern war an die Wand zurückgewichen. Richard Hunts Blick war fest auf seine Frau gerichtet.

In seiner tiefen, wohlklingenden Stimme fragte er: »Delores?«

»Das sind nichts als Lügen, Richard.«

»Wirklich?« Der Senator kochte innerlich. »Goliad!«, brüllte er. »Wo steckt er, verflucht?«

»Brynn.« Rye sprach sie scharf an. »Raus. Sofort!«

»Nicht mit dem Mittel.« Richard machte einen Schritt auf sie zu.

»Nicht so schnell, Senator«, warnte Rye ihn. »Wenn Sie Brynn auch nur ein Haar krümmen, werden Sie den Medien eine Menge zu erklären haben. Die Polizei ist schon unterwegs. Und verlassen Sie sich lieber nicht darauf, dass Lambert für Sie lügt. Der wird singen wie ein Kanarienvogel, um seinen Arsch zu retten.«

Brynn umrundete eilig den Beistelltisch, ohne Nate zu beachten, der leise ihren Namen winselte, als sie an ihm vorbeikam.

Sie hatte die offene Flügeltür erreicht, da stieß Rye Timmy nach vorn, sodass er zu Delores' Füßen landete. Dann knallte er die Tür zu, packte Brynn an der Hand und rannte mit ihr durch das riesige Foyer in den Speisesaal, wo eine Terrassentür offen stand.

»Hier bin ich reingekommen«, sagte er, während er sie mit sich zog. »Wir müssen uns beeilen. Wilson und Rawlins sind mir auf den Fersen.«

»Wo sind sie?«

»Ihr SUV ist im Graben gelandet, als Rawlins auf der Straße umdrehte, um mich abzufangen.«

»Das klingt nach einer längeren Geschichte.«

»Viel länger.«

Rye lief auf ein Fahrzeug zu, das sie als das erkannte, mit dem Goliad sie von der Privatrollbahn hergefahren hatte. »Goliad«, keuchte sie. »Wo ist er?«

»Er kann nicht weit sein«, sagte Rye.

»Stecken die Schlüssel?«

»Wenn wir Glück haben.«

Der Schlüssel steckte tatsächlich im Becherhalter. Sie kletterten in den Wagen. Ohne die Scheinwerfer einzuschalten, raste Rye über die Auffahrt zur Straße. Dort bog er scharf rechts ab zur Landebahn.

17:44 Uhr

Timmy kam unsicher auf die Beine, sah sich Richard gegenüber und zeigte mit dem Finger auf Delores. »Sie hat mich bezahlt. Sie wollte nicht, dass Sie das Zeug bekommen. Sie hat gesagt, wenn das Flugzeug abstürzt, sieht es wie ein Unfall aus. Und als dann dieser Pilot…«

»Es reicht!«, schnitt Richard ihm das Wort ab. »Ich kann es mir vorstellen.«

Nate war schockiert, sich in dieser Situation wiederzufinden. Wann und wo war alles so schrecklich schiefgelaufen? Eigentlich hätte dies die Stunde seines Triumphs sein sollen. Fassungslos über Delores' Täuschung fragte er: »Sie wollten das Mittel vernichten? Von Anfang an? Warum?«

Unter dem flammenden Blick ihres Gemahls richtete sie sich auf, kein bisschen beschämt, dass sie erwischt worden war, sondern voller Trotz. Sie warf ihr Haar zurück. »Seit sechzehn Jahren treffe ich hier alle wichtigen Entscheidungen. Wenn ich nicht gewesen wäre, wenn ich dich nicht angespornt, angeschubst und für dich Fäden gezogen hätte, dann würdest du heute noch Wellblechhütten verscherbeln. Ich war die Lokomotive, Richard. Du warst der Waggon, den ich hinter mir herziehen musste. Jetzt wäre ich an der Reihe gewesen. Öffentlich hätte ich deinen Tod beklagt. ›Wie schrecklich. Er war so kräftig, so vital. Wer hätte ahnen können, dass ihn ein seltener Blutkrebs zu Fall bringen würde?‹ Mrs. Hunt ist in tiefer Trauer.« Sie lachte. »Alle hätten das nachgeplappert. Aber dann, nach dem Staatsbegräbnis, das ich dir organisiert hätte, hätten alle gesagt, dass es wirklich tapfer von mir sei, deinen Platz, deinen Sitz im Senat einzunehmen. Richard Hunt hätte sich von seiner Frau gewünscht und erwartet, dass sie die Fackel übernimmt und weiterträgt.« Sie lächelte glückselig. »Und es hätte nicht lang gedauert, bis sie dich vergessen hätten.«

Auf ihren sprachlos machenden Monolog hin wappnete Nate sich still auf Richards Reaktion, eine Erwiderung mit der Wucht eines Erdbebens, eines Vulkanausbruchs, eines Urknalls. Darum traute er seinen Augen kaum, als sich ein Lächeln auf dem Gesicht des Senators ausbreitete.

Als Hunt zu sprechen begann, brodelte kein selbstgerechter Zorn in seiner Stimme. Im Gegenteil, er klang leise und beinahe mitfühlend. »Wie naiv von dir, Delores. Glaubst du tatsächlich, ich hätte nicht gewusst, was du vorhattest? Falls Dr. O'Neal nicht hereingekommen wäre und dir das Mittel abgenommen hätte, hätte ich das übernommen. Ich wusste, was du tun würdest.« Er sah kurz zu Timmy. »Glaubst du wirklich, ich hätte zugelassen, dass du diesen Aasgeier auf die Gehaltsliste setzt, ohne dass ich ihn gründlich durchleuchtet hätte?«

Sie lachte. »Du hattest keine Ahnung.«

»Wenn du dich mit diesem Gedanken besser fühlst«, meinte er achselzuckend. »Jeder Kuss, jede Liebkosung, all die Tränen und Beschwörungen, wie sehr du mich lieben würdest – alles Lügen.«

»Du hast nichts geahnt! Du konntest nichts ahnen.«

»Du bist längst nicht so gut im Täuschen, wie du glaubst. Wie man sieht, bin ich dir weit überlegen.«

Sie warf noch einmal ihr Haar zurück. »Was macht es jetzt noch für einen Unterschied, wer von uns den anderen getäuscht hat? Du kannst nichts von alledem erzählen, ohne dich dabei selbst zu belasten, genau wie es dieser Hinterwäldler von Pilot gesagt hat. Ich habe das Video, das beweist, wie du bei unserem kleinen Plan mitgespielt hast. Du wirst es niemandem zeigen. Nicht nachdem du dich so dafür eingesetzt hast, strengere Regulierungen durchzusetzen. Nach diesem Skandal wäre dein Kreuzzug irreparabel geschädigt. Also«, schloss sie und breitete die Arme aus, »lassen wir das alles hinter uns. Wir führen unsere Ehe weiter wie bisher. Und Nate kann uns garantiert irgendwann eine neue Dosis GX-42 beschaffen.«

Richard sah sie an und lächelte mitleidig. »Unmöglich, Darling.«

»Mit Geld ist alles möglich.«

»Das hat nichts mit Geld zu tun. Wir werden nicht weitermachen wie bisher, weil du das nicht mehr erleben wirst, getötet von dem Mann, der dich über alles liebt.«

»Du könntest mich nicht umbringen.«

»Richtig. Aber *er* schon.«

Er nickte zur Tür hin, die Goliad still und leise aufgezogen hatte. Er hielt eine Pistole in der Hand.

Timmy starrte ihn fassungslos an. »Du bist doch tot.«

Goliad feuerte einen Schuss mitten in Timmys Stirn ab. Timmy spürte den Aufprall nicht einmal.

Delores sah Goliad an und hauchte flehend seinen Namen.

»Du trägst keinen Funken Ehre in dir.« Die Kugel durchschlug ihr Herz. Sie sackte zusammen.

Goliad senkte den Arm, wobei ihm die Pistole aus der Hand rutschte. »Es tut mir leid, Sir«, sagte er zu Richard.

Die nachtschwarzen Augen, die Nate schon immer verstörend leblos gefunden hatte, erloschen tatsächlich für einen winzigen Moment, bevor Goliad kollabierte. Aus seinem Rücken ragte ein Messerheft.

17:50 Uhr

Trotz des Regens und obwohl die Scheinwerfer ausgeschaltet blieben, trat Rye zwischen der Villa und der Rollbahn stur das Gaspedal durch, eine Hand am Lenkrad, die andere mit dem Handy am Ohr. Er gab einen weiteren Flugplan durch. »Zwei Seelen an Bord.« Er beendete den Anruf in dem Moment, in dem sie die Rollbahn erreicht hatten.

Regenschleier prasselten gegen den SUV. Er sah zu Brynn. »Das Wetter ist nicht ideal, aber ab achttausend Fuß sind wir über den Wolken. Ist das okay?«

»Bring mich einfach hin. Können wir es noch schaffen?«

»Wir schaffen es.«

»Rechtzeitig?«

»Wir schaffen es«, wiederholte er mit Nachdruck. »Aber wir sollten lieber bis vor dem Abheben keine Scheinwerfer einschalten. Findest du im Dunkeln zum Flugzeug?«

Sie konnte die Silhouette mit Mühe ausmachen. »Das schaffe ich schon.«

»Du läufst voran«, bestimmte er. »Ich bin direkt hinter dir.«

Sie schlug die Kapuze hoch, die aber kaum gegen diese Sintflut half. Bis sie die rechte Seite des Flugzeugs erreicht hatte, war sie außer Atem und bibberte vor Kälte. Rye hatte sie im nächsten Moment eingeholt.

Er zog die Tür auf der Co-Pilotenseite auf, stieg zuerst ein und hievte sich auf den Pilotensitz. Brynn kletterte ihm hinterher. Er beugte sich über sie und überzeugte sich, dass die Tür richtig verriegelt war. »Schnall dich an.«

Er setzte den Kopfhörer auf und startete den Motor. Seine Hände schienen Dutzende Dinge gleichzeitig zu tun, doch jeder Handgriff wirkte kompetent und sicher. Mit nichts als der Positionsbeleuchtung lenkte er die Maschine ans andere Ende der Rollbahn und wendete.

»Ich habe die Freigabe«, sagte er und sah Brynn an. »Bereit?«

»Bereit.«

Er schaltete die Flugzeugscheinwerfer an, nahm über die Fernbedienung die Landebahnbeleuchtung in Betrieb und zog dann den Gashebel an.

Ein Scheinwerferpaar leuchtete am anderen Ende der Rollbahn auf. Das Fahrzeug raste genau auf sie zu. Rye trat auf die Bremse, und gleichzeitig begann sein Handy zu läuten. Das Fahrzeug kam immer weiter auf sie zu und blieb knapp zwanzig Meter vor dem Flugzeug stehen.

Laut fluchend, riss Rye das Headset vom Kopf und ging an sein Handy. »Sind Sie das, Rawlins?«

»Schalten Sie den Motor ab.«

»Kommt gar nicht in die Tüte. Geben Sie den Weg frei.«

»Sie haben Beweismittel manipuliert und sich vom Tatort eines Dreifachmordes entfernt.«

»Was reden Sie da?«

»Ich rede von dem Blutbad in der Villa.«

»Ich weiß nichts von einem Blutbad.«

»Lambert hat einen Notruf abgesetzt. Die zwei Deputys, die Sie verhaftet haben, haben als Erste reagiert. Es gab drei Tote. Timmy, Mrs. Hunt und Goliad.«

»Jesus.« Er sah Brynn an, die alles mitgehört hatte und genauso fassungslos wirkte wie er.

»Lambert hat den Deputys erzählt, dass Sie dort waren. Sie haben uns angerufen. Wir hatten so eine Ahnung, wohin Sie geflüchtet sein könnten, und haben ihnen zugesichert, dass wir Sie aufhalten. Ich wiederhole. Stellen Sie den Motor ab.«

»Als wir abgehauen sind, war noch niemand tot. Jedenfalls soweit wir wissen.«

»Gut, erzählen Sie das den Detectives.«

»Sobald ich zurück bin.«

»Sie können jetzt nicht weg.«

»Ich bringe Brynn nach Tennessee. Heute Abend. Jetzt.«

»Wollen Sie es auf eine Mutprobe anlegen?«

»Für mich ist das keine Mutprobe. Ich fliege dieses Medikament zu einem sterbenden Kind.«

»Das kann ich verstehen. Aber Sie reiten sich wirklich in die Scheiße, wenn Sie jetzt losfliegen.«

»Ach ja? Also, ich habe einen Propeller, der ungefähr auf einer Höhe mit Ihrem Dickschädel ist. Sie entscheiden, wer hier tiefer in der Scheiße sitzt. Sie oder ich?«

Brynn hörte Wilson etwas im Hintergrund sagen. Rawlins fluchte.

»Wir haben keine Zeit für Diskussionen, Leute«, sagte Rye. »Das kleine Mädchen ist verloren, wenn wir nicht sofort losfliegen. Machen Sie sich nützlich. Schicken Sie eine Polizeieskorte los, die uns abholt. Brynn schickt Ihnen eine SMS mit dem Namen des Flugplatzes.«

»Wir können Sie nicht fliegen lassen.«

»Von wegen! Behaupten Sie einfach, Sie hätten uns verpasst. Ich bin nicht lange weg. Sobald ich Brynn abgesetzt habe, fliege ich zurück. Ich stelle mich. Ich lasse mich vernehmen. Verbringe die Nacht im Arrest. Mache einen Lügendetektortest. Aber jetzt machen Sie verflucht noch mal den Weg frei.«

»Woher wissen wir, dass Sie zurückkommen?«

»Ich gebe Ihnen mein Wort.«

»Und ich zeige Ihnen den Finger!«, brüllte Rawlins ins Telefon.

Rye seufzte. »Ich dachte mir schon, dass Sie Ärger machen würden, falls Sie uns noch einholen, darum habe ich Ihnen etwas im Fond des SUV hinterlassen. Eine Garantie, dass ich zurückkommen werde.«

»Und was ist das?«

»Meine Fluglizenz.«

Violet

19:57 Uhr

Als ich vor meinem Fenster die blauen und weißen Lichter blitzen sah, dachte ich, dass das ein Krankenwagen sein muss, der mich ins Krankenhaus bringt, weil mich mein Festtag mit Elsa und dem Bürgermeister so müde gemacht hat.

Ganz ehrlich, ich hätte *Die Eiskönigin* viel lieber mit Cy, meinen Brüdern und Mom und Dad auf meinem Fernseher angeschaut. Der Bürgermeister hat aus dem Mund gerochen, und Elsa hat längst nicht so schön gesungen wie im Film. Trotzdem war sie nett und hat nicht mit mir über meinen Krebs geredet oder darüber, wie tapfer ich bin. Wenn ich noch mal einen Festtag bekomme, dann hoffentlich mit Taylor Swift oder Alicia Keys.

Nachdem der Bürgermeister und Elsa abgefahren und alle Fernsehleute in unserem Vorgarten nach Hause gegangen waren, ging es mir nicht besonders.

Vor allem war ich traurig, weil Dr. O'Neal wieder weggefahren war, ohne mir auch nur Hallo zu sagen.

Jill wurde inzwischen von einer anderen Krankenschwester abgelöst. Sie hat keine Zöpfe und auch keine Schuhe mit Lichtern.

Daddy hat meinen Brüdern Pizza gemacht und sie dann auf ihr Zimmer geschickt, wo sie einen Film anschauen sollen. Er und Mom schauen immer wieder nach mir. Ich kann ihnen inzwischen ansehen, wann sie sich einfach nur Sorgen machen und wann sie sich *wirklich* Sorgen machen. Jetzt machen sie sich *wirklich* Sorgen.

Ich habe gehört, wie Mom zu Daddy sagte: »Ich habe befürchtet, dass das passieren würde. Aber der Senator und Mrs. Hunt waren so großzügig und so nett.«

»Wie hätte man da Nein sagen können?«

»Ich konnte nicht, aber …«

Mehr konnte ich nicht hören. Ich glaube, dann sind sie in die Küche gegangen und haben einen Krankenwagen gerufen.

Aber jetzt kann ich sehen, dass es keine Krankenwagenlichter sind. Es sind zwei Polizisten auf Motorrädern und ein Polizeiauto. Sollen sie uns zurück zu dem Flugzeug mit der Couch bringen? Fliegen wir noch heute Nacht nach Atlanta?

Hoffentlich nicht, denn ich bin wirklich müde. Und ich will noch eine Nacht mit Cy in meinem Zimmer schlafen. Ich will nicht weinen. Wenn ich weine, fühlen alle anderen sich schlecht.

Halt. Dr. O'Neal steigt hinten aus dem Polizeiauto! Sie ist zurückgekommen!

Der große Mann in der alten Lederjacke ist wieder mit dabei. Aber nicht Timmy und auch nicht Dr. Lambert, und darüber bin ich froh.

Dr. O'Neal und der Mann kommen aufs Haus zugelaufen. Mom und Daddy sind vor die Tür getreten und begrüßen sie. Mom umarmt Dr. O'Neal. Daddy schüttelt dem großen Mann die Hand.

Bestimmt ist er ein guter Freund von Dr. O'Neal, weil sie sich dauernd berühren, aber sich nie dafür entschuldigen.

Mom möchte, dass sie reinkommen, aber der Mann schüttelt den Kopf. Ich glaube, er sagt etwas über das Polizeiauto, weil er jetzt dorthin zurückgeht. Dr. O'Neal zieht an seiner Hand, als ob sie nicht will, dass er geht. Aber er schüttelt immer wieder den Kopf.

Mom umarmt ihn. Dad schüttelt noch mal seine Hand, diesmal mit seinen beiden Händen, und dann gehen sie ins Haus zurück.

Dr. O'Neal und der Mann stehen nur da und schauen sich an, und dann prallen sie irgendwie aufeinander und umarmen sich ganz fest und küssen sich wie die Leute in den Filmen, die Kinder nicht anschauen dürfen. Ernsthaft jetzt? Ich weiß doch längst, dass sich Erwachsene küssen und Babys machen.

Dr. O'Neal schiebt sich noch näher ran an den Mann, bis sie sich überall berühren. Vielleicht will sie ihn heiraten. Aber ich hoffe, dass ihre Kinder keinen Krebs kriegen, wenn sie wirklich heiraten.

Dann hören sie auf zu küssen, und er schubst Dr. O'Neal leicht zur Veranda hin.

Er geht zum Polizeiauto zurück. Dr. O'Neal dreht sich wieder um und rennt zum Haus.

Ich höre die Haustür auf- und zugehen. Sie redet aufgeregt mit Mom und Daddy. Jetzt kommen alle ganz schnell in mein Zimmer. Dr. O'Neal ist die Erste. Ihre Wangen sind rosa, und sie atmet schnell, so als wenn sie gerannt wäre. Ihr Mantel hat einen langen Riss. Ich kann das Futter sehen. Ihre Stiefel sind schlammig. Und sie ist ungekämmt.

Aber das ist mir egal. Ich freue mich so, dass sie hier ist.

Und sie sieht aus, als würde sie sich noch mehr freuen, dass sie hier ist.

Epilog

Sechs Wochen später

Rye schloss mit dem vertrauten altmodischen Bartschlüssel die Tür zu seinem Motelbungalow auf und blieb wie angewurzelt auf der Schwelle stehen, als er Brynn am Fußende des Bettes sitzen sah.

Seit ihrem Abschied vor dem Haus der Griffins hatte er sie nicht mehr gesehen; sein Herz geriet komplett aus dem Takt und machte es ihm schwer, cool zu bleiben. Trotzdem gab er sich Mühe, möglichst nonchalant einzutreten und die Tür hinter sich zu schließen.

»Gehörst du jetzt zum Inventar?« Sein Blick wanderte über die vertrauten Lampenschirme aus grobem Leinenstoff, die vorgefertigten Kunstdrucke, die gestreifte Bettdecke. »Mit dir sieht das Zimmer eindeutig besser aus, das muss ich dir lassen.«

»Danke. Ich war nicht sicher, ob du mich wiedererkennen würdest.«

Seine Brauen hoben sich, dann schüttelte er die Jacke ab. »Jedenfalls erkenne ich diesen beißenden Tonfall wieder.«

»Entschuldige. Ich wollte nicht gleich auf dich losgehen.«

»Hmm. Du wolltest dich also langsam herantasten, bevor du mir erklärst, was für ein Schwein ich bin?«

»Dazu komme ich schon noch.«

Er blieb vor ihr stehen und lehnte sich mit dem Gesäß gegen die Kommode. »Ich habe dich bisher immer in denselben Klamotten gesehen, du siehst also tatsächlich anders aus.«

Sie lachte leise. »Ich habe mich gewaschen, seit wir uns das letzte Mal gesehen haben.«

Er hätte seine Bomberjacke darauf verwettet, dass er noch genau vor Augen hatte, wie gut ihm ihr Gesicht gefiel, aber diese Wette hätte ihn seinen geliebten Besitz gekostet. Selbst seine lebhaftesten Erinnerungen verblassten im Vergleich zu der lebenden, atmenden Brynn.

Sie trug einen engen schwarzen Rock und Stiefel mit High Heels.Ihr hellgrauer Sweater war dünn und lag eng an. Er schmiegte sich um ihre Brüste, die so perfekt in seine Handflächen passten.

Er räusperte sich. »Hat dir Marlene erzählt, dass ich heute kommen würde?«

»Sie hat mich vor ein paar Tagen angerufen und es mir mitgeteilt. Meinte, ich hätte doch hoffentlich frei. Ich glaube, sie möchte uns verkuppeln.«

Als würde ihn die Vorstellung einer Marlene White als Liebesengel amüsieren, versuchte er ein Lächeln zu zeigen. Ohne allzu großen Erfolg. »Sie wusste doch gar nicht, wo ich abgestiegen war.«

»Nein. Aber ich hatte so eine Ahnung und mein Blatt geschickt ausgespielt.«

»Du hast dem Kiffer an der Rezeption einen Schlüssel abgeschwatzt?«

»Ich habe auch bei ihm mein Blatt geschickt ausgespielt.«

»Kann ich mir vorstellen.« Er musterte sie. »Du siehst

toll aus. Nur ein Mönch könnte dir widerstehen, und wahrscheinlich nicht einmal der.«

Sie errötete über das Kompliment, reagierte aber ansonsten nicht darauf. »Wie war der Flug mit Brady?«

Diesmal war sein Lächeln echt. »Er hat sich gefreut wie ein Kind an Weihnachten. Ich habe ihm ein paarmal das Steuerruder überlassen. Ehrenwort, es war wirklich eine Freude zu sehen, wie viel Spaß er hatte. Wir flogen über diese weite Weide unten im Tal. Am anderen Ende legte ich eine Schleife zu einem zweiten Überflug, diesmal im Tiefflug, so als wollte ich jede Sekunde aufsetzen, und zog am Ende steil nach oben. Brady…« Er ertappte sich und verstummte.

Sie betrachtete ihn wissend, schon fast besserwisserisch. »Wie schön, dass du ihm so ein Geschenk machen und dabei vollkommen losgelöst und distanziert bleiben kannst.«

Er senkte den Kopf und studierte seine Stiefelspitze. Als er wieder aufsah, blickte er ihr offen ins Gesicht. »Es war großartig.«

Sie reagierte ohne jede Schadenfreude auf sein Eingeständnis. Sie feierte ihren Sieg nur mit einem weichherzigen Lächeln. »Ich wusste, dass der heutige Tag euch beiden eine Menge bedeutet.«

»Mir auf jeden Fall.«

Nach einem kurzen Schweigen, das sich schwer im Raum ausbreitete, fragte sie, ob er und Dash wieder miteinander sprachen.

»Sicher. Er steckte in der Klemme. Ich habe ihm vergeben.«

»Du warst derjenige, der in der Klemme steckte. Wie lief es mit den Behörden?«

»Ganz gut. Wilson und Rawlins haben sich für mich eingesetzt.«

»Sie haben auf dich gewartet, als du an dem Abend zurückkamst?«

»Am Hangar, als ich Jakes Flugzeug einstellte. Sie haben mich den Detectives übergeben, die die Morde bei den Hunts aufklärten. Ich wurde befragt.«

»Ich wurde am nächsten Tag in Knoxville vernommen.«

»Ich habe zugegeben, dass ich Timmy ›überwältigt‹ habe, um dich zu schützen. Wilson und Rawlins haben bezeugt, dass wir beide nicht mehr im Haus waren, als die Schüsse fielen, und darum nicht wissen konnten, was sich nach unserem Abgang dort zugetragen hatte. Außerdem haben sie erklärt, dass du und ich auf einen medizinischen Notfall reagieren mussten. Lambert hat das bestätigt. Die Polizei interessierte sich sowieso mehr für den Senator, der ständig eine neue Geschichte erzählte. Trotzdem durfte ich erst nach ein paar Stunden wieder gehen. Rawlins, Wilson und ich schafften es nur knapp zu dem Treffen um neun Uhr hier oben, aber wir kamen noch rechtzeitig. Wir fuhren alle gemeinsam zur Absturzstelle. Ich erzählte den Agenten, was vorgefallen war. Du, ich und Lambert haben übereinstimmend ausgesagt, dass Timmy zugegeben hatte, dass er das Flugzeug zum Absturz bringen wollte. Mich trifft kein Fehlverhalten. Fall abgeschlossen.«

Ein Lächeln breitete sich auf ihrem Gesicht aus. Er stellte fest, dass er den Blick nicht von ihrem Mund wenden konnte. Er hätte so gern ihre Mundwinkel mit seinem Daumen erkundet. Mit seiner Zunge.

Mühsam sah er ihr wieder in die Augen. »Wie geht es Violet? Wirkt das Mittel?«

»Bisher zeigen sich keine negativen Nebenwirkungen. Der jüngste Bluttest zeigt eine bemerkenswerte Zunahme von gesunden Blutzellen. Der Krebs hat sich nicht weiter ausgebreitet. Sie ist noch lange nicht über den Berg, aber es sieht gut aus.«

»Das sind tolle Neuigkeiten, Brynn.«

»Du brauchst nicht so überrascht zu tun«, ermahnte sie ihn trocken. »Nate hat mir erzählt, dass du ihn dreimal angerufen und dich nach ihr erkundigt hast.«

»Ich wollte Bescheid wissen.«

»Du brauchst dich nicht zu rechtfertigen, Rye. Ich habe dir nichts weiter vorgeworfen, als dass du ein guter und fürsorglicher Mensch bist. Ich bin dir genauso dankbar für dein Mitgefühl wie die Griffins. Du hast jedenfalls allen Grund, dich für Violets Prognose zu interessieren. Es wäre nett, wenn sie sich persönlich bei dir bedanken dürfte.«

Er wich der Frage lieber aus. »So wie Lambert es darstellt, ist Violets Besserung ausschließlich ihm und seiner Genialität zu verdanken.«

»Nate ist unausstehlich und unsympathisch, aber ...«

»Das ist noch zurückhaltend ausgedrückt.«

»... aber er hat genauso an der Sache geforscht wie ich. Auch er hat zahllose Überstunden geleistet. Er darf das für sich beanspruchen.«

»Aber höchstens zur Hälfte.«

Sie zuckte mit den Achseln und wurde nachdenklich. »Du hast die Sache auf den Punkt getroffen, weißt du?«

»Inwiefern?«

»In gewissem Maße habe ich das wirklich für mich getan. Nicht für die Wertschätzung. Nicht um berühmt zu werden, aber ...«

»Weil du nicht mehr nur das Kind eines stadtbekannten Gauners sein wolltest.«

»Du hast es erkannt.«

Er zuckte mit den Achseln. »Ein wenig. Jedenfalls ist so was keine Sünde.«

»Bestimmt hat der Tod meiner Mutter mich ehrgeizig gemacht. Aber ich schämte mich als Kind so für meinen Nachnamen, dass ich mir kein höheres Ziel ausmalen konnte, als eines Tages Dr. O'Neal zu heißen.«

»Es ist egal, warum du es getan hast, Brynn. Es zählt nur, dass du es getan hast.«

Er sah, wie sie mit ihren Gefühlen kämpfte. »Also, wichtig ist vor allem, dass es den Weg für weitere klinische Versuche an anderen Patienten öffnen wird, wenn Violets Zustand sich bessert.«

Er zeigte ihr den erhobenen Daumen. »Sehr gut, Dr. O'Neal.«

Gott, wie er es liebte, wenn sie rot wurde.

»Hat Nate dir die Ironie gebeichtet?«, fragte sie.

Er schüttelte den Kopf.

»Am Morgen nach der Infusion hörte ich zum ersten Mal, seit ich am Abend vor Thanksgiving losgefahren war, meinen Anrufservice ab. Die Zentrale hatte mich nicht erreichen können, weil … na, das weißt du selbst. Jedenfalls waren drei als dringend bezeichnete Anrufe eingegangen. Name und Nummer sagten mir nichts. Wie sich herausstellte, war es jemand von der Gesundheitsbehörde, die über die Ausnahmegenehmigung für Violet zu entscheiden hatte. Sie saß im Komitee und hatte, als sie die Nachrichten sah, Violets Nachnamen erkannt. Den ganzen Abend über hatte sie mit den anderen Mitgliedern des Komitees telefoniert. Bis zum

Morgen hatten sie einen Konsens erreicht. Sie erteilten eine Sondergenehmigung für Violet und stuften sie als Notfall ein.«

Er lachte. »Ohne Witz?«

»Ohne Witz. Ich hatte die Erlaubnis, das Mittel sofort einzusetzen. Also habe ich nicht einmal gegen meine ärztlichen Vorschriften verstoßen.«

»Verflucht noch mal. Also hat es den Hunts letztendlich sogar geschadet, dass sie Violet ins Scheinwerferlicht zerrten.«

»Das ist die Ironie daran. Und Richard Hunt steht nun auf ganz andere Weise im Rampenlicht, als ihm lieb sein kann. Er hat so viele Berater zugezogen, dass er gar nicht mehr weiß, welche Geschichte er erzählen soll. Seine jüngste Version lautet, dass Goliad eifersüchtig auf Timmy und besessen von Delores gewesen sei. Es ist ein einziges Kuddelmuddel.«

Sie lehnte sich zurück und stützte sich mit den Händen ab. Als sie die Beine übereinanderschlug, öffnete sich der Schlitz an ihrem Rock.

Es dauerte ein paar Sekunden, bis er verarbeiten konnte, was sie gesagt hatte. »Ich glaube, die ganze Wahrheit wird nie jemand erfahren. Hunt wird weiterhin lügen und manipulieren. Und alles von sich schieben.«

»Während er gleichzeitig um sein Leben kämpft«, ergänzte Brynn. »Er unterzieht sich heimlich einer Chemo- und Strahlentherapie, aber damit kann er sich höchstens Zeit erkaufen. Nate hat mir erzählt, er würde sich nicht um eine Ausnahmegenehmigung bemühen, weil er Angst hat, dass seine Erkrankung bekannt werden könnte. Er meinte, mehr bräuchten die Medien nicht, um ihn in den Ruin zu treiben.«

Wieder wurde es still. Rye konnte sich nur auf die Handbreit Schenkel konzentrieren, die über ihrem Stiefel zu sehen war. Am liebsten hätte er sie sofort von dort aus aufwärts geküsst.

Er riss sich zusammen, bevor es peinlich werden konnte. »Wie geht es Wes?«

»Er hat neulich eine Ladendiebin geschnappt.«

»Dafür wird er bezahlt.«

»Ja, aber er hat sie nicht gemeldet, sondern gehen lassen. Sie hatte drei Kinder unter drei Jahren und heimlich einen Schwangerschaftstest eingesteckt. Dad meinte, sie hätte eine Pause verdient.«

Sie lächelten sich an, doch gleich darauf wurde ihr Lächeln wehmütig. Sie setzte sich auf und räusperte sich. »Und vor ein paar Tagen hat Violet mich nach dem Mann in der alten Lederjacke gefragt.« Sie sah kurz auf die Bomberjacke, die er über eine Stuhllehne gehängt hatte. »Anscheinend hat sie gesehen, wie wir uns vor ihrem Haus geküsst haben. Sie hat mich gefragt, ob du mein Freund bist.« Sie machte eine Pause. »Ich habe Nein gesagt.«

Statt etwas darauf zu sagen, änderte er seine Position an der Kommode und rechtfertigte das vor sich selbst damit, dass sich eine Stelle an seinem Hintern taub anfühlte.

»Ich habe gesagt, er wäre nicht mein Freund, weil ich mich nie in einen Menschen verlieben könnte, der andere ausschließt. Fremde. Aber auch Menschen, denen etwas an ihm liegt. Ich sagte ihr, ganz gleich, wie attraktiv er wäre, wie wunderbar das Zusammensein mit ihm wäre oder selbst wenn er seine Pilotenlizenz – die ihm wichtiger ist als alles andere – aufs Spiel setzen würde, um ihr Leben zu retten, könnte ich nie mit einem Mann zusammen sein, der regelmäßig in seinem Flugzeug verschwindet, ohne sich darum zu scheren, ob er gefahrlos landen kann oder nicht.« Sie sah auf ihre offene Hand und wischte mit der anderen darüber. »Sein Leben so gering zu schätzen, obwohl man weiß, wie andere um einen trauern würden, ist einfach selbstsüchtig. Ich habe Violet gefragt, warum in aller Welt eine Frau, die halbwegs bei Verstand ist, so einen Mann wollen sollte.«

»Das würde keine Frau, die halbwegs bei Verstand ist«, sagte er. »Das klingt nach einem Verlierer.«

»Und genau da liegst du falsch. Das ist er nicht.«

»Eigentlich hättest du darauf einsteigen und ihn als Bastard bezeichnen sollen.«

»Was würde das helfen?«

Er löste sich von der Kommode, ging ans Fenster und zog die schmuddelige Jalousie auf. Draußen war es kalt. Es wehte ein frischer Wind. Doch der Himmel war klar, keine Wolke war in Sicht. Es war ein perfekter Tag für Bradys Flug gewesen.

»Ich kannte mal so einen Typen«, sagte er. »Ein muffeliger Brummbär, der keinen Gedanken an andere verschwendete. Der dachte, er hätte Probleme. Der dachte, das Leben sei nicht lebenswert. Er schleppte diesen Mist mit sich rum, seit er einen Unfall, einen Absturz miterlebt hatte. Bei dem dreizehn Menschen starben. Jeden würde so was krank machen. Aber im Unterschied zu anderen war er so eingebildet, dass er glaubte, er hätte diesen Absturz irgendwie verhindern können. Dass er die Regeln der Physik außer Kraft gesetzt oder das Schicksal, Karma, die Sterne, Gottes Willen oder was weiß ich ausgetrickst hätte, wo einfach nichts zu ändern gewesen war, mal ganz nüchtern betrachtet.«

Den Rücken Brynn zugewandt, sah er in den Himmel vor dem Fenster auf. Er hatte sich getäuscht: Eine kleine Wolke trieb vorüber, tupfte eine Hügelkuppe.

Er holte tief Luft. »Jedenfalls dachte dieser Kerl, er hätte an diesem Tag sterben müssen, und weil er nicht gestorben war, wartete er seither auf eine zweite Gelegenheit. Und tatsächlich verlor er eines Nachts, als er keinesfalls hätte fliegen sollen, die Kontrolle über seine Maschine. Doch so merkwürdig es auch ist, er hat sie nicht einfach abstürzen lassen, um zu sterben. Im Gegenteil, er kämpfe wie besessen ums Überleben. Und noch merkwürdiger ist, dass dieser Absturz das Beste war, was ihm hatte widerfahren können. Endlich wurde er wachgerüttelt.

Im Lauf der nächsten Tage kam er zu der Erkenntnis, dass er vielleicht doch nicht völlig grundlos am Leben geblieben war. Dass es einen Grund gegeben hatte, warum er an jenem Tag nicht in der C-12 gesessen hatte. Vielleicht konnte er dazu beitragen, einem kleinen Mädchen das Leben zu retten. Oder einem Mann, der selbst nicht fliegen durfte, den Rundflug seines Lebens zu schenken. Wer weiß schon, warum sich die Dinge entwickeln, wie sie es tun?« Er stemmte die Hände auf den Fenstersims und ließ den Kopf zwischen die Schultern sinken.

Brynns Stimme war rau. »Was wurde aus ihm?«

»Er hat neu angefangen. Wenigstens zum Teil. Er hat einen neuen Kumpel gefunden, der für eine Frachtfluggesellschaft fliegt. Eine große, schicke Firma. Sie brauchen erfahrene Piloten. Er überlegt noch, ob er das will. Er müsste dann eine Krawatte tragen, aber er hätte eine feste Adresse, und sie zahlen gut. So gut sogar, dass sich sein neuer Kumpel ein eigenes Flugzeug leisten kann, und das war schon immer sein Traum. Und er hat Weihnachten bei seiner Familie verbracht. Seinen Neffen im Arm gehalten. Er hat sich sogar dazu entschlossen, ein Datum für den nächsten Besuch festzusetzen. Hat seinen Leuten erklärt, dass er dann vielleicht jemanden mitbringen wird, falls es ihnen nichts ausmacht.«

»Wen denn?«

»Ach, es gibt da so ein Mädchen. Eher eine Frau. Eine Wahnsinnsfrau. Schlau. Frech. Die sich nichts gefallen lässt. Mit dichten, seidigen Haaren. Augen grau wie Morgennebel. Oder wie der Regen, wenn der Mond hindurchscheint. Einen Körper, bei dem er sich immer wieder Zeit lassen will, bei dem er langsam machen, ausdauern, sich zurückhalten will. Oder einfach loslegen. Jesus, er braucht sie nur anzusehen, und schon bleibt ihm der Mund offen stehen. Einmal hat er so den Kopf verloren, dass er das Kondom vergessen hat und in ihr gekommen ist.« Er schüttelte den gesenkten Kopf. »Bis dahin war er überzeugt, dass nichts schöner sein könnte als Fliegen.« Er verstummte kurz und fuhr sich mit den Händen über die Schenkel. »Aber er hat es verbockt.«

»Wieso?«

»Weil er feige war. Sie immer wieder wegstieß. Sie ausschloss.«

»Wovor hatte er solche Angst? Etwas zu empfinden?«

»Dafür war es längst zu spät. Schon als er sie auf den Boden geschleudert und ihr zum ersten Mal ins Gesicht gesehen hatte, war es um ihn geschehen. Nein, er hatte Angst, dass sie ihn so sehen würde, wie er wirklich war, und dass sie ihm erklären würde, er solle sich verflucht noch mal von ihr fernhalten. Trotzdem hat der arme Dämlack immer gehofft, dass sie eines Tages unerwartet auftauchen würde. Irgendwie hoffte er, dass sie, wenn das passieren würde, nicht mehr so bezaubernd wäre wie in seiner Erinnerung, dass er sie nicht mehr so begehren würde. Stattdessen konnte er kaum die Hände von ihr halten.«

Eine Weile blieb es still, dann stellte Brynn leicht frustriert fest: »Du fliegst bei null Meter Sicht und durch das stärkste Gewitter, aber du schaffst nicht einmal drei Schritte über einen hässlichen Teppichboden? Du bist wirklich ein Feigling.«

Er drehte sich um und legte den Kopf schief. »Was? Ach so. Du dachtest, ich rede von *mir*?«

Sie schüttelte lachend den Kopf, dann sah sie provozierend zu ihm auf.

Er seufzte. »Du willst unbedingt, dass ich den ersten Schritt mache, oder?«

»Wenn du mich willst, wirst du nicht darum herumkommen.«

In zwei langen Schritten war er bei ihr, packte sie an den Schultern, drückte sie rückwärts aufs Bett und legte sich auf sie, während sie sich unter ihm ausstreckte. Er schob seine Hände durch ihr Haar, hielt ihren Kopf fest und sagte: »Ich will dich«, bevor sein Mund mit ihrem verschmolz. Es war heller Tag, doch sie küssten sich mit der nackten Lust, die sonst der Dunkelheit vorbehalten bleibt.

Er konnte nicht genug von ihr bekommen, von ihren weichen Brüsten an seinem Brustkorb, von dem Atem, der über ihre Lippen strömte, von dem Glücksgefühl und der Erregung, die er in ihren Augen sah, als sie schließlich den Kopf hob und ihn anschaute.

»Wir kennen uns nicht einmal zwei volle Tage«, sagte er. »Das könnte der schlimmste Fehler sein, den du je begehen wirst, Brynn.«

»Dieses Risiko gehe ich ein.«

Er schob die Hände unter ihren Pullover, öffnete ihren BH, fuhr mit den Händen unter beide Körbchen, formte ihre Brüste mit sanftem Druck, kniff in die festen Spitzen und hob sie dann seinen Lippen entgegen.

Sie ließ den Hinterkopf tief in die Matratze sinken. »Die letzten sechs Wochen waren die reine Tortur, ich könnte dich dafür umbringen.«

Seine Zunge zuckte über ihren Nippel.

»Aber hör auf keinen Fall auf«, stöhnte sie und machte sich an dem Knopf seiner Jeans zu schaffen.

Er zog den Pullover über ihren Kopf. Sie arbeitete sich aus dem offenen BH. Er riss seine Hemdknöpfe auf und legte sich wieder auf sie, Haut auf Haut, bis ihre Herzen im selben Rhythmus schlugen, ihr Atem im Gleichtakt ging, sich ihre Blicke fest verbunden hatten.

Er strich mit der Hand über den Schlitz an ihrem Kleid, ließ die Finger innen an ihren Schenkeln nach oben in ihren Slip wandern und öffnete sie mit den Fingerspitzen, um sie zu streicheln und schließlich in Besitz zu nehmen. Sie spannte sich um ihn herum an, bettelte mit erhobenen Hüften um mehr, während er mit der anderen Hand ihren Slip nach unten zog.

Sie öffnete seinen Reißverschluss und spürte, wie er in ihrer Hand größer wurde. Hart und heiß pulsierte er gegen ihre Handfläche, ihre Finger. Er zog seine Hand unter ihrem Rock hervor und verstrich ihre Feuchtigkeit über der Spitze seines Glieds. »Führ mich.«

Er schob die Hände unter ihren Hintern und hob sie an. Die Hand um seinen Schaft geschlossen, nahm sie seine Spitze in sich auf. Auf einen kurzen Druck hin stöhnte er ihren Namen. Er begann zu pulsieren, und ihr stockte der Atem. Dann versenkte er sich mit einem tiefen Stoß in ihr. So blieben sie, während sie sich tief und innig küssten.

Erst dann begannen sie, sich in perfektem Einklang zu bewegen.

Der Tag verblasste zur Dämmerung. Das Zwielicht wich absoluter Dunkelheit. Die Zeit verstrich, ohne dass sie es bemerkten.

Sie lagen im Bett und verschlangen mit Augen und Hand und Mund, was sie vor sechs Wochen nur hatten kosten können, weil zu diesem Zeitpunkt alles, selbst die Leidenschaft, von Hektik getrieben war.

Sie duschten, bis das Wasser in der Dusche kalt wurde. Als sie ins Bett zurückkehrten, deckte er sie mit seiner Bomberjacke zu. Das Gesicht ihr zugewandt, lag er da, die Wange auf eine Hand gestützt, während die andere genüsslich die Jacke zurückschlug.

Träge spielte er mit ihr und neckte sie, bis sich ihr Blick verklärte, ihre Lippen sich öffneten, ihre Haut sich rötete.

Er erklärte ihr, dass er das augenblickliche Futter vielleicht durch ein neues ersetzen würde, ein Bild auf Seide, das sie in genau dieser Pose zeigte. Er schubste mit der Nase ihr Haar beiseite und flüsterte ihr ins Ohr: »Und ich weiß, dass du feucht bist.«

Sie sagte, ein neues Futter für seine Jacke klinge nach einer ernsten Angelegenheit, nach etwas Festem. »Wirst du mich nicht irgendwann sattbekommen?«

Er legte sie auf den Rücken, drängte sich zwischen ihre Schenkel und rieb sich an ihr, um ihr zu demonstrieren, wie sehr er sie schon wieder begehrte, genauso innig wie zuvor.

»Weißt du noch, was ich dir über das Gefühl erzählt habe, das ich jedes Mal vor dem Start habe?«

»Dass du es nicht erwarten kannst?«

Er lächelte.

Danksagung

Mein besonderer Dank gilt zwei Menschen, die mich beim Schreiben, Umschreiben, neuerlichen Umschreiben und Überarbeiten von *Sein eisiges Herz* unterstützt haben.

Robert Newton, mein Freund und Pilot, sprach mit mir alle Flugsequenzen durch – und zwar immer wieder. Zu diesen Gesprächen kamen noch zahllose E-Mails meinerseits, immer mit »nur noch eine Frage«, und das so oft, dass er überzeugt ist, eigentlich müsste ich inzwischen selbst ein Flugzeug steuern können! Nicht ganz, aber falls ich etwas falsch dargestellt habe, liegt die Schuld allein bei mir, nicht bei ihm. Danke, Bob.

Und Dankbarkeit schulde ich auch meiner geliebten Schwester Lauri Macon, die mich auf das Thema »Orphan-Arzneimittel« aufmerksam machte und mir erklärte, wie sie entwickelt und getestet werden. Dank ihrer gründlichen und gewissenhaften Recherche stieß ich auf »NLA101«, ein Medikament, das in Europa bereits im klinischen Versuchsstadium ist. Mein GX-42 basiert darauf, ist aber rein fiktiv.

Hoffen wir, dass sich das bald ändert.